TERRA ESTRANHA

JAMES BALDWIN

Terra estranha

Tradução
Rogério W. Galindo

2ª reimpressão

COMPANHIA DAS LETRAS

Copyright © 1962 by The Dial Press
Copyright © 1960, 1962 by James Baldwin. Copyright renovado.
Todos os direitos reservados, incluindo o direito de reprodução integral
ou parcial em qualquer formato.
Edição publicada mediante acordo com James Baldwin Estate.

*Grafia atualizada segundo o Acordo Ortográfico da Língua Portuguesa de 1990,
que entrou em vigor no Brasil em 2009.*

A editora agradece a Hélio Menezes pela colaboração.

Título original
Another Country

Capa
Daniel Trench

Foto de quarta capa
© Guy Le Querrec/ Magnum Photos/ Fotoarena

Preparação
Ciça Caropreso

Revisão
Marise Leal e Huendel Viana

*Os personagens e as situações desta obra são reais apenas no universo da ficção;
não se referem a pessoas e fatos concretos, e não emitem opinião sobre eles.*

Dados Internacionais de Catalogação na Publicação (CIP)
(Câmara Brasileira do Livro, SP, Brasil)

Baldwin, James
    Terra estranha / James Baldwin ; tradução Rogério W.
Galindo — 1ª ed. — São Paulo : Companhia das Letras, 2018.

    Título original: Another Country.
    ISBN 978-85-359-3138-9

    1. Ficção norte-americana I. Título.

18-16694   CDD-813

Índice para catálogo sistemático:
1. Ficção : Literatura norte-americana   813

Maria Paula C. Riyuzo — Bibliotecária — CRB-8/7639

Todos os direitos desta edição reservados à
EDITORA SCHWARCZ S.A.
Rua Bandeira Paulista, 702, cj. 32
04532-002 — São Paulo — SP
Telefone: (11) 3707-3500
www.companhiadasletras.com.br
www.blogdacompanhia.com.br
facebook.com/companhiadasletras
instagram.com/companhiadasletras
twitter.com/cialetras

Para Mary S. Painter

Essas pessoas dão a impressão, acima de tudo, de não se expressarem em termos já consagrados pelo uso humano; neste estado pouco articulado elas provavelmente formam, coletivamente, o mais inaudito dos monumentos; é abismal o mistério do que elas pensam, do que sentem, do que desejam, do que imaginam estar dizendo.

Henry James

Sumário

LIVRO I — *Easy rider*, 11
LIVRO II — A qualquer momento, 213
LIVRO III — Rumo a Belém, 439

*Rastejando por baixo das mimosas como uma pantera
e saltando no ar* — Silviano Santiago, 507
Um romance nada estranho — Alex Ratts, 523
Um perfil de James Baldwin — Márcio Macedo, 531

LIVRO I
Easy rider

I told him, easy riders
Got to stay away,
So he had to vamp it,
But the hike ain't fair.
W. C. Handy

1

Ele estava em frente à Sétima Avenida, na Times Square. Passava da meia-noite e ele tinha estado no cinema, na última fila do balcão, desde as duas da tarde. Duas vezes ele acordou com os sotaques fortes do filme italiano, uma vez foi acordado pelo lanterninha e duas vezes foi acordado por dedos que se moviam como lagartas entre suas coxas. Estava tão cansado, tão no fundo do poço, que mal teve forças para ficar com raiva; nada nele seguia sendo dele — *you took the best, so why not take the rest?* —, mas havia resmungado em meio ao sono e mostrado os dentes brancos contrastando com seu rosto escuro e cruzado as pernas. O balcão estava quase vazio, o filme italiano chegava ao clímax; cambaleou descendo a escada infinita até chegar à rua. Estava com fome, a boca parecia imunda. Percebeu tarde demais, quando já cruzava a porta, que queria urinar. E estava sem dinheiro. E não tinha para onde ir.

O policial passou por ele, dando uma olhada. Rufus se virou, erguendo a gola da jaqueta de couro enquanto o vento o mordiscava deliciosamente através do tecido fino da calça, e seguiu na direção norte da Sétima Avenida. Chegou a pensar em ir para downtown e acordar Vivaldo — o único amigo que lhe restava na cidade, ou talvez no mundo —, mas agora tinha decidido andar até um certo bar de jazz para dar uma olhada. Talvez alguém o visse e o reconhecesse, talvez um dos rapazes lhe desse dinheiro suficiente para uma refeição ou pelo menos lhe pagasse uma passagem de metrô. Esperava, no entanto, não ser reconhecido por ninguém.

A avenida estava tranquila, a maior parte de suas luzes brilhantes apagada. De vez em quando passava uma mulher, às vezes um homem; raramente um casal. Nas esquinas, sob as lâmpadas, perto das drugstores, pequenos grupos de gente branca, reluzente, tagarela, mostravam os dentes uns para os outros, se apalpavam, assobiavam para chamar táxis, desapareciam dentro deles, sumiam através de portas de drugstores ou na escuridão de ruas transversais. Bancas de jornal, como pequenas casas pretas de um tabuleiro, mantinham no lugar esquinas, policiais, taxistas, e outros, de classificação mais difícil, batiam os pés no chão diante delas conversando com o vendedor todo encasacado lá dentro como se os dois soubessem do que estavam falando. Uma placa anunciava o chiclete capaz de fazer você relaxar e sorrir. O neon enorme de um hotel desafiava o céu sem estrelas. O mesmo faziam os nomes dos astros de cinema e das pessoas que estavam se apresentando ou que em breve iriam se apresentar na Broadway, ao lado dos nomes em letras garrafais dos veículos que iriam garantir sua imortalidade. Os grandes prédios, apagados, cegos como o falo ou afiados como a lança, velavam a cidade que nunca dormia.

Em meio a eles Rufus caminhava, um dos condenados — pois o peso dessa cidade era assassino —, um dos que haviam sido esmagados no dia, o que ocorria todos os dias, em que essas torres desabaram. Completamente só, e morrendo por isso, ele era parte de uma multidão sem precedentes. O que o separava dos garotos e garotas que tomavam café nos balcões das drugstores eram barreiras tão efêmeras quanto os cigarros que iam se consumindo. Eles mal suportavam o que sabiam nem teriam suportado a visão de Rufus, mas sabiam por que ele estava nas ruas hoje, por que andava de metrô a noite inteira, por que seu estômago roncava, por que seu cabelo estava emaranhado, as axilas cheiravam mal, a calça e os sapatos eram finos demais, e por que ele não ousava parar para mijar.

Agora ele estava parado em frente às portas enfumaçadas do clube de jazz, olhando lá dentro, mais sentindo do que vendo os negros frenéticos nas mesas e a distraída multidão de brancos e negros do bar. A música era alta e vazia, ninguém estava fazendo absolutamente nada, e os sons eram arremessados contra a plateia como uma maldição em que nem aqueles mais profundamente marcados pelo ódio conseguiam continuar acreditando. Eles sabiam que ninguém estava ouvindo, que era impossível fazer sangrar quem não tem sangue. Por isso tocavam o que todo mundo já tinha escutado, tranquilizavam a todos dizendo que nada terrível estava acontecendo, e as pessoas nas mesas achavam agradável gritar por cima dos sons dessa esplêndida corroboração, e os que estavam no bar, sob o disfarce do ruído sem o qual eles dificilmente poderiam sobreviver, seguiam atrás do que quer que lhes interessasse. Ele queria entrar e ir ao banheiro, mas estava com vergonha de sua aparência. Vinha se escondendo, na verdade, fazia cerca de um mês. Em sua cabeça, via a si mesmo se arrastando em meio àquela multidão até o banheiro e rastejando de volta enquanto todos olhavam para ele com pena, ou sarcasmo, ou zombaria. Ou alguém sem dúvida ia sussurrar *Aquele não é o Rufus Scott?* Alguém olharia para ele horrorizado, depois voltaria ao que estava fazendo soltando um lento e piedoso *Coitado!* Ele não conseguia fazer isso — e ficou dançando em um pé, depois no outro, e seus olhos se encheram de lágrimas.

Um casal branco, rindo, passou pelas portas, sem nem olhar direito para ele. O calor, o cheiro das pessoas, de uísque, de cerveja, a fumaça, tudo que saiu quando as portas se abriram o atingiu e quase o fez chorar, e levou seu estômago a roncar de novo. Aquilo trouxe à lembrança os dias e as noites, os dias e as noites em que ele havia estado lá dentro, no palco ou em meio à multidão, notado, amado, conseguindo a mulher que quisesse, indo a festas e ficando baratinado, ficando bêbado e vadiando com os músicos, que eram amigos dele, que tinham respeito por ele. Depois, ia para sua própria casa, trancava a porta, tirava os sapatos, talvez preparasse uma bebida, talvez ouvisse uns discos, se esticava na cama, talvez chamasse uma mulher. E trocava de cueca, meia e camisa, se barbeava, tomava um banho e ia ao Harlem cortar o cabelo, depois ia encontrar a mãe e o pai, provocava sua irmã, Ida e ia comer: costelinha de porco ou paleta, ou frango, ou vegetais, ou bolo de milho, ou batata-doce, ou biscoitos. Por um momento achou que ia desmaiar de fome, foi até uma parede do prédio e se encostou ali. A testa estava gelada de suor. Pensou: isto precisa acabar, Rufus. Esta merda precisa acabar. Depois, por cansaço e indiferença, sem ver ninguém na rua e esperando que ninguém fosse sair pela porta, inclinado e com uma mão na parede, esguichou sua urina no chão frio de pedra, vendo um leve vapor subir.

Ele se lembrou de Leona. Ou um mal-estar súbito, frio, conhecido tomou conta dele e ele percebeu que estava se lembrando de Leona. Começou a andar, muito lentamente agora, para longe da música, mãos nos bolsos e de cabeça baixa. Não sentia mais frio.

Porque se lembrar de Leona também era — de certo modo — se lembrar dos olhos da mãe, da fúria do pai, da beleza da irmã. Era se lembrar das ruas do Harlem, dos meninos nas varandas, das meninas atrás das escadas e nos telhados, do policial branco que o ensinou a odiar, das partidas de beisebol improvisadas na rua, das mulheres debruçadas nas janelas e dos números em que eles apostavam todos os dias na esperança de o pai conseguir o grande prêmio que nunca veio. Era se lembrar dos jukeboxes, das brincadeiras, das danças, das ereções, das brigas de gangue e do sexo em grupo, da primeira bateria — comprada pelo pai —, do primeiro baseado, da primeira carreira de heroína. Sim: e dos meninos totalmente baratinados, do corpo dobrado nos degraus da entrada de casa, do menino morto por overdose em um telhado, na neve. Era se lembrar da batida: *O preto*, dizia o pai, *vive a vida inteira, vive e morre seguindo uma batida. Cacete, ele trepa no ritmo dessa batida e o bebê que ele põe lá dentro, olha, ele já começa a seguir a batida e sai de lá nove meses depois parecendo um maldito pandeiro.* A batida: mãos, pés, pandeiros, baterias, pianos, risada, palavrões, navalhas: o homem se retesando com uma risada, um rugido e um ronronado, e a mulher umedecendo e amolecendo com um sussurro, um suspiro e um gemido. A batida — no Harlem no verão quase era possível vê-la se sacudindo na calçada e nos telhados.

E ele tinha fugido, era o que pensava, da batida do Harlem, que era simplesmente a batida de seu próprio coração. Rumo a um campo de treinamento militar no Sul e ao mar pulsante.

Quando estava na Marinha, trouxe de uma das viagens um xale indiano para Ida. Ele havia comprado aquilo em algum lugar da Inglaterra. No dia em que entregou o xale e ela o colocou no pescoço, Rufus sentiu tremer dentro de si algo que jamais havia sido tocado. Nunca ele tinha visto a beleza dos negros. Mas, olhando para Ida, parada diante da janela da cozinha no Harlem, vendo que ela já não era apenas sua irmã mais nova e que logo se tornaria uma mulher, ela passou a estar associada às cores do xale, às cores do sol e a um esplendor incalculavelmente mais velho do que o das pedras cinzentas da ilha onde nasceram. Ele pensou que talvez esse esplendor um dia voltaria ao mundo, ao mundo que eles conheciam. Muitas eras atrás, Ida não fora uma mera descendente de escravos. Olhando o rosto escuro dela à luz do sol, tornado mais macio e sombreado pelo glorioso xale, era possível ver que ela um dia havia sido uma rainha. Então ele olhou pela janela, para o respiradouro, e pensou nas putas da Sétima Avenida. Pensou nos policiais brancos e no dinheiro que eles ganhavam com a carne negra, no dinheiro que o mundo inteiro ganhava.

Olhou de novo para a irmã, que sorria para ele. Em seu dedo fino e longo, ela revirava o anel em forma de cobra e com olhos de rubi que ele havia trazido de outra viagem.

"Se você continuar fazendo isso", ela disse, "vou ser a garota mais bem-vestida do quarteirão."

Ele estava feliz por Ida não poder vê-lo agora. Ela ia dizer: meu Deus, Rufus, você não tem o direito de andar por aí assim. Você não sabe que a gente conta com você?

Há sete meses, há uma vida, ele estava fazendo um show num lugar novo no Harlem administrado pelo dono, um negro. Era a última noite da banda. A noite tinha sido boa e todo mundo estava bem. A maior parte deles, depois da apresentação, ia para a casa de um famoso cantor negro que acabava de emplacar seu primeiro filme. Como o lugar era novo, estava lotado. Ultimamente, ele tinha ouvido dizer, o local não ia tão bem. Naquela noite havia todo tipo de gente lá, brancos e negros, ricos e pobres, gente que tinha ido pela música e gente que passava a vida em casas noturnas por algum outro motivo. Havia uns dois casacos de vison, alguns parecidos com vison e um monte de sabe lá Deus o quê brilhando em pulsos, orelhas, pescoços e cabelos. Os negros se divertiam por perceber que, fosse qual fosse a razão, aquela turba estava com eles de verdade; e os brancos se divertiam porque ninguém jogava na cara deles que eram brancos. O lugar, como diria Fats Waller, tremia.

Havia um pouco de maconha no bar e ele estava meio baratinado. Sentia-se ótimo. E, na última parte do show, ficou ainda mais empolgado porque o saxofonista, que esteve estranho a noite toda, fez um solo maravilhoso. Era um garoto mais ou menos da idade de Rufus, de algum lugar maluco como Jersey City ou Syracuse, que em algum momento da vida descobriu que podia falar através de um saxofone. Ele tinha muito para dizer. Ficou ali de pé, pernas bem abertas, curvado, enchendo de ar o peito em forma de barril, tremendo nos trapos de seus vinte e poucos anos e gritando com o sax *Você me ama? Você me ama? Você me ama?* E mais uma vez: *Você me ama? Você me ama? Você me ama?* Essa, pelo menos, era a pergunta que Rufus ouvia, a mesma frase, de modo insuportável, infinito e repetido de várias maneiras, com toda a força que o garoto tinha. O silêncio da plateia passou a ser total, com uma atenção abruptamente concentrada, cigarros foram apagados, bebidas ficaram sobre as mesas; e em todos os rostos, mesmo nos mais arruinados e nos mais entediados, surgiu uma luz atenta de curiosidade. Eles estavam sendo atacados pelo saxofonista que talvez não quisesse mais o amor deles e estivesse meramente atirando contra eles sua indignação com o mesmo orgulho pagão e cheio de desprezo com que se contorcia. Ainda assim a pergunta era terrível e real; o garoto soprava com os pulmões e as vísceras para falar de seu breve passado; em algum ponto do passado, nas sarjetas ou em brigas de gangues ou em trepadas grupais; no quarto de cheiro acre, no cobertor duro de esperma, por trás da maconha ou da agulha, sob o cheiro de mijo no porão da casa, ele tinha levado um murro do qual jamais iria se recuperar, e nisso ninguém queria acreditar. *Você me ama? Você me ama? Você me ama?* Os caras no palco foram com ele, calmos e a certa distância, acrescentando, questionando e corroborando, se segurando na medida do possível com uma espécie de autocrítica irônica; mas nenhum deles tinha dúvida de que o garoto soprava em nome de todos eles. Quando o show acabou, estavam todos encharcados. Rufus sentiu seu odor e o odor dos homens ao redor, e "Bom, é isso aí", disse o baixista. A plateia gritava pedindo mais, mas eles tocaram a música tema da banda e as luzes se acenderam. E ele tinha tocado a última música de seu último show.

Ele ia deixar suas coisas ali até segunda-feira à tarde. Ao descer do palco, havia aquela moça loira, vestida de um jeito muito simples, de pé olhando para ele.

"No que você está pensando, baby?", ele perguntou para ela. Todos em volta estavam ocupados, se preparando para ir à festa. Era primavera e o ar estava saturado.

"No que *você* está pensando?", ela rebateu, mas ficou claro que simplesmente não tinha conseguido pensar em outra coisa para dizer.

Ela dissera o bastante. Era do Sul. E algo saltou em Rufus quando ele viu o rosto desanimado e sem cor dela, o rosto de gente branca do Sul, o cabelo liso, pálido. Ela era consideravelmente mais velha do que ele, provavelmente tinha mais de trinta anos, e seu corpo era magro demais. Mesmo assim, de repente aquele corpo se transformou no mais excitante que ele já tinha visto em muito tempo.

"Minha querida", ele disse com seu sorriso torto, "você não está muito longe de casa?"

"Com certeza", ela disse, "e nunca mais vou voltar pra lá."

Ele riu e ela riu. "Bom, srta. Branca", ele disse, "se nós dois estamos pensando na mesma coisa, então vamos àquela festa."

Ele pegou o braço dela, deixando que o dorso de sua mão tocasse o seio dela de propósito, e disse: "Seu nome de verdade não é Branca, é?".

"Não", ela disse, "é Leona."

"Leona?" Ele sorriu de novo. O sorriso dele podia ser muito eficiente. "Que nome bonito."

"E o seu?"

"O meu? Rufus Scott."

Ele pensou no que ela estaria fazendo naquele lugar, no Harlem. Nem de longe ela parecia o tipo que se interessava por jazz, menos ainda parecia ter o hábito de ir a bares sozinha. Ela vestia um casaco leve, seu cabelo comprido estava apenas penteado para trás e preso com grampos, usava pouco batom e nenhuma outra maquiagem.

"Venha", ele disse. "Vamos nos espremer num táxi."

"Tem certeza que não tem problema se eu for?"

Ele respirou fundo. "Se tivesse problema, eu não te convidava. Se estou dizendo que não tem problema é porque *não tem problema.*"

"Bom", ela disse com uma risada curta, "está certo então."

Eles se moveram em meio à multidão que, com várias interrupções, muitas conversas e risadas, e muito alvoroço erótico, saía para as ruas. Eram três da manhã e em todo lugar à volta deles as pessoas em trajes de gala cintilavam, assobiavam, enchendo todos os táxis. Outros, com roupas bem menos elegantes — eles estavam no extremo oeste da rua 125 —, ficavam em grupos ao longo da rua, perambulando ou contando vantagem, ou matando tempo, olhando de relance, ou olho no olho, o que era mais uma questão de cálculo que de curiosidade. Os policiais andavam por ali; cuidadosamente, e na verdade de modo meio misterioso, mostravam que tinham consciência de que aquele grupo específico de negros, mesmo estando na rua a uma hora daquelas, na maior parte bêbados, não devia ser tratado da maneira de sempre; e o mesmo valia para os brancos que estivessem com eles. Mas Rufus de repente percebeu que Leona em breve seria a única pessoa branca ali. Isso o deixou inseguro e a insegurança o fez sentir raiva. Leona viu um táxi vazio e fez sinal.

O motorista, que era branco, pareceu não hesitar em parar para eles nem se arrepender depois que parou.

"Você vai trabalhar amanhã?", ele perguntou para Leona. Agora que estavam sozinhos ele ficou um pouco tímido.

"Não", ela disse, "amanhã é domingo."

"Verdade." Ele estava feliz, se sentia livre. Rufus tinha planos de ver a família, mas pensou que seria uma festa passar o dia na cama com Leona. Olhou de relance para ela, percebendo que, apesar de pequena, seu corpo era todo proporcional. Imaginou o que ela estaria pensando. Ofereceu-lhe um cigarro, colocando a mão sobre a dela por um instante, e ela recusou. "Você não fuma?"

"Às vezes. Quando eu bebo."

"E isso acontece sempre?"

Ela riu. "Não. Eu não gosto de beber sozinha."

"Bom", ele disse, "você *não vai* beber sozinha por um tempo."

Leona não disse nada, mas pareceu, no escuro, ter ficado tensa e corada. Ela olhou pela janela do seu lado.

"Que bom que esta noite não vou precisar levar você cedo para casa."

"Você não precisa se preocupar com isso, de jeito nenhum. Sou uma garota crescidinha."

"Querida", ele disse, "você é menor do que um minuto."

Ela suspirou. "Nos frascos pequenos estão os melhores perfumes."

Rufus decidiu não perguntar o que ela queria dizer com isso. Ele disse, com um olhar significativo: "É verdade", mas não pareceu que ela tivesse entendido.

Eles estavam em Riverside Drive e se aproximavam do destino. À esquerda, luzes pálidas e desagradáveis realçavam a escuridão do litoral de Jersey. Ele se recostou, apoiando um pouco em Leona, olhando a escuridão e as luzes passarem. Então o táxi virou; ele viu, por um instante, a ponte ao longe que brilhava como algo escrito no céu. O táxi diminuiu a velocidade, procurando o número da casa. Um táxi à frente deles acabava de deixar um grupo de pessoas e desaparecia no quarteirão. "É aqui", disse Rufus; "Parece uma boa festa", disse o motorista, dando uma piscada. Rufus não respondeu. Pagou o sujeito, eles saíram do carro e entraram no saguão grande e horrível, com espelhos e cadeiras. O elevador tinha acabado de subir, eles ouviam o barulho da multidão.

"O que você estava fazendo naquele bar sozinha, Leona?", ele perguntou.

Ela olhou para ele um pouco surpresa. "Não sei. Eu só queria ver o Harlem e fui lá hoje dar uma olhada. Eu estava passando por acaso por aquele bar, ouvi a música, entrei e *fiquei*. Gostei da música." Ela o olhou com ironia. "Algum problema?"

Ele riu e não disse nada.

Ao ouvirem o som da porta do elevador que se fechava reverberando no poço, Leona se virou para a frente. Depois ouviram o zumbido dos cabos quando o elevador começou a descer. Ela olhava para as portas fechadas como se sua vida dependesse delas.

"É a primeira vez que você vem a Nova York?"

Sim, era, ela disse, mas havia sonhado com isso a vida inteira — de novo o rosto meio virado para ele, um pequeno sorriso. O jeito dela exibia uma indecisão que ele achava tocante. Era como um animal selvagem que não sabia se devia ir até a mão estendida ou fugir, e que fazia pequenos avanços assustados, primeiro para um lado, depois para o outro.

"Eu nasci aqui", ele disse, olhando para ela.

"Eu sei", ela disse, "por isso a cidade nunca vai parecer tão maravilhosa para você quanto parece para mim."

Rufus riu de novo. De repente se lembrou dos dias no acampamento militar no Sul e voltou a sentir o sapato de um oficial branco na boca. Ele estava de uniforme branco, no chão, deitado no barro vermelho, sujo. Alguns colegas negros amparavam seu corpo, gritando na orelha dele, ajudando-o a se erguer. O oficial branco, com um xingamento, desapareceu, foi embora de vez para um lugar distante demais para que a vingança o alcançasse. Seu rosto estava cheio de barro, lágrimas, sangue; ele cuspiu sangue vermelho no barro vermelho.

O elevador chegou e as portas se abriram. Ele pegou o braço dela enquanto entravam e o segurou perto do peito. "Você parece uma garota muito doce."

"Você também é simpático", ela disse. No elevador fechado, subindo, a voz dela tinha um tremor estranho, e o corpo também tremia — ligeiramente, como se estivesse sendo tocado pelo vento suave da primavera vindo de fora.

Ele aumentou a pressão no braço dela. "Não alertaram você lá na sua cidade sobre os pretinhos que você ia encontrar no Norte?"

Ela respirou fundo. "Eles nunca me assustaram. Para mim, gente é gente."

E para mim boceta é boceta, ele pensou — mas ficou grato, mesmo assim, pelo tom dela. Aquilo lhe deu um instante para se situar. Porque ele também tremia ligeiramente.

"O que te fez vir para o Norte?", ele perguntou.

Rufus ficou pensando se devia fazer a proposta ou esperar que ela fizesse. Ele não podia desviar. Mas talvez ela pudesse. Os pelos pubianos dele começaram a coçar de leve. O terrível músculo abaixo da barriga começou a ficar quente e duro.

O elevador parou, as portas se abriram e eles caminharam por um longo corredor até uma porta entreaberta.

Ela disse: "Acho que eu não conseguia mais ficar lá. Fui casada, mas depois me separei do meu marido e levaram meu filho embora — não me deixavam nem ver o menino —, e achei que em vez de ficar lá sentada enlouquecendo eu devia tentar uma vida nova aqui".

Algo tocou a imaginação dele por um instante, sugerindo que Leona era uma pessoa, tinha uma história e que toda história era um problema. Mas Rufus afastou o pensamento. Não ia ficar por perto tempo suficiente para deixar que a história dela o atormentasse. Os planos com ela eram só para aquela noite.

Ele bateu na porta e foi entrando sem esperar resposta. Bem à frente deles, na grande sala de estar que terminava em uma porta-balcão aberta para uma varanda, havia mais de cem pessoas andando para lá e para cá, algumas com traje social, algumas de calça e suéter. Bem acima da cabeça deles pendia uma enorme bola prateada que refletia partes inusitadas da sala e reproduzia seus próprios comentários desagradáveis sobre as pessoas dali. A sala estava tão cheia, com gente saindo e entrando, brilhava tanto com joias, taças e cigarros, que a bola pesada parecia quase viva.

O anfitrião — que Rufus na verdade não conhecia muito bem — não estava à vista. À direita havia três cômodos, o primeiro com altas pilhas de cachecóis e sobretudos.

O sax de Charlie Parker, vindo da vitrola, dominava todas as vozes na sala.

"Tire o casaco", ele disse para Leona, "e eu vou tentar descobrir se conheço alguém aqui."

"Ah", ela disse, "tenho certeza que você conhece todo mundo."

"Vai lá", ele disse, sorrindo e empurrando-a suavemente na direção do quarto, "faça o que eu digo."

Enquanto ela tirava o casaco — e provavelmente retocava a maquiagem —, ele lembrou que tinha prometido ligar para Vivaldo. Andou pela casa, procurando um telefone relativamente isolado, e encontrou um na cozinha.

Discou o número de Vivaldo.

"E aí, rapaz. Como é que vai?"

"Tudo certo, acho. Conte tudo. Achei que você ia me ligar mais cedo. Já ia desistir."

"Bom, acabei de chegar aqui." Ele falou mais baixo, porque um casal tinha entrado na cozinha, uma loira com uma franja toda despenteada e um negro alto. A garota se recostou na pia, o garoto ficou diante dela esfregando as mãos lentamente na parte externa das coxas dela. Eles mal viam Rufus. "Um monte de gente careta e elegante por aqui, sabe?"

"Sei", disse Vivaldo. Houve uma pausa. "Você acha que vale a pena eu dar uma passada?"

"Sei lá. Se você tiver alguma coisa *melhor* para fazer…"

"A Jane está aqui", Vivaldo disse rápido. Rufus percebeu que provavelmente Jane estava deitada na cama, ouvindo.

"Ah, se você está com a sua avó então não precisa de nada daqui." Ele não gostava de Jane, que era um pouco mais velha que Vivaldo, com cabelo precocemente grisalho. "Aqui não tem nada velho o suficiente pra você."

"Chega, seu puto." Ele ouviu a voz de Jane e a de Vivaldo, murmurando; não dava para ouvir o que eles diziam. Depois a voz de Vivaldo voltou a seu ouvido. "Acho que vou pular essa."

"Melhor mesmo. Amanhã a gente se vê."

"Talvez eu passe no seu apê…?"

"O.k. Não deixe a vovozinha te cansar; ouvi dizer que mulher quando chega nessa idade fica meio selvagem."

"Nenhuma é selvagem demais pra mim, meu velho!"

Rufus riu. "Melhor você *parar* de tentar competir comigo. Você nunca vai conseguir. Até."

"Até."

Ele desligou, sorrindo, e foi encontrar Leona. Ela estava de pé, perdida no hall, vendo os donos da casa se despedirem de várias pessoas.

"Achou que eu tivesse te abandonado?"

"Não. Eu sabia que você não ia fazer isso."

Ele riu para ela e tocou seu queixo. O anfitrião vinha voltando da porta e foi até eles.

"Crianças, entrem e peguem uma bebida", disse. "Entrem e se divirtam." Era um sujeito grande, atraente, expansivo, mais velho e mais implacável do que parecia ser, que tinha aberto caminho para o sucesso nos negócios trabalhando em várias profissões das mais duras, inclusive como lutador de boxe e cafetão. Sua presença se destacava mais pela vitalidade e pela aparência do que pela voz, e ele sabia disso. Não era o tipo de homem que se deixava iludir e Rufus gostava dele por ser rude, bem-humorado e generoso. Mas Rufus também tinha um pouco de medo dele; alguma coisa no sujeito, apesar de seu charme, não encorajava a intimidade. Fazia um tremendo sucesso com as mulheres, as quais tratava com um imenso e afetuoso desprezo, e a àquela altura estava no quarto casamento.

Ele pegou Leona e Rufus pelo braço e foi com eles para um lugar mais isolado do apartamento. "Vamos poder nos divertir de verdade se algum dia esses caretas forem embora daqui", disse. "Não sumam."

"Como é a sensação de ser respeitável?" Rufus riu.

"Porra. Eu fui respeitável a vida inteira. São esses merdas desses *respeitáveis* que fazem a sujeira toda. Eles roubam os negros na cara dura. E tem preto que ainda ajuda no roubo." Ele riu. "Sabe, toda vez que eles me dão um desses cheques gordos, eu fico pensando que eles só estão me devolvendo uma *partezinha* do que andaram roubando esses anos todos, entende o que estou dizendo?" Deu um tapinha nas costas do Rufus. "Faça nossa Pequena Eva se divertir."

O número de pessoas já ia diminuindo, boa parte dos caretas começava a bater em retirada. Depois que eles fossem embora, a festa ia mudar de cara e ficar mais agradável, tranquila e privativa. As luzes ficariam mais fracas, a música mais suave, a conversa mais esporádica e mais sincera. Talvez alguém cantasse ou tocasse piano. Eles iam poder contar histórias das risadas que haviam dado, dos shows que haviam feito, dos rifes de que se lembravam, das encrencas que tinham visto. Talvez alguém pegasse um baseado e botasse na roda, como um cachimbo da paz. Alguém deitado num tapete em um canto distante da sala começaria a roncar. Quem estivesse dançando ia dançar de um jeito mais lânguido, agarradinho. As sombras da sala ganhariam vida. Perto do fim da festa, quando a manhã e os sons brutais da cidade iniciassem a invasão pela ampla porta-balcão, alguém iria até a cozinha e voltaria com café. Depois eles assaltariam a geladeira e iriam para casa. Os anfitriões finalmente iam poder se deitar e passar o resto do dia na cama.

De tempos em tempos, Rufus se pegava olhando para a bola prateada no teto, sem nunca conseguir ver a sua imagem e a de Leona refletida.

"Vamos para a varanda", ele disse.

Ela pegou seu copo. "Enche pra mim primeiro?" O olhar dela agora estava brilhante e malicioso, e ela parecia uma menininha.

Ele foi até a mesa e serviu dois drinques bem fortes. Voltou para ela. "Pronta?"

Ela pegou o copo e eles passaram pela porta-balcão.

"Não deixe a Pequena Eva pegar um resfriado!", gritou o anfitrião.

Ele respondeu. "Pode ser que ela pegue fogo, meu caro, mas garanto que não vai ter frio!"

Bem diante deles, um pouco abaixo, se estendiam as luzes

do litoral de Jersey. De onde estavam, ele tinha a sensação de ouvir um leve murmúrio vindo da água.

Quando criança ele havia morado na parte leste do Harlem, a um quarteirão do rio Harlem. Ele e outros meninos entravam na água caminhando por margens cheias de lixo e mergulhavam saltando de pequenos montes meio podres que apareciam ocasionalmente. Num verão, um menino se afogou ali. Do degrau da porta de casa, Rufus viu um pequeno grupo atravessar a Park Avenue, sob a sombra pesada dos trilhos de trem, e ir para o sol, um homem no meio, o pai do garoto, carregando o corpo do menino, coberto e inacreditavelmente pesado. Ele jamais esqueceu os ombros curvados do homem nem o ângulo aturdido de sua cabeça. Uma gritaria começou do outro lado do quarteirão e a mãe do menino, de lenço na cabeça e roupão, cambaleando feito bêbada, começou a correr na direção das pessoas em silêncio.

Ele endireitou os ombros, como se estivesse se livrando de um peso, e foi até a ponta da varanda onde Leona estava. Ela olhava rio acima, na direção da ponte George Washington.

"É bonito mesmo", ela disse, "muito bonito."

"Parece que você gosta de Nova York", ele disse.

Ela se virou, olhou para ele e tomou um gole da bebida. "Ah, gosto sim. Posso te pedir um cigarro?"

Ele deu um cigarro para ela e acendeu, depois acendeu outro para si mesmo. "Como você está se saindo aqui?"

"Ah, estou indo bem", ela disse. "Trabalho de garçonete num restaurante em downtown, perto da Wall Street, uma parte bonita da cidade, e estou morando com mais duas meninas" — então eles não podiam ir ao apartamento *dela*! — "e, ah, está tudo bem." E ela olhou para ele com seu sorriso doce-triste de gente branca pobre.

De novo alguma coisa o alertou de que era hora de parar,

de deixar aquela pobre garotinha em paz; ao mesmo tempo, pensar nela como uma pobre garotinha o fez sorrir com verdadeiro afeto, e ele disse: "Você é bem corajosa, Leona".

"Tem que ser, pelo menos é o que eu acho", ela disse. "Às vezes acho que vou desistir. Mas... *como* é que se desiste?"

Ela parecia tão perdida que chegava a ser engraçado, e ele riu alto e, depois de um instante, ela riu também.

"Se o meu marido me visse agora", e ela sorriu, "ai, ai, ai."

"Por quê? O que o seu marido ia dizer?", ele perguntou.

"Não sei." Mas dessa vez ela não riu. Olhou para ele como se estivesse acordando lentamente de um sonho. "Me diz — será que eu posso pegar mais uma bebida?"

"Claro, Leona", e ele pegou o copo da mão dela, e as mãos e os corpos dos dois se tocaram por um momento. Ela baixou os olhos. "Já volto", ele disse, e foi de novo para a sala, agora com a luz mais baixa. Alguém tocava piano.

"Me conta, cara, como vão as coisas com a Eva?", perguntou o dono da casa.

"Tudo bem, tudo bem, estamos bebendo um pouco."

"Assim você não vai a lugar nenhum. Leva um baseado para a Evinha. Deixa ela se divertir."

"Pode deixar, ela vai se divertir", ele disse.

"O velho Rufus deixou a menina lá fora curtindo o Empire State, cara", disse o jovem saxofonista, rindo.

"Me dá um pouco", Rufus disse, e alguém lhe passou um baseado e ele deu umas tragadas.

"Pode ficar, cara. É da boa."

Rufus preparou dois drinques e ficou um pouco na sala, terminando de fumar e curtindo o piano. Sentia-se bem, limpo, superior, e estava ligeiramente alto quando voltou à varanda.

"Já foi todo mundo embora?", ela perguntou, ansiosa. "Está tão quieto lá dentro."

"Não", ele disse, "eles estão sentados por ali." De repente ela pareceu mais bonita, e mais suave, a luz do rio compunha um pano de fundo, como se fosse uma cortina. Essa cortina parecia se mexer quando ela se mexia, pesada, valiosa, deslumbrante. "Eu não sabia", ele disse, "que você era uma princesa."

Ele entregou a bebida dela e as mãos dos dois voltaram a se tocar. "Sei que você deve estar bêbado", ela disse, feliz, e agora, por cima da bebida, os olhos dela estavam sem dúvida chamando Rufus.

Rufus esperou. Agora tudo parecia muito simples. Ele ficou brincando com os dedos dela. "Você viu alguma coisa que queira ter desde que chegou a Nova York?"

"Ah", ela disse, "eu quero tudo!"

"Viu alguma coisa que queira neste exato momento?"

Os dedos dela enrijeceram um pouco, mas ele segurou. "Vai, me diz. Não precisa ter medo." Na hora essas palavras ecoaram na cabeça dele. Ele já tinha dito isso, havia muitos anos, a outra pessoa. O vento ficou mais frio por um instante, contornando o corpo dele e agitando o cabelo dela. Depois parou.

"E *você*?", ela perguntou baixinho.

"Eu o quê?"

"Está vendo alguma coisa que queira?"

Rufus percebeu que estava alto pelo modo como seus dedos pareciam se pendurar nos de Leona e pela maneira como olhava para o pescoço dela. Queria colocar a boca ali e mordiscar lentamente, até ficar roxo. Percebeu também como os dois estavam bem acima da cidade e como as luzes lá embaixo pareciam chamá-lo. Foi até a ponta da varanda e olhou por cima da mureta. Olhando direto para baixo, parecia que ele estava num penhasco no meio da mata, vendo um reino e um rio jamais vistos. Ele podia conquistar tudo aquilo, cada centímetro do território abaixo e à volta dele agora, e inconscientemente começou a assobiar uma melodia e seus pés se moveram para encontrar os pedais de sua bateria. Rufus largou com cuidado o copo no chão e batucou com os dedos no parapeito de pedra.

"Você não respondeu minha pergunta."

"Qual?"

Ele se virou para Leona, que segurava o copo com as mãos e cujas sobrancelhas se erguiam intrigadas sobre seus olhos desanimados e seu sorriso doce.

"E você não respondeu a minha."

"Respondi, sim." O tom de voz dela agora era mais choroso do que antes. "Eu disse que queria tudo."

Ele pegou a bebida dela, bebeu metade, depois devolveu-lhe o copo, indo para a parte menos iluminada da varanda.

"Bom, então", ele sussurrou, "venha pegar."

Leona foi na direção dele, segurando o copo contra os seios. No último momento, parada bem à frente dele, ela sussurrou cheia de desconfiança e raiva: "O que você está tentando fazer comigo?".

"Minha querida", ele respondeu, "eu já estou fazendo", e puxou Leona para junto de si do jeito mais brusco que conseguiu. Rufus imaginou que ela iria resistir, e ela fez isso mantendo o copo entre os dois e tentando se afastar freneticamente do contato do corpo dele. Rufus derrubou o copo, que caiu lentamente da mão dela no chão da varanda, rolando para longe deles. Vá em frente, ele pensou bem-humorado; se eu te soltasse agora você ficaria tão doida que provavelmente ia acabar pulando dessa varanda. Ele sussurrou: "Isso, resista. Eu gosto. É assim que eles fazem lá no Sul?".

"Ah, Deus", Leona murmurou e começou a chorar. Então, parou de se debater. Suas mãos subiram e tocaram o rosto dele como se ela fosse cega. Depois passou os braços pelo pescoço de Rufus e se pendurou nele, ainda tremendo. Os lábios e os dentes dele tocaram as orelhas e o pescoço dela, e ele disse: "Querida, você ainda não tem nenhum motivo para gemer".

Sim, Rufus estava alto; tudo o que ele fazia ele se via fazendo, e começou a sentir uma ternura por Leona que não esperava sentir. Tentou, consigo mesmo, compensar o que estava fazendo — o que estava fazendo com ela. Tudo parecia demorar demais para acontecer. Rufus se pendurou nos seios dela, que se destacavam como colinas de creme amarelo, mamilos duros, marrons, brincando, fuçando, mordendo enquanto ela gemia e choramingava, e os joelhos dela cederam. Ele suavemente os levou até o chão, puxando o corpo dela para cima do dele. Segurou firme o seu quadril e o seu ombro. Parte dele estava preocupada com os donos da casa e com as pessoas na sala, mas outra parte não conseguia parar a loucura que ele tinha começado. Os dedos dela abriram a camisa dele até o umbigo, sua língua queimou o pescoço e o peito de Rufus; as mãos dele levantaram a saia e acariciaram a parte interna das coxas dela. Depois, depois de um tempo longo e intenso, em que ele se agitava debaixo de cada um dos tremores cada vez mais rápidos do corpo dela, ele forçou o corpo de Leona a ficar sob o dele e a penetrou. Por um momento achou que ela fosse gritar, ela estava muito tensa, respirava muito forte, estava muito rígida. Mas depois ela gemeu e se mexeu sob o corpo dele. Então, do centro da tempestade que crescia nele, lenta e deliberada, ele começou o vagaroso trajeto para casa.

E ela o conduziu como o mar conduz um barco: com um movimento lento, embalado, que crescia e diminuía, sem sugerir a violência do mar alto. Eles murmuraram e soluçaram no percurso, ele praguejava de um jeito suave, insistente. Os dois trabalhavam para chegar a um porto: não haveria descanso até que esse movimento se tornasse insuportavelmente acelerado pela força que crescia nos dois. Rufus abriu os olhos por um instante e observou o rosto dela, transfigurado pela agonia e brilhando no escuro como alabastro. Havia lágrimas no canto dos olhos dela e suas sobrancelhas estavam úmidas. A respiração vinha misturada com gemidos e gritos curtos, com palavras que ele não compreendia, e contra a própria vontade ele começou a se mover mais rápido e a empurrar cada vez mais fundo. Queria que ela se lembrasse dele pelo resto de sua vida. E, por um breve momento, nada o teria feito parar, nem mesmo o Deus branco nem um esquadrão de linchadores que chegasse voando. Amaldiçoou baixinho aquela vadia branca como o leite, gemeu e enfiou sua arma entre as coxas dela. Ela começou a gritar. *Eu te disse*, ele murmurou, *que eu ia te dar motivo pra gemer*, e imediatamente sentiu que estava sufocando como se estivesse prestes a explodir ou a morrer. Um gemido e um xingamento laceraram seu corpo enquanto ele socava com toda a força e sentia seu veneno disparar de dentro de si, o suficiente para cem bebês negro--brancos.

Rufus ficou deitado de costas, respirando pesado. Ouviu música vindo da sala e um assobio no rio. Estava assustado e com a garganta seca. O ar estava frio nos lugares onde ele estava molhado.

Ela o tocou e ele deu um salto. Depois obrigou-se a se virar para ela e olhou em seus olhos. Os olhos de Leona ainda estavam molhados, profundos e escuros, os lábios trêmulos levemente curvados em um sorriso tímido, triunfante. Rufus puxou o corpo dela para perto, querendo poder descansar. Esperava que ela não dissesse nada, mas: "Foi tão maravilhoso", ela disse, e deu um beijo nele. E essas palavras, embora não trouxessem para ele nenhuma ternura nem tivessem dado fim ao seu temor estúpido e misterioso, começaram a trazer de volta o desejo.

Ele sentou. "Você é uma branquela muito engraçadinha", ele disse. Rufus ficou olhando para ela. "Não sei o que você vai dizer pro seu marido quando chegar em casa com um bebê pretinho."

"Não vou ter mais bebês", ela disse, "não precisa se preocupar com isso." Ela não disse mais nada; mas tinha muito mais para dizer. "Ele me tirou isso também", disse por fim.

Rufus queria ouvir a história dela. E não queria saber mais nada sobre ela.

"Vamos entrar pra gente se limpar", ele disse.

Ela pôs a cabeça no peito dele. "Estou com medo de entrar agora."

Rufus riu e acariciou-lhe o cabelo. Voltou a sentir afeto por ela. "Você não está pensando em passar a noite aqui, está?"

"O que os seus amigos vão pensar?"

"Bom, Leona, eu sei que eles não vão chamar a polícia." Deu um beijo nela. "Eles não vão pensar nada, querida."

"Você entra comigo?"

"Claro, vou entrar com você." Ele a afastou. "Você só precisa dar uma ajeitada na roupa" — acariciou o corpo dela, olhando em seus olhos — "e meio que passar a mão no cabelo, desse jeito" — e pôs para trás os cabelos que estavam sobre a testa dela. Ela olhou para ele. Rufus se pegou dizendo: "Você gosta de mim?".

Leona engoliu saliva, nervosa. Ele viu a veia latejar no pescoço dela. Ela parecia muito frágil. "Sim", disse. Ela olhou para baixo. "Rufus", disse, "eu realmente gosto de você. Por favor, não me magoe."

"Por que eu ia querer te magoar, Leona?" Ele passou uma mão no pescoço dela, olhando sério para ela. "O que te faz pensar que eu quero te magoar?"

"As pessoas *magoam* umas às outras", ela disse por fim.

"Alguém andou te magoando, Leona?"

Ela ficou em silêncio, o rosto recostado na palma da mão dele. "Meu marido", ela disse baixinho. "Achei que ele me amava, mas não era verdade... Ah, eu sabia que ele era grosso, mas não sabia que ele era *ruim*. Claro que ele não me amava, já que levou meu filho embora, ele está em algum lugar onde eu nunca mais vou conseguir achar." Ela olhou para Rufus com os olhos cheios de lágrimas. "Ele disse que eu não servia para ser mãe porque... eu... bebia demais. Eu *realmente* bebia demais, era o único jeito de suportar a vida com ele. Mas eu preferia morrer do que deixar que alguma coisa acontecesse com o meu menino."

Ele ficou em silêncio. As lágrimas dela caíram em seu pulso negro. "Ele ainda está lá", ela disse, "meu marido, quero dizer. Ele, a minha mãe e o meu irmão são cheios de segredinhos. Eles acham que eu nunca servi pra coisa nenhuma. Bom, se todo mundo fica te dizendo isso o tempo todo" — ela tentou rir — "claro que você não vai virar grande coisa."

Ele tirou da cabeça todas as perguntas que queria fazer. Começava a esfriar na varanda; ele estava com fome, queria beber alguma coisa e ir para casa, para sua cama. "Bom", disse, afinal, "eu não vou te magoar", e se levantou, indo até a mureta da varanda. A cueca parecia uma corda entre suas pernas, ele a ajeitou e sentiu o tecido colar nele. Fechou o zíper, as pernas bem abertas. O céu tinha esmaecido para um tom de roxo. As estrelas haviam desaparecido e as luzes da orla de Jersey estavam apagadas. Uma barcaça de carvão navegava lentamente pelo rio.

"Como é que eu estou?", ela perguntou.

"Ótima", ele disse, e era verdade. Ela parecia uma criança cansada. "Quer ir pra minha casa?"

"Se você quiser que eu vá", ela disse.

"Bom, sim, é isso que eu quero." Mas ele ficou se perguntando por que continuava perto dela.

Vivaldo chegou no final da tarde seguinte e encontrou Rufus ainda na cama e Leona na cozinha preparando o café da manhã.

Foi Leona quem abriu a porta. E Rufus adorou ver o choque lento no rosto de Vivaldo enquanto olhava Leona, embrulhada no roupão de Rufus, para Rufus, sentado na cama, nu exceto pelos cobertores.

Deixe o desgraçado do branquelo liberal se contorcer, ele pensou.

"E aí, meu chapa", ele gritou, "entra. Chegou bem na hora pro café da manhã."

"O *meu* café da manhã já foi", Vivaldo disse, "mas vocês dois ainda não estão nem vestidos. Eu volto depois."

"Porra, cara, entra aí. Essa é a Leona. Leona, esse é o meu amigo Vivaldo. É como a gente chama ele. O nome inteiro é Daniel Vivaldo Moore. Um irlandês."

"O Rufus tem preconceito contra todo mundo", disse Leona, e sorriu. "Entra."

Vivaldo entrou, fechou a porta meio sem jeito e sentou na beira da cama. Sempre que se sentia pouco à vontade — o que era bem comum — seus braços e pernas pareciam se esticar até ganhar proporções monstruosas, e Vivaldo reagia com uma perplexidade cheia de desprezo, como se aquelas partes de seu corpo lhe tivessem sido impostas momentos antes.

"Espero que você possa comer *alguma coisa*", Leona disse. "Tem muita comida, fica pronto num minuto."

"Eu tomo uma xícara de café com vocês", Vivaldo disse, "a não ser que por acaso vocês tenham uma cerveja." Depois olhou para Rufus. "Imagino que tenha sido uma festa e tanto."

Rufus sorriu. "Nada má, nada má."

Leona abriu uma cerveja, serviu um copo e levou para Vivaldo. Ele pegou a cerveja, olhando para ela com seu sorriso malicioso de cigano e derramou um pouco num dos pés.

"Quer um pouco, Rufus?"

"Não, querida, por enquanto não. Primeiro vou comer."

Leona voltou para a cozinha.

"Não é um esplêndido espécime da típica mulher do Sul?", Rufus perguntou. "Lá eles ensinam as mulheres a *servir*."

Da cozinha veio a risada de Leona. "Sem dúvida essa é a única coisa que ensinam pra gente."

"Querida, desde que você saiba fazer um homem feliz como está me fazendo, você não *precisa* saber fazer mais nada."

Rufus e Vivaldo se olharam por um momento. Depois Vivaldo sorriu. "E aí, Rufus? Vai levantar a bunda dessa cama?"

Rufus afastou as cobertas e pulou para fora da cama. Ergueu os braços, bocejou e se alongou.

"Que belo show você está dando hoje", Vivaldo disse, e jogou uma cueca para ele.

Rufus vestiu a cueca, uma calça cinza velha e uma camisa polo verde desbotada. "Você devia ter ido à festa, afinal", disse. "Tinha uma maconha de primeira."

"Bom. Tive uns probleminhas ontem à noite."

"Você e Jane? Como sempre?"

"Ah, ela estava bêbada e fumou um troço. Você sabe. Ela é doente, não consegue se controlar."

"Eu sei que *ela* é doente. Mas qual é o seu problema?"

"Acho que gosto que esfreguem as coisas na minha cara." Eles foram para a mesa. "Primeira vez no Village, Leona?"

"Não, já andei um pouco por aqui. Mas você só conhece mesmo um lugar se conhecer as pessoas."

"Agora você conhece a gente", disse Vivaldo, "e agora você vai conhecer todo mundo. A gente vai te levar pra dar umas voltas."

Algo no modo como Vivaldo disse isso irritou Rufus. A animação dele evaporou; encheu-se de suspeitas amargas. Deu uma olhada de relance para Vivaldo, que tomava goles de cerveja e observava Leona com um sorriso impenetrável — impenetrável exatamente por parecer tão franco e bem-humorado. Rufus olhou para Leona, que, pelo menos naquela tarde, submersa no roupão dele, com o cabelo preso no alto da cabeça e o rosto sem maquiagem, não podia ser chamada de bonita. Talvez Vivaldo estivesse sendo arrogante com ela por não achá-la atraente — o que significava que Vivaldo estava sendo arrogante com *ele*. Ou talvez estivesse flertando com ela por Leona parecer tão simples e disponível: a prova dessa disponibilidade era ela estar na casa de Rufus.

Então Leona olhou para o outro lado da mesa e sorriu para ele. O coração e as vísceras de Rufus tremeram; lembrou-se da violência e da ternura dos dois juntos; e pensou: Vivaldo que vá à merda. Ele tinha algo que Vivaldo jamais poderia ter.

Ele se inclinou por cima da mesa e a beijou.

"Posso tomar mais uma cerveja?", perguntou Vivaldo, sorrindo.

"Você sabe onde tem", Rufus disse.

Leona pegou o copo dele e foi para a cozinha. Rufus mostrou a língua para Vivaldo, que estava olhando para ele com as sobrancelhas erguidas e um pouco de sarcasmo.

Leona voltou, pôs outra cerveja na frente de Vivaldo e disse: "Fiquem aí, meninos, que eu vou me vestir". Pegou suas roupas e desapareceu no banheiro.

Houve silêncio na mesa por um momento.

"Ela vai ficar aqui com você?", Vivaldo perguntou.

"Ainda não sei. Nada decidido ainda. Mas acho que ela quer…"

"Ah, isso é óbvio. Mas este apartamento não é meio pequeno pra duas pessoas?"

"Talvez a gente vá para um apartamento maior. De qualquer jeito — você sabe — eu não paro muito em casa mesmo."

Vivaldo ficou pensando nisso. Em seguida: "Espero que você saiba o que está fazendo, meu querido. Sei que eu não tenho nada a ver com isso, mas…".

Rufus olhou para ele. "Você não gostou dela?"

"Claro, gostei. É um doce de menina." Ele tomou um gole de cerveja. "A questão é… quanto *você* gosta dela?"

"O que você acha?" E Rufus sorriu.

"Bom, não, pra ser sincero… não sei. Quer dizer, claro que você gosta dela. Mas… ah, sei lá."

Ficaram em silêncio de novo. Vivaldo baixou o olhar.

"Não se preocupe", disse Rufus. "Eu sou bem grandinho, sabe."

Vivaldo ergueu os olhos e disse: "O mundo também é bem grande, meu caro. Pense nisso".

"Já pensei nisso."

"O problema é que eu me sinto muito paternal com você, seu filho da puta."

"Esse é o problema de todos vocês, seus branquelos de merda."

Eles encontraram o grande mundo ao sair para as ruas no domingo. O mundo olhou sem nenhuma simpatia para os dois através dos olhos das pessoas que passavam; e Rufus se deu conta de que ele não tinha pensado nem um minuto sobre este mundo e seu poder de ódio e destruição. Não tinha pensado nem um minuto em seu futuro com Leona, já que ele jamais havia pensado que eles fossem ter um. No entanto, lá estava ela, com a clara intenção de ficar caso ele a quisesse. Mas o preço era alto: problemas com o dono do apartamento, com os vizinhos, com todos os adolescentes do Village e com todo mundo que aparecia por lá nos fins de semana. E a família dele ia ter um chilique. A reação do pai e da mãe nem importava tanto — o chilique deles, que já durava toda uma vida, era quase um reflexo. Mas ele sabia que Ida ia odiar Leona na hora. Ela sempre havia esperado muito de Rufus, e tinha plena consciência racial. Ela ia dizer: você nunca ia olhar pra essa menina, Rufus, se ela fosse negra. Mas você fica com qualquer caipira de merda só porque é branca. Qual é o problema? Você tem vergonha de ser negro?

Então, pela primeira vez na vida ele ficou pensando nisso — ou melhor, a pergunta apareceu em seu cérebro por um instante e depois, rapidamente e com remorso, foi embora. Olhou de relance para Leona. Agora ela estava bem bonita. Tinha trançado o cabelo e prendido as tranças no alto, o que lhe dava uma aparência bastante antiquada e muito mais jovem do que ela era.

Um casal jovem vinha na direção deles, carregando os jornais de domingo. Rufus observou os olhos do homem enquanto ele olhava para Leona; e tanto o homem quanto a mulher olharam rapidamente de Vivaldo para Rufus como se para decidir qual dos dois estava junto com ela. E como estavam no Village — o lugar da liberdade — Rufus adivinhou, pela olhadela quase acanhada e rápida que o sujeito deu ao passar por eles, que o homem havia concluído que Rufus e Leona formavam um casal. O rosto da esposa, porém, se fechou totalmente, como um portão.

Eles chegaram ao parque. Velhas desleixadas das áreas pobres e do East Side ficavam sentadas em bancos, normalmente sozinhas, às vezes com homens magérrimos e grisalhos ao lado. Senhoras dos grandes prédios na Quinta Avenida, desesperadamente elegantes, também estavam no parque, andando com seus cachorros; e babás negras, olhando com um rosto frio para o mundo dos adultos, cantavam ansiosas para seus carrinhos de bebê. Trabalhadores italianos e pequenos empresários passeavam com as famílias ou sentavam debaixo das árvores, conversando entre si; alguns jogavam xadrez ou liam a *L'Espresso*. Outros moradores do Village estavam sentados em bancos, lendo —

Kierkegaard era o nome que em letras garrafais se via na capa do livro nas mãos de uma garota de cabelo curto e calça jeans —, ou conversando distraídos sobre assuntos abstratos, ou fofocando, ou rindo; ou sentados quietos, fosse com um esforço imenso e invisível que parecia estilhaçar bancos e árvores, fosse com uma fragilidade que indicava que jamais voltariam a se mexer.

Rufus e Vivaldo — mas especialmente Vivaldo — conheciam ou tinham sido íntimos de várias dessas pessoas havia tanto tempo, era a impressão agora, que podia ter acontecido em outra vida. Havia algo de assustador na atitude de antigos amigos, de antigos amantes que, misteriosamente, deram em nada. Aquilo era um indício da existência de um câncer agindo neles, invisível, o tempo todo e que podia, agora, estar agindo em você. Muitos tinham sumido, claro, voltado para os portos de onde partiram. Mas muitos outros seguiam invisíveis, transformados em alcoólatras ou drogados, ou haviam embarcado numa procura nervosa pelo psiquiatra perfeito; tinham casamentos rancorosos e se procriavam e engordavam; sonhavam os mesmos sonhos que haviam sonhado dez anos antes, agasalhados nos mesmos argumentos, citando os mesmos mestres; e irradiavam, segundo sua imaginação terrível, o mesmo charme que tinham antes de os dentes começarem a ruir e de os cabelos começarem a cair. Eles eram mais hostis agora do que antes, essa era a mudança audível e inescapável no tom de voz deles, e a única vitalidade que lhes restava estava em seus olhos.

Então Vivaldo foi parado no caminho por uma moça grande, bem-humorada, que não estava sóbria. Rufus e Leona pararam, esperando por ele.

"O seu amigo é bem legal", disse Leona. "Ele é espontâneo de verdade. Parece que a gente se conhece há anos."

Sem Vivaldo, havia uma diferença nos olhos que observavam os dois. Os habitantes do Village, ao mesmo tempo cativos e livres, olhavam para eles como se estivessem em um leilão ou em uma fazenda. O sol pálido de primavera parecia muito quente na nuca e na testa dele. Leona cintilava diante de Rufus e parecia não prestar atenção em nada nem em ninguém, só nele. E, se houvesse alguma dúvida sobre o relacionamento dos dois, o olhar dela era o suficiente para dissipá-la. Se ela podia aceitar aquilo com tanta calma, se ela nem notava nada, qual era o problema com ele? Talvez ele estivesse inventando tudo aquilo, talvez ninguém estivesse nem aí. Então ergueu os olhos e viu os olhos de um adolescente italiano. O garoto estava salpicado pelo sol que passava pela copa das árvores. Ele olhava para Rufus com ódio; seu olhar se desviou para Leona como se ela fosse uma puta; ele baixou os olhos devagar e estufou o peito — ao registrar seu protesto, suas costas pareciam rosnar, depois de deixar claro o que pensava.

"Veadinho", Rufus murmurou.

Então Leona o surpreendeu: "Você está falando daquele garoto? Ele só está entediado e sozinho, não sabe de nada. Se você quisesse ficar amigo dele, provavelmente seria fácil".

Ele riu.

"Bom, esse é o problema com a maioria das pessoas", Leona insistiu, num lamento, "ficar sem ninguém. É isso que torna as pessoas tão más. Estou te dizendo, garoto, eu sei."

"Não me chame de *garoto*", ele disse.

"Bom", ela disse, parecendo assustada, "não quis te ofender, querido." Ela pegou o braço dele e eles se viraram para procurar Vivaldo. A garota gorda estava com o braço no pescoço dele e ele se debatia para se livrar dela, rindo.

"Esse Vivaldo", disse Rufus, achando engraçado, "ele tem problemas com as mulheres."

"Com certeza ele está se divertindo", Leona disse. "Olhe como ela também está se divertindo."

Agora a moça gorda tinha soltado Vivaldo e ria tanto que parecia prestes a desabar no chão. As pessoas, com um riso tolerante, olhavam dos bancos ou da grama, ou de seus livros, reconhecendo dois personagens do Village.

Então Rufus se ressentiu de todos eles. Ficou pensando se ele e Leona ousariam fazer uma cena daquelas em público, se esse dia ia chegar para os dois. Ninguém ousava olhar para Vivaldo, fosse lá com que mulher estivesse, do modo como olhavam para Rufus agora; eles também não olhavam para a moça como olhavam para Leona. A puta mais barata de Manhattan estaria protegida se estivesse ao lado de Vivaldo. Isso porque Vivaldo era branco.

Ele se lembrou de uma noite chuvosa no inverno passado, quando tinha acabado de chegar de um show em Boston, e ele e Vivaldo saíram com Jane. Rufus nunca entendeu o que Vivaldo via em Jane, que era velha demais, combativa demais e suja demais para ele; o cabelo grisalho dela estava sempre despenteado, os suéteres, que ela parecia ter aos milhares, eram desfiados e feios; e as calças jeans, largas e manchadas de tinta. "Ela se veste igual a uma lésbica", Rufus disse uma vez para Vivaldo, e depois riu da expressão horrorizada do amigo. O rosto dele franziu como se alguém tivesse quebrado um ovo podre. Mas ele nunca tinha odiado Jane de verdade até aquela noite chuvosa.

A noite tinha sido horrorosa, com chuva desabando como se lançada de imensos baldes de metal, enchendo o ar com um rugido lamuriento, transformando luzes, ruas e edifícios em água. A água batia nas janelas e escorria pelos vidros do bar fétido e vagabundo para o qual Jane os levara, um bar onde eles não conheciam ninguém. O lugar estava repleto de mulheres feias e sujas com as quais, aparentemente, Jane às vezes bebia durante o dia; e de homens pálidos, desmazelados, rabugentos, que trabalhavam no porto e que se ressentiam de ver Rufus ali. Ele queria ir embora, mas esperava a chuva dar uma trégua. Rufus estava entediado a ponto de aguentar quieto a tagarelice de Jane sobre seus quadros, e sentia vergonha de Vivaldo por aguentar aquilo. Como a briga começou? Ele sempre culpou Jane. Uma hora, para não pegar no sono, começou a provocar Jane um pouquinho; mas claro que as provocações revelaram o que ele realmente pensava dela, e ela não demorou a perceber isso. Vivaldo ficou observando os dois com um sorriso discreto, prudente. Ele também estava entediado e achava a pretensão de Jane insuportável.

"De qualquer forma", Jane disse, "você não é um artista, então não tem como julgar o meu trabalho..."

"Ah, pare", disse Vivaldo. "Olhe que besteira você está falando. Você está dizendo que só pinta para esses pintorezinhos incompetentes verem?"

"Ah, cara, deixa ela", Rufus disse, começando a achar graça. Ele se inclinou para a frente, rindo de Jane de um modo ao mesmo tempo lascivo e sardônico. "Essa moça é profunda demais pra gente, cara, a gente não consegue entender o que ela está fazendo."

"Os esnobes aqui são vocês", ela disse, "não eu. Aposto que eu falo para mais pessoas honestas, trabalhadoras, ignorantes, aqui mesmo neste bar, do que qualquer um de vocês dois. Esse pessoal com quem vocês saem está *morto*, cara. Pelo menos essas pessoas aqui estão *vivas*."

Rufus riu. "Achei que tinha um cheiro esquisito aqui. Então é isso. Merda. É a vida, né?" E riu de novo.

Mas ele também sabia que eles estavam começando a chamar a atenção, e olhou para as janelas onde a chuva escorria, dizendo a si mesmo: o.k., Rufus, se comporte. E se recostou no sofá, onde estava sentado de frente para Jane e Vivaldo.

Ele tinha acertado o golpe, e ela revidou com a única arma que possuía, um instrumento disforme que em algum momento do passado pode ter sido fúria. "O cheiro aqui não é pior do que no lugar de onde você vem, meu amor."

Vivaldo e Rufus se olharam. Os lábios de Vivaldo ficaram brancos. Ele disse: "Diga mais uma palavra, meu amor, e eu vou fazer você engolir esses teus dois dentinhos".

Ela se deliciou com aquilo. De uma hora para outra, virou Bette Davis e gritou o mais alto que pôde: "Você está me ameaçando?".

Todo mundo se virou e olhou para eles.

"Merda", disse Rufus, "vamos embora."

"Sim", disse Vivaldo, "vamos embora daqui." Ele olhou para Jane. "Levanta. Sua vadia imunda."

Agora Jane estava arrependida. Ela se debruçou sobre a mesa e agarrou a mão de Rufus. "Eu me expressei mal." Rufus tentou tirar a mão; ela segurou. Ele relaxou, para não dar a impressão de que estava lutando com ela. Agora ela era Joan Fontaine. "Por favor, você *tem* que acreditar em mim, Rufus!"

"Eu acredito", ele disse, e se levantou; e encontrou um irlandês pesado em seu caminho. Eles se encararam por um instante e o sujeito cuspiu no rosto dele. Rufus ouviu Jane gritar, mas já estava longe. Deu um soco, ou pensou ter dado; um punho acertou seu rosto e alguma coisa atingiu sua nuca. O mundo, o ar, ficou vermelho e negro, depois rugiu contra ele com rostos e punhos. A parte debaixo de suas costas bateu em algo frio, duro e reto; imaginou que era a beirada do balcão e tentou entender como tinha ido parar lá. De longe, Rufus viu um banco pairando sobre a cabeça de Vivaldo e ouviu Jane gritar, chorosa como uma irlandesa. Ele não tinha se dado conta de que havia tantos homens no bar. Acertou um rosto, sentiu um osso sob o osso de seu punho, e olhos verdes frágeis olhando para ele como faróis no momento da colisão, fechados diante do perigo. Alguém atingiu sua barriga, outra pessoa, a cabeça. Tudo parecia girar e ele já não tinha como atacar, só se defendia. Rufus abaixou a cabeça, balançando e se mexendo, indo para lá e para cá, e se agachou, tentando proteger as partes íntimas. Ouviu vidro estilhaçando. Por um instante viu Vivaldo na outra ponta do balcão, sangue escorrendo do nariz e da testa, cercado por três ou quatro sujeitos, e viu alguém dar um tapa com as costas da mão em Jane, que rodou por metade da sala. O rosto dela estava pálido e apavorado. *Ótimo*, pensou, e sentiu que pairava no ar, passando sobre o balcão. Novo estilhaço de vidro e madeira quebrando. Havia um pé em seu ombro e outro na canela. Pressionou as nádegas no chão e chutou com a perna livre até onde alcançou; e com um braço tentou segurar o punho que colidia de novo e de novo em seu rosto. Atrás do punho, longe, estava o rosto do irlandês, olhos verdes incendiados. Em seguida não viu mais nada, não ouviu mais nada, não sentiu mais nada. Depois ouviu pés correndo. Rufus estava caído de costas atrás do balcão. Não havia ninguém perto dele. Ergueu-se e saiu engatinhando dali. O barman estava na porta, botando os clientes para fora; uma senhora continuava no bar, tomando tranquilamente seu gim; Vivaldo estava caído com o rosto em uma poça de sangue. Jane, ao lado dele, não sabia o que fazer. E o som da chuva voltou.

"Acho que ele morreu", Jane disse.

Rufus olhou para ela e a odiou com todas as forças. Ele disse: "Devia ser você, sua vagabunda". Ela começou a chorar.

Ele se abaixou e ajudou Vivaldo a se levantar. Meio encurvados, meio se apoiando um no outro, chegaram até a porta. Jane foi atrás deles. "Deixa eu ajudar vocês."

Vivaldo parou e tentou endireitar as costas. Eles se encostaram meio para dentro, meio para fora da porta. O barman observava os dois. Vivaldo olhou para o barman, depois para Jane. Ele e Rufus cambalearam em direção à chuva ofuscante.

"Deixa eu *ajudar*", Jane gritou de novo. Mas ela ficou parada na porta por tempo suficiente para dizer ao barman, que tinha o rosto absolutamente inexpressivo: "Você ainda vai ouvir falar disso, pode ter certeza. Eu vou fechar este bar e fazer você ficar sem emprego, nem que seja a última coisa que eu faça na vida". Depois saiu correndo na chuva e tentou ajudar Rufus a segurar Vivaldo.

Vivaldo recuou quando ela tocou nele, escorregou e quase caiu. "Fique longe de mim. Fique longe de mim. Você já me ajudou bastante hoje."

"Você tem que ir para algum lugar!", Jane gritou.

"Não se *preocupe*. Não se preocupe. Morre, cai fora, vá se foder. A gente vai pro hospital."

Rufus olhou para o rosto de Vivaldo e teve medo. Os olhos dele estavam se fechando e havia sangue escorrendo de algum ferimento na cabeça. E ele chorava.

"Isso não é jeito de falar com o meu amigo, cara", ele disse várias vezes. "Porra! Isso não é jeito de falar com o meu *amigo*!"

"Vamos para a casa dela", Rufus sussurrou. "É mais perto." Vivaldo parecia não ouvir. "Vamos, meu velho, vamos para a casa da Jane, não faz mal."

Ele estava com medo de Vivaldo ter algum ferimento grave, e sabia o que ia acontecer no hospital se dois branquelos e um negão chegassem sangrando. Afinal os médicos e as enfermeiras eram, acima de tudo, cidadãos de bem, honestos e brancos. E o medo nem era tanto por ele mesmo, mas por Vivaldo, que sabia tão pouco sobre seus conterrâneos.

Assim, escorregando e deslizando, com Jane às vezes andando em volta deles sem saber o que fazer e agora tomando a frente como uma Joana D'Arc grandalhona, eles chegaram ao apartamento de Jane. Ele levou Vivaldo ao banheiro e o ajudou a sentar. Ele se olhou no espelho. Seu rosto parecia uma geleia, mas aquilo provavelmente ia cicatrizar, e só um olho estava fechado; ao começar a limpar Vivaldo, porém, Rufus achou um talho grande na cabeça, e ficou preocupado.

"Cara", ele murmurou, "você precisa ir pro hospital."

"Foi o que eu disse. Beleza. Vamos."

E tentou se levantar.

"Não, cara. Escute. Se eu for com você, os caras vão ficar desconfiados porque eu sou negro e você é branco. Está me ouvindo? Estou sendo sincero com você."

Vivaldo disse: "Eu realmente não estou a fim de ouvir isso agora, Rufus".

"Bom, é verdade, tanto faz se você quer ouvir ou não. A Jane tem que te levar pro hospital, eu não posso ir com você." Os olhos de Vivaldo estavam fechados e o rosto, branco. "Vivaldo?"

Ele abriu os olhos. "Você está puto comigo, Rufus?"

"Claro que não, meu querido, por que eu ia estar puto com você?" Mas ele sabia o que estava deixando Vivaldo preocupado. Ele se abaixou e sussurrou: "Não esquente, meu chapa, está tudo bem. Eu sei que você é meu amigo".

"Eu te amo, seu bosta, amo mesmo."

"Eu também te amo. Agora, vai pro hospital, não quero que você morra no banheiro dessa branquela falsa. Eu te espero aqui. Vou ficar bem." Depois saiu rápido do banheiro. Disse para Jane: "Leva ele pro hospital, ele está mais machucado do que eu. Eu espero aqui".

Ela teve o bom senso, na hora, de não dizer nada. Vivaldo ficou no hospital por dez dias e levou três pontos na cabeça. De manhã Rufus foi ao Harlem fazer uma consulta com um médico e ficou de cama por uma semana. Ele e Vivaldo nunca falaram dessa noite, e, apesar de saber que Vivaldo tinha voltado a sair com ela, eles nunca falavam de Jane. Mas desde aquela época Rufus sempre contou com Vivaldo e confiou nele — confiava nele agora mesmo, enquanto observava com certa amargura seu amigo brincando de maneira tão tola com a moça gorda na pista de caminhada. Ele não sabia por que era assim; ele mal se dava conta de que era assim. Vivaldo era diferente de todo mundo que ele conhecia, porque os outros só conseguiam surpreendê-lo pela gentileza ou lealdade; só Vivaldo tinha a capacidade de surpreendê-lo pela traição. Até o romance com Jane contava a favor dele, pois se fosse do tipo que trai o amigo com uma mulher, como parece que a maioria dos brancos faz, especialmente quando o amigo é negro, ele teria encontrado uma mulher mais educada, com modos de dama e alma de puta. Mas Jane parecia ser exatamente o que era, uma vagabunda monstruosa, e sendo assim ela, sem saber, garantia que Rufus e Vivaldo seguissem sendo iguais um ao outro.

Vivaldo finalmente conseguiu se libertar e correu em direção a eles na pista, ainda sorrindo, e agora acenando para alguém mais adiante.

"Olhe", gritou, "é a Cass!"

Rufus se virou e lá estava ela, sentada sozinha na mureta do chafariz, frágil e bela. Para ele, Cass era um mistério. Nunca conseguiu vê-la como parte do mundo branco a que ela parecia pertencer. Era da Nova Inglaterra, de pura linhagem americana, por assim dizer; ela adorava lembrar que uma de suas ancestrais tinha sido queimada por ser bruxa. Havia se casado com Richard, que era polonês, e tinham dois filhos. Richard fora professor de inglês de Vivaldo no ensino médio, anos antes. Eles conheceram Vivaldo quando ele era um pirralho, como diziam — não que ele tivesse mudado muito; eram seus amigos mais antigos.

Com Leona entre os dois, Rufus e Vivaldo atravessaram a rua.

Cass olhou para eles com um sorriso ao mesmo tempo frio e caloroso. Caloroso porque era afetuoso; e arrepiou Rufus porque ela parecia estar se divertindo. "Bom, não sei se continuo falando com vocês dois. Vocês andam ignorando a gente de um jeito vergonhoso. Richard *riscou* vocês da lista dele." Ela olhou para Leona e sorriu. "Eu sou Cass Silenski."

"Esta é a Leona", Rufus disse, colocando uma das mãos no ombro de Leona.

Cass pareceu achar ainda mais graça, e também estava mais afetiva. "Estou muito feliz de te conhecer."

"E eu em conhecer *você*", disse Leona.

Eles sentaram na mureta de pedra que circulava o chafariz, onde havia um pouco de água, o suficiente para crianças pequenas entrarem e brincarem lá dentro.

"Me contem o que vocês andam fazendo", disse Cass. "*Por que* vocês não foram ver a gente?"

"Ah", disse Vivaldo, "eu andei ocupado. Estou escrevendo o meu romance."

"Ele está escrevendo um romance", disse Cass para Leona, "desde que nos conhecemos. Na época ele tinha dezessete anos, agora tem quase trinta."

"Isso não foi muito legal", disse Vivaldo, parecendo achar graça ao mesmo tempo que parecia envergonhado e irritado.

"Bom, o Richard também estava escrevendo um romance. Ele tinha vinte e cinco e agora tem quase quarenta. Então…" Ela observou Vivaldo por um instante. "Mas, no caso do Richard, ele teve uma inspiração totalmente nova e está trabalhando como um louco. Acho que esse é um dos motivos para ele esperar que você passe lá… devia estar querendo conversar com você sobre isso."

"E qual é essa nova inspiração?", Vivaldo perguntou. "Ouvindo assim, parece desleal."

"Ah!" Ela deu de ombros alegremente e tragou fundo no cigarro. "Eu não fui consultada, ele não me conta nada. Você conhece o Richard. Ele levanta antes do sol nascer, vai direto pro escritório e fica lá até a hora de ir para o trabalho; chega em casa, vai direto pro escritório e fica lá até a hora de dormir. A gente quase não se vê. Meus filhos não têm mais pai, eu não tenho mais marido." Ela riu. "Um dia desses ele só grunhiu alguma coisa dizendo que o livro estava indo bem."

"Sem dúvida *parece* que está indo bem." Vivaldo olhou para Cass com inveja. "Você disse que é algo novo? Não é o mesmo romance que ele estava escrevendo?"

"Acho que não. Mas eu realmente não sei de nada." Ela deu mais uma tragada, apagou o cigarro com o salto e imediatamente começou a procurar outro na bolsa.

"Bom, com certeza vou ter que passar lá e dar uma olhada nisso", disse Vivaldo. "Do jeito que as coisas vão, ele vai ficar famoso antes de mim."

"Ah, isso eu sempre soube", disse Cass, e acendeu outro cigarro.

Rufus olhava os pombos andando pela calçada e os grupos de adolescentes indo para cá e para lá. Queria ir embora daquele lugar, escapar daquele perigo. Leona pôs a mão na mão dele. Ele agarrou um dedo dela e ficou segurando.

Cass se virou para Rufus. "Bom, já que *você* está escrevendo um romance, por que *você* não apareceu?"

"Eu estava tocando no Harlem. *Você* prometeu que ia *me* ver. Lembra?"

"Estamos muito duros, Rufus..."

"Quando eu estou tocando num bar, você não precisa se preocupar se está dura ou não, eu já te disse isso."

"Ele é um grande músico", Leona disse. "Vi ele tocar pela primeira vez ontem à noite."

Rufus parecia irritado. "Aquele lance terminou ontem. Não tenho nada para fazer agora, só cuidar da minha velhinha." E ele sorriu.

Cass e Leona se olharam por um instante e sorriram.

"Há quanto tempo você está aqui, Leona?", Cass perguntou.

"Ah, um mês e pouco."

"Está gostando?"

"Ah, adorando. É totalmente diferente, nem te conto."

Cass olhou por um momento para Rufus. "Que maravilha", disse, séria. "Fico feliz por você."

"Sim, dá para ver", disse Leona. "Você parece uma ótima pessoa."

"Obrigada", disse Cass, e corou.

"*Como* você vai cuidar da sua velhinha", Vivaldo perguntou, "se não está trabalhando?"

"Ah, eu tenho umas gravações nesses dias; não se preocupe com o velho Rufus."

Vivaldo suspirou. "Eu me preocupo é *comigo*. Estou na profissão errada — ou melhor, não estou. *Na* profissão, digo. Ninguém quer saber da minha história."

Rufus olhou para ele. "Não me faça começar a falar sobre a *minha* profissão."

"Tudo está difícil", disse Vivaldo.

Rufus olhou para o parque ensolarado.

"Ninguém nunca precisa passar o chapéu pra pagar o enterro de empresários e agentes", Rufus disse. "Mas varrem músicos das ruas todo dia."

"Não se preocupe com isso", disse Leona, gentil, "nunca vão varrer você da rua."

Ela pôs a mão na cabeça dele e fez um carinho. Ele pegou a mão dela e a afastou.

Houve um silêncio. Depois Cass se levantou. "Uma pena não poder continuar a conversa, mas preciso ir para casa. Uma vizinha levou um dos meninos ao zoológico, mas a essa hora eles já devem estar voltando. Melhor eu ir resgatar o Richard."

"Como *estão* os meninos, Cass?", Rufus perguntou.

"Como se *você* se importasse. Pra você ia ser ótimo se eles simplesmente te esquecessem. Estão ótimos. Têm muito mais energia do que os pais."

Vivaldo disse: "Vou levar a Cass em casa. O que vocês acham que vão fazer mais tarde?".

Ele sentiu um medo e um ressentimento surdos, quase como se Vivaldo o estivesse abandonando. "Ah, não sei. Acho que vamos ficar em casa…"

"Preciso ir pra casa mais tarde, Rufus", disse Leona. "Estou sem roupa para ir trabalhar amanhã."

Cass estendeu a mão para Leona. "Foi bom te conhecer. Faça o Rufus te levar lá em casa um dia desses."

"Bom, foi ótimo te conhecer. Tenho conhecido pessoas muito legais."

"Da próxima vez", disse Cass, "vamos sair e beber alguma coisa só nós duas em algum lugar, sem esses *homens*."

Elas riram juntas. "Eu ia adorar."

"Que tal eu te pegar no Benno's", Rufus disse para Vivaldo, "lá pelas dez e meia?"

"Pode ser. Numa dessas a gente anda por aí e ouve um pouco de jazz?"

"Beleza."

"Até mais, Leona. Bom te conhecer."

"Igualmente. Nos vemos em breve."

"Mande lembranças", disse Rufus, "para Richard e os meninos, e diga que logo eu dou uma passada lá."

"Vou fazer isso. E *vá* mesmo, a gente vai adorar te ver."

Cass e Vivaldo foram andando lentamente em direção ao arco. O sol, que brilhava vermelho, estava se pondo e desenhou a silhueta deles no ar, coroando a cabeça escura e a dourada. Rufus e Leona ficaram ali olhando os dois; quando eles chegaram debaixo do arco, se viraram e acenaram.

"Melhor a gente ir andando", disse Rufus.

"Também acho." Eles voltaram pelo parque. "Você tem uns amigos muito legais, Rufus. Você tem sorte. Eles realmente gostam de você. Te acham importante."

"Você acha?"

"Tenho certeza. Dá para ver pelo jeito como eles falam com você, pelo jeito como te tratam."

"Acho que eles *são* bem legais mesmo", ele disse, "independente disso."

Ela riu. "*Você é* um garoto engraçado" — ela se corrigiu — "um sujeito engraçado. Você age como se não soubesse quem você é."

"Eu sei quem eu sou", ele disse, consciente dos olhos que os observavam enquanto passavam, do murmúrio quase inaudível vindo dos bancos ou das árvores. Apertou a mão fina dela entre o cotovelo e seu flanco. "Eu sou o seu garoto. Sabe o que isso quer dizer?"

"O que isso quer dizer?"

"Que você precisa ser boazinha comigo."

"Bom, Rufus, com certeza eu vou tentar."

Agora, com o peso da lembrança de tudo que tinha acontecido desde aquele dia, ele vagava desamparado de volta para a rua 42 e parou diante da grande lanchonete da esquina. Perto dele, logo depois da parede envidraçada, estava o chapeiro atrás do balcão, a carne na estufa abaixo dele. Pães e salgadinhos, mostarda, condimentos, sal e pimenta ficavam na altura de seu peito. Era um homem grande, vestido de branco, com um rosto branco, vermelho, brutal. De tempos em tempos cortava com habilidade um sanduíche para algum dos abandonados lá dentro. Os velhos pareciam conformados por estar ali, por não ter dentes, não ter cabelos, não ter vida. Alguns riam juntos, os jovens, olhos mortos em rostos amarelos, a magreza de seus corpos dando vida à história de sua degradação. Eles eram a presa que ninguém mais desejava caçar, embora mal se dessem conta dessa nova condição e não tolerassem a ideia de abandonar o lugar onde haviam iniciado sua deterioração. E os caçadores estavam lá, muito mais confiantes e pacientes do que as presas. Em qualquer cidade do mundo, em uma noite de inverno, pode-se comprar um garoto pelo preço de uma cerveja e pela promessa de uma coberta quente.

Rufus tremeu, mãos nos bolsos, olhando pela janela e imaginando o que fazer. Pensou em ir andando para o Harlem, mas tinha medo dos policiais que ia encontrar pelo caminho; e ele não sabia como ia conseguir encarar os pais ou a irmã. Da última vez que tinha visto Ida, Rufus contou que logo iria para o México com Leona, onde, ele disse, os dois poderiam viver em paz. Mas depois ninguém mais soube dele.

Agora um sujeito grande, com ar de durão, bem-vestido, branco, cabelo preto e grisalho, saía da lanchonete. Ele parou perto de Rufus, olhando para os dois lados da rua. Rufus não se mexeu, embora quisesse; sua cabeça virou um turbilhão e ele sentiu o estômago vazio embrulhar. Começou a suar na testa de novo. Algo nele sabia o que ia acontecer; algo nele morreu naquele segundo cortante antes de o homem caminhar até ele e dizer:

"Está frio aqui fora. Quer entrar e tomar alguma coisa comigo?"

"Eu prefiro um sanduíche", Rufus murmurou, e pensou: *agora você realmente chegou ao fundo do poço.*

"Bom, você pode comer um sanduíche também. Não tem lei nenhuma que te impeça de fazer isso."

Rufus olhou para um lado e outro da rua, depois para o rosto do homem, frio como gelo, branco como gelo. Disse a si mesmo que conhecia o roteiro, era um sujeito experiente; essa não era a primeira vez em suas andanças que ele consentia com um contato meramente físico; no entanto a impressão é de que não seria capaz de tolerar ser tocado por aquele homem. Eles entraram na lanchonete.

"Que tipo de sanduíche você quer?"

"Carne", Rufus sussurrou, "no pão de centeio."

Eles olharam o cozinheiro cortar a carne, colocá-la no pão e depositar o sanduíche no balcão. O sujeito pagou e Rufus levou seu sanduíche para a outra ponta do balcão. Ele achava que todo mundo ali sabia o que estava acontecendo, que Rufus estava vendendo sua bunda. Mas ninguém parecia se importar. Ninguém olhou para eles. O ruído no bar continuava, o rádio seguia ligado. O barman serviu uma cerveja para Rufus, um uísque para o homem e pôs o dinheiro no caixa. Rufus tentou não pensar no que estava lhe acontecendo. Devorou o sanduíche. Mas o pão pesado e a carne quente lhe deram um pouco de náusea; tudo tremeu diante de seus olhos por um instante; tomou um gole de cerveja, tentando evitar que o sanduíche voltasse.

"Você está com muita fome."

Rufus, ele pensou, não entre nessa. Não entre nessa por nada no mundo. Não saia com o cara. Só vá embora daqui.

"Quer mais um sanduíche?"

O primeiro sanduíche estava ameaçando voltar. O bar fedia a cerveja choca, mijo, carne estragada e a gente que não tomava banho.

De repente percebeu que ia chorar.

"Não, obrigado", ele disse. "Agora estou bem."

O sujeito ficou olhando para ele por um instante.

"Então tome mais uma cerveja."

"Não, obrigado." Mas ele encostou a cabeça no balcão, tremendo.

"*Ei!*"

As luzes piscaram em torno de sua cabeça, o bar inteiro tremeu e voltou ao normal, rostos se entrelaçaram à sua volta, a música do rádio martelou seu crânio. O rosto do homem estava muito perto do dele: olhos duros, um nariz cruel e flácido, lábios brutais. Rufus sentiu o odor do sujeito. Ele se afastou.

"Estou bem."

"Você quase apagou por um minuto."

O barman olhava os dois.

"Melhor você tomar alguma coisa. Ei, Mac, dá uma bebida pro rapaz."

"Certeza que ele está bem?"

"Sim, tudo bem, conheço ele. Dá uma bebida pra ele."

O barman encheu um copo e colocou diante de Rufus. Rufus ficou olhando o copo brilhante, rezando, Senhor, não deixe isso acontecer. Não me deixe ir pra casa com esse cara.

Me resta tão pouco, Senhor, não me deixe perder até isso.

"Beba. Vai te fazer bem. Depois você pode ir pra minha casa e dormir um pouco."

Rufus bebeu o uísque, que primeiro aumentou ainda mais a náusea, depois o esquentou. Endireitou o corpo.

"Você mora por aqui?", ele perguntou ao homem. Se você encostar em mim, pensou, ainda com aquelas lágrimas estranhas ameaçando transbordar a qualquer momento, eu encho você de porrada. Não quero mais que passem a mão em mim, chega, chega, chega.

"Não é muito longe. Rua 46."

Eles saíram do bar, voltaram para a rua.

"É uma cidade solitária", o sujeito disse enquanto caminhavam. "Eu sou solitário. Você não?"

Rufus não disse nada.

"Talvez um possa consolar o outro esta noite."

Rufus olhou as luzes do trânsito, as ruas escuras, quase desertas, os prédios escuros e silenciosos, as sombras profundas das soleiras.

"Entende o que eu quero dizer?"

"Eu não sou o garoto que você quer, senhor", ele disse por fim, e de repente se lembrou de ter dito essas exatas palavras para Eric — há muito tempo.

"Como assim, você não é o garoto que eu quero?" E o sujeito tentou rir. "Será que eu não sou a melhor pessoa para decidir isso?"

Rufus disse: "Eu não tenho nada para te oferecer. Não tenho nada para oferecer a ninguém. Não me faça passar por isso. Por favor".

Eles pararam na avenida silenciosa, de frente um para o outro. Os olhos do homem ficaram mais duros e menores.

"Você não sabia o que estava acontecendo... lá atrás?"

Rufus disse: "Eu estava com fome".

"O que você é, afinal? Só gosta de provocar?"

"Eu estava com fome", Rufus repetiu; "eu estava com fome."

"Você não tem família, nenhum amigo?"

Rufus baixou os olhos. Não respondeu de pronto. Depois: "Eu não quero morrer, moço. Não quero te matar. Me deixa ir... procurar os meus amigos".

"Você sabe onde estão os seus amigos?"

"Eu sei onde está... um deles."

Houve um silêncio. Rufus olhou para a calçada e, muito lentamente, as lágrimas encheram seus olhos e começaram a escorrer pelo nariz.

O homem segurou o braço dele. "Venha... venha para a minha casa."

Mas agora o momento, a chance, tinha passado; os dois sabiam disso. O sujeito largou o braço dele.

"Você é um menino bonito", ele disse.

Rufus se afastou. "Até mais, moço. Obrigado."

O homem não disse nada. Rufus ficou olhando-o ir embora. Em seguida Rufus também deu meia-volta e começou a andar rumo a downtown. Pensou em Eric pela primeira vez em anos e ficou imaginando se ele não estaria perambulando pelas ruas de outro país naquela noite. Pela primeira vez teve um lampejo do tamanho e da natureza da solidão de Eric e do perigo que isso representava para ele; e pensou que deveria ter sido mais gentil com ele. Eric sempre fora muito gentil com Rufus. Havia mandado fazer um par de abotoaduras para Rufus, para o aniversário de Rufus, com o dinheiro que devia ter gastado nas alianças de seu casamento; e esse presente, essa confissão, o deixou nas mãos de Rufus. Rufus o havia desprezado porque ele era do Alabama; talvez tivesse deixado Eric fazer amor com ele para poder desprezá-lo mais profundamente. Eric acabou entendendo isso, se afastou de Rufus, foi para Paris. Mas seus olhos azuis tempestuosos, seu cabelo vermelho-brilhante, sua fala arrastada, tudo agora voltou dolorosamente à mente de Rufus.

Vai em frente e me diz. Não precisa ter medo.

E, como Eric hesitava, Rufus acrescentou — maliciosamente, sorrindo, olhando para ele:

"Você está agindo como uma garotinha — ou coisa assim."

E mesmo agora havia algo inebriante e quase doce na lembrança da tranquilidade com que ele lidou com Eric, com que extraiu sua confissão. Quando Eric terminou de falar, Rufus disse bem devagar:

"Eu não sou o garoto certo pra você. Eu não sou assim."

Eric juntou suas mãos com as deles, e Rufus olhou para elas, vermelhas e marrons.

"Eu sei", ele disse.

Ele andou até o centro da sala.

"Mas eu não tenho como controlar, queria muito que você fosse. Eu queria que você tentasse."

Então, com um esforço terrível, Rufus ouviu sua voz, seu hálito, dizer:

"Eu faria qualquer coisa. Tentaria qualquer coisa. Para te agradar."

Em seguida, com um sorriso: "Sou quase tão novo quanto você. Não sei... muito... sobre isso".

Rufus tinha observado Eric, sorrindo. Sentiu uma onda de afeto por ele. E sentiu seu próprio poder.

Rufus foi até Eric e colocou as mãos nos ombros dele. Não sabia o que dizer ou fazer. Mas, com as mãos nos ombros de Eric, o afeto, o poder e a curiosidade se entrelaçaram nele — com uma violência oculta e imprevista que o assustou um pouco; as mãos que deveriam manter Eric à distância de um braço pareciam puxá-lo na direção dele; a corrente que tinha começado a fluir não sabia como parar.

Por fim, ele disse baixinho, sorrindo: "Sempre tem uma primeira vez, meu chapa".

Agora aquelas abotoaduras estavam no Harlem, na gaveta da escrivaninha de Ida. E quando Eric foi embora Rufus se esqueceu das brigas deles, do indescritível constrangimento físico e da forma como levou Eric a pagar por aquele prazer que deu, ou recebeu. Lembrava-se apenas que Eric o tinha amado; assim como se lembrava que Leona o tinha amado. Desprezou a masculinidade de Eric ao tratá-lo como mulher, ao lhe dizer o quanto ele era inferior a uma mulher, ao tratá-lo como nada mais do que uma hedionda deformidade sexual. Mas Leona não era uma deformidade. E ele tinha usado contra ela os mesmos epítetos que usara contra Eric, e do mesmo modo, com o mesmo grito dentro de sua cabeça e a mesma pressão intolerável no peito.

* * *

Vivaldo morava sozinho num apartamento térreo na Bank Street. Ele estava em casa, Rufus viu a luz na janela. Ele diminuiu um pouco o passo, mas o ar frio recusou-se a deixá-lo hesitar; passou rápido pela porta da rua, que estava aberta, pensando: Bom, eu podia pôr um fim nisso. E Rufus bateu rápido na porta de Vivaldo.

Ouvia-se o som de uma máquina de escrever; de repente o som cessou. Rufus bateu de novo.

"Quem é?", gritou Vivaldo, parecendo extremamente irritado.

"Sou eu. Sou eu. Rufus."

A luz repentina, quando Vivaldo abriu a porta, foi um grande choque, assim como o rosto de Vivaldo.

"Meu Deus", disse Vivaldo.

Ele agarrou Rufus pelo pescoço, puxando-o para dentro e dando-lhe um abraço. Os dois se encostaram por um momento na porta de Vivaldo.

"Meu Deus", Vivaldo disse de novo, "por onde você andava? Você não sabe que não devia fazer esse tipo de coisa? Você deixou todo mundo apavorado, meu irmão. Te procuramos por toda parte."

O choque foi grande e enfraqueceu Rufus, exatamente como se ele tivesse levado um soco no estômago. Ele se pendurou em Vivaldo como se estivesse caído nas cordas. Depois se afastou.

Vivaldo olhou para ele, olhou firme para ele, de cima a baixo. E, pelo rosto de Vivaldo, Rufus teve noção de sua aparência. Afastou-se da porta, afastou-se do escrutínio de Vivaldo.

"A Ida veio aqui; ela está meio doida. Você se deu conta que faz quase um mês que sumiu?"

"Eu sei", ele disse, e sentou largando o corpo numa cadeira

reclinável — que com seu peso vergou quase até o chão. Olhou em volta, pela sala que já tinha sido tão familiar e que agora parecia tão estranha.

Ele se recostou, mãos sobre os olhos.

"Tire o casaco", Vivaldo disse. "Vou ver se consigo achar alguma coisa pra você comer. Está com fome?"

"Não, agora não. Me diz, como está a Ida?"

"Bom, ela está *preocupada*, claro, mas está tudo certo com ela. Rufus, quer beber alguma coisa?"

"Quando ela veio aqui?"

"Ontem. E me ligou hoje à noite. Ela foi na polícia. Está todo mundo preocupado, Cass, Richard, todo mundo..."

Ele sentou. "A polícia está me procurando?"

"Bom, está sim, meu irmão, ninguém pode sumir desse jeito." Vivaldo entrou na cozinha pequena e bagunçada e abriu a geladeira, onde havia um litro de leite e metade de uma toranja. Olhou para aquilo sem saber o que fazer. "A gente vai ter que sair. Não tenho nada para comer aqui." Ele fechou a geladeira. "Mas você pode beber alguma coisa. Tenho bourbon."

Vivaldo serviu dois copos, deu um a Rufus e sentou na outra cadeira, de encosto reto.

"Bom, conte tudo. O que foi que você andou fazendo, por onde foi que andou?"

"Eu só estava andando à toa por aí."

"Meu Deus, Rufus, com um tempo desses? Onde você estava dormindo?"

"Ah, no metrô, debaixo de marquises. Às vezes no cinema."

"E pra comer?"

Ele tomou um gole da bebida. Talvez tivesse sido um erro vir. "Ah", disse, aturdido por ouvir a verdade sendo dita, "às vezes eu meio que vendi minha bunda."

Vivaldo olhou para ele. "Acho que você deve ter tido uma

competição bem dura." Acendeu um cigarro e jogou o maço e os fósforos para Rufus. "Você devia ter procurado alguém, devia ter contado a alguém o que estava acontecendo."

"Eu... não podia. Simplesmente não podia."

"Supostamente nós somos amigos, você e eu."

Rufus se levantou, segurando o cigarro ainda não aceso, e andou pela pequena sala, tocando as coisas. "Sei lá. Não sei no que eu estava pensando." Acendeu o cigarro. "Sei o que eu fiz com a Leona. Não sou burro."

"Eu também sei o que você fez com a Leona. Eu também não sou burro."

"Acho que eu só não pensei..."

"O quê?"

"Que alguém ia se importar."

No silêncio que pairou na sala, Vivaldo se levantou e foi até a vitrola. "Você não achou que a Ida ia se importar? Não achou que eu fosse me importar?"

Ele tinha a impressão de estar sufocando. "Não sei. Sei lá no que eu pensei."

Vivaldo não disse nada. Seu rosto estava pálido e furioso, e ele se concentrou em olhar os discos. Por fim colocou um para tocar: James Pete Johnson e Bessie Smith numa versão relaxada de "Backwater Blues".

"Bom", disse Vivaldo, meio perdido, e sentou de novo.

Além da vitrola, não havia muita coisa no apartamento. Uma luminária feita em casa, prateleiras de livros apoiadas em tijolos, discos, uma cama com um colchão gasto, a cadeira reclinável rachada e a cadeira de encosto reto. Um banco alto diante da escrivaninha de Vivaldo onde ele se balançava agora, com seu cabelo preto grosso e enrolado pendendo para a frente, os olhos tristes e os cantos da boca voltados para baixo. Na escrivaninha havia lápis, papéis, uma máquina de escrever e um telefone. Num cantinho ficava a cozinha, onde a lâmpada de teto queimava. A pia estava cheia de pratos sujos, e no alto deles havia uma lata aberta e vazia. Um saco de papel com lixo apoiava-se nas pernas pouco firmes da mesa da cozinha.

There's thousands of people, Bessie cantou, *ain't got no place to go*, e pela primeira vez Rufus começou a ouvir, na monotonia tremendamente sutil desse blues, algo que falava à sua mente perturbada. O piano estoico e irônico repetia o relato da cantora. Agora que Rufus estava sem ter para onde ir — *'cause my house fell down and I can't live there no mo'*, cantou Bessie —, ele ouviu o verso e o tom da voz dela e pensou como os outros conseguiram vencer o vazio e o horror com que ele agora se deparava.

Vivaldo o observava. Agora pigarreou e disse: "Talvez fosse uma boa ideia você mudar de ares, Rufus. Tudo aqui vai ficar te lembrando... às vezes é melhor simplesmente ir embora e começar do zero. Talvez você devesse ir para a Costa do Pacífico".

"Não tem nada na Costa do Pacífico."

"Um monte de músicos foi pra lá."

"E está todo mundo ferrado por lá. Não é diferente de Nova York."

"Não, eles estão trabalhando. Talvez você se sinta diferente lá, com todo aquele sol, as laranjas e tal." Ele sorriu. "Você pode ser um novo homem, meu chapa."

"Acho que você pensa", disse Rufus, maldoso, "que é hora de eu tentar ser um novo homem."

Ficaram em silêncio. Depois Vivaldo disse: "Não é tanto o que *eu* penso. É o que *você* pensa".

Rufus olhou para o rapaz alto, magro, desajeitado e branco, que era seu melhor amigo, e se sentiu quase sufocar pela vontade de machucá-lo fisicamente.

"Rufus", disse Vivaldo de repente, "acredite, eu sei, eu sei — tem um monte de coisas te fazendo mal que eu nem consigo entender." Ele brincou com as teclas da máquina de escrever. "Um monte de coisas *me* faz mal e eu não consigo entender."

Rufus sentou na ponta da cadeira reclinável rachada, olhando sério para Vivaldo.

"Você me culpa pelo que aconteceu com a Leona?"

"Rufus, qual a vantagem de eu culpar você? Você já se culpa o suficiente, esse é o seu problema. Que vantagem teria de *eu* culpar você?"

No entanto, ele via que Vivaldo também torcia para evitar essa pergunta.

"Você me culpa ou não? Diga a verdade."

"Rufus, se eu não fosse seu amigo, acho que eu ia te culpar, com certeza. Você agiu como um canalha. Mas eu entendo, acho que entendo, estou tentando entender. Mas, como você *é* meu amigo, e, no fim das contas, vamos ser sinceros, você é muito mais importante para mim do que a Leona jamais chegou a ser, bom, eu não acho certo te criticar por você ter sido um canalha. *Todos nós* somos canalhas. É por isso que a gente precisa dos amigos."

"Eu queria conseguir te contar como tudo aconteceu", Rufus disse depois de um longo silêncio. "Queria poder desfazer tudo."

"Bom, não tem como. Então, por favor, tente esquecer."

Rufus pensou: mas não tem como esquecer alguém com quem você se preocupava tanto, que se preocupava tanto com você. Não tem como esquecer uma coisa que machucou tanto, que foi tão fundo e que mudou o mundo para sempre. Não tem como esquecer alguém que você destruiu.

Ele tomou um grande gole de bourbon, segurando a bebida na boca, e depois deixou-a descer aos poucos pela garganta. Rufus jamais conseguiria esquecer os olhos pálidos e assustados de Leona, seu sorriso doce, sua melancólica fala arrastada, seu corpo magro, insaciável.

Ele engasgou um pouco, largou a bebida e apagou o cigarro no cinzeiro que já transbordava.

"Aposto que você não vai acreditar", Rufus disse, "mas eu amava a Leona. Amava mesmo."

"Ah", disse Vivaldo, "eu acredito! Claro que acredito. Era *disso* que se tratava toda aquela sangria desatada."

Ele se levantou e virou o disco. Depois houve um silêncio, exceto pela voz de Bessie Smith.

When my bed get empty, make me feel awful mean and blue.

"Vai, canta, Bessie", Vivaldo murmurou.

My springs is getting rusty, sleeping single like I do.

Rufus pegou seu copo e terminou a bebida.

"Você já teve a sensação", ele perguntou, "de que uma mulher está te corroendo? Quero dizer... não importa como ela era ou o que mais estava fazendo... que era isso que *de fato* ela estava fazendo?"

"Sim", disse Vivaldo.

Rufus se levantou. Andou de um lado para o outro.

"Não tem nada que ele possa fazer. E não tem nada que você possa fazer. E é isso." Fez uma pausa. "Claro, entre mim e a Leona... tinha muitas outras coisas também..."

Houve um longo silêncio. Eles ouviram Bessie.

"Você já quis ser veado?", Rufus perguntou de repente.

Vivaldo sorriu, olhando para o copo. "Já cheguei a pensar que talvez eu fosse. Porra, até *quis* ser." Ele riu. "Mas não sou. Então não tem jeito."

Rufus andou até a janela de Vivaldo. "Então você também já pensou nisso", disse.

"Todo mundo pensa as mesmas coisas. Não tem tanta coisa assim pra pensar. Só que ensinaram a gente a mentir tanto, sobre tanta coisa, que a gente quase nem sabe *no que* está pensando."

Rufus não disse nada. Andou para lá e para cá.

Vivaldo disse: "Talvez você deva ficar aqui, Rufus, por uns dias, até decidir o que quer fazer".

"Não quero te incomodar, Vivaldo."

Vivaldo pegou o copo vazio de Rufus e parou debaixo da arcada que levava para a cozinha. "Você pode ficar deitado aqui de manhã olhando pro meu teto. Ele está cheio de rachaduras, formam várias imagens. Talvez elas te digam coisas que pra mim não disseram. Vou pegar mais bebida."

Outra vez ele se sentiu sufocando. "Obrigado, Vivaldo."

Vivaldo raspou o gelo e serviu mais duas bebidas. Voltou para a sala. "Aqui. A tudo que não sabemos."

Eles beberam.

"Você me deixou preocupado", disse Vivaldo. "Estou feliz que você voltou."

"Estou feliz de te ver", disse Rufus.

"Sua irmã me deixou um número de telefone pra eu ligar se te encontrasse. É da sua vizinha. Talvez eu devesse ligar agora."

"Não", disse Rufus depois de um momento, "já é tarde. De manhã eu apareço lá." E essa ideia, a ideia de ver os pais e a irmã na manhã seguinte, o fez parar, num arrepio. Sentou de novo na cadeira e se recostou com as mãos sobre os olhos.

"Rufus", Leona tinha dito várias vezes, "não tem nada de errado em ser negro."

Às vezes, quando ela dizia isso, ele só a olhava, frio, a uma larga distância, como se estivesse pensando em que diabos ela estava tentando dizer. O olhar dele parecia acusá-la de ignorância e indiferença. E, ao ver o rosto dele, os olhos dela se tornavam mais desesperados do que nunca e ao mesmo tempo cheios de um imenso segredo sexual que a atormentava.

Ele adiou a volta ao trabalho até começar a ter medo de ir trabalhar.

Às vezes, quando ela dizia que não havia nada de errado em ser negro, ele respondia:

"Não se você for uma mulher branca sem um tostão."

Na primeira vez que ele disse isso, ela tremeu e não disse nada. Na segunda vez, deu um tapa nele. E ele deu um tapa nela. Brigavam o tempo todo. Brigavam com as mãos, com as vozes, depois com os corpos: e uma tempestade era igual à outra. Muitas vezes — e agora Rufus estava sentado imóvel, apertando a escuridão com seus olhos, ouvindo a música —, ele tinha, de repente, sem saber que ia fazer isto, atirado uma Leona apavorada e soluçante na cama, no chão, prendido o corpo dela contra uma mesa ou uma parede; ela batia nele, sem força, gemendo, indescritivelmente miserável; ele retorcia seus dedos no cabelo claro e comprido dela e a submetia às piores humilhações. Não era amor o que ele sentia durante esses atos de amor: esgotado e tremendo, irremediavelmente insatisfeito, largava a mulher branca estuprada e ia para os bares. Nesses bares ninguém aplaudia suas vitórias nem condenava sua culpa. Rufus começou a brigar com homens brancos. Era expulso de bares. Os olhares de seus amigos lhe diziam que ele estava afundando. Seu próprio coração dizia isso. Mas o ar por onde ele avançava era sua prisão e ele não conseguia sequer reunir fôlego suficiente para pedir socorro.

Talvez agora, porém, ele tivesse chegado ao fundo do poço. Uma coisa sobre o fundo do poço, ele disse a si mesmo, é que você não tem como cair mais. Tentou se consolar com essa ideia. Mas em seu coração ele suspeitava que o poço na verdade não tinha fundo.

"Eu não quero morrer", ele se ouviu dizendo, e começou a chorar.

A música continuou, longe dele, terrivelmente alta. As luzes eram muito brilhantes e quentes. Ele suava e seu corpo coçava, fedia. Vivaldo estava perto dele, fazendo carinho em sua cabeça; o tecido da blusa de Vivaldo o sufocava. Queria parar de chorar, se levantar, respirar, mas só o que conseguia fazer era ficar ali sentado com o rosto entre as mãos. Vivaldo murmurou: "Vai em frente, meu irmão, põe isso pra fora, põe tudo isso pra fora". Ele queria se levantar, respirar e, ao mesmo tempo, queria se deitar no chão e ser engolido por qualquer coisa que fizesse sua dor parar.

No entanto, ele sabia, talvez pela primeira vez na vida, que nada iria fazer a dor parar, nada: a dor era ele. Rufus estava consciente de cada centímetro de Rufus. Ele era carne: carne, ossos, músculos, fluidos, orifícios, cabelos e pele. Seu corpo era controlado por leis que ele não compreendia. Também não compreendia qual força dentro de seu corpo o levara a um lugar tão desolado. O mais impenetrável dos mistérios se agitou nessa escuridão por menos de um segundo, anunciando uma possível reconciliação. Mas a música continuava, Bessie dizia que não se importava de ficar presa, mas tinha que ficar lá muito tempo.

"Desculpe", ele disse, e ergueu a cabeça.

Vivaldo deu um lenço para ele e Rufus secou os olhos e assou o nariz.

"Não peça desculpas", disse Vivaldo. "Fique feliz." Continuou na frente de Rufus por mais um instante, depois disse: "Vou te levar pra comer uma pizza. Você está é com fome, meu filho, por isso está assim". Foi até a cozinha e começou a lavar o rosto. Rufus sorriu, observando o amigo, debruçado na pia, sob aquela luz horrível.

Era como a cozinha de St. James Slip. Lá, ele e Leona tinham posto fim à vida que levaram juntos, no limite da ilha. Quando Rufus parou de trabalhar e se viu sem dinheiro, e quando não havia mais o que penhorar, ambos ficaram completamente dependentes do dinheiro que Leona ganhava no restaurante. Então ela perdeu o emprego. A vida doméstica que eles levavam, que envolvia uma quantidade assustadora de bebida, tornava difícil para ela chegar na hora e a deixava com a aparência cada vez mais vergonhosa. Uma noite, meio bêbado, Rufus foi buscá-la no restaurante. No dia seguinte ela foi demitida. Ela nunca mais conseguiu um emprego fixo.

Uma noite Vivaldo foi visitar os dois no último apartamento onde moravam. Eles escutavam os apitos das balsas o dia inteiro, a noite toda. Vivaldo encontrou Leona sentada no chão do banheiro, cabelo nos olhos, rosto inchado e sujo de lágrimas. Rufus andava batendo nela. Ele sentou em silêncio na cama.

"Por quê?", gritou Vivaldo.

"Não sei", Leona soluçou, "eu não fiz nada. Ele me bate o tempo todo, por nada, por nada!" Ela respirou ofegante, abrindo a boca como um bebê, e naquele instante Vivaldo realmente odiou Rufus, e Rufus soube disso. "Ele diz que estou dormindo com outros garotos negros nas suas costas, e não é verdade, Deus sabe que não é verdade!"

"O Rufus sabe que não é verdade", Vivaldo disse. Olhou para Rufus, que não disse nada. Virou-se para Leona. "Levante, Leona. Fique em pé. Lave o rosto."

Vivaldo entrou no banheiro, ajudou-a a ficar de pé e abriu a torneira. "Venha, Leona. Se recomponha, como uma boa menina."

Ela tentou parar de soluçar e jogou água no rosto. Vivaldo deu um tapinha no ombro dela e novamente se impressionou em ver como ela era frágil. Entrou no quarto.

Rufus olhou para ele. "Esta é a minha casa", disse, "e essa é a minha mulher. Você não tem nada a ver com isso. Dá o fora daqui."

"Você podia ser morto por isso", disse Vivaldo. "Ela só precisa gritar. *Eu* só preciso ir até a esquina e chamar um policial."

"Você está tentando me assustar? *Vai* lá chamar um policial."

"Você deve estar doido. Só de dar uma olhada nesta situação, eles iam botar você *atrás* das grades." Foi até a porta do banheiro. "Venha, Leona. Pegue o seu casaco. Vou te tirar daqui."

"*Eu* não estou doido", Rufus disse, "mas *você* está. Aonde você acha que vai levar a Leona?"

"Eu não tenho para onde ir", Leona murmurou.

"Bom, você pode ficar na minha casa até *encontrar* algum lugar para ir. Eu não vou te deixar aqui."

Rufus jogou a cabeça para trás e riu. Vivaldo e Leona se viraram para olhar para ele. Rufus gritou para o teto: "Ele vem na *minha* casa, leva a *minha* mulher e acha que este pobre preto aqui vai ficar sentado e deixar ele fazer isso. Que merda, hein?".

Ele caiu de lado, ainda rindo.

Vivaldo gritou: "Pelo amor de Deus, Rufus! *Rufus!*".

Rufus parou de rir e sentou reto. "O quê? Quem você acha que está enganando? Eu sei que só tem uma cama na sua casa!"

"Ah, Rufus", Leona gemeu, "o Vivaldo só quer ajudar."

"Você cale a boca", ele disse na hora, e olhou para ela.

"Nem todo mundo é um animal", ela murmurou.

"Como eu, você quer dizer?"

Ela não disse nada. Vivaldo olhou para os dois.

"Como eu, você quer dizer, sua vagabunda? Ou como você?"

"Se eu sou um animal", ela disse, furiosa — talvez tenha criado coragem com a presença de Vivaldo —, "quero que você me diga quem me deixou assim. Você pode me dizer?"

"Foi o seu marido, sua vaca. Foi você que disse que ele era um cavalo. Foi você que me contou como ele te comia — ele ficava te dizendo que tinha o maior pau do Sul, preto *ou* branco. E você disse que não conseguia aguentar. Ha-*ha. Isso* é uma das coisas mais hilárias que eu já ouvi *na vida.*"

"Eu acho", ela falou, cansada, depois de um silêncio, "que te disse muita coisa que não devia ter dito."

Rufus bufou. "Acho que sim." Ele disse — para Vivaldo,

para a sala, para o rio: "Foi o marido que arruinou essa vaca. Seu marido e todos aqueles pretos fedidos que te comiam nas moitas lá da Geórgia. Por isso seu marido te expulsou. Por que você não conta a verdade? Eu não ia precisar te bater se você falasse a verdade". Ele sorriu para Vivaldo. "Cara, essa garota é insaciável" — e parou, encarando Leona.

"Rufus", disse Vivaldo, tentando se manter calmo, "não sei o que você quer falando essas coisas. Você deve estar louco. Você tem uma garota ótima, que faz de tudo por você — e você sabe disso —, e você fica o tempo todo com essa babaquice tipo ... *E o vento levou*. Qual é o seu problema, meu irmão?" Ele tentou sorrir. "Por favor, meu irmão, não faça isso. Por favor."

Rufus não disse nada. Sentou na cama, na mesma posição em que estava quando Vivaldo chegou.

"Venha, Leona", disse Vivaldo por fim, e Rufus se levantou, olhando para os dois com um sorrisinho, cheio de ódio.

"Só vou levar a Leona por uns dias, para vocês dois se acalmarem. Não faz sentido continuar assim."

"Sir Walter Raleigh... de pau duro", Rufus zombou.

"Olha", disse Vivaldo, "se você não confia em mim, cara, eu arranjo um quarto no Y. Eu volto aqui. Puta que pariu", ele gritou, "eu não estou tentando roubar a sua mulher. Você me conhece pra saber que eu não faria isso."

Rufus disse com uma humildade ao mesmo tempo impressionante e ameaçadora: "Você acha que ela não é boa o suficiente para você".

"Ah, caralho. Você é que acha que ela não é boa o suficiente para *você*."

"Não", disse Leona, e os dois se viraram para olhar para ela, "nenhum de vocês entendeu. Rufus acha que ele não é bom o suficiente para *mim*."

Ela e Rufus ficaram olhando um para o outro. Uma balsa apitou longe. Rufus sorriu.

75

"Viu só? *Você* fala isso o tempo todo. *Você* é que fica falando isso. Agora, como é que você espera que eu consiga ficar com uma cadela como você?"

"Foi o jeito como você foi criado", ela disse, "e acho que não tem nada que você possa fazer."

De novo, silêncio. Leona pressionou o lábio de baixo contra o de cima e seus olhos se encheram de lágrimas. Parecia que ela queria que as palavras voltassem atrás, que o tempo voltasse atrás e começasse tudo de novo. Mas ela não conseguia pensar em nada para dizer e o silêncio se prolongou. Rufus contraiu os lábios.

"Vai nessa, sua piranha", ele disse, "vai trepar com o seu amante branquelo. Esse cara não vai fazer nada de bom por você. Não agora. Você vai voltar. Você não consegue mais ficar sem mim." E se deitou com o rosto virado para a cama. "Eu vou ficar aqui e dormir bem pelo menos uma noite, pra variar."

Vivaldo empurrou Leona para a porta, de costas para o quarto, olhando para Rufus.

"Eu volto", ele disse.

"Não, não volta", disse Rufus. "Eu te mato se você voltar."

Leona olhou rápido para ele, pedindo que ficasse quieto, e Vivaldo fechou a porta depois de sair.

"Leona", ele perguntou quando já estavam na rua, "faz quanto tempo que as coisas estão assim? Por que você aguenta isso?"

"Por que", perguntou Leona, cansada "as pessoas aguentam as coisas? Porque não tem nada que possam fazer, acho. Bom, pelo menos no meu caso. Juro por Deus, não sei o que fazer." Ela começou a chorar. As ruas estavam muito escuras e vazias. "Sei que ele está doente, fico torcendo para que ele melhore e não consigo fazer com que ele vá ao médico. Ele sabe que eu não estou fazendo nada do que ele diz, ele sabe!"

"Mas não dá pra você viver assim, Leona. Ele vai acabar fazendo vocês dois morrerem."

"Ele diz que eu é que estou tentando matar a gente." Ela tentou rir. "Na semana passada ele brigou com um cara no metrô, um ignorante, um infeliz que simplesmente não gostou que a gente estava junto, sabe? E, bom, você sabe, ele disse que a culpa da briga foi minha. Que eu incentivei o cara. Mas, Viv, eu nem tinha *visto* o sujeito antes dele abrir a boca. Mas o Rufus, ele fica o tempo todo procurando, vê coisas onde não tem, ele não vê mais nada, só isso. Diz que eu arruinei a vida dele. Bom, com certeza ele não melhorou a minha."

Ela tentou enxugar os olhos. Vivaldo deu seu lenço a ela e passou um braço sobre os ombros dela.

"Sabe, o mundo já é bem difícil e as pessoas já são bem ruins para você ainda ficar procurando problema o tempo todo, criando caso, piorando as coisas. Eu não canso de dizer pra ele que eu sei que tem um monte de gente que não gosta do que eu estou fazendo. Mas eu não ligo, eles que cuidem da vida deles e eu cuido da minha."

Um policial passou por eles e deu uma olhada. Vivaldo sentiu um calafrio percorrer o corpo de Leona. Depois ele próprio teve um calafrio. Nunca havia sentido medo de policiais; ele simplesmente os desprezava. Mas dessa vez sentiu a impessoalidade do uniforme, o vazio das ruas. Entendeu o que o policial poderia dizer e fazer se ele fosse Rufus, andando ali com o braço nos ombros de Leona.

Mesmo assim, ele disse, depois de um momento: "Você não devia mais ficar com o Rufus. Devia sair da cidade".

"Estou te dizendo, Viv, eu fico torcendo… de algum jeito as coisas vão ficar bem. Ele não era assim quando a gente se conheceu, ele não é assim. Eu *sei* que não é. Alguma coisa está dando um nó na cabeça dele e ele não tem o que fazer."

Eles pararam sob um poste de luz. O rosto dela estava assustador e indescritivelmente belo com a tristeza. Lágrimas escorriam pelas faces magras e ela se esforçava sem sucesso para controlar esporadicamente o tremor de seus lábios de menina.

"Eu amo o Rufus", ela disse, impotente, "eu amo o Rufus, não posso fazer nada. Não importa o que ele faz comigo. Ele só está perdido e me bate porque não encontra outra coisa pela frente."

Ele puxou Leona para perto de seu corpo enquanto ela chorava, uma garota magra, cansada, herdeira involuntária de gerações de amargura. Não conseguiu pensar em nada para dizer. Uma luz aos poucos foi se acendendo nele, uma luz aterrorizante. Ele viu — vagamente — perigos, mistérios, abismos que jamais sonhou existir.

"Vem vindo um táxi", ele disse.

Ela endireitou o corpo e tentou enxugar os olhos de novo.

"Eu vou com você", ele disse, "e volto em seguida."

"Não", ela disse, "só me dê as chaves. Eu vou ficar bem. Volte para falar com o Rufus."

"O Rufus disse que ia me matar", ele disse, com um meio sorriso.

O táxi parou ao lado deles. Ele entregou as chaves. Ela abriu a porta, escondendo seu rosto do motorista.

"A única pessoa que o Rufus vai matar é ele mesmo", Leona disse, "se não encontrar um amigo que o ajude." Ela fez uma pausa, sem ter entrado totalmente no carro. "Você é o único amigo que ele tem no mundo, Vivaldo."

Ele deu a ela dinheiro para pagar o táxi, olhando-a, enfim, com algo explícito entre eles depois de todos aqueles meses. Os dois amavam Rufus. E os dois eram brancos. Agora que isso era jogado de modo tão terrível na cara deles, cada um viu o tamanho do desespero com que o outro tentava evitar essa confrontação.

"Você *vai* lá agora?", ele perguntou. "*Vai* para a minha casa?" "Sim, vou. Vá ver o Rufus. Talvez você consiga ajudar. Ele precisa que alguém o ajude."

Vivaldo deu seu endereço ao motorista e viu o táxi se afastar. Ele se virou e voltou pelo mesmo caminho que eles tinham feito. O caminho parecia mais longo agora que estava sozinho e que escurecia. Saber que o policial perambulava por ali em meio à escuridão tornava o silêncio assustador. Sentiu-se estranhamente apartado da cidade onde nascera; esta cidade pela qual às vezes sentia uma espécie de afeto frio, por ser o que conhecia como lar. No entanto, ele não tinha um lar ali — o pardieiro da Bank Street não era um lar. Sempre imaginou que, um dia, construiria um lar em Nova York. Agora começava a pensar se era possível alguém criar raízes nesta pedra; ou, melhor, começou a pensar no formato das pessoas que criaram raízes. Começou a pensar em seu próprio formato.

Muitas vezes havia pensado em sua solidão, por exemplo, como um fator que atestava sua superioridade. Mas pessoas que não eram superiores também podiam ser extremamente solitárias — e incapazes de romper com a solidão justamente por não terem ferramentas para entrar nela. Sua própria solidão, amplificada milhões de vezes, tornava o ar da noite mais frio. Ele lembrava os excessos, as armadilhas e os pesadelos a que sua solidão o levara; e pensava se seria possível que um vazio tão violento pudesse ser o motor de toda uma cidade.

Enquanto se aproximava do prédio de Rufus, se esforçava ao máximo para não pensar em Rufus.

Ele estava em uma região de galpões. Pouca gente morava ali. De dia, caminhões engarrafavam as ruas, trabalhadores ficavam de pé naquelas plataformas fantasmagóricas, carregando pesos enormes, praguejando. Como ele já tinha feito; por muito tempo, fora um deles. Já sentiu orgulho de suas habilidades e de seus músculos, e ficou feliz por ter sido aceito como um homem entre homens. Mas — foram eles que viram algo nele que não podiam aceitar, que os deixava desconfortáveis. De tempos em tempos, um sujeito, acendendo o cigarro, olhava para ele intrigado, com um sorrisinho. O sorriso mascarava uma hostilidade involuntária, defensiva. Eles diziam que ele era "um garoto brilhante", que "iria longe"; e deixavam claro que esperavam mesmo que ele fosse longe, aonde exatamente não importava — ele não pertencia a eles.

No fundo de sua mente, porém, o problema de Rufus incomodava, feria. Na escola onde ele tinha cursado o ensino médio, havia poucos meninos negros, mas em geral eles ficavam juntos, pelo que se lembrava. Ele havia conhecido garotos que achavam divertido andar por lá batendo em pretos. Parecia pouco provável — na verdade, parecia quase injusto — que meninos negros que apanhavam no ensino médio fossem se tornar adultos negros que queriam bater em qualquer um que lhes aparecesse pela frente, inclusive, ou talvez principalmente, em pessoas que jamais tinham pensado neles nem por um minuto.

Vivaldo viu luz na janela de Rufus, a única acesa ali.

Em seguida se lembrou de uma coisa que havia acontecido fazia muito tempo, dois ou três anos antes. Foi numa época em que ele passava muito tempo no Harlem, atrás das putas de lá. Uma noite, enquanto caía uma garoa, ele estava indo para o lado norte da Sétima Avenida. Andava rápido, porque era tarde, aquele trecho da avenida estava praticamente deserto e ele tinha medo de ser parado por uma ronda policial. Na rua 116, entrou de propósito em um bar aleatório. Como não conhecia o bar, sentiu um desconforto incomum e ficou pensando no que os rostos à sua volta escondiam. Fosse o que fosse, escondiam muito bem. Todos seguiam bebendo e conversando entre si e colocando moedas no jukebox. Certamente não parecia que sua presença tivesse causado desconfiança ou feito as pessoas refrearem a língua. Mesmo assim, ninguém tentou falar com ele e sempre que alguém olhava em sua direção os olhos da pessoa quase imperceptivelmente perdiam um pouco de vida. Esse olhar permanecia mesmo quando eles sorriam. O barman, por exemplo, sorriu de alguma coisa que Vivaldo disse, deixando claro, no entanto, enquanto fazia a bebida dele deslizar pelo balcão, que a largura daquele balcão não passava de uma frágil representação do abismo entre eles.

Foi nessa noite que ele viu os olhos sem brilho. Mais tarde, uma mulher se aproximou dele. Eles viraram a esquina e foram para o quarto dela. Lá estavam eles; Vivaldo tinha soltado o nó da gravata e tirado a calça, e os dois já iam começar quando a porta se abriu e o "marido" dela entrou. Era um dos sujeitos cínicos que estavam rindo no bar. A moça deu um grito, até engraçadinho, e começou a se vestir calmamente. Vivaldo de início ficou tão decepcionado que quis chorar, depois tão furioso que quis matar. Só depois de ver os olhos do sujeito começou a sentir medo.

O sujeito olhou para a parte inferior do corpo de Vivaldo e sorriu.

"Onde você achou que ia colocar isso aí, branquelo?"

Vivaldo não disse nada. Lentamente começou a erguer a calça. O sujeito era muito escuro e muito grande, quase tão grande quanto Vivaldo e, claro, naquele momento, tinha condições muito melhores para brigar.

A mulher sentou na beira da cama, calçando o sapato. O quarto estava em silêncio exceto pelo murmúrio intermitente, baixo e desarticulado que ela fazia. Ele não conseguia entender que música ela estava murmurando, e isso, por algum motivo maluco, tirou Vivaldo do sério.

"Você podia pelo menos ter esperado uns minutinhos", Vivaldo disse. "Não cheguei nem a entrar."

Disse isso enquanto afivelava o cinto de um jeito indolente, por ter uma ligeira impressão de que poderia, na verdade, reduzir sua pena. As palavras mal tinham saído de sua boca quando o sujeito acertou seu rosto, duas vezes, de mão aberta. Vivaldo cambaleou para trás, indo da cama para o canto onde ficava a pia; um copo de água caiu, se estilhaçando no chão.

"Caralho", a moça disse, agressiva, "não tem necessidade de quebrar a casa." E se abaixou para catar os pedaços de vidro. Vivaldo também achou que ela estava um pouco assustada e envergonhada. "Faça o que você vai fazer", ela disse, ajoelhada, "e tire esse cara daqui."

Vivaldo e o sujeito se encararam, e o medo fez com que a raiva fosse embora. Não era só a situação que o assustava: eram os olhos do sujeito. Eles olhavam Vivaldo com uma calma, com um ódio firme, tão frio e incontestável quanto a loucura.

"Sorte sua que você não *chegou* a entrar", ele disse. "Você ia ter pena de você mesmo se tivesse entrado, branquelo. Nunca mais você ia pôr esse pau branco numa boceta preta, isso eu te garanto."

Bom, se é isso que você acha, Vivaldo sentiu vontade de dizer, por que não tira sua mulher da rua? Mas na verdade era melhor — e, estranhamente, parecia que a mulher tentava dizer isso a ele em silêncio — falar o menos possível.

Por isso ele só disse, depois de um instante, no tom mais suave que pôde: "Olha. Eu caí no truque mais antigo que existe. Aqui estou eu. O.k. O que você quer?".

Mas o sujeito queria mais do que era capaz de dizer. Ficou observando Vivaldo, esperando que ele falasse de novo. A cabeça de Vivaldo foi invadida de repente pela imagem de um filme a que ele tinha assistido muito tempo antes. Ele viu um cão perdigueiro, tenso, apontando, em absoluto silêncio, esperando que um bando de codornas voasse, em pânico, até uma altura em que as armas dos caçadores pudessem atingi-las. Era o mesmo que acontecia no quarto, enquanto o sujeito esperava Vivaldo dizer algo. Qualquer coisa que Vivaldo falasse poderia desencadear um massacre. Vivaldo prendeu a respiração, na esperança de que o pânico não saltasse em seus olhos, e sentiu sua carne começar a formigar. Então o sujeito olhou para a garota, que estava perto da cama, observando-o, e se aproximou lentamente de Vivaldo. Quando ficou bem perto, os olhos ainda voltados para os de Vivaldo, parecendo que ia perfurar seu crânio e cérebro e tomar posse de tudo aquilo, ele abruptamente estendeu a mão.

Vivaldo entregou-lhe a carteira.

O sujeito acendeu um cigarro, que deixou pendurado no canto da boca enquanto, deliberadamente, insolentemente, vasculhava o conteúdo da carteira. "O que eu não entendo", disse, com uma apatia assustadora, "é por que vocês, branquelos, sempre vêm pro Harlem de olho nas nossas mulheres negras. Vocês não veem nenhum de nós pretos lá em downtown de olho nas brancas de vocês." Ele olhou para cima. "Vocês veem?"

Não tenha tanta certeza, Vivaldo pensou, porém não disse nada. Mas aquilo mexeu com ele de algum modo, e ele começou a ficar com raiva de novo.

"Imagine que eu te falasse que ela é minha irmã", o sujeito disse, apontando para a garota. "O que *você* ia fazer se me pegasse com a sua irmã?"

Eu não ia dar a mínima nem se você quebrasse ela em duas, Vivaldo pensou na hora. Mas a pergunta o fez tremer de raiva e ele percebeu, pensando bem, que era exatamente o que o sujeito queria.

Em sua cabeça, no entanto, lá no fundo, havia uma vaga especulação sobre o porquê de *essa* pergunta o ter deixado com tanta raiva.

"Quero dizer, o que você ia fazer comigo?", o sujeito insistiu, ainda com a carteira de Vivaldo na mão, olhando para ele com um sorriso. "Quero que você mesmo escolha a sua punição." Ele esperou. Depois: "Ei, vamos lá. Você sabe o que *vocês* fazem". Em seguida o sujeito pareceu, estranhamente, um pouco envergonhado, e ao mesmo tempo mais perigoso do que nunca.

Vivaldo por fim disse, tenso: "*Eu* não tenho irmã", ajeitou a gravata, torcendo para que as mãos estivessem firmes, e começou a olhar em volta à procura do paletó.

O sujeito olhou para ele por mais um instante, olhou para a mulher, depois para a carteira de novo. Pegou todo o dinheiro. "É tudo que você tem?"

Na época Vivaldo estava num emprego fixo e tinha quase sessenta dólares na carteira. "Sim", Vivaldo disse.

"Nada nos bolsos?"

Vivaldo esvaziou os bolsos, tirando notas e moedas, talvez cinco dólares no total. O sujeito pegou tudo.

"Preciso de alguma coisa para ir para casa, senhor", Vivaldo disse.

O sujeito entregou a carteira. "Vai andando", disse. "Sinta-se sortudo de poder fazer isso. Se eu te pegar por aqui de novo, vou te mostrar o que aconteceu com um preto que eu conheço quando o sr. Branco pegou o sujeito com a sra. Branca."

Vivaldo colocou a carteira no bolso de trás e pegou o paletó do chão. O homem olhou para ele, a garota olhou para o sujeito. Ele foi até a porta, abriu e percebeu que suas pernas estavam bambas.

"Bom", disse, "valeu por tudo", e desceu a escada. Estava no primeiro lance, quando ouviu uma porta acima dele se abrir e passos rápidos, furtivos, descerem. Então a garota surgiu no alto, mão estendida sobre o corrimão.

"Pegue", ela sussurrou, "pegue isto", e se debruçou perigosamente sobre o corrimão, enfiando um dólar no bolso do peito do paletó dele. "Vá para casa agora", disse, "rápido!", e subiu correndo a escada.

Os olhos do sujeito continuaram com ele por muito tempo depois da raiva, da vergonha e do medo daquela noite. E estavam com ele agora, enquanto subia a escada até o apartamento de Rufus. Vivaldo entrou sem bater. Rufus estava de pé perto da porta, segurando uma faca.

"Isso é pra mim ou pra você? Ou você andou pensando em cortar um pedaço de salame para comer?"

Ele se forçou a ficar onde estava e a olhar direto para Rufus.

"Eu estava pensando em enfiar isto em você, seu filho da puta."

Mas Rufus não se mexeu. Vivaldo lentamente deixou o ar escapar.

"Larga isso aí. Se alguma vez na vida eu vi um desgraçado precisando de um amigo, esse cara é você."

Eles se olharam pelo que pareceu ser um longo, longo tempo, e nenhum dos dois se moveu. Olharam nos olhos um do outro, cada um procurando, talvez, o amigo de que se lembrava. Vivaldo conhecia tão bem o rosto diante dele que, de certa maneira, deixou de olhá-lo, e seu coração começou a ver o que o tempo havia feito com Rufus. Ele não tinha visto antes as linhas tênues na testa, a profunda linha curva entre as sobrancelhas, a tensão que azedava os lábios. Ficou imaginando o que os olhos viam — eles não estavam vendo isso fazia anos. Eles nunca associaram Rufus à violência, pois seu andar era sempre deliberado e lento, o tom de voz sempre irônico e gentil; mas agora se lembrou de como Rufus tocava bateria.

Vivaldo deu um pequeno passo adiante, observando Rufus, observando a faca.

"Não me mate, Rufus", ele se ouviu dizer. "Não quero te machucar. Só quero ajudar."

A porta do banheiro continuava aberta e a luz continuava acesa. A luz fraca da cozinha ardia impiedosamente sobre os dois caixotes laranja e a tábua que formavam a mesa da cozinha, e sobre a banheira descoberta. Havia roupas sujas no chão. Em frente a eles, no quarto mal iluminado, duas malas, a de Rufus e a de Leona, estavam abertas no meio do cômodo. Na cama havia um lençol cinza retorcido e um cobertor fino.

Rufus olhou para ele. Parecia não acreditar em Vivaldo; parecia querer acreditar nele. Seu rosto se contorceu, ele largou a faca e caiu sobre Vivaldo, jogando os braços em torno dele, tremendo.

Vivaldo levou Rufus até o quarto e os dois sentaram na cama.

"Alguém tem que me ajudar", disse Rufus por fim, "alguém tem que me ajudar. Esta merda precisa acabar."

"Você não quer falar comigo sobre isso? Você está fodendo com a sua vida. E eu não sei por quê."

Rufus suspirou e se jogou de costas, braços sob a cabeça, olhando para o teto. "Eu também não sei. Não sei mais nada. Não sei mais o que eu estou fazendo."

O prédio inteiro estava em silêncio. O quarto onde eles estavam parecia muito distante da vida que respirava à volta deles, em toda a ilha.

Vivaldo disse, gentilmente: "Sabe, o que você está fazendo com a Leona — não está certo. Mesmo se ela estiver fazendo o que você diz que ela está fazendo — não está certo. Se a única coisa que você pode fazer é bater nela, bom, nesse caso você devia deixar ela".

Rufus pareceu sorrir. "Acho que *tem* alguma coisa errada com a minha cabeça."

Depois houve novo silêncio; ele contorceu o corpo na cama; olhou para Vivaldo.

"Você pôs a Leona num táxi?"

"Pus", Vivaldo disse.

"Ela foi para a sua casa?"

"Foi."

"Você vai voltar pra lá?"

"Achei que talvez eu pudesse ficar aqui com você por um tempo… se não se importar."

"O que você está tentando fazer, virar um vigia ou algo assim?"

Ele disse isso com um sorriso, mas não havia sorriso em sua voz.

"Só achei que talvez você quisesse companhia", disse Vivaldo.

Rufus se levantou da cama e andou inquieto de um lado para o outro pelos dois cômodos.

"Não preciso de companhia nenhuma. Já tive companhia suficiente para o resto da vida." Ele foi até a janela e ficou lá, de costas para Vivaldo. "Como eu odeio essa gente… todos esses brancos filhos da puta lá fora. Eles querem me matar, você acha que eu não sei? O mundo é deles, cara, desses veados filhos da puta, e eles querem me tirar do mundo, eles estão *me* matando." Rufus voltou para o quarto; não olhou para Vivaldo. "Às vezes eu fico deitado aqui só escutando… só escutando. Eles estão lá fora, andando de um lado para o outro, fazendo as coisas mudarem, eles acham que isso vai durar para sempre. Às vezes eu deito aqui e fico escutando, tentando ouvir uma bomba, cara, cair nesta cidade e fazer esse barulho todo parar. Fico escutando para ouvir essa gente gemer, quero que eles sangrem e sufoquem, quero ouvir esses caras *chorando*, cara, pedindo que alguém vá ajudar. Eles vão chorar por um bom tempo antes de *eu* descer até lá." Fez uma pausa, os olhos brilhando de lágrimas e ódio. "Vai acontecer um dia desses, vai acontecer. Eu ia gostar de ver." Foi de novo até a janela. "Às vezes eu fico escutando esses barcos no rio… fico escutando os apitos… e acho que ia ser bacana entrar outra vez num barco e ir para algum lugar longe dessa gente, um lugar onde um homem é tratado como um homem." Enxugou os olhos com as costas das mãos e bateu de repente com o punho no peitoril da janela. "Você tem que brigar com o dono da casa porque o dono da casa é *branco*! Você tem que brigar com o ascensorista porque o filho da puta é *branco*! Qualquer bebum da Bowery pode cagar na sua cabeça porque o filho da puta não consegue ouvir, não consegue ver, não consegue andar, não consegue trepar... mas o cara é *branco*!"

"Rufus. Rufus. Mas e..." Ele queria dizer: E eu, Rufus? Eu sou branco. Ele disse: "Rufus, nem todo mundo é assim".

"Não? Pra mim isso é novidade."

"A Leona te ama..."

"Ela ama *tanto* os pretos", disse Rufus, "que às vezes eu não aguento. Sabe o que essa garota sabe sobre mim? A *única* coisa que ela sabe?" Rufus pôs a mão sobre o sexo, brutalmente, como se fosse arrancá-lo, e pareceu contente de ver Vivaldo estremecer. Sentou na cama de novo. "Só isso."

"Acho que sua cabeça não está funcionando direito", disse Vivaldo. Mas o medo tirou a convicção de sua voz.

"Mas ela é a única mulher do mundo pra mim", Rufus acrescentou depois de um instante, "não é uma merda?"

"Você está destruindo essa mulher. É isso que você quer?"

"Ela também está me destruindo", disse Rufus.

"Bom. É *isso* que você quer?"

"O que duas pessoas querem uma da outra", perguntou Rufus, "quando ficam juntas? *Você* sabe?"

"Bom, elas não querem enlouquecer juntas, cara. Disso eu sei."

"Você já sabe mais do que eu", Rufus disse, sarcástico. "O que *você* quer — quando fica com uma garota?"

"O que eu *quero*?"

"É, o que você *quer*?"

"Bom", disse Vivaldo, lutando contra o pânico, tentando sorrir, "eu só quero transar, cara." Mas olhou para Rufus, sentindo algo terrível se agitar dentro dele.

"Ah, é?" E Rufus olhou para ele curioso, como se estivesse pensando: *então é assim que os caras brancos fazem*. "Só isso?"

"Bom" — ele olhou para baixo. "Eu quero que a mulher me ame. Quero que ela faça amor comigo. Quero ser amado."

Ficaram em silêncio. Depois Rufus perguntou: "Isso já aconteceu?".

"Não", disse Vivaldo, pensando em garotas católicas e em prostitutas, "acho que não."

"Como você *faz* pra isso acontecer?", Rufus sussurrou. "O que você *faz*?" Ele olhou para Vivaldo. Deu um meio sorriso. "O que *você* faz?"

"Como assim, o que eu faço?" Ele tentou sorrir; mas sabia o que Rufus queria dizer.

"Você só segue ordens?" Ele puxou a manga da camisa de Vivaldo; baixou o tom de voz. "Aquela sua branquela... a Jane... ela já te chupou alguma vez?"

Ah, Rufus, Vivaldo quis gritar, *para com essa merda!* E sentiu lágrimas surgindo no fundo dos olhos. Seu coração pulou aterrorizado e ele sentiu o sangue fugir de seu rosto. "Nunca tive uma mulher tão legal assim", disse rapidamente, pensando outra vez nas meninas católicas horríveis com quem cresceu, na irmã, na mãe, no pai. Esforçou-se para lembrar as camas em que já havia estado — sua mente ficou branca como um muro. "Só", ele disse, "com putas", e no silêncio que se fez teve a impressão de que a morte estava sentada na cama ao lado deles. Olhou para Rufus.

Rufus riu. Deitou-se de costas na cama e riu até lágrimas começarem a escorrer do canto dos olhos. Foi o pior riso que Vivaldo jamais ouviu, e quis chacoalhar Rufus ou dar um tapa nele, qualquer coisa que o fizesse parar. Mas não fez nada; acendeu um cigarro; as palmas de suas mãos estavam úmidas. Rufus engasgou, tossiu e sentou. Virou seu rosto agonizante para Vivaldo por um instante. Em seguida: "Putas", gritou e começou a rir de novo.

"O que é tão engraçado?", Vivaldo perguntou baixinho.

"Se você não percebe, não sou eu que vou te contar", Rufus disse. Ele tinha parado de rir, estava muito solene e imóvel. "Todo mundo está no mesmo trem… Você vem para uptown, eu vou para downtown… é muito maluco." Depois, de novo, olhou para Vivaldo com ódio. Disse: "Eu e a Leona… ela é a melhor trepada que eu já tive. Não tem nada que a gente não faça".

"Que doido", disse Vivaldo. Apagou o cigarro no chão. Estava começando a ficar com raiva. Ao mesmo tempo, queria rir.

"Mas não vai dar certo", disse Rufus. "Não vai dar certo." Eles ouviram os apitos no rio; ele andou de novo até a janela. "Eu tenho que ir embora daqui. É melhor eu ir embora daqui."

"Bom, então *vá*. Não fique aí esperando… Simplesmente *vá*."

"Eu *vou* mesmo", disse Rufus. "Eu vou mesmo. Só quero encontrar a Leona mais uma vez." Encarou Vivaldo. "Só quero transar… ser chupado… ser amado… mais uma vez."

"Sabe", disse Vivaldo, "eu não estou interessado de verdade nos detalhes da sua vida sexual."

Rufus sorriu. "Não? Eu achava que vocês, brancos, morriam de vontade de saber como é que nós, negões, fazemos."

"Bom", disse Vivaldo, "eu sou diferente."

"Claro", disse Rufus, "aposto que é."

"Eu só quero ser seu amigo", disse Vivaldo. "Só isso. Mas você não quer amigos, quer?"

"Quero, sim", Rufus disse baixinho. "Quero, sim." Fez uma pausa; depois, lentamente, com dificuldade: "Não ligue pro que eu falo. Sei que você é o único amigo que me restou no mundo, Vivaldo".

E é por isso que você me odeia, Vivaldo pensou, sentindo-se calmo, impotente, triste.

Agora Vivaldo e Rufus estavam sentados em silêncio perto da vitrine da pizzaria. Eles não tinham quase mais nada para dizer. Haviam dito tudo — ou melhor, Rufus tinha falado; Vivaldo tinha escutado. Eles ouviam baixinho a música que vinha de uma boate ali perto, junto com o zumbido opressivo e indomável das ruas. Rufus olhava as ruas com uma tristeza desamparada, intensa como se esperasse Leona. Essas ruas pediram a presença dela. Ela tinha sido vista, Rufus disse, numa noite gelada, seminua, procurando o filho. Ela sabia onde ele estava, onde esconderam seu filho, conhecia a casa; só não lembrava o endereço.

Então, Rufus disse, ela foi levada para Bellevue, de onde ele não conseguiu tirá-la. Os médicos acharam que seria um crime deixar Leona sob a custódia do homem que tinha sido o principal motivo do seu colapso e que, além de tudo, não tinha nenhum vínculo legal com ela. Avisaram a família de Leona, o irmão veio do Sul e levou Leona com ele. Agora ela estava em algum lugar da Geórgia, olhando para as paredes de um quarto estreito; e ia ficar ali para sempre.

Vivaldo bocejou e se sentiu culpado. Estava cansado — cansado da história de Rufus, cansado da tensão de ficar ouvindo, cansado da amizade. Queria ir para casa, trancar a porta e dormir. Estava cansado dos problemas das pessoas reais. Queria voltar para as pessoas que ele andava inventando, cujos problemas conseguia suportar.

Mas também estava impaciente e não sentia vontade, agora que tinha saído, de ir direto para casa.

"Vamos tomar uma saideira no Benno's", disse. Em seguida, como sabia que Rufus não ia querer ir lá, acrescentou: "Pode ser?".

Rufus fez que sim com a cabeça, um pouco assustado. Vivaldo ficou olhando para ele, sentindo que tudo estava voltando, seu amor por Rufus e a dor que sentia por ele. Inclinou-se sobre a mesa e deu um tapinha na bochecha dele. "Vamos", disse, "não precisa ter medo de ninguém."

Com essas palavras, que fizeram Rufus parecer ainda mais assustado, apesar de um pequeno sorriso ter surgido nos cantos de sua boca, Vivaldo achou que o que quer que estivesse por vir tinha começado, que a chave-geral fora ligada. Suspirou aliviado, querendo, por outro lado, retirar o que havia dito. O garçom apareceu. Vivaldo pagou a conta e eles saíram para a rua.

"É quase Dia de Ação de Graças", disse Rufus de repente. "Eu nem tinha percebido." Ele riu. Logo vai ser Natal e mais um pouco o ano acaba…" Parou, erguendo a cabeça para examinar as ruas geladas.

Um policial, parado sob a luz da esquina, falava ao telefone. Na calçada oposta um rapaz passeava com o cachorro. A música da boate foi diminuindo de volume à medida que eles se afastavam em direção ao Benno's. Uma garota negra e gorda, simples, carregando sacolas, e um garoto branco carrancudo de óculos correram juntos em direção a um táxi. A luz amarela no teto do carro se apagou, as portas bateram. O táxi virou, vindo na direção de Rufus e Vivaldo, e as luzes da rua iluminaram por um instante os rostos do silencioso casal lá dentro.

Vivaldo pôs um braço em torno de Rufus e o empurrou para dentro do bar Benno's.

O bar estava lotado. Lá estavam publicitários, tomando doses duplas de bourbon ou vodca, com gelo; lá estavam universitários, dedos úmidos deslizando por garrafas de cerveja; homens solitários de pé próximos às portas ou nos cantos olhando para as mulheres à deriva. Os universitários, de cintilante ignorância e doida castidade, se esforçavam amedrontados para atrair a atenção feminina, mas a única coisa que conseguiam era chamar a atenção uns dos outros. Alguns homens pagavam bebidas para algumas mulheres — que vagavam incessantemente entre o jukebox e o balcão — e eles se encaravam com sorrisos que revelavam uma sinistra precisão entre o desejo e o desprezo. Lá estavam casais-de-negros-e-brancos — mais próximos um do outro do que estariam mais tarde, quando chegassem em casa. Essas várias histórias ficavam camufladas pela tagarelice que, onda após onda, deslizava pelo bar; ficavam trancafiadas num silêncio semelhante ao silêncio das geleiras. Apenas o jukebox falava, emitindo todas as noites, a noite toda, lamentos de amor sincopados, sintéticos.

Os olhos de Rufus sofreram para se adaptar à luz amarela, à fumaça, ao movimento. O lugar lhe parecia horrivelmente estranho, como se ele se lembrasse de tê-lo visto em um sonho. Reconheceu rostos, gestos, vozes — desse mesmo sonho; e, como num sonho, ninguém olhava para ele, ninguém parecia se lembrar dele. Ali perto, em uma mesa, estava uma mulher com quem ele tinha transado uma ou duas vezes, chamada Belle. Ela conversava com o namorado, Lorenzo. Ela afastou seu longo cabelo negro da frente dos olhos e olhou para ele por um instante, mas não pareceu reconhecê-lo.

Uma voz falou em seu ouvido: "Ei! Rufus! Quando te soltaram, cara?".

Ele se virou e encontrou um sorridente rosto chocolate, com cabelo alisado caindo casualmente para a frente. Não lembrava o nome que acompanhava aquele rosto. Não lembrava qual ligação tinha com aquele rosto. Disse: "É isso aí, estou limpo, e você, como é que está?".

"Ah, na luta, cara, tem que continuar lutando, sabe como

é" — os olhos pareciam saltar como dois insetos maus, cabelo esvoaçando, lábios e testa úmidos. A voz se reduziu a um sussurro. "Andei abusando e fiquei meio mal um tempo, mas agora estou limpo. Ouvi falar que você foi preso, cara."

"Preso? Não, eu só estava tocando lá no Harlem."

"Ah, é? Joia." Ele virou a cabeça na direção da porta em resposta a um chamado que Rufus não escutou. "Preciso ir, meu namorado está esperando. A gente se vê por aí, cara."

Uma corrente de ar frio correu o bar por um momento, depois o vapor e a fumaça voltaram a tomar conta de tudo.

Depois, enquanto eles ficavam por ali, sem ter conseguido pedir nada para beber e sem ter decidido se iam ou não embora, Cass apareceu, de dentro da escuridão e do barulho. Estava muito elegante, vestida de preto, cabelo dourado cuidadosamente penteado para trás e preso em cima. Segurava um copo e um cigarro em uma mão e parecia ao mesmo tempo a matrona cansada que de fato era e a menina levada que um dia tinha sido.

"O que você está fazendo aqui?", perguntou Vivaldo. "E toda elegante. O que houve?"

"Cansei do meu marido. Procurando outro homem. Mas acho que vim na loja errada."

"Talvez você tenha que esperar uma liquidação", disse Vivaldo.

Cass se virou para Rufus e pôs a mão no braço dele.

"Que bom que você voltou", disse. Os grandes olhos castanhos dela olharam diretamente para os olhos dele. "Você está bem? Todo mundo sentiu sua falta."

Rufus se encolheu involuntariamente ao toque e ao tom da voz dela. Ele queria agradecer; disse, balançando a cabeça e tentando sorrir: "Estou bem, Cass". E depois: "Até que é bom estar de volta".

Ela sorriu. "Sabe do que eu me dou conta toda vez que vejo

você? Que nós dois somos muito parecidos." Ela se virou para Vivaldo. "Não estou vendo a sua senhora por aqui. Você está procurando outra mulher? Se for isso, também veio à loja errada."

"Não vejo a Jane faz um tempaço", disse Vivaldo, "e talvez seja uma boa ideia a gente nunca mais se ver." Mas ele pareceu incomodado.

"Pobre Vivaldo", disse Cass. Depois de um instante os dois riram. "Venham aqui atrás comigo. O Richard está lá. Ele vai ficar bem feliz de ver vocês."

"Não sabia que vocês vinham aqui. Vocês não conseguem mais aguentar a alegria do lar?"

"Estamos comemorando. O Richard acabou de vender o romance dele."

"*Não!*"

"Sim. *Sim.* Não é maravilhoso?"

"Bom, por essa eu não esperava", disse Vivaldo, meio atordoado.

"Venham", disse Cass. Levou Rufus pela mão e, com Vivaldo à frente, os três começaram a abrir caminho. Desceram os degraus que conduziam à sala dos fundos. Richard estava sentado sozinho a uma mesa, fumando cachimbo. "Richard", Cass gritou, "veja quem eu trouxe de volta do mundo dos mortos!"

"Você devia ter deixado eles apodrecerem lá." Richard riu. "Venha, sente. Que bom te ver."

"Que bom ver *você*", disse Vivaldo, e sentou. Ele e Richard riram um para o outro. Em seguida Richard dirigiu um olhar rápido e firme para Rufus, depois desviou os olhos. Talvez Richard jamais tivesse gostado tanto de Rufus quanto os outros e agora, talvez, o estivesse culpando pelo que havia acontecido com Leona.

O ar na sala dos fundos estava abafado, Rufus tinha consciência de seu odor e ficou pensando que teria sido bom ter tomado um banho na casa de Vivaldo. Ele sentou.

"Então!", disse Vivaldo, "você vendeu o livro!" Jogou a cabeça para trás e soltou um riso agudo, alto. "Você vendeu. Isso é ótimo, meu camarada. Qual é a sensação?"

"Evitei até onde deu", Richard disse. "Eu dizia para eles o tempo todo que meu bom amigo Vivaldo tinha ficado de passar em casa para me dar uma opinião sobre o livro. Eles disseram: 'Aquele Vivaldo? O cara é um poeta, é um *boêmio*! Ele não leria um romance policial nem se fosse escrito por Deus Todo-Poderoso'. Então, como você não foi lá em casa dar uma olhada no livro, meu chapa, achei que eles tinham razão e acabei entregando o livro para eles."

"Merda, Richard. Desculpe. É que eu andei tão ocupado…"

"Sim, eu sei. Vamos tomar alguma coisa. E você, Rufus. O que você anda fazendo?"

"Tentando me reorganizar", disse Rufus com um sorriso. Richard estava sendo gentil, disse a si mesmo, mas em seu coração ele o acusava de ser covarde.

"Não pense demais", disse Cass. "Todos nós estamos tentando nos reorganizar há anos. Dá para ver o progresso que fizemos. Você está em ótima companhia." Ela pôs a cabeça no ombro de Richard. Richard fez um cafuné em seu cabelo e pegou o cachimbo do cinzeiro.

"Não acho que seja só um romance policial", ele disse, fazendo um gesto com o cachimbo. "Quer dizer, não entendo por que não se pode fazer algo razoavelmente sério dentro dos limites do gênero. Isso sempre me fascinou, na verdade."

"Você não gostava muito dsses livros quando me dava aula de inglês no ensino médio", disse Vivaldo com um sorriso.

"Bom, eu era mais novo do que você é hoje. A gente muda, menino, cresce…!" O garçom entrou na sala, como se estivesse tentando entender em que fim de mundo estava, e Richard o chamou. "Ei! Estamos morrendo de sede aqui!" Ele se virou para Cass. "Quer mais uma bebida?"

"Ah, sim", ela disse, "agora que nossos amigos estão aqui. Vou aproveitar ao máximo minha noite fora. Se bem que eu sou o tipo de bêbada sonhadora. Te incomoda se eu ficar com a cabeça no seu ombro?"

"Se me incomoda?" Richard riu. Ele olhou para Vivaldo. "*Me incomodar!* Por que você acha que ralei tanto, tentando ser um sucesso?" Ele se inclinou, deu um beijo nela e alguma coisa apareceu em seu rosto juvenil, uma determinação terna e apaixonada que lhe dava um ar cavalheiresco. "Você pode pôr a cabeça no meu ombro sempre que quiser. Sempre que quiser, meu amor. É pra isso que meus ombros servem." E Richard fez outro cafuné nela, orgulhoso, enquanto o garçom sumia com os copos vazios.

Vivaldo se virou para Richard. "Quando posso ler seu livro? Estou com ciúmes. Quero descobrir se tenho motivo para isso."

"Bom, se você ficar falando assim, seu cretino, você pode comprar na livraria quando ele for lançado."

"Ou pegar emprestado na biblioteca", Cass sugeriu.

"Não, sério, quando eu posso ler? Hoje à noite? Amanhã? Qual o tamanho dele?"

"Tem mais de trezentas páginas", Richard disse. "Passe lá amanhã, eu deixo você dar uma olhada." Ele disse para Cass: "É uma forma de fazer esse sujeito ir lá em casa". Depois: "Você realmente não vai mais ver a gente tanto quanto antes — algum problema? Porque a gente continua amando *você*".

"Não, nenhum problema", Vivaldo disse. Ele hesitou. "Eu estava com a Jane, depois a gente se separou e... ah, sei lá. As coisas no trabalho não iam bem, e" — ele olhou para Rufus — "um monte de coisas. Eu andava bebendo demais e correndo atrás de mulher, quando devia estar... levando as coisas a sério, como você, e terminando meu romance."

"Como ele está indo, o seu romance?"

"Ah" — ele olhou para baixo e tomou um gole de seu copo — "devagar. Eu na verdade não sou um escritor muito bom."

"Bobagem", disse Richard, alegre.

Ele quase voltou a parecer o professor de inglês que Vivaldo havia idolatrado, a primeira pessoa a lhe dizer coisas que ele precisava ouvir, a primeira pessoa a levar Vivaldo a sério.

"Eu estou bem feliz", Vivaldo disse, "sério, *bem* feliz que você conseguiu terminar o livro e por tudo ter saído tão bem. E espero que você ganhe uma fortuna."

Rufus pensou nas tardes e noites no palco, quando as pessoas iam até ele para cobri-lo de elogios e profetizar que ele ia fazer coisas grandes. Na época isso o incomodava. Hoje, porém, queria estar de volta lá, ter alguém olhando para ele como Vivaldo estava olhando para Richard. Rufus olhou para o rosto de Vivaldo, no qual havia uma batalha entre o afeto e algo friamente especulativo. Vivaldo estava feliz pelo triunfo de Richard, mas talvez desejasse que o triunfo fosse dele; ao mesmo tempo ficou pensando que espécie de triunfo seria. O modo como as pessoas olhavam para Rufus não era diferente desse olhar. Elas ficavam pensando de onde vinha aquilo, aquela força que admiravam. Vagamente, ficavam pensando como ele aguentava aquilo e se perguntavam se aquilo não acabaria matando Rufus em breve.

Vivaldo voltou os olhos para seu copo, acendeu um cigarro. De repente Richard pareceu muito cansado.

Uma garota alta, muito bonita, bem-vestida — parecia uma modelo do Harlem —, entrou na sala, procurou algo em volta, olhou para a mesa deles.

"Se eu estiver com sorte, você está me procurando", Vivaldo disse alto.

Ela se virou para ele e riu. "Pra sua sorte, eu *não* estou te procurando!" A risada dela era muito atraente e ela tinha um sotaque suave do Sul. Rufus se virou e a viu subindo delicadamente os degraus e desaparecendo no bar lotado.

"Bom, você se deu bem, velhinho", Rufus disse, "vai atrás dela."

"Não", disse Vivaldo, sorrindo, "melhor deixar por isso mesmo." Ficou olhando para a porta por onde a moça havia desaparecido. "Ela é bonita, não é?", disse em parte para si mesmo, em parte para a mesa. Olhou de novo na direção da porta, se remexendo um pouco na cadeira, depois tomou o resto que havia em seu copo.

Rufus pensou em dizer: *não quero ficar no seu caminho, cara*, mas não disse nada. Sentia-se negro, imundo, tolo. Queria estar a quilômetros dali, ou morto. Continuou pensando em Leona; aquilo vinha em ondas, como uma dor de dente ou uma ferida supurada.

Cass saiu de onde estava e foi sentar ao lado dele. Ela olhou para ele e Rufus se assustou com a compaixão que viu no rosto dela. Ficou pensando por que ela o olhava assim, quais seriam as lembranças e as experiências dela. Cass só podia estar olhando assim para ele por saber coisas que ele jamais imaginou que uma mulher como ela soubesse.

"Como está a Leona?", ela perguntou. "Onde ela está agora?" Cass não tirou os olhos do rosto dele.

Rufus não queria responder. Não queria falar sobre Leona — no entanto, não havia outra coisa da qual ele pudesse falar. Por um instante odiou Cass; em seguida disse:

"Ela está em um lar... em algum lugar no Sul. Vieram aqui e tiraram ela do Bellevue. Nem sei onde ela está."

Ela não disse nada. Ofereceu um cigarro a ele, acendeu, e acendeu outro para si.

"Vi o irmão dela uma vez. Eu precisava ver o cara, fiz com que ele me visse. Ele cuspiu na minha cara, disse que se a gente estivesse no Sul ele ia me matar."

Ele limpou o rosto com o lenço que Vivaldo havia lhe emprestado.

"E eu me senti como se já estivesse morto. Eles não me deixavam ver a Leona. Eu não era parente, não tinha o direito de entrar."

Ficaram em silêncio. Ele se lembrou das paredes do hospital: brancas; dos uniformes e dos rostos dos médicos e das enfermeiras, branco sobre branco. E do rosto do irmão de Leona: branco, com sangue correndo denso, amargo, sob a superfície da pele, convocado por seu inimigo mortal. Se eles estivessem no Sul, o sangue dele e o sangue de seu inimigo teriam corrido para se misturar sobre a terra indiferente, sob o céu indiferente.

"Pelo menos", disse Cass finalmente, "vocês não tiveram filhos. Graças a Deus."

"Ela teve", ele disse, "no Sul. Tiraram a criança dela." E acrescentou: "Foi por isso que ela veio para o Norte". E ele pensou na noite em que se conheceram.

"Ela era uma garota legal", disse Cass. "Eu gostava dela."

Ele não disse nada. Ouviu Vivaldo dizer: "... mas nunca sei o que fazer quando *não* estou trabalhando".

"Você sabe o que fazer, sim. Você só não tem ninguém para fazer com você."

Ele ouviu a risada dos outros, que pareciam sacudi-lo como uma furadeira.

"Mesmo assim", disse Richard com um tom de voz preocupado, "ninguém pode trabalhar o tempo todo."

De canto de olho, Rufus observou Richard golpear a mesa com o mexedor de bebida.

"Eu espero", disse Cass, "que você não fique jogado por aí se culpando demais. Ou por muito tempo. Isso não vai desfazer nada." Ela colocou a mão na mão dele. Rufus olhou para ela. Cass sorriu. "Quando você for mais velho vai ver, eu acho, que todos nós cometemos nossos crimes. O negócio é não mentir sobre o que a gente fez... é tentar entender o que você fez, por

que fez." Ela se inclinou, se aproximando dele, os olhos castanhos arregalados e o cabelo louro, no calor, no escuro, formando uma franja úmida em cima da sobrancelha. "Assim você pode começar a se perdoar. Isso é muito importante. Se você não
se perdoar, nunca vai conseguir perdoar os outros e vai continuar
sempre cometendo os mesmos crimes."

"Eu sei", Rufus murmurou, sem olhar para ela, inclinado
sobre a mesa com os punhos cerrados juntos. Vinda de longe, do
jukebox, ele ouviu uma melodia que tocou muitas vezes. Pensou
em Leona. O rosto dela não ia embora. "Eu sei", ele repetiu,
embora na verdade não soubesse. Ele não sabia por que aquela
mulher estava falando com ele daquele jeito, o que ela tentava
lhe dizer.

"O que", ela perguntou, com cuidado, "você vai fazer agora?"

"Vou tentar me recompor", ele disse, "e voltar a trabalhar."

Mas ele achava inimaginável trabalhar de novo, voltar a tocar bateria.

"Você foi ver a sua família? Acho que o Vivaldo viu a sua
irmã umas duas vezes. Ela está bem preocupada com você."

"Eu vou passar lá", ele disse. "Eu não quis ir... desse jeito."

"Eles não estão ligando para isso", ela disse, ríspida. "*Eu*
não ligo para isso. Só estou feliz de ver que você está bem, e nem
sou da sua família."

Ele pensou, admirado: é verdade, e se virou para olhar de
novo para ela, sorrindo um pouco e à beira das lágrimas.

"Sempre achei você", ela disse, "um sujeito bacana." Ela
deu um tapinha no braço dele e colocou uma nota amassada em
sua mão. "Talvez ajudasse se você se visse assim também."

"Ei, minha velha", Richard chamou, "vamos pra casa?"

"Acho que sim", ela disse, e bocejou. "A gente já celebrou
bastante pra uma noite, pra um livro."

Ela se levantou, voltou para o lado da mesa em que estava

antes e começou a juntar suas coisas. Rufus de repente teve medo de que ela fosse embora.

"Posso ir te ver um dia desses?", ele perguntou com um sorriso.

Ela olhou para ele do outro lado da mesa. "Por favor", disse. "Não demore."

Richard bateu as cinzas do cachimbo e o colocou no bolso, olhando em volta para procurar o garçom. Vivaldo observava algo, alguém, logo atrás de Rufus e de repente pareceu prestes a se levantar. "Bom", disse baixinho, "lá vem a Jane", e Jane foi até a mesa. O cabelo curto e grisalho dela estava cuidadosamente penteado, o que não era comum, e ela usava um vestido escuro, o que também não era comum. Talvez Vivaldo fosse a única pessoa na mesa a já ter visto Jane sem calça jeans e blusa. "Olá para todos", ela disse, e sorriu com seu sorriso radiante e hostil. Sentou. "Não vejo vocês há uns bons meses."

"Tem pintado?", Cass perguntou. "Ou desistiu?"

"Estou trabalhando que nem uma cachorra", Jane disse, ainda olhando em volta e evitando os olhos de Vivaldo.

"Combina com você", Cass murmurou, e vestiu o casaco.

Jane olhou para Rufus, começando, parecia, a recuperar o autocontrole. "Como você está, Rufus?"

"Tudo bem", ele disse.

"Todos nós continuamos com nossos exageros", disse Richard, "mas você parece que anda sendo uma boa menina e dormindo seu sono de beleza toda noite."

"Você está ótima", disse Vivaldo, lacônico.

Pela primeira vez ela olhou direto para ele. "Verdade? Acho que ando me sentindo bem. Diminuí bastante a bebida." Ela riu um pouco alto demais e olhou para baixo. Richard estava de pé pagando o garçom, capa de chuva no braço. "Está todo mundo indo embora?"

"A gente tem que ir", disse Cass, "não passamos de um casal de velhos entediante e sem talento."

Cass deu uma olhada para Rufus, e disse: "Seja um bom menino; vai descansar um pouco". Ela sorriu para ele. Rufus quis fazer alguma coisa para prolongar aquele sorriso, aquele momento, mas não sorriu para ela, apenas assentiu com a cabeça. Ela se virou para Jane e Vivaldo.

"Até mais, crianças. A gente se vê."

"Claro", Jane disse.

"Dou uma passada amanhã", disse Vivaldo.

"Vou te esperar", Richard disse, "não vá me dar um bolo. Até mais, Jane."

"Até mais."

"Até mais."

Todo mundo foi embora exceto Jane, Rufus e Vivaldo.

I wouldn't mind being in jail but I've got to stay there so long…

As cadeiras que os outros tinham ocupado eram agora como um abismo entre Rufus e o cara branco e a garota branca.

"Vamos pedir mais uma rodada", Vivaldo disse.

So long…

"Deixe que eu pago", Jane disse. "Vendi um quadro."

"Verdade? Ganhou muita grana?"

"Bastante dinheiro. Provavelmente por isso é que eu estava naquele mau humor desgraçado na última vez que você me viu… As coisas não iam nada bem."

"Verdade, você estava num mau humor desgraçado."

Wouldn't mind being in jail…

"O que você está bebendo, Rufus?"

"Vou continuar no uísque, acho."

But I've got to stay there…

"Desculpe", ela disse, "não sei por que eu sou esta vaca."

"Você bebe demais. Vamos tomar só um drinque. Depois eu te levo pra casa."

Os dois deram uma olhada rápida para Rufus.

So long...

"Eu estou ficando bêbado", Rufus disse. "Pede um uísque com água pra mim."

Ele deixou a sala dos fundos e foi para o tumulto do bar. Ficou na porta um instante, observando os garotos e as garotas, homens e mulheres, suas bocas úmidas se abrindo e fechando, seus rostos suados e pálidos, suas mãos firmes segurando um copo ou agarrando uma manga de camisa, um ombro, agarrando o ar. Pequenas labaredas se acendiam aqui e ali incessantemente e se moviam em meio a camadas inconstantes de fumaça. A máquina registradora tinia, tinia. Um leão de chácara enorme junto à porta observava tudo e outro circulava pelo bar, limpando mesas e recolocando as cadeiras no lugar. Dois rapazes, um que parecia espanhol, de camisa vermelha, outro que parecia dinamarquês, de camisa marrom, conversavam sobre Frank Sinatra no jukebox.

Rufus olhou fixamente para uma garota loura e pequena, de blusa listrada aberta e saia ampla com um cinto grande de couro e uma fivela metálica brilhante. Ela estava de sapato baixo e meia-calça preta. A blusa era decotada o suficiente para que ele visse o começo dos seios; seus olhos desceram, acompanhando a linha até os mamilos salientes, que arremetiam de modo agressivo; a mão dele abraçou a cintura dela, acariciou o umbigo e lentamente deslizou com força entre as coxas. Ela estava conversando com outra garota. Sentiu o olhar de Rufus e olhou na direção dele. Os olhos dos dois se encontraram. Ele se virou e foi para o banheiro.

O lugar cheirava a milhares de viajantes, oceanos de mijo, toneladas de bile, vômito e merda. Ele acrescentou seu jorro àquele oceano, segurando entre dois dedos a parte mais desprezada de seu corpo. *But I've got to stay there so long...* Olhou para a história deplorável espirrada com fúria nas paredes — números de telefone, pintos, peitos, testículos, bocetas gravados com ódio naquelas paredes. *Chupa meu pau. Gosto de apanhar de chicote. Quero um pau duro e quente no meu rabo. Abaixo os judeus. Matem os pretos. Chupo pau.*

Lavou as mãos com todo o cuidado, secou na toalha de pano imunda e voltou ao bar. Os dois garotos continuavam no jukebox, a garota de blusa listrada continuava conversando com sua amiga. Ele atravessou o bar, foi até o balcão e saiu para a rua. Só então pôs a mão no bolso para ver o que Cass tinha colocado ali.

Cinco dólares. Bom, isto ia ajudá-lo a se virar até de manhã. Poderia alugar um quarto no Y.

Atravessou a Sheridan Square e andou lentamente pela rua Quatro Oeste. Os bares começavam a fechar. As pessoas estavam paradas em frente às portas dos bares, tentando em vão entrar ou simplesmente adiando a volta para casa; apesar do frio havia gente à toa debaixo dos postes de luz. Rufus se sentia tão distante deles, enquanto andava devagar, sozinho, quanto se sentiria de uma cerca, uma fazenda, uma árvore vista da janela de um trem: ao se aproximar cada vez mais, os detalhes mudavam a todo instante à medida que os olhos os captavam; depois se apoiava na janela com a urgência de um mensageiro ou de uma criança; depois se afastava, tudo ia diminuindo, sumindo para sempre. *Aquela cerca está caindo*, ele poderia pensar enquanto o trem passava veloz por ela. Ou *Aquela casa está precisando de uma tinta*. Ou A *árvore está morta*. Num instante, tudo viraria passado num instante — não era a cerca dele, nem sua fazenda, nem sua árvore. Assim como agora, passando, ele reconhecia rostos, corpos, posturas, e pensava: *essa é a Ruth*. Ou: *aquele é o velho Lennie. O desgraçado está chapado de novo.* Estava muito silencioso.

Ele passou pela Cornelia Street. Eric tinha morado lá uma época. Viu de novo o apartamento, as luminárias nos cantos, Eric sob a luz, livros caindo por cima de tudo, a cama desarrumada. Eric... Ele estava na Sexta Avenida, as luzes do trânsito e as luzes dos táxis brilhando à sua volta. Duas garotas e dois rapazes, brancos, estavam na esquina oposta, esperando o sinal fechar. Meia dúzia de homens, em um carro reluzente, passou gritando para eles. Depois veio alguém perto do seu ombro, um rapaz branco com um quepe que parecia militar e jaqueta de couro preto. Olhou para Rufus com a maior hostilidade, depois foi andando pela avenida, indo para longe, mexendo a bunda como se fosse uma bandeira. Ele olhou para trás, parou sob a marquise de um cinema. O sinal fechou. Rufus e os dois casais andaram em direções contrárias, se encontraram no meio da avenida, passaram — uma das garotas olhou para ele com uma espécie de assombro piedoso. *Tranquilo, sua cadela.* Ele foi caminhando em direção à rua Oito, sem motivo; estava apenas adiando a viagem de metrô.

Depois parou nos degraus do metrô, olhando para baixo. Estranhamente, sobretudo naquele horário, não havia ninguém na escada, a escada estava vazia. Ficou pensando se o sujeito no guichê podia trocar sua nota de cinco dólares. Começou a descer.

Depois de o homem lhe dar o troco e de ele se dirigir à catraca, apareceram outras pessoas, apressadas e falando alto, forçando a ultrapassagem como se fossem nadadores e ele não passasse de um obstáculo na água. Então algo começou a despertar dentro dele, algo novo; algo que fez aumentar sua sensação de distância; que fez aumentar sua dor. Elas estavam apressadas — para chegar à plataforma, para chegar aos trilhos. Algo em que ele não pensava havia anos, algo em que tinha deixado de pensar, voltou para ele enquanto seguia a multidão. A plataforma do metrô era um lugar perigoso — ele sempre achou isso; ela descia em rampa rumo aos trilhos; quando criança, ele ficava na plataforma ao lado da mãe e não arriscava soltar da mão dela. Agora estava na plataforma, sozinho com toda aquela gente, todos sozinhos também, esperando o trem com uma calma adquirida.

Mas imagine que algo em algum lugar desse errado, que as luzes amarelas se apagassem e ninguém conseguisse mais ver onde a plataforma terminava. E se aquelas vigas desabassem? Rufus viu o trem no túnel, correndo debaixo d'água, o condutor enlouquecido, sem enxergar, sem conseguir decifrar as luzes, os trilhos brilhando e se retorcendo para cima eternamente, o trem sem parar nunca mais, as pessoas gritando nas janelas e portas e se virando umas para as outras com toda a fúria acumulada em suas vidas blasfemas, sem que nada mais restasse além do assassinato, quebrando uma parte do corpo depois da outra e mergulhando tudo em sangue, com alegria — pela primeira vez, alegria, alegria, depois de acorrentados em uma pena tão longa, saltando em liberdade para espanto do mundo, para espanto do mundo de novo. Ou o trem no túnel, a água do lado de fora, a falta de energia elétrica, as paredes se fechando e a água subindo não como numa enchente, mas quebrando feito uma onda sobre a cabeça das pessoas, inundando suas bocas em meio a berros, inundando seus olhos, cabelos, rasgando suas roupas e descobrindo o segredo que apenas a água, por enquanto, podia usar. Podia acontecer. Podia acontecer, e ele adoraria ver isso acontecendo, mesmo que ele também morresse. O trem chegou, ocupando a enorme cicatriz dos trilhos. Todos entraram, sentando no vagão iluminado que nem de longe estava vazio e que se entupiria de gente bem antes de se aproximar de uptown, e ficaram de pé ou sentaram nas células de isolamento em que transformavam cada centímetro de espaço que conseguiam dominar.

O trem parou na rua Catorze. Ele estava sentado na janela e viu umas poucas pessoas entrar. Entre elas havia uma garota negra que parecia um pouco sua irmã, mas ela olhou para ele, desviou os olhos e foi sentar o mais longe que pôde. O trem entrou no túnel. A próxima parada seria na rua 34, a parada dele. Pessoas entraram; ele viu a estação se afastar. Rua 42. Dessa vez uma multidão entrou, alguns carregando jornais, e não havia mais onde sentar. Um sujeito branco se pendurou em uma alça perto dele. Rufus sentiu o estômago vir à boca.

Na rua 59 muita gente entrou no vagão e muita gente correu pela plataforma para ficar à espera do próximo trem. Muitos brancos e muitos negros, acorrentados juntos no tempo e no espaço, e também pela história, todos apressados. Apressados para se livrar uns dos outros, ele pensou, mas isso nunca vamos conseguir. Estamos todos fodidos.

As portas se fecharam com um baque que o fez dar um pulo. O trem, como se protestando contra seu fardo mais pesado, como se protestando contra a proximidade de bundas brancas com joelhos negros, gemeu, tropeçou, as rodas pareceram raspar os trilhos, fazendo um som dilacerante. Depois começou a se mover rumo a uptown, onde as massas se dividiriam e a carga se tornaria mais leve. Luzes cintilavam e piscavam, eles passaram por novas estações onde pessoas aguardavam outros trens. Depois tiveram o túnel só para si. O trem corria para a escuridão com um abandono fálico, em direção à escuridão que se abria para recebê-lo, se abria, se abria, o mundo inteiro tremia com esse ato de acasalamento. Então, quando parecia que o troar e o movimento jamais cessariam, eles chegaram às luzes brilhantes da rua 125. O trem ofegou e gemeu até parar. Ele tinha imaginado descer ali, mas ficou olhando as pessoas irem para as portas, as portas se abrirem, as portas se fecharem. Dentro ficaram quase só negros. Imaginou que desceria ali e iria para casa; mas viu a garota parecida com sua irmã andando de cara fechada em meio aos brancos e parada por um instante na plataforma antes de ir em direção à escada. De repente ele soube que jamais voltaria para casa.

O trem começou a se mover, agora com metade dos lugares vazios; a cada estação ele ficava mais leve; e logo os brancos que haviam restado olhavam para ele de maneira esquisita. Ele percebia os olhares, mas se sentia distante deles. *You took the best. So why not take the rest?* Desceu na estação que tinha o nome da ponte construída para homenagear o pai do seu país.

Rufus subiu a escada e chegou à rua, que estava vazia. Prédios altos às escuras, gigantes contra o céu escuro, pareciam observá-lo, pareciam pesar sobre ele. A ponte estava quase acima de sua cabeça, intoleravelmente alta; mas ele ainda não via a água. Podia senti-la, cheirá-la. Pensou que nunca havia entendido como um animal podia sentir o cheiro de água. Mas ela estava lá, depois da avenida, onde ele podia ver os carros passando em alta velocidade.

Depois ficou de pé na ponte, olhando para cima, olhando para baixo. Agora as luzes dos carros na avenida pareciam escrever uma mensagem sem fim, escrever com uma velocidade impressionante em uma caligrafia bonita, ilegível. Havia luzes suaves na orla de Jersey, e aqui e ali uma placa de neon anunciava algo que alguém queria vender. Ele foi andando lentamente até o centro da ponte, observando que, daquela altura, a cidade que tinha estado tão escura enquanto ele a atravessava parecia pegar fogo.

Ficou no centro da ponte e o frio era congelante. Ergueu os olhos para o céu. Pensou: Seu cretino, seu cretino filho da puta. Eu não sou seu filho também? Começou a chorar. Alguma coisa dentro de Rufus que ele não conseguia romper sacudiu seu corpo como se ele fosse uma boneca de pano, jogou água salgada em seu rosto e encheu sua garganta e suas narinas de angústia. Sabia que a dor não ia parar nunca, que ele nunca mais poderia voltar para a cidade. Baixou a cabeça como se alguém tivesse lhe dado uma pancada e olhou para a água. Estava frio e a água estaria fria.

Ele era negro e a água era negra.

Ergueu-se pondo as mãos no alto da mureta e puxando o corpo, se ergueu o mais alto que pôde e se inclinou para fora. O vento dilacerou seu corpo, a cabeça e os ombros, enquanto algo dentro dele gritava: por quê? Por quê? Pensou em Eric. Seus braços tensionados ameaçavam se quebrar. *Assim não é possível.* Pensou em Ida. Sussurrou: *desculpe, Leona,* e então o vento o levou, ele se sentiu caindo, cabeça para baixo, o vento, as estrelas, as luzes, a água, tudo embrulhado junto, *tudo bem.* Sentiu um pé de sapato voando atrás dele, não havia nada à sua volta, só o vento, *tudo bem, seu cretino Deustodopoderoso filho da puta, estou indo pra você.*

2

Chovia. Cass estava sentada no chão da sala com os jornais de domingo e uma xícara de café. Estava tentando decidir qual foto de Richard ficaria melhor na capa do caderno de resenhas. O telefone tocou.

"Alô?"

Ela ouviu alguém tomando ar e uma voz baixa, vagamente familiar:

"Cass Silenski?"

"Sim, sou eu."

Ela olhou para o relógio, imaginando quem podia ser. Eram dez e meia e ela era a única pessoa acordada na casa.

"Bom" — subitamente —, "não sei se você vai se lembrar de mim, mas a gente se encontrou uma vez em uma boate em que o Rufus estava tocando. Eu sou a irmã dele... Ida? Ida Scott..."

Ela se lembrava de uma moça bem nova, linda, de pele escura que usava um anel em forma de cobra com olhos de rubi. "Sim, sim, lembro bem. Tudo bem com você?"

"Tudo. Quer dizer" — com uma risadinha seca —, "talvez não tão bem. Estou tentando encontrar meu irmão. Liguei pra casa do Vivaldo a manhã toda, mas ele não está" — a voz fazia um esforço para não tremer, para não ceder —, "aí liguei para você porque achei que talvez você tivesse visto ele, o Vivaldo, quero dizer, ou talvez soubesse onde ele está." Agora a menina estava chorando. "Você não viu ele, por acaso? Ou o meu irmão?"

Cass ouviu sons no quarto das crianças. "Por favor", disse, "tente não ficar tão nervosa. Não sei onde o Vivaldo está agora, mas vi seu irmão ontem à noite. E ele estava bem."

"Você viu o Rufus *ontem à noite?*"

"Vi."

"Onde foi isso? Onde ele estava?"

"Foi no Benno's, a gente bebeu um pouco." Então se lembrou da expressão de Rufus e se sentiu ligeiramente alarmada contra sua vontade. "A gente conversou um pouco. Ele parecia bem."

"Ah!" — A voz estava inundada de alívio e fez Cass se lembrar do sorriso da garota. — "Vou dar uma surra nele!" E depois: "Você sabe aonde ele foi? Onde ele está ficando?".

Os sons no quarto davam a entender que Paul e Michael estavam brigando. "Eu não sei." Eu devia ter perguntado, ela pensou. "O Vivaldo deve saber, eles estavam juntos, deixei os dois juntos. Olha só…" — Michael deu um grito e começou a chorar, eles iam acordar Richard — "… o Vivaldo vai vir aqui hoje à tarde; por que você não vem também?"

"A que horas?"

"Ah. Três e meia, quatro. Você sabe onde a gente mora?"

"Sei, sim. Vou aparecer. Obrigada."

"Por favor não fique tão nervosa. Tenho certeza que tudo vai ficar bem."

"Sim. Que bom que eu liguei."

"Até logo, então."

"Tá bem. Tchau."

"Tchau."

Cass correu para o quarto das crianças e viu Paul e Michael rolando furiosamente no chão. Michael estava por cima. Ela agarrou o menino e o pôs de pé. Paul se levantou devagar, com uma expressão provocadora e envergonhada. Ele tinha onze anos e Michael só oito, afinal. "Por que essa barulheira?"

"Ele estava tentando pegar o meu jogo de xadrez", Michael disse.

A caixa, o tabuleiro e as peças quebradas estavam espalhados pelas duas camas e pelo quarto inteiro.

"Eu não estava", Paul disse, e olhou para a mãe. "Só estava tentando ensinar o jogo pra ele."

"Você não *sabe* jogar", disse Michael; agora que a mãe estava no quarto ele fungou alto uma ou duas vezes e começou a recolher o que lhe pertencia.

Paul *sabia* jogar — ou, no mínimo, sabia que xadrez era um jogo com regras que você tinha que aprender. Ele jogava com o pai de vez em quando. Mas também adorava atormentar o irmão, que preferia ficar inventando histórias sobre suas peças enquanto as movia pelo tabuleiro. Para isso, claro, ele não precisava de um parceiro. Ver Michael mexer no velho jogo de xadrez de Richard, todo quebrado, deixava Paul indignado.

"Deixe para lá", disse Cass, "você sabe que o jogo é do Michael e que ele pode fazer o que quiser com ele. Agora venham se limpar e pôr uma roupa."

Ela foi até o banheiro para ver os meninos lavarem o rosto e se vestirem.

"O papai já levantou?", quis saber Paul.

"Não. Ele está dormindo. Está cansado."

"Posso ir acordar ele?"

"Não. Hoje não. Fique aí."

"E o café da manhã dele?", Michael perguntou.

"Ele vai tomar café quando levantar", ela disse.

"A gente nunca mais toma café da manhã junto", disse Paul. "Por que eu não posso acordar o papai?"

"Porque eu falei que não", ela disse. Eles foram para a cozinha. "A *gente* pode tomar café junto agora, mas o seu pai precisa dormir."

"Ele está sempre dormindo", disse Paul.

"Vocês voltaram bem tarde ontem", disse Michael, tímido.

Ela era uma mãe bem imparcial, ou pelo menos tentava ser; mas às vezes o charme tímido e sério de Michael mexia com ela de um jeito que Paul, com sua presença mais direta e mais calculada, dificilmente conseguia.

"Por que você se incomoda com isso?", ela disse, e bagunçou o cabelo louro-avermelhado dele. "Aliás, como é que você sabe?" Ela olhou para Paul. "Aposto que aquela mulher deixou vocês ficarem acordados até sabe lá que horas. A que horas vocês foram pra cama ontem?"

O tom dela, porém, fez os irmãos imediatamente se unirem contra ela. A mãe era propriedade comum dos dois; mas eles tinham mais em comum entre si do que com ela.

"Não foi tão tarde", Paul disse, prudentemente. Ele piscou para o irmão e começou a comer.

Ela conteve um sorriso. "Que horas eram, Michael?"

"Não sei", Michael disse, "mas era *bem* cedo."

"Se aquela mulher deixou vocês ficarem acordados um minuto que seja depois das dez…"

"Ah, não era *tão* tarde assim", disse Paul.

Cass desistiu, serviu-se de mais uma xícara de café e ficou olhando os dois comerem. Depois se lembrou da conversa com Ida. Telefonou para a casa de Vivaldo. Ninguém atendeu. Provavelmente ele estava na casa da Jane, Cass pensou, mas ela não sabia o endereço de Jane nem seu sobrenome.

Ouviu Richard se mexendo no quarto e depois o viu cambaleando até o chuveiro.

Quando ele saiu, Cass ficou um tempo quieta olhando enquanto ele comia, depois disse:

"Richard... A irmã do Rufus acabou de ligar."

"Irmã? Ah, é, eu me lembro dela, a gente se encontrou com ela uma vez. O que ela queria?"

"Queria saber onde o Rufus está."

"Bom, se ela não sabe, por que ela acha que a gente ia saber?"

"Ela parecia bem preocupada. Ela não vê o Rufus, sei lá... há um tempão."

"Ela está reclamando? Provavelmente o cretino achou alguma outra menininha indefesa pra bater."

"Ah, uma coisa não tem nada a ver com a outra. Ela está preocupada com o irmão, quer saber onde ele está."

"Bom, o *irmão* dela não é um cara lá muito legal; provavelmente ela vai esbarrar com ele por aí um dia desses." Ele olhou para o rosto preocupado dela. "Que coisa, Cass, a gente viu o Rufus ontem à noite, não tinha nenhum problema com ele."

"É", ela disse. Depois: "Ela vem aqui hoje à tarde".

"Ai, meu Deus. A que horas?"

"Falei pra ela vir umas três, quatro horas. Achei que o Vivaldo ia estar aqui nesse horário."

"Bom, tudo bem." Ele se levantou. Os dois foram para a sala. Paul estava de pé na frente da janela, olhando a rua molhada. Michael estava no chão, rabiscando num bloco. Ele tinha um monte de blocos, todos cheios de árvores, casas, monstros e de historinhas secretas.

Paul se afastou da janela e foi ficar ao lado do pai.

"A gente já está saindo?", perguntou. "Está ficando tarde."

Paul nunca esquecia uma promessa ou um compromisso.

Richard piscou para Paul e se abaixou para dar um tapinha de leve na cabeça de Michael. Michael sempre reagia a isso se afastando carrancudo e feliz; parecia que toda vez precisava repetir a si mesmo que seu amor pelo pai era tão grande que tudo bem uma vez ou outra abrir mão de sua dignidade.

"Vamos logo, então", Richard disse. "Se vocês querem que eu vá com vocês ao cinema, precisam se apressar."

Depois Cass ficou na janela olhando os três, debaixo do guarda-chuva de Richard, se afastando dela.

Doze anos. Ela tinha vinte e um, ele, vinte e cinco; foi durante a guerra. Ela acabou indo para San Francisco e sendo paga para ficar à toa em um estaleiro. Podia ter conseguido coisa melhor, mas não ligava. Estava apenas esperando a guerra acabar e Richard voltar. Ele acabou indo parar em um almoxarifado no Norte da África, onde passou a maior parte do tempo, foi o que ela entendeu, defendendo engraxates e mendigos árabes de franceses cínicos e maus.

Ela estava na cozinha, preparando a massa de um bolo, quando Richard voltou. Ele pôs a cabeça na porta, água pingando da ponta do nariz.

"Como está se sentindo agora?"

Ela riu. "Mais triste do que nunca. Estou fazendo um bolo."

"Péssimo sinal. Dá pra ver que você está perdendo as esperanças." Ele pegou um pano de prato e secou o rosto.

"O que aconteceu com o guarda-chuva?"

"Deixei com os meninos."

"Ah, Richard, ele é muito grande. Será que o Paul consegue segurar aquilo?"

"Não, claro que não", ele disse. "Um vento vai carregar o guarda-chuva e eles vão ser levados por cima dos telhados e a gente nunca mais vai ver os dois." Ele piscou. "Foi por isso que eu dei o guarda-chuva pra eles. Não sou tão burro." Ele entrou em seu escritório e fechou a porta.

Cass pôs o bolo no forno, descascou tomates e cenouras, deixou na água e calculou o tempo do rosbife. Ela já tinha trocado de roupa e tirado o bolo do forno para esfriar quando a campainha tocou.

Era Vivaldo. Ele estava com uma capa de chuva preta e o cabelo todo bagunçado, pingando de chuva. Os olhos pareciam mais negros do que nunca e o rosto mais pálido.

"Heathcliff!", ela disse, "que bom que você veio!", e o puxou para dentro do apartamento, já que parecia que ele não ia se mexer. "Ponha essas coisas molhadas no banheiro e eu vou te preparar um drinque."

"Que garota esperta", ele disse, com um sorriso vago. "Meu Deus, o céu está desabando lá fora!" Ele tirou a capa e sumiu no banheiro.

Ela foi até a porta do escritório e bateu. "Richard. O Vivaldo chegou."

"Tá bom. Já vou."

Ela preparou dois drinques e levou para a sala. Vivaldo sentou no sofá, as pernas longas esticadas à frente, olhando para o tapete.

Ela entregou um copo para ele. "Como você está?"

"Tudo bem. Onde estão os meninos?" Ele largou o copo com cuidado na mesinha baixa perto dele.

"Foram ao cinema." Ela ficou olhando para ele por um instante. "Pode ser que esteja tudo bem, mas você não está com uma cara muito boa."

"Bom" — outra vez o sorriso gelado —, "ainda não estou muito sóbrio. Bebi demais ontem com a Jane. Ela só trepa se estiver bêbada." Vivaldo pegou o copo e deu um gole, tirou um cigarro amassado de um dos bolsos e acendeu. Pareceu tão triste e abatido por um instante, curvado sobre a brasa do cigarro, que Cass não falou nada. "Onde está o Richard?"

"Ele já vem. Está no escritório."

Ele tomou um gole, obviamente tentando achar algo para dizer, mas não conseguiu.

"Vivaldo?"

"Sim."

"O Rufus dormiu na sua casa ontem?"

"O Rufus?" Ele pareceu assustado. "Não. Por quê?"

"A irmã dele ligou tentando descobrir onde ele está."

Eles se olharam e o rosto dele assustou Cass de novo.

"Aonde ele foi?", ela perguntou.

"Não sei. Acho que pro Harlem. Ele simplesmente sumiu."

"Vivaldo, ela vem aqui agora à tarde."

"Quem?"

"A irmã dele, a Ida. Eu disse pra ela que você estava com o Rufus quando a gente se despediu e que você vinha aqui hoje à tarde."

"Mas eu não sei onde ele *está*. Eu estava lá na sala dos fundos, conversando com a Jane e ele disse que estava meio tonto, ou alguma coisa assim, e depois não voltou." Ele olhou para ela, depois para a janela. "Aonde será que ele foi?"

"Talvez", ela disse, "ele tenha encontrado alguém."

Vivaldo não se deu ao trabalho de responder. "Ele devia saber que eu não ia largar ele assim. Ele podia ter dormido lá em casa. Eu acabei indo pra casa da Jane mesmo."

Cass observou Vivaldo enquanto ele batia o cigarro no cinzeiro.

"Eu nunca", ela disse, calma, "entendi o que a Jane queria com você. Ou, pra ser sincera, o que você queria com ela."

Ele examinou as próprias unhas, que estavam lascadas e

pretas. "Não sei. Acho que eu só queria uma garota, alguém pra passar essas noites longas de inverno."

"Mas ela é tão mais velha que você." Ela pegou o copo vazio dele. "Ela é mais velha do que *eu*."

"Isso não tem nada a ver", ele disse devagar. "Bom, eu queria uma garota... alguém que soubesse das coisas."

Cass olhou para ele. "Sei", disse, suspirando, "se tem uma coisa que ela não é é ingênua."

"Eu precisava de uma mulher", Vivaldo disse, "ela precisava de um homem. Qual o problema nisso?"

"Nenhum", ela disse. "Se era isso mesmo que vocês dois estavam precisando."

"O que *você* acha que eu estava fazendo?"

"Ah, sei lá", ela disse. "Realmente não sei. Só que, como eu te disse, parece que você sempre se envolve com mulheres impossíveis... Prostitutas, ninfomaníacas, bêbadas... E acho que você faz isso para se proteger, evitar que as coisas fiquem sérias. Que virem permanentes."

Ele suspirou, sorriu. "Merda, eu só quero amizade."

Ela riu. "Ah, Vivaldo."

"Você e eu somos amigos", ele disse.

"Bom... é verdade. Mas eu sempre fui a mulher do seu amigo. Então você nunca pensou em mim..."

"Sexualmente", ele disse. Depois sorriu. "Não tenha tanta certeza."

Ela corou, ao mesmo tempo incomodada e satisfeita. "Não estou falando das suas fantasias."

"Eu sempre admirei você", ele disse, solene, "e invejei o Richard."

"Bom", ela disse, "melhor você superar isso."

Ele não disse nada. Ela chacoalhou o gelo do copo vazio dele.

"Bom", ele disse, "o que é que eu vou fazer? Não sou ne-nhum monge, estou cansado de ir pro Harlem e ter que pagar…"

"Então é para o Harlem que você vai", ela disse com um sorriso. "Como bom americano que você é."

Isso irritou Vivaldo. "Eu não falei que elas são melhores do que as brancas." Depois ele riu. "Melhor eu ficar quieto."

"Não seja infantil. Sério. Você devia ouvir o que está dizendo."

"Você está me dizendo que alguém vai se aproximar porque precisa? Por que precisa de mim?"

"Não estou te dizendo nada", ela disse depressa, "que você já não saiba." Eles ouviram a porta do escritório de Richard abrir, "Vou te preparar mais um drinque; quem sabe você não fica *bom* e bêbado." Ela trombou com Richard no corredor. Ele estava com o manuscrito. "Quer um drinque agora?"

"Seria ótimo", ele disse, e foi para a sala. Da cozinha ela ouviu as vozes deles, um pouco altas demais, um pouco amáveis demais. Quando voltou para a sala, Vivaldo folheava o manus-crito. Richard estava de pé junto à janela.

"Só leia", ele dizia, "não vá ficar pensando em Dostoiévski e tudo mais. É só um livro… Um livro bem bom."

Cass entregou um copo para Richard. "É um livro *muito* bom", ela disse, colocando o copo de Vivaldo na mesa ao lado dele. Ficou surpresa, e ao mesmo tempo não, ao se dar conta de que estava preocupada com o efeito que a opinião de Vivaldo teria sobre Richard.

"Mas o próximo livro vai ser melhor", Richard disse. "E bem diferente."

Vivaldo largou o manuscrito e tomou um gole da bebida. "Bom", disse, com um sorriso. "Vou ler assim que eu ficar só-brio. Seja lá", disse, de um jeito sinistro, "quando for isso."

"E me diga a verdade, ouviu? Seu cretino."

Vivaldo olhou para ele. "Eu vou falar a verdade."

Anos antes, Vivaldo tinha levado seus manuscritos para Richard dizendo praticamente as mesmas palavras. Ela se afastou dos dois e acendeu um cigarro. Depois ouviu a porta do elevador abrir e fechar e olhou para o relógio. Eram quatro horas. Olhou para Vivaldo. A campainha tocou.

"Aí está ela", disse Cass.

Ela e Vivaldo se olharam.

"Calma", Richard disse. "Por que você está com essa cara tão trágica?"

"Richard", ela disse, "deve ser a irmã do Rufus."

"Bom, vá abrir a porta pra ela. Não deixe ela esperando no corredor." Enquanto ele falava, a campainha tocou de novo.

"Ah, meu Deus", disse Vivaldo, e ficou de pé, parecendo muito alto e desamparado. Cass deixou seu copo na mesa e foi até a porta.

A moça que ela encontrou era razoavelmente alta, forte, bem-vestida, a pele um pouco mais escura que a de Rufus. Estava com uma capa de chuva com capuz e carregava um guarda-chuva; por baixo do capuz, na sombra do corredor, os olhos negros no rosto escuro analisaram Cass com atenção. Ela tinha algo de Rufus nos olhos — grandes, inteligentes, desconfiados — e no sorriso.

"Cass Silenski?"

Cass estendeu a mão. "Entre. Eu me *lembro* de você." Ela fechou a porta. "Achei você uma das mulheres mais bonitas que eu já tinha visto."

A garota olhou para ela, e Cass percebeu, pela primeira vez, que uma negra podia corar. "Ah, por favor, sra. Silenski…"

"Me dê suas coisas. E, por favor, me chame de Cass."

"Então me chame de Ida."

Ela levou as coisas de Ida. "Aceita uma bebida?"

"Aceito, acho que preciso", disse Ida. "Estou vasculhando

esta cidade nem sei mais há quanto tempo, atrás do imprestável do meu irmão..."

"O Vivaldo está lá dentro", disse Cass depressa, querendo dizer alguma coisa para preparar a garota, mas sem saber o quê. "Você quer bourbon, uísque ou uísque de centeio? E acho que a gente tem um pouco de vodca..."

"Aceito um bourbon." Ela parecia um pouco ofegante; seguiu Cass até a cozinha e ficou olhando enquanto ela preparava a bebida. Cass estendeu o copo a ela e olhou nos olhos de Ida. "O Vivaldo não viu o Rufus desde ontem", disse. Os olhos de Ida se arregalaram e ela esticou o lábio inferior, que tremia ligeiramente. Cass encostou a mão no cotovelo dela. "Vamos. Tente não ficar preocupada." Elas entraram na sala.

Vivaldo continuava no mesmo lugar, como se não tivesse se mexido. Richard se levantou do pufe; ele estava cortando as unhas. "Esse é o meu marido, Richard", disse Cass, "e você conhece o Vivaldo."

Eles apertaram as mãos e murmuraram cumprimentos em um silêncio que começava a ficar mais consistente, como claras em neve. Eles sentaram.

"Bom!", disse Ida, trêmula, "faz tanto tempo."

"Mais de dois anos", Richard disse. "O Rufus deixou a gente ver você poucas vezes, depois te levou para algum lugar pra gente não te ver mais. Aliás, muito sábio da parte dele."

Vivaldo não disse nada. Seus olhos, as sobrancelhas e o cabelo pareciam traços de carvão sobre uma superfície branca.

"Mas nenhum de vocês", disse Ida, "sabe onde o meu irmão está agora?" Ela olhou em volta na sala.

"Ele esteve comigo ontem à noite", disse Vivaldo. Sua voz estava muito baixa; Ida se inclinou para a frente para ouvir. Ele limpou a garganta.

"Todos nós vimos o Rufus", Richard disse, "ele estava bem."

"Era pra ele dormir na minha casa", disse Vivaldo, "mas a gente... eu... engatei numa conversa com alguém... e aí, quando vi, ele tinha sumido." Vivaldo pareceu achar que havia um jeito melhor de dizer aquilo. "Vários amigos dele estavam lá; eu imaginei que ele tivesse tomado alguma coisa com um deles e decidido ir dormir na casa de alguém."

"Você conhece esses amigos?", Ida perguntou.

"Bom, eu sei quem eles são quando vejo eles. Não sei os nomes."

O silêncio se prolongou. Vivaldo baixou os olhos.

"Ele tinha dinheiro?"

"Bom" — ele olhou para Richard e Cass — "eu não sei."

"Como estava a cara dele?"

Eles se entreolharam. "Bem. Cansado, talvez."

"Tenho certeza." Ela bebeu um gole; sua mão tremia um pouco. "Não quero fazer tempestade em copo d'água. Tenho certeza que ele está bem, onde quer que esteja. Eu só queria saber. Minha mãe e meu pai estão tendo um chilique, e", ela riu, recuperando o fôlego de um jeito não muito elegante, "acho que eu também." Ida ficou em silêncio. Depois: "Ele é meu único irmão mais velho". Ela tomou um gole de sua bebida, depois deixou o copo no chão ao lado da cadeira e brincou com o anel de cobra com olhos de rubi em seu longo dedo mínimo.

"Tenho certeza que ele está bem", disse Cass, com uma consciência terrível do vazio de suas palavras. "É só que... bem, o Rufus é como muitas pessoas que eu conheço. Quando alguma coisa dá errado, quando ele se magoa só quer ir pra bem longe e sumir até aquilo passar. Fica lambendo as feridas. Depois volta." Ela olhou para Richard pedindo ajuda.

Ele fez o melhor que pôde. "Acho que a Cass tem razão", ele murmurou.

"Já fui para todos os lugares", disse Ida, "todos os lugares onde ele já tocou, falei com todo mundo que consegui encontrar que já trabalhou com ele, com todo mundo que consegui encontrar que um dia tenha dado oi pra ele... Procurei até parentes nossos no Brooklyn..." Ela parou e se virou para Vivaldo. "Quando você esteve com ele... por onde ele disse que tinha andado?"

"Ele não disse."

"Você não perguntou?"

"Perguntei. Ele não quis contar."

"Eu te dei um número de telefone pra você ligar assim que visse ele. Por que não me ligou?"

"Era tarde quando ele apareceu na minha casa, ele pediu para eu não ligar, disse que ia te procurar de manhã."

Ele parecia desanimado, à beira do choro. Ela olhou para ele, depois baixou os olhos. O silêncio começou a rastejar com uma hostilidade acumulada, acre, que se irradiava da garota sentada sozinha, na cadeira redonda, no centro da sala. Ela olhou para cada um dos amigos de seu irmão. "Esquisito que ele não tenha ido, então", ela disse.

"Bom, o Rufus não é de falar muito", disse Richard. "Você deve saber como é difícil tirar alguma coisa dele."

"Bom", ela disse, lacônica, "*eu* teria feito ele falar."

"Você é a irmã dele", disse Cass suavemente.

"Sim", disse Ida, e olhou para suas mãos.

"Você procurou a polícia?", Richard perguntou.

"Procurei." Ela fez um gesto de aversão, se levantou e foi até a janela. "Eles disseram que isso acontece o tempo todo... homens negros fugindo da família. Disseram que iam tentar encontrá-lo. Mas eles não estão nem aí. Não ligam para o que acontece... com um homem negro!"

"Ah, não, espera", exclamou Richard, rosto vermelho, "será que isso é justo? Quer dizer, caramba, tenho certeza que vão procurar o Rufus como iam procurar qualquer outro cidadão desta cidade."

Ela olhou para ele. "Como é que você sabe? *Eu* sei... sei do que estou falando. Sei que eles não se importam... e eles *não* se importam."

"Não acho que você deva ver as coisas assim."

Ela olhava pela janela. "Merda. Ele está em algum lugar. Preciso encontrar meu irmão." Ela estava de costas para a sala. Cass viu os ombros de Ida começarem a tremer. Foi até a janela e pôs a mão no braço dela. "Eu estou bem", disse Ida, se afastando ligeiramente. Ela remexeu no bolso do paletó, depois voltou para onde estava sentada e tirou um lenço de papel da bolsa. Enxugou os olhos, assoou o nariz e pegou seu copo.

Cass olhou para ela sem saber o que fazer. "Deixe eu pôr mais para você", disse, e levou o copo para a cozinha.

"Ida", Vivaldo estava dizendo quando ela voltou para a sala, "se tiver alguma coisa que eu possa fazer pra te ajudar a encontrar o Rufus... qualquer coisa mesmo..." Ele parou. "Cacete", disse, "eu também amo esse cara, também quero encontrar ele. Estou me culpando o dia inteiro por ter deixado ele escapar ontem à noite."

Quando Vivaldo disse "eu também amo esse cara", Ida olhou para ele, olhos imensos, como se só agora estivesse se encontrando com ele pela primeira vez. Depois baixou os olhos. "Na verdade não sei de nada que você *possa* fazer", disse.

"Bom... posso ir procurar com você. Podemos procurar juntos."

Ela refletiu sobre a sugestão; refletiu sobre ele. "Bom", disse por fim, "talvez você pudesse ir comigo a uns lugares no Village..."

"Está bem."

"Não tem jeito. Tenho a impressão de que eles me acham uma histérica."

"Eu vou com você. Eles não vão achar que *eu* sou histérico."

Richard sorriu. "O Vivaldo jamais é histérico, todos nós sabemos disso." Depois disse: "Eu realmente não vejo motivo pra tudo isso. O Rufus provavelmente está só dormindo em algum lugar, esperando a ressaca passar".

"Ninguém via o Rufus", Ida gritou, "fazia quase seis *semanas*! Até ontem à noite! Eu *conheço* o meu irmão, ele não faz esse tipo de coisa. Ele sempre passa em casa, não importa onde ele tenha estado, não importa o que tenha acontecido, só pra gente não se preocupar. Ele levava dinheiro e coisas pra casa... Mesmo quando estava sem grana ele aparecia. Não venham me dizer que ele está só dormindo, de ressaca, em algum lugar. Seis semanas é muito tempo." Ela baixou um pouco o tom de voz, até falar num murmúrio carregado de veneno. "E vocês sabem muito bem o que aconteceu... entre ele e aquela maldita caipira maluca que saía com ele."

"Tá bom", Richard disse, sem saber o que falar, depois de um silêncio considerável, "você é quem sabe."

Cass disse: "Mas você também não precisa sair correndo agora na chuva. O Rufus sabe que o Vivaldo vinha para cá. Pode ser que ele venha. Eu estava esperando que vocês todos ficassem para jantar". Ela sorriu para Ida. "Você pode ficar, por favor? Tenho certeza que vai se sentir melhor. Pode ser que a gente esclareça tudo hoje à noite."

Ida e Vivaldo se olharam, tendo, ao que parece, se tornado aliados ao longo da tarde. "Então?", perguntou Vivaldo.

"Não sei. Estou tão cansada e triste que não estou conseguindo pensar direito."

Richard pareceu concordar totalmente com isso; ele disse: "Olhe. Você já foi à polícia. Você contou tudo que podia contar. Checou os hospitais e" — ele olhou para ela como se fizesse uma pergunta — "o necrotério" — e ela fez que sim com a cabeça, sem baixar os olhos. "Bom. Não sei pra que serve você sair às pressas nesta tarde chuvosa de domingo, sem nem saber direito pra onde ir. E nós vimos o Rufus ontem à noite. Então a gente sabe que ele está por perto. Por isso, por que não descansar por umas horinhas? Caramba, pode ser que daqui a algumas horas você não precise ir a lugar nenhum, pode ser que ele apareça."

"É verdade", disse Cass, "tem uma chance grande de que ele venha aqui hoje." Ida olhou para Cass. E Cass percebeu que havia alguma coisa em Ida que sentia prazer naquilo — na atenção, no poder que ela detinha naquele momento. Isso irritou Cass, mas ela pensou: bom. Isso significa que, aconteça o que acontecer, ela vai conseguir superar. Sem saber disso muito bem, a partir do momento em que Ida entrou por aquela porta, ela estava se preparando para o pior.

"Bom", disse Ida, olhando para Vivaldo, "pedi pra minha mãe me ligar aqui... se precisar."

"Muito bem, então", disse Cass, "pra mim parece resolvido." Ela olhou o relógio. "Os meninos devem chegar em casa daqui a uma hora mais ou menos. Acho que vou preparar mais bebida pra gente."

Ida sorriu. "Essa é uma ideia muito boa."

Ela ficava tremendamente atraente quando sorria. O rosto, com aquele sorriso, fazia você pensar em um moleque levado. Ao mesmo tempo, os olhos tinham um brilho maravilhosamente feminino de zombaria. Vivaldo continuou olhando para ela, um sorriso discreto brincando nos cantos de sua boca.

A neve prevista para a véspera de Ação de Graças só chegou no fim da noite — flocos lentos, indecisos, girando e brilhando na escuridão, derretendo no solo.

Durante todo o dia um sol frio brilhou sobre Manhattan, sem esquentar.

Cass acordou um pouco mais cedo do que o normal, fez o

café da manhã das crianças e mandou os dois para a escola. Richard tomou seu café da manhã e se fechou no escritório — ele não estava de bom humor. Cass limpou a casa, pensando no jantar do dia seguinte, e saiu no começo da tarde para fazer compras e caminhar um pouco sozinha.

Acabou indo mais longe do que pretendia, porque adorava andar pela cidade. Estava com frio quando começou a voltar para casa.

Eles moravam um pouco para baixo da rua 23, no West Side, bairro que recentemente havia recebido muitos porto-riquenhos. Por isso se dizia que a vizinhança estava em decadência; o difícil era dizer decadente em relação a quê. Para Cass, o bairro parecia basicamente o de sempre, malcuidado e com muita gente de aspecto grosseiro. Quanto aos porto-riquenhos, ela até gostava deles. Não achava que fossem grosseiros; pelo contrário, pareciam gentis demais para aquele ambiente brutal. Gostava do som da fala deles, suave e risonha ou então carregada de uma hostilidade violenta, clara, luminosa; gostava da vida que via nos olhos deles e do modo como tratavam os filhos, como se todas as crianças fossem uma responsabilidade natural de todos os adultos. Mesmo quando os adolescentes assobiavam para ela ou faziam comentários obscenos enquanto ela passava, e riam entre si, ela não se ofendia nem ficava com medo; não sentia naquelas atitudes a hostilidade tensa de Nova York. Eles não estavam amaldiçoando uma coisa que desejavam e temiam; estavam brincando com uma coisa que desejavam e amavam.

Agora, enquanto ela subia os degraus da parte externa de seu prédio, um dos garotos porto-riquenhos que ela via por toda parte na vizinhança abriu a porta para ela com um pequeno, meio sorriso. Ela sorriu para ele e agradeceu do modo mais direto que pôde e entrou no elevador.

Havia algo no rosto de Richard quando ele fechou a porta depois de ela entrar e no silêncio estrondoso do apartamento. Cass olhou para ele e começou a perguntar sobre as crianças — mas então ouviu os dois na sala. Richard seguiu-a até a cozinha e ela pôs as sacolas com as compras em cima da mesa. Ela olhou para ele.

"O que foi?", perguntou. E depois de pensar em todas as coisas que não tinham acontecido: "O Rufus", ela disse de repente. "Você soube alguma coisa sobre o Rufus?"

"Sim." Ela viu como uma pequena veia na testa dele saltava. "Ele morreu, Cass. Encontraram o corpo dele boiando no rio."

Ela se sentou à mesa da cozinha.

"Quando?"

"Hoje de manhã."

"Há quanto... há quanto tempo?"

"Há uns dias. Imaginam que ele pulou da ponte George Washington."

"Meu Deus", ela disse. Em seguida: "Quem...?".

"Vivaldo. Ele ligou. Um pouco depois que você saiu. A Ida ligou pra ele."

"Meu Deus", ela disse de novo, "que tragédia para essa pobre menina."

Ele fez uma pausa. "Vivaldo parecia que tinha levado um chute no estômago."

"Ele está onde?"

"Pedi pra ele vir aqui. Mas ele estava indo encontrar a garota, Ida, não sei como ele pode ajudar."

"Bom. Ele era muito mais próximo do Rufus do que nós."

"Quer beber alguma coisa?"

"Quero", ela disse, "acho que quero." Ela ficou sentada olhando para a mesa. "Fico pensando se tinha alguma coisa... que a gente... que alguém... pudesse ter feito."

"Não", ele disse, servindo um pouco de uísque num copo que colocou diante dela, "ninguém podia ter feito nada. Ele queria morrer."

Ela ficou em silêncio, bebendo o uísque. Observou o modo como a luz do sol iluminava a mesa.

Richard colocou a mão em seu ombro. "Não fique assim, Cass. Afinal…"

Ela se lembrou do rosto dele na última vez em que conversaram, o olhar e o sorriso de Rufus quando ele perguntou *Posso ir te ver um dia desses?* Como ela queria, agora, ter ficado e conversado um pouco mais com ele. Talvez — ela bebia o uísque aos poucos, impressionada com o silêncio das crianças. Lágrimas encheram seus olhos e desceram lentamente pelo rosto, caindo na mesa.

"Que coisa terrível, nojenta", ela disse. "É um horror isso, um horror, um horror."

"Ele estava indo nessa direção", disse Richard, calmo, "nada, ninguém ia conseguir impedir ele de fazer isso."

"Como você sabe?", Cass perguntou.

"Ah, meu amor, você sabe que ele estava assim nos últimos meses. A gente mal via o Rufus, mas todo mundo sabia."

Sabia o quê? Ela quis perguntar. Que diabo todo mundo sabia? Mas ela enxugou os olhos e se levantou.

"O Vivaldo tentou de tudo para que o Rufus parasse de fazer aquilo com a Leona. E se ele tivesse conseguido impedir o Rufus de continuar com *aquilo*… bom, aí talvez ele tivesse impedido isso também."

Isso é verdade, ela pensou, e olhou para Richard, que, em situações tensas, sempre a surpreendia com seu jeito de avaliar as coisas.

"Eu gostava muito dele", ela disse com ar desamparado. "Ele tinha um lado muito doce."

Ele olhou para ela com um sorriso discreto. "Bom, acho que você, por natureza, é uma pessoa melhor do que eu. Eu não pensava assim. Eu o achava um sujeito bem egocêntrico, pra dizer a verdade."

"Ah…", ela disse, "egocêntrico! Eu não conheço ninguém que não seja."

"Você não é", ele disse. "Você pensa nos outros, tenta tratar bem as pessoas. Você passa a vida tentando cuidar das crianças… e de mim…"

"Ah, mas vocês *são* a minha vida… você e as crianças. O que eu ia fazer, o que eu seria sem vocês? Eu sou tão egocêntrica quanto todo mundo. Você não vê isso?"

Ele sorriu e passou a mão de um jeito brusco na cabeça dela. "Não. E não vou mais discutir isso." Mas, passado um momento, ele insistiu. "Eu não amava o Rufus, não do jeito que você amava. Enfim, eu não conseguia deixar de pensar que um dos motivos para vocês todos ficarem tão *alvoroçados* com ele era, em parte, porque ele era negro. O que é um motivo e tanto para amar alguém. Mas eu precisava ver o Rufus como um cara qualquer. E eu não conseguia perdoar o que ele fez com a Leona. Você também disse uma vez que não conseguia."

"Desde aquela época eu precisei pensar bastante nisso. Pensei muito nisso desde então."

"E o que você pensou? Encontrou um jeito de justificar o que ele fez?"

"Não. Eu não tentei justificar. Aquilo não tem justificativa. Mas agora eu acho… ah, eu simplesmente não sei o suficiente para poder julgar o Rufus. Ele devia… ele devia estar sofrendo muito. Ele devia amar a Leona." Ela se virou para ele, procurando seu rosto. "Tenho certeza que ele amava a Leona."

"Que belo amor", ele disse.

"Richard", ela disse, "a gente já magoou um ao outro… várias vezes. Às vezes não era por querer, às vezes era. E não foi assim porque... justamente porque... a gente se amava? Porque a gente se ama?"

Richard olhou para ela de um jeito estranho, a cabeça inclinada para um lado. "Cass", ele disse, "como você pode fazer essa comparação? A gente nunca tentou destruir um ao outro... tentou?"

Os dois se olharam. Ela não disse nada.

"Eu nunca tentei te destruir. Você já tentou me destruir?"

Cass pensou no rosto dele no dia em que se conheceram; observou o rosto de Richard agora. Pensou em tudo que os dois haviam descoberto juntos e em tudo que um significava para o outro, e em quantas pequenas mentiras participaram da criação da verdade única e singular deles: daquele amor, que ligava um ao outro. Por causa de Richard, ela tinha dito Não muitas vezes para muitas coisas, quando sabia que poderia ter dito Sim; tinha acreditado em muitas coisas, por causa de Richard, mesmo sem ter certeza de que acreditava mesmo naquilo. Ele havia sido absolutamente necessário para ela — ou pelo menos Cass acreditara nisso; dava na mesma — e assim ela tinha se unido a ele e a vida dela se moldado em torno dele. Não se arrependia. Eu quero esse homem, disse algo dentro dela anos antes. E ela uniu-o a si própria; ele fora a sua salvação; e ali estava ele. Ela não se arrependia, mas começou a pensar se havia alguma coisa de que se arrepender, alguma coisa que ela tivesse feito a Richard e que ele não via.

"Não", ela disse baixinho. E depois, sem se conter: "Mas não seria difícil".

"Como assim?"

"O que eu quero dizer é que" — ele estava olhando para ela; ela voltou a se sentar, brincando com o copo de uísque — "um homem conhece uma mulher. E ele precisa dela. Mas ela usa essa necessidade contra ele, usa para minar ele. É fácil. As mulheres não veem os homens do jeito que eles querem ser vistos. Elas veem todos os pontos fracos, todos os lugares de onde o sangue pode jorrar." Cass terminou seu uísque. "Entende o que eu quero dizer?"

"Não", ele disse com franqueza. "Não entendo. Não acredito nessa baboseira toda de intuição feminina. Isso é uma coisa que as mulheres inventaram."

"Você pode *dizer* isso... e nesse tom!" Ela imitou Richard: "Uma coisa que as mulheres inventaram. Mas *eu* não posso dizer isso... O que os homens 'inventaram' é tudo que existe, o mundo que eles inventaram *é* o mundo". Ele riu. Ela baixou o tom. "Bom. É verdade."

"Você é uma menina engraçada", ele disse. "Você sofre seriamente de inveja do pênis."

"Como a maioria dos homens", ela disse, sarcástica, e ele riu. "Tudo que eu quis dizer, de qualquer modo", ela disse, séria, "é que eu precisei tentar me encaixar em você e não tentar fazer você se encaixar em mim. Só isso. E não foi fácil."

"Não."

"Não. Porque eu te amo."

"Ah!", ele disse, e riu alto, "você *é* uma menina engraçada. Eu também te amo, você sabe disso."

"Espero que sim", ela disse.

"Você me conhece tão bem e não sabe disso? O que aconteceu com aquela intuição toda, com todo aquele ponto de vista... *especializado?*"

"A partir de certo ponto", ela disse, com um sorriso carrancudo, "parece que não funciona tão bem."

Ele a tirou da mesa e colocou os braços em torno dela, encostando a bochecha no cabelo dela. "Que ponto é esse, minha querida?"

O hálito dele em seu cabelo, os braços, o peito, o cheiro... tudo nele era familiar, envolvente, indescritivelmente amado. Ela inclinou ligeiramente a cabeça para olhar pela janela da cozinha. "O amor", disse, olhando para a luz fria do sol. Cass pensou no rio gelado e no garoto negro morto, amigo deles. Fechou os olhos. "O amor", disse de novo, "o amor."

Richard ficou com as crianças no sábado, enquanto Cass e Vivaldo foram ao funeral de Rufus no Harlem. Ela não queria ir, mas não teve como dizer não a Vivaldo, que sabia que precisava ir, mas tinha pavor de ficar lá sozinho.

O funeral foi de manhã, e imediatamente depois da cerimônia Rufus seria levado para o túmulo. Vivaldo chegou no começo daquela manhã fria e seca de sábado, vestindo enfaticamente preto e branco: camisa branca, gravata preta, terno preto, sapato preto, casaco preto; cabelo, olhos e sobrancelhas negros, e um rosto esquelético, pálido como o de um defunto. Cass ficou chocada com o pânico e a tristeza dele; sem uma palavra, ela vestiu seu casaco preto e deu a mão para ele; desceram no elevador em silêncio. Ela olhou para ele pelo espelho do elevador. A tristeza caía bem em Vivaldo. Ele estava reduzido à sua beleza e à sua elegância — como ossos que, depois de uma longa doença, aparecem sob a pele.

Eles entraram num táxi e foram para uptown. Vivaldo sentou ao lado dela, mãos nos joelhos, olhando para a frente. Ela observava as ruas. O trânsito estava intenso, mas fluía; o táxi ficava mudando de pista, arrancando, freando, acelerando, conseguindo não parar. Então, na rua 34, o sinal vermelho o deteve. Eles estavam cercados por uma violência de carros, caminhonetes enormes, ônibus verdes que se arrastavam pela cidade, e por garotos, garotos de pele escura empurrando carrinhos de madeira com roupas dentro. As pessoas nas calçadas transbordavam para as ruas. Mulheres com casacos pesados se moviam pesadamente, carregando sacolas grandes e bolsas enormes — o Dia de Ação de Graças tinha passado, mas cartazes anunciavam quantos dias faltavam para o Natal. Homens, praticamente sem peso, iam atrás do dinheiro para o Natal, se apressavam e ultrapassavam as mulheres; meninos com topetes gingavam sobre o asfalto como se fosse uma pista de dança. Do lado de lá da janela, tão perto dela quanto estava Vivaldo, um menino negro parou seu carrinho, acendeu um cigarro e riu. O táxi não conseguia ir em frente e o motorista começou a xingar. Cass acendeu um cigarro e passou para Vivaldo. Acendeu outro para si. Depois, abruptamente, o táxi arrancou.

O motorista ligou o rádio e o carro subitamente se encheu com o som de um violão, de uma voz alta e relinchante, e de um coro gritando *me ame!*. As outras palavras eram engolidas pelos gemidos guturais do cantor, quase tão obscenos quanto os palavrões do motorista, mas essas duas palavras continuavam a se repetir.

"Todo mundo na minha família acha que eu sou um vagabundo", disse Vivaldo. "Eu poderia dizer que eles desistiram de mim, mas sei que eles morrem de medo do que eu sou capaz de fazer."

Ela não disse nada. Ele olhou pela janela do táxi. Eles passavam pelo Columbus Circle.

"Às vezes, como hoje", ele disse, "acho que eles talvez tenham razão e que eu só estou me enganando. Sobre tudo."

Os muros do parque agora se aproximavam dos dois lados, para além desses muros, através da velocidade das árvores secas, dos muros dos hotéis e dos prédios.

"A *minha* família acha que eu casei com alguém inferior a

mim", ela disse. "Inferior *a eles*." Ela sorriu para Vivaldo e esmagou o cigarro com o pé no chão do carro.

"Acho que eu nunca vi meu pai sóbrio", ele disse, "em todos esses anos. Ele costumava dizer: 'Quero que você me conte a verdade, que sempre me conte a verdade'. E quando eu contava a verdade ele me dava um tapa que me jogava na parede. Então, é claro que eu não contava a verdade, contava uma mentira qualquer, eu não estava nem aí. Na última vez que eu fui em casa ver eles eu estava com a minha camisa vermelha, e ele disse: 'O que houve, você virou veado?'. Meu Deus."

Ela acendeu mais um cigarro enquanto ouvia. Havia alguém cavalgando na pista, uma garota pálida com um rosto altivo, atônito. Cass teve tempo para pensar, sem querer, na medida em que a amazona sumia para sempre de vista, que aquela podia ter sido ela, muitos anos antes, na Nova Inglaterra.

"Aquele bairro era terrível", Vivaldo disse, "você tinha que ser durão, senão te matavam, as pessoas morriam em volta da gente o tempo todo. Na verdade eu não tinha muito interesse em sair com aqueles meninos, eles me entediavam. Mas também me assustavam. Eu não aguentava ficar vendo meu pai. Ele é um covarde horroroso. Passava o tempo todo fingindo... bom, sei lá fingindo *o quê*, que tudo estava ótimo, acho... enquanto a mulher dele enlouquecia de tanto trabalhar na nossa loja de materiais de construção. E ele sabia que os filhos não tinham o menor respeito por ele. E a filha dele estava virando a maior especialista em fingir que ia trepar com os caras só pra deixar eles malucos. Ela acabou casando, e eu não gosto nem de pensar o que o marido dela tem que prometer toda vez que vai encostar nela."

Ele ficou em silêncio por um instante. Depois: "Claro, ele também é um babaca. Meu Deus. Eu gostava de pegar um ônibus e ir pra algum lugar da cidade que eu não conhecia e ficar dando voltas ou ir ao cinema sozinho, ou ficar lendo, ou só ficar à toa. Mas não. De onde eu vinha você precisava ser homem, e tinha que provar, provar o tempo todo. Eu podia te contar umas coisas". Ele suspirou. "Bom, meu pai continua lá, meio que ajudando a indústria de bebidas a não falir. A maior parte dos meninos que eu conhecia ou morreu ou está presa, ou então eles viraram drogados. Já eu sou só um vagabundo; dei sorte."

Ela ouvia porque sabia que ele estava voltando para tudo aquilo, investigando, tentando dar sentido às coisas, entender, se expressar. Mas ele não tinha se expressado. Algo nele tinha sido deixado para trás nas ruas do Brooklyn, algo que temia reencontrar.

"Uma vez", ele disse, "a gente entrou num carro, foi pro Village, pegou um veado, um menino bem novo, e voltamos com ele pro Brooklyn. Coitado, no meio do caminho ele já estava verde de medo, mas não tinha como pular fora do carro. Entramos numa garagem, éramos sete, e fizemos ele chupar um por um, depois a gente encheu o cara de porrada e pegou todo o dinheiro dele, as roupas, e deixou ele lá deitado no chão de cimento, e, sabe, era inverno." Ele olhou para ela, a encarou pela primeira vez naquela manhã. "Às vezes ainda me pego pensando se acharam o cara a tempo ou se ele morreu, ou sei lá o quê." Ele juntou as mãos e olhou pela janela. "Às vezes fico pensando se eu ainda sou a mesma pessoa que fez essas coisas... tanto tempo atrás."

Não. Ele não tinha se expressado. Ela tentou entender o motivo. Talvez fosse porque as lembranças de Vivaldo não tivessem de nenhuma maneira se libertado das coisas de que ele se lembrava. Ele não tinha revisitado aquilo — aquela época, aquele garoto; ele via aquilo com um horror fascinante, até romantizado, e estava procurando um jeito de negar aquilo.

Talvez esses segredos, os segredos que todo mundo tem, só fossem expressos quando a pessoa os traz à força, e com muito trabalho, para a luz do dia, os impõe ao mundo e faz com que se tornem parte da experiência do mundo. Sem esse esforço, o lugar secreto não passava de um calabouço onde a pessoa definhava; sem esse esforço, na verdade, o mundo inteiro se transformaria numa escuridão inabitável; e ela viu, com relutância desagradável, por que esse esforço era tão raro. Com relutância, porque foi nesse momento que percebeu que Richard a havia decepcionado ao escrever um livro no qual ele mesmo não acreditava. Naquele momento ela soube, e soube que Richard jamais admitiria isso, que o livro que ele havia escrito para ganhar dinheiro representava o limite definitivo de seu talento. Na verdade o livro não fora escrito para ganhar dinheiro — quem dera! Fora escrito porque ele tinha medo, medo do que era escuro, estranho, perigoso, difícil e profundo.

Eu não me importo, ela disse depressa a si mesma. E: ele não tem culpa de não ser um Dostoiévski, eu não me importo. Mas não fazia diferença ela se importar ou não. *Ele* se importava, se importava imensamente, e dependia da fé que ela tinha nele.

"Não é estranho", ela disse de repente, "você se lembrar dessas coisas justo agora?"

"Talvez", ele disse depois de um instante, "seja por causa dela. Quando eu fui falar com ela, no dia que ela me ligou para dizer que o Rufus tinha morrido... não sei... andei por aquele quarteirão, entrei naquela casa e tudo aquilo pareceu... sei lá... *familiar*." Ele virou seu rosto pálido e aflito para Cass, mas ela achou que ele estava olhando para o muro alto e duro erguido entre ele e seu passado. "Não estou só dizendo que eu passava bastante tempo no Harlem", e ele olhou para o outro lado, nervoso, "eu quase nunca ficava lá de dia, de qualquer jeito. Quero dizer, os meninos que estavam naquele quarteirão eram iguais aos meninos que ficavam no meu quarteirão... meninos negros, mas iguais, realmente iguais... e, que merda, o corredor fede igual, e todo mundo está, sei lá, tentando chegar em algum lugar, sem saber que é muito pouco provável que dê certo. As mesmas velhinhas, os mesmos velhinhos... talvez eles sejam um pouco mais *vivos*... e eu entrei naquela casa e eles só lá, sentados, a Ida, a mãe dela e o pai, e tinha mais umas pessoas lá, parentes, talvez, e amigos. Sei lá, ninguém falou comigo a não ser a Ida, e ela não disse grande coisa. E todo mundo me olhava como... bom, como se eu tivesse *feito* aquilo... e, ah, eu queria tanto abraçar aquela menina e beijar ela, pra fazer aquele olhar sair do rosto dela e fazer ela saber que eu não fiz aquilo, que *eu* não faria aquilo, não sei quem estava fazendo aquilo, mas estava fazendo comigo também." Ele chorava baixinho e se inclinou para a frente, escondendo o rosto com uma mão comprida. "Eu sei que falhei com ele, mas eu amava ele também, e ninguém lá quis saber disso. Eu fiquei pensando: eles são negros e eu sou branco, mas as mesmas coisas aconteceram, realmente as *mesmas* coisas, e como eu faço pra eles saberem disso?"

"Mas essas coisas não aconteceram", ela disse, "com você *porque* você era branco. Elas simplesmente aconteceram. Mas o que acontece aqui" — e o táxi saiu do parque; ela esticou as mãos, como se o convidasse a olhar — "acontece *porque* eles são negros. E isso faz diferença." Depois de um momento, ela ousou acrescentar: "Você ainda vai ter que lidar com isso por muito tempo, meu amigo, até passar".

Ele olhou pela janela, enxugando os olhos. Eles tinham saído na avenida Lenox, embora estivessem indo para a Sétima; e nada do que viam era estranho, porque todos os lugares por onde passavam estavam cheios de miséria. Não foi difícil imaginar que em algum momento carruagens puxadas por cavalos tivessem desfilado orgulhosas por essa larga avenida e que as senhoras e os cavalheiros, com fitas, flores, brocados e plumas, descessem de suas carruagens para entrar nessas casas que o tempo e a loucura tanto maltrataram e obscureceram. Os beirais em algum momento foram novos, em algum momento brilharam com a mesma intensidade da vergonha em que hoje estavam imersos, mergulhados em manchas e desprezo. As janelas nem sempre estiveram encobertas. As portas nem sempre transmitiram a desconfiança e o mistério de uma cidade havia muito sitiada. Em algum momento as pessoas se importaram com essas casas — eis a diferença; ficaram orgulhosas de andar por essa avenida; em algum momento aquilo havia sido um lar, mas hoje era uma prisão.

Agora ninguém se importava; essa indiferença era a única coisa que unia esse gueto ao continente. Agora tudo desmoronava e os proprietários não se importavam; ninguém se importava. As crianças bonitas na rua, pretas-azuis, marrons e cor de cobre, todas com um tom cinza no rosto e nas pernas trazido pelo vento frio, como a camada fina de gelo em uma janela ou em uma flor, não pareciam se importar que ninguém visse sua beleza. Seus parentes mais velhos, as mulheres negras, gordas, de passos lentos, os homens magros arrastando os pés, ensinaram a elas, falando ou na prática, o significado de se importar e de não se importar: independentemente de quais regras se perdessem no dia a dia, os exemplos permaneciam nas ruas. Mulheres de passos vagarosos andavam devagar, paravam, entravam e saíam por portas escuras, falavam umas com as outras, com homens, com policiais, olhavam vitrines, gritavam com crianças, riam, paravam para fazer carinho nelas. Todos os rostos, até os das crianças, traziam um desencanto doce ou venenoso que tornava as faces extraordinariamente definitivas, como se esculpidas em pedra. O táxi acelerou rumo a uptown, passando por homens em frente a barbearias, em frente a lanchonetes, em frente a bares; passou por ruas secundárias, longas, escuras, barulhentas, com casas cinzentas que se inclinavam para a frente recortando o céu; e na

140

sombra dessas casas crianças corriam e zumbiam feito moscas num papel mata-moscas. Depois eles saíram da avenida na direcão oeste, se arrastando por uma longa subida cinzenta. Foi preciso se arrastar, pois a rua estava entupida de gente sem pressa e de crianças que não paravam de surgir, zunindo, entre os carros estacionados, por toda a extensão da rua, e dos dois lados. Havia gente nas varandas, gente gritando nas janelas e rapazes que olhavam com indiferença para o interior do táxi que se movia lento, com ironia nos rostos e olhar indecifrável.

"O Rufus chegou a trazer você aqui?", ela perguntou. "Para visitar a família dele, quero dizer."

"Sim", disse Vivaldo. "Muito tempo atrás. Eu tinha quase esquecido. Eu *tinha* esquecido até a Ida me lembrar. Ela usava tranças na época, a negrinha mais bonitinha que você possa imaginar. Ela tinha uns quinze anos. O Rufus e eu levamos ela à Radio City."

Cass sorriu pela descrição que ele fez de Ida, e pelo tom dele, inconscientemente erótico. O táxi atravessou a avenida e parou no fim do quarteirão, onde ficava a capela. Duas mulheres estavam nos degraus, conversando baixinho. Enquanto Cass observava e Vivaldo pagava o motorista do táxi, um rapaz se juntou às duas e o grupo entrou.

De repente, Cass soltou um palavrão e pôs a mão na cabeça descoberta.

"Vivaldo", ela disse, "eu não posso entrar."

Ele olhou para ela sem entender, e o taxista, que estava entregando o troco a Vivaldo, parou.

"Do que você está falando?", ele perguntou. "Qual é o problema?"

"Nada. Nada. É que as mulheres precisam estar com a cabeça *coberta*. Eu não posso entrar sem um chapéu."

"Claro que pode!" Mas no mesmo instante Vivaldo se lembrou de que nunca tinha visto uma mulher de cabeça descoberta na igreja.

"Não, não, eu *não posso*. Todas estão de chapéu, todas. Seria um insulto se eu estivesse sem, seria como vir de calça comprida." Ela fez uma pausa. "É uma *igreja*, Vivaldo, é um funeral, seria um insulto."

Ele já tinha dado razão a ela e olhou para Cass desamparado. O taxista continuava segurando o troco e olhava para Vivaldo com uma cuidadosa falta de expressão.

"Bom, você não tem uma echarpe, algo assim?"

"Não." Ela procurou na bolsa, nos bolsos do casaco, quase chorando. "Não. Nada."

"Escute, amigo", disse o motorista.

O rosto de Vivaldo se iluminou. "E o seu cinto? Você não consegue amarrar na cabeça? É preto."

"Ah, não. Não vai funcionar. Além disso… eles *saberiam* que é o meu cinto."

"Tente."

Para acabar com a discussão e mostrar que estava certa, ela tirou o cinto e amarrou na cabeça. "Viu? Não funciona."

"O que vocês vão fazer?", o motorista perguntou. "Não posso esperar o dia todo."

"Vou ter que comprar alguma coisa", disse Cass.

"A gente vai se atrasar."

"Bom, entre você. Eu vou até uma loja e volto depressa."

"Não tem loja nenhuma por aqui, senhora", o taxista disse.

"Claro que deve ter alguma loja por aqui", disse Cass, ríspida. "Entre, Vivaldo; eu já volto. Qual é o endereço daqui?"

Vivaldo deu o endereço e disse: "Você vai ter que ir até a rua 125, é o único lugar que eu sei que vai ter alguma loja". Em seguida pegou o troco com o motorista e deixou uma gorjeta. "Ela quer ir até a rua 125", disse.

Resignado, o motorista se ajeitou no banco e acionou o ta-xímetro. "Vai lá, Vivaldo", Cass disse de novo. "Desculpe, eu já volto."

"Você tem dinheiro suficiente?"

"Tenho. Vai."

Ele saiu do carro, parecendo desanimado e irritado, e foi em direção à capela enquanto o táxi se afastava. O motorista deixou Cass na esquina da 125 com a Oitava Avenida e ela perce-beu, enquanto andava apressada pela rua larga e cheia de gente, que estava vivendo uma sensação desconhecida, sem nome, que não era nem raiva nem choro, mas próxima aos dois. Uma mu-lher branca, pequena e sozinha caminhando apressada pela rua 125 em uma manhã de sábado era aparentemente uma cena co-mum, já que ninguém olhou para ela. Cass não viu nenhuma loja com chapéus femininos na vitrine. Mas caminhava rápido, e procurando com empenho. Se não se controlasse, seria bem capaz de passar o dia todo andando para lá e para cá nessa rua. Por instantes cogitou parar uma mulher — uma daquelas mu-lheres para as quais ela olhava como se no rosto delas houvesse algo que ela precisasse aprender — e pedir ajuda. Depois perce-beu que estava misteriosamente com medo: com medo dessa gente, dessas ruas, da capela para onde devia voltar. Obrigou-se a andar mais lentamente. Viu uma loja e entrou.

Uma jovem negra foi até ela, uma jovem de cabelo verme-lho levemente ondulado, com um vestido violentamente verde e cuja pele tinha um tom que parecia cobre empoeirado.

"Posso ajudar?"

A moça sorria, o mesmo sorriso — como Cass insistiu em dizer a si mesma — que todas as vendedoras, em todo lugar, usavam. Esse sorriso na verdade fazia Cass se sentir pobre e mal-trapilha. Mas nunca esse sentimento tinha sido tão contundente quanto agora. Embora estivesse começando a tremer com uma raiva absolutamente misteriosa, ela sabia que seu tom seco, de uma rispidez aristocrática, embora funcionasse muito bem em downtown, jamais teria o mesmo efeito aqui.

"Eu queria", ela gaguejou, "ver um chapéu."

Então se lembrou que detestava chapéus e que nunca os usava. A moça, cujo sorriso evidentemente havia sido ensinado por seus patrões, olhou como se vendesse pelo menos um chapéu todas as manhãs de domingo para uma mulher branca estranha e ofegante.

"Pode me acompanhar?", ela perguntou.

"Bom… não", disse Cass de repente, e a jovem se virou, arqueando de maneira impecável as sobrancelhas. "Quer dizer, na verdade eu não quero um chapéu." Cass tentou sorrir; ela queria sair correndo. O silêncio havia tomado conta da loja. "Acho que só quero uma echarpe. Preta" — e a palavra pareceu ecoar pela loja! — "para usar na cabeça", acrescentou, e sentiu que faltava pouco para alguém chamar a polícia. E ela não tinha como se identificar.

"Ah", disse a moça. Cass tinha conseguido eliminar o sorriso. "Marie!", ela chamou bruscamente, "você pode atender esta senhora?"

Ela se afastou e outra moça mais velha e mais simples, mas também bem-vestida e maquiada, se aproximou de Cass com um sorriso bem diferente: um sorriso obsceno, divertido, cheio de cumplicidade e desprezo. Cass percebeu que estava corando. A moça trouxe caixas com echarpes. Todas pareciam ordinárias e caras, mas ela não estava em condições de reclamar. Cass escolheu uma, pagou, amarrou na cabeça e saiu. Seus joelhos tremiam. Conseguiu encontrar um táxi na esquina e, depois de travar um pequeno duelo consigo mesma, deu ao motorista o endereço da capela: o que ela queria mesmo era pedir que ele a levasse para casa.

A capela era pequena e não havia muita gente lá dentro. Ela entrou o mais silenciosamente possível, e mesmo assim as pessoas se viraram com a sua chegada. Um sujeito mais velho, provavelmente encarregado de indicar onde cada um devia sentar, se apressou na direção dela, mas Cass sentou no primeiro lugar vazio que encontrou, na última fileira, perto da porta. Vivaldo estava mais à frente, próximo ao meio da capela — a única outra pessoa branca ali, até onde ela conseguiu ver. As pessoas estavam sentadas a certa distância umas das outras — assim como, talvez, os elementos da vida de Rufus tinham se mantido distantes entre si — e isso fazia a capela parecer ainda mais vazia. Havia muitos jovens. Os amigos de Rufus, ela imaginou, os meninos e as meninas com quem ele tinha crescido. Na primeira fila havia seis pessoas, a família: nem o luto foi capaz de deixar as costas retas de Ida menos retas. Bem à frente da família, logo abaixo do altar, o caixão de madrepérola, fechado, dominava o ambiente.

A pessoa que estava falando quando ela entrou se sentou. Era muito jovem e usava os trajes negros de um evangelista. Ela ficou pensando se seria um evangelista, já que parecia ser apenas um menino. Mas ele se movimentava com grande autoridade, com a autoridade de alguém que encontrou seu lugar e ficou em paz com isso. Enquanto ele se sentava, uma menina muito magra caminhou pelo corredor e o menino de trajes negros foi até o piano ao lado do altar.

"Eu me lembro de Rufus", a menina disse, "de quando ele era um menino grande e eu era uma menina pequena." Ela tentou sorrir para as pessoas enlutadas na primeira fila. Cass observava, vendo que a menina fazia o possível para não chorar. "Eu e a irmã dele ficávamos sentadas consolando uma à outra quando o Rufus ia ficar com os meninos mais velhos e não deixava a gente brincar com ele." Houve um murmúrio de divertimento e tristeza e cabeças assentiram na primeira fila. "Nós éramos vizinhos de porta, ele era como um irmão para mim." Depois ela baixou a cabeça e torceu um lenço, o lenço mais branco que Cass já tinha visto, com suas mãos negras. Ela ficou em silêncio por vários segundos e, mais uma vez, uma espécie de vento pareceu sussurrar pela capela como se todos ali compartilhassem as lembranças da menina e sua agonia e quisessem ajudá-la a superar aquilo. O garoto no piano tocou um acorde. "Às vezes Rufus gostava que eu cantasse esta música", a menina disse de repente. "Agora eu vou cantar para vocês."

O garoto tocou o acorde de abertura. A moça cantou com uma voz áspera, de amadora, impressionantemente poderosa:

I'm a stranger, don't drive me away.
I'm a stranger, don't drive me away.
If you drive me away, you may need me some day.
I'm a stranger, don't drive me away.

Quando ela terminou, foi até o caixão e ficou ali por um instante, tocando de leve na madeira com as mãos. Depois voltou para seu lugar.

Pessoas choravam na primeira fila. Ela observou Ida amparar nos braços uma mulher mais velha e mais pesada. Um homem assoou o nariz ruidosamente. O ar estava carregado. Ela desejou que a cerimônia tivesse acabado.

Vivaldo estava sentado imóvel e sozinho, olhando diretamente para a frente.

Agora um homem grisalho saiu detrás do altar. Ele olhou para as pessoas por um instante e o menino de trajes negros dedilhou um hino fúnebre.

"Alguns de vocês me conhecem", ele disse enfim, "alguns não. Eu sou o reverendo Foster." Ele fez uma pausa. "Eu conheço o rosto de alguns de vocês, outros me são estranhos." Fez uma ligeira reverência, se curvando primeiro para Cass, depois para Vivaldo. "Mas nenhum de nós é realmente estranho. Estamos todos aqui pelo mesmo motivo. Alguém que amamos morreu." Fez mais uma pausa e olhou para o caixão. "Alguém que amamos, que riu conosco e falou conosco... que nos deixou bravos... e por quem rezamos... se foi. Não está mais conosco. Foi para um lugar onde o mau já não importuna." Ele olhou outra vez para o caixão. "Não vamos mais ver o seu rosto... nunca mais. Ele passou por maus bocados neste mundo, e passou por maus bocados para ir embora. Quando estiver diante de seu Criador, ele vai ter a aparência que muitos de nós temos ao chegar aqui pela primeira vez... como se tivesse sofrido para percorrer a passagem. Ela era *estreita*." Ele limpou a garganta e assoou o nariz. "Não vou ficar aqui falando mentiras sobre o Rufus para vocês. Não acredito nisso. Eu conheci o Rufus, conheci o Rufus desde pequeno. Ele era um garoto brilhante e endiabrado, não tinha como você acompanhar o ritmo dele. Ele se meteu num monte de problemas, vocês todos sabem. Muitos dos nossos meninos se metem em encrenca, e algumas pessoas aqui sabem o porquê. A gente falava sobre isso às vezes, ele e eu... nós sempre fomos bons amigos, o Rufus e eu, mesmo depois dele subir na vida e ir embora daqui, mesmo depois dele nunca mais vir ao culto, como eu... nós... todos queríamos que ele fizesse." Fez mais uma pausa. "Ele precisava seguir o seu caminho. Ele tinha seus problemas, e agora ele se foi. Rufus era jovem, era brilhante, era bonito, nós esperávamos um grande futuro para ele... mas ele partiu e agora somos nós que vamos ter que fazer um grande futuro acontecer. Acho que sei como alguns de vocês estão se sentindo mal hoje. Sei como eu estou me sentindo mal... nada que eu possa dizer é capaz de fazer cessar essa dor, não agora. Mas esse menino foi um dos melhores homens que eu já conheci, e eu já andei muito por aí. Não vou tentar julgá-lo. Isso não cabe a nós. Vocês sabem, muita gente diz que alguém que põe fim à própria vida não deve ser enterrado em solo sagrado. Eu não sei nada sobre isso. Só o que *eu* sei é que Deus criou cada pedacinho de chão em que eu andei até hoje e que tudo o que Deus fez é *sagrado*. Nenhum de nós sabe o que se passa no coração de outra pessoa, ninguém sabe o que se passa em seu próprio coração, portanto ninguém tem como dizer por que ele fez o que fez. Nenhum de nós estava lá, nenhum de nós sabe. Precisamos orar para que o Senhor o receba como oramos para que o Senhor nos receba. Apenas isso. *Apenas* isso. E vou dizer a vocês mais uma coisa, não esqueçam: conheço muita gente que pôs fim à própria vida e que hoje anda pelas ruas, alguns pregam o evangelho, alguns estão no poder. Lembrem-se disso. Se o mundo não estivesse tão cheio de gente morta, talvez aqueles de nós que tentam viver não precisassem sofrer tanto."

Ele foi para trás do altar, atrás do caixão.

"Sei que não há nada que eu possa dizer a vocês aqui sentados diante de mim... a mãe e o pai dele, a irmã, parentes, amigos... que o traga de volta ou que impeça vocês de sofrer pela partida dele. Eu sei disso. Nada do que eu possa dizer fará com que a vida dele seja diferente, a transformará na vida que talvez outro homem pudesse ter vivido. Tudo está consumado, tudo está escrito nos céus. Mas não desanimem, meus caros... não desanimem. Não se deixem amargurar. Tentem compreender. Tentem compreender. O mundo já é amargo demais, nós precisamos tentar ser melhores do que o mundo."

Ele olhou para baixo, depois para a primeira fila.

"Vocês precisam lembrar", ele disse com suavidade, "que ele estava *tentando*. Não tem muita gente tentando e quem tenta deve suportar. Se orgulhem dele. Vocês têm o direito de sentir orgulho. Isso foi tudo o que ele sempre quis neste mundo."

Exceto por alguém — um homem — chorando na primeira fila, o silêncio dominava toda a capela. Cass achou que o homem devia ser o pai de Rufus e ficou pensando se ele acreditava no que o pastor disse. O que Rufus foi para ele? — um filho problemático, um estranho enquanto vivo e agora um eterno estranho na morte. E agora nada mais se explicaria. Qualquer coisa que estivesse, ou pudesse estar, trancada no coração de Rufus ou no coração de seu pai foi para o esquecimento junto com Rufus. Jamais aquilo seria dito. Acabou.

"Alguns amigos do Rufus estão aqui", disse o reverendo Foster, "eles vão tocar algo para nós e depois vamos embora."

Dois jovens caminharam pelo corredor, um levando um violão, o outro um contrabaixo. A moça negra e magra foi atrás deles. O rapaz com trajes negros ao piano flexionou os dedos. Os dois jovens postaram-se em frente ao cadáver coberto, a moça um pouco afastada deles, próxima ao piano. Eles começaram a tocar alguma coisa que Cass não reconheceu, algo muito lento e que mais parecia um blues do que uma louvação. Depois a música começou a ficar mais tensa, mais amarga e mais rápida. As pessoas na capela murmuravam baixinho com a garganta e batiam os pés. Depois a moça deu um passo à frente. Jogou a cabeça para trás, fechou os olhos e aquela voz soou de novo:

Oh, that great getting-up morning,
Fare thee well, fare thee well!

O reverendo Foster, num tablado atrás dela, ergueu as mãos e uniu sua voz à dela:

We'll be coming from every nation,
Fare thee well, fare thee well!

A capela se uniu a eles, mas a garota terminou a canção sozinha:

Oh, on that great getting-up morning,
Fare thee well, fare thee well!

O reverendo Foster fez uma breve oração pela jornada tranquila da alma que havia partido, pedindo que todas as almas que ouviam sua voz também tivessem uma jornada tranquila ao longo de suas vidas e depois da morte. Tinha acabado.

As pessoas que carregariam o caixão, dois homens na primeira fila e os dois músicos, puseram o caixão de madrepérola nos ombros e começaram a andar pelo corredor. Os enlutados os seguiram.

Cass estava parada junto à porta. As quatro faces imóveis passaram com seu fardo sem olhar para ela. Logo atrás vinham Ida e a mãe. Ida parou por um momento e olhou para Cass — olhou direta e indecifravelmente para ela por trás de seu véu pesado. Em seguida pareceu sorrir. Depois passou. E outros passaram. Vivaldo se juntou a ela e os dois saíram da capela.

Pela primeira vez ela viu o carro funerário, que estava na avenida, posicionado na direção de downtown.

"Vivaldo", ela perguntou, "nós vamos ao cemitério?"

"Não", ele disse, "eles não têm carros suficientes. Acho que só vai a família."

Ele estava olhando o carro atrás do rabecão. Os pais de Ida já tinham entrado. Ela estava na calçada. Olhou em volta, depois foi rapidamente até eles. Pegou uma mão de cada um.

"Queria agradecer", disse depressa, "por vocês terem vindo." A voz estava um pouco rouca por causa do choro e Cass não conseguiu ver o rosto por trás do véu. "Vocês não sabem o quanto isso significa para mim... para nós."

Cass apertou a mão de Ida, sem saber o que dizer. Vivaldo disse: "Ida, se a gente puder fazer alguma coisa... — se *eu* puder fazer alguma coisa... *qualquer coisa...!*".

"Você fez maravilhas. Você foi maravilhoso. Nunca vou esquecer."

Ela apertou de novo as mãos dos dois e se afastou. Entrou no carro e a porta se fechou. O veículo funerário se afastou lentamente do meio-fio, e o carro com a família foi atrás, seguido por outro. Algumas pessoas que tinham participado do funeral olharam rapidamente para Cass e Vivaldo, ficaram ali por alguns instantes, depois se dispersaram. Cass e Vivaldo começaram a andar pela avenida.

"Vamos pegar o metrô?", Vivaldo perguntou.

"Acho que eu não consigo encarar o metrô agora", ela disse.

Continuaram a andar, sem destino, em silêncio. Cass caminhava com as mãos afundadas nos bolsos, olhando para baixo, para as rachaduras na calçada.

"Odeio velórios", disse por fim, "eles parecem que nunca têm nada a ver com a pessoa que morreu."

"É", ele disse, "velórios são para os vivos."

Passaram por uma varanda onde havia uns poucos adolescentes que olharam com curiosidade para eles.

"Verdade", ela disse. Continuaram andando, como se não tivessem energia suficiente para chamar um táxi. Não conseguiam falar sobre o velório; havia muito a ser dito; talvez cada um tivesse coisas demais para esconder. Andaram pela larga avenida cheia de gente, cercados, parecia, por uma atmosfera que impedia os outros de esbarrar neles ou de olhar diretamente para os dois por muito tempo. Chegaram à entrada do metrô na rua 125. As pessoas saíam da escuridão e um grupo estava parado na esquina, esperando o ônibus.

"Vamos pegar aquele táxi", ela disse.

Vivaldo fez sinal para um táxi, eles entraram — ela não pôde conter o alívio, já que estava esperando por isso — e começaram a se afastar daquele cenário sombrio, violento, sobre o qual recaía agora uma pálida luz de sol.

"Fico pensando", ele disse. "Fico pensando."

"Diga. No que você fica pensando?"

O tom dela foi mais ríspido do que ela desejava, e não soube dizer por quê.

"No que ela quis dizer quando falou que nunca vai esquecer."

Alguma coisa estava acontecendo na mente dela, alguma coisa que ela não sabia nomear nem deter; mas era quase como se ela fosse prisioneira de sua mente, como se as garras de sua mente tivessem se fechado sobre ela.

"Bem, pelo menos isso mostra que você é inteligente", ela disse. "Isso pode ser muito bom." Ela viu o táxi deslizar pela avenida que em certo momento iria se transformar na avenida que ela conhecia.

"Eu gostaria de provar pra ela... um dia", ele disse, e parou. Olhou pela janela. "Eu gostaria que ela visse que o mundo não é tão negro quanto ela pensa."

"Nem", ela disse, seca, depois de um instante, "tão branco."

"Nem tão branco", ele disse, calmo. Ela percebeu que ele se recusava a reagir ao tom dela. Então ele disse: "Você não gosta dela... da Ida".

"Gosto sim. Não conheço ela direito."

"Acho que isso mostra que eu tenho razão", ele disse. "Você não conhece a Ida nem quer conhecer."

"Não importa se eu gosto da Ida ou não", ela disse. "O que importa é que você gosta dela. Bom, ótimo. Não sei por que você quer que eu tenha algum problema com isso. Eu *não tenho* nenhum problema com isso. E que diferença faria se *eu* tivesse?"

"Nenhuma", ele disse imediatamente. Depois: "Bom, ia fazer alguma diferença. Eu ia duvidar da minha opinião".

"Opinião", ela disse, "não tem nada a ver com amor."

Ele olhou para ela de modo brusco, mas também com gratidão. "É de amor que a gente está falando...?"

"É o que parece que você está tentando provar", ela disse, "é melhor que seja." Ela ficou em silêncio. Depois disse: "Claro, pode ser que ela também tenha alguma coisa pra provar".

"Acho que ela tem alguma coisa pra esquecer", ele disse. "Acho que posso ajudar a fazer ela esqueçer."

Cass não disse nada. Olhou para as árvores geladas e para o parque gelado. Ficou imaginando se o trabalho de Richard teria progredido naquela manhã; pensou nas crianças. De repente pareceu que ela tinha estado fora de casa por muito tempo, que havia deixado de cumprir obrigações importantíssimas. E a única coisa que desejou naquele instante foi chegar em casa em segurança e encontrar tudo como tinha deixado — como tinha deixado fazia tanto tempo, naquela manhã.

"Você é tão infantil", Cass se ouviu dizendo. Estava usando seu tom mais maternal. "Você sabe tão pouco" — ela sorriu — "sobre a vida. Sobre as mulheres."

Ele também sorriu, um sorriso pálido e cansado. "Certo. Mas quero viver alguma coisa de verdade. Quero mesmo. Como você aprende" — ele sorriu ironicamente, zombando dela — "sobre a vida? Sobre as mulheres? Você sabe uma porção de coisas sobre os homens?"

Os números enormes sobre o distante Columbus Circle brilharam no céu cinzento e informaram que passavam vinte e sete minutos do meio-dia. Ela chegaria em casa bem a tempo de fazer o almoço.

Então a depressão contra a qual Cass estava lutando recaiu sobre ela, como se o céu tivesse descido e se transformado em neblina.

"Teve um tempo em que eu achava que sim", ela disse. "Teve um tempo em que eu achava que sabia. Teve um tempo em que eu fui mais jovem do que você é hoje."

Vivaldo olhou de novo para ela, mas dessa vez não disse nada. Por um instante, quando a rua fez uma curva repentina, os prédios de Nova York se ergueram diante deles no horizonte como uma muralha irregular. Depois a muralha sumiu. Ela acendeu um cigarro e ficou pensando por que, naquele momento, odiava tanto as torres altivas, as antenas ambiciosas. Jamais havia odiado a cidade. Por que tudo parecia tão apagado e inútil: e por que se sentia tão gelada, como se nada nem ninguém fosse capaz de aquecê-la de novo?

No fundo da garganta Vivaldo murmurava o blues que eles tinham ouvido no velório. Ele pensava em Ida, sonhava com Ida, queria correr em direção ao que esperava por ele e Ida. Por um momento Cass odiou a juventude dele, suas expectativas, possibilidades, odiou a masculinidade dele. Invejou Ida. Ouviu Vivaldo murmurar o blues.

3

Num sábado no início de março, Vivaldo estava na janela de casa vendo o dia começar. O vento soprava pelas ruas vazias com uma espécie de gemido abatido; o vento soprara a noite toda, com Vivaldo sentado à sua escrivaninha, se debatendo com um capítulo que não estava indo bem. Estava terrivelmente cansado — tinha trabalhado na livraria o dia todo e depois veio para downtown para fazer uma mudança —, mas não era esse o motivo de sua paralisia. Ele não parecia saber o suficiente sobre as pessoas do seu romance. Elas pareciam não confiar nele. Todas, mais ou menos, tinham um nome, todas, mais ou menos, tinham algum propósito, o padrão que ele queria que cada uma seguisse estava claro para ele. Mas não estava claro para elas. Ele podia levá-las para lá e para cá, mas elas não se moviam por conta própria. As palavras que escrevia para elas eram pronunciadas com um tom opaco, sem convicção. A agonia que ele sentia para seduzir seus personagens era igual, ou maior, do que a que sentia para seduzir uma mulher: ele implorava para que eles se rendessem e lhe entregassem sua intimidade. E eles se recusavam —

apesar de toda a desagradável intransigência deles — a mostrar qualquer vontade que fosse de abandoná-lo. Eles estavam esperando que Vivaldo encontrasse o botão, que pegasse no nervo, que dissesse a verdade. *Depois*, eles pareciam alegar, dariam tudo que ele queria e muito mais do que ele agora era capaz de imaginar. Durante toda a noite, com uma raiva e um desamparo cada vez maiores, Vivaldo tinha andado da escrivaninha para a janela e voltado. Fez café, fumou, olhou as horas, a noite foi avançando, mas o capítulo não, enquanto ele continuava achando que devia dormir um pouco porque no dia seguinte iria ver Ida pela primeira vez em semanas. Era o sábado de folga dela, mas ela ia tomar um café com umas amigas no restaurante onde trabalhava. Ele se encontraria com ela lá e depois iriam visitar Richard e Cass.

O romance de Richard estava prestes a ser publicado e prometia ser um sucesso, entre confuso e aliviado, não achou grande coisa. Mas não teve coragem de dizer isso a Richard nem de admitir a si mesmo que jamais o teria lido se não tivesse sido escrito por Richard.

Em dado momento todos os sons da rua cessaram — motores, os sons insinuantes dos pneus, dos passos, das pragas rogadas, dos trechos de músicas e das barulhentas e prolongadas despedidas; a última porta a bater em seu prédio, os últimos murmúrios, sussurros e rangidos findaram. A noite foi ficando imóvel à sua volta e o apartamento esfriou. Vivaldo acendeu o forno. Então seus personagens viraram um enxame no fundo de sua consciência, sua nuvem de testemunhas, um ar pesado como o do forno aquecido se aglomerando, na verdade, em torno da desejada e desconhecida Ida. Talvez ela os tinha deixado tão calados.

Ele olhou para as ruas e pensou — com amargura, mas também com uma sobriedade calma e atônita — que, embora olhasse para eles havia tanto tempo, talvez nunca tivesse chegado a conhecê-los. O fato de que algo aconteceu não significa que a pessoa saiba o que é aquilo por que passou. A maioria das pessoas não viveu de fato — mas nem por isso se poderia dizer que estavam mortas — algumas situações terríveis que aconteceram com elas. Simplesmente ficaram aturdidas com o golpe. Passaram a vida numa espécie de limbo em que a dor jamais é admitida ou examinada. A grande questão com que ele se deparava nesta manhã era se ele realmente havia ou não, em algum momento, estado presente à sua própria vida. Porque, se estivera presente, então estaria presente neste momento, e seu mundo se abriria diante dele.

Agora a moça que morava do outro lado da rua, cujo nome ele sabia que era Nancy, mas que o fazia se lembrar de Jane — e certamente esse era o motivo de ele jamais ter falado com ela —, estava chegando de sua ronda pelos bares e cafés com mais um bundão. Esses caras estavam em toda parte, o que explicava como ela conseguia encontrá-los, mas por que ela os trazia para casa, essa era uma questão mais tenebrosa. Os de cabelo comprido tinham barba; os de cabelo curto se sentiam livres para abrir mão dessa ênfase útil, ainda que um tanto incômoda. Eles liam ou escreviam poesia furiosamente, como se para provar que nasceram talhados para tarefas mais masculinas. O espécime desta manhã estava de calça branca e quepe de marinheiro, e tinha uma pequena barba nervosa que saía da metade inferior do rosto. A barba era seu traço mais agressivo, a única sugestão que havia nele de firmeza ou tensão. A garota, por outro lado, era toda ângulos, ossos, músculos, mandíbula; mesmo seus seios pareciam de pedra. Eles desciam a rua de mãos dadas, mas não juntos. Pararam diante dos degraus da casa dela e ela vacilou. Inclinou o corpo sobre ele em uma agonia repugnante arrotando álcool; a rigidez dele sugeria que o peso dela era opressivo; os dois subiram os poucos degraus que levavam à porta. Ali ela parou e sorriu para ele, erguendo os seios duros de modo sedutor enquanto prendia o cabelo com as mãos atrás da cabeça. O rapaz pareceu achar essa demora intolerável. Murmurou alguma coisa sobre o frio, empurrando a moça para dentro.

Bom, agora eles iam fazer — fazer o quê? Amor certamente não, e se ele ficasse mais vinte e quatro horas na janela veria a mesma cena se repetir com outro sujeito.

Como eles suportavam aquilo? Bom, ele já tinha passado por aquilo. Como ele suportara? Uísque e maconha haviam ajudado; ele mentia bem, e isso havia ajudado; e a maioria das mulheres inspirava nele um enorme desprezo, e isso havia ajudado. Mas não só. Afinal, o país, o mundo — aquela cidade — estavam repletos de pessoas que se levantavam de manhã e iam para a cama à noite e, basicamente, ao longo da vida, para a mesma cama. Faziam o que quer que se esperasse delas e criavam seus filhos. Talvez ele não gostasse muito dessas pessoas, mas, por outro lado, não conhecia essas pessoas. Imaginava que elas existiam porque foi isso que lhe disseram; era de supor que os rostos que ele via no metrô e nas ruas pertenciam a essa gente, pessoas admiráveis por serem tantas. Sua mãe, seu pai, sua irmã casada, o marido dela e os amigos deles eram parte dessa multidão, e em breve seu irmão mais novo pertenceria a ela. E o que ele sabia sobre essas pessoas, na verdade, a não ser que sentiam vergonha dele? Eles não sabiam que ele era real. Parecia que nem mesmo sabiam, para ser sincero, que *eles* eram reais, mas ele não era simplório o suficiente para encontrar algum conforto nisso.

Observou um sujeito solitário subindo a rua, sobretudo preto justo abotoado até o pescoço, olhando para trás de tempos em tempos como se esperasse estar sendo seguido. Depois o caminhão de lixo subiu a rua como um grande inseto cinzento sem cérebro. Ele observou o lixo ser levado. Depois não houve mais nada, ninguém. A luz foi se tornando mais forte. Em breve, despertadores começariam a soar e as casas expeliriam as pessoas da manhã. Em seguida pensou na cena que devia estar se desenrolando agora entre o garoto e a garota no quarto.

A luz elétrica amarela, constrangidamente indireta, àquela altura com certeza já teria se mostrado inútil e teria sido desligada. A garota teria tirado o sapato, ligado o rádio ou o aparelho de som e se deitado na cama. A luz cinzenta, atravessando a cortina de algodão, cheia da malícia dos indiferentes, estaria examinando cada superfície, canto, ângulo daquele quarto mal amado. A música provavelmente não seria alta. Eles teriam se servido de bebidas e àquela altura o copo dela estaria sobre o criado-mudo. Ele provavelmente estaria com seu copo nas mãos. Devia estar sentado na cama, a certa distância da garota, olhando para o chão. O quepe teria sido empurrado um pouco para trás. E o silêncio, logo abaixo da música, estaria carregado do medo deles. Naquele instante, um dos dois estaria fazendo um gesto para superar isso. Se fosse a moça, o gesto seria um suspiro e uma pausa — o suspiro por necessidade e a pausa por hostilidade. Se fosse o rapaz, o gesto seria brutal ou levemente brutal: ele investiria contra a moça como se pensasse em estuprá-la ou tentaria despertar sua luxúria com beijos que parecessem plumas, que ele esperaria que fossem ardentes, como tinha visto no cinema. A fricção e a fantasia não fracassariam em produzir uma rigidez e um calor psicológicos; e essa pressão, feito uma bainha entre as coxas, daria o sinal para a garota gemer. Ela balançaria a cabeça de leve, seguraria o rapaz com mais força e eles começariam sua descida rumo à desordem. O quepe dele iria embora — enquanto a cama gemesse e a luz cinzenta fixasse os dois. O casaco dele iria embora. Suas mãos tirariam a blusa dela e abririam o fecho do sutiã. Talvez aqui os dois quisessem uma pausa para explorar um ao outro, mas nenhum dos dois ousaria fazer isso. Ela gemeu e se agarrou à escuridão, ele tirou a blusa. Lutou sem amor com os seios dela; o som arfante da moça encobriu o fracasso dele. Então o disco no aparelho de som chegou ao fim ou, no rádio, um comercial substituiu a música romântica. Ele levantou a saia dela. Depois a moça seminua, com um murmúrio discreto de desculpas, saiu da cama, desligou o aparelho. De pé no centro do quarto, ela zombaria da própria nudez com alguma piadinha cruel. Em seguida desapareceria no banheiro. O rapaz terminaria de beber o que restava no copo e tiraria completamente a roupa, menos a cueca. Quando ela reaparecesse, os dois estariam prontos.

Sim, ele já havia passado por isso: esfregando, empurrando, batendo, tentando despertar uma mulher gelada. A batalha foi horrível porque a garota queria ser despertada, mas estava apavorada com o desconhecido. Todo movimento que parecia trazê-la para mais perto dele, aproximá-los, vinha seguido de um recuo violento, que os afastava ainda mais. Os dois se agarravam acima de tudo a uma fantasia em vez de um ao outro, tentavam extrair prazer das brechas da mente mais do que se render aos segredos do corpo. As gavinhas da vergonha prendiam-se a eles, seja para qual lado se virassem, todas as palavras obscenas que eles conheciam criticando tudo o que faziam. Essas palavras muitas vezes levavam ao clímax — infeliz, com repulsa, e cedo demais. O melhor que ele já havia conseguido na cama até então era o máximo de alívio com o mínimo de hostilidade.

No Harlem, porém, ele simplesmente despejava sua carga. Por algum tempo tudo pareceu muito simples. Mas mesmo o prazer simples, comprado e pago, não demorou a gerar frustração — o prazer, eis o fato, não era simples. Quando, vagando pelo Harlem, ele encontrava uma garota da qual gostava, lamentava por não tê-la conhecido em outro lugar, em outras circunstâncias. Lamentava a situação dela, exigindo da garota mais do que qualquer mulher naquela situação poderia oferecer. Caso não gostasse da garota, o que sentia era desprezo, e para ele era muito difícil desprezar uma negra, pois isso aumentava o desdém que sentia por si mesmo. Isso, aos poucos, independentemente do peso que ele levasse ao Harlem, fez com que ele passasse a voltar para casa com um peso ainda maior, do qual não era tão fácil se livrar.

Por vários anos fantasiou que pertencia àquelas ruas escuras do Harlem exatamente porque a história escrita na cor de sua pele punha à prova seu direito de estar ali. Ele gostava disso, de ter seu direito de *estar* à prova em toda parte; no Harlem, seu alienamento se tornara visível e, por isso, quase suportável. Fantasiava que o perigo, ali, era mais real, mais aberto, do que o perigo em downtown e que ele, ao optar por correr esses riscos, tirava a sua masculinidade das águas mornas da mediocridade e a submetia a uma prova de fogo. Sentia-se mais vivo no Harlem, já que se movimentava dentro de uma fogueira de fúria e em uma excitação sexual autocongratulatória, tendo o perigo, como uma promessa, à sua espera, por toda parte. Mesmo assim, apesar de toda a sua ousadia, dos riscos assumidos, os problemas que realmente haviam recaído sobre ele tinham sido na verdade banais e poderiam ter acontecido em qualquer lugar. O desejo perigoso e esmagador que sentia pela vida jamais o levou a se envolver em nada mais profundo que uma meia dúzia de encontros extremamente fortuitos era por volta de meia dúzia de bares. Na lembrança, ele tinha uma ou duas festas regadas a maconha, uma ou duas orgias, uma ou duas mulheres cujos nomes havia esquecido, um ou dois endereços que havia perdido. Sabia que o Harlem era um campo de batalha e que ali uma guerra era travada dia e noite — mas sobre os objetivos dessa guerra não sabia absolutamente nada.

E isso não se devia apenas ao silêncio dos combatentes — um silêncio que era, aliás, ruidosamente estrondoso: devia-se ao fato de que alguém só conhecia uma batalha quando a aceitava como sua. Ele foi forçado, pouco a pouco, contra sua vontade, a se dar conta de que correr os riscos do Harlem não testava a sua masculinidade nem aumentava a sua percepção da vida. Estava apenas usando a aventura exterior como refúgio para se proteger contra os choques e as tensões da aventura que inexoravelmente vinha de dentro. Talvez por isso ele às vezes parecesse se surpreender com os rostos escuros que o olhavam com um desprezo quase divertido e não de todo grosseiro. Ele deve ser realmente pobre, eles pareciam dizer, para ter sido forçado a vir parar aqui. Sabiam que ele tinha sido forçado, que havia fugido: os sentimentos liberais e até revolucionários de que ele tanto se orgulhava não significavam absolutamente nada para eles. Ele era apenas um garoto branco pobre com problemas, e não era nada original que ele viesse correndo para os negros.

Às vezes esse sentimento parecia encará-lo através dos olhos de Rufus. Ele havia se recusado a ver, insistindo que ele e Rufus eram iguais. Eles eram amigos, e isso ia muito além de algo tão banal e tolo como a cor de pele. Tinham dormido juntos, bebido juntos, trepado juntos com garotas, xingado um ao outro e emprestado dinheiro um ao outro. Por outro lado, na verdade, quanto cada um tinha ocultado do outro no coração! Tudo tinha sido um jogo, um jogo em que Rufus tinha perdido a vida. Todas as pressões que cada um havia negado tinham se juntado e matado Rufus. Por que foi necessário negar tudo? Qual tinha sido o objetivo daquele jogo? Voltou para a sala, acendeu um cigarro e andou para lá e para cá. Bom, talvez eles tivessem receio, caso olhassem muito de perto um para o outro, do que iriam encontrar — olhou pela janela, sentindo desânimo e medo. Cada um teria encontrado o abismo. Em algum lugar de seu coração o garoto negro odiava o garoto branco por ele ser branco. Em algum lugar de seu coração Vivaldo temeu e odiou Rufus por ele ser negro. Treparam juntos com garotas, uma ou duas vezes com a mesma garota — por quê? E o que isso trouxe para eles? E depois nunca mais voltaram a ver a garota. E nunca falaram de verdade sobre isso.

Uma vez, no serviço militar, ele e um amigo negro estavam bêbados e de folga em Munique. Estavam em um subsolo de algum lugar, era muito tarde, havia velas nas mesas. Uma garota estava sentada perto deles. Quem havia desafiado quem? Rindo, abriram as calças e se exibiram para a garota. Para ela, mas também um para o outro. A garota calmamente se afastou, dizendo que não entendiam os americanos. Mas talvez ela tenha entendido muito bem os dois. Entendido que a cena deles tinha muito pouco a ver com ela. Mas também não se podia dizer que eles estivessem tentando atrair um ao outro — eles certamente jamais sonhariam em fazer as coisas daquela maneira. Talvez estivessem apenas tentando se tranquilizar; se tranquilizar para saber qual dos dois era melhor que o outro. E o que o rapaz negro teria pensado? A questão no entanto era: o que *ele* tinha pensado? Ele tinha pensado: porra, não me saí mal. Talvez sentisse um ligeiro incômodo ao constatar que o amigo negro se saíra um pouquinho melhor, mas, no fundo, ele tinha ficado aliviado. Estava lá, às claras, praticamente sobre aquela maldita mesa, e era exatamente como o dele, não havia nada de assustador.

Ele sorriu — *aposto que o meu é maior que o seu* —, mas se lembrou de alguns pesadelos noturnos em que esse mesmo amigo que havia desaparecido o perseguia a florestas cerradas, chegava até ele com uma faca à beira de precipícios, ameaçava empurrá-lo em escadarias íngremes que levavam ao mar. Em cada pesadelo ele queria vingança. Vingança do quê?

Sentou-se de novo à escrivaninha. A página na máquina de escrever o encarou, cheia de hieróglifos. Ele a leu de novo. Não significava nada. Nada acontecia naquela página. Voltou à janela. Agora havia a luz do dia, gente nas ruas, as pessoas que você esperava ver durante o dia. A garota alta, com bobes no cabelo e óculos, vestindo um casaco longo e solto, andava rápido pela rua. A padaria estava aberta. O dono, um velho romeno, levava para dentro o engradado de leite deixado na porta. Ele pensou de novo que seria melhor dormir um pouco. Iria ver Ida, eles iam almoçar com Richard e Cass. Eram oito da manhã.

Esticou-se na cama e olhou para as rachaduras no teto. Pensou em Ida. Fazia uns sete anos que a tinha visto pela primeira vez. Era um feriado e Rufus havia prometido levar a irmã a algum lugar. Talvez tivesse pedido que Vivaldo fosse com ele porque precisava de dinheiro emprestado. *Porque eu não posso decepcionar a minha irmã, cara.*

O dia estava parecido com a manhã de hoje, luminoso, frio e seco. Rufus estava estranhamente quieto e ele, também, se sentia desconfortável. Achou que ia se meter onde não devia. Mas Rufus tinha feito o convite e ele aceitou; agora nenhum dos dois podia se livrar daquilo.

Eles chegaram à casa perto de uma da tarde. A sra. Scott abriu a porta. Estava vestida como se também fosse sair, com um vestido cinza-escuro um pouco curto demais para ela. Seu cabelo era curto, mas vinha usando um modelador que o deixava enrolado. Ela deu um beijo de leve no rosto de Rufus.

"Oi", ela disse, "como vai o meu menino malvado?"

"Oi", disse Rufus, sorrindo de um jeito irônico. Ele tinha no rosto uma expressão que Vivaldo jamais vira. Era uma espécie de rubor provocativo e cheio de divertimento e prazer; como se a mãe, parada ali de salto alto, vestindo cinza e de cabelo todo enrolado, tivesse conquistado um triunfo extraordinário. Esse rubor se repetia no rosto mais escuro da mãe enquanto ela sorria — séria — para ele. Ela parecia conhecê-lo da cabeça aos pés e saber exatamente como ele se relacionava com o mundo.

"Esse aqui é um amigo meu", Rufus disse, "o Vivaldo."

"Como vai?" Ela lhe estendeu a mão rapidamente. A rapidez não era nenhuma falta de cortesia ou frieza, e sim simples falta de hábito. O que ela via nele, se é que via alguma coisa, era um amigo de Rufus, um dos habitantes do planeta onde o filho havia escolhido viver. "Sentem. A Ida já vem."

"Ela está pronta?"

"Jesus, ela está se arrumando faz dias. Quase me deixou louca." Eles sentaram. Vivaldo sentou perto da janela que dava para um quintal sujo e para a saída de incêndio dos fundos de outros prédios. Do outro lado da rua, um homem negro estava sentado em frente à janela entreaberta, olhando para fora. Apesar do frio, estava só de camiseta. Não havia nada no quintal a não ser latas, garrafas, papéis, sujeira e uma única árvore. "Se tivesse acontecido alguma coisa e você não tivesse vindo, nem quero pensar na choradeira que ia ter nesta casa." Ela parou e olhou para a porta que levava ao resto do apartamento. "Vocês querem uma cerveja enquanto esperam?"

"Você só tem isso pra oferecer pra gente?", Rufus perguntou, sorrindo. "Onde está o Bert?"

"O Bert foi até a loja e ainda não voltou. Você conhece o seu pai. Ele vai ficar chateado de não ter te encontrado." Ela se virou para Vivaldo. "Quer um copo de cerveja, meu filho? Desculpe que eu não tenho mais nada..."

"Ah, cerveja está ótimo", disse Vivaldo, olhando para Rufus, "um copo de cerveja seria ótimo."

Ela se levantou e foi até a cozinha. "O que o seu amigo faz? É músico?"

"Não", disse Rufus, "ele não tem talento."

Vivaldo corou. A sra. Scott voltou com uma garrafa de cerveja e três copos. O andar dela era impressionante, cheio de autoridade e graça. "Não ligue pro meu menino", ela disse, "ele é um capeta, não tem jeito. Eu tento há anos fazer com que ele mude, mas não consegui grande coisa." Ela sorriu para Vivaldo enquanto servia a bebida. "Você parece um pouco tímido. Não fique tímido. Sinta-se em casa, ouviu?" E passou o copo para ele.

165

"Obrigado", disse Vivaldo. Bebeu um gole da cerveja pensando que ela provavelmente ficaria surpresa se soubesse como ele se sentia pouco à vontade em sua própria casa. Mas por outro lado talvez ela não se surpreendesse nem um pouco.

"Parece que você também está vestida para sair, mãe."

"Ah", ela disse, num tom autodepreciativo, "vou só dar um pulo no quarteirão debaixo para ver a srta. Braithwaite. Lembra da filha dela, a Vickie? Então, ela acabou de ter bebê. A gente vai no hospital ver ela."

"A Vickie teve bebê? *Já?*"

"Bom, os jovens hoje em dia não gostam de esperar, você sabe disso." Ela riu e tomou um golinho da cerveja.

Rufus olhou para Vivaldo franzindo a testa. "Que coisa", disse. "E como é que ela está?"

"Muito bem... levando em conta as *circunstâncias*." A pausa sugeria que as circunstâncias eram tristes. "Ela teve um menino lindo, três quilos e meio." Ela ia dizer mais alguma coisa, mas Ida entrou.

Ela já era bem alta, quase da altura que chegaria a ter. Também andava às voltas com escovas e modeladores, e a impressão que Vivaldo teve mais tarde de que ela estava de tranças era porque o cabelo tinha sido arrumado em cachos bem pequenos que cobriam toda a cabeça. Seu vestido era longo e azul, solto, de algum material farfalhante que ondulava em torno de suas pernas compridas.

Ela entrou na sala olhando só para o irmão, com um enorme sorriso infantil. Ele e Rufus se levantaram.

"Viu, eu vim", disse Rufus, sorrindo, e ele e a irmã se beijaram no rosto. A mãe ficou olhando os dois com um sorriso orgulhoso no rosto franzido.

"Eu percebi", disse Ida, se afastando um pouco dele e rindo. A felicidade dela por ver o irmão era tão genuína que Vivaldo sentiu uma espécie de angústia, pensando em sua própria casa, em sua própria irmã. "Eu fiquei *pensando* se você vinha mesmo... você anda tão *ocupado* o tempo todo."

Ela disse as últimas palavras com uma exasperação seca, orgulhosa, adulta, como alguém sujeito às penalidades impostas pelo poder e pela fama do irmão. Ela não tinha olhado para Vivaldo, embora estivesse plenamente consciente da presença dele. Mas Vivaldo só passaria a existir quando Rufus permitisse.

Ele permitiu agora, provisoriamente, com uma mão no pescoço da irmã. Ele virou o rosto dela para Vivaldo. "Trouxe um amigo meu, Vivaldo Moore. Esta é a minha irmã, Ida."

Eles apertaram as mãos. Seu cumprimento foi rápido como o da mãe, porém mais forte. Ela olhou para Vivaldo de modo diferente, como se ele fosse um estrangeiro glamoroso, glamoroso não só por si mesmo e pela cor da pele, mas também pela relação com o irmão, que ela mal podia imaginar qual era.

"Bom, agora aonde", perguntou Rufus, provocador, "a senhorita acha que gostaria de ir?"

Ele olhou para ela sorrindo. Mas agora havia também um constrangimento na sala, que não havia antes, um constrangimento que tinha chegado com a menina que logo seria uma mulher. Ela estava parada ali como um alvo e um prêmio, a presa natural de alguém — em algum lugar — que logo estaria seguindo seu rastro.

"Ah, tanto faz", ela disse. "Qualquer lugar pra onde vocês queiram ir."

"Mas você está muito elegante... Tem certeza que não vai ficar com vergonha de te verem com a gente?"

Ele também estava elegante, com seu melhor terno escuro e com uma camisa e uma gravata emprestadas de Vivaldo.

Ida e a mãe riram. "Menino, para de provocar a sua irmã", disse a sra. Scott.

"Bom, vai lá, pegue o seu casaco", Rufus disse, "que a gente vai zarpar."

"A gente vai *longe*?"

"Longe o suficiente pra você precisar de um *casaco*."

"Ela não quer saber se vocês vão longe", disse a sra. Scott. "Ela está querendo saber *aonde* vocês vão e a que horas voltam."

Ida foi em direção à porta pela qual entrou na sala e estava ali parada, hesitante. "Vai lá", a mãe disse, "pegue o seu casaco e o meu também. Vou descer até o outro quarteirão com vocês."

Ida saiu, a sra. Scott sorriu e disse: "Se ela achasse que eu ia junto com vocês hoje ela ia ficar *muito* chateada. Ela quer você todo para ela hoje".

A sra. Scott pegou os copos de cerveja vazios e levou para a cozinha. "Quando eles eram mais novos", ela disse para Vivaldo, "nada que o Rufus fazia podia estar errado, era isso que a Ida achava." Ela abriu a torneira para lavar os copos. "Ela sempre morreu de medo de escuro, sabe, mas, menino, quantas vezes a Ida saía da cama, no meio da noite, e corria por essa casa escura para ir dormir com o Rufus. Parecia que ela só se sentia *segura* com ele. Não sei por quê, o Rufus não prestava muita atenção nela."

"Não é verdade", Rufus disse. "Eu sempre fui gentil com a minha irmãzinha."

"Ela deixou os copos escorrendo na pia e secou as mãos. Olhou um espelho de mão, ajeitou o cabelo e em seguida colocou o chapéu com todo o cuidado. "Você vivia provocando a menina", ela disse.

Ida voltou com um casaco de pele e com o casaco da mãe nos braços.

"Ah!", disse Rufus, "que glamour!"

"Ela está bonita", disse Vivaldo.

"Olha, se vocês ficarem tirando sarro de mim", disse Ida, "eu não vou a lugar nenhum com vocês."

A sra. Scott vestiu seu casaco e olhou com ar de desaprovação para a filha de cabeça descoberta. "Se ela não parar de ser tão glamorosa, vai acabar é pegando uma gripe." Ela ergueu a gola de Ida e abotoou. "Não tem jeito de eu conseguir fazer alguém nessa família usar chapéu", disse, "e depois eles não sabem por que pegam resfriado." Ida fez um gesto de impaciência. "Ela tem medo que o chapéu bagunce o cabelo dela. Mas não tem medo do vento deixar o cabelo dela como está." Eles riram, Ida meio de má vontade, como se estivesse constrangida de Vivaldo ouvir a piada.

Eles caminharam pelo quarteirão gelado. Crianças jogavam beisebol nas ruas, que se não fosse por isso estariam quase vazias. Dois meninos parados nos degraus de uma casa ali perto cumprimentaram Ida, Rufus e a sra. Scott, e olharam com interesse para Vivaldo; olharam como se ele fosse integrante de uma gangue rival, coisa que, aliás, ele tinha sido não fazia muito tempo. Uma senhora idosa subiu lentamente os degraus de pedra de um prédio em péssimo estado. Uma placa preta pendurada no prédio dizia em letras brancas: IGREJA APOSTÓLICA MONTE DAS OLIVEIRAS.

"Não sei aonde é que o seu pai foi", disse a sra. Scott.

"Ele está ali na esquina, no bar do Jimmy", disse Ida, lacônica. "Duvido que chegue em casa antes de mim."

"Porque eu sei que você pretende voltar antes das quatro da manhã", disse a sra. Scott, sorrindo.

"Bom, ele não vai ter voltado às quatro também", disse Ida, "e você sabe tão bem quanto eu."

Uma garota vinha na direção deles, quadris estreitos, rápida e de aparência desleixada. Também tinha a cabeça descoberta, seu cabelo era curto, sujo, quebradiço. Vestia uma jaqueta masculina de camurça, grande demais para ela, e apertava a gola contra o pescoço. Vivaldo ficou olhando Ida observar a menina se aproximando.

"Lá vem a Willa Mae", disse a sra. Scott. "Coitadinha."

Então a garota parou bem diante deles e sorriu. Quando sorriu, seu rosto ficou muito diferente. Ela era bem nova.

"Como vocês vão?", perguntou. "Rufus, não te vejo faz um tempão."

"Tudo certo", Rufus disse. "Como é que você anda?" Ele ergueu bem a cabeça e seus olhos não tinham nenhuma expressão. Ida olhou para o chão e pegou o braço da mãe.

"Ah" — ela riu — "não dá pra reclamar. Até porque não ia fazer a menor diferença."

"Você continua morando no mesmo lugar?"

"Com certeza. Pra onde você acha que eu ia me mudar?"

Houve uma pausa. A menina olhou para Vivaldo, desviou o olhar. "Bom, preciso ir", disse. "Bom encontrar você." Ela já não sorria.

"Bom te ver", disse Rufus.

Depois que a menina se afastou, Ida disse em tom reprovador: "Ela já foi sua namorada".

Rufus ignorou. Disse para Vivaldo: "Ela era uma menina bacana. Mudou por causa de algum cara, e aí a gente terminou". Ele cuspiu na calçada. "Cara, que situação."

A sra. Scott parou na frente dos degraus de uma casa. Ida segurou no braço de Rufus. "Deixo vocês aqui, crianças", disse a sra. Scott. Ela olhou para Rufus. "Que horas você vai trazer essa menina pra casa?"

"Ah, não sei. Não vai ser tarde. Sei que ela quer ir numa boate, mas não vou deixar ela ficar *bêbada demais*."

A sra. Scott sorriu e estendeu a mão para Vivaldo.

"Prazer te conhecer, meu filho", disse. "Faça o Rufus trazer você aqui de novo, viu? Não suma."

"Não senhora. Obrigado, não vou demorar pra voltar."

Mas ele nunca a viu de novo, pelo menos até a morte de Rufus. Rufus nunca mais o convidou para ir à sua casa.

170

"Vejo *você* mais tarde, mocinha", ela disse. E começou a subir os degraus. "Divirtam-se, crianças."

Ela devia ter catorze ou quinze anos. Agora teria vinte e um ou vinte e dois. Ela tinha dito a ele que se lembrava daquele dia; mas ele ficou se perguntando *como* ela se lembrava. Só voltou a vê-la depois de ela ter se transformado em uma mulher, e na ocasião ele não se lembrava daquele primeiro encontro. Mas se lembrava agora. Se lembrava do prazer e do desconforto. Do que ela se lembraria?

Ele pensou: "Preciso dormir um pouco". *Preciso dormir um pouco.* Mas as pessoas de seu romance se uniam contra ele. Pareciam olhá-lo com uma espécie de reprovação desesperada e cheia de súplica. A máquina de escrever, uma presença escura e amorfa, o acusava, lembrando-o dos dias e das noites, das semanas, dos meses, a esta altura dos anos, que ele havia passado sem dormir, em busca de seduções mais fáceis e menos dignas. Deitou-se de barriga para baixo e seu sexo o acusou, seu sexo imediatamente cheio de sangue. Virou de costas com um suspiro furioso. Pensou: *tenho vinte e oito anos. Estou velho demais pra isso.* Fechou os olhos e resmungou. Pensou: *preciso terminar esse maldito romance*, e pensou: *meu Deus, faça com que ela me ame, meu Deus, me deixe amar.*

"Que dia lindo!", disse Ida.

Ele olhou para o rosto dela por um instante, parecendo também extremamente feliz, e depois, delicadamente, apertou com mais força o braço dela, mais pelo prazer que isso lhe dava do que por pressa de atravessar a larga, impaciente e aterradora avenida.

"Verdade", ele disse, "está um dia incrível."

Eles tinham acabado de sair do metrô e talvez tenha sido

essa subida, da escuridão para o dia, que tivesse deixado as ruas tão deslumbrantes. Estavam na esquina da Broadway com a rua 72, caminhando para uptown — para onde Cass e Richard tinham se mudado, subindo aquela famosa ladeira, como dizia Cass. A luz parecia incidir de modo cada vez mais duro, examinando e incitando a cidade com uma violência inclemente, como a violência do amor, e extraindo dos tons cinza e pretos da cidade um esplendor que lembrava aço sobre aço. Nas janelas dos edifícios altos, chamas tremulavam, vivas, sobre gelo.

Havia um vento forte e impetuoso que iluminava os olhos e o rosto das pessoas e forçava seus lábios a se separar suavemente, dando a impressão de que todas estavam levando, para algum encontro gigantesco, a bolha brilhante e frágil de toda uma vida de expectativas. Garotos de casaco impermeável, alguns deles com garotas cujos cabelos e pontas dos dedos brilhavam, olhavam vitrines reluzentes de confeitarias, vitrines de lojas, paravam na frente de cinemas para ver os cartazes cintilantes; e suas vozes, que tinham o mesmo aspecto áspero da luz que os cobria, pareciam rachar no ar como estilhaços de vidro.

Crianças, em grandes gangues, irrompiam de ruas menores ao som de skates e deslizavam trovejando na direção dos mais velhos como numa vingança há muito planejada ou como uma flecha arremessada do arco.

"Nunca vi um dia *assim*", ele disse para Ida, e era verdade. Tudo parecia dilatado, tomando impulso e se transformando, mudando, prestes a explodir em música ou em chamas, ou numa revelação.

Ida não disse nada. Ele sentiu, mais do que viu, o sorriso dela, e estava de novo totalmente encantado por sua beleza. Era como se ela estivesse vestindo-a especialmente para ele. Ela nunca havia se mostrado tão amistosa com ele quanto hoje. Hoje ele não tinha a sensação, como teve por tanto tempo, de que ela fugia dele, de que se fechava impondo uma distância, forçando-o a permanecer um estranho em sua vida. Hoje ela estava mais feliz e mais espontânea, como se enfim tivesse decidido sair do luto. Havia na aparência dela o sabor de uma conquista, a atmosfera de decisões difíceis que tinham ficado para trás. Ela havia emergido do fundo do vale.

Ela se movimentava com um andar maravilhoso, de pernas longas, caminhando de cabeça ereta, como se tivesse, ainda ontem, carregado o peso de um jarro d'água africano. A cabeça de sua mãe havia carregado o peso das roupas para lavar dos brancos, e o fato de Ida não saber o que era isso — devia sentir vergonha ou orgulho? — explicava a presença em sua régia beleza com um quê de desdém plebeu ligeiro e tímido. Agora ela trabalhava como garçonete em uma cadeia de restaurantes no leste do Village e sua confusão ficava evidente em sua postura com os clientes, uma postura ao mesmo tempo altiva e livre. Muitas vezes ele a tinha visto andar pelo restaurante com seu avental xadrez, o rosto como uma máscara escura ocultando uma batalha entre a beligerância e a humildade. Via-se nos olhos dela que nem por um instante eles haviam perdido o ar de cautela e que estavam sempre prontos para, numa fração de segundo, ficar negros e sem luz, cheios de desprezo. Mesmo quando ela se mostrava amistosa, algo em seu comportamento e em sua voz carregava um alerta; ela estava sempre à espera do insulto velado, da sugestão lasciva. E havia bons motivos para isso; ela não estava fantasiando nem se mostrando difícil. Era assim que o mundo tratava mulheres de má reputação, e toda menina negra já nascia com má reputação.

Agora, andando ao lado dele, bem-vestida e estranhamente elegante, com um casaco pesado azul-escuro e a cabeça coberta por um xale antiquado e um tanto teatral, ele via que tanto a vaidade quanto o desprezo que ela sentia eram alimentados pelos olhares que pousavam nela, rápidos e inesquecíveis como o toque de um chicote. Ela era muito, muito escura, ela era linda; e ele sentia orgulho de estar com ela, um orgulho desajeitado, do modo radiante e transparente típico dos homens; mas os olhos que passavam por ele o acusavam, invejosos, de uma conquista risível de um beco qualquer. Os homens brancos olhavam para ela, depois para ele. Olhavam para ela como se ela não fosse muito mais que uma puta, embora mais lasciva e mais rara. Depois os olhos dos homens buscavam os dele, pedindo cumplicidade.

As mulheres também. Elas primeiro viam Ida e talvez ficassem felizes por admirá-la se ela estivesse andando sozinha. Mas ela estava com Vivaldo, o que lhe dava o status de ladra. Os métodos que ela havia usado para conseguir raptá-lo estavam fora do alcance delas, ou talvez abaixo delas, e os olhos delas por um instante acusavam Vivaldo de traição, depois se contraíam como diante de um sonho ou de um pesadelo, e se afastavam.

Ida passava ao largo, como se nem percebesse. Com seus passos longos e seu rosto brilhante, indiferente, ela mostrava o quanto se sentia distante delas, o quanto as achava inferiores. Tinha a imensa vantagem de ser extraordinária — independentemente do que fizesse com essa distinção e da vontade que os outros tinham de negá-la; o fato é que seu sorriso sugeria que essas pessoas, os habitantes da cidade mais caótica do mundo, eram tão comuns que se tornavam invisíveis. Para ela nada era mais simples do que ignorar, ou parecer ignorar, essa gente; nada estava mais fora do alcance deles do que a possibilidade de ignorá-la. E a desvantagem que isso lhes criava, e pela qual eles só podiam culpar a si mesmos, dizia algo em que Vivaldo mal podia acreditar sobre a pobreza de suas vidas.

Assim, a passagem dos dois levantava pequenas nuvens de hostilidade masculina e feminina que atingiam seus rostos como poeira. E Ida aceitava essa homenagem rancorosa com um orgulho cheio de rancor.

"Que música é essa que você está cantarolando?", ele perguntou. Por um quarteirão ou dois, ela vinha cantarolando uma melodia consigo mesma.

Ela continuou cantarolando mais um pouco, terminando uma frase. Depois disse, sorrindo: "Você não conhece. É uma música antiga de igreja. Acordei com ela na cabeça e ela continuou comigo até agora".

"Que música é?", ele perguntou. "Canta pra mim?"

"Você não vai virar religioso, vai?" Ela olhou para ele com o canto do olho, com um sorriso irônico. "Eu já fui religiosa, sabia? Há muito tempo, quando eu era pequena."

"Não", ele disse, "tem muita coisa sobre você que eu não sei. Cante a sua música."

Ela deixou a cabeça pender na direção dele, se inclinando ainda mais sobre o braço dele, como se eles fossem duas crianças. As cores do xale cintilaram.

Ela cantou com sua voz ligeiramente áspera, grave, sussurrando a letra para ele:

I woke up this morning with my mind
Stayed on Jesus.
I woke up this morning with my mind
Stayed on Jesus.

"Que belo jeito de acordar", ele disse.
E ela continuou:

I stayed all day with my mind
Stayed on Jesus.
Hallelu, Hallelu
Hallelujah!

"Que música linda", ele disse. "É extraordinária. E a sua voz é maravilhosa, sabia?"

"Acordei e essa música simplesmente estava lá... e eu me senti, sei lá... diferente do que estava me sentindo há meses. Como se um peso tivesse sido tirado de mim."

"Você ainda é religiosa", ele disse.

"Sabe que acho que eu sou mesmo? Engraçado, faz anos que não penso em igreja nem nada assim. Mas parece que tudo continua lá." Ela sorriu e suspirou. "Nada vai embora nunca." Em seguida sorriu de novo, olhando nos olhos dele. Esse sorriso tímido e confiante fez o coração dele subir até ficar pendurado lá em cima, como numa roda-gigante, como quando você fica parado no alto, olhando para o parque de diversões lá embaixo. "Parece que vai embora", ela disse, admirada, "mas não vai, tudo acaba voltando." E o coração dele submergiu; olhou o rosto dela, emoldurado pelo xale reluzente. "Acho que aquilo que me diziam é verdade... se você consegue passar pelo pior, vai ver o melhor."

Eles saíram da avenida e foram andando em direção à casa de Cass.

"Que mulher linda você é", ele disse. Ela virou o rosto para o outro lado, sem parar de cantarolar a música. "Você é linda, você sabe."

"Bom", ela disse, e voltou a olhar para ele, "não sei se eu sou linda ou não. Mas sei que você é doido."

"Sou doido por você. Espero que você saiba disso."

Ele disse isso de um jeito despreocupado, sem saber se devia se amaldiçoar pela covardia ou se parabenizar pelo autocontrole.

"Não sei o que teria sido de mim sem você", ela disse, "nesses últimos meses. Sei que a gente não se viu muito, mas eu sabia que você estava lá, eu percebia, e isso ajudou... ah, mais do que eu consigo dizer."

"Às vezes eu tinha a impressão", ele disse, "que você me achava uma praga." E agora ele se amaldiçoou por não dizer de modo mais preciso o que pensava e por soar tão infantil.

Mas esse parecia ser o dia dele — tinha a impressão de estar chegando ao fim do túnel que vinha atravessando fazia tanto tempo. "Uma praga!", ela exclamou, e riu. "Você é um fofo." Depois, séria: "A única praga era eu... mas eu não tinha o que fazer".

Eles entraram em um prédio cinzento qualquer, com dois pilares sem nenhuma função de cada lado da porta e uma imensa área que imitava mármore e couro na sequência. De repente ele se lembrou — tinha se esquecido completamente — que o propósito do almoço era comemorar a publicação do primeiro romance de Richard. Ele disse para Ida: "Sabe, este almoço é uma comemoração, e eu me esqueci, vim de mãos vazias".

O ascensorista se levantou da cadeira, olhando de modo ambíguo para os dois, e Vivaldo informou o número do andar; em seguida, como o homem parecia continuar em dúvida, o número do apartamento. Ele fechou a porta e o elevador começou a subir.

"O que vamos comemorar?", Ida perguntou.

"Você e eu. Finalmente temos um encontro de verdade. Você não telefonou para desmarcar no último instante e não disse que precisava voltar correndo pra casa depois de *um* drinque." Ele sorriu, irônico, para Ida, mas sabia que estava falando em parte para o ascensorista, cuja presença até então nunca havia notado. Mas agora o detestava do fundo do coração.

"Não, fala sério, o que vamos comemorar *de verdade*? Ou talvez eu devesse dizer: o que o Richard e a Cass estão comemorando?"

"O livro do Richard. Foi publicado. Vai estar em todas as livrarias na segunda-feira."

"Ah, Vivaldo", ela disse, "que coisa incrível. Ele deve estar se sentindo *incrível*. Um autor publicado de verdade."

"Sim", ele disse, "um dos nossos chegou lá." O entusiasmo dela o comoveu. E ao mesmo tempo ele sabia que ela também estava falando para o ascensorista.

"Deve ser incrível para a Cass também", ela disse. "E pra *você*, ele é seu amigo." Ela olhou para ele. "Quando você vai publicar o *seu* romance?"

Essa pergunta, ainda mais com aquele tom, parecia ter implicações que ele nem ousava imaginar. "Um dia desses", ele murmurou; e corou. O elevador parou e eles andaram por um corredor. A porta de Richard estava à esquerda. "Pelo visto, tenho andado muito ocupado."

"Como assim? Não está indo do jeito que você esperava?"

"O livro, você quer dizer?"

"Sim." Depois, enquanto os dois se olhavam em frente à porta: "Do que você achou que eu estivesse falando?".

"Ah, foi isso mesmo que eu achei que você estivesse falando." Ele pensou: *agora preste atenção, não vá estragar tudo, apressar as coisas, seu cretino, não vá estragar tudo.* "É que não era exatamente disso que *eu* estava falando."

"E *do que* você estava falando?" Ela sorria.

"Eu estava falando… que espero ficar muito ocupado agora, com você." Ela recolheu parte do sorriso, mas ainda parecia se divertir. Ela o observava. "Você sabe… jantares, almoços… caminhadas… filmes e coisas… com você. Com você." Ele baixou os olhos. "Sabe o que eu estou querendo dizer?" Depois, num silêncio quente, elétrico, ele ergueu os olhos, a encarou e disse: "Você sabe o que eu estou querendo dizer".

"Bom", ela disse, "vamos falar sobre isso depois do almoço, pode ser?" Ela se virou e olhou para a porta. Ele não se mexeu. Ela olhou para ele de olhos arregalados. "Não vai tocar a campainha?"

"Claro." Os dois se olharam. Ida estendeu a mão e encostou na bochecha dele. Ele pegou a mão dela e segurou-a por um instante no rosto. Muito suavemente, ela retirou a mão. "Você é a coisa mais fofa que eu já vi", disse, "*realmente* é. Vai, toque a campainha, estou com fome."

Ele riu e apertou o botão. Eles ouviram o barulho dentro do apartamento, seguido de uma confusão, uma porta batendo e alguns passos. Ele pegou uma das mãos de Ida com as suas duas. "Quero estar com você", disse. "Quero que você esteja comigo. Quero isso mais do que qualquer coisa que já quis no mundo."

A porta se abriu e Cass estava diante deles com um vestido laranja-ferrugem, cabelo preso atrás e caindo sobre os ombros. Tinha um cigarro na mão, com a qual fez um gesto exagerado de boas-vindas.

"Entrem, crianças", disse. "Estou feliz de ver vocês dois, mas esta casa hoje está um caos. Está tudo dando errado." Ela fechou a porta depois que os dois entraram. Eles ouviram uma criança gritar em algum lugar do apartamento e a voz de Richard soou alta, raivosa. Cass escutou por um instante, a testa franzida de preocupação. "É o Michael", disse, desanimada. "Ele está impossível hoje... brigando com o irmão, com o pai, comigo. O Richard acabou batendo nele e acho que foi deixar o menino de castigo no quarto." Os gritos de Michael diminuíram e eles ouviram as vozes de Michael e do pai combinando, aparentemente, os termos de uma trégua. Cass ergueu a cabeça. "Bom, desculpe fazer vocês esperarem no hall. Tirem suas coisas, vou levar vocês até a sala e pegar uma bebida e alguma coisa pra vocês irem comendo... vocês vão precisar, o almoço vai demorar, claro. Ida, como você está? Deus sabe há quanto tempo eu não te vejo." Ela pegou o casaco e o xale de Ida. "Se importa se eu não pendurar? Vou apenas deixar no quarto, tem mais gente vindo depois do almoço." Eles seguiram Cass até um quarto grande. Ida foi imediatamente até o espelho de corpo inteiro e, preocupada, arrumou o cabelo e reforçou o batom.

"Comigo tudo bem, Cass", ela disse, "mas você!... De repente seu marido virou um homem famoso. Qual é a sensação?"

"Ele *ainda* nem é famoso", disse Cass, "e eu já não estou aguentando. Não sei como, mas parece que tudo se resume a coquetéis e jantares com um monte de gente com quem você certamente jamais conversaria se não fosse por eles serem" — ela tossiu — "da *área*. Meu Deus, que área. Eu não fazia ideia." Depois riu. Eles foram para a sala. "Tente convencer o Vivaldo a virar encanador."

"Não, querida", disse Ida. "Eu jamais entregaria uma ferramenta na mão do Vivaldo. Esse menino é um desastre total. Sempre acho que ele vai tropeçar nos próprios pés. Nunca vi alguém tão atrapalhado." A sala ficava dois degraus abaixo e as janelas davam para o rio. Ida ficou paralisada, mas apenas por um instante, pela vista do rio. "Que maravilha. Vocês têm bastante espaço aqui."

"A gente deu muita, muita sorte", disse Cass. A família que morava aqui estava no apartamento fazia anos e acabou decidindo se mudar para Connectitcut... ou para algum lugar do gênero. Não lembro. Bom, como eles estavam aqui fazia muito tempo o aluguel não tinha subido muito, sabe? Então na verdade é bem mais barato do que a maioria das coisas desse tipo na cidade." Ela olhou para Ida. "Sabe, você está ótima, de verdade. Bom te ver."

"Também estou feliz de ver você", disse Ida, "e estou me sentindo bem, melhor do que eu me senti, ah, em anos." Ela foi até o bar e ficou de frente para Cass. "Olha só... e vocês viraram profissionais nesse negócio de bebida", ela disse com voz rouca e de quem havia tomado uísque. "Deixa eu experimentar esse Cutty Sark."

Cass riu. "Achei que você gostasse de bourbon." Ela pôs gelo em um copo.

"Quando o assunto é bebida", disse Ida, "eu gosto de *tudo*." E ela riu como uma menininha. "Põe um pouco de água pra mim, querida. Não quero me empolgar muito esta tarde." Ela olhou para Vivaldo, que estava na escada, olhando para ela. Ela se inclinou na direção de Cass. "Meu amor, quem é aquele sujeitinho esquisito parado ali na porta?"

"Ah, ele aparece aqui de vez em quando. Ele é sempre assim. É inofensivo."

"Vou querer o mesmo que a senhorita está tomando", disse Vivaldo, se juntando às duas no bar.

"Bom, ainda bem que você falou que ele é inofensivo", disse Ida, e piscou para ele, tamborilando com as unhas no bar.

"Vou beber alguma coisa rapidinho com vocês aqui", disse Cass, "depois vou ter que sumir. Preciso terminar o almoço... a gente precisa *comer*... e ainda nem estou vestida."

"Bom, vou te ajudar na cozinha", disse Ida. "A que horas as outras pessoas vão chegar?"

"Umas cinco, acho. Vem um produtor de tevê, supostamente brilhante e liberal, Steve Ellis, já ouviram falar?..."

"Ah, sim", disse Ida, "dizem que ele é muito bom, esse cara. É *bem* famoso." Ela mencionou um programa dele que tinha visto meses antes, que mostrava negros e que tinha ganhado muitos prêmios. "Uau." Ela sacudiu os ombros. "Quem mais vem?"

"Bom. Ellis. E o editor do Richard. E mais um escritor, não lembro o nome. E acho que eles vão trazer as esposas." Ela bebeu um golinho, parecendo exausta. "Nem sei por que estamos fazendo isso. Acho que é principalmente por causa do sujeito da tevê. Os editores do livro vão dar uma festinha para o Richard na segunda-feira, na editora, e ele podia muito bem encontrar essa gente lá."

"Se anime, velhinha", disse Vivaldo. "Você vai acabar se acostumando."

"Espero que sim." Ela deu um sorriso rápido e maldoso para eles e sussurrou: "Mas eles parecem tão bobos...! Os que eu já conheci. E são tão *sérios*, eles *brilham* de tanta seriedade". Vivaldo riu. "Isso é traição, Cass. Cuidado."

"Eu sei. Mas eles realmente estão apostando no livro; estão com expectativas bem altas. Vocês ainda não viram, viram?" Ela foi até o sofá, onde livros e jornais estavam espalhados, e pegou o livro, pensativa. Cruzou a sala de novo. "Aqui está."

Deixou o livro no bar, entre Ida e Vivaldo. "Os primeiros comentários nos jornais foram ótimos. Vocês sabem, 'literário', 'adulto', 'eletrizante' — esse tipo de coisa. O Richard vai mostrar pra vocês. Chegaram a comparar com *Crime e castigo*, porque as duas tramas são bastante simples, acho." Vivaldo olhou para ela de um jeito ácido. "Bom. Estou só reproduzindo o que eles disseram."

O sol se livrou de uma nuvem que passava e preencheu a sala. Eles semicerraram os olhos para ver o livro no bar. Cass ficou em silêncio atrás dos dois.

A capa era bem simples, letras vermelhas gravadas sobre um fundo azul-escuro: *O homem estrangulado. Um romance sobre assassinato, de Richard Silenski*. Ele viu a orelha, que contava a história, depois virou o livro e se deparou com o rosto franco e bem--humorado de Richard. O parágrafo abaixo da foto resumia a vida de Richard, do nascimento até o presente: *Richard Silenski é casado e pai de dois filhos, Paul (11) e Michael (8). Mora em Nova York*.

Ele deixou o livro de lado. Ida o pegou.

"Sensacional", ele disse para Cass. "Você deve estar orgulhosa." Ele tomou o rosto dela nas mãos e beijou-a na testa. Depois pegou o copo. "Um livro é sempre uma coisa incrível, sabe?... quando realmente, de repente, vira um livro, e está lá no meio de outras capas. E o seu nome nele. Deve ser uma sensação ótima."

"Sim", disse Cass.

"Você logo vai sentir isso", disse Ida. Ela estava examinando o livro atentamente. Depois ergueu os olhos com um sorriso. "Acabei de descobrir uma coisa que aposto que você não sabe", ela disse para Vivaldo.

"Impossível", disse Vivaldo. "Com certeza eu sei tudo que o Richard sabe."

"*Eu* não teria tanta certeza", disse Cass.

"Aposto que você não sabe o nome verdadeiro da Cass."

Cass riu. "Ele sabe. Mas já esqueceu."

Ele olhou para ela. "É verdade. Esqueci. Qual *é* o seu nome verdadeiro...? Sei que você o odeia, por isso ninguém te chama assim."

"E o Richard me chamou assim", ela disse. "Acho que só pra me provocar."

Ida mostrou a ele a página do livro com a dedicatória, que dizia: *para Clarissa, minha mulher.* "Fofinho, né?" Ela olhou para Cass. "Você me enganou direitinho, moça; você realmente não tem cara de Clarissa."

"Pois é", disse Cass, sorrindo. Depois olhou para Vivaldo. "Ah", disse, "você por acaso viu uma notinha que saiu na seção de teatro de hoje?" Ela foi até o sofá, pegou um dos jornais e voltou para Vivaldo. "Olha aqui. O Eric está voltando."

"Quem é Eric?", Ida perguntou.

"Eric Jones", disse Cass. "É um ator amigo nosso que mora na França há uns dois anos. Ele vai vir fazer uma peça na Broadway no outono."

Vivaldo leu. *Lee Bronson fechou com Eric Jones — cuja última apresentação na cidade foi há três anos, em* Reino dos cegos, *que teve breve temporada — para interpretar o papel do filho mais velho na peça* Happy Hunting Ground,* *de Lane Smith, que estreará aqui em novembro.*

---

* Em tradução literal: "Área de Caça Feliz". Trata-se de uma expressão usada por algumas sociedades indígenas americanas para designar o Paraíso. (N. T.)

"Que filho da puta", disse Vivaldo, parecendo muito feliz. Ele se virou para Cass. "Você tem notícias dele?"

"Ah, não", disse Cass, "faz muito tempo que não."

"Vai ser bom encontrar o Eric de novo", Vivaldo disse. Ele olhou para Ida. "Você vai gostar dele. O Rufus e ele se conheciam, éramos todos bons amigos." Ele dobrou o jornal e o deixou sobre o bar. "Todo mundo é famoso, cacete, só eu que não."

Richard entrou na sala, parecendo apressado e jovial, com uma velha blusa cinza sobre uma camiseta branca e o cinto nas mãos.

"Não é difícil perceber o que você estava fazendo", disse Vivaldo, sorrindo. "Deu pra ouvir tudo daqui."

Richard olhou envergonhado para o cinto e o jogou no sofá. "Eu não usei isso. Só fiz ele acreditar que ia usar. Provavelmente eu devia ter dado uma surra nele." Ele disse para Cass: "Qual é o problema com ele de uma hora para outra? Ele nunca foi assim".

"Eu já te falei o que eu acho. É a casa nova e também uma espécie de empolgação nova, e ele não tem te visto tanto quanto antes, e está reagindo mal a tudo isso. Ele vai superar, mas vai levar um tempinho."

"O Paul não é assim. Cacete, ele saiu, já fez amigos. Está se divertindo aos montes."

"Richard, o Paul e o Michael não são nem um pouco *parecidos*."

Ele olhou para a mulher e balançou a cabeça. "Verdade. Desculpe." Ele se voltou para Ida e Vivaldo. "Desculpem. Somos loucos pela nossa prole. Às vezes ficamos sentados falando deles por horas. Ida, você está linda, muito bom te ver." Pegou a mão dela, olhando-a nos olhos. "Você está bem?"

"Estou ótima, Richard. E é muito bom ver *você*. Principalmente agora que você é um sucesso."

"Ah, você não devia dar ouvidos à minha mulher", ele disse. Foi até o bar. "Todo mundo já está com uma bebida, menos eu, acho. E *eu*" — ele parecia um menino muito seguro e feliz — "vou tomar um martíni seco com gelo." Abriu o balde de gelo. "Só que não tem gelo aqui."

"Vou pegar gelo", disse Cass. Ela colocou seu copo no bar e pegou o balde de gelo. "Sabe, acho que você vai ter que ir comprar gelo no mercadinho."

"O.k., mais tarde eu desço e faço isso, gatinha." Ele apertou a bochecha dela. "Não esquente."

Cass saiu da sala. Richard sorriu para Vivaldo. "Se você não tivesse vindo hoje, juro que eu ia te tirar do meu coração para sempre."

"Você sabia que eu vinha." Ele ergueu o copo. "Parabéns." Depois: "Que história é essa que eu ouvi que as tevês estão desesperadas atrás de você?".

"Não exagere. É só *um* produtor que tem um projeto e quer conversar comigo sobre isso, não sei nem o que é. Mas o meu agente acha que eu devia falar com ele."

Vivaldo riu. "Não precisa ficar na defensiva. Eu *gosto* de tevê."

"Você é um mentiroso. Você nem tem televisão."

"Bom, isso é só porque eu sou *pobre*. Quando eu for um sucesso que nem você, vou sair e comprar a televisão com a maior tela que eu encontrar." Ele olhou para Richard e riu de novo. "Só estou te provocando."

"Sei. Ida, veja o que você consegue fazer para civilizar esse sujeito. Ele é um bárbaro."

"Eu sei", disse Ida, triste, "mas não sei muito bem o que fazer. Claro que", ela acrescentou, "se você me desse um exemplar autografado do seu livro, talvez ele me inspirasse."

"Fechado", Richard disse. Cass voltou, Richard pegou o balde de gelo das mãos dela e pôs em cima do bar. Ele preparou seu martíni. Depois saiu de trás do balcão, foi até onde os outros estavam e colocou o braço nos ombros de Cass. "Ao melhor sábado que já tivemos", disse e ergueu o copo. "Que venham muitos outros." Tomou um gole grande. "Amo vocês", disse.

"Nós também te amamos", disse Vivaldo.

Cass beijou Richard no rosto. "Antes de eu ir tentar salvar o almoço, me diga: o que exatamente você combinou com o Michael? Só pra eu saber."

"Ele está tirando uma soneca. Prometi que acordo ele antes da gente começar a beber. Vamos ter que comprar refrigerante para ele."

"E o Paul?"

"Ah, o Paul. Ele vai se liberar dos amigos a tempo de subir, se arrumar e falar com o pessoal aqui. Nada nesse mundo faria com que ele ficasse longe daqui." Ele se virou para Vivaldo. "Agora ele anda pela casa se gabando de mim."

Cass olhou para ele por um instante. "Parece que está tudo em ordem. Agora vou deixar vocês."

Ida pegou seu copo. "Espere um pouco. Vou com você."

"Não precisa, Ida. Eu dou conta."

"Esses dois podem ficar bêbados se a gente deixar que eles fiquem esperando demais. Vou te ajudar e a gente termina rapidinho." Ela seguiu Cass até a porta. Com um pé no degrau, ela se virou. "Vou cobrar aquela promessa, Richard. Sobre o livro, quero dizer."

"E eu vou cobrar a sua. Foi você quem ficou com a parte difícil *desse* acordo."

Ela olhou para Vivaldo. "Ah, não sei. Vou ver se surge alguma ideia."

"Espero que você saiba no que está se metendo", disse Cass. "Não gosto *nem um pouco* do jeito que o Vivaldo está olhando."

Ida riu. "Ele tem essa aparência simples mesmo, eu admito. Vamos. Na cozinha eu te conto."

"Não acredite em nada que a Cass disser de mim", Vivaldo disse.

"Ah, então ela *sabe* alguma coisa sobre você? Venha, Cass, minha querida, *esta tarde* a gente vai chegar ao fundo dessa história." E elas sumiram.

"Você sempre teve uma quedinha por negras, não?", Richard perguntou depois de um momento. Havia uma certa avidez em sua voz.

Vivaldo olhou para ele. "Não. Nunca me envolvi com nenhuma negra."

"Não. Mas você costumava dar umas festinhas no Harlem. E de certa forma faz sentido você tentar alguma coisa com uma garota negra agora... com certeza você já raspou o fundo do tacho das brancas."

Contrariado, Vivaldo se viu forçado a rir. "Bom, acho que a cor da Ida não tem nada a ver com isso, de jeito nenhum."

"Tem certeza? Ela não é só mais uma na sua longa série de desamparadas, perdidas e infelizes?"

"Richard", Vivaldo disse, largando o copo no bar, "você está querendo me aborrecer? O que está acontecendo?"

"Claro que eu não estou querendo te aborrecer", Richard disse. "Só acho que talvez seja hora de você tomar jeito... criar raízes... que talvez seja hora de você descobrir o que quer fazer e começar a ir atrás disso, em vez de ficar à toa por aí como se você fosse criança. Você não é mais uma criança."

"Bom, eu acho que é hora de você parar de me tratar como criança. Eu sei o que eu quero e *estou* indo atrás. O.k.? E vou fazer isso do meu jeito. Então larga do meu pé." Ele sorriu, mas era tarde demais.

"Não achei que eu estivesse no seu pé", disse Richard. "Desculpe."

"Não quis parecer indelicado, você sabe disso."

"Vamos esquecer isso, pode ser?"

"Bom, merda, não quero que você fique puto comigo."

"Eu *não* estou puto com você." Ele foi até a janela e ficou lá, olhando para fora. De costas para Vivaldo, disse: "Você não gostou do meu livro de verdade, gostou?".

"Então é isso."

"O quê?" Richard se virou, a luz do sol batendo em cheio em seu rosto, revelando as linhas na testa, em torno dos olhos, debaixo deles, em torno da boca e no queixo. O rosto estava repleto de linhas; era um rosto forte, um rosto bom, e Vivaldo o tinha amado por muito tempo. No entanto, faltava algo naquele rosto, ele não saberia dizer o que era, e sabia que seu julgamento inútil era injusto.

Sentiu lágrimas brotarem nos olhos. "Richard. A gente conversou sobre o livro e *eu disse* o que achei, que era uma ideia brilhante, organizada de forma brilhante, que o texto é muito bem escrito e…" Ele parou. Ele não tinha gostado do livro. Não conseguia levá-lo a sério. Era um *tour de force* competente, inteligente, até certo ponto sensível e que jamais teria importância nenhuma para ninguém. No lugar onde os livros moravam na cabeça de Vivaldo fossem eles excelentes, incompletos, mutilados ou loucos, o livro de Richard não existia. Ele não podia fazer nada. "E você mesmo disse que o próximo vai ser melhor."

"Por que você está chorando?"

"Quê?" Ele enxugou os olhos com as costas das mãos. "Nada." Foi até o bar e se debruçou no balcão. Graças a uma astúcia extrema e curiosa, ele acrescentou: "Você fala como se não quisesse mais ser meu amigo".

"Ah, bosta. É isso que você pensa? Claro que somos amigos, vamos ser amigos até a morte." Ele foi até o bar e pôs a mão no ombro de Vivaldo, se abaixando para olhar o rosto dele. "Sério. Tudo bem?"

Eles apertaram as mãos. "Tudo bem. E pare de me aborrecer."

Richard *riu*. "Eu *não vou* mais te aborrecer, seu cretino."

Ida veio até a porta. "O almoço está servido. Venham, rápido, antes que esfrie."

Todos estavam meio bêbados quando o almoço acabou, depois que tomaram duas garrafas de champanhe com a comida; a certa altura acabaram indo se sentar na sala de novo enquanto o sol ficava mais intenso, preparando-se para se pôr. Paul chegou, sujo, ofegante e feliz. A mãe o mandou para o banheiro, para se limpar e trocar de roupa. Richard lembrou que precisava comprar gelo e o refrigerante que havia prometido para Michael e desceu para fazer isso. Cass decidiu que era melhor ir se trocar e dar um jeito no cabelo.

Ida e Vivaldo tiveram a sala toda para si por um breve período. Ida pôs um disco antigo da Billie Holiday e dançou com Vivaldo.

Havia um martelo batendo na garganta dele no momento em que ela foi para os seus braços com um sorriso amistoso, mão na mão dele, a outra pousada suavemente no braço dele. Vivaldo pôs a outra mão suavemente na cintura dela. Os dedos dele na cintura dela pareciam ter se tornado anormal e perigosamente sensíveis, e ele rezou para seu rosto não demonstrar o enorme e ilícito prazer que entrava nele pela ponta dos dedos. Ele parecia sentir, sob o tecido pesado da roupa dela, a textura do tecido da blusa, a delicada obstrução do cinto sobre a saia, o material escorregadio da roupa de baixo que parecia ronronar e crepitar sob os dedos dele, contra a pele suave e quente dela. Ida parecia não perceber as liberdades que os dedos tesos e imóveis dele tomavam. Movia-se com ele, guiando e sendo guiada, mantendo sem esforço os pés fora do caminho dos sapatos grandes dele. Os corpos mal se tocavam, mas o cabelo dela roçava o queixo dele e exalava um aroma doce e seco, sugerindo, como tudo nela, um calor carnal e profundo em fogo baixo. Ele queria trazê-la mais para perto. Talvez agora, neste exato instante, enquanto ela olhava para ele, sorrindo, ele baixasse a cabeça e apagasse aquele sorriso do rosto dela, colocando sua boca sem sorriso sobre a dela.

"Suas mãos estão geladas", ele disse, pois a mão que segurava a dele estava muito seca e as pontas dos dedos, frias.

"Isso quer dizer que o meu coração é quente", disse Ida, "mas na verdade é só sinal de que a minha circulação não é muito boa."

"Prefiro", ele disse, "acreditar no coração quente."

"Eu contava com isso", ela disse com uma risada, "mas quando você me conhecer melhor vai descobrir que eu é que estou certa. Infelizmente", ela disse com um sorriso provocador, a testa franzida, "eu normalmente estou certa." E acrescentou: "Sobre mim".

"Eu queria te conhecer melhor", ele disse.

"Eu também", ela disse com uma risada curta, leve, "queria me conhecer melhor!"

Richard voltou. Michael, sério e tímido, deixou seu exílio e ele e Paul ganharam refrigerantes com gelo. Cass apareceu com um vestido de gola alta, à moda antiga, cor de vinho, com o cabelo preso. Richard vestiu uma camisa polo e uma blusa mais séria, e Ida sumiu para se maquiar. As pessoas começaram a chegar.

O primeiro foi o editor de Richard, Loring Montgomery, um sujeito atarracado e de óculos, cabelo macio e grisalho, mais jovem do que parecia ser — quase dez anos mais novo, na verdade, do que Richard. Tinha um jeito educado e tímido e uma risadinha nervosa. Com ele estava a agente de Richard, uma jovem de cabelo e olhos negros, com muita prata e um pouco de ouro, chamada Barbara Wales. Ela também tinha uma risadinha, mas não nervosa, e era tremendamente educada, mas não tímida. Ela parecia achar que sua posição como agente de Richard criava um vínculo de intimidade entre ela e Cass; que, desamparada e como que sob hipnose, com os sentidos prejudicados pelo volume da voz da srta. Wales e pela clareza cortante como navalha com que ela enunciava cada sílaba, trotou atrás dela obedientemente rumo ao quarto onde casacos e chapéus deviam ser deixados e onde as mulheres podiam retocar a maquiagem.

"O bar é aqui", Richard disse. "Seja lá o que vocês quiserem beber, é só vir aqui e pegar."

"Acho que aguento tomar mais alguma coisa", Vivaldo disse. "Estou bebendo o dia inteiro e não consigo ficar bêbado."

"Você está tentando?", perguntou Ida.

Ele olhou para ela e sorriu. "Não", disse, "não, acho que não estou tentando. Mas, mesmo que eu estivesse, não ia conseguir. Não hoje." Eles ficaram olhando pela janela. "Você vai jantar comigo, não vai?"

"Você *já* está com fome?"

"Não. Mas vou estar com fome perto da hora de jantar."

"Bom", ela disse, "me pergunte quando for a hora de jantar."

"Você não vai decidir de repente que precisa ir pra casa nem nada assim, vai? Você não vai fugir de mim, vai?"

"Não", ela disse, "vou ficar com você até o triste fim. Você tem que falar com aquela gente, você sabe."

"Tenho?" Ele olhou na direção da cintilante srta. Wales.

"Claro que sim. Tenho certeza que esse era um dos motivos para o Richard querer que você viesse aqui hoje. E você tem que falar com o editor também."

"Por quê? Não tenho nada pra mostrar pra ele."

"Bom, você *vai ter*. Tenho certeza que em parte foi por você que o Richard organizou tudo isso. Agora você tem que colaborar."

"E o que você vai ficar fazendo enquanto eu faço todas essas reuniões?"

"Falar com a Cass. Ninguém está interessado na gente; a gente não escreve."

Ele beijou o cabelo dela. "Você *é* a coisa mais fofa", ele disse.

A campainha tocou. Dessa vez era Steve Ellis, que chegava com a mulher. Ellis era um sujeito baixo, atarracado, com cabelo crespo e um rosto juvenil. O rosto começava, como acontece com os rostos juvenis, não exatamente a endurecer, mas a se solidificar. Ele tinha a reputação de ser um defensor de causas perdidas, um intrépido inimigo dos reacionários; e entrava nas salas de estar do mundo todo como se esperasse encontrar ali o inimigo, de tocaia. Sua mulher, que estava com um casaco de vison e um chapéu florido, parecia um pouco mais velha do que ele, e era um tanto tagarela.

"Que bom te conhecer, Silenski", ele disse. Embora tivesse que olhar para cima para falar com Richard, ele fez isso com a cabeça em um ângulo estranho e beligerante, como se olhasse para cima para ver mais claramente o que estava abaixo. A mão que ele estendeu para Richard com rispidez de uma bala também sugeria a fraqueza arrogante das mãos dos que têm o poder de erguer ou de destruir: apenas o costume impedia aquela mão de ser beijada. "Tenho ouvido coisas excelentes sobre você. Talvez a gente possa conversar um pouquinho mais tarde."

O sorriso dele era bem-humorado, franco e juvenil. Quando foi apresentado a Ida, ficou imobilizado, sacudindo os braços como um garotinho.

"Você é atriz", ele disse. "Você *tem* que ser atriz."

"Não", disse Ida, "não sou."

"Mas você *tem* que ser. Estou procurando você há anos. Você é sensacional!"

"Obrigada, sr. Ellis", ela disse, rindo, "mas não sou atriz." O riso dela foi um pouco forçado, porém Vivaldo não soube se por nervosismo ou desagrado. As pessoas, em grupos sorridentes, estavam em torno deles. Cass, atrás do bar, observava.

Ellis sorriu com ar conspiratório e inclinou a cabeça um pouco para a frente. "O que é que você *faz* então? Vai, me conta."

"Bom, no momento", disse Ida, se recompondo, "trabalho como garçonete."

"Uma garçonete. Bom, minha mulher está aqui, então não vou perguntar onde você trabalha." Ele chegou um pouco mais perto de Ida. "Mas no que você pensa enquanto serve as mesas?" Ida hesitou, e ele sorriu de novo, adulador e gentil. "Ah, vai. Não vá me dizer que o seu maior sonho é virar chefe das garçonetes."

Ida riu. Os lábios se crisparam, demonstrando incômodo, e ela disse: "Não". Ela hesitou e olhou para Vivaldo, e Ellis acompanhou o olhar dela. "Já pensei em cantar. É o que eu gosto de fazer."

"A-há!", ele gritou, triunfante. "Eu sabia que ia arrancar alguma coisa de você." Ele tirou um cartão do bolso do paletó. "Quando estiver pronta, e espero que seja logo, venha me ver. Não esqueça."

"Você não vai lembrar meu nome, sr. Ellis." Ela disse calmamente, e o olhar com que mediu Ellis não deu a Vivaldo nenhuma pista do que se passava na cabeça dela.

"Seu nome", ele disse, "é Ida Scott. Certo?"

"Certo."

"Bom. Eu nunca esqueço nomes nem rostos. Você pode me testar."

"Verdade", disse a mulher dele, "ele nunca esquece um nome ou um rosto. Não sei como ele faz isso."

"Eu", disse Vivaldo, "não sou atriz."

Ellis olhou assustado, depois riu. "Você podia ter me enganado", disse. Ele pegou Vivaldo pelo cotovelo. "Venha tomar alguma coisa comigo. Por favor."

"Não sei por que falei aquilo. Foi meio de brincadeira."

"Mas só meio. Como você se chama?"

"Vivaldo. Vivaldo Moore."

"E você não é atriz...?"

"Sou escritor. Ainda inédito."

"A-há! Você está trabalhando em alguma coisa?"

"Num romance."

"Sobre o quê?"

"Meu romance é sobre o Brooklyn."

"A árvore? Ou os meninos, ou os assassinos, ou os drogados?"
Vivaldo engoliu em seco. "Todos eles."

"É uma tarefa e tanto. E, se me permite dizer, parece um pouquinho antiquado." Ele colocou a mão diante da boca e arrotou. "Já falaram tudo sobre o Brooklyn. E mais um pouco."

Não falaram, Vivaldo pensou. "Você está dizendo", ele disse, sorrindo, "que não tem chance de adaptarem para a tevê?"

"Pode ter, quem sabe?" Ele olhou para Vivaldo com um interesse cordial. "Você fala tevê com um tom irônico na voz, sabia? Por que tanto medo?" Ele deu um tapinha no peito de Vivaldo. "A arte não existe no vácuo; não é só para você e um punhado de amigos seus. Meu Deus, se você soubesse como eu tenho nojo desse papo furado dos homens-jovens-sensíveis!"

"Eu também tenho", disse Vivaldo. "Não me acho um homem-jovem-sensível."

"Não? Mas você fala como eles e age como eles. Você olha de cima para baixo para todo mundo. Sim", ele insistiu, porque Vivaldo olhava para ele um tanto surpreso, "você acha a maioria das pessoas uma bosta e prefere morrer a se sujar trabalhando com uma arte *popular*." Em seguida, deliberadamente olhou Vivaldo dos pés à cabeça, de modo insolente. "E aqui está você, usando o seu melhor terno, e aposto que você mora num apartamento sujo, com água gelada e que não pode nem levar a namorada numa boate." A voz dele diminuiu de tom. "A garota negra, a srta. Scott, viu como eu lembro os nomes?, ela é sua namorada, não é? Por isso você ficou puto comigo. Cara, você se irrita muito fácil."

"Achei que você passou um pouco do limite."

"Aposto que você não teria se incomodado se ela fosse branca."

"Eu teria me incomodado se você falasse assim com qualquer mulher que estivesse comigo."

Mas ele ficou pensando se Ellis não teria razão. E percebeu que ele jamais saberia, que jamais teria como saber. Achou que Ellis havia tratado Ida com uma sutil falta de respeito. Mas Ellis havia falado com ela do único modo que sabia, era assim que ele falava com qualquer um. No mundo de Ellis todas as pessoas se aproximavam umas das outras atrás de uma máscara projetada para esconder o que quer que estivessem sentindo, sobre o outro ou sobre si mesmas. Quando confrontado com Ida, tão visivelmente rejeitada pelo único mundo que ele conhecia, sua abordagem precisou ficar mais pessoal, constrangida e tensa. Misturou-se a isso um esforço para evitar que os outros o julgassem; um medo de que suas notas promissórias espirituais e sociais fossem subitamente cobradas. Ao se ver pressionado a ter um impulso verdadeiro, aquela abordagem se revelou completamente falsa e, por ser falsa, sinistra.

Então, enquanto Ellis se servia de mais cidra e ele de mais uísque, Vivaldo percebeu que as coisas que Ellis tinha, e as coisas que Richard passaria a ter, eram coisas que ele desejava muito. Ellis podia conseguir o que quisesse com um simples telefonema; as chefes das garçonetes ficavam encantadas ao vê-lo; a assinatura dele em uma conta ou em um cheque jamais era questionada. Se precisasse de um terno, comprava; ele certamente nunca atrasava o aluguel; se decidisse viajar para Istambul no dia seguinte, bastava ligar para seu agente de viagens. Era famoso, poderoso, e na verdade não muito mais velho do que Vivaldo, e trabalhava duro.

Além disso, ele podia ter tudo do bom e do melhor; bastava entregar o cartão para a moça. Então Vivaldo percebeu por que o odiava. Imaginou o que precisaria passar para conseguir um grau comparável de notoriedade. Pensou no quanto estaria disposto a ceder — para ser poderoso, para ser adorado, para conseguir a mulher que quisesse, para conseguir permanecer com qualquer mulher que estivesse com ele. Olhou em volta procurando Ida. Por outro lado, lhe ocorreu que a questão não era o que ele iria "conseguir", e sim como iria descobrir suas possibilidades e se reconciliar com elas.

Richard agora falava com, ou melhor, ouvia a sra. Ellis; Ida ouvia Loring; Cass estava sentada no sofá ouvindo a srta. Wales. Paul estava perto dela, com o olhar vagando pela sala; Cass o segurava pelo cotovelo, distraída e ao mesmo tempo desesperada.

"De qualquer maneira… eu gostaria de manter contato com você, talvez você tenha alguma coisa." Ellis entregou um cartão a ele. "Por que não me liga uma hora dessas? E também fui sincero no que disse para a srta. Scott. Eu produzo programas muito bons, sabe?" Ele sorriu, irônico, e deu um soco no ombro de Vivaldo. "Você não vai precisar baixar seus padrões *artísticos*."

Vivaldo olhou para o cartão, depois para Ellis. "Obrigado", disse. "Não vou esquecer."

Ellis sorriu. "Gostei de você", disse. "Estou até pensando em te indicar um terapeuta. Vamos curtir a festa."

Ele foi até Richard e a sra. Ellis. Vivaldo foi até Ida.

"Eu estava tentando descobrir alguma coisa sobre o seu romance", Loring disse, "mas a sua garota aqui é *muito* desconfiada. Não me deu nem uma pista."

"Eu falei que não sei nada sobre o livro", disse Ida, "mas ele não acredita."

"Ela não sabe muito sobre o livro", Vivaldo disse. "Não sei nem se eu sei muita coisa sobre ele." De repente sentiu que estava começando a tremer de cansaço. Quis pegar Ida e ir para casa. Mas ela parecia estar se divertindo o bastante para ficar;

ainda era cedo; os últimos raios do sol que se punha desbotavam para além do rio.

"Bom", disse Loring, "assim que você tiver alguma coisa, espero que me procure. O Richard acha você extremamente talentoso e eu confio muito no julgamento dele."

Ele sabia que Ida estava perplexa e irritada com a mediocridade de sua resposta. Tentou se animar, e ver o rosto de Ida ajudava. Ele não conseguia nem imaginar o que ela pensava de Ellis, e a raiva de si mesmo, de seu ciúme, de seu medo e de sua confusão contribuiu para a intensidade econômica de sua resposta evasiva. Loring parecia ter mais certeza do que nunca de que ele era um diamante bruto e Ida ter mais certeza do que nunca de que ele precisava de mãos para dar um empurrãozinho.

E ele sentiu, de um modo que nunca havia sentido, que era hora de mergulhar. A água era esta: as pessoas naquela sala; certamente a impressão não era das melhores, mas era a única água que havia.

A srta. Wales olhou na direção dele, mas ele evitou o olhar, dando toda a sua atenção a Ida. "Vamos", disse em voz baixa, "vamos sair daqui. Pra mim já deu."

"Você quer ir *agora*? Você nem falou com a srta. Wales." Mas ele viu os olhos dela cintilarem na direção do bar, onde Ellis estava. E havia algo no rosto dela que ele não sabia ler, algo especulativo e firme.

"Eu não *quero* falar com a srta. Wales."

"Mas, homem do céu, por que não? Você está sendo bobo."

"Olhe", ele disse, "*você* quer conversar com alguém que está aqui?" *Ah, seu idiota!* ele resmungou consigo mesmo. Mas agora já tinha dito.

Ela olhou para ele. "Não sei do que você está falando. O que você quer dizer?"

"Nada", ele disse mal-humorado. "Só loucura minha. Não ligue pra mim."

"Você estava pensando em alguma coisa. No que você estava pensando?"

"Nada", ele disse, "nada, mesmo." Ele sorriu. "Não me importo. Se você quiser a gente fica."

"Eu só ia ficar", ela disse, "por sua causa."

Ele estava a ponto de dizer: bom, então a gente pode *ir embora*, mas decidiu que não seria muito inteligente. A campainha tocou. Ele disse: "Eu só queria não ter que jantar com essa gente, só isso".

"Mas com *quem*", ela insistiu, "você achou que eu queria falar?"

"Ah", ele disse, "achei que se você estava falando sério sobre ser cantora, talvez quisesse marcar uma reunião com o Ellis. Imagino que ele possa ajudar."

Ela olhou para ele cansada, com sarcasmo e piedade. "Ah, Vivaldo", disse, "que cabecinha ágil a sua." Depois seu comportamento mudou e ela disse, fria: "Na verdade, você não tem o direito, sabe, de se importar com quem eu falo. E o que você está insinuando não me deixa *nem um pouco* lisonjeada". A voz dela continuava baixa, e começou a tremer. "Talvez, agora, eu vá me comportar como você acha que eu sou!" Ela foi até o bar e se posicionou entre Richard e Ellis. Estava sorridente. Ellis colocou uma mão no cotovelo dela e o rosto dele mudou enquanto falava com Ida, tornando-se mais ávido e mais vulnerável. Richard foi para trás do balcão servir uma bebida a Ida.

Vivaldo podia ter ido até eles, mas não ousou. A explosão dela ocorrera de modo tão misterioso, e em tal velocidade, que ele temia pensar no que aconteceria se ele fosse até o bar. E ela estava certa; ele estava errado. Com quem ela conversava não era da conta dele.

A reação dela tinha sido rápida e terrível! Agora a vantagem dele havia desaparecido. Todo o capital que acumulara com paciência — sendo compreensivo e atencioso — tinha desaparecido num piscar de olhos.

"Queria te apresentar Sydney Ingram. Este é o Vivaldo Moore."

Cass estava ao lado dele, apresentando o recém-chegado, que até então ele mal tinha notado. Ingram viera sozinho. Vivaldo reconheceu seu nome, porque o primeiro romance do garoto tinha acabado de ser publicado e ele queria ler. Era alto, quase tão alto quanto Vivaldo, com um rosto agradável de traços carregados e uma quantidade imensa de cabelos negros, e, como Vivaldo, vestia um terno escuro, provavelmente o melhor que tinha.

"Que prazer conhecer você", Vivaldo disse — sinceramente, pela primeira vez na noite.

"Eu li o romance dele", disse Cass, "é maravilhoso, você precisa ler."

"Eu quero ler", disse Vivaldo. Ingram sorriu, parecendo pouco à vontade, e olhou para seu copo como se quisesse mergulhar nele.

"Já circulei o suficiente", disse Cass. "Vou ficar com vocês por enquanto." Ela levou os dois para a janela grande. Era o crepúsculo, o sol tinha sumido, logo as lâmpadas da rua estariam acesas. "Tenho a impressão, não sei por quê, de que não sou talhada para o papel de anfitriã literária."

"Pra mim você pareceu ótima", disse Vivaldo.

"É porque você não estava tentando conversar comigo. Não consigo manter a atenção numa coisa por muito tempo. Eu devia é estar numa sala cheia de físicos."

"Sobre o que eles estão conversando no bar?", Vivaldo perguntou.

"Sobre a responsabilidade que Steve Ellis tem com os telespectadores americanos", Ingram disse. Eles riram. "Não riam", disse Ingram, "ele pode virar presidente. Pelo menos, sabe ler e escrever."

"Pensei", disse Cass, "que isso fosse o suficiente para desqualificá-lo."

Ela pegou um braço de cada um e os três ficaram juntos diante da janela que escurecia, olhando para a via expressa e para a água brilhante. "Que diferença enorme existe", ela disse, "entre sonhar com uma coisa e ter que lidar com ela!" Nem Vivaldo nem Ingram falaram. Cass se virou para Ingram e, com uma voz que ele jamais a ouvira usar, ávida e sôfrega, perguntou: "Você está trabalhando em algo novo, sr. Ingram? Espero que sim".

E a voz dele pareceu, estranhamente, corresponder à dela. Eles podiam estar falando um com o outro como se houvesse uma extensão de água entre os dois, procurando um ao outro enquanto a escuridão caía, implacável. "Sim", ele respondeu, "estou. É um romance novo, uma história de amor."

"Uma história de amor!", ela disse. Depois: "E onde se passa a história?".

"Ah, aqui na cidade. Nos dias de hoje."

Houve um silêncio. Vivaldo sentiu a mão pequena dela, sob seu cotovelo, apertar. "Estou ansiosa para ler", ela disse, "muito."

"Não mais", ele disse, "do que eu estou ansioso para terminar de escrevê-lo e entregá-lo para as pessoas lerem, especialmente, se me permite dizer, para você."

Ela virou o rosto para Ingram, e ele não conseguiu ver o sorriso no rosto dela, mas conseguiu senti-lo. "Obrigada", disse Cass. Ela se virou de novo para a janela e suspirou. "Acho que preciso voltar para os meus físicos."

Eles viram as luzes da rua se acender.

"Vou pegar uma bebida", disse Cass. "Alguém me acompanha?"

"Claro", disse Vivaldo. Eles foram até o bar. Richard, Ellis e Loring estavam no sofá. A srta. Wales e a sra. Ellis, de pé no bar. Ida não estava na sala.

"Com licença", disse Vivaldo.

"Acho que tem alguém aí!", gritou a srta. Wales.

Ele andou pelo corredor, mas não chegou ao banheiro. Ela estava no quarto, sentada entre todos os casacos e chapéus, absolutamente imóvel.

"Ida...?"

As mãos dela estavam cruzadas sobre o colo e ela fitava o chão.

"Ida, por que você está brava comigo? Eu não quis insinuar nada."

Ela olhou para ele. Seus olhos estavam cheios de lágrimas.

"Por que você tinha que dizer aquilo? Estava tudo bem, e eu estava feliz até você dizer aquilo. Você acha que eu não passo de uma puta. É só por isso que você quer sair comigo." As lágrimas escorriam por seu rosto. "Vocês, brancos, são todos iguais, uns cretinos."

"Ida, juro que não é verdade. Juro que não é verdade." Ele se abaixou com um joelho no chão ao lado da cama e tentou pegar as mãos dela. Ela virou o rosto. "Querida, eu estou apaixonado por você. Fiquei com medo e com ciúme, mas juro que não insinuei o que você achou, não mesmo, eu não poderia, eu te amo. Ida, por favor acredite em mim. Eu te amo."

O corpo dela não parava de tremer e ele sentiu as lágrimas dela nas mãos. Vivaldo levou as mãos de Ida até seus lábios e beijou. Tentou olhar para o rosto dela, mas Ida continuava com o rosto virado para o outro lado. "Ida. Ida, por favor."

"Eu não conheço essas pessoas", ela disse, "não dou a mínima pra elas. Eles acham que eu sou só mais uma garota negra e tentam ser simpáticos, mas não ligam. Eles não querem falar comigo. Eu só fiquei porque você pediu, e você foi tão bacana, e eu estava tão orgulhosa de você, e agora você estragou tudo."

"Ida", ele disse, "se eu estraguei as coisas entre a gente, não sei como vou viver. Você não pode dizer isso. Precisa retirar o que disse, precisa me perdoar e me dar outra chance, Ida." Ele pôs uma mão no rosto dela e girou-o devagar em sua direção. "Ida, eu te amo, amo mesmo, mais do que qualquer coisa neste mundo. Você tem que acreditar em mim. Prefiro morrer a magoar você." Ela permaneceu em silêncio. "Eu fiquei com ciúmes e com medo, e falei uma coisa totalmente estúpida. Mas foi só medo de que você não estivesse se preocupando comigo. Só isso. Eu não estava falando mal de você."

Ela suspirou e esticou a mão na direção de sua bolsa. Ele deu um lenço para ela. Ela secou os olhos e assoou o nariz. Parecia muito cansada e desamparada.

Ele sentou ao lado dela na cama. Ela evitou olhar para ele, mas não se mexeu.

"Ida..." Ele estava chocado com o som da própria voz, tão cheia de angústia. Não parecia sua voz, não parecia que ele estava no comando da própria voz. "Eu te disse. Eu te amo. Você gosta de mim?" Ela se levantou e foi até o espelho. Ele a observou. "Me diga, por favor."

Ida olhou para o espelho, depois pegou a bolsa na cama. Abriu a bolsa, fechou, depois olhou para o espelho de novo. Depois olhou para ele. "Sim", ela disse, desanimada, "sim, eu gosto."

Ele pegou o rosto dela entre as mãos e a beijou. De início ela não correspondeu, parecendo simplesmente tolerar o beijo, parecendo suspensa, pendente, à espera. Ela tremia e ele tentava controlar o tremor dela com a força dos braços e das mãos. Então algo pareceu se curvar nela, ceder, e ela colocou os braços em torno dele, se agarrando a Vivaldo. Por fim, ele sussurrou no ouvido dela: "Vamos embora daqui. Vamos".

"Vamos", ela disse depois de um momento, "acho que é hora de ir." Mas Ida não saiu dos braços dele imediatamente.

Olhou-o e disse: "Desculpe ter sido tão boba. Sei que você não quis me ofender".

"Me desculpe também. Eu sou um idiota, um imprestável ciumento, não consigo evitar, sou louco por você."

Ele a beijou de novo.

"... indo embora já", disse a srta. Wales. "Nem tivemos a chance de conversar!"

"Vivaldo", disse Cass, "eu te ligo essa semana. Ida, não tenho como telefonar pra você. Você me liga? Vamos nos encontrar."

"Estou esperando o seu roteiro, seu ordinário", disse Ellis, "assim que você descer dessa torre de marfim improvisada. Prazer em conhecer você, srta. Scott."

"Ele está falando sério", disse a sra. Ellis. "Ele realmente está falando sério."

"Fiquei feliz de conhecer vocês", disse Ingram, "muito feliz. Boa sorte com seu romance."

Richard acompanhou os dois até a porta. "Continuamos amigos?"

"Está brincando? Claro que continuamos amigos."

Mas ficou pensando se ainda seriam mesmo.

A porta fechou e eles ficaram no corredor, olhando um para o outro.

"Vamos para casa?", ele perguntou.

Ela olhou para ele, seus olhos muito grandes e escuros. "Você tem alguma coisa pra comer lá?"

"Não. Mas as lojas ainda estão abertas. A gente pode comprar alguma coisa."

Ela pegou o braço dele e os dois foram para o elevador. Vivaldo apertou o botão. Ele olhou para ela como se não conseguisse acreditar no que via.

"Ótimo", ela disse. "A gente compra alguma coisa e eu cozinho um jantar decente pra você."

"Não estou com muita fome", ele disse.

Eles ouviram a porta do elevador bater abaixo deles e o elevador começar a subir.

O cheiro do frango que ela havia fritado na véspera ainda estava no ar e os pratos continuavam na pia. O ossinho da sorte secava na mesa, cercado pelos copos pegajosos em que tomaram cerveja e pelas xícaras pegajosas de café. As roupas dela estavam jogadas numa cadeira, as dele quase todas no chão. Ele tinha acordado, ela dormia. Ela dormia no lado dela, a cabeça escura longe dele, sem fazer nenhum ruído.

Ele se reclinou um pouco e observou o rosto dela. O rosto dela agora seria, para sempre, mais misterioso e impenetrável do que qualquer rosto estranho. Os rostos de pessoas estranhas não tinham segredos, pois a imaginação não os envolvia em nenhum mistério. Mas o rosto de quem se ama é desconhecido exatamente por estar envolto em uma parte grande de nós mesmos. É um mistério que contém, como todo mistério, a possibilidade do sofrimento.

Ela dormia. Vivaldo achou que ela dormia em parte para evitá-lo. Ele deixou a cabeça cair no travesseiro, olhando para as rachaduras no teto. Ida estava na cama dele, mas distante; ela estava com ele, mas não estava com ele. Em algum lugar profundo e secreto, ela monitorava a si mesma, se controlava, lutava contra ele. Vivaldo achava que ela tinha decidido muito tempo antes quais seriam exatamente os limites, quanto ela poderia oferecer, e não conseguiu fazer com que ela desse nem um centavo a mais. O sexo que ela fez com ele foi como uma técnica de pacificação, um meio para atingir algum outro fim. Embora ela até possa ter tido a intenção de agradá-lo, parecia querer principalmente levá-lo à exaustão; e permanecer, acima de tudo, às margens do prazer enquanto se esforçava ao máximo para afogá-lo na corrente. O prazer *dele* bastava para ela, ela parecia dizer, o prazer dele era o dela. Mas ele queria que o prazer dela fosse dele, para que os dois se afogassem juntos na corrente.

Ele tinha dormido, mas mal, consciente do corpo de Ida a seu lado, e consciente de um fracasso mais sutil do que qualquer outro que já tivesse experimentado.

Sua mente estava ocupada com questões nas quais jamais se permitira pensar, mas cuja hora havia chegado. Ficou imaginando quem já havia estado com ela; quantos, com que frequência, por quanto tempo; o que ele ou outros antes dele significavam para ela; e ficou imaginando se o homem ou os homens que ela amou haviam sido brancos ou negros. Que diferença faz?, se perguntou. Que diferença faz qualquer uma dessas coisas? Um ou mais, branco ou negro — qualquer dia ela acabaria lhe contando. Eles saberiam tudo um sobre o outro, tinham tempo, ela ia lhe dizer. Ia mesmo? Ou será que ia apenas aceitar os segredos dele do modo como aceitou o corpo dele, feliz por servir como veículo para o alívio dele? Ofereceria em troca (pois ela conhecia as regras) revelações destinadas a tranquilizar e também a frustrá-lo; a frustrar, na verdade, qualquer tentativa dele de ir mais fundo naquele incrível país onde, como a princesa do conto de fadas aprisionada em uma torre alta e vigiada por bestas ferozes, vítima de um feitiço e do exílio, ela fazia sua ronda secreta de dias secretos.

Era começo da manhã, perto das sete, e não havia barulho em lugar algum. A garota a seu lado se agitou em silêncio em seu sono e jogou uma mão para cima, como se estivesse assustada. O olho escarlate em seu dedo mindinho cintilou. Seu cabelo selvagem estava desarrumado e embaraçado, e o rosto, no sono, não era o mesmo de quando ela estava acordada. Ela havia tirado a maquiagem, ficando quase sem sobrancelhas, e os lábios sem batom eram macios e indefesos. A pele estava mais escura do que durante o dia e a testa redonda e alta tinha um brilho baço, como mogno. Parecia uma menininha dormindo, mas uma menina desconfiada; uma das mãos meio que encobria o rosto e a outra se escondia entre as coxas. Isso o levou a pensar, de algum modo, em todas as crianças adormecidas, filhas de pessoas pobres. Tocou de leve a testa dela com os lábios, depois saiu da cama em silêncio e foi ao banheiro. Ao voltar ficou um instante olhando para a cozinha, depois acendeu um cigarro e levou o cinzeiro para a cama. Deitou-se de barriga para baixo, fumando, os braços longos pendendo para o chão, onde tinha deixado o cinzeiro.

"Que horas são?"

Ele se levantou, sorrindo: "Não sabia que você estava acordada". E, estranhamente, de súbito se sentiu terrivelmente tímido, como se fosse a primeira vez que acordasse nu ao lado de uma mulher nua.

"Ah", ela disse, "eu gosto de observar as pessoas enquanto elas acham que eu estou dormindo."

"Bom saber. Há quanto tempo você estava me observando?"

"Não muito. Desde que você saiu do banheiro. Vi o seu rosto e fiquei imaginando o que você estaria pensando."

"Eu estava pensando em você." E ele deu um beijo nela. "Bom dia. São sete e meia."

"Meu Deus. Você sempre acorda tão cedo?" E ela bocejou e sorriu, irônica.

"Não. Mas acho que eu não via a hora de te ver de novo."

"Bom, vou me lembrar disso", ela disse, "quando você começar a acordar ao meio-dia ou mais tarde e parecer que não quer sair da cama."

"Olha, eu talvez não esteja ansioso para sair tão cedo da *cama*." Ela fez um movimento na direção do cigarro e ele o segurou enquanto ela dava uma ou duas tragadas. Depois ele apagou o cigarro no cinzeiro. Inclinou-se sobre ela. "E você?"

"Você é um doce", ela disse e, depois de um momento, "você é um mergulhador de mares profundos." Os dois coraram. Ele pôs as mãos nos seios dela, que eram pesados e bem separados, com mamilos de um marrom-avermelhado. Os ombros largos dela tremeram de leve, uma pulsação no pescoço. Ela olhou para ele com uma expressão ao mesmo tempo preocupada e indiferente, calma e assustada.

"Me ame", ele disse. "Eu quero que você me ame."

Ela pegou a mão dele, que percorria a barriga dela.

"Você acha que eu sou uma dessas garotas que simplesmente amam amar."

"Gatinha", ele disse, "com certeza; nós vamos ser ótimos, eu garanto. A gente ainda nem começou." A voz dele tinha se transformado num sussurro e as mãos dos dois se entrelaçaram em um provocante cabo de guerra.

Ela sorriu. "Quantas vezes você já disse *isso*?"

Ele fez uma pausa, olhando por cima da cabeça dela em direção às cortinas que mantinham a manhã longe do apartamento. "Acho que eu nunca disse isso. Nunca me senti assim." Ele olhou outra vez para ela e a beijou de novo. "Nunca."

Depois de um instante ela disse: "Eu também não". Ela disse rapidamente, como se tivesse colocado um comprimido na boca e ficado surpresa com seu gosto e preocupada com seus efeitos.

Ele olhou nos olhos dela. "Verdade?"

"Verdade." Depois ela baixou os olhos. "Tenho que tomar cuidado com você."

"Por quê? Não confia em mim?"

"Talvez eu não confie em mim."

"Talvez você nunca tenha amado um homem", ele disse.

"Nunca amei um homem branco, essa é a verdade."

"Ah, bom", ele disse, sorrindo, tentando esvaziar a cabeça de uma porção de dúvidas e medos, "fique à vontade". Deu outro beijo nela, um pouco embriagado pelo calor, pelo gosto, pelo cheiro dela. "Nunca", ele disse, sério, "nunca ninguém como você." A mão dela relaxou um pouco e ele a conduziu para baixo. Beijou o pescoço e os ombros dela. "Adoro as suas cores. Você tem todas essas cores diferentes, malucas."

"Meu Deus", ela disse, riu de um jeito brusco e tentou tirar a mão, mas ele a segurou: o cabo de guerra recomeçou. "Eu sou da mesma velha cor de cima a baixo."

"Você não consegue se ver inteira. Eu consigo. Você tem uma parte que é mel, outra que é cobre, uma parte que é ouro..."

"Meu Deus. O que a gente vai fazer com você hoje?"

"Eu te mostro. Uma parte de você também é negra, como a entrada de um túnel..."

"Vivaldo." A cabeça dela rolou no travesseiro de um lado para o outro em uma espécie de tormento que não tinha nada a ver com ele, mas pelo qual ele era o responsável mesmo assim. Ele pôs a mão na testa dela, que já começava a ficar úmida, e se impressionou com o modo como ela o olhou naquele instante; olhou para ele como se fosse, de fato, uma virgem, prometida desde o nascimento para ele, o noivo; cujo rosto ela via agora pela primeira vez, no escuro do quarto nupcial depois que todos os convidados do casamento tinham ido embora. Não havia barulho de festa, apenas silêncio, nada que não estivesse naquela cama, a violação pelo corpo do noivo era sua única esperança. No entanto ela tentou sorrir. "Nunca conheci um homem como você." Ela disse isso em voz baixa, num tom que mesclava hostilidade e espanto.

"Bom, eu te disse... também nunca conheci uma mulher como você." Mas ficou imaginando que espécie de homem ela *tinha* conhecido. Com delicadeza, afastou as pernas dela; ela permitiu que ele colocasse a mão dela no sexo dele. Ele achou que, pela primeira vez, seu corpo se apresentava a ela como um mistério e que, imediatamente, por isso, ele, Vivaldo, se tornou completamente misterioso aos olhos dela. Ela o tocou pela primeira vez com espanto e terror, percebendo que não sabia acariciá-lo. Ela se dava conta de que o que ele queria era *ela*: isso significava que ela já não sabia o que ele queria. "Você já dormiu com uma porção de mulheres como eu, não foi? Com garotas negras."

"Eu dormi com uma porção de garotas de todo tipo." Nenhum deles ria agora; eles sussurravam, e o calor entre os dois aumentou. O aroma dela se elevou para encontrá-lo, misturou--se ao cheiro dele, um cheiro mais nítido de suor. Ele estava entre as pernas dela e nas mãos dela, os olhos de Ida encaravam com medo os dele.

"Mas com negras também?"

"Sim."

Houve uma pausa longa, ela suspirou um suspiro longo e trêmulo. Ela arqueou a cabeça para cima, para longe dele. "Eram amigas do meu irmão?"

"Não. Não. Eu paguei para elas."

"Ah." A cabeça dela caiu, ela fechou os olhos, fechou as pernas, depois as abriu de novo. Ele tirou as cobertas que estavam no caminho e depois, por um instante, semiajoelhado, olhou para o mel, o cobre, o ouro e o negro que havia nela. A respiração de Ida ficou mais curta, aguda, ofegante, trêmula. Ele queria que ela virasse o rosto para ele e abrisse os olhos.

"Ida. Olhe pra mim."

Ela emitiu um som, uma espécie de gemido, virou o rosto para ele, mas continuou de olhos fechados. Ele pegou a mão dela outra vez.

"Vamos. Me ajude."

Os olhos de Ida se abriram por um segundo, velados, e ela sorriu. Ele se inclinou sobre ela devagar, permitindo que as mãos dela o guiassem. Beijou-a na boca. Eles se encaixaram, trêmulos, as mãos dela se agitaram, subiram e ficaram nas costas dele. *Eu paguei para elas.* Ela suspirou de novo, um suspiro diferente, longo e de quem se rende, e a luta começou.

Não foi como o alvoroço da noite anterior, em que ela dava pinotes debaixo dele como um cavalo bravo ou um peixe que tivesse ido parar na praia. Ela agora estava concentrada a ponto de tremer e, como ele percebeu que qualquer momento impensado a faria deslizar para longe dele, Vivaldo também se pôs alerta. As mãos dela se moveram pelas costas dele, para cima e para baixo, às vezes parecendo querer puxá-lo para perto, às vezes tentadas a afastá-lo, se movendo em uma terrível e bela indecisão que o fez gemer, baixinho, no fundo da garganta. Ela se abriu diante dele e no entanto também recuou diante dele; ele teve a sensação de viajar por um rio selvagem na floresta, procurando a nascente oculta além da folhagem negra, perigosa, encharcada. Depois, por um momento, eles pareceram avançar. As mãos dela se libertaram, as coxas se soltaram de modo inelutável, os ventres se colaram de forma brutal e um assobio curioso, baixo, abriu caminho pela garganta dela, atravessando os dentes à mostra. Depois ela diminuiu o ritmo, o momento havia passado. Ele descansou. Então recomeçou. Nunca tinha sido tão paciente, tão determinado nem tão cruel. Na noite anterior ela o observara; hoje ele a observava; estava decidido a fazer com que ela atravessasse a ponte e se transformasse em sua propriedade mesmo que, se no momento em que ela finalmente dissesse o nome dele, o coração dentro do peito dele explodisse. Isso, de todo modo, parecia mais iminente que o efluxo de sua semente. Ele sentia desejo como nunca antes, sentia-se repleto de um jeito novo, e onde quer que as mãos dela pousassem para logo escapar ele estava frio. As mãos dela se agarraram ao pescoço dele como se ela estivesse se afogando, e Ida ficou em um silêncio absoluto, como uma criança que fica em silêncio antes de acumular força suficiente para gritar, antes de o soco atingir o alvo, antes do início de uma longa queda. E de modo implacável, cruel, ele a empurrou para o abismo. Não sabia se o corpo dela se movimentava ou não junto com o dele, o corpo dela era quase dele. Sentiu a cama pulsar sob os dois, ouviu a cama cantar. As mãos dela enlouqueceram, voando do pescoço dele para a garganta, para os ombros, para o peito dele, ela começou a se debater sob Vivaldo, tentando se libertar e tentando se aproximar. As mãos dela, por fim, fizeram o que desejavam e agarraram o corpo dele, acariciando, rasgando, queimando. *Vai. Vai.* Ele sentiu um tremor no ventre dela, logo abaixo dele, como se algo ali tivesse se quebrado, e o tremor correu para cima espantosamente, parecendo separar os seios dela, como se Vivaldo a tivesse dividido ao meio de cima a baixo. E ela gemeu. Foi um curioso som de alerta, como se ela estivesse erguendo a mão de frente para o mar. O som do desamparo dela fez com que todo o afeto, a ternura e o desejo que ele sentia voltassem. Estavam quase lá. *Vai vai vai vai. Vai!* Ele começou a galopar em cima dela, gemendo um pouco de alegria, e pela primeira vez sentiu um pouco do frio que vinha do medo de que uma parte tão grande dele, havia tanto tempo amaldiçoada, estivesse agora se purificando. Os gemidos dela deram lugar a soluços e gritos. *Vivaldo. Vivaldo. Vivaldo.* Ela estava à beira do abismo. Ele ficou suspenso, suspenso, se agarrando a ela como ela se agarrava a ele, chamando o nome dela, molhado, ansioso, explodindo, cego. O líquido começou a sair dele como o leve e fraco vazamento que precede desastres nas minas. Sentiu seu rosto todo franzir, sentiu a corrente de ar na garganta e chamou outra vez o nome dela,

com todo o amor que ele sentia disparando, disparando e se der-
ramando dentro dela.

Depois de um longo tempo, ele sentiu os dedos dela em seu
cabelo e olhou-a no rosto. Ela sorria — um sorriso pensativo,
desorientado. "Tire esse seu corpo grande e branco de cima de
mim. Não consigo me mexer."

Ele deu um beijo nela, absolutamente exausto e tranquilo.

"Antes me diga uma coisa."

Ela pareceu manhosa, divertida e irônica; como uma mulher e como uma garotinha tímida. "O que você quer saber?"

Ele sacudiu o corpo dela, rindo. "Vai. Me diz."

Ela deu um beijo na ponta do nariz dele. "Nunca tinha me
acontecido antes... desse jeito, nunca."

"Nunca?"

"Nunca. Quase... mas não, nunca." Depois: "Eu fui boa
pra você?".

"Sim. Sim. Nunca me abandone."

"Deixa eu levantar."

Ele rolou, de costas, e ela se levantou da cama e foi para o
banheiro. Ele olhou o corpo alto, árido, que agora lhe pertencia,
desaparecer. Ouviu a água correndo no banheiro, depois o chuveiro. Adormeceu.

Acordou no começo da tarde. Ida estava em frente ao fogão,
cantando.

If you can't give me a dollar,
Give me a lousy dime...

Ela tinha lavado a louça, limpado a cozinha e pendurado as
roupas dele. Agora estava fazendo café.

Just want to feed
This hungry man of mine.

LIVRO II
A qualquer momento

Por que você não me pega nos
braços e me leva para longe deste lugar solitário?
Joseph Conrad, *Victory*

1

Eric estava sentado, nu, em seu jardim alugado. Moscas zuniam e zumbiam no calor reluzente, e uma abelha amarela voava ao redor de sua cabeça. Eric ficou absolutamente imóvel, depois pegou um cigarro no maço a seu lado e acendeu, esperando que a fumaça afastasse a abelha. A gata branca e preta de Yves espreitava pelo jardim como se estivesse na África, rastejando por baixo das mimosas como uma pantera e saltando no ar.

A casa e o jardim tinham vista para o mar. Lá embaixo da colina, para além da areia e da praia, no estrondoso azul do Mediterrâneo, a cabeça de Yves desaparecia, reaparecia, sumia de novo. Desapareceu totalmente. Eric ficou de pé, olhando para o mar, prestes a correr. Yves gostava de prender a respiração debaixo d'água o maior tempo possível, um teste de resistência que Eric achava sem sentido e, no caso de Yves, assustador. Até que a cabeça de Yves reapareceu, seu braço reluziu. E, mesmo àquela distância, Eric viu que ele estava rindo — ele sabia que Eric o estaria observando do jardim. Yves começou a nadar em direção à praia. Eric sentou. A gata correu e se esfregou em suas pernas.

Era fim de maio. Eles estavam havia mais de dois meses naquela casa. No dia seguinte iam partir. Por um bom tempo, talvez pelo resto de sua vida, Eric não ficaria sentado em um jardim olhando Yves na água. Eles iam pegar o trem para Paris de manhã e, depois de dois dias lá, Yves poria Eric num navio para Nova York. Eric deixaria tudo pronto e depois Yves iria encontrá-lo.

Agora que tudo estava decidido e não havia volta, Eric sentia um medo amargo e feroz. Observou Yves sair da água. O cabelo castanho dele tinha clareado pelo sol e brilhava; seu corpo comprido, resistente, estava marrom como um pão. Ele se abaixou para pegar a sunga escarlate. Depois colocou uma calça jeans velha que tinha roubado de Eric. A calça ficava meio curta nele, mas não tinha importância — Yves não gostava muito dos americanos, mas gostava das roupas deles. Subiu a encosta em direção à casa, o pano vermelho da sunga pendendo de uma mão.

Yves nunca falara em ir para os Estados Unidos nem dera motivo para Eric imaginar que ele desejasse isso. O desejo chegou, ou foi, em todo caso, anunciado, só quando a oportunidade surgiu: Eric aos poucos tinha deixado para trás um estado de quase mendicância, passou a dublar filmes franceses e depois fazer pequenos papéis em filmes americanos produzidos no exterior. Um desses papéis levou a um trabalho na televisão inglesa; e em seguida um diretor de Nova York lhe ofereceu um dos papéis coadjuvantes mais importantes de uma peça na Broadway.

Esse convite obrigou Eric a pensar numa questão que ele evitava havia três anos. Aceitar significava pôr fim à sua temporada europeia; recusar equivalia a transformar essa temporada em exílio. Ele e Yves estavam juntos fazia mais de dois anos e, desde que se conheceram, sua casa era a casa de Yves. Para ser mais preciso e literal, Yves é que tinha ido morar com ele, mas cada um era, para o outro, a casa que cada um havia procurado desesperadamente.

Eric não queria ficar longe de Yves. Mas quando contou que essa havia sido a razão para decidir recusar o convite, Yves olhou para ele com malícia e suspirou. "Então você devia ter recusado de cara e nunca ter me contado sobre o convite. Você está sendo sentimental — e até meio covarde, não? Você jamais vai fazer uma *carrière* aqui na França, você sabe tão bem quanto eu. Você só vai ficar cada vez mais velho e infeliz, vai tornar a minha vida um inferno e daí *eu* vou abandonar *você*. Mas você pode virar um grande astro, eu acho, se aceitar esse papel. Você não ia gostar disso?"

Ele fez uma pausa, sorrindo, Eric encolheu os ombros, depois corou. Yves riu.

"Você é tão bobo!" Depois: "Eu também tenho sonhos que nunca te contei". Ele continuava sorrindo, mas seus olhos tinham uma expressão que Eric já conhecia. Era o olhar de um aventureiro experiente e competente, tentando decidir entre dar o bote em sua presa ou atraí-la para uma armadilha. Essas decisões tinham que ser rápidas, por isso aquele também era o olhar de alguém que já estava irresistivelmente indo na direção daquilo que desejava; daquilo que certamente teria. Essa expressão sempre assustava um pouco Eric. Parecia não pertencer ao rosto de vinte e um anos de Yves, não ter relação com seu sorriso franco, infantil, com seu jeito brincalhão de filhotinho, com o ardor adolescente com que ele abraçava, e depois rejeitava, pessoas, doutrinas, teorias. Essa expressão tornava seu rosto extremamente amargo, profundamente cruel, atemporal; nesses momentos, a natureza, a ferocidade, de sua inteligência concentrava-se nos olhos; a extraordinária austeridade de sua testa alta prefigurava sua maturidade e seu declínio.

Ele tocou de leve no cotovelo de Eric, como faz uma criança muito nova.

"Não faço questão de ficar aqui", disse, "neste país miserável, neste mausoléu. Vamos pra Nova York. Vou fazer meu futuro lá. Não tem futuro aqui pra um garoto como eu."

A palavra "futuro" estremeceu Eric de leve, ele recuou um pouco.

"Você vai odiar os Estados Unidos", disse com veemência. Yves olhou surpreso para ele. "Com que tipo de futuro você sonha?"

"Tenho certeza que existe alguma coisa que eu possa fazer lá", Yves disse, teimoso. "Posso achar meu caminho. Você acha mesmo que eu quero você me protegendo para sempre?" E por um instante pensou em Eric como se eles fossem inimigos ou desconhecidos.

"Eu não sabia que você se incomodava de ser... *protegido*... por mim."

"*Ne te fâche pas*. Eu não me importo; se me importasse, já tinha ido embora." Ele sorriu e disse de um jeito gentil, razoável: "Mas isto não vai durar pra sempre, e eu também sou um *homem*".

"*O que* não vai durar pra sempre?" Mas ele sabia do que Yves estava falando, e sabia que era verdade.

"Ora", disse Yves, "a minha juventude. Ela não vai durar para sempre." Depois ele sorriu. "Eu sempre soube que você ia voltar para o seu país um dia. Então que seja agora, enquanto você ainda gosta de mim e eu posso te seduzir pra você me levar junto."

"Você não passa de um sedutorzinho mesmo", disse Eric. "Essa é a verdade."

"Ah", disse Yves, maldoso, "com você foi fácil." Depois olhou sério para Eric. "Então está decidido." Não era uma pergunta. "Acho que eu devia ir visitar a vagabunda da minha mãe e contar que ela nunca mais vai me ver."

Seu rosto ficou sério e sua boca grande, mais amarga. A mãe dele trabalhava como garçonete num bistrô quando os alemães chegaram a Paris. Yves tinha cinco anos e o pai estava desaparecido fazia tanto tempo que Yves mal se lembrava dele. Mas se lembrava de ver a mãe com os alemães.

"Ela era realmente uma *putain*. Lembro de ficar várias vezes sentado no café, olhando ela. Ela não sabia que eu estava olhando... bom, gente velha acha que as crianças nunca estão olhando. O balcão era muito longo e curvo. Eu sempre ficava sentado atrás dele, na ponta, depois da curva. Tinha um espelho em cima e eu conseguia ver os alemães pelo espelho. Eu via os alemães no balcão. Eu me lembro dos uniformes e do brilho das botas de couro. Eles eram sempre extremamente *corretos*... não como os americanos que vieram depois. Ela estava sempre sorrindo e se movimentava muito rápido. Sempre tinha alguém com a mão nela... no peito, na perna. Sempre tinha um homem na nossa casa, o exército alemão inteiro vinha o tempo todo. Que povo horroroso."

Depois, como se desse à mãe o direito a um possível julgamento justo, ainda que relutante:

"Mais tarde ela vem e diz que faz isso por mim, que se não tivesse sido assim a gente não ia ter o que comer. Mas eu não acredito nisso. Acho que ela gostava daquilo. Acho que ela sempre foi uma puta. Ela sempre fez as coisas assim. Quando os americanos chegaram, ela achou um oficial bonitão. Ele era legal comigo, tenho que admitir... Tinha um filho nos Estados Unidos que ele só tinha visto uma vez, e fingia que *eu* era o filho dele, embora eu fosse muito mais velho que o menino. Ele me fez querer ter tido um pai, *um* pai, principalmente" — ele sorriu — "um pai americano, que gostasse de comprar coisas pra mim e que me carregasse nos ombros pra todo lado. Fiquei triste quando ele foi embora. Tenho certeza que foi ele que não deixou rasparem a cabeça dela, como ela merecia. Ela contava tudo quanto é mentira sobre o trabalho dela na Resistência. *Quelle horreur!* Aquele tempo não foi nada bonito. Muitas mulheres tiveram a cabeça raspada, às vezes por nada, sabe, só porque eram bonitas ou porque alguém tinha inveja ou porque elas se recusavam a dormir com alguém. Mas não a minha mãe. *Nous, nous étions tranquille avec notre petit officier*, nossos bifes e nossos chocolates."

Depois, com uma risada:

"Hoje ela é dona do bistrô onde trabalhava. Está entendendo que tipo de mulher ela é? Eu nunca vou lá."

Isso não era inteiramente verdade. Ele havia fugido da mãe com quinze anos. Ou, mais exatamente, os dois tinham negociado uma trégua peculiar, em que ele não causaria problemas para ela — ou seja, evitaria problemas legais — e ela não causaria problemas para ele — ou seja, não usaria o fato de ele ser menor de idade para permitir que as autoridades o controlassem. Assim Yves viveu de seus pequenos ardis nas ruas de Paris, como um semi-*tapette* e como um *rat d'hôtel* até conhecer Eric. E durante todo esse tempo, com grandes intervalos, ele visitava a mãe — ou quando estava bêbado, ou quando não aguentava mais de fome, ou quando não aguentava mais de tristeza; melhor dizendo, ele visitava o bistrô, que agora estava bem diferente. O longo balcão curvo havia sido substituído por um longo balcão reto. Havia espirais de neon no teto e acima dos espelhos. Havia mesas pequenas de plástico, de cores brilhantes, e cadeiras de plástico brilhantes, em vez das mesas e cadeiras de madeira de que Yves se lembrava. Agora havia um jukebox no lugar onde os soldados mexiam desajeitadamente nos jogadores de futebol de metal do pebolim; havia cartazes da Coca-Cola, e havia Coca--Cola. O chão de madeira tinha sido coberto por plástico preto. Só o banheiro continuava igual, um buraco no chão com laterais para apoiar os pés e jornais rasgados pendurados em uma corda. Yves ia ao bistrô sem notar nada, em busca de algo que havia perdido, mas que não estava mais lá.

Ele se sentava no antigo canto, que não existia mais, e observava a mãe. O cabelo que tinha sido castanho exibia agora a vitalidade química de um laranja improvável. A silhueta antes magra começava a encorpar, a se expandir e a murchar. Mas a risada seguia a mesma, e ela ainda dava a impressão, numa espécie de desamparo impetuoso e abatido, de estar buscando e se esquivando das mãos dos homens.

No fim, ela ia até o canto do bar onde ele estava.

"*Je t'offre quelque chose, M'sieu?*" Com um sorriso fulgurante, forçado, melancólico.

"*Un cognac, Madame.*" Com um sorriso seco e o esboço de uma reverência sardônica. Quando ela estava na metade do caminho, ele gritava. "*Un double!*"

"*Ah! Bien sûr, M'sieu.*"

Ela levava a bebida dele e uma pequena para ela, e ficava olhando para ele. Os dois brindavam, batendo os copos.

"*A la vôtre, Madame.*"

"*A la vôtre, M'sieu.*"

Mas às vezes ele dizia:

"*A nous amours.*"

E ela repetia, seca:

"*A nous amours!*"

Eles bebiam em silêncio por alguns instantes. Depois ela sorria.

"Você está ótimo. Ficou muito bonito. Estou orgulhosa de você."

"Por que você ficaria orgulhosa de mim? Sou um imprestável. É verdade que eu sou bonito, e é assim que eu ganho a vida." Ele olhou para ela. "*Tu comprends, hein?*"

"Se for para você falar desse jeito, não quero saber nada, nada, da sua vida!"

"Por que não? É exatamente igual à sua quando você era nova. Ou até agora mesmo, como é que eu vou saber?"

Ela bebeu um gole do conhaque e ergueu o queixo. "Por que você não volta? Você pode ver com os próprios olhos que o bar está indo bem, você ia ter numa situação boa. *Et puis...*"

"*Et puis quoi?*"

"Eu já não sou tão nova, seria *un soulagement* se meu filho e eu pudéssemos ser amigos."

Yves riu. "Você precisa de amigos? Vai desenterrar uns daqueles que você enterrou pra ficar com este bar. Amigos! *Je veux vivre, moi!*"

"Ah, você é um ingrato." Às vezes, enquanto dizia isso, ela esfregava os olhos com um lenço.

"Não se preocupe mais comigo, você sabe o que eu penso de você, volte para os seus clientes." E a última palavra havia sido lançada contra a mãe, como uma maldição; às vezes, se estivesse suficientemente bêbado, haveria lágrimas nos olhos dele.

Ele esperava a mãe andar até o meio do bar e gritava:

"*Merci, pour le cognac, Madame!*"

E ela se virava, com uma ligeira reverência, dizendo: "*De rien, M'sieu*".

Eric foi uma vez com ele e até gostou da mãe de Yves, mas eles nunca voltaram lá. E quase não falavam sobre isso. Havia alguma coisa oculta por trás daquilo que Yves não queria ver.

Agora Yves pulou por cima da mureta de pedra e entrou no jardim, sorrindo.

"Você devia ter ido pra água comigo, foi maravilhoso. Nadar ia fazer muito bem pro seu corpo; você tem noção de como está ficando gordo?"

Ele deu uma chicotada com a sunga na barriga de Eric e sentou no chão ao lado dele. A gata se aproximou cautelosamente, cheirando os pés de Yves como se investigasse alguma monstruosidade pré-histórica, e Yves a pegou, segurando-a contra o ombro e fez carinho nela. A gata fechou os olhos e começou a ronronar.

"Viu como ela me ama? Pena ter que deixar o bichinho aqui. Deixa eu levar ela com a gente pra Nova York."

"Levar *você* pros Estados Unidos já vai ser uma dor de cabeça, meu amor, não vamos inventar mais problemas. Além disso, Nova York está cheia de gatos vira-latas. E de latas." Ele disse isso de olhos fechados, banhado pelo sol, pelos cheiros do jardim e pelos cheiros escuros e salgados de Yves. As crianças da casa próxima dali ainda estavam na praia; dava para ouvir suas vozes.

"Você não gosta dos bichinhos. Ela vai sofrer horrores quando a gente for embora."

"Ela supera. Gatos são muito mais fortes do que humanos."

Ele continuou de olhos fechados. Sentiu que Yves se virou e olhou para ele.

"Por que você está tão aflito de ir pra Nova York?"

"Nova York é um lugar muito confuso."

"Eu não tenho medo de confusão." Ele tocou de leve no peito de Eric e Eric abriu os olhos. Olhou para cima e viu o rosto sério, bronzeado, carinhoso de Yves. "Mas *você* tem. Está com medo de alguma encrenca em Nova York. Por quê?"

"Eu não estou com *medo*, Yves. Mas eu *tenho* um monte de encrencas lá."

"A gente também teve várias aqui", disse Yves com seu jeito sério, abrupto e quase sempre chocante, "e a gente deu a volta por cima, e agora a gente está melhor do que nunca, eu acho, não é?"

"Sim", disse Eric devagar, e observou o rosto de Yves.

"Bom, então, de que adianta ficar preocupado?" Ele tirou o cabelo de Eric da testa. "A sua testa está quente. Você está há muito tempo no sol."

Eric segurou a mão dele. A gata saltou para longe. "Meu Deus. Eu vou sentir sua falta."

"É por pouco tempo. Você vai estar ocupado e eu vou chegar a Nova York antes de você perceber que a gente estava longe." Ele sorriu e pôs o queixo no peito de Eric. "Me conte sobre Nova York. Você tem muitos amigos lá? Muitos amigos *famosos?*"

Eric riu. "Não tenho muitos amigos famosos, não. Não sei nem se *tenho* amigos lá hoje em dia. Faz muito tempo que eu fui embora."

"Quem eram os seus amigos quando você foi embora?" Ele sorriu de novo e esfregou o rosto no rosto de Eric. "Garotos como eu?"

"Não *existem* garotos como você. Graças a Deus."

"Você quer dizer bonitos como eu? Ou tão ardentes?"

Eric colocou as mãos nos ombros cheios de sal e areia de Yves. Ouviu as vozes das crianças vindo do mar e o zumbido e o ressoar no jardim. "Não. Tão impossíveis quanto você."

"Claro, agora que você está pra ir embora você me acha impossível. Em que sentido?"

Ele puxou Yves para perto. "Em todos os sentidos."

"*C'est dommage. Moi, je t'aime bien.*"

Essas palavras foram sussurradas no ouvido dele e os dois ficaram imóveis por um instante. Eric quis perguntar: é verdade? Mas sabia que era. Talvez não soubesse o que aquilo significava, porém quanto a isso Yves não tinha o que fazer. Só o tempo poderia ajudar, o tempo que revela todos os segredos, apenas com a inexorável condição, até onde ele sabia, de que o segredo já não fosse útil.

Ele pôs os lábios nos ombros de Yves e sentiu o gosto do sal do Mediterrâneo. Pensou em seus amigos — que amigos? Ele não tinha certeza de que realmente havia sido amigo de Vivaldo ou de Richard, ou de Cass; e Rufus estava morto. Não lembrava quem, muito, muito tempo depois da morte, tinha lhe dado a notícia — provavelmente fora Cass. Dificilmente teria sido Vivaldo, que não ficava muito à vontade com o que sabia da relação entre Eric e Rufus — sabia sem querer admitir que sabia; e com certeza não teria sido Richard. Ninguém, de qualquer modo, lhe escrevia com muita frequência; ele não queria saber o que se passava com as pessoas de quem tinha fugido; e achava que elas sempre arranjavam uma maneira de se proteger das notícias sobre ele. Não, de todos, Rufus tinha sido seu único amigo. Rufus o tinha feito sofrer, mas havia se arriscado a conhecê-lo. E quando a dor de Eric diminuiu, e Rufus estava longe, Eric só se lembrou da alegria que em alguns momentos eles haviam compartilhado, do timbre de voz de Rufus, de seu andar sincopado, de passos largos, cheio de marra, de seu sorriso, do modo como segurava o cigarro, do modo como jogava a cabeça para trás quando ria. Havia alguma coisa em Yves que lembrava Rufus — alguma coisa em seu sorriso confiante e em sua vulnerabilidade corajosa, firme.

Ele soube numa quinta-feira. Chovia forte, Paris inteira flutuava, cinzenta. Ele estava sem nenhum tostão naquele dia, esperando um pagamento misteriosamente preso nas teias burocráticas da indústria cinematográfica francesa. Ele e Yves haviam acabado de fumar juntos os últimos cigarros, e Yves saíra para tentar um empréstimo com um banqueiro egípcio que teve uma quedinha por ele. Na época Eric morava na Rue de la Montagne Ste. Geneviève, e subiu a ladeira, na enchente, com a cabeça descoberta, água escorrendo pelo nariz, pelos cílios, atrás das orelhas, pelas costas, encharcando os bolsos da capa de chuva, onde ele tinha cometido o erro de colocar os cigarros. Ele praticamente sentia os cigarros se desintegrando na escuridão úmida e suja do bolso, e sua mão escorregadia mal servia como proteção. Estava numa espécie de torpor desesperado e queria simplesmente chegar em casa, tirar a roupa e ficar na cama até que o socorro chegasse; o socorro provavelmente seria Yves com dinheiro para comprar sanduíches; seria o suficiente para permitir que eles enfrentassem mais um dia horroroso.

Atravessou o grande pátio e começou a subir os degraus de seu prédio; atrás dele, perto do *porte-cochère*, a campainha da *loge* da concierge soou, e ela o chamou pelo nome.

Ele voltou, torcendo para que ela não fosse perguntar pelo aluguel. Ela ficou na porta, com uma carta na mão.

"Isto acabou de chegar", ela disse. "Achei que podia ser importante."

"Obrigado", ele disse.

Ela também tinha esperança de que ali estivesse o dinheiro que ele estava aguardando, mas mesmo assim fechou a porta. Era quase hora do jantar e ela estava cozinhando; na verdade, parecia que a rua inteira estava cozinhando, e as pernas dele ameaçaram falhar.

Ele não prestou muita atenção na parte de fora do envelope, porque a única coisa que passava por sua cabeça era o cheque obstinado, e ele não estava esperando nenhum cheque dos Estados Unidos, que era de onde vinha a carta; enfiou-a no bolso sem ler, atravessou o pátio e subiu para seu quarto. Lá, colocou a carta sobre a mesa, se secou, tirou a roupa e se deitou sobre as cobertas. Depois colocou os cigarros para secar, acendeu o mais seco deles e olhou de novo para a carta. Parecia uma carta totalmente comum até o parágrafo que começava com *Nós todos gostávamos muito dele, e eu sei que você também gostava* — sim, devia ter sido a Cass quem tinha escrito. Rufus havia morrido, se suicidado. Rufus estava morto.

Garotos como eu? Yves tinha provocado. Como ele poderia dizer, hoje, ao garoto que estava a seu lado alguma coisa sobre Rufus? Levou um bom tempo para se dar conta de que um dos motivos para Yves ter mexido tanto com seu coração era por lembrar Rufus de algum jeito, em algum lugar. E só há pouco tempo, agora, às vésperas de ir embora, ele começou a se dar conta de que parte do imenso poder que Rufus teve sobre ele estava relacionada ao passado que Eric tinha enterrado em algum canto profundo, obscuro; estava ligado a ele mesmo, no Alabama, *quando eu era apenas uma criança*; com pessoas brancas e frias e com pessoas negras e calorosas, calorosas pelo menos para ele, e tão necessárias quanto o sol que agora banhava seu corpo e o do seu amor. Deitado agora neste jardim, tão quente, coberto e apreensivo, ele as viu nas ruas angulosas e resplandecentes de sua infância, nas casas fechadas, nos campos. Elas riam de modo diferente das outras pessoas, era a impressão que ele tinha, se movimentavam com mais beleza e mais violência, e cheiravam como coisas boas dentro do forno.

Mas será que ele amou Rufus? Ou foi apenas raiva, nostalgia e culpa? E vergonha? Tinha sido ao corpo de Rufus que ele havia se agarrado, ou aos corpos de homens negros, vistos rapidamente, em algum lugar, num jardim ou numa clareira, há muito tempo, suor escorrendo pelo peito e pelos ombros chocolate, as vozes soando, os belos suportes atléticos brancos contra a pele, um deles com a cabeça inclinada para trás antes do mergulho — a água espirrando, escorrendo, cantando corpo abaixo! —, um com o braço erguido, apontando o machado para a base de um tronco? Certamente ele nunca conseguiu convencer Rufus de que o amava. Talvez Rufus tivesse olhado em seus olhos e enxergado os homens negros que Eric via, e talvez o tenha odiado por isso.

Ele estava absolutamente quieto, sentindo o peso imóvel e confiante de Yves, sentindo o sol.

"Yves...?"

"*Oui, mon chou?*"

"Vamos entrar. Acho que quero um banho e um drinque. Estou começando a ficar grudento."

"*Ah, les américains avec leur* drinques! Com certeza eu vou virar alcoólatra em Nova York." Ele ergueu a cabeça e deu um beijo rápido na ponta do nariz de Eric e se levantou.

Ele ficou entre Eric e o sol; seu cabelo muito brilhante, seu rosto na sombra. Olhou para baixo, para Eric, e sorriu.

"*Alors tu es toujours prêt, toi, d'après ce que je vois.*"

Eric riu. "*Et toi, salaud?*"

"*Mais moi, je suis français, mon cher, je suis pas puritain, fort heureusement. T'aura du te rendre compte d'ailleurs.*" Ele puxou Eric para pô-lo de pé e bateu com a sunga vermelha na bunda dele. "*Viens.* Tome seu banho. Acho que a gente não tem quase nada pra beber, vou de bicicleta até a vila. O que você quer que eu compre?"

"Uísque?"

"Claro, já que é o mais caro. Vamos comer em casa ou fora?"

Eles entraram em casa com os braços em volta um do outro.

"Tente trazer a Madame Belet pra preparar alguma coisa pra gente."

"O que você quer comer?"

"Tanto faz. O que você quiser."

A casa era comprida e baixa, feita de pedras, e muito fria e escura depois do calor e da luminosidade da cozinha. A gata foi atrás dos dois e agora murmurava insistentemente aos pés deles.

"Acho que vou dar comida pra ela antes de ir. Só um minuto."

"Ela não pode estar com fome de novo, ela come o tempo todo", disse Eric. Mas Yves já estava preparando a comida da gata.

Eles entraram pela cozinha, Eric a atravessou, depois atravessou a sala de jantar, foi para o quarto e se jogou na cama. O quarto também tinha uma porta para o jardim. As mimosas roçavam na janela e mais adiante havia duas ou três laranjeiras com pequenas laranjas rijas, parecidas com enfeites de árvores de Natal. Também havia oliveiras no jardim, mas fazia muito tempo que ninguém cuidava delas; não valia a pena colher as azeitonas.

O texto da nova peça estava em cima da mesa de madeira, a qual, junto com a lareira da sala de jantar, tinha sido um dos motivos que os convenceram a alugar a casa; sobre a mesa, também, havia uns poucos livros, exemplares de Yves de Blaise Cendrars, Jean Genet e Marcel Proust, exemplares de Eric de A *preparação do ator*, *As asas da pomba* e *Filho nativo*. O bloco de desenhos de Yves estava no chão. No chão também havia os tênis, as meias e a cueca dele, tudo isso em volta da camisa polo, da sandália e do calção de banho de Eric — menos explícito e mais sombrio do que a sunga de Yves, assim como o próprio Eric era menos explícito e mais sombrio do que Yves.

Yves entrou ruidosamente no quarto.

"Você vai tomar banho ou não?"

"Vou. Já, já."

"Bom, então vá logo. Estou indo, volto num minuto."

"Conheço esses seus minutos. Tente não ficar muito bêbado com os nativos." Ele sorriu e se levantou.

Yves pegou a meia no chão, calçou, colocou o tênis e um blusão azul desbotado. "Ah. *Celui-là, je te jure.*" Tirou um pente do bolso e passou pelo cabelo, que ficou mais desgrenhado ainda.

"Vou com você até a bicicleta."

Eles passaram pelas mimosas. "Não demore", disse Eric; sorrindo, olhando para Yves.

Yves pegou a bicicleta. "Volto antes de você se enxugar." Ele passou com a bicicleta pelo portão e foi para a rua. Eric ficou no jardim, observando. A luz ainda estava forte, mas, como costuma suceder misteriosamente com a luz do sul, ela se concentrava antes de ir embora, o que não ia demorar a acontecer. O mar já parecia mais escuro.

Depois de passar pelo portão, Yves não olhou para trás. Eric voltou para dentro da casa.

Entrou no chuveiro, que ficava fora do quarto. Girou as torneiras e a água caiu com força em seu corpo, primeiro fria demais, e ele se forçou a aguentar, depois quente demais; girou as torneiras até a água ficar mais suportável. Eric se ensaboou, pensando se estava mesmo engordando. A barriga parecia firme o suficiente, mas ele sempre tivera tendência a ser gordinho e meio quadrado; ainda bem que em breve, em Nova York, ele voltaria para a academia. E pensar em academia enquanto a água caía em seu corpo — ele estava sozinho com seu corpo e a água — fez com que muitas coisas dolorosas e enterradas voltassem à tona. Agora que o fim de sua fuga se aproximava de maneira inexorável, uma luz surgiu, uma luz vinda de trás, realçando todos os seus medos.

E que medos eram esses? Eles estavam enterrados embaixo da linguagem impossível daquela época, viviam no subterrâneo onde quase todo sentimento verdadeiro daqueles anos fermentava de modo vingativo e incessante. Exatamente por serem impossíveis de expressar, esses medos eram poderosos; exatamente por viverem na escuridão, suas formas eram obscenas. E já que o gosto pelo obsceno é universal, e o apetite pela realidade é raro e de difícil cultivo, Eric quase havia sucumbido no porão de sua vida privada. Ou, mais precisamente, de suas fantasias.

Essas fantasias começaram como fantasias de amor e, de forma imperceptível, foram se transformando em fantasias de violência e de humilhação. Quando pequeno, ele era muito solitário, já que a mãe, uma liderança local, estava sempre ocupada com clubes, banquetes, discursos, propostas, manifestos, sempre flutuando em um mar de chapéus floridos; e o pai, praticamente submerso nessa maré cintilante e estrondosa, fez de seu lar o banco e o campo de golfe, as cabanas de caça e as mesas de pôquer. Parecia haver muito pouco em comum entre o pai e a mãe, muito pouco, isto é, além do hábito, da cortesia e da coação; talvez tenham amado o filho, mas isso jamais foi real para ele, uma vez que era evidente que os dois não amavam um ao outro. Ele adorava a cozinheira, uma negra chamada Grace que lhe dava comida e surra, broncas e carinhos e que secava as lágrimas dele, raramente vistas por outra pessoa da casa. Mas, ainda mais do que Grace, ele adorava o marido dela, Henry.

Henry era mais novo, ou parecia mais novo, que a mulher. Ele era uma provação para Grace, e provavelmente para todos, pois bebia demais. Era o faz-tudo, e uma de suas tarefas era cuidar da caldeira. Eric ainda se lembrava da aparência e do cheiro da cintilante sala da caldeira, das sombras vermelhas da caldeira se movendo nas paredes e do cheiro pegajoso e doce do hálito de Henry. Eles passaram muitas horas juntos ali, Eric sentado em uma caixa, Henry com a mão no pescoço ou no ombro de Eric. A voz dele caía sobre Eric como ondas que passavam segurança. Ele era cheio de histórias. Contou a história de como havia conhecido Grace e a tinha seduzido, e de como (era o que supunha) convenceu Grace a se casar com ele; contou histórias de gente da sua parte da cidade, de pastores e dos que apostavam em jogos de azar — eles pareciam, na parte da cidade onde ele morava, ter muito em comum, e muitas vezes pareciam ser a mesma pessoa —, sobre como ele tinha sido mais esperto do que aquele e do que aquele outro, e de como, uma vez, conseguiu escapar de ser condenado a trabalhos forçados. (E explicou a Eric o que eram trabalhos forçados.) Uma vez Eric entrou na sala da caldeira e Henry estava sentado sozinho; quando ele falou, Henry não respondeu; e quando ele se aproximou, colocando a mão no joelho de Henry, as lágrimas do sujeito queimaram as costas de sua mão. Eric não lembrava mais o motivo das lágrimas de Henry, mas jamais se esqueceria do espanto que sentiu ao tocar no rosto de Henry, ou a sensação que o corpo trêmulo de Henry causou nele. Ele se atirou nos braços de Henry, quase soluçando também, mas sábio o suficiente para conter as próprias lágrimas. Ele estava dominado por uma raiva doída e impossível de expressar do que havia feito Henry sofrer. Foi a primeira vez que sentiu o braço de um homem em torno de si, a primeira vez que sentiu o peito e a barriga de um homem; ele tinha dez ou onze anos. Eric ficou terrivelmente assustado, assustado de um modo obscuro e profundo, mas não tinha ficado, como ficaria claro com o passar dos anos, assustado o suficiente. Sabia que o que havia sentido era de algum modo errado e que devia ser mantido em segredo; mas achava que aquilo era errado porque Henry era adulto e negro, e ele, um menininho branco.

Henry e Grace acabaram sendo postos para fora por algum erro ou alguma transgressão cometida por Henry. Como os pais de Eric nunca gostaram daquelas sessões na sala da caldeira, Eric sempre suspeitou que esse tivesse sido o motivo da expulsão de Henry, o que aumentou ainda mais sua hostilidade contra os pais. Em todo caso, ele vivia sua vida longe deles, na escola durante o dia e à noite diante do espelho, vestindo as roupas da mãe ou qualquer retalho colorido que tivesse conseguido encontrar, fazendo pose e, num sussurro, declamando. Ele sabia que isso também era errado, embora não soubesse dizer por quê. Àquela altura, no entanto, sabia que tudo que ele fazia era errado aos olhos dos pais e aos olhos do mundo e que, portanto, tudo devia ser mantido em segredo.

O problema de uma vida em segredo é que muitas vezes ela é um segredo para a pessoa que a vive, mas passa longe de ser um segredo para quem ela encontra pelo caminho. Ela encontra, pois *precisa* encontrar, pessoas que enxergam seu segredo antes de qualquer outra coisa e que extraem dela esses segredos; às vezes com o intuito de usá-los contra ela, às vezes com intenções mais benévolas; mas, seja qual for a intenção, o momento é horrível e as revelações que se acumulam são de uma angústia indizível. O objetivo de um sonhador, no final das contas, é meramente continuar sonhando, e não ser incomodado pelo mundo. Seus sonhos são sua proteção contra o mundo. Mas os objetivos da vida são a antítese dos objetivos do sonhador, e os dentes da vida são afiados. Como Eric poderia saber que suas fantasias, independentemente do tamanho da dificuldade que sentia para interpretá-las, estavam inscritas em cada um de seus gestos, eram traídas em cada inflexão de sua voz e viviam em seus olhos com todo o brilho, a beleza e o terror do desejo? Ele sempre tinha sido um menino forte, saudável, tinha brincado como os outros meninos, brigado como eles, fez amigos e inimigos, pactos secretos e planos grandiosos. No entanto, nenhum dos amigos com quem ele havia brincado se sentou com Henry na sala da caldeira nem beijou o rosto salgado de Henry. Eles não tinham, debaixo do peso de chapéus, vestidos, bolsas, cintos, brincos, capas e colares abandonados, se transformado em personagens imaginários depois que todo mundo na casa tinha ido dormir. Nem poderiam, ainda que se esforçassem ao máximo, imaginar as pessoas em que ele, na privacidade da noite, se tornava: as amigas da mãe ou a mãe — a mãe como ele imaginava que ela tinha sido quando jovem, as amigas da mãe como ela era hoje; heroínas e heróis dos romances que ele lia e dos filmes que via; ou gente que ele simplesmente criava em sua fantasia com os trapos ao seu alcance. Sem dúvida, na escola, o menino com quem ele lutava não sentia as pontadas estranhas de terror e prazer que Eric sentia quando os dois se agarravam, quando um menino prendia o corpo do outro no chão; e quando Eric notava as meninas, notava principalmente as roupas e o cabelo delas; para ele, elas não eram, como os meninos, criaturas que tinham uma hierarquia, a serem adoradas, temidas ou desprezadas. Nenhum deles olhava para o outro da maneira como ele olhava para todos eles. Seus sonhos eram diferentes — sutil, cruel e criminalmente diferentes: ele ainda não sabia disso, mas sentia. Ele era ameaçado de um jeito que eles não eram, e talvez essa sensação e o instinto que leva as pessoas a se afastar dos condenados tenham sido os responsáveis pela distância insuperável, que ficava maior a cada ano, entre ele e seus contemporâneos.

E, claro, no caso de Eric, no Alabama, seu isolamento e sua estranheza cada vez maiores eram vistos, até por ele mesmo, como resultado da extrema impopularidade de suas atitudes raciais — ou, melhor, da falta de qualquer atitude racial responsável no mundo onde ele circulava. A cidade onde Eric morava tinha fama de rica, mas não era muito grande; do ponto de vista de Eric, o Sul com certeza não era muito grande, como veio a confirmar, pelo menos não grande o bastante para ele; ele era o filho único de uma família muito importante. Assim, não demorou para que, toda vez que ele aparecia em algum lugar, as cabeças começassem a balançar, os lábios a se contrair, as línguas a enrijecer ou, então, a se torcer cheias de violência e veneno quando diziam seu nome. Era também o nome do pai dele, e Eric, assim, o tempo todo e desde cedo, se deparou com a odiosa adulação de gente que o desprezava, mas não ousava dizê-lo. Fazia muito tempo que haviam desistido de dizer qualquer coisa que realmente sentissem, tinham desistido fazia tanto tempo que hoje eram incapazes de sentir qualquer coisa que não fosse o sentimento da multidão.

Agora Eric saiu do chuveiro esfregando o corpo com uma enorme toalha branca e áspera que Yves havia deixado para ele no banheiro. Yves não gostava de chuveiro, preferia banhos demorados e escaldantes, com jornais, cigarros e uísque em uma cadeira ao lado da banheira, e com Eric por perto para conversar, passar xampu em seu cabelo e esfregar suas costas. Pensar na opulência oriental que tomava conta de Yves a cada banho fez Eric sorrir. Sorriu, mas também estava perturbado. E enquanto vestia o roupão o formigamento que sentiu pelo corpo teve menos a ver com a toalha e com a água de colônia do que com a imagem, subitamente irresistível, de Yves se reclinando na banheira, assobiando, segurando a toalhinha de mão que usava para limpar o rosto, um olhar tranquilo, sonhador, seu sexo reluzindo e balançando na água cheia de sabão como um peixe mole e cilíndrico; também teve a ver com uma lembrança, para a qual essa imagem servia como uma porta de entrada, daquele momento, quase quinze anos antes, quando ele finalmente sentiu o golpe inexorável, e sua vergonha e seu exílio tiveram início. Em seguida viu que o frasco estava vazio e o jogou no cesto de lixo. Acendeu um cigarro e foi sentar numa cadeira perto da janela, de frente para o mar. O sol se punha e o mar estava em chamas.

O sol também estava se pondo naquele dia distante, um domingo, um dia quente. Os sinos da igreja tinham parado e o silêncio do Sul flutuava pesado sobre a cidade. As árvores ao longo das calçadas não faziam sombra. As casas brancas, com suas portas inexpressivas, e as varandas de sombras negras pareciam lutar contra o sol, labutando e estremecendo sob a luz implacável. De vez em quando, passando por uma varanda, era possível distinguir em suas profundezas uma silhueta imóvel, toldada, sem rosto. As incontáveis criancinhas negras brincavam no insuperável chão de terra — por onde Eric andava naquele dia, numa estrada vicinal, perto dos limites da cidade, com um garoto negro. Seu nome era LeRoy, ele tinha dezessete anos, um a mais que Eric, e trabalhava como porteiro no tribunal. Ele era alto, muito escuro e taciturno; Eric sempre tentava adivinhar no que ele estava pensando. Eram amigos fazia muito tempo, desde a época em que de Henry havia sido mandado embora. Mas agora a amizade deles, o esforço para dar continuidade a uma ligação impossível, se transformava num fardo para os dois. Teria sido mais simples — talvez — se LeRoy trabalhasse para a família de Eric. Então tudo seria permitido, seria encoberto pela suposição de que Eric era responsável pela sua criança negra. Mas, do jeito que as coisas eram, seria suspeito, indecente, um garoto branco, principalmente da classe social e com a reputação problemática de Eric, "correr", como Eric de fato fazia, atrás de alguém inferior a ele. A única opção de Eric era correr, insistir — LeRoy com certeza não podia ir visitá-lo.

No entanto havia algo de humilhante na posição dele; ele sentia isso de modo contundente e profundamente triste, e sabia que LeRoy também sentia. Eric não sabia, ou talvez não quisesse saber, que tornava a vida de LeRoy mais difícil e mais perigosa — pois LeRoy era considerado "mau", ou seja, alguém que não demonstrava o devido respeito pelos brancos. Eric não sabia, embora LeRoy evidentemente soubesse, o que toda a cidade já insinuava sobre ele. Eric não imaginava, embora LeRoy soubesse muito bem, que os negros também não gostavam dele. Suspeitavam dos motivos de seu jeito cordial. Procuraram o motivo mais baixo e obviamente encontraram.

Por isso, pouco antes, quando Eric surgiu na estrada, mãos nos bolsos, um assobio rouco e desafinado nos lábios, LeRoy saltou da varanda de sua casa e foi ao seu encontro, andando na direção de Eric como se ele fosse um inimigo. Da varanda de LeRoy veio um risinho, rapidamente abafado; uma porta bateu; todos os olhos da rua estavam voltados para eles.

Eric gaguejou: "Só passei pra ver o que você estava fazendo".

LeRoy cuspiu na estrada poeirenta. "Não tô fazendo nada. E você não tem nada pra fazer?"

"Quer dar uma volta?", Eric perguntou.

Por um instante realmente pareceu que LeRoy iria recusar, pois fez uma careta ainda mais feia. Depois um sorriso sutil tocou seus lábios. "Tá. Mas não posso ir muito longe. Preciso voltar."

Eles começaram a andar. "Quero ir embora desta cidade", Eric disse de repente.

"Também quero", disse LeRoy.

"Quem sabe a gente podia ir juntos pro Norte?", Eric disse depois de um instante. "Onde você acha melhor? Nova York? Chicago? Ou talvez San Francisco?" Ele pensou em dizer Hollywood, porque tinha uma noção vaga de que queria ser um astro de cinema. Mas não conseguia imaginar LeRoy como astro de cinema, e ele não queria ter nada que LeRoy não pudesse ter.

"Não posso ficar pensando em sair daqui. Preciso cuidar da minha mãe e dos meninos." Ele olhou para Eric e riu, mas não foi um riso totalmente prazeroso. "Nem todo mundo tem pai banqueiro, sabia?" Ele pegou uma pedrinha e jogou numa árvore.

"Merda, meu velho não me dá dinheiro. Com certeza não vai me dar dinheiro pra ir pro Norte. Ele quer que eu fique aqui mesmo."

"Um dia ele morre, Eric, aí ele vai ter que deixar tudo pra alguém, e pra quem você acha que vai ser? Pra mim?" E ele riu de novo.

"Bom, não vou ficar por aqui o resto da vida esperando meu pai morrer. Não acho que seja uma grande perspectiva."

Tentou rir, para igualar seu tom com o de LeRoy. Mas ele não entendia de fato o tom de LeRoy. O que estava errado entre eles hoje? Já não era apenas o mundo — havia algo não dito entre os dois, algo de que não se podia falar, algo não feito, e odiosamente desejado. No entanto, nesse dia distante, ardente, embora essa consciência estivesse dentro de seu corpo e em todo lugar à sua volta, como o sol, e embora tudo nele doesse e desejasse o ato, ele não podia, em nome da salvação de sua alma, dar nome àquilo. Aquilo ainda não havia chegado ao limiar de sua

239

imaginação; e ainda não tinha nome, pelo menos não tinha nome para ele, embora para outras pessoas, era o que ele ouvia dizer, tivesse nomes horríveis. Aquilo tinha uma só forma e essa forma era LeRoy, e LeRoy continha o mistério que o agarrava pela garganta.

Colocou o braço em torno do ombro de LeRoy e esfregou o topo de sua cabeça no queixo de LeRoy.

"Bom, você pelo menos tem essa perspectiva, goste ou não", LeRoy disse. Ele pôs a mão no pescoço de Eric. "Mas acho que você sabe quais são as *minhas* perspectivas." Eric sentiu que ele queria falar mais, mas que não sabia como. Eles continuaram andando por mais alguns segundos em silêncio, e a oportunidade de LeRoy surgiu. Um conversível creme, com seis jovens, três garotos brancos e três garotas brancas, veio pela estrada em meio a um violento redemoinho de poeira. Eric e LeRoy não tiveram tempo de se distanciar, e do carro ressoaram estrondosas risadas, e o motorista buzinou uma versão zombeteira da marcha nupcial — depois enfiou a mão na buzina e a manteve ali enquanto o carro se afastava pela estrada. Todos que estavam no carro tinham crescido com Eric.

Ele sentiu o rosto corar e ele e LeRoy se afastaram um do outro; LeRoy olhou para ele com um sentimento de compaixão curiosamente apático.

"*Aquilo* era o que você devia estar fazendo", disse, de maneira gentil, olhando para Eric, passando a língua pelo lábio inferior. "Era *lá* que você devia estar. Você *não devia* estar andando nesta merda de terra empoeirada com um preto."

"Não estou nem aí pra essa gente", Eric disse — mas ele sabia que estava mentindo e sabia que LeRoy também sabia. "Essa gente não significa nada pra mim."

LeRoy olhou para ele com ainda mais compaixão, e também exasperado. A estrada agora estava vazia, nenhuma criatura

240

passava; a estrada era vermelho-amarelada e marrom e ladeada por árvores, com raios entrando pelas folhas; agora ela começava a descer sob os pés deles, em direção aos trilhos do trem e ao armazém. Ali ficava a divisa da cidade e os dois sempre saíam da estrada naquele trecho, entrando num bosque e subindo um barranco de onde se podia ver um riacho. LeRoy levou Eric para esse refúgio. Seu toque estava diferente naquele dia; insistente, gentil, feroz e resignado.

"Além do mais", disse Eric, desanimado, "você não é um preto, não pra mim; você é o LeRoy, você é meu amigo e eu amo você." As palavras o deixaram sem fôlego e lágrimas surgiram em seus olhos; eles pararam na sombra escaldante de uma árvore. LeRoy se encostou na árvore, olhando para Eric com uma expressão terrível em seu rosto negro. A expressão no rosto de Le-Roy assustou Eric, mas ele confrontou o medo e disse: "Não sei por que as pessoas não podem fazer o que querem; que *mal* a gente está fazendo pros outros?".

Le Roy riu. Ele estendeu a mão e puxou Eric para perto, debaixo da sombra das folhas. "Pobre menino rico", disse, "me diga o que você quer *fazer*." Eric olhou nos olhos dele. Nada podia tirá-lo dos braços de LeRoy, afastá-lo de seu cheiro e do terrível e novo contato do seu corpo; no entanto, do mesmo modo como sabia que tudo que sempre quis ou fez era errado, ele sabia que aquilo era errado, e sentiu que estava despencando. Despencando onde? Ele se agarrou a LeRoy, que apertou os braços em torno dele. "Pobre menino", LeRoy murmurou de novo, "pobre menino." Eric enterrou o rosto no pescoço de LeRoy e o corpo de LeRoy estremeceu um pouco — *o peito e a barriga de um homem!* — e depois afastou Eric, guiou-o até o rio e os dois sentaram na margem.

"Acho que agora você sabe", LeRoy disse, depois de um longo silêncio, enquanto Eric deslizava as mãos pela água, "o que andam falando da gente na cidade. Eu não ligo, mas isso pode criar um problemão pra gente, e você tem que parar de vir me ver, Eric."

Ele *nunca* soubera o que andavam dizendo, ou não tinha se permitido saber; mas agora sabia. Ele disse, olhando a água, e com um desembaraço absolutamente misterioso: "Bom, o que eu acho é que, já que a gente tem a fama, então a gente pode muito bem fazer o que quiser. Eu não ligo a mínima pra essa gente, que vão todos pro inferno; o que é que eles têm a ver com a gente?".

LeRoy examinou Eric brevemente e sorriu. "Você é um menino legal, Eric, mas não sabe como as coisas são. Seu pai é *dono* de metade das pessoas desta cidade, então eles não podem fazer nada contra você. Mas o que eles podem fazer *comigo*...!" E fez com as mãos um gesto amplo.

"Não vou deixar nada acontecer com você."

LeRoy riu. "É melhor *mesmo* você ir embora desta cidade. Olha só, eles vão te linchar antes de me pegar." Ele riu de novo e passou a mão pelo cabelo vermelho e brilhante de Eric.

Eric pegou a mão dele. Eles se olharam e houve um silêncio absoluto, medonho. "Rapaz", LeRoy disse baixinho. Então, depois de um momento: "Você está mesmo querendo encrenca, né?". E depois nada mais foi dito. Eles se deitaram à margem do riacho.

Aquele dia. Aquele dia. Se ele soubesse aonde aquele dia iria levá-lo, teria se contorcido, como fez, num estado de angustiada alegria, sob o imenso peso de seu primeiro amor? Mas se ele tivesse consciência de aonde aquele dia iria levá-lo, ou se tivesse sido capaz de se importar com isso, ele poderia não ter precisado lembrar daquele dia. Estava assustado e com dor, e o garoto que o segurava de modo tão implacável subitamente era um desconhecido; no entanto esse estranho exerceu em Eric uma transformação eterna, curativa. Muitos anos se passariam até ele começar a aceitar o que, naquele dia, naqueles braços, com a correnteza sussurrando em seus ouvidos, ele descobriu; ainda assim aquele dia foi o começo de sua vida como homem. O que sempre havia ficado escondido dele naquele dia se revelou, e não importava que quinze anos mais tarde ele estivesse sentado em uma poltrona, olhando um mar estrangeiro, ainda tentando encontrar uma graça que lhe permitisse aguentar aquela revelação. Pois o sentido de uma revelação é que o que é revelado é verdade, e é preciso lidar com isso.

Mas como lidar com aquilo? Ele se ergueu e andou inquieto pelo jardim. A gata estava dormindo, enrolada, no degrau de pedra da porta, sob os últimos raios de sol. Depois ele ouviu a campainha da bicicleta de Yves e, pouco depois, a cabeça de Yves apareceu acima da mureta de pedras. Ele passou, olhando direto para a frente, e depois Eric o ouviu na cozinha, esbarrando em coisas e abrindo e fechando a porta da geladeira.

Depois Yves parou ao lado dele.

"A Madame Belet vai chegar daqui a pouquinho. Vai fazer frango pra gente. E comprei uísque e cigarros." Depois olhou para Eric e franziu a testa. "Você enlouqueceu de ficar aqui só de roupão. O sol está se pondo e está esfriando. Entre e se vista. Vou preparar alguma coisa pra gente beber."

"O que eu faria sem você?"

"Nem imagino." Eric foi atrás dele casa adentro. "Também comprei champanhe", Yves disse de repente e se virou para Eric, com um pequeno sorriso tímido, "para celebrar nossa última noite aqui." Depois foi para a cozinha. "Vista alguma coisa", disse, "a Madame Belet já vai chegar."

Eric entrou no quarto e começou a se vestir. "A gente vai sair depois do jantar?"

"Talvez. Depende. Se a gente não ficar muito bêbado com o champanhe."

243

"Acho que eu prefiro ficar em casa."

"Ah, talvez a gente devesse dar uma última olhada na nossa cidadezinha à beira-mar."

"A gente precisa fazer as malas, dar uma limpada na casa e tentar dormir um pouco."

"A Madame Belet limpa pra gente. Até porque a gente nunca ia dar conta. A gente pode dormir no trem. E não temos muita coisa pra pôr na mala."

Eric ouviu Yves lavando os copos. Depois começou a assobiar uma melodia que parecia um improviso sobre Bach. Eric penteou o cabelo, que estava muito comprido. Decidiu que iria cortar bem curtinho quando voltasse para os Estados Unidos.

Por fim eles acabaram sentando, como tinham feito tantas noites, de frente para a janela com vista para o mar. Yves sentou no pufe, a cabeça sobre os joelhos de Eric.

"Vou ficar bem triste de ir embora daqui", Yves disse de repente. "Nunca fui tão feliz como nesta casa."

Eric acariciou o cabelo de Yves e não disse nada. Olhou as luzes que se moviam no mar negro e imóvel, vindas do céu e da praia.

"Também fui muito feliz", ele disse por fim. Depois: "Será que a gente vai ser tão feliz de novo?".

"Vamos, sim, por que não? Mas isso não é muito importante… não importa o quão feliz eu venha a ser, e tenho certeza que ainda vou viver grandes momentos, esta casa vai estar sempre comigo. Eu descobri uma coisa aqui."

"O que você descobriu?"

Yves virou a cabeça e olhou para Eric. "Eu tinha medo de ser michê para sempre, de não ser melhor que a minha mãe." Ele se virou para o outro lado, novamente para a janela. "Mas, de algum modo, aqui nesta casa, com você, finalmente percebi que não é assim. Não vou ser uma puta só porque nasci de uma puta. Sou melhor que isso." Ele parou. "Aprendi isso com você. O que é muito estranho, porque, sabe, no começo eu achava que você me via assim. Achava que você era só mais um americano sórdido procurando um garoto bonito e degenerado."

"Mas você nem é bonito", Eric disse, tomando um gole de uísque. "*Au fait, tu es plutôt moche.*"

"Ah. *Ça va.*"

"Seu nariz é arrebitado." Ele mexeu na ponta do nariz de Yves. "E a sua boca é grande demais." Yves riu. "E a sua testa é muito alta e logo você vai estar careca." Ele mexeu na testa de Yves, no cabelo dele. "E essas orelhas, meu amor! Você parece um elefante ou uma máquina voadora."

"Você é a primeira pessoa que me diz que eu sou feio. Talvez seja isso que me deixa intrigado." Ele riu.

"Bom. Os seus olhos não são tão feios."

"*Tu parles. J'ai du chien, moi.*"

"Bom, sim, meu amor, agora que você falou nisso, acho que tem razão."

Eles ficaram em silêncio por um momento.

"Já estive com tanta gente horrorosa", Yves disse, sério, "tão cedo e por tanto tempo. Na verdade, é um mistério eu não ser um completo *sauvage.*" Ele bebeu o uísque. Eric não via o rosto dele, mas imaginava sua expressão: severa, confusa e terrivelmente jovem, com a crueldade que deriva da dor e do medo. "Primeiro, minha mãe e todos aqueles soldados, *ils étaient mes oncles, tous*", e ele riu, "depois todos aqueles homens horrorosos, pegajosos, já nem sei quantos foram." Ficou em silêncio de novo. "Eu deitava na cama, às vezes a gente nem chegava na cama, e deixava eles grunhirem e babarem. Alguns eram realmente fantásticos —, nenhuma puta jamais falou a verdade sobre os caras que vão atrás dela, tenho certeza, iam cortar a cabeça dela antes de se atreverem a ouvir os relatos. Mas acontece, acontece o tempo todo." Ele se soergueu um pouco, abraçando os joelhos, olhando o mar. "Depois eu pegava o dinheiro deles; se eles criassem algum problema eu podia dar um susto neles por ser *mineur*. Era fácil assustar aqueles homens. As pessoas normalmente são covardes." Depois disse baixinho: "Nunca achei que eu ia ser feliz com um homem me tocando, me abraçando. Nunca achei que eu ia realmente conseguir fazer amor com um homem. Ou com quem quer que fosse".

"Por que", Eric perguntou por fim, "você não usava as mulheres, já que desprezava tanto os homens?"

Yves ficou em silêncio. Depois: "Não sei. *D'abord*, peguei o que estava ali... ou permiti que o que estava ali *me* pegasse" —, e ele olhou para Eric e sorriu. Bebeu o uísque e se levantou. "Com os homens é mais simples, normalmente demora menos, é um dinheiro mais fácil. As mulheres são muito mais espertas que os homens, especialmente as mulheres que procuram garotos como eu, e elas são ainda menos atraentes, na verdade." Ele riu. "O trabalho é bem mais pesado e não é tão garantido." O rosto dele readquiriu a expressão de melancolia incongruente, austera. "Você não encontra muitas mulheres nos lugares que eu frequentei; na verdade não encontra muitos seres humanos. Estão todos mortos. Mortos." Ele parou, lábios contraídos, olhos brilhando na luz que atravessava a janela. "Onde a minha mãe morava tinha muitas mulheres, mas... sim, foram algumas mulheres... mas eu também não suportava aquilo." Ele foi até a janela e ficou de costas para Eric. "Não gosto da *élégance des femmes*. Toda vez que vejo uma mulher de casaco de pele, joias, vestido, quero rasgar tudo aquilo e levar a pessoa pra algum lugar, pra um *pissoir*, fazer ela sentir o cheiro de um monte de homens, o *mijo* de um monte de homens, fazer ela entender que é pra *isso* que ela serve, que ela não é melhor do que aquilo, que ela não me engana com aqueles trapinhos brilhantes,

246

que, aliás, ela só conseguiu porque chantageou algum homem idiota."

Eric riu, mas estava assustado. *"Comme tu es feroce!"* Viu Yves sair da janela e atravessar lentamente a sala — alto e magro, como um gato à espreita, em meio às sombras fortes. Viu que o corpo de Yves estava se transformando, perdendo a rigidez de um adolescente pobre. Estava se tornando um homem.

Observou aquele corpo carrancudo, magro. Olhou o rosto de Yves. A curva da testa parecia mais evidente do que nunca, e mais pura, e a boca parecia ao mesmo tempo mais cruel e mais indefesa. Essa nudez era a prova do amor e da confiança de Yves, e também a prova de sua força. Um dia Yves não iria mais precisar de Eric como precisava hoje.

Yves inclinou a cabeça para trás, terminou seu uísque e se virou para Eric com um sorriso.

"Você está bebendo muito devagar esta noite. Qual é o problema?"

"Estou ficando velho." Mas ele riu, terminou a bebida e entregou o copo para Yves.

Enquanto Yves se afastava dele, enquanto o ouvia na cozinha, enquanto ele olhava para as luzes amarelas piscando na praia, algo se abriu em Eric, um desespero inominável o invadiu. Madame Belet chegou e ele escutou Yves e a velha camponesa na cozinha. Suas vozes estavam abafadas.

No dia em que Yves não precisasse mais dele, Eric iria despencar de novo no caos. Lembrava-se do exército de homens solitários que o tinham usado, que lutaram com ele, que o acariciaram e que se submeteram a ele, em uma escuridão mais profunda do que a da noite mais escura. Não foi só seu corpo que eles usaram, foi também algo mais; sua fragilidade tinha feito dele o receptáculo de uma angústia que ele mal podia acreditar que existisse no mundo. Essa angústia o deixou desamparado,

embora também lhe tenha dado uma espécie estranha e conde-
nável de graça, e também algum poder, além de deixá-lo confuso e de estabelecer as medidas de sua armadilha. De vez em
quando ele talvez tenha sonhado em se afastar do drama em que
estava enredado e interpretar outro papel. Mas todas as saídas
estavam bloqueadas — bloqueadas por homens ávidos; o papel
que ele interpretava era necessário, e não só para si mesmo.

E ele pensou naqueles homens, naquele exército ignorante.
Eram maridos, pais, criminosos, jogadores de futebol, vagabun-
dos; estavam em toda parte. Ou estavam, de qualquer forma, em
todos os lugares onde era garantido que seria impossível encontrá-los, e a necessidade que levavam até ele era algo de que mal
tinham consciência, algo que haviam passado a vida negando,
que se apossava deles e os entorpecia, tornando seus membros
pesados como os dos sonâmbulos ou dos afogados, e que só podia
ser satisfeito numa escuridão vergonhosa e punitiva, e de maneira
rápida, uma vez que a fuga e a aversão estavam no cerne do ato.
Eles fugiam depois de lancetar a infecção, mas com a raiz da infecção ainda neles. Podiam se passar semanas ou meses — até
anos — antes que eles, mais uma vez, furtivamente, em um ves-
tiário vazio, em uma escada vazia ou no alto de um prédio, na
sombra de um muro no parque, num carro estacionado ou na
sala mobiliada de um amigo ausente, se entregassem às mãos, aos
carinhos e afagos e aos beijos do sexo desprezado e anônimo. No
entanto não parecia uma necessidade predominantemente física. Não se podia dizer que eles se sentiam atraídos por homens.
Eles não faziam amor, eram passivos, eram alvos da ação. A necessidade parecia ser exatamente essa passividade, essa dádiva do
prazer ilícito, essa adoração. Eles vinham, esse exército, não pela
alegria, e sim pela pobreza, e na mais absoluta ignorância. Algo
neles havia sido congelado, a raiz de seus afetos havia sido conge-

lada, e eles já não tinham como aceitar o afeto, embora estivessem morrendo da falta dele. A sombria submissão era a sombra do amor — se pelo menos alguém, em algum lugar, os amasse o suficiente para acariciá-los daquela maneira, às claras, com alegria! Mas aí eles não poderiam mais ser passivos.

Caos. Pois a grande diferença entre esses homens e ele eram os termos da conexão entre eles. Eric enxergava a vulnerabilidade deles, assim como eles enxergavam a sua. Mas não o amavam por isso. Eles o usavam. Ele também não os amava, embora sonhasse com isso. E o encontro ocorria, ao final, entre dois sonhadores, nenhum dos quais podia acordar o outro, a não ser por um brevíssimo e amargo instante. Depois o sono voltava a recair sobre eles, a busca era retomada, o caos vinha outra vez.

E havia ainda outra coisa. Quando a ligação que tinha começado de maneira tão fortuita sobrevivia aos primeiros encontros, quando uma espécie de afeto tímido começava a abrir caminho no solo congelado e a vergonha diminuía, o caos era ainda maior. Pois a vergonha que parecia haver diminuído na verdade tinha encontrado uma companheira. O afeto havia ressurgido, mas através de uma brecha, de uma abertura pela qual passavam, depois do afeto, todos os ventos do medo. Pois o ato do amor é uma confissão. Você mente sobre seu corpo, mas o corpo não mente sobre si mesmo; ele não tem como mentir sobre aquilo que o move. E Eric havia descoberto, inevitavelmente, a verdade sobre muitos homens, que passaram a querer expulsar tanto Eric quanto essa verdade de seu mundo.

E que lugar havia para a honra nesse caos? Ele observou as luzes intermitentes e ouviu Yves e Madame Belet na cozinha. Honra. Ele sabia que não tinha nenhuma honra que o mundo fosse capaz de reconhecer. Sua vida, suas paixões, suas dores, seus amores eram, na pior das hipóteses, imundos e, na melhor das hipóteses, uma doença aos olhos do mundo, e crimes aos olhos de seus conterrâneos. Não havia padrões para ele seguir, exceto os que ele mesmo podia estabelecer. Não via à sua volta ninguém digno de inveja, não acreditava no vasto sono cinzento a que chamavam de segurança, não acreditava nas curas, panaceias e slogans que atormentavam o mundo que ele conhecia; e isso significava que ele precisava criar seus padrões e inventar suas próprias definições à medida que seguia em frente. Cabia a ele descobrir quem ele era, e ele tinha necessidade de fazer isso, do ponto de vista dos curandeiros da época, sozinho.

"Mais, bien sûr", ele ouviu Yves dizendo para Madame Belet, *"je suis tout à fait à votre avis."* Madame Belet gostava muito de Yves e, sempre que conseguia, lhe dava conselhos absolutamente não solicitados, do alto de seus setenta e dois anos. Agora ele via Yves na cozinha, os dois copos na mão, junto à porta, com um sorriso pálido, polido e solitário no rosto — porque ele tinha um imenso respeito por gente mais velha —, esperando uma pausa na torrente de Madame Belet que permitisse sua fuga.

Madame Belet também gostava de Eric, mas ele achava que o motivo principal para isso é que ela o via como um improvável benfeitor de Yves. Se Eric fosse francês, ela o desprezaria. Mas a França não produzia, *Dieu merci!*, enigmas como Eric, e ele não devia ser julgado pelos padrões civilizados do país dela.

"E a que horas vocês saem?", ela perguntou.

"Ah, com certeza não antes do meio-dia, madame."

Ela riu e Yves riu. Havia algo de obsceno no riso deles e ele não conseguiu evitar a impressão, logo reprimida, de que os dois riam dele, como aliados. "Espero que você goste dos Estados Unidos", disse Madame Belet.

"Vou ficar muito rico lá", disse Yves, "e quando eu voltar levo a senhora para peregrinar em Roma."

Madame Belet era beata e nunca tinha ido a Roma, e sua maior esperança era ver a Cidade Sagrada antes de morrer.

"Ah, você não vai voltar nunca mais."

"Eu volto", Yves disse. Mas a voz dele estava cheia de dúvidas. E Eric percebeu, pela primeira vez, que Yves estava com medo.

"Quem vai pros Estados Unidos", disse madame Belet, "nunca mais volta."

"*Au contraire*", disse Yves, "voltam o tempo todo."

Voltar para quê? Eric se perguntou. Madame Belet riu de novo. Depois as vozes cessaram. Yves voltou para a sala. Entregou um copo a Eric e sentou de novo no pufe, cabeça sobre os joelhos de Eric.

"Achei que nunca ia conseguir escapar", murmurou.

"Eu já estava pensando em ir te resgatar." Ele se inclinou e beijou o pescoço de Yves.

Yves pôs a mão no rosto de Eric e fechou os olhos. Eles ficaram imóveis. Uma pulsação no pescoço de Yves. Ele se virou e os dois se beijaram na boca. Afastaram-se um pouco. Os olhos de Yves estavam muito negros e brilhantes na sala escura, pulsante. Olharam-se nos olhos por um bom tempo, depois se beijaram de novo. Em seguida Eric suspirou, reclinou o corpo e Yves voltou a descansar em seus joelhos.

Eric tentou imaginar no que Yves estava pensando. Os olhos de Yves tinham feito com que ele voltasse àquele momento, quase dois anos antes, quando, em um quarto escuro de hotel, na cidade de Chartres, ele e Yves se envolveram. Yves tinha visitado a catedral uma vez, anos antes, e queria que Eric a visse. E esse gesto, esse desejo de compartilhar com Eric algo que ele amava, marcou o fim de um período de teste, indicou o momento em que Yves deixou para trás aquela sombria desconfiança com que estava acostumado a ver o mundo e que o levava a manter Eric a certa distância. Eles se conheciam havia mais de três meses e se viam todos os dias, mas jamais haviam se tocado.

E Eric havia esperado, atencioso e profundamente casto. A mudança nele era como a mudança em um perdulário que de repente vê sua atenção capturada por alguma coisa que vale mais do que todo o seu ouro, mais do que todas as bugigangas que comprou na vida; então, em vez de esbanjar, ele começa a calcular, a aguardar, a acumular; tudo o que ele tem se torna valioso, porque tudo o que tem pode se mostrar um sacrifício inaceitável. E assim Eric esperou, rezando para que aquele pobre garoto violado aprendesse a amar e a confiar nele. E Eric sabia que sua única esperança de fazer isso acontecer era parar de ser violento consigo mesmo: se *ele* não se amasse, Yves jamais poderia amá-lo.

Por isso ele fez o que só ele poderia fazer, purificou, como podia, sua casa e abriu as portas; estabeleceu uma ordem precária no coração de seu caos; e esperou seu convidado.

Yves mudou de posição e acendeu um cigarro, depois acendeu um para Eric. "Estou começando a ficar com muita fome."

"Eu também. Logo a gente vai comer." A gata andou para lá e para cá e saltou no colo de Eric. Ele a acariciou com uma mão. "Lembra quando a gente se conheceu?"

"Nunca vou esquecer. Tenho uma grande dívida com Beethoven."

Eric sorriu. "*E* com as maravilhas da ciência moderna."

Ele estava andando pela Rue des St. Pères em uma tarde de primavera e seus pensamentos não eram os mais bonitos. Paris dava a impressão, fazia já algum tempo, de ser a cidade mais solitária sob o céu. E quem quer que prolongasse sua estadia naquela cidade — ou seja, que tentasse fazer dela seu lar — estava condenado a descobrir que não se podia culpar ninguém pelo que lhe acontecia. Ao contrário do que diz a lenda, Paris não oferece muitas distrações; ou as novidades que oferece são como as sobremesas francesas, intensas e sem substância, doces na boca e amargas no estômago. Depois o viajante descontente é forçado a se voltar para si mesmo — só quem pode tornar sua vida suportável é ele mesmo. E naquela tarde de primavera, andando pela rua longa, escura e ruidosa em direção ao Boulevard, Eric estava desesperado. Sabia que havia uma vida a ser construída, mas parecia não ter as ferramentas para isso.

Então, ao se aproximar do Boulevard, ele ouviu uma música. De início, achou que a música vinha das casas, mas depois percebeu que vinha das sombras do outro lado da rua, onde não havia casas. Ele parou e ouviu; ouviu o concerto "Imperador", de Beethoven, que se afastava. Depois, das sombras à frente e do outro lado da rua, viu a silhueta alta e magra de um garoto. Eric ficou na esquina, esperando o semáforo abrir, e viu que ele carregava nas mãos um pequeno rádio portátil. Eric foi até a esquina, o semáforo abriu, o garoto atravessou e Eric foi atrás dele. Desceram pela rua longa e escura, o garoto de um lado e ele de outro, a violência da música, que parecia a violência que havia em seu coração, enchendo o ar agradável da primavera.

Chegaram à esquina da Rue de Rennes. O concerto se aproximava do fim. À direita, longe deles, se acocorava a massa gigantesca da Gare Montparnasse; à esquerda, e um pouco mais perto, estavam os cafés e o Boulevard, e a torre cinza, desobstruída, da St. Germain-des-Prés.

O garoto hesitou na esquina; examinou o entorno por um instante e seus olhos encontraram os de Eric. Ele se virou na direção da St. Germain-des-Prés. Eric atravessou a rua. *Tum-ta--tum, tum-ta-tum, tum-ta-tum, tum-ta-tum!* Prosseguia a música.

"Olá", Eric disse. "Desculpe, mas acho que vou ter que ouvir o fim do concerto."

Yves se virou e Eric imediatamente ficou impressionado com seus olhos. A sinceridade com que olhavam Eric dava a eles a aparência de olhos de criança; no entanto havia algo naquela inspeção que nada tinha de infantil. Eric sentiu seu coração bater uma vez, forte, contra o peito. Depois Yves sorriu.

"Está quase acabando", disse.

"Eu sei." Eles andaram em silêncio, ouvindo o fim do concerto. Quando acabou, Yves desligou o rádio.

"Você quer tomar alguma coisa comigo?", Eric perguntou. Ele disse, rápido: "Estou sozinho, não tenho ninguém pra conversar, e... e não é todo dia que a gente esbarra em alguém ouvindo Beethoven".

"É verdade", disse Yves com um sorriso. "Você tem um sotaque engraçado, de onde você é?"

"Estados Unidos."

"Achei que *devia* ser dos Estados Unidos. Mas de onde?"

"Do Sul. Alabama."

"Ah", disse Yves, e olhou para ele com interesse, "então você é um *raciste*."

"Ora, não", disse Eric, perplexo, "nem todo mundo lá é racista."

"Ah", disse Yves de um jeito pomposo, "eu leio os jornais de vocês. E tenho muitos amigos africanos e percebi que os americanos não gostam disso."

"Bom", Eric disse, "isso não é problema *meu*. Eu saí do Alabama assim que pude e, se um dia voltar, é provável que eles me matem."

"Faz tempo que você está aqui?"

"Um ano, mais ou menos."

"E ainda não conhece *ninguém*?"

"É difícil fazer amizade com os franceses."

"Bom. A gente é mais *réservé* do que vocês, só isso."

"Eu diria que sim." Eles pararam na frente da Royal St. Germain. "Vamos tomar alguma coisa aqui?"

"Tanto faz." Yves deu uma olhada nas mesas, que estavam

cheias; olhou pelas paredes de vidro do bar, que estava lotado, principalmente de homens jovens. "Mas está cheio demais."

"Vamos pra outro lugar."

Eles foram até a esquina e atravessaram a rua. Todos os cafés estavam cheios. Atravessaram a rua de novo e passaram pela Brasserie Lipp. Eric estava olhando para Yves com mais intensidade do que imaginava; quando passaram pela brasserie, de repente ele se deu conta de que Yves estava com fome. Não sabia como havia percebido, pois Yves não disse nada, não parou nem suspirou; no entanto Eric não podia ter mais certeza de que o garoto estava desmaiando de fome nem se ele desabasse subitamente na calçada.

"Olhe", Eric disse, "tenho uma ideia. Estou morrendo de fome. Ainda não jantei. Venha comigo até Les Halles e a gente come alguma coisa. E quando a gente voltar já não vai mais estar tão cheio aqui." Yves olhou para ele, a cabeça inclinada, numa espécie de surpresa desconfiada, como se estivesse à espera de alguma coisa.

"É muito longe", ele murmurou. E olhou para Eric com uma desconfiança vívida, suspeita; como se estivesse pensando: estou disposto a entrar no jogo, meu amigo, mas quais são as regras aqui? E as punições?

"Eu te trago de volta." Ele sorriu, pegou o braço de Yves e foi em direção ao ponto de táxi. "Aceite, você é meu convidado, vai estar me fazendo um favor. Qual é o seu nome?"

"*Je m'appel Yves.*"

"Meu nome é Eric."

Desde então ele já havia pensado muitas vezes que, não fosse aquela súbita captura em frente à brasserie, ele e Yves jamais teriam se encontrado de novo. A primeira refeição juntos deu tempo aos dois, por assim dizer, para se estudarem. Eric foi quem mais falou: cabia a ele o ônus da prova. E Yves ficou menos desconfiado e menos tenso. Eric tagarelou, encantado com o rosto mutante de Yves, esperando que ele sorrisse, que gargalhasse. Queria que Yves soubesse que ele não estava tentando propor a barganha brutal de sempre; não estava pagando o jantar para depois levá-lo para a cama. E aos poucos essa garantia tácita fez Yves aquiescer, sério, como se estivesse revolvendo aquilo na cabeça. Também um medo transparecia em seu semblante. Era o mesmo medo que às vezes parecia impossível de superar, em Yves ou nele próprio. Era o medo de se comprometer totalmente, de fazer uma promessa: o medo de ser amado.

Naquele dia, em Chartres, atravessando a cidade, eles viram mulheres ajoelhadas à beira d'água, esfregando roupas em uma tábua lisa de madeira. Yves olhou demoradamente para elas. Eles tinham andado para cima e para baixo pelas velhas ruas tortuosas, sob o sol quente; Eric se lembrava de uma lagarta correndo pela parede; e a catedral os perseguia em toda parte. Impossível estar naquela cidade sem estar à sombra de torres imensas; impossível estar naquelas planícies e não se sentir incomodado por aquela presença pagã, elegante e dogmática. A cidade estava repleta de turistas, com suas câmeras, casacos até os joelhos, vestidos claros e floridos, camisetas, filhos, emblemas de faculdades, chapéus-panamá, gritos agudos e anasalados, automóveis rastejando feito insetos cintilantes pelas ruas irregulares de pedra portuguesa. Ônibus de turistas, vindos da Holanda, Dinamarca, Alemanha, estacionados na praça diante da catedral. Meninos e meninas de cabelo louro, sérios, carregando mochilas, com bermudas cáqui, traseiros e coxas maciços, andavam entediados pela cidade. Soldados americanos, alguns de uniforme, alguns à paisana, se reclinavam sobre pontes, entravam em bistrôs em bandos barulhentos, ansiosos, sorridentes, giravam displays de cartões-postais coloridos e escolhiam lembranças prostituídas, de caráter sagrado. Toda a beleza da cidade, toda a energia das planícies e toda a força e a dignidade das pessoas pareciam ter sido engolidas pela catedral. Era como se ela exigisse, e recebesse, um sacrifício perpétuo de vidas. A igreja se exibia sobre a cidade mais como uma doença do que como uma bênção, fazendo tudo parecer, na comparação, diminuto e improvisado. As casas onde as pessoas moravam não transmitiam acolhimento ou segurança. A grande sombra que se abatia sobre elas revelava que elas não passavam de meros pedaços condenados de madeira e minerais, colocados no caminho de um furacão que, em breve, arrastaria todos para a eternidade. E essa sombra também se abatia com força sobre as pessoas. A gente da cidade parecia atônita e disforme; a única cor que havia em seus rostos sugeria excesso de vinho ruim e falta de luz do sol; até as crianças pareciam criadas em um porão. Chartres assemelhava-se a algumas cidades da América do Sul, congeladas na história, como a mulher de Ló transformada em uma coluna de sal, e portanto condenada — já que sua história, aquele presente avassalador e onipresente de Deus, não podia ser questionada — a ser propriedade de medíocres cinzentos, que jamais questionavam nada.

Em algum momento ao longo da tarde, embora tivessem saído de Paris apenas para passar o dia, eles decidiram dormir na cidade. A sugestão partiu de Yves, quando eles voltaram à catedral e ficaram nos degraus olhando os santos e mártires fixos à pedra. Yves estava excepcionalmente quieto naquele dia. E Eric àquela altura já o conhecia o bastante para não forçar a barra, não incomodar e até mesmo não se preocupar. Sabia que os silêncios de Yves significavam que ele estava travando alguma misteriosa guerra interior, tomando alguma decisão; logo mais, mais tarde naquele dia, no dia seguinte, na semana seguinte, Yves voltaria a traçar, em palavras, o mesmo caminho que percorria agora em silêncio. E, curiosamente, já que este não parece ser o modo como vivemos hoje, para Eric o simples fato de ouvir os passos dele a seu lado, de sentir Yves ao lado, de ver seu rosto mutante, já era alegria suficiente — ou quase suficiente.

Eles acharam um hotel com vista para um rio e alugaram um quarto duplo. As janelas davam para a água; as torres da catedral assomavam à direita, à distância. Quando eles entraram no quarto, o sol se punha e grandes faixas de fogo e ouro opaco se espalhavam pelo céu imóvel, azul.

Logo atrás da janela, árvores curvavam-se em direção à água; e havia umas poucas mesas e cadeiras, mas estavam vazias; parecia não ter muita gente no hotel.

Yves se sentou na grande janela e acendeu um cigarro, olhando para baixo, para as mesas e cadeiras. Eric ficou ao lado dele, a mão no ombro de Yves.

"Vamos tomar alguma coisa lá embaixo, meu caro?"

"Meu Deus, não; os insetos vão devorar a gente. Vamos sair e encontrar um bistrô."

"O.k."

Ele se afastou. Yves se levantou. Eles olharam um para o outro.

"Acho melhor a gente voltar cedo", Yves disse, "com certeza não tem nada pra fazer nesta cidade." Depois ele sorriu, malicioso. "*Ça va?*"

"Foi ideia sua vir pra cá", Eric disse.

"Foi." Ele voltou à janela. "É tranquilo, não? E podemos aproveitar um ao outro, ter um momento pra gente." Ele atirou o cigarro pela janela. Quando voltou para Eric, seus olhos estavam nublados e a boca tremendamente vulnerável. Depois de um instante ele disse de um modo suave: "Vamos".

Mas foi quase uma pergunta. Agora os dois estavam assustados. Por algum motivo, as torres pareceram mais próximas do que antes; e, de repente, as duas camas grandes, colocadas muito

258

perto uma da outra, pareceram ser os únicos objetos no quarto. Eric sentiu o coração estremecer, o sangue acelerar e depois engrossar. Achou que Yves esperava que ele agisse, que tudo estava em suas mãos; e não conseguia fazer nada.

Depois ela evanesceu, a sombra vermelha, perigosa, o momento passou, eles sorriram um para o outro. Yves foi até a porta e a abriu. Eles desceram novamente para a bela e adormecida cidade.

A cidade já não era a mesma de horas antes. Naquele segundo no quarto, algo havia se desfeito, a abertura que havia entre eles tinha se fechado; e agora a correnteza irresistível os carregava, arrastando os dois lentamente, e com absoluta convicção, para a realização daquela promessa.

E por esse motivo os dois hesitaram, gastaram tempo, deliciosamente protelaram. Escolheram comer em um bistrô muito simples porque o lugar estava vazio — vazio quando eles entraram, embora tenha sido tomado, depois que estavam lá havia algum tempo, por uma meia dúzia de soldados franceses bêbados e musicais. O barulho que eles faziam seria insuportável em qualquer outro momento, mas agora aquilo funcionava como uma espécie de muro que os separava do mundo. Era algo de que podiam rir — e eles precisavam rir; a distração fornecida pelos soldados aos outros clientes que chegaram ao bistrô permitiu que os dois, brevemente, se dessem as mãos; e esse pequeno preâmbulo ao terror estabilizou o coração e a mente deles.

Depois eles andaram pela cidade, onde nem um gato parecia se mover; e por todos os lugares onde passavam a catedral os observava. Atravessaram uma ponte e observaram a lua na água. Seus passos ressoavam nas pedras portuguesas. As paredes das casas eram todas negras, eles andaram por trechos imensos de escuridão entre um poste e outro de luz. Mas a catedral estava acesa.

As árvores, as mesas, as cadeiras e a água estavam iluminadas pela lua. Yves trancou a porta, Eric foi até a janela e olhou para o céu, para as torres poderosas. Ouviu o murmúrio da água e então Yves chamou seu nome. Ele se virou. Yves estava do outro lado do quarto, entre as duas camas, nu.

"Que cama você acha melhor?", ele perguntou.

Ele soou genuinamente desconcertado, como se fosse uma decisão difícil.

"A que você preferir", Eric disse, sério.

Yves afastou as cobertas da cama mais próxima da janela e se deitou entre os lençóis. Puxou as cobertas até o queixo e ficou ali deitado, de costas, observando Eric. Seus olhos estavam escuros e grandes no quarto escuro. Seus lábios tinham um sorriso sutil.

E aquele olhar, aquele momento, entrou em Eric e permaneceu com ele para sempre. Havia uma inocência apavorante no rosto de Yves, uma linda submissão: de algum modo maravilhoso, para Yves, aquele momento naquela cama eliminou, lançou ao mar do esquecimento todas as camas sórdidas e os abraços ordinários que o tinham levado até ali. Ele estava se voltando para o amante que não iria traí-lo, para o seu primeiro amante. Eric atravessou o quarto, sentou na cama e começou a se despir. De novo ouviu o murmúrio da correnteza.

"Me dá um cigarro?", Yves pediu. A voz dele era nova, com um novo tipo de aflição, e, ao olhar para ele, Eric pela primeira vez viu o rosto de um amante se tornar o rosto de um desconhecido.

"*Bien sûr*." Ele acendeu dois cigarros e entregou um para Yves. Eles olharam um ao outro em meio ao brilho fantástico, minúsculo — e sorriram, quase como conspiradores.

Depois Eric perguntou: "Yves, você me ama?".

"Sim", disse Yves.

"Que bom", disse Eric, "porque eu sou louco por você. Eu te amo."

Então, sob o luar intenso, nu, ele afastou lentamente as cobertas que estavam sobre Yves. Eles se olharam e ele fitou o corpo de Yves por um bom tempo antes de Yves erguer os braços com o mesmo sorriso triste, enigmático e beijá-lo. Eric sentiu sob seus dedos o sexo de Yves se mexendo devagar, se enrijecendo. Este sexo dominava a longa paisagem de sua vida assim como as torres da catedral dominavam a planície.

Agora Yves, como se também tivesse se lembrando daquele dia e daquela noite, virou a cabeça e olhou para Eric com um sorriso curioso, especulativo e triunfante. Então, naquele instante, Madame Belet entrou com o som de facas, garfos, pratos, e acendeu as luzes. O rosto de Yves se transformou, o mar desapareceu. Yves se levantou do pufe, piscando um pouco. Madame Belet pôs a mesa com cuidado e saiu, voltando imediatamente com uma garrafa de vinho e um saca-rolhas. Colocou-os sobre a mesa. Yves foi até a mesa e começou a abrir o vinho.

"Ela acha que você vai me abandonar", disse Yves. Ele serviu uma quantidade minúscula de vinho em sua taça, depois serviu Eric. Olhou para Eric rapidamente, pôs mais vinho na primeira taça e depois largou a garrafa na mesa.

"Abandonar você?" Eric riu. Yves pareceu aliviado e um pouco envergonhado. "Você quer dizer... ela acha que eu estou fugindo de você?"

"Ela acha que talvez você não quisesse me levar para Nova York de verdade. Que os americanos são muito diferentes... quando estão... no país deles."

"Bom, e como *ela* sabe?" De repente ele se irritou. "Além do mais ela não tem porra nenhuma a ver com isso." Madame Belet entrou e ele olhou para ela. Imperturbável, ela colocou na mesa uma travessa com *les crudités* e uma cesta cheia de pães. Ela voltou para a cozinha, com Eric olhando maldosamente para suas costas retas, chauvinistas. "Se tem uma coisa que eu não suporto são velhinhas maldosas."

261

Eles sentaram. "Ela não falou por mal", Yves disse. "Achou que estava falando para o meu bem."

"Ela acha que é bom você desconfiar de mim... bem quando estou prestes a entrar num navio? Será que ela não sabe que a gente já tem bastante coisa com que se preocupar?"

"Ah, as pessoas não levam a sério o relacionamento entre dois homens, você sabe. Nós nunca vamos encontrar muita gente que acredite no nosso amor. Eles não acreditam que possa ter lágrimas entre homens. Acham que só estamos jogando um joguinho para chocar os outros."

Eric ficou em silêncio, mastigando os vegetais crus sem gosto de nada. Tomou um gole de vinho, mas não ajudou. Seu abdome ficou rijo e a testa começou a suar. "Eu sei. E vai ser pior em Nova York."

"Ah, bom", disse Yves, com um tom estranho e comovente que indicava o fim do assunto, "se você não me abandonar, não vou ficar com medo."

Eric sorriu — do tom da frase e do que ele tinha dito; mas sentiu sua testa ficar mais quente, e um medo estranho fechou sua garganta. "Promete?", perguntou. Ele perguntou de um jeito tranquilo, mas sua voz soou sufocada; e Yves, que tinha baixado a cabeça e olhava para o prato, ergueu o olhar. Os dois se observaram. Eric fitou os olhos negros de Yves, terrivelmente consciente da testa do outro, que brilhava como uma caveira; enquanto isso, com o mais intenso desejo, viu os lábios curvos e entreabertos de Yves. Os dentes reluziam. Eric havia sentido aqueles dentes em sua língua e em sua bochecha, e aqueles lábios o fizeram gemer e tremer muitas vezes. A pequena extensão de mesa que os separava pareceu estremecer.

"Por que a gente não paga a Madame Belet agora?", Eric disse, "e deixa ela ir pra casa?"

Yves se levantou e foi até a cozinha. Eric mastigou novamente os vegetais crus com gosto de alho, pensando: *é nossa úl-*

tima noite aqui. Nossa última noite. De novo ouviu as vozes dos dois na cozinha, Madame Belet parecendo protestar, depois concordando em voltar de manhã. Ele terminou sua taça de vinho. Depois a porta da cozinha se fechou e Yves voltou.

"Acho que ela ficou um pouco irritada", Yves disse, sorrindo, "mas foi embora. Volta de manhã, principalmente para te dizer tchau. Acho que ela quer garantir que você saiba o quanto ela não gosta de você." Ele não voltou a sentar, ficou em pé na sua ponta da mesa, mãos nos quadris. "Ela disse que o frango está pronto, que é melhor a gente comer antes que esfrie." Ele riu e Eric riu. "Eu disse pra ela que tanto faz, que eu gosto de frango quente ou frio." Os dois riram de novo. Depois, abruptamente, o silêncio recaiu entre eles.

Eric se levantou, foi até Yves e eles pararam por um instante como dois lutadores, se observando em uma espécie de cálculo físico, sorrindo, pálidos. Yves sempre parecia, momentos antes do ato, inseguro e trêmulo; não como uma menina — como um menino: e essa espera estranhamente inocente, esse desamparo viril sempre provocavam em Eric uma verdadeira tempestade de ternura. Tudo nele, das alturas às profundezas de sua misteriosa fonte oculta, se lançava como uma grande inundação que mal cabia no espaço estreito da montanha destinado a um riacho. E o arrepio que isso lhe causava era exatamente como o arrepio do contato com água gelada; e rugia nele exatamente assim, e com a ameaça de coisas que ele mal podia entender, mal podia controlar; e ele tremia com a violência da correnteza que o levava em direção a Yves. Era essa violência que o tornava delicado, por deixá-lo assustado. Agora ele tocou no rosto de Yves de um modo gentil e maravilhado. O sorriso de Yves desvaneceu, ele olhou para Eric, um foi para os braços do outro.

Lá estavam a garrafa de vinho e as taças na mesa, os pratos, a travessa, o pão; Yves havia deixado um cigarro queimando em um cinzeiro sobre a mesa que agora era praticamente um longo rastro de cinzas; e a luz da cozinha estava acesa. "Você diz que não se importa com o frango?", Eric sussurrou, rindo. Yves riu, soltando um bafo de alho, de suor apimentado. Eles prenderam os braços ao redor um do outro, depois se separaram e, de mãos dadas, cambalearam até o quarto, até o grande refúgio da cama deles. Talvez nunca antes a cama tivesse se parecido tanto com um refúgio nem tivesse sido tão deles, agora que as terríveis correntezas do tempo estavam prestes a levá-la embora. E talvez nunca antes eles tenham pertencido tanto um ao outro, nunca tivessem dado ou recebido tanto um do outro como acontecia agora, enquanto os dois ardiam e soluçavam na cama barulhenta.

Eles atuaram juntos, lenta e violentamente, por um bom tempo: ambos temiam o fim. Ambos temiam a manhã, quando a lua e as estrelas teriam ido embora, quando aquele quarto estaria desolado e tristemente iluminado pela luz do sol, e aquela cama estaria desmantelada, à espera de outra carne. *O amor é caro*, Yves disse certa vez com sua perplexidade curiosamente árida. *Se você não puser uma mobília em volta dele, ele desaparece*. Agora, por enquanto, não haveria mobília — quanto tempo aquela noite precisaria durar? O que a manhã traria? A manhã iminente, por trás da qual se escondiam tantas manhãs, tantas noites.

Eles gemiam. *Em breve*, Yves sussurrava, parecendo insistente como uma criança, e terrivelmente arrependido. *Em breve*, as mãos e a boca de Eric se abriam e fechavam no corpo do amante, seus corpos mais perto ainda um do outro, e o corpo de Yves tremeu e ele disse o nome de Eric como nunca ninguém havia dito. *Eric. Eric. Eric.* O som de sua respiração encheu Eric, com um peso maior do que o do agitado mar distante.

Depois eles ficaram em silêncio, a respiração pesada. O som do mar voltou. Eles notaram a luz na sala, a luz que ficou queimando na cozinha. Mas não se mexeram. Continuaram imóveis nos braços um do outro, na cama que lentamente esfriava. Logo, um deles, e seria Yves, se mexeria, acenderia dois cigarros. Eles ficariam deitados na cama, fumando, conversando, rindo. Depois tomariam um banho: *estamos imundos!*, Yves diria, com uma gargalhada triunfante. Depois se vestiriam, provavelmente iriam comer, provavelmente iriam sair. E logo a noite teria terminado. Mas, por ora, estavam apenas exaustos, em paz um com o outro, e detestavam a ideia de deixar o único refúgio que cada um já havia encontrado.

E, na verdade, eles não se mexeram mais naquela noite, não fumaram cigarros, não comeram o frango, não conversaram, não tomaram champanhe. Dormiram do jeito que estavam, abraçados, de conchinha, um encostado no outro, embalados pelo barulho do mar. Eric acordou uma vez, quando a gata se deitou na cama, tentando se acomodar no pescoço de Yves. Mas ele empurrou o bichinho para o pé da cama. Ele se virou, apoiado em um ombro, observando o rosto adormecido de Yves. Pensou em se levantar e apagar as luzes; sentiu um pouco de fome. Mas nada parecia importante o suficiente para fazê-lo sair da cama, para tirá-lo de perto de Yves ainda que por um instante. Deitou de novo, fechando os olhos e ouvindo a respiração de Yves. Ele dormiu, pensando: *a vida é bem diferente em Nova York*, e acordou com o mesmo pensamento, bem quando o sol começava a nascer. Yves estava acordado, olhando para ele. Eric pensou: *talvez ele odeie Nova York. E depois talvez passe a me odiar também.* Yves parecia assustado e decidido. Eles ficaram em silêncio. Yves de repente puxou Eric para seus braços como se estivesse com raiva ou como se estivesse perdido. Aos poucos eles recuperaram a paz e ficaram deitados ali em silêncio, com a fumaça azul do cigarro em torno dos dois, no ar ensolarado, a gata ronronando à luz do sol aos pés deles. Depois, o som de Madame Belet na cozinha fez Eric perceber que era hora de se apressar.

2

Oito dias depois, Eric estava em Nova York, com as últimas palavras de Yves ainda ressoando nos ouvidos e com seu toque e seu cheiro ainda espalhados por todo o corpo. E os olhos de Yves, como os holofotes da Torre Eiffel ou a luz de um farol que varre o mar, iluminavam de tempos em tempos a sombria escuridão à sua volta e permitiam que ele tivesse, em meio à negra imensidão, acesso a seu único ponto de referência e a seu único instrumento de navegação.

No último dia em Paris, no último instante, os dois estavam numa ressaca terrível, tinham passado a noite acordados, bebendo na casa de um amigo; seus rostos estavam pálidos e abatidos; eles fediam a cansaço. Havia muita gritaria e confusão em volta e o trem respirava acima deles como um besouro inexplicavelmente perigoso. Eles estavam exaustos demais para sentir tristeza, mas não exaustos demais para sentir medo. O medo exalava deles como o miasma que sobe da Gare St. Lazare. Nas profundas sombras negras desse galpão, enquanto os amigos estavam a uma distância discreta dos dois; e o funcionário da estação corria para lá e para cá na plataforma, gritando: *"En voiture, s'il vous plaît! En voiture! En voiture!"*; e o ponteiro grande do relógio se aproximava da hora da partida; eles olharam para o rosto um do outro como camaradas que passaram juntos pela guerra.

"T'ne fais pas", Eric murmurou.

"En voiture!"

Eric subiu na porta do trem, apinhada de gente. Não havia nada a dizer; havia coisas demais a dizer.

"Detesto esperar", ele disse. "Detesto despedidas." De repente percebeu que ia chorar, e o pânico ameaçou dominá-lo por ter tanta gente olhando. "A gente se vê", disse, "logo, logo. Eu prometo, Yves. Eu te prometo. *Tu me fais toujours confiance, j'espère?"* E tentou sorrir.

Yves não disse nada, mas assentiu com a cabeça, os olhos muito brilhantes, a boca muito vulnerável, a testa muito alta, e absolutamente inquieto. Pessoas gritavam das janelas, uns passavam coisas de última hora para os outros pela janela. Eric foi a última pessoa a ficar de pé na porta. Tinha a sensação horrorosa de ter esquecido alguma coisa muito importante. Deixara o quarto de hotel de Yves pago, eles tinham ido à embaixada americana e às autoridades francesas, havia deixado dinheiro para Yves — o que mais? O que mais? O trem começou a se mover. Yves pareceu aturdido por um momento, Eric levantou os olhos, fixos nos de Yves, para se despedir de todos os outros. Yves correu pela plataforma, depois pulou de repente no degrau do trem, se segurando com uma mão, e deu um beijo forte em Eric, na boca.

"Ne m'oublie pas", ele sussurrou. "Você é tudo que eu tenho neste mundo."

Depois ele saltou do trem, que começava a ganhar velocidade. Correu mais um pouco pela plataforma, parou, mãos nos bolsos, olhando fixamente, com o vento bagunçando seu cabelo.

Eric ficou olhando para ele, acenando. A plataforma se estreitou, se inclinou, terminou, o trem fez uma curva e Yves sumiu de seu campo de visão. Aquilo parecia impossível e ele ficou olhando como um idiota para os postes e fios que fugiam, para o cartaz que dizia PARIS-ST. LAZARE, para as inexpressivas paredes dos fundos dos prédios. Depois lágrimas escorreram por seu rosto. Ele acendeu um cigarro e ficou na plataforma fechada do vagão, enquanto passavam os horrorosos bairros periféricos de Paris. Por que estou indo para casa?, se perguntou. Mas ele sabia por quê. Era hora. Para não perder tudo que havia conquistado, ele precisava seguir em frente e arriscar tudo.

Nova York parecia mesmo muito estranha. A cidade quase podia, com seus comportamentos e costumes bárbaros e estranhos, com sua sensação de perigo e horror adormecida logo abaixo daquela superfície acidentada e sociável, ser algum lugar impenetravelmente exótico do Oriente. A cidade era tão magnífica que parecia não ter nenhuma relação com a passagem do tempo: o tempo poderia tê-la rejeitado assim como havia rejeitado Cartago e Pompeia. Parecia não ter noção de quaisquer exigências da vida humana; era tão familiar e popular que se tornou, no fim, a cidade mais irremediavelmente privada de todas. As pessoas se acotovelavam o tempo todo, e no entanto desejavam a presença umas das outras, o contato humano; e se por um lado ninguém conseguia — era a queixa generalizada — ficar sozinho em Nova York, era necessário, ao mesmo tempo, lutar com todas as forças para não morrer de solidão. Essa luta, que acontecia de tantas maneiras diferentes, criava o estranho ambiente da cidade. As garotas ao longo da Quinta Avenida vestiam roupas cintilantes como as luzes dos semáforos, tentando inutilmente atrair a atenção masculina para as notícias de suas dores secretas. Os homens não conseguiam ler essa mensagem. Caminhavam a passos intencionalmente largos, com pequenos chapéus anônimos, ou de cabeça descoberta, com o cabelo repartido de um jeito juvenil ou cortado à maneira dos recrutas, equipados com pastas de documentos, seguindo apressados, pelo que parecia, para os vagões de fumantes nos trens. Nesse refúgio, abriam seus jornais e se informavam das más notícias do dia. Ou podiam ser encontrados, quando davam as cinco da tarde, em bares anônimos, com iluminação discreta e decoração pouco chamativa, apreensivos, em frágil e apreensiva companhia feminina, bebendo tristonhos martínis.

Esse toque de desespero, de oculto desespero, aparecia com frequência. Estava à espreita em cada avenida de Nova York, vagava por todas as ruas de Nova York; estava presente no Sutton Place, onde morava o diretor da peça de Eric e onde os figurões constantemente se encontravam, assim como no Greenwich Village, onde ele havia alugado um apartamento e se chocara ao ver o que o tempo tinha feito com as pessoas que um dia ele havia conhecido tão bem. Não teve como evitar a sensação de que existia uma espécie de epidemia, embora a doença fosse oficial e publicamente negada. Até mesmo os mais jovens pareciam infectados — pareciam os mais atingidos. Os garotos de calça jeans caminhavam juntos, sem confiar uns nos outros, mas unidos, como os mais velhos, por uma desconfiança infantil das meninas. Até mesmo o andar deles, uma espécie de trote antierótico com molas nos joelhos, era uma paródia de locomoção e de masculinidade. Eles pareciam andar evitando o contato com suas chamativas, e paradoxalmente delineadas, partes íntimas. Eles pareciam — seria verdade mesmo? E como isto havia acontecido? — sentir-se em casa com a brutalidade e a indiferença, acostumados a elas e aterrorizados com o afeto humano. De algum modo estranho não pareciam se sentir dignos disso.

Agora, no fim de uma tarde de domingo, depois de quatro dias em Nova York, e ainda sem ter escrito a seus pais no Sul, Eric andava pelas ruas tropicais a caminho da casa de Cass e Richard. Ia tomar um drinque com eles para comemorar sua volta.

"Fico feliz por você achar que isso é motivo para comemorar", ele disse a Cass ao telefone.

Ela riu. "Isso não é muito gentil. Fica parecendo que você não sentiu nem um pouco a nossa falta."

"Ah, com certeza quero ver vocês todos. Mas não sei se senti muita falta da cidade. Você já percebeu como este lugar é feio?"

"Está ficando mais feio a cada dia", disse Cass. "Um exemplo perfeito da livre iniciativa que deu muito errado."

"Queria te agradecer", ele disse depois de um instante, "por me escrever para contar do Rufus." E ele pensou, com surpreendente e dolorosa maldade: ninguém mais se lembrou de fazer isso.

"Bom, eu sabia", ela disse, "que você ia querer saber." Depois houve um silêncio. "Você não chegou a conhecer a irmã dele, chegou?"

"Bom, eu sabia que ele *tinha* uma irmã. Nunca conheci; na época ela era criança."

"Agora ela não é mais criança", disse Cass. "Ela vai cantar domingo, no Village, com uns amigos do Rufus. Vai ser a primeira vez. A gente prometeu que ia te levar. O Vivaldo vai estar lá."

Ele pensou em Rufus. Não soube o que dizer. "Ela é parecida com o irmão, é?"

"Eu não diria que sim. Sim e não." Pouco depois: "Você vai ver". Isso levou a outro silêncio e, depois de alguns segundos, eles desligaram.

Eric entrou no prédio deles, depois no elevador, e disse ao ascensorista aonde ia. Havia se esquecido do estilo dos ascensoristas americanos, mas agora se lembrou. O ascensorista, sem dizer nada, bateu a grade do elevador e deu início à subida. A natureza do silêncio dele transmitia a desaprovação que sentia pelos Silenski e por todos os amigos deles, e sua vívida sensação de ser tão bom quanto eles.

Eric tocou a campainha, Cass abriu a porta imediatamente, tão luminosa quanto aquele dia luminoso.

"Eric!" Ela o olhou de alto a baixo com a zombaria afetuosa de que ele agora se recordou. "Como você ficou bonito de cabelo curtinho!"

"Bonita está você", ele devolveu, sorrindo, "com esse cabelo comprido. Ou ele sempre foi comprido? É o tipo de coisa que a gente esquece quando fica muito tempo fora."

"Deixa eu dar uma olhada em você." Ela o levou para dentro do apartamento e fechou a porta. "Você está realmente ótimo. Bem-vindo de volta." Ela se inclinou para a frente de repente e beijou o rosto dele. "É assim que fazem em Paris?"

"Você tem que me dar um beijo em cada bochecha", ele disse, sério.

"Ah." Ela pareceu levemente constrangida, mas deu outro beijo nele. "Melhor assim?"

"Muito melhor", ele disse. Depois: "Onde está todo mundo?". A sala estava vazia, mas tomada pelo som de blues. Era a voz de uma mulher negra, a voz de Bessie Smith, e a voz o lançou com violência no centro ardente de seu passado: *It's raining and it's storming on the sea. I feel like somebody has shipwrecked poor me.*

Por um instante pareceu que Cass ecoava a pergunta dele com sarcasmo. Ela atravessou a sala e baixou um pouco o volume da música. "As crianças estão no parque com uns amigos. O Richard está no escritório, trabalhando. Mas logo todo mundo estará aqui."

"Ah", ele disse, "então eu cheguei cedo. Desculpe."

"Você não chegou cedo, foi pontual. E *eu estou* feliz. Queria mesmo ter chance de falar sozinha com você antes da gente ir pra esse show."

"Você já tem um belo show acontecendo aqui dentro", ele disse. Cass foi até o bar e ele se acomodou no sofá. "É muito bonito aqui. Lá fora está um horror. Eu tinha esquecido como Nova York podia ser quente."

As grandes janelas estavam abertas e, para além delas, via-se a água, estendendo-se brilhante e tranquila, porém mais escura do que a do Mediterrâneo. A brisa que ocupava a sala vinha direto da água; era como se trouxesse com ela o tempero e o mau cheiro da Europa e o murmúrio da voz de Yves. Eric se inclinou para trás, preso a uma espécie de melancolia tranquila, consolada pelo ritmo da voz de Bessie, e olhou para Cass.

O sol circundava o cabelo dourado dela, preso no alto da cabeça, que caía sobre as sobrancelhas em mechas juvenis um pouco inadequadas, simples demais. A ideia era tornar seu rosto mais suave, um rosto cuja principal marca sempre foram os ossos salientes e frágeis. As rugas se cruzavam levemente em torno dos olhos grandes; o sol revelava que a maquiagem era um pouco excessiva. Isso, e algo indefinivelmente triste nos traços da boca, na mandíbula, enquanto ela estava em silêncio no bar, olhando para baixo, fizeram Eric perceber que Cass estava no início de seu declínio, que estava começando a ficar mais vulnerável. Algo gelado havia tocado aquela mulher.

"Você quer gim, vodca, bourbon, uísque ou cerveja? Ou tequila?" Ela ergueu os olhos, sorrindo. O sorriso, embora genuíno, era exausto. Não tinha mais o encanto malicioso de que ele se lembrava. E agora havia linhas minúsculas em torno do pescoço dela que ele nunca havia percebido antes.

Estamos envelhecendo, ele pensou, e com certeza aconteceu rápido demais.

"Acho melhor uísque. Fico bêbado rápido demais com gim… e não sei o que esperar de hoje à noite."

"Ah", ela disse, "Eric, o homem que pensa adiante! E que *tipo* de uísque?"

"Em Paris, quando a gente pede uísque — e por muito tempo eu nem me arrisquei a fazer isto — sempre significa scotch."

"Você adorou Paris, não foi? Claro que deve ter adorado, você ficou fora tanto tempo. Conte."

Ela preparou dois copos e foi sentar ao lado dele. De longe ele ouviu o *cling!* abafado de uma campainha de máquina de escrever.

It's a long old road, Bessie cantou, *but I'm going to find an end.*

"Nem parece que foi tanto tempo", ele disse, "agora que eu voltei." Ele então ficou tímido, porque, quando Cass disse *você adorou Paris*, ele imediatamente pensou: Yves está lá. "É uma cidade fantástica, Paris, uma cidade linda — e foi muito bom para mim."

"Estou vendo. Você parece muito mais feliz. Há uma espécie de luz em volta de você."

Ela disse isso de um jeito muito direto, com um sorriso pesaroso, conspiratório: como se soubesse a causa da felicidade e se alegrasse por ele.

Ele baixou os olhos, mas os ergueu de novo. "É apenas o sol", ele disse, e os dois riram. Depois, sem conseguir se conter: "Mas eu *fui* muito feliz lá".

"Bom, mas você não saiu de lá porque ficou infeliz, certo?"

"Não." *And when I get there I'm going to shake hands with a friend.* "Um sujeito que eu conheço e que acha que tem poderes psíquicos" — ele tomou um gole do uísque, sorrindo — "esse francês me convenceu de que eu ia virar um grande nome do teatro se viesse fazer essa peça. E eu não tenho coragem de contrariar os astros, muito menos de discutir com um francês. Então..."

Ela riu. "Eu não sabia que os franceses gostavam dessas coisas. Achei que eles fossem muito racionais."

"A racionalidade dos franceses é muito simples. Qualquer coisa que um francês faça é racional, já que é um francês que está fazendo aquilo. Essa é a verdadeira vantagem que a lógica francesa tem sobre todas as outras."

"Entendo", ela disse, e riu de novo. "Espero que você tenha lido a peça antes do seu amigo consultar as estrelas. O papel é bom?"

"É o melhor papel", ele disse depois de um momento, "que eu já tive."

De novo, por um instante, ele ouviu a campainha da máquina de escrever. Cass acendeu um cigarro, ofereceu um a Eric e acendeu para ele. "Agora você vai ficar aqui ou tem planos de voltar, ou o quê?"

"Eu não", ele disse, rápido, "tenho planos de voltar, muita coisa, talvez tudo, vai depender do que acontecer com essa peça."

Ela percebeu o incômodo de Eric e escolheu um tom de voz para ele. "Ah, eu adorar ir ver os ensaios. Posso ir servir café para você, coisas desse tipo. Isso ia me fazer sentir que eu contribuí para o seu triunfo."

"Porque você tem certeza que vai ser um triunfo", ele disse, sorrindo. "Cass, maravilhosa. Acho que esse é um hábito que as mulheres dos grandes homens acabam adquirindo."

Weeping and crying, tears falling on the ground.

A atmosfera entre eles ficou um pouco tensa, porque os dois sabiam o motivo de ele ter deixado sua carreira em Nova York sofrer uma interrupção tão grande. Depois ele se permitiu pensar na noite de estreia, e pensou: Yves vai estar lá. Esse pensamento o deixou feliz e seguro. Ele não se sentia seguro agora, sentado sozinho com Cass; não se sentia seguro desde que havia descido do navio. Seus ouvidos ansiavam pelo som dos passos de Yves a seu lado: enquanto ele não ouvisse esse ritmo, todos os outros sons não teriam sentido. *Weeping and crying, tears falling on the ground.* Todos os outros rostos seriam ofuscados, aos olhos dele, pela ausência de Yves. Olhou para Cass, querendo contar a ela sobre Yves, mas sem ousar fazer isso, sem saber por onde começar.

"Mulheres dos grandes homens, sei!", disse Cass. "Como eu adoraria destruir *este* mito literário." Ela olhou para ele, séria, tomando seu uísque, sem parecer saboreá-lo. *When I got to the end, I was so worried down.* "Você parece muito seguro de si", ela disse.

"Sério?" Ele ficou profundamente perplexo e feliz. "Eu não *me sinto* seguro."

"Lembro de você antes de você ir embora. Você estava extremamente infeliz na época. Todo mundo ficava imaginando — *eu* ficava imaginando — o que ia ser de você. Mas agora você não está infeliz."

"Não", ele disse, e, sob o olhar escrutinador dela, corou. "Não estou mais infeliz. Mas ainda não sei o que vai ser de mim."

"Crescer", ela disse, "é isso que vai acontecer com você. É isso que *já* está acontecendo." E ela mais uma vez dirigiu a ele um sorriso íntimo, cheio de pesar. "É muito bom de ver, é muito invejável. Eu não invejo muita gente. Faz muito, muito tempo que não me pego invejando *ninguém*."

"É curioso", ele disse, "você *me* invejar." Ele se levantou do sofá e foi até a janela. Atrás dele, sob o lamento poderoso da música, um pesado silêncio crescia: Cass também queria falar alguma coisa, mas ele não queria saber o que era. *You can't trust nobody, you might as well be alone.* Olhando para a água, ele perguntou: "Como o Rufus estava… perto do fim?".

Depois de um instante, ele se virou e olhou para ela. "Eu não queria perguntar... mas acho que realmente quero saber."

O rosto dela, apesar da franja suave, parecia magro e contemplativo. Os lábios se retorceram. "Eu contei alguma coisa", ela disse, "na carta. Mas eu não sabia como você estava na época e não vi sentido em ficar contando os problemas." Ela apagou o cigarro e acendeu outro. "Ele estava muito infeliz, como... como você sabe." Ela fez uma pausa. "Na verdade, a gente nunca se aproximou muito dele. O Vivaldo conhecia ele melhor do que... do que a gente." Ele sentiu uma curiosa pontada de ciúmes: *Vivaldo!* "A gente não viu muito o Rufus. Ele estava muito envolvido com uma moça do Sul, uma moça da Geórgia..."

Found my long lost friend, and I might as well stayed at home!

"*Isso* você não contou", ele disse.

"Não. Ele não foi muito bacana com ela. Batia muito nela..."

Eric olhou nos olhos dela, percebendo que estava ficando pálido, lembrando mais do que gostaria, sentindo suas esperanças e sua esperança de segurança ameaçadas por forças insuperáveis, inominadas, dentro de si. Lembrou-se do rosto de Rufus, de suas mãos, de seu corpo e sua voz, e da constante humilhação. "Batia nela? Por quê?"

"Bom... como a gente vai saber? Porque ela era do Sul, porque era branca. Não sei. Porque era o Rufus. Foi bem feio. Ela era uma moça simpática, talvez meio triste..."

"Ela gostava de apanhar? Quero dizer... tinha alguma coisa nela que gostasse disso, ela gostava de ser... humilhada?"

"Não, acho que não. Realmente acho que não. Bom, talvez todo mundo tenha dentro de si algo que goste de ser humilhado, mas acho que a vida não é tão simples. Não acredito nessas fórmulas." Ela fez uma pausa. "Pra dizer a verdade, acho que ela devia amar o Rufus, realmente devia amar, e queria que ele sentisse o mesmo por ela."

"É cada aberração", ele disse, "que a gente vê!" Terminou de tomar o que havia em seu copo.

Uma leve expressão de divertimento e decepção passou pelo rosto dela. "Enfim, o romance foi de mal a pior e ela acabou sendo internada numa instituição…"

"Você quer dizer num hospício?"

"Sim."

"Onde?"

"No Sul. A família veio buscar a moça."

"Meu Deus", ele disse. "Continue."

"Bom, aí o Rufus desapareceu… por um bom tempo. Foi quando eu conheci a irmã dele, ela veio falar com a gente, querendo saber dele… E voltou uma vez, e… ele *morreu*." Aturdida, ela abriu uma mão, ossuda, depois fechou o punho.

Eric voltou para a janela. "Uma moça do Sul", ele disse. Sentiu uma dor amorfa, muito distante. Tudo parecia ter acontecido havia muito tempo, aquele tempo de falta de ar e de tremor, de gelo e fogo. A dor agora era distante, mas na época era quase suportável. Não tinha como realmente se lembrar dela porque ela tinha se transformado em parte dele. No entanto, a força da dor, mesmo atenuada, não havia desaparecido: o rosto de Rufus ressurgiu diante dele, o rosto negro com aqueles olhos negros e lábios curvilíneos, fortes. Era o rosto que Rufus tinha ao olhar para Eric com amor. Depois, ao sair do esconderijo, vieram à luz seus outros rostos, o rosto astuto, sedutor do desejo, o rosto distante do desejo saciado. E então, por um instante, ele viu o rosto de Rufus encarando a morte e viu seu corpo se precipitando no ar: em direção à água, à água que se estendia agora diante dele. A velha dor se retirou para o lar que ela havia construído dentro dele. Mas outra dor, ainda sem teto, começou a bater em seu coração — não pela primeira vez: ela iria entrar à força um dia e permaneceria com ele para sempre. *Catch them. Don't let them blues in here. They shakes me in my bed, can't sit down in my chair.*

"Deixa eu pegar mais uma bebida pra você", disse Cass.

"O.k." Ela pegou o copo dele. Enquanto ela ia para o bar, ele disse: "Você sabia sobre a gente, não sabia? Acho que todo mundo sabia... apesar da gente achar que estava sendo esperto e tudo mais. E, claro, ele sempre tinha um monte de mulheres em volta".

"Bom, você também tinha", ela disse. "Na verdade, tenho uma vaga impressão de que em algum momento você andou pensando em se casar."

Ele pegou o copo cheio no bar e andou pela sala. "É verdade. Faz muito tempo que eu não penso nela." Fez uma pausa e deu um sorriso amargo. "Tem razão, eu andava mesmo com algumas mulheres pra cima e pra baixo. Nem lembro de seus nomes." Enquanto ele dizia isso, os nomes de duas ou três ex-namoradas apareceram num lampejo em sua mente. "Não pensava nelas há anos." Ele voltou para o sofá e sentou. Cass ficou no bar, olhando para ele. "Acho", ele disse, penosamente, "que ficava andando por aí com elas só por causa do Rufus, talvez tentando provar alguma coisa pra ele e pra mim mesmo."

A sala estava ficando mais escura. Bessie cantou: *The blues has got me on the go. They runs around my house, in and out of my front door.* Depois a agulha ficou arranhando a esmo por um instante, e a vitrola desligou sozinha. A atenção de Eric foi dolorosamente atraída para a lembrança daquelas mulheres que, embora tivessem lhe causado algum desejo, ele não chegou a amar. A textura e o cheiro delas ressurgiram, flutuando: era chocante perceber de modo tão abrupto como ele não pensava naquele seu lado havia tanto tempo. Foi por causa de Yves. Essa ideia o encheu de um odioso ressentimento involuntário: lembrou-se das aventuras hostis de Yves com mulheres do Quartier Latin e de St. Germain-des-Prés. Essas aventuras não chegaram a afetar Eric, já que claramente não chegaram a afetar Yves. Mas agora, soberbamente, como um mergulhador regressando à superfície, esse pânico tremulou, nu, na superfície de sua consciência. E ele, ele ficaria sem mulher, e ficaria sem Yves. Seu corpo começou a formigar, ele sentiu que começava a suar.

Ele se virou e sorriu para Cass, que havia ido para o sofá e estava sentada absolutamente imóvel ao lado dele na penumbra. Ela não olhava para Eric. Estava sentada com as mãos cruzadas sobre o colo, ocupada com os próprios pensamentos.

"Que grande festa essa", ele disse.

Ela se levantou, sorrindo, e sacudiu um pouco o corpo. "Não é? Eu estava começando a pensar onde estão as crianças... elas já deviam estar em casa a esta hora. Talvez seja melhor eu acender algumas luzes." Ela acendeu uma lâmpada perto do bar. Agora a água e as luzes ao longo da água brilhavam mais suavemente, sugerindo a noite iminente. Tudo tinha um tom de cinza-perolado, com notas de ouro. "Melhor eu ir chamar o Richard."

"Eu não sabia", ele disse, "que ia ser tão fácil me sentir em casa de novo."

Ela olhou rápido para ele e sorriu. "Isso é bom?"

"Ainda não sei." Ele estava prestes a dizer alguma coisa sobre Yves, mas ouviu a porta do escritório de Richard abrir e fechar. Ele se virou para olhar para Richard, que entrava na sala; ele estava muito bonito, jovem e grande.

"Então finalmente conseguimos fazer você voltar! Me disseram que isso custou até cada centavo que o pessoal da Shubert Alley conseguiu juntar. Como você está, seu cretino?"

"Estou bem, Richard. Bom te ver." Eles se abraçaram brevemente, ao velho modo americano, truncado, encolhido, e deram um passo atrás para se olhar. "Ouvi dizer que você está vendendo mais livros do que Frank Yerby."

"Livros melhores", disse Richard, "mas não mais livros." Ele olhou para Cass. "Como você está, gatinha? Como está a dor de cabeça?"

"O Eric começou a me falar de Paris e me esqueci completamente dela. Por que *nós* não vamos para Paris? Acho que ia ser maravilhoso pra gente."

"Ia ser maravilhoso pra nossa conta bancária também. Não deixe esse maldito ex-expatriado vir aqui fazer a sua cabeça." Ele foi até o bar e preparou um drinque. "E você? Deixou muitos corações partidos por lá?"

"Eles são muito contidos sobre isso. Todos aqueles séculos de educação tiveram algum efeito, sabe?"

"Era o que eles ficavam me dizendo o tempo todo quando estive lá. Mas o efeito não parecia tão grande, além da pobreza, da corrupção e das doenças. O que você achou de lá?"

"Eu me diverti horrores. Adorei. Claro, eu não estava servindo o Exército..."

"Você gostou dos franceses? Eu não suportava; achava eles feios e totalmente falsos."

"Eu não achei. Eles sabem ser bem irritantes, mas, olha, gostei deles."

"Bom. Claro, você é um sujeito bem mais paciente do que eu." Ele sorriu. "E está falando bem francês?"

"*Du trottoir*... Francês de rua. Mas fluente."

"Aprendeu na cama?"

Ele corou. Richard olhou para ele e riu.

"Pra falar a verdade, sim."

Richard levou seu copo até o sofá e sentou. "Dá pra ver que a viagem não te tornou uma pessoa mais virtuosa. Vai ficar aqui por algum tempo?"

Eric sentou na poltrona em frente a Richard, do outro lado da sala. "Bom, tenho que ficar pelo menos até a estreia da peça. Mas depois... quem sabe?"

"Bom", disse Richard, erguendo o copo, "estamos torcendo. Que dure mais que *Caminho áspero*."

Eric deu de ombros. "Não comigo no elenco, meu chapa." Ele bebeu, acendeu um cigarro; uma sensação familiar de medo e raiva começou a se agitar dentro dele. "Me conte de você, me atualize."

Mas ao dizer isso percebeu que não ligava para o que Richard estava fazendo. Estava simplesmente sendo educado porque Richard era casado com Cass. Ele ficou pensando se sempre tinha se sentido assim. Talvez nunca tivesse sido capaz de admitir isso a si mesmo. Talvez Richard tivesse mudado — mas *será* que as pessoas mudavam? Ficou imaginando o que iria pensar de Richard se aquela fosse a primeira vez em que se encontravam. Depois ficou pensando o que Yves ia achar daquelas pessoas e o que elas achariam de Yves.

"Não há muita coisa pra contar. Você sabe sobre o livro. Vou pegar um exemplar pra você, um presente de boas-vindas…"

"Só *isso* já devia te deixar feliz por ter voltado", disse Cass.

Richard olhou para ela, sorrindo. "Sem sabotagem, por favor." Ele disse para Eric: "A Cass ainda gosta de tirar sarro de mim". Depois: "Tem mais um livro vindo aí. Pode ser que Hollywood compre o primeiro, fechei um contrato com a tevê".

"Alguma coisa pra mim nessa história da tevê?"

"Já fecharam o elenco. Desculpe. De qualquer jeito, acho que a gente não ia poder pagar seu preço." A campainha tocou. Cass foi atender.

De repente houve um tremendo alvoroço na porta, com soluços e gritos, mas Eric só reagiu quando viu a mudança no rosto de Richard e ouviu Cass gritar. Richard e Eric se levantaram e as crianças entraram correndo na sala. Michael estava chorando, com sangue pingando do nariz e da boca na camiseta listrada de branco e vermelho. Paul estava atrás dele, pálido e quieto, com sangue nas juntas dos dedos e no rosto; e a camiseta branca estava rasgada.

"Está tudo bem, Cass", Richard disse, rápido, "está tudo bem. Eles não morreram." Michael correu para o pai e enterrou o rosto ensanguentado na barriga dele. Richard olhou para Paul. "O que foi que aconteceu?"

Cass puxou Michael para longe do pai e olhou para o rosto dele. "Vem, meu bem, deixa eu limpar esse sangue e ver o que aconteceu com você." Michael se virou para ela, ainda soluçando, apavorado. Cass abraçou o menino. "Venha, meu amor, está tudo bem, calma, meu amor, vem aqui." Ela levou Michael para o banheiro, sua mão trêmula segurando a mão do menino, e Richard olhou brevemente para Eric por cima da cabeça de Paul.

"Vem cá", ele disse para Paul, "o que aconteceu? Vocês brigaram, você bateu nele ou o quê?"

Paul sentou, apertando uma mão na outra. "Não sei muito bem o que aconteceu." Ele estava à beira das lágrimas; o pai esperou. "A gente estava jogando bola, depois a gente começou a voltar pra casa, a gente não estava fazendo nada, só brincando e andando. Eu não estava prestando muita atenção no Mike, ele vinha um pouco atrás, com uns amigos dele. Daí" — ele olhou para o pai — "uns negros… uns meninos negros, eles desceram uma ladeira e gritaram alguma coisa, eu não ouvi o que eles gritaram. Um deles me deu uma rasteira e eles começaram a bater nos meninos menores, e a gente foi correndo pra parar eles." Ele olhou de novo para o pai. "A gente nunca viu tantos deles juntos, não sei de onde eles apareceram. Um derrubou o Michael no chão e estava socando ele, mas eu consegui tirar ele dali." Ele olhou para o punho ensanguentado. "Acho que fiz ele engolir uns dois dentes."

"Você fez bem. Você não se machucou? Como está se sentindo?"

"Tudo bem." Mas ele tremia.

"Levante, venha aqui, deixa eu dar uma olhada em você."

Paul se levantou e foi até o pai, que se ajoelhou e olhou no rosto dele, batendo de leve na barriga e no peito, fazendo carinho no pescoço e no rosto. "Você fez um machucado feio no queixo, não foi?"

"O Mike se machucou mais que eu." Mas de repente ele começou a chorar. Os lábios de Richard se contraíram; ele pôs o filho nos braços. "Não chore, Paul, já passou."

Mas, agora que tinha começado, Paul não conseguia parar. "Por que eles fizeram isso, pai? A gente nunca tinha *visto* eles!"

"Às vezes... às vezes o mundo é assim, Paul. Você só precisa tomar cuidado com gente assim."

"É porque eles são negros e a gente é branco? É isso?"

De novo, Richard e Eric se olharam. Richard engoliu em seco. "O mundo tem todo tipo de gente, e às vezes elas fazem coisas horríveis umas com as outras, mas... não é esse o motivo."

"Tem negros que são ótimas pessoas", disse Eric, "e outros que não são... como os brancos. Existem pessoas ótimas e pessoas horrorosas." Mas ele não soou muito convincente e achou melhor ficar quieto.

"Esse tipo de coisa anda acontecendo cada vez mais", Richard disse, "e, pra falar a verdade, eu ando com vontade de admitir a derrota e entregar a ilha de volta para os índios. Acho que eles nunca quiseram que a gente fosse feliz aqui." Ele deu uma risadinha seca e voltou a atenção de novo para Paul. "Você conseguiria reconhecer esses meninos se encontrar com eles de novo?"

"Acho que sim", Paul disse. Ele prendeu a respiração e enxugou os olhos. "Sei que consigo reconhecer um deles, o menino em quem eu bati. Quando saiu sangue do nariz dele, e da boca, ficou muito... *feio* na pele dele."

Richard olhou para ele por um momento. "Vamos lá dentro limpar isso e ver o que está acontecendo com o nosso velho Michael."

"O Michael não sabe brigar", Paul disse, "e os meninos vão sempre pegar no pé dele."

"Bom, a gente vai ter que fazer alguma coisa a respeito disso. Ele vai ter que *aprender* a brigar." Richard foi até a porta, com o braço no ombro de Paul. Ele se virou para Eric. "Sinta-se em casa, por favor. A gente volta num minuto." E ele e Paul saíram da sala.

Eric ouviu as vozes dos meninos e dos pais, aceleradas, indistintas, confusas. "Todo menino briga de vez em quando", disse Richard, "melhor a gente não dar tanta importância." "Eles não estavam brigando", disse Cass. "Eles foram *atacados*. Não é nem de longe a mesma coisa, na minha opinião." "Cass, não vamos piorar as coisas." "Ainda acho que a gente devia chamar um médico; *a gente* não entende de corpo humano, como é que *a gente* sabe se não tem nada quebrado ou uma hemorragia interna? Acontece o tempo todo de gente cair morta dois dias depois de um acidente." "O.k., o.k., pare de ser histérica. Você quer apavorar os dois?" "Eu não estou histérica, e você pare de ser o rochedo de Gibraltar. Eu não sou uma leitora sua, eu *conheço* você!" "E o que você quer dizer com isso?" "Nada. Nada. Você pode, por favor, telefonar para o *médico*?" Ouviu-se a voz de Michael, aguda e trêmula, cheia de um terror infantil. "O quê? Essa é a maior besteira que eu já ouvi", disse Cass, usando outro tom de voz e com grande autoridade; "claro que ninguém vai entrar aqui quando você estiver dormindo. A mamãe e o papai estão aqui, e o Paul também." A voz de Michael a interrompeu de novo. "Está tudo bem, a gente não vai *sair*", disse Cass. "A gente não vai sair *esta noite*", Richard disse, "e o Paul e eu vamos te ensinar uns truques, assim os meninos não vão mais incomodar *você*. Quando *a gente* terminar, eles vão ter medo de *você*.

284

Quando eles virem você chegando, rapaz, eles vão dar no pé."
Ele ouviu a risada insegura de Michael. Depois ouviu alguém
girando o disco do telefone, a voz de Richard e a campainha
suave do aparelho quando Richard desligou.

"Acho que, no final das contas, a gente não vai sair esta
noite", Richard disse, voltando para a sala. "Desculpe. Tenho
certeza que eles estão bem, mas a Cass quer que o médico dê
uma olhada nos dois, e a gente precisa ficar aqui até ele chegar.
De qualquer forma, acho que a gente não deve deixar os dois
sozinhos esta noite." Ele pegou o copo da mão de Eric. "Deixa
eu completar isto aqui pra você." Foi até o bar; ele não estava tão
calmo quanto queria parecer. "Negrinhos filhos da puta", murmurou, "podiam ter matado o menino. Por que eles não se matam uns aos outros, pelo amor de Deus!"

"Bateram muito no Michael?"

"Bom, ele ficou com um dente frouxo e o nariz está sangrando, mas o pior é que *apavoraram* o menino. Graças a Deus
que o Paul estava com ele." Depois Richard ficou em silêncio.
"Sei lá. Esta vizinhança, esta cidade inteira virou um inferno.
Eu vivo dizendo pra Cass que a gente devia se mudar — mas ela
não quer. Talvez isso faça ela repensar o assunto."

"Repensar que assunto?", Cass perguntou. Ela caminhou a
passos largos até a mesinha de centro em frente ao sofá, pegou
seus cigarros e acendeu um.

"Sairmos da cidade", Richard disse. Ele tinha observado
Cass enquanto falava, e havia falado bem baixinho, como se estivesse se contendo.

"Não sou contra nos mudarmos. A gente só não conseguiu
chegar a um acordo sobre pra onde ir."

"A gente não chegou a um acordo porque você é contra
todo lugar que eu sugiro. E, como você não fez nenhuma con-
traproposta, concluí que você não quer se mudar."

"Ah, Richard, eu só não me sinto muito atraída por nenhuma dessas colônias literárias que você quer que a gente faça parte…"

Os olhos de Richard tornaram-se escuros como águas profundas. "A Cass não gosta de escritores", disse calmamente para Eric, "pelo menos não dos que ganham a vida escrevendo. Ela acha que escritores deviam passar fome e mendigar, como o nosso bom amigo Vivaldo. Aí é legal, isso é que é ser realmente responsável e artístico. Mas todos os outros que, como eu, tentam amar uma mulher, construir uma família e fazer um pé-de-meia — nós somos todos umas putas."

Ela ficou muito pálida. "Eu jamais disse nada nem parecido com isso."

"Não? Há várias formas de dizer" — ele imitou o jeito dela — "esse tipo de coisa. Você disse mil vezes. Você deve pensar que eu sou burro, gatinha." Ele se virou de novo para Eric, que estava perto da janela, querendo sair voando por ali. "Se ela se arranjasse com um sujeito como o Vivaldo…"

"Deixe o Vivaldo fora disso. O que é que ele tem a ver com isso?"

Richard deu uma risada surpreendentemente alegre e repetiu: "Se ela se arranjasse com um sujeito desses, talvez não ficasse enchendo o saco e reclamando! Ah, que martírio! Como ela ia adorar!" Ele tomou um gole de seu copo e atravessou a sala em direção a Cass. "E sabe por quê? Você quer saber por quê?" Tudo ficou quieto. Os olhos enormes dela se ergueram para encontrar os dele. "Porque você é igual a todas essas vagabundas americanas. Você quer um homem de quem possa sentir dó, você ama o cara desde que ele esteja fodido. Aí você pode dar uma mão, como você adora dizer, pode ser a ajudante dele. Ajudante!" Ele atirou a cabeça para trás e riu. "Depois, um belo dia, o sujeito sente um frio entre as pernas, dá uma apalpada, procurando o pau e as bolas, e descobre que ela pegou tudo e guardou junto com a roupa de cama." Ele terminou de beber o que havia no copo e, de um jeito brusco, prendeu a respiração. Sua voz mudou, tornando-se quase triste de tão fraca. "Não é assim que as coisas são, meu docinho? Você gostava mais de mim antes do que agora."

Ela aparentava estar exausta; a pele parecia ter se afrouxado. Pôs uma mão de leve no braço dele. "Não", disse, "não é assim que as coisas são." Depois uma espécie de fúria tomou conta dela e seus olhos se encheram de lágrimas. "Você não tem nenhum direito de falar esse tipo de coisa pra mim; você está me culpando por uma coisa que não tem nada a ver comigo!" Ele estendeu a mão para tocar no ombro dela; ela se afastou. "Melhor você ir, Eric, isso não deve estar sendo muito divertido para você. Por favor, peça desculpas, por nós, para o Vivaldo e para a Ida."

"Pode dizer pra eles que os Silenski, aquele casal-modelo, estavam ocupados com sua briga dominical", disse Richard; seu rosto estava muito branco, a respiração pesada, olhando para Cass.

Eric apoiou seu copo com cuidado; ele queria sair correndo. "Vou só dizer que vocês precisaram ficar em casa por causa dos meninos."

"Diga pro Vivaldo entender isso como um alerta. É o que acontece quando você tem filhos, é o que acontece quando você consegue o que quer." E, por um momento, ele pareceu completamente desorientado e juvenil. Depois: "Merda, desculpe, Eric. A gente não queria submeter você a uma tarde melodramática como esta. Por favor venha ver a gente de novo; isso não acontece toda hora, de verdade. Eu vou te acompanhar até a porta".

"Está tudo bem", Eric disse. "Eu já sou grandinho, eu entendo." Ele foi até Cass e eles deram um parto de mão. "Foi bom te ver."

"Bom ver você. Não deixe essa luz se apagar."

Ele riu, mas a frase lhe deu um arrepio. "Vou tentar me manter aceso", disse. Ele e Richard foram até a porta do hall. Cass ficou no meio da sala.

Richard abriu a porta. "Até mais, menino. A gente pode te ligar? A Cass tem o seu número?"

"Tem. E eu tenho o de vocês."

"O.k. A gente se vê logo."

"Claro. Até."

"Até."

A porta fechou. Eric estava de novo no corredor, aquele lugar anônimo, banal, onde se podia respirar, cercado por portas trancadas. Achou seu lenço e enxugou a testa, pensando nos milhões de disputas que estariam sendo travadas por trás de portas fechadas. Chamou o elevador. Ele chegou, com outro ascensorista, mais velho, comendo um sanduíche; Eric foi despejado outra vez nas ruas. O longo quarteirão em que Cass e Richard moravam agora estava silencioso e vazio, à espera da noite. Ele chamou um táxi na avenida e, num turbilhão, foi para downtown.

Seu destino era um bar na parte leste do Village que até pouco tempo fora apenas mais um entre os muitos bares das redondezas. Mas agora o lugar tinha se especializado em jazz e às vezes servia de vitrine para jovens talentos já conhecidos ou completos desconhecidos ou celebridades. A atração atual estava sendo anunciada em uma pequena janela num cartaz de papelão escrito à mão; ele identificou o nome de um baterista que ele e Rufus conheceram anos antes e que não iria se lembrar dele; na janela também havia recortes de colunas de jornais e revistas exaltando as virtudes pouco ortodoxas do lugar.

Eram os não ortodoxos, portanto, que lotavam o espaço, um ambiente bem pequeno, de pé-direito baixo, com um balcão de um lado e mesas e cadeiras do outro. Na extremidade do balcão, o salão se alargava, abrindo espaço para mais mesas e cadeiras, e um corredor bem estreito levava aos banheiros e à cozinha; e nessa parte mais larga, a um canto, ficava um palco pequeno, ao qual se chegava através de uma escada cruelmente íngreme.

Eric chegou durante um dos intervalos. Os músicos estavam descendo do palco, enxugando a testa com lenços grandes e indo na direção da porta da rua, que ficaria aberta por uns dez minutos. O calor lá dentro era medonho e o ventilador no centro do teto mal trazia alívio. E o lugar fedia: a anos de pó acumulado, a bolor, a álcool regurgitado, a comida, a urina, a suor, a luxúria. As pessoas se aglomeravam no bar em três ou quatro camadas, pegajosas e reluzentes, muito mais felizes do que os músicos que tinham fugido para a calçada. A maioria das pessoas nas mesas não se mexia, e parecia muito jovem; os garotos com camisa polo e calça xadrez, as meninas com blusas soltas e saias rodadas.

Os músicos estavam juntos na calçada, à toa, ainda se abanando com os lenços, rostos tranquilos e atentos, ignorando os mendigos ocasionais e os policiais que caminhavam de lá para cá com lábios contraídos e olhos cegos de tantas suspeitas e tantos temores.

Ele desejou não ter vindo. Estava com medo de ver Vivaldo, com medo de encontrar Ida; e começou a se sentir, parado ali, impotente no meio daquela turba sufocante, insuportavelmente esquisito e visível, insuportavelmente forasteiro. A sensação não era nova, mas havia tempos não passava por aquilo: sentia-se observado, como se alguém fosse notá-lo ali e de repente a multidão inteira fosse olhar para ele, rindo e xingando. Pensou em ir embora, mas em vez disso avançou lentamente até o bar e pediu uma bebida. Não fazia ideia de como procurar Ida e Vivaldo. Imaginou que precisaria esperar até que ela começasse a cantar. Mas era provável que eles também estivessem tentando encontrá-lo, procurando seu cabelo ruivo.

Ele foi tomando sua bebida aos poucos, de pé, desconforta-velmente perto de um universitário corpulento, desconfortavel-mente acotovelado pelo garçom que montava perto dele sua bandeja. E ele estava, de fato, começando a chamar um pouco de atenção, ainda que as pessoas o olhassem de modo discreto; ele não parecia bem um americano: as pessoas ficavam imagi-nando de onde ele seria.

Ele viu os dois antes que o vissem. Alguma coisa o fez se virar para a porta e olhar para a calçada; Ida e Vivaldo, balançan-do as mãos dadas, foram até os músicos e começaram a conver-sar com eles. Ida estava com um vestido justo, branco e decota-do, os ombros cobertos por uma echarpe brilhante. No dedo mínimo de uma das mãos, um anel em forma de cobra com olhos de rubi; no outro pulso, um bracelete pesado de prata, de aparência primitiva. O cabelo estava penteado para trás, preso no alto, reluzente como uma coroa. Ela era de longe mais boni-ta do que Rufus e, não fosse por uma tensão belamente triste que mudava rapidamente em torno dos lábios, ela talvez nem lem-brasse Rufus. Mas esse detalhe, que ele conhecia tão bem, cha-mou sua atenção de imediato, assim como outro, que por um momento ele teve mais dificuldade de identificar. Ela riu de al-guma coisa que um dos músicos disse, jogando a cabeça para trás: os brincos pesados de prata cintilaram na luz. Eric sentiu algo forte bater em seu peito e entre as omoplatas enquanto ob-servava o metal brilhante e a moça gargalhando. Sentiu-se, de repente, preso a um sonho do qual não conseguia acordar. Os brincos eram pesados e arcaicos, sugerindo a forma de uma fle-cha com plumas: *o Rufus nunca gostou deles*. Naquela época, eras antes, quando tinham sido abotoaduras, dadas a ele por Eric como declaração de seu amor, Rufus quase não as usava. Mas ficou com as abotoaduras. E ali estavam elas, transformadas, no corpo da irmã. O universitário corpulento, olhando direto para a frente, pareceu cutucar Eric com o joelho. Eric se afastou um

290

pouco do bar e se aproximou da porta, para que eles pudessem vê-lo quando olhassem naquela direção.

Ficou de pé, tomando sua bebida no bar; eles ficaram na calçada mal iluminada. Eric observou Vivaldo e aproveitou esse momento para se relembrar dele. Vivaldo parecia mais radiante do que em qualquer outra época, e menos juvenil. Ainda era muito magro, esguio, mas, de alguma forma, parecia ter ganhado peso. Na lembrança de Eric, Vivaldo sempre pisava de leve no chão, como um potro desconfiado, pronto para sair em disparada a qualquer momento; mas agora ele se mantinha onde estava, sustentado pelo chão, e seu jeito assustadiço, desconfiado, insubmisso desaparecera. Ou talvez não tivesse desaparecido completamente: seus olhos negros corriam de um rosto para o outro enquanto ele ouvia, investigando, ponderando, observando, olhos que mais ocultavam do que revelavam. A conversa assumiu tons mais sombrios. Um dos músicos falou sobre dinheiro — sobre sindicatos e, com um gesto em direção ao lugar onde Eric estava, sobre condições de trabalho. Os olhos de Vivaldo se tornaram mais escuros, seu rosto ficou imóvel e ele olhou brevemente para Ida. Ela observava o músico que falava com um olhar orgulhoso e amargo no rosto. "Então talvez seja melhor você pensar bem, menina", o músico concluiu. "Eu já pensei", ela disse, olhando para baixo, tocando em um dos brincos. Vivaldo pegou a mão dela e Ida olhou para ele: ele beijou de leve a ponta do nariz dela. "Bom", disse outro músico, exausto, "melhor a gente ir entrando." Ele se virou e entrou no bar, dizendo "Licença, cara" para Eric enquanto passava. Ida sussurrou alguma coisa no ouvido de Vivaldo; ele escutou de testa franzida. Seu cabelo caiu sobre a testa e ele jogou a cabeça para trás de repente, parecendo irritado, e viu Eric.

Por um instante, eles simplesmente se olharam. Outro músico, entrando no bar, passou entre os dois. Depois Vivaldo disse:

"Então aí está você. Eu não acreditei que você faria isto; realmente não acreditei que você ia voltar".

"Mas eu estou aqui", disse Eric, sorrindo. "E agora? O que você acha disso?"

Vivaldo subitamente ergueu os braços, riu — o policial foi direto até ele com um olhar furioso, como se estivesse à espera de um sinal oculto para agir —, venceu a distância que havia entre ele e Eric e pôs os braços em torno dele. Eric quase derrubou o copo que tinha na mão, desequilibrado por Vivaldo; ele sorriu olhando para o rosto sorridente de Vivaldo; e percebeu, atrás de Vivaldo, a presença de Ida, olhando de maneira inescrutável, e o policial, esperando.

"Seu ruivinho rebelde de merda", Vivaldo gritou, "você não mudou nada! Meu Deus, que bom te ver, eu não fazia *ideia* que ia gostar tanto de te ver." Ele soltou Eric e deu um passo para trás, aparentemente sem perceber a tempestade que estava provocando. Arrastou Eric para fora do bar, para a rua, na direção de Ida. "Este aqui é o filho da puta de quem a gente vinha falando esse tempo todo, Ida; é o Eric. Ele foi o último ser humano a ir embora do Alabama."

O policial pareceu achar aquilo tudo um horror e, desistindo de esperar por uma inspiração oculta, entrou no bar com ar autoritário. O sinal que recebeu nessa hora fez com que ele, lentamente, se afastasse. Mas Vivaldo sorria olhando para Eric como se ele fosse seu maior orgulho; e disse de novo para Ida, olhando para Eric: "Ida, este é o Eric. Eric, esta é a Ida". E ele juntou as mãos dos dois.

Ida apertou a mão dele, rindo, e olhou para seus olhos. "Eric", ela disse, "acho que ouvi falar mais de você do que de qualquer outro ser humano. Muito bom te conhecer, de verdade. Eu já estava achando que você não passava de uma lenda."

O toque das mãos dela foram um choque para ele, assim como também seu olhar e sua beleza. "Também estou feliz em te conhecer", disse. "Você certamente não ouviu falar mais de mim — você não deve ter ouvido muita coisa *boa* — do que eu ouvi sobre você."

Eles mantiveram o olhar nos olhos um do outro por um segundo, ela ainda com um sorriso, portando sua beleza como uma grande rainha porta seu manto — e estabelecendo, ao mesmo tempo, uma distância entre eles. Depois um dos músicos apareceu junto à porta e disse: "Ida, meu amor, o homem está dizendo que se você vai entrar é pra entrar de uma vez". E desapareceu.

Ida disse: "Venha, me siga. Eles reservaram uma mesa pra gente em algum lugar lá nos fundos". Ela pegou Eric pelo braço. "Estão fazendo um favor pra mim, me deixando participar. Nunca cantei em público. Não posso atrapalhar eles."

"Está vendo", disse Vivaldo logo atrás deles, "você desembarcou do navio bem a tempo de ver um grande acontecimento."

"Você devia ter deixado *ele* dizer isso", falou Ida.

"Eu estava prestes a dizer", disse Eric, "acredite em mim." Eles se espremeram para passar pela multidão e chegar à área ligeiramente mais ampla nos fundos. Lá, Ida parou, olhando em volta.

Ela olhou para Eric. "O que aconteceu com o Richard e a Cass?"

"Eles pediram que eu me desculpasse por eles. Não puderam vir. Um dos meninos não estava bem."

Ele sentiu, enquanto dizia isso, um leve tremor de deslealdade — em relação a Ida: como se ela estivesse, na cabeça dele, misturada às crianças negras que haviam agredido Paul e Michael no parque.

"Justo *hoje*", ela disse, soltando um suspiro — mas, na verdade, parecia pouco se importar com a ausência deles. Seus olhos continuavam procurando alguma coisa na multidão; ela suspirou de novo, um suspiro de uma resignação particular. Os músicos estavam prontos, houve tentativas de silenciar a multidão. Um garçom apareceu e arranjou lugares para eles em uma mesa minúscula, em um canto perto do banheiro feminino, e anotou os pedidos deles. O calor diabólico, agora que eles estavam encurralados naquele canto, começou a subir do chão e a descer do teto.

Eric não ouvia de fato a música, nem conseguiria; ela permanecia absolutamente fora dele, como alguma agitação sem importância do ar. Ele observava Ida e Vivaldo, sentados à sua frente, perfis voltados em direção à música. Ida olhava com uma sabedoria inteligente e sarcástica, como se os homens sobre o palco estivessem enviando uma mensagem transmitida por ordem dela; a cabeça de Vivaldo estava ligeiramente abaixada e ele olhava para cima, em direção ao palco, com uma fanfarronice irônica e insegura; como se entre ele e os músicos houvesse em andamento uma guerra incipiente que tinha a ver com posição social, cor da pele e autoridade. Ele e Ida estavam sentados absolutamente imóveis, costas eretas, sem se encostar — era como se, diante daquele altar, eles estivessem proibidos de manter contato.

Os músicos suavam no palco, como cavalos, tocavam alto e mal, com uma espécie de desprezo negligente, e no primeiro número não conseguiram concordar em nada. Claro que isso não afetou os aplausos, que foram altos, entusiasmados e prolongados. Só de Vivaldo não partiu nenhum som. O baterista, que de tempos em tempos deixava o olhar ir de Ida para Vivaldo — e depois baixava a cabeça de novo para a bateria —, registrou o silêncio de Vivaldo com um sorriso largo e irônico e fez um gesto para Ida.

"É a sua vez agora", ele disse. "Suba aqui e veja o que *você* consegue fazer para civilizar esses diabos." E com um simples olhar para Eric e Vivaldo: "Acho que a esta altura você já ensaiou bastante".

Ida olhou para os olhos dele com um sorriso ilegível, que no entanto insinuava uma leve vingança. Ela apagou o cigarro, ajeitou a echarpe e se ergueu recatadamente. "Fico feliz por você achar que estou pronta", disse. "Torça por mim, docinho", ela disse para Vivaldo, e subiu ao palco.

Ela não foi anunciada, só conversou rapidamente com o pianista; depois foi até o microfone. O pianista tocou os primeiros compassos, mas a plateia não entendeu o que estava acontecendo.

"Vamos tentar outra vez", disse Ida numa voz alta, clara.

Ao ouvir isso, cabeças se viraram para olhar para ela; ela olhou calmamente para eles. O único sinal de sua agitação estava nas mãos, inquietas, fechadas com força na sua frente — ela torcia as mãos, mas não estava chorando.

Alguém disse num sussurro alto: "Olha lá, cara, é a irmã mais nova do Kid".

Havia gotas de suor na testa e no nariz dela, uma perna avançou, trêmula, recuou. O pianista recomeçou, ela segurou o microfone como uma afogada e abruptamente fechou os olhos:

You
Made me leave my happy home.
You took my love and now you've gone,
Since I fell for you.

Ela ainda não era uma cantora. E se fosse ser julgada só pela voz, baixa, áspera, sem grande extensão, jamais chegaria a ser. No entanto ela tinha alguma coisa que fez Eric olhar para cima e que deixou o lugar em silêncio; e Vivaldo olhou para Ida como se nunca a tivesse visto. O que faltava em potência vocal e, no momento, em habilidade, ela compensava com uma característica tão misteriosa e implacavelmente egocêntrica que ninguém jamais conseguiu definir. Essa característica envolve uma autopercepção tão profunda e poderosa que o resultado não chega a ser exatamente um salto sobre obstáculos, e sim a redução dos obstáculos a átomos — embora eles continuem de pé, poderosos, exatamente no lugar onde estavam; e essa percepção horrível de si mesmo é particular, incognoscível, inefável, tem a ver, sem exagero, com alguma outra coisa; é algo que transforma e devasta, dá vida e mata.

Ela terminou a primeira canção e os aplausos foram perplexos e esporádicos. Ela olhou para Vivaldo com um encolher de ombros ligeiro e infantil. E aquele gesto de algum modo revelou a Eric como seria possível alguém amar desesperadamente aquela mulher, quão desesperadamente Vivaldo estava apaixonado por ela. O baterista começou uma música ao estilo *down-on-the-levee*, que Eric nunca tinha ouvido:

> *Betty told Dupree*
> *She wanted a diamond ring.*
> *And Dupree said, Betty,*
> *I'll get you most any old thing.*

"Meu Deus", murmurou Vivaldo, "ela andou ensaiando."

Inconscientemente, o tom de voz dele dava a entender que ele não andava trabalhando e que em seu inconsciente se ressentia disso. E isso levou Eric a pensar sobre si mesmo. Ele também não vinha trabalhando — fazia um bom tempo que mal treinava. Por causa de Yves, era o que dizia a si mesmo; mas seria verdade? Olhou para o rosto branco e apaixonado de Vivaldo e se perguntou se Vivaldo, naquele momento, pensava que não vinha trabalhando por causa de Ida: ela, no entanto, não havia permitido que *ele* fosse um impedimento para *ela*. Lá estava ela no palco, e a não ser que todos os sinais fossem falsos, e não importava o quão longa fosse a estrada, ela estava a caminho. Tinha dado o primeiro passo.

Give Mama my clothes,
Give Betty my diamond ring.
Tomorrow's Friday,
The day I got to swing.

Ela e os músicos começavam a se divertir juntos e a se provocar um ao outro enquanto interpretavam essa balada de ganância, traição e morte; Ida havia trazido ao ambiente uma atmosfera nova e uma empolgação nova. O próprio calor parecia menos insuportável. Os músicos tocavam para ela como se ela fosse uma velha amiga voltando para casa e como se o orgulho que ela sentia fizesse com que eles recuperassem o próprio orgulho.

A canção terminou e Ida desceu do palco, suada e triunfante, os aplausos colidindo em seus ouvidos como espuma. Ela voltou à mesa olhando Vivaldo com um sorriso e a testa ligeiramente franzida numa interrogação, e, de pé, bebeu um gole do copo dele. Eles a chamaram de volta. O baterista estendeu a mão, puxou Ida para o palco e os aplausos continuaram. Eric percebeu uma mudança na atenção de Vivaldo. Olhou para o rosto de Vivaldo, mais arrebatado do que nunca, e seguiu seus olhos. Vivaldo olhava para um sujeito atarracado de cabelo encaracolado e rosto juvenil que estava de pé na extremidade do bar, olhando para Ida. Ele sorriu, acenou, Ida fez um sinal com a cabeça e Vivaldo olhou para o palco de novo: com olhos semicerrados e lábios contorcidos, com um ar de sombria reflexão.

"Sua namorada é talentosa", Eric disse.

Vivaldo olhou de relance para ele. "É de família", disse. O tom não foi amistoso; foi como se, suspeitando que Eric estivesse sendo sarcástico, tivesse feito uma referência indireta a Rufus com a intenção de humilhar Eric. No entanto, um segundo depois, ele abrandou o tom. "Ela vai ser fantástica", disse, "e, meu Deus, vou precisar comprar um taco de beisebol para manter todas essas raposas longe dela." Ele sorriu e olhou de novo para o sujeito baixinho no bar.

Ida foi até o microfone. "Essa canção é para o meu irmão", disse. Ela hesitou e olhou para Vivaldo. "Ele morreu pouco antes do Dia de Ação de Graças do ano passado." Um murmúrio percorreu o ambiente. Alguém disse: "Eu não te falei?" — triunfante; houve uma pequena salva de palmas, supostamente pelo falecido Rufus; o baterista baixou a cabeça e fez uma marcação estranhamente irreverente no aro da caixa: *cluc-a-cluc, cluc-cluc, cluc-cluc!*

Ida cantou:

Precious Lord, take my hand,
Lead me on, let me stand.

Os olhos dela estavam cerrados e a cabeça escura sobre o longo pescoço escuro estava inclinada para trás. Algo surgiu em seu rosto que não estava ali antes, uma espécie de raiva e agonia passionais, triunfantes. Agora seu corpo bonito, sensual, que se movia com liberdade, estava absolutamente imóvel, como se mantido de prontidão para uma comunhão mais completa do que a carne poderia suportar; e um arrepio estranho percorreu o ambiente, junto com um estranho ressentimento. Ida não sabia que teria que se tornar uma grande artista antes de ousar expor a seu público, como fazia agora, seus medos e dores. Afinal, seu irmão não significava nada para eles, ou nunca significou o que havia significado para ela. Eles não queriam presenciar o luto dela, especialmente por terem uma leve suspeita de que aquele luto trazia uma acusação contra eles — uma acusação justificada pelo mal-estar deles. Toleraram a canção, mas se mantiveram fora dela; no entanto, ao mesmo tempo, a arrogância e a inocência da homenagem de Ida os obrigaram a admirá-la.

Hear my cry, hear my call,
Take my hand, lest I fall,
Precious Lord!

Foram aplausos estranhos — não exatamente forçados, não exatamente espontâneos; desconfiados, na verdade, por reconhecerem uma força em que não se podia confiar, mas que certamente merecia atenção. Os músicos agora estavam ao mesmo tempo exultantes e alertas, como se Ida tivesse abruptamente se transformado em uma propriedade deles. O baterista ajeitou a echarpe ao redor dos ombros dela, dizendo: "Você estava suando, não vá pegar um resfriado"; e, enquanto ela descia do palco, o pianista se levantou e, solene, beijou a testa dela. O baixista disse: "Ei, a gente precisa dizer o *nome* dela para a plateia". Ele pegou o microfone e disse: "Senhoras e senhores, vocês ouviram a srta. Ida Scott. Essa foi a primeira... *exibição* dela", e ele passou um lenço pela testa de um jeito irônico. A plateia riu. Ele disse: "Mas não vai ser a última". Os aplausos voltaram, dessa vez mais tranquilos, já que o papel de juiz e guardião havia sido devolvido à plateia. "Fomos testemunhas", disse o baixista, "de um acontecimento histórico." Dessa vez a plateia, em um paroxismo de autocongratulação, aplaudiu, bateu os pés, gritou.

"Bom", disse Vivaldo, pondo as mãos dela na dele, "parece que você deu o primeiro passo."

"Está orgulhoso de mim?" Ela arregalou bem os olhos: a curva dos lábios dela era um pouco sarcástica.

"Estou", ele disse depois de um instante, sério. "Mas eu estou sempre orgulhoso de você."

Em seguida ela riu e deu um beijo rápido no rosto dele. "Meu querido Vivaldo. Você ainda não viu nada."

"Eu quero", disse Eric, "me somar ao coro de alegria e gratidão. Você foi ótima, ótima de verdade."

Ida olhou para ele. Seus olhos ainda estavam muito arregalados e havia algo nela que fazia com que ele sentisse que não gostava dele. Ele espantou esse pensamento como teria espantado uma mosca. "Ainda não sou ótima", ela disse, "mas vou ser", e ergueu as mãos e encostou nos brincos.

"São lindos", ele disse, "os seus brincos."

"Você gostou? Meu irmão mandou fazer para mim... um pouco antes de morrer."

Ele fez uma pausa. "Conheci um pouco o seu irmão. Fiquei muito triste de saber da... morte dele."

"Muita gente ficou, muita gente", disse Ida. "Ele era um homem muito bonito, um grande artista. Mas fez umas amizades" — ela olhou para ele com uma insolência curiosa, fria — "bem complicadas. Ele era do tipo que acreditava no que as pessoas diziam. Se você dissesse que amava o Rufus, bom, ele acreditava em você e ia ficar do seu lado até o fim. Eu tentava dizer pra ele que o mundo não era assim." Ela sorriu. "Ele era muito mais bonzinho do que eu. Não vale a pena ser muito bom neste mundo."

"Pode ser verdade. Mas você parece uma boa pessoa... você parece uma ótima pessoa... para mim."

"É porque você não me conhece. Pergunte pro Vivaldo!" E ela se virou para Vivaldo, pondo o braço no dele.

"De vez em quando preciso dar uma surra nela", disse Vivaldo, "mas, fora isso, ela é ótima." Ele estendeu a mão para o sujeito baixinho, que agora estava atrás de Ida. "Olá, sr. Ellis. O que é que o senhor faz por aqui?"

Ellis ergueu exageradamente as sobrancelhas e jogou a palma das mãos para cima. "O que você acha que eu vim fazer aqui? Senti um desejo incontrolável de ver Sammy's Bowery Follies."

Ida se virou, sorrindo, ainda recostada em Vivaldo. "Meu Deus. Eu te vi no bar, mas nem me atrevi a acreditar que era você."

"O próprio", ele disse, "e sabe" — ele olhou para ela com enorme admiração —, "você é uma jovem extraordinária. Sempre achei que era, pra ser sincero, mas agora vi com os próprios olhos. Acho que nem você tem ideia da carreira que pode ter."

"Ainda tenho um longo caminho pela frente, sr. Ellis, preciso aprender muita coisa."

"Se um dia você parar de se sentir assim, vou pessoalmente dar umas palmadas em você." Ele olhou para Vivaldo. "Você não me chamou e achei isso bastante indelicado da sua parte."

Vivaldo conteve qualquer resposta rude que pudesse ter na ponta da língua. Ele disse, tranquilamente: "Eu só não acho que tenha muito futuro na tevê".

"*Ah*, mas que falta de imaginação abismal!" Ele sacudiu Ida pelo ombro, brincalhão. "Você não consegue fazer alguma coisa com esse seu namorado? *Por que* ele insiste em esconder o talento que tem?"

"A verdade", disse Ida, "é que a última vez que alguém convenceu o Vivaldo de alguma coisa foi na última troca de fraldas dele. E isso foi há um *bom* tempo. De todo modo", e ela esfregou o rosto no ombro de Vivaldo, "eu nem sonharia em tentar mudar o jeito dele. Gosto dele como ele é."

Havia algo muito feio no ar. Ela abraçou Vivaldo, mas Eric sentiu que havia naquilo uma mensagem para Ellis. E Vivaldo pareceu sentir isso também. Ele se afastou um pouco de Ida, pegou a bolsa dela em cima da mesa — para ter o que fazer com as mãos? — e disse: "Você não conhece nosso amigo ainda, ele acabou de chegar de Paris. Esse é Eric Jones; esse é Steve Ellis".

Eles apertaram as mãos. "Já ouvi seu nome", disse Ellis. "Por quê?"

"Ele é ator", disse Ida, "vai estrear na Broadway no outono."

Vivaldo, enquanto isso, pagava a conta. Eric pegou a carteira, mas Vivaldo afastou-a com um gesto.

"Eu *realmente* ouvi falar de você. Ouvi falar *bastante* de você", e ele olhou para Eric avaliando-o de cima a baixo. "Bronson contratou você para *Happy Hunting Ground*. Não foi?"

"Isso mesmo", disse Eric. Ele ainda não sabia se gostava de Ellis.

"Até que é uma peça interessante", disse Ellis com cuidado, "e, pelo que eu ouvi falar de você, acho que a peça vai te fazer muito bem." Voltou a se virar para Ida e Vivaldo. "Será que existe alguma chance de eu convencer vocês a tomarem *um* drinque comigo em um bar mais tranquilo e com *ar-condicionado*? Acho que você", ele disse para Ida, "não devia se acostumar a trabalhar nesses inferninhos. Vai acabar morrendo de tuberculose, como os toureiros espanhóis, que estão sempre em um lugar ou muito quente ou muito frio."

"Ah, acho que a gente tem tempo para *um* drinque", disse Ida, olhando insegura para Vivaldo. "O que você acha, meu amor?"

"A noite é sua", disse Vivaldo. Eles seguiram em direção à porta.

"Eu queria misturar só um *pouquinho* de negócios nesse drinque", disse Ellis.

"Eu imaginei", disse Vivaldo. "Você é viciado em trabalho."

"O segredo", disse Ellis, "do meu insignificante sucesso." Ele se virou para Ida. "Achei que você tinha dito ontem que Dick Silenski e a mulher estariam aqui..."

Então alguma coisa aconteceu no rosto dela e no dele — no dele, um pânico sarcástico e um desapontamento, rapidamente encoberto; no dela, um alerta indignado, rapidamente disfarçado. Eles passaram para a rua ampla e quente. "Eric esteve na casa deles", ela disse, calma, "alguma coisa aconteceu, eles não puderam vir."

"Os meninos brigaram no parque", disse Eric. "Uns meninos negros bateram neles." Ele ouviu a respiração de Ida mudar;

ele disse a si mesmo que ele era um idiota. "Quando saí eles estavam esperando o médico."

"Você não me contou isso", disse Vivaldo, "meu Deus! Melhor eu ligar pra eles!"

"Não foi o que você me contou também", disse Ida.

"Eles não se machucaram muito", disse Eric, "só ficaram com o nariz sangrando. Mas eles acharam melhor consultar um médico, e claro que eles não quiseram deixar as crianças sozinhas."

"Vou telefonar pra eles", disse Vivaldo, "assim que a gente chegar no bar."

"Isso, amor", disse Ida, "melhor mesmo. Que coisa terrível."

Vivaldo não disse nada; chutou uma latinha de cerveja na calçada. Eles estavam andando na direção oeste em meio a um deserto escuro de pensões, crianças sujas, adolescentes de olhares fixos e adultos suados. "Quando você diz meninos negros", Ida voltou ao assunto, depois de um momento, "você está dizendo que foi esse o *motivo* da briga?"

"Parece que não houve", disse Eric, "nenhum *outro* motivo. Eles nunca tinham visto aqueles meninos."

"Eu imagino", disse Ida, "que tenha sido algum tipo de retaliação por algo que outros meninos possam ter feito com eles."

"Deve ter sido isso", disse Eric.

Eles chegaram ao parque repleto de gente no final da Quinta Avenida. Eric não via o parque fazia muitos anos e a melancolia e o desgosto que o oprimiam só aumentaram quando começaram a atravessá-lo. Meu Deus, ali estavam as árvores, os bancos, as pessoas e as formas escuras sobre a grama; o parquinho das crianças, vazio àquela hora, com as balanças, os escorregadores e os tanques de areia; e a escuridão que cercava aquele lugar, onde os infelizes sem filhos se reuniam para realizar seus tristes rituais. A vida dele, a vida inteira dele, voltou como bile até a boca. O mar de memórias o derrubou, de novo e de novo, e toda vez que a maré recuava outro Eric humilhado era atirado, tremendo, na areia. Como era difícil ser desprezado! Como era difícil não desprezar a si mesmo! Lá estavam os homens tranquilos iluminados pela luz dos postes, jogando xadrez. Um som de canto e violão vinha do centro do parque; eles andaram à toa em direção àquele som; cada um parecia aguardar e temer o desfecho de sua noite. Havia uma grande plateia reunida em torno do pequeno chafariz; a plateia podia ser dividida, se você prestasse atenção, em várias plateias menores, cada uma em torno de um, dois ou três cantores. Os cantores, homens e mulheres, vestiam calça jeans, tinham cabelo comprido e uma animação maior do que o talento. No entanto, havia algo muito atraente, muito tocante, naqueles rostos sujos e sem rugas, em seus olhos infantis e de brilho inexpressivo e em suas vozes inexperientes, sem qualquer hipocrisia. Eles cantavam como se com aquele canto pudessem conseguir a senha e a imortalidade da inocência. Os ouvintes pertenciam a outro círculo, sem objetivo, vazio e corrompido, e ficavam aglomerados na fonte de pedra meramente para serem consolados ou inflamados pelo contato e pelo odor da carne humana. E os policiais, sob a luz dos postes, circulavam em torno deles.

Ida e Vivaldo caminhavam juntos, Eric e Ellis caminhavam juntos: mas todos estavam longe uns dos outros. Eric tinha a vaga impressão de que devia tentar conversar com o sujeito a seu lado, mas não sentia vontade; queria ir embora e tinha medo de ir embora. Ida e Vivaldo também estavam em silêncio. Agora, enquanto andavam de um grupo de cantores para outro, de modo intermitente, passando por baladas românticas do Oeste e *spirituals* negros pasteurizados, ele ouviu as vozes deles. E sabia que Ellis também ouvia. Isso o forçou a, finalmente, conversar com Ellis.

Ele ouviu Ida: "... meu amor, não *fique* assim".

"Quer parar de me chamar de *meu amor?* É assim que você chama qualquer filho da puta que vem cheirar a sua bunda."

"Você *precisa* falar desse jeito?"

"Olha só, não me venha com essa pose de *lady* agora."

"... você fala. Eu nunca vou entender os brancos, nunca, nunca, nunca! Como é que vocês *podem* falar desse jeito? Como é que vocês podem esperar que alguém respeite vocês se vocês não se dão ao respeito?"

"*Ah.* Que merda eu fui fazer me metendo com uma *escrava doméstica?* E eu não sou *os brancos!*"

"... eu estou te avisando, eu estou te avisando!"

"... é *você* que começa! *Sempre* é você que começa!"

"... eu sabia que você ia ficar com ciúmes. É *por isso!*"

"Você escolheu um jeito ótimo de evitar que eu ficasse... com ciúmes, minha querida."

"Não dá pra gente falar disso *mais tarde?* Por que você sempre tem que estragar tudo?"

"Ah, claro, claro, sou eu que estrago tudo, tá certo!"

Eric disse para Ellis: "Você acha que algum desses cantores tem futuro na tevê?".

"Talvez em algum programa vespertino", Ellis disse, e riu.

"Você é um homem mau", disse Eric.

"Sou apenas realista", Ellis disse. "O que eu acho é que todo mundo está atrás dos seus próprios interesses, querendo ganhar grana, mesmo que não diga. E não há nada de errado nisso. Eu só queria que mais gente admitisse isso, é simples. A maior parte das pessoas que acha que não gosta de mim na verdade não tem nenhum problema comigo. Elas só queriam estar no meu lugar."

"Acho que é verdade", disse Eric — mortalmente entediado.

Eles começaram a se afastar da música. "Você morou fora muito tempo?", Ellis perguntou educadamente.

"Uns três anos."

"Onde?"

"Paris, na maior parte do tempo."

"Por que você foi para lá? Não tem nada para um ator fazer lá, tem? Quero dizer, um ator americano."

"Ah, fiz uma coisa ou outra para a tevê americana." Pela pista de caminhada, vinham na direção deles duas bichas chamativas, falando alto. Ele encolheu a barriga, olhando direto para a frente. "E vi muitas peças... sei lá... foi muito bom pra mim." As aves-do-paraíso passaram; o falatório estridente delas foi desaparecendo.

Ida disse: "Sempre sinto muita *pena* de gente assim".

Ellis sorriu: "Por que sentir pena deles? Eles têm um ao outro".

Agora os quatro andavam lado a lado, Ida com o braço no braço de Eric.

"Tem uns garçons no meu trabalho que são assim. Tem gente que trata eles de um jeito...! Eles me contam, eles me contam tudo. Eu gosto deles, gosto mesmo. São supergentis. E, claro, são ótima companhia. Você não tem que se preocupar com eles."

"Também não custam muito", disse Vivaldo. "Vou comprar um pra você na semana que vem e a gente pode deixar lá em casa, como um bichinho de estimação."

"Hoje pelo visto eu não consigo dizer nada que te agrade, não é?"

"Pare de se esforçar tanto. Ellis, aonde você está levando a gente para essa mistura-de-negócios-com-prazer?"

"Segure seu entusiasmo. Estamos quase chegando." Eles saíram do parque, em direção à rua Oito, e entraram num bar que ficava no subsolo. Ellis era conhecido ali, naturalmente; eles acharam uma mesa e fizeram seus pedidos.

"Agora, quanto à parte dos *negócios*", Ellis disse, olhando de Ida para Vivaldo, "é muito simples. Já ajudei outras pessoas e acho que posso ajudar a srta. Scott." Ele olhou para Ida. "Você ainda não está pronta. Tem que trabalhar bastante e tem muita coisa pra aprender. Eu queria que você passasse no meu escritório esta semana para conversarmos sobre tudo isso com detalhes. Você precisa estudar e trabalhar, e precisa se manter viva enquanto faz isso, e talvez eu tenha como ajudar a fazer isso dar certo." Depois olhou para Vivaldo. "E você pode vir junto, se achar que estou tentando tirar proveito da srta. Scott injustamente. Você pretende ser o agente dela?"

"Não."

"Você não tem nenhum motivo para desconfiar de mim; você simplesmente não gosta de mim, é isso?"

"É", disse Vivaldo depois de um instante, "acho que é isso mesmo."

"Ah, Vivaldo", Ida se queixou.

"Não tem problema. Sempre é bom a gente saber em que pé as coisas estão. Mas certamente você não vai deixar que esse... *preconceito*... atrapalhe a srta. Scott, vai?"

"Nem pensar. De qualquer forma, a Ida faz o que ela quiser."

Ellis pensou nisso. Olhou brevemente para Ida. "Bom. Isso me tranquiliza." Fez um gesto para o garçom e se virou para Ida. "Que dia dessa semana podemos marcar? Na terça-feira, na quarta?"

"Na quarta-feira pode ser melhor", ela disse, hesitante.

"Umas três horas?"

"Sim. Pode ser."

"Resolvido, então." Ele anotou o compromisso na agenda, depois sacou a carteira e entregou uma nota de dez dólares ao garçom. "Dê tudo que eles pedirem", disse, "é por minha conta."

"Ah, você já está indo?", perguntou Ida.

"Sim. Minha mulher me mata se eu não chegar em casa a tempo de ver as crianças antes de ir para o estúdio. Vejo você na quarta-feira." Ele estendeu a mão para Eric. "Bom conhecer você, Ruivo; tudo de bom pra você. Talvez um dia você trabalhe em um programa meu." Ele olhou para Vivaldo. "Até mais, gênio. Lamento que você não goste de mim. Talvez um dia desses você devesse se perguntar por quê. Não adianta pôr a culpa em *mim*, sabe, se você não sabe como conseguir ou como segurar o que você quer." Depois se virou e foi embora. Vivaldo olhou as pernas curtas subindo as escadas em direção à rua.

Ele enxugou a testa com seu lenço molhado e os três ficaram sentados em silêncio por um momento. Depois: "Eu vou ligar para a Cass", Vivaldo disse, e se levantou e foi até a cabine telefônica nos fundos.

"Eu ouvi falar", disse Ida com cuidado, "que você era muito amigo do meu irmão."

"Eu era, sim", ele disse. "Ou pelo menos tentei ser."

"Você achava muito difícil... ser amigo dele?"

"Não. Não, não foi isso que eu quis dizer." Ele tentou sorrir. "Ele estava superenvolvido com a música dele, ele era muito... ele mesmo. Na época eu era mais novo, talvez nem sempre eu tenha... entendido." Ele sentiu o suor nas axilas, na testa, entre as pernas.

"Ah." Ela olhou para ele de muito longe. "Talvez você quisesse mais dele do que ele podia dar. Aconteceu com muita gente, homens *e* mulheres." Ela deixou isso pairar entre os dois por um instante. Depois: "Ele era incrivelmente atraente, não era? Sempre achei que foi por isso que ele morreu, que ele era atraente demais e não sabia como... como manter as pessoas à distância". Ela tomou um gole da bebida. "As pessoas não têm compaixão. Vão esquartejando você, membro por membro, em nome do amor. Depois, quando você morre, depois que te mataram por te fazer passar tudo aquilo, dizem que você não tinha caráter. Choram um monte, lágrimas amargas... não por *você*. Por si mesmos, porque perderam seu brinquedinho."

"Esse é um jeito muito triste", ele disse, "de ver o amor."

"Sei do que estou falando. É isso que a maioria das pessoas quer dizer quando fala de amor." Ela pegou um cigarro e esperou Eric acender. "Obrigada. Você não estava aqui, não chegou a ver o Rufus com a última namorada dele... uma putinha horrorosa, uma ninfomaníaca da Geórgia. Ela *não largava* dele, ele tentou se livrar dela de todas as formas. Chegou até a pensar em fugir para o México. Ela deixou meu irmão de um jeito que ele nem conseguia mais trabalhar — juro, não existe nada igual a um sulista branco, especialmente uma *mulher* sulista, quando põe as mãos num homem negro." Ela soprou uma nuvem grande de fumaça acima da cabeça dele. "E agora ela está lá viva, a piranha branquela e imunda, e o Rufus, morto."

Ele disse, na esperança de que ela realmente ouvisse, mas sabendo que isso não ia acontecer, que talvez não tivesse *como* acontecer: "Espero que você não pense que eu amava o seu irmão desse jeito horrível que você descreveu. Acho que nós dois realmente *fomos* bons amigos, e... e foi um baita choque quando fiquei sabendo que ele tinha morrido. Eu estava em Paris quando me contaram".

"Ah! Não estou acusando *você*. Você e eu vamos ser amigos. Não acha?"

"Espero que sim, sem dúvida."

"Bom, da minha parte, resolvido." Depois, sorrindo, com os olhos esbugalhados. "O que você fez em Paris esse tempo todo?"

"Ah" — ele sorriu — "tentei crescer."

"Não dava para fazer isso aqui? Ou você não queria?"

"Não sei. Era mais divertido em Paris."

"Aposto que sim." Ela apagou o cigarro. "E você *conseguiu* crescer?"

"Não sei", ele disse, "já não sei se as pessoas *realmente* crescem."

Ela sorriu. "Boa questão, meu chapa."

Vivaldo voltou à mesa. Ela olhou para ele. "E aí? Como estão os meninos?"

"Tudo bem. A Cass pareceu meio nervosa, mas mandou um beijo pra vocês dois e disse que espera ver vocês em breve. Querem ficar aqui ou têm alguma outra ideia?"

"Acho que a gente podia jantar", disse Ida.

Vivaldo e Eric se olharam por um brevíssimo instante. "Eu estou fora", Eric disse depressa. "Estou exausto, pra mim já deu, vou pra casa cair na cama."

"É tão *cedo*", disse Ida.

"Bom, acabei de sair de um navio, ainda estou meio zonzo." Ele levantou. "Vou deixar pra próxima."

"Bom", ela olhou para Vivaldo, bem-humorada, "desculpe o mau humor do meu senhor e mestre." Ela se arrastou até a saída da mesa. "Preciso ir ao banheiro. Me esperem na entrada."

"Desculpe", disse Vivaldo, enquanto os dois subiam a escada para chegar à rua, "eu realmente estava ansioso para ficar jogando conversa fora com você a noite toda, mas acho melhor você deixar a gente sozinho. Você entende, não é?"

"Claro que entendo", disse Eric. "Ligo pra você na semana que vem." Eles ficaram na calçada, olhando a multidão sem rumo.

"Deve ser bem estranho pra você", disse Vivaldo, "estar de volta. Mas espero que não ache que deixamos de ser amigos. A gente continua amigo. Gosto muito de você, Eric. Quero que você saiba disso, pra não pensar que estou dando um jeito educado de te mandar embora. Essas coisas acontecem." Ele olhou para fora, parecendo muito cansado. "Às vezes essa garota me deixa sem rumo."

"Sei bem o que é isso", Eric disse. "Sem problema." Ele estendeu a mão; Vivaldo apertou a mão dele por um instante. "Te ligo daqui a uns dias, pode ser? Diga tchau pra Ida por mim." "Beleza, Eric. Fique bem."

Eric sorriu. "Se cuida."

Ele se virou e começou a andar rumo à Sexta Avenida, mas na verdade não sabia para onde estava indo. Sentiu o olhar de Vivaldo em suas costas; depois Vivaldo foi engolido pela turba atrás dele.

Na esquina da Sexta Avenida, ficou olhando e esperando, as luzes acendiam e apagavam. Um caminhão se aproximava; ele olhou para o rosto do motorista e sentiu um desejo enorme de se juntar àquele homem e seguir para onde quer que o caminhão estivesse indo.

Mas ele atravessou a rua e começou a andar na direção de seu apartamento. Era o lugar mais seguro para estar, era o único lugar para estar. Pessoas estranhas — agora elas lhe pareciam estranhas, porém um dia, novamente, ele poderia ser uma delas — passaram por ele com aquele olhar inefável, oblíquo, desesperado; mas ele manteve os olhos na calçada. *Ainda não, você não. Ainda não. Ainda não.*

3

Na tarde da quarta-feira em que Ida foi se encontrar com Ellis, Cass ligou para Vivaldo na livraria em que ele trabalhava e perguntou se eles podiam ir tomar alguma coisa depois do expediente dele. O som da voz dela, acelerado, abatido e infeliz, retirou Vivaldo de seu estado desnorteado. Ele pediu que ela passasse na loja às seis.

Ela chegou pontualmente, com um vestido verde de verão que lhe dava uma aparência jovial e com uma bolsa de palha absurdamente grande. O cabelo estava penteado para trás e caía nos ombros; por um instante, ao vê-la passar pela porta, sua imagem ao mesmo tempo borrada e definida pela luz forte do sol, ela pareceu a Cass da adolescência dele, de anos antes. Na época ela era a mais bela, a garota mais dourada sobre a face da Terra. E Richard, o maior, o mais bonito dos homens.

Ela parecia terrivelmente tensa — parecia quase em chamas por alguma paixão confidencial, contida. Ela sorriu para ele, parecendo ao mesmo tempo jovem e extenuada; e por um instante ele ficou levemente consciente do calor do corpo dela, de seu cheiro.

312

"Como vai, Vivaldo? Já faz um tempo que a gente não se vê."

"Acho que é verdade. E a culpa é minha. Como vão as coisas?"

Ela encolheu os ombros, bem-humorada, erguendo as mãos como uma criança. "Ah. Altos e baixos." E depois de um instante: "Neste exato momento, mais baixos que altos". Ela olhou ao redor. As pessoas observaram as estantes de livros como crianças observando peixes no aquário. "Você já está liberado? Podemos ir?"

"Sim. Só estava esperando você." Ele deu boa-noite para seu patrão e os dois saíram para as ruas escaldantes. Eles estavam na rua 50 e tantos, no East Side. "Aonde a gente vai tomar nosso drinque?"

"Tanto faz. Algum lugar com ar-condicionado. E sem televisão. Não dou a mínima para beisebol."

Eles começaram a andar para uptown, e para o leste, como se quisessem se afastar o máximo possível do mundo que conheciam e das responsabilidades que tinham nele. A presença de outras pessoas, as que os ultrapassavam, as que vinham caminhando na direção contrária, as que irrompiam bruscamente das portas de lojas e de táxis e as que subiam da rua para o meio-fio, invadia dolorosamente a imobilidade deles e parecia uma ameaça à conexão entre os dois. E cada homem ou mulher que passava parecia também carregar um fardo insuportável; suas vidas íntimas gritavam em seus rostos cheios de calor e descontentamento.

"Em dias como este", disse Cass de repente, "eu fico me lembrando como era... eu *acho* que lembro... como era ser mais jovem, *bem* mais jovem." Ela olhou para ele. "Quando tudo, cada toque e cada sabor — tudo — era tão novo, e até o sofrimento era maravilhoso, por ser tão completo."

"Isso é porque você está vendo as coisas com os olhos de

hoje, Cass. Eu não ia querer ser aquele jovem de antes por nada neste mundo."

Mas ele sabia do que ela estava falando. As palavras dela mandaram seu pensamento para bem longe — por um instante —, afastando-o das visões cruéis que ele tinha com Ida e Ellis. ("Você me falou que não via esse cara desde aquela festa." "Bom, eu *fui* falar com ele só uma vez, para avisar da apresentação." "Por que você teve que ir lá, por que não telefonou?" "Eu não tinha certeza se ele ia se *lembrar* de mim só por telefone. E depois eu não te contei porque sabia como você ia reagir." "Eu não ligo pro que você diz, gatinha, eu sei o que ele quer, ele só quer te levar pra cama." "Ah, Vivaldo, você acha que eu não sei lidar com esses escrotos?" E ela olhou para ele de um jeito que ele não sabia como rebater, como se dissesse: *veja como eu lidei com você.*)

Mas agora ele pensou na sua vida aos quinze ou dezesseis anos — nadando nas ondas de Coney Island ou na piscina do bairro; jogando handebol no parquinho, às vezes com o pai; caído no meio-fio depois de uma briga de rua, vomitando, rezando pra nenhum inimigo aproveitar a oportunidade e encher sua cara de porrada. Ele se lembrou do medo daquela época, do medo de tudo, encoberto por um estilo irônico, staccato, que se defendia com palavrões, atirados como projéteis. Tudo era a primeira vez; com quinze ou dezesseis anos; como era o nome dela? Zelda. Seria isso mesmo? Na laje, no verão, sob as estrelas da cidade imunda.

Tudo pela primeira vez, na época em que os atos não geravam consequências e nada era irrecuperável, em que o amor era simples e até mesmo a dor tinha a dignidade de durar para sempre: era inconcebível que o tempo pudesse fazer alguma coisa para diminuí-la. Onde estaria Zelda hoje? Ela podia muito bem ter se transformado nessa matrona de ancas largas, carnuda, com cabelo de um louro-metálico inacreditável que balançava sobre o salto alto bem à sua frente. Ela também, em algum lugar, um dia, tinha visto e tocado tudo pela primeira vez, sentido o ar do verão em seu peito como uma bênção, tinha sido penetrada e jorrado sangue para fora pela primeira vez.

E no que Cass estaria pensando?

"Ah, não", ela disse devagar, "claro que eu não quis dizer que queria *ser* aquela menina infeliz de novo. Só estava lembrando como era diferente na época — como era diferente de hoje."

Ele colocou o braço em volta dos ombros dela. "Você parece triste, Cass. Me diz qual é o problema."

Ele a levou até um bar escuro e calmo. O garçom os conduziu a uma mesa pequena para duas pessoas, anotou os pedidos e sumiu. Cass olhou para a mesa e brincou com os amendoins no prato de plástico vermelho.

"Bom, foi por isso que eu te liguei — pra conversar com você. Mas não é fácil. Não tenho certeza que eu *sei* qual é o problema." O garçom voltou e colocou os copos diante dos dois. "Não é verdade. Acho que eu sei, *sim*, qual é o problema."

Depois ela ficou em silêncio. Deu pequenos goles nervosos e acendeu um cigarro.

"Acho que tem a ver com o Richard e comigo", ela disse enfim. "Não sei o que vai ser da gente. Parece que não há mais nada entre nós." Ela falou de um jeito estranho, sem fôlego, quase como uma estudante, e como se não acreditasse no que estava dizendo. "Ou talvez não seja bem isso. Tem um monte de coisas entre a gente, *tem* que ter. Mas nada parece funcionar. Às vezes… às vezes acho que ele me odeia… por estar casado, por causa das crianças, pelo seu trabalho. E outras vezes sei que isso não é verdade, que não pode ser verdade." Ela mordeu o lábio inferior, apagou o cigarro e tentou rir. "Pobre Vivaldo. Sei que você tem seus próprios problemas, e agora não sabe o que fazer com a tagarelice desta matrona egocêntrica de meia-idade."

"Pensando bem, agora que você falou", ele disse, "acho que você está praticamente decrépita mesmo." Vivaldo tentou sorrir; ele não sabia o que dizer. Ida e Ellis, atirados às pressas para segundo plano em sua mente, continuavam, apesar disso, violando sua masculinidade de forma indescrítivel. "Pra mim parece uma chuva de verão... Será que isso não acontece com todos os casais?"

"Na verdade eu não sei nada sobre todos esses casais. Não tenho certeza nem se sei alguma coisa sobre casamento." Ela bebeu mais um gole, dizendo, de modo irrefletido: "Eu queria ficar bêbada". Depois riu, o rosto orgulhoso irrompendo de repente. "Eu queria ficar bêbada, sair e pegar um caminhoneiro ou um taxista, ou qualquer um que me tocasse e me fizesse me sentir mulher de novo." Ela escondeu o rosto atrás de uma mão magra, e as lágrimas escorreram pelos dedos. Mantendo a cabeça baixa, ela vasculhou furiosamente sua bolsa de palha absurdamente grande e acabou encontrando um pedaço de lenço de papel. Com aquilo, miraculosamente, conseguiu assoar o nariz e secar os olhos. "Desculpe", disse, "é que ando pensando na vida por tempo demais."

"No que você anda pensando, Cass? Achei que você e o Richard tivessem tirado a sorte grande." Essas palavras soaram formais e indiferentes até aos ouvidos dele. Mas conhecia Cass e Richard fazia muito tempo, e era muito novo quando conheceu os dois; na verdade ele nunca havia pensado em Cass e Richard como amantes. Às vezes, claro, tinha observado os movimentos de Cass, percebendo que, mesmo que fosse pequena, ela era uma bela mulher, com pernas e peitos bonitos, que sabia como remexer seu pequeno traseiro; e às vezes, ao ver a garra de Richard no pulso dela, imaginava como ela suportava o peso dele.

Mas Vivaldo tinha a tendência que toda pessoa descontrolada-mente desorganizada tem de supor que a vida dos outros era mais domesticada, menos sensual e mais cerebral do que a sua. Agora, pela primeira vez, ele via Cass como uma mulher apaixo-nada que simplesmente tinha um caso de amor comprovado no cartório; que ela se contorcia com a mesma beleza e com a mes-ma falta de pudor nos braços de Richard que as mulheres com que Vivaldo sonhara todos aqueles anos. "Acho", ele acrescen-tou, "que eu devo ter parecido um idiota. Desculpe."

Ela sorriu — sorriu como se tivesse lido os pensamentos dele. "Não, não pareceu. Talvez eu também achasse que a gente tinha dado a sorte grande. Mas ninguém jamais dá a sorte gran-de." Ela acendeu outro cigarro, endireitou as costas, dando vol-tas, como vinha fazendo havia tantas semanas, em torno de uma decisão horrível. "Fico achando que é por causa do modo como nossas vidas mudaram, agora que o Richard está ficando tão co-nhecido. Mas não é isso. É alguma coisa que já estava lá o tempo todo." Agora ela ficou muito séria e seca. Olhou para Vivaldo em meio à fumaça de seu cigarro, semicerrando os olhos. "Sabe, antes eu olhava pra você e pra todas as suas aventuras horrorosas, comparava você com o Richard e comigo e pensava como a gen-te tinha sorte. Ele foi o primeiro" — ela vacilou e olhou para baixo — "o primeiro homem da minha vida, e eu também fui a primeira mulher dele, *realmente* a primeira, a primeira, pelo me-nos, que ele *amou*."

Ela baixou os olhos de novo, como se o peso da confissão fosse excessivo. No entanto, ela e Vivaldo estavam unidos pela certeza de que Cass precisava terminar o que tinha começado.

"Você acha que ele não te ama mais?"

Ela não respondeu. Cobriu a testa com a mão esquerda da aliança de casamento e olhou para o prato de amendoins como

317

se nele estivessem ocultas as respostas para todos os enigmas. Os pequenos ponteiros no relógio de pulso dela diziam que faltavam vinte e cinco minutos para as sete. Ida já devia ter saído do escritório de Ellis fazia horas e ter ido encontrar seu professor de canto. Ela agora devia estar no restaurante, a postos, de uniforme, se preparando para a correria da hora do jantar. Ele conseguia ver o rosto dela, fechado, altivo, enquanto ela se aproximava de uma mesa, manejando bloco e lápis como se fossem espada e escudo. Ela não devia ter ficado muito tempo com Ellis — ele era um sujeito ocupado. Mas de quanto tempo esses caras precisavam para dar uma rapidinha no meio da tarde em seus escritórios invioláveis? Tentou se concentrar em Cass e nos problemas dela. Talvez ele tivesse levado Ida para tomar alguma coisa; talvez tivesse convencido Ida a não ir trabalhar e a tivesse convidado para jantar; talvez eles estivessem juntos agora (onde?). Talvez Ellis tivesse convencido Ida a se encontrar com ele à meia-noite em um bar com apresentações teatrais, o tipo de lugar onde seria bom para ela ser vista com Ellis. Mas não, isso não; para Ellis certamente não seria nada bom ser visto com *ela*. Ellis era esperto demais para isso — assim como era esperto demais para comparar verbalmente seu poder pessoal e o de Vivaldo. Mas não perderia nenhuma oportunidade de forçar Ida a comparar por conta própria.

Ele estava ficando doente com seus medos, com suas fantasias. Se Ida o amasse, Ellis e todo aquele imenso mundo cintilante não importariam. Se ela não o amasse, não havia nada que ele pudesse fazer e, quanto antes tudo acabasse entre eles, melhor. Mas ele sabia que as coisas não eram tão simples, que ele não estava sendo sincero. Era bem possível que ela o amasse e mesmo assim — ele estremeceu e engoliu sua bebida — estivesse gemendo em algum sofá de couro sob o peso de Ellis. O amor que ela sentia por ele de modo algum iria diminuir a força da determinação dela em se tornar cantora — em entrar para uma carreira que agora parecia ao alcance de suas mãos. Ele até conseguia ver que ela estava falando a verdade quando dizia, carinhosa e veementemente, que foi ele, o amor dele por ela, que tinha dado a ela a coragem para começar. Isso não o alegrava, já que a afirmação, aos ouvidos dele, parecia sugerir que seu papel estava cumprido e que ele estragava tudo ao não perceber a hora de sair de cena. Vivaldo balançou a cabeça. Dali a meia hora — não, uma hora — telefonaria para o restaurante.

"Ah, Cass", ele se ouviu dizendo, "quem dera eu pudesse fazer alguma coisa para ajudar."

Ela sorriu e tocou a mão dele. os pequenos ponteiros no pulso dela não haviam se movido. "Obrigada", disse Cass, muito séria. Depois: "Não sei se o Richard ainda me ama. Ele não me enxerga mais — não me enxerga. Ele não me toca" — ela ergueu os olhos até encontrar os de Vivaldo e duas lágrimas rolaram por seu rosto; ela não fez nenhum movimento para impedir que elas caíssem — "ele não me toca faz, ah, nem sei quanto tempo faz. Eu nunca fui de ter muita iniciativa. Nunca precisei ter." Ela enxugou as lágrimas com as costas da mão. "Fico lá naquela casa como... como uma governanta. Cuido das crianças, cozinho, limpo privadas, atendo o telefone, e ele simplesmente... não me enxerga. Está o tempo todo *trabalhando*. Está sempre ocupado com negócios com... com Ellis, acho, com o agente dele e com todas aquelas pessoas horrorosas. Talvez ele esteja puto comigo porque eu não gosto muito delas, não consigo disfarçar." Ela recuperou o fôlego, pegou outro chumaço de lenço de papel e outra vez operou milagres com aquilo. "No começo eu provocava o Richard fazendo piadinhas sobre eles. Agora eu parei, mas acho que é tarde demais. Sei que eles são ocupados e importantes, mas, sei lá, não acho que aquilo seja *trabalho* de verdade. Talvez o Richard tenha razão, ele diz que eu sou uma esnobe da Nova Inglaterra, que eu sou uma devoradora de homens, mas Deus sabe que não é minha intenção e... eu não acho mais o trabalho do Richard tão bom assim e ele não me perdoa por *isso*. O que é que eu vou fazer?" Ela levou as mãos à testa, olhando para baixo, e começou a chorar de novo. Ele olhou cuidadosamente em volta, no ambiente escuro. Ninguém prestava atenção neles. De repente, eram quinze para as sete.

Desajeitado, ele perguntou: "Você e o Richard já conversaram sobre isso?".

Ela balançou a cabeça. "Não. A gente só briga. A gente parece incapaz de conversar. Sei que as pessoas dizem que chega uma hora no casamento em que tudo acaba, exceto o companheirismo, mas não *pode* ser disso que elas estão falando, não desse jeito, não tão cedo. Eu não vou aceitar isso!" E agora a violência na voz dela fez algumas cabeças se virarem na direção deles.

Vivaldo pegou as duas mãos dela, sorrindo. "Calma, garota, calma. Deixa eu pedir mais uma bebida pra você."

"Seria bom." O copo diante dela continha basicamente água, mas ela tomou o que restava. Vivaldo fez sinal ao garçom, pedindo outra rodada.

"O Richard sabe que você está aqui agora?"

"Não... sim. Eu falei que ia tomar alguma coisa com você."

"A que horas você ficou de voltar?"

Ela hesitou. "Não sei. Deixei o jantar pronto no forno. Falei que se eu não voltasse a tempo de jantar era só ele dar comida para as crianças e comer. Ele só resmungou alguma coisa e entrou no escritório." Ela acendeu um cigarro, parecendo ao mesmo tempo desesperada e distante; e ele soube que havia mais coisas na cabeça dela do que ela estava contando. "Mas acho que eu vou indo. Ou talvez eu vá no cinema."

"Não quer jantar comigo?"

"Não. Não estou com vontade de comer. Além disso" — o

garçom chegou com as bebidas; ela esperou ele se afastar — "o Richard tem um pouco de ciúme de você."

"De *mim*? Por que ele tem ciúme de *mim*?"

"Porque você pode se tornar um escritor de verdade. Agora ele jamais vai ser um. E ele sabe disso. *Esse* é todo o problema." Ela afirmou isso com enorme frieza e Vivaldo começou a ver, pela primeira vez, como devia ser mortal para Richard, agora, lidar com uma mulher como Cass. "Merda. Eu não daria a mínima se ele fosse *analfabeto*." Ela sorriu e tomou um gole de sua bebida.

"Daria, sim", ele disse. "Não tem jeito."

"Bom. Se ele fosse analfabeto, e soubesse disso, ele teria como aprender. Eu o ensinaria a ler e a escrever. Mas *eu* não ligo se ele é ou não é escritor. Foi ele que sonhou com tudo isso." Ela fez uma pausa, pensativa. "Ele é filho de carpinteiro", ela disse, "o quinto filho de um carpinteiro que veio da Polônia. Talvez por isso seja tão importante. Há cem anos ele teria sido igual ao pai e teria aberto uma carpintaria. Mas agora ele tem que ser escritor e ajudar Steve Ellis a vender convicções e sabão." Com ferocidade, ela apagou outro cigarro. "E nem ele nem ninguém daquela trupe sabem diferenciar um do outro." Ela acendeu outro cigarro imediatamente. "Não me entenda mal; não tenho nada contra o Ellis nem contra nenhum deles. São só americanos normais tentando dar certo. E o mesmo vale para o Richard, eu acho."

"E para a Ida", ele disse.

"Ida?"

"Acho que ela anda se encontrando com ele. Sei que ela tinha um encontro marcado com Ellis hoje à tarde. Ele prometeu ajudar... com a carreira dela." E ele sorriu, triste.

De repente, ela riu. "Deus do Céu. Nós não somos uma bela dupla de imbecis? Sentados aqui no escuro, cheios de autopiedade e álcool, enquanto nossos companheiros estão por aí, no mundo real, se encontrando com pessoas reais, fazendo coisas reais, trazendo pão de verdade para casa — será que eles são reais? Será que são? Às vezes eu acordo à noite pensando nisso, ando pela casa e vou ver as crianças. Eu não quero ser *assim*. Nem que eles sejam como eu." Ela virou o rosto de lado, olhando, perdida, para a parede. Com seu cabelo dourado solto e seu rosto cheio de problemas, ela parecia incrivelmente jovem. "O que é que eu vou fazer?"

"Eu sempre achei", ele arriscou, "que pras mulheres fosse mais fácil."

Ela se virou e olhou para ele; já não parecia tão jovem. "Que o *quê* fosse mais fácil?"

"Saber o que fazer."

Ela inclinou a cabeça para trás e riu. "Ah, Vivaldo. Por quê?"

"Sei lá. Os homens têm que pensar em tantas coisas. As mulheres só têm que pensar nos homens."

Ela riu de novo. "E desde quando isso é fácil?"

"Não é? Acho que não é."

"Vivaldo. Se os homens não sabem o que está acontecendo, o que eles estão fazendo, para onde estão indo, o que as mulheres podem fazer? Se o Richard não sabe que tipo de mundo ele quer, como é que eu vou ajudá-lo a construir esse mundo? O que eu vou dizer pros nossos filhos?" A pergunta pairou no ar entre os dois; lentamente (eram sete e dez) ela produziu na cabeça de Vivaldo os ecos do tom de voz e dos olhares de Ida quando eles brigavam. *Ah. Esses homens brancos me deixam* maluca. *Se você quer saber o que está acontecendo, meu amor, é só cumprir com seus deveres!*

Será que havia, em meio àquela raiva, uma súplica?

"Vou pedir mais uma rodada pra você", ele disse.

"Certo. Me deixe voltar pra casa ou fazer o que quer que eu vá fazer um pouquinho bêbada. Me dá licença só um minutinho." Alegre, ela acenou para o garçom; depois pegou sua bolsa enorme e seguiu para o banheiro.

É só cumprir com seus deveres. Ele ficou ali, ilhado pelo murmúrio indefinido e pela música sem sentido do salão, e se lembrou das negligências e dos erros de sua vida com Ida, que, na época, ele achou que fossem culpa dela. A primeira vez que os dois brigaram tinha sido mais ou menos um mês depois de ela ir morar com ele, em abril. A mãe dele havia telefonado, num domingo à tarde, para lembrá-lo da festa de aniversário de seu irmão mais novo, Stevie, na semana seguinte. A mãe imaginou que ele não teria vontade de ir, que tentaria escapar, por isso a voz dela, antes que ele dissesse alguma coisa, já estava belicosa e ofendida. Ele não suportava isso, e o tom *dele* se tornou cortante e hostil. Ida, na cozinha, viu e escutou. Vivaldo, olhando para ela, de repente riu e, antes de perceber o que estava dizendo, perguntou: "Tem problema se eu levar uma amiga?". E, ao dizer isso, percebeu que Ida ficou tensa e absolutamente enfurecida.

"Se for uma boa moça", disse a mãe dele. "Você sabe que adoramos conhecer seus amigos."

Ele imediatamente se arrependeu, imaginando o olhar de perplexidade da mãe, sabendo que ela ficava tentando entender por que seu filho mais velho lhe causava, e aparentemente queria lhe causar, tanta dor. Ao mesmo tempo ele estava consciente do sussurro sinistro de Ida na cozinha.

"É uma moça ótima", ele disse de pronto, com sinceridade. Depois hesitou, instintivamente olhando rápido e de relance para Ida. Ele não sabia como dizer *Mãe, ela é negra,* sabendo que sua mãe — e quem poderia culpá-la? — imediatamente concluiria que aquela era só mais uma tentativa dele de chocar e humilhar a família. "Quero que vocês duas se conheçam qualquer dia. Quero mesmo." E isso soou totalmente falso. Ele estava pensando: *acho que eu realmente vou ter que contar para eles, vou ter que fazer com que eles aceitem isso.* E imediatamente depois: *ah, foda-se, por quê?* Ele olhou de relance outra vez para Ida. Ela estava fumando e folheando uma revista.

"Bom", disse a mãe, meio em dúvida, quase a contragosto, embora a seu modo, tentando fazer um esforço para se entender com ele, "tente vir com ela à festa. Vai estar todo mundo aqui, e perguntando de você, a gente não te vê há muito tempo. Sei que o seu pai sente sua falta, apesar de nunca dizer nada, e o Stevie também tem saudades, e todo mundo aqui, Danny." Em casa todo mundo o chamava de Danny.

Todo mundo: a irmã e o cunhado, o irmão, o pai e a mãe, os tios, as tias e os primos, e o miasma de compaixão, maldade, suspeitas e medo que resultava deles. A tagarelice insuperável das pessoas, de pessoas preocupadas, que para ele nem existiam, as conversas sobre dinheiro, sobre as doenças das crianças, as conta de médico, sobre gravidez, sobre traições improváveis e desagradáveis, as histórias eróticas meio infantis e entediantes como água parada e o falatório insano sobre política. Eles deviam, na verdade, todos eles, estar vivendo ainda em estábulos, com cavalos e vacas, e não deviam esperar que teriam capacidade para conversar sobre assuntos além de sua compreensão. Ele se odiava pela sinceridade dessa reflexão e ficava desorientado, como sempre, pela natureza peculiar e perigosa de sua injustiça.

"O.k.", ele disse, tentando fazer a mãe parar de falar. Ela estava contando que o problema de estômago do pai tinha voltado. *Problema de estômago, o cacete. O problema é que não sobrou nada do fígado dele, simples assim. Um dia desses ele explode, tudo voa na parede, e vai ser um fedor daqueles.*

"Você vai trazer a sua amiga?"

"Não sei. Vou ver."

Ele imaginou Ida com todas aquelas pessoas. Sozinho, ele já era um problema lá. Sozinho, já incomodava e assustava todo mundo. Ida reduziria a família a uma espécie de histeria muda, e sabe Deus o que o pai dele ia dizer para tentar fazer a moça negra se sentir à vontade.

Mais tagarelice da mãe: era como se cada contato dela com Vivaldo fossem tão curto e tão ameaçador que ela estava sempre tentando estabelecer em minutos uma comunhão não conquistada em anos.

"Eu *vou* na festa", ele disse, "tchau", e desligou.

No entanto, em outros tempos ele tinha amado a mãe, e ainda a amava, amava todos eles.

Ele olhou para o telefone silencioso, depois ergueu os olhos para Ida.

"Quer ir numa festinha de aniversário?"

"Não, obrigada, meu bem. Se você quer ensinar alguma coisa pra sua família, leve uns slides pra eles, está me ouvindo? Slides em *preto e branco*", e ela ergueu os olhos da revista, irônica.

Ele riu, mas se sentia tão culpado com Ida e com a mãe que não conseguiu encerrar o assunto.

"Eu gostaria de levar você comigo um dia desses. Pode ser bom pra eles. Eles são uns ignorantes."

"O que pode ser bom pra eles?" Ela continuava prestando atenção à revista.

"Ora, conhecer você. Eles não são más pessoas. São só muito limitados."

"Eu já te disse. Eu não estou nem aí para a educação da sua família, Vivaldo."

Lá no fundo, ele ficou magoado. "Você acha que eles são um caso perdido?"

"Não estou nem aí se eles são um caso perdido ou não. O que eu sei é que eu não quero mais que uns palhaços brancos fiquem me implicando, sem se decidir se eu sou humana ou não. Se eles não sabem, meu bem, que triste pra eles, e espero que eles morram bem devagarinho, com uma dor insuportável."

"Isso não é muito cristão", ele disse, calmo. E por ele a coisa pararia ali.

"É o melhor que eu posso fazer. Aprendi o meu cristianismo com gente branca."

"Ai, que merda", ele disse. "Lá vamos nós de novo."

A revista voou na direção dele e o acertou no alto do nariz.

"Como assim, seu branco filho da puta?" Ela o imitou. "*Lá vamos nós de novo*! Eu estou morando nesta casa há mais de um mês e você *ainda* acha que ia ser uma grande piada me levar pra conhecer a sua mãe! Puta que pariu, você acha que ela é melhor do que eu, seu sacana branco liberal?" Ela recuperou o fôlego e foi na direção dele, curvada, mãos nos quadris. "Ou você acha que ia ser bom pra vagabunda da sua mãe, branca, você levar a vagabunda da sua preta pra ela ver? Responde, porra!"

"Pode calar a boca? Você vai fazer a polícia aparecer aqui daqui a pouco."

"Isso, e quando eles chegarem eu vou contar que você me arrastou da rua até aqui e que se recusou a pagar, ah, eu vou. Se você acha que eu sou uma puta, bom, então me trate como uma puta, seu branco idiota, *me pague!*"

"Ida, eu disse uma coisa idiota, desculpe, tudo *bem*. Eu não quis dizer o que você achou que eu quis dizer. Eu não quis diminuir você."

"Quis, sim. Você quis dizer exatamente o que eu entendi. E sabe por quê? Porque você não consegue se controlar, é por isso. Nenhum branco consegue. Essas branquelas deprimidas de merda acham que só têm boceta pra mijar e que o mijo delas é melhor que Coca-Cola, e se não fosse pelas neguinhas nenhum de vocês, seus branquelos veados, *jamais* ia comer alguém. É isso *mesmo*. Vocês são um bando de fodidos. Tá me ouvindo? Um bando de *fodidos*."

"Tá bem", ele disse, cansado, "nós somos um bando de fodidos então. Então cale a boca. A gente já tem problema suficiente."

E tinham mesmo, porque o dono do apartamento, os vizinhos e o policial da esquina eram contra a presença de Ida ali. Mas essa não era a coisa mais diplomática que ele podia dizer naquele momento.

Ela disse, com um arrependimento absolutamente falso e mortífero: "Verdade, eu tinha esquecido". Ela se afastou dele, voltou para a cozinha, abriu o armário e atirou todos os pratos, que, graças a Deus, não eram muitos, no chão. "Acho melhor eu dar motivo pra eles reclamarem", ela disse. Só havia dois copos e ela estilhaçou os dois na geladeira. Vivaldo protegeu a vitrola com o corpo e, enquanto Ida andava pela cozinha, com os olhos marejados, ele começou a rir. Ela correu para ele, com tapas e arranhões, e ele conteve o ataque com uma das mãos, ainda rindo. A barriga dele doía. Outros moradores do prédio bateram nos canos, nas paredes, no teto, mas ele não conseguia parar de rir. Ele acabou estendido no chão, de costas, uivando, e por fim Ida, contra a vontade, também começou a rir. "Levanta do chão, seu idiota. Meu Deus, como você é idiota."

"Eu sou só um bando de gente fodida", ele disse. "Meu Deus, tenha compaixão de mim." Ida riu, sem saber o que fazer, e ele puxou o corpo dela, que ficou sobre o dele. "Tenha compaixão de mim, meu amor", ele disse. "Tenha compaixão." As batidas continuaram e ele disse: "Realmente tem um bando de fodidos nesta casa que não deixam nem a gente fazer amor em paz".

* * *

Cass voltou, com cabelo arrumado, nova maquiagem no rosto e olhos brilhantes e secos. Ela se sentou e pegou seu copo. "Quando você quiser, estou pronta", disse. Depois: "Obrigada, Vivaldo. Se eu não tivesse encontrado um amigo para conversar, acho que teria morrido".

"Não teria morrido, não", ele disse, "mas entendo o que você quer dizer. A você, Cass." E ele ergueu seu copo. Faltavam vinte para as oito, mas agora ele estava com medo de ligar para o restaurante. Ia esperar até se despedir mais com Cass.

"O que você vai fazer?", ele perguntou.

"Não sei. Acho que posso desobedecer... o sexto mandamento? Adultério."

"Eu quero dizer agora."

"Foi isso mesmo que você entendeu."

Os dois riram. Mas ele percebeu que ela podia estar falando sério. "Alguém que eu conheça?"

"Está de brincadeira? Só *pense* em pessoas que você conheça."

Ele sorriu. "Tá bom. Mas por favor não faça nenhuma besteira, Cass."

Ela olhou para baixo. "Não acho que eu vá fazer", ela murmurou. Depois: "Vamos pedir a conta".

Eles acenaram para o garçom, pagaram a conta e voltaram para a rua. O sol estava se pondo, mas o calor não tinha diminuído. A pedra, o aço, a madeira, o tijolo e o asfalto que haviam se encharcado de calor o dia todo agora o devolviam à noite. Caminharam em silêncio por dois quarteirões, até a esquina da Quinta Avenida; e naquele silêncio havia algo que fez Vivaldo estranhamente relutar em deixar Cass sozinha.

A esquina estava totalmente deserta e havia poucos carros passando.

"Pra que lado você vai?", ele perguntou.

Ela olhou para a esquerda e para a direita da avenida — para a esquerda e para a direita. Da direção do parque vinha um táxi verde e amarelo.

"Não sei. Mas acho que vou ver aquele filme."

O táxi parou, a várias quarteirões deles, esperando a luz vermelha mudar. Cass abruptamente estendeu a mão.

De novo ele se ofereceu. "Quer que eu vá com você? Eu podia te proteger."

Ela riu. "Não, Vivaldo, obrigada, chega de ser protegida." E o táxi guinou na direção deles. Os dois olharam o carro se aproximar, diminuir a velocidade e parar. Ele olhou para ela com as sobrancelhas muito erguidas.

"Bom...", ele disse.

Ela abriu a porta e ele a manteve aberta. "Obrigada, Vivaldo. Obrigada por tudo. Eu te procuro daqui a uns dias. Ou me ligue, vou estar em casa."

"O.k., Cass." Ele fechou o punho e encostou no queixo dela. "Fique bem."

"Você também. Tchau." Ela entrou no táxi e ele fechou a porta. Ela se inclinou em direção ao motorista, o táxi começou a andar, rumo a downtown. Ela se virou para acenar para ele, e o táxi virou para o oeste.

Foi como se ela estivesse dando adeus à terra: e ela não tinha como imaginar o que teria acontecido com ela quando voltasse à terra novamente, se é que voltaria.

Na rua Doze com a Sétima Avenida, ela pediu que o motorista seguisse por mais um quarteirão, até a bilheteria do Loew's Sheridan; depois pagou a corrida, saiu, subiu as escadas até o balcão daquele templo odioso, e sentou. Acendeu um cigarro, feliz com a escuridão, embora não protegida por ela; olhou para a tela, mas tudo que viu foram os gestos nada convincentes de uma jovem cujo nome, inacreditavelmente, parecia ser Doris Day. Cass pensou, alheia: *eu nunca devia ter vindo, eu não suporto cinema*, e começou a chorar. Chorou olhando para a frente, e essa nova chuva se interpôs entre ela e o grande rosto vermelho de James Cagney, que parecia, pelo menos, graças a Deus, estar além das possibilidades de maquiagem. Depois ela olhou para o relógio, percebendo que eram exatamente oito horas. Isso era bom ou ruim? foi o pensamento idiota que lhe ocorreu — e ela sabia, o que era sempre uma parte do seu problema, que ela estava sendo uma idiota. *Meu Deus, você tem trinta e quatro anos, desça a escada e ligue pra ele*. Mas ela se forçou a esperar, pensando o tempo todo se estava esperando demais ou se acabaria ligando cedo demais. Por fim, durante a parte mais forte da tempestade em tecnicolor na tela, ela desceu as escadas e entrou na cabine telefônica. Discou o número dele e a ligação caiu na secretária eletrônica. Ela se arrastou de novo lá para cima e foi para a sua poltrona.

Mas ela não estava aguentando o filme, que parecia não terminar nunca. Às nove horas, ela desceu outra vez, com a intenção de caminhar, ir tomar alguma coisa em algum lugar e voltar para casa. E ela discou de novo o número.

O telefone tocou uma, duas vezes; depois alguém atendeu; houve um silêncio. Em seguida, num tom agressivo:

"Alô?"

Ela recuperou o fôlego.

"Alô?"

"Alô, Eric?"

"Sim."

"Bom, sou eu, a Cass."

"Ah", e então rapidamente: "Como vai, Cass, que bom que você ligou. Eu estava aqui sentado, tentando ler esta peça, enlouquecendo e pensando em me matar."

"Eu achei", ela disse, "que talvez você estivesse esperando esta ligação." Para ninguém nunca dizer, ela pensou, como uma presa da irrealidade e da angústia, que não ponho minhas cartas na mesa.

"O que você disse, Cass?" Mas ela sabia, pelo ritmo da pergunta dele, que ele tinha entendido.

"Eu disse: 'Achei que talvez você estivesse esperando esta ligação'."

Depois de um momento, ele disse: "Sim. De certo modo". Depois: "Onde você está, Cass?".

"Na esquina da sua casa. Posso subir?"

"Por favor, venha."

"Certo. Chego em cinco minutos."

"O.k. Ah, Cass..."

"Sim?"

"Não tenho nada aqui para beber. Se você comprar uma garrafa de uísque eu pago quando você chegar."

"Algum em especial?"

"Ah, tanto faz. Qualquer um que *você* goste."

Uma pedra, milagrosamente, pareceu sair de seu coração por um momento. Ela sorriu. "Black Label?"

"Que loucura."

"Um minuto, então."

"Um minuto. Eu estou aqui."

Cass desligou, encarando por um instante o instrumento negro e reluzente de sua... salvação? Ela foi andando para a rua, encontrou uma loja de bebidas e comprou uma garrafa; e o peso da garrafa na bolsa de palha de algum modo tornou tudo real; como a compra de uma passagem de trem é a prova da iminência de uma viagem.

O que ela diria a ele? O que ele diria a ela?

Ele disse: "É você, Cass?". Ela respondeu: "Sim!", e subiu,

desajeitada, os degraus, como uma estudante. Chegou à porta dele sem fôlego, e lá estava ele, de camiseta e calça velha do Exército. A realidade de Eric foi um choque para ela, assim como a beleza dele — ou seu vigor, o que, no caso de um homem, é praticamente a mesma coisa. Era como se o visse pela primeira vez — cabelo curto e despenteado, testa meio quadrada com linhas de expressão marcadas a fogo, sobrancelhas mais pesadas e olhos mais negros e mais fundos do que ela se lembrava. No queixo havia uma leve cova — ela nunca tinha reparado. A boca era mais larga do que ela se lembrava, os lábios mais carnudos, os dentes ligeiramente tortos. Ele não tinha se barbeado, e a barba ruiva se eriçava e brilhava sob a luz fraca e amarela do alto da escada. A calça estava sem cinto e ele usava uma sandália. Eric disse: "Entre", e ela passou por ele roçando em seu corpo. Ele fechou a porta atrás dela.

Ela foi até o centro do cômodo e olhou em volta, sem ver nada; depois eles olharam um para o outro, terrivelmente agitados, terrivelmente tímidos, sem se atrever a imaginar o que aconteceria a seguir. Ele estava assustado, mas muito controlado. Ela achou que ele a analisava, preparando-se para aquele enigma, fosse ele qual fosse. Eric ainda não havia tomado nenhuma decisão, estava tentando entrar em sintonia com ela; isso a obrigava a revelar o que havia em seu coração para descobrir o que havia no dele. E ela ainda não sabia o que havia em seu próprio coração — ou não queria saber.

Ele pegou a bolsa dela e a colocou na estante de livros. Pelo modo como fez isso, Cass percebeu que ele não estava acostumado a receber mulheres em seu quarto. A *Quinta sinfonia* de Shostakovich tocava na vitrola; a peça, *Happy Hunting Ground*, estava aberta em cima da cama, sob o abajur. A única outra luz no quarto vinha de uma luminária sobre a escrivaninha. O apartamento era pequeno e frugal, absolutamente monástico; era mais um lugar de trabalho do que uma casa, e ela sentiu, de forma aguda e repentina, o quão profundamente ele podia se ofender com a intromissão da ordem e da suavidade feminina em seu isolamento sem adornos.

"Vamos beber", ele disse, e tirou a garrafa da bolsa dela. "Quanto eu te devo?"

Ela disse e ele pagou, timidamente, com algumas notas amarrotadas que estavam sobre a lareira, ao lado das chaves. Ele foi até a cozinha rasgando o papel de embrulho da garrafa. Ela o observou enquanto ele procurava os copos e pegava o gelo. A cozinha estava uma bagunça e ela quis se oferecer para limpar, mas não ousou fazer isso, pelo menos naquele momento. Ela se arrastou até a cama, sentou na beirada e pegou o texto da peça.

"Não sei se a peça é boa ou não. Não sei mais." Sempre que ele estava inseguro, seu sotaque sulista ficava mais perceptível.

"Qual é o seu personagem?"

"Ah, eu vou fazer um dos sujeitos maus, um que eles chamam de Malcolm." Ela olhou a lista de personagens e viu que Malcolm era filho de Egan. O texto estava todo sublinhado e havia extensas anotações à margem. Uma das anotações dizia: *sobre isso, talvez lembrar o que você sabe sobre o Yves,* e ela olhou a frase sublinhada: *não, eu não quero essa droga de aspirina. O sujeito tem uma dor de cabeça, por que você não deixa ele descobrir que tipo de dor de cabeça é?* Eric disse: "Quer água ou só gelo?".

"Um pouco de água, obrigada."

Ele voltou para a sala e lhe entregou o uísque. "Meu papel é do último integrante do sexo masculino de uma família rica americana. Eles enriqueceram através de todo tipo de jogo sujo, matando gente, essa coisa toda. Mas quando me torno adulto eu não posso mais fazer essas coisas, porque tudo já foi feito e as leis mudaram. Aí viro um grande líder sindical e meu pai quer me mandar prender dizendo que eu sou comunista. Isso rende umas cenas bem boas. O ponto é: não há ninguém que preste entre nós." Ele sorriu. "Provavelmente vai ser um fiasco."

"Bom, mas não deixe de reservar ingressos para nós na noite de estreia." Houve um breve silêncio, e o *nós* dela ressoou com mais insistência do que os tambores de Shostakovich.

"Ah, vou tentar encher a casa com os meus amigos", ele disse, "não se preocupe." Outro silêncio. Ele sentou na cama ao lado de Cass e olhou para ela. Ela olhou para baixo.

"Você faz eu me sentir muito estranho", ele disse. "Você me faz sentir coisas que eu achei que nunca mais ia sentir."

"O que eu faço você sentir?", ela perguntou. Depois: "Você faz a mesma coisa comigo". Ela percebeu que ele estava tomando a iniciativa, para facilitar as coisas para ela.

Ele se inclinou para a frente e pôs uma das mãos na mão dela; depois se levantou e se afastou, deixando Cass sozinha na cama. "E o Richard?"

"Não sei", ela disse. "Não sei o que vai acontecer entre mim e o Richard." Ela se esforçou para olhar nos olhos dele e largou o copo na mesinha de cabeceira. "Mas não é *você* que está entre nós dois... *você* não tem nada a ver com isso."

"Eu não tenho nada a ver com isso *agora*, você quer dizer. Ou por enquanto." Ele deixou o cigarro no cinzeiro em cima da lareira, atrás dele. "Mas acho que de certa forma você sabe do que eu estou falando." Ele ainda parecia muito inquieto e essa inquietação o impeliu na direção de Cass outra vez, na direção da cama. Sentiu que ela tremia, mas não tocou nela, só a olhou com seus olhos inquietos e penetrantes, e com os lábios entreabertos. "Cass, querida", ele disse, e sorriu: "Eu sei que a gente tem o *agora*, mas acho que não temos muito futuro." Ela pensou: talvez, se a gente não desperdiçasse o *agora*, a gente pudesse ter um futuro também. Depende do que queremos dizer com "futuro". Ela sentiu a respiração dele no rosto e no pescoço, depois ele se aproximou mais, abaixou a cabeça e ela sentiu seus lábios. Ela ergueu as mãos para acariciar a cabeça e o cabelo ruivo dele. Ela sentiu a violência e a incerteza dele, que o faziam parecer muito mais novo do que ela. E isso a excitou como nunca; pela primeira vez teve um lampejo da força que impelia mulheres mais velhas na direção de homens mais novos; e se assustou. Estava assustada porque jamais havia desempenhado um papel tão anômalo e porque nada na sua experiência havia sugerido que o corpo dela um dia pudesse se tornar uma armadilha para garotos e o túmulo da autoestima dela. Havia embarcado numa viagem que poderia terminar anos à frente, ela em uma casa horrorosa, perto de um mar azul, com algum turco ou espanhol, ou judeu, ou grego, ou árabe indizivelmente, indescritivelmente fálico. No entanto, ela não queria que aquilo parasse. Ela não sabia exatamente o que estava acontecendo agora, ou aonde aquilo iria levar, e sentia medo; mas não queria que parasse. Viu a fumaça do cigarro de Eric subindo da lareira — esperava que o cigarro ainda estivesse dentro do cinzeiro; o texto da peça estava sob a cabeça dela, a sinfonia chegava ao fim. Ela tinha consciência, como se estivesse pairando sobre os dois com uma câmera, de que a cena devia parecer sórdida: uma mulher casada, que não era mais jovem, já começando a gemer de prazer, presa naquela cama desarrumada e absolutamente efêmera pelo peso do corpo de um estranho que não a amava e que ela não podia amar. Depois pensou sobre isto: amor; e ficou pensando se alguém realmente sabia alguma coisa sobre ele. Eric pôs uma das mãos no seio dela, e era um toque novo, não o toque de Richard, não; mas ela sabia que era o toque de Eric; aquilo era amor ou não? O que Eric sentia? *Sexo*, ela pensou, mas essa não era de fato a resposta ou, se fosse, era uma resposta que não esclarecia nada. Eric se ergueu, se afastando dela com um suspiro, e caminhou de volta até seu cigarro. Ficou encostado ali por um instante, olhando para ela; e ela entendeu que o peso que existia entre eles, de coisas não ditas, tornava qualquer ato impossível. Com base em que eles deveriam agir? Pois não se podia esperar que a busca cega dos dois fosse uma fundação capaz de suportar algum peso.

Ele voltou para a cama e sentou; disse: "Bom, escute. Eu sei sobre o Richard. Não acredito quando você diz que eu não tenho nada a ver com o que está acontecendo entre você e o Richard, porque obviamente eu tenho, *agora* eu tenho, só pelo fato de você estar aqui". Ela começou a dizer alguma coisa, mas ele ergueu a mão, pedindo que ela o deixasse continuar. "Mas tudo bem. Não quero fazer disso um problema, não estou na melhor posição para defender... a moralidade convencional." Ele sorriu. "Tem alguma coisa acontecendo entre a gente que eu não entendo muito bem, mas estou disposto a confiar nisso. Não sei bem por quê, mas tenho a sensação de que *devo* confiar." Ele pegou a mão dela e colocou em seu rosto não barbeado. "Mas eu também tenho uma pessoa, Cass; um garoto, um garoto francês, e ele vai vir pra Nova York daqui a algumas semanas. Eu realmente não sei o que vai acontecer quando ele chegar, mas" — ele largou a mão dela, se levantou e começou a andar pelo quarto de novo — "ele *vem*, e a gente está junto há mais de dois anos. Isso significa alguma coisa. Provavelmente, se não fosse por ele, eu jamais teria ficado tanto tempo fora." Então dirigiu a Cass toda a sua intensidade. "Não importa *o que* aconteça, eu amei muito essa pessoa, Cass, e ainda amo. Acho que nunca amei tanto alguém e" — ele estremeceu — "não tenho certeza se algum dia vou amar tanto assim outra vez."

Ela não ficou nem um pouco surpresa ao saber disso. Lembrou do nome escrito na margem: *Yves*. Mas era melhor que o nome viesse dos lábios dele. Ela se comoveu de um jeito estranho, como se pudesse ajudá-lo a suportar o peso do garoto que tinha tanto poder sobre ele.

"Ele deve ser extraordinário", ela disse. "Como ele se chama? Me conte sobre ele."

Eric voltou para a cama e se sentou. Tinha terminado sua bebida e tomou um gole do copo dela.

"Não há muito pra contar. O nome dele é Yves." Fez uma pausa. "Não faço ideia do que ele vai achar dos Estados Unidos."

"Ou de todos nós", ela disse.

Ele concordou, com um sorriso. "Ou de todos nós. Não tenho certeza nem do que *eu* acho." Eles riram; ela tomou um gole de uísque; a atmosfera entre eles começou a ficar menos tensa, como se fossem amigos. "Mas... eu vou ser responsável por ele quando ele chegar. Ele não viria se não fosse por mim." Ele olhou para ela. "Ele é filho de uma pessoa de quem ele mal se lembra, e a mãe tem um bistrô em Paris. Ele odeia a mãe, ou acha que odeia."

"Não é o padrão, é?" Depois ela desejou ter segurado a língua ou ter engolido as palavras de volta. Mas àquela altura, na verdade, a única coisa que ela podia fazer era compensar o erro: "Quero dizer, dizem que a maioria dos homens que sente atração por outros homens ama a mãe e odeia o pai".

"Não acredite em tudo o que falam", ele disse com um tom levemente sarcástico. "Conheci michês em Paris que não tiveram a chance de odiar a mãe *nem* o pai. Claro que eles odiavam *les flics*, os policiais, e imagino que algum sabichão americano poderia concluir que eles odiavam os policiais por serem figuras paternas... A gente só sabe um monte de coisas sobre figuras paternas aqui porque a gente não sabe nada sobre pais; a gente tornou os pais obsoletos... Mas pra mim é provável que eles odiassem os policiais simplesmente porque os policiais gostavam de dar porrada neles."

Foi estranho como agora ela se pegou tentando manter certa distância — não dele, mas daquele modo de ver o mundo. Ela não queria que ele visse o mundo daquele jeito, porque uma visão como aquela não iria torná-lo feliz, e qualquer coisa que o tornasse infeliz era uma ameaça para ela. Ela jamais tinha precisado lidar com um policial na vida e nunca passou por sua cabeça se sentir ameaçada pela polícia. Policiais não eram nem amigos nem inimigos; faziam parte da paisagem, estavam ali para manter a lei e a ordem. E se um policial — já que ela nunca tinha imaginado que eles fossem particularmente inteligentes — parecesse se esquecer de qual era o seu lugar, era bem fácil fazê-lo se lembrar. Fácil quando se está em uma posição mais segura que a do policial e desde que represente, ou possa trazer para o seu lado, um poder maior que o dele. Afinal, todo policial era inteligente o suficiente para saber para quem ele trabalhava, e nenhum deles trabalhava, em lugar nenhum do mundo, para os que não tinham poder.

Ela acariciou o cabelo de Eric, lembrando de como ela e Richard, quando se conheceram, discutiram exatamente essa questão, pois ele estava bastante consciente, na época, de sua pobreza e da situação privilegiada dela. Ele a chamava de herdeira de gelo de tudo o que existe, e ela precisou se esforçar para mostrar que ele estava errado e para se dissociar, na visão dele, daqueles que manejavam a chibata do poder.

Eric pôs a cabeça no colo dela. Disse: "Bom, em todo caso, essa é a história, ou pelo menos toda a história que eu sei como te contar agora. Achei que você devia saber". Ele hesitou; ela viu o pomo de adão se mover enquanto ele engolia; ele disse: "Não posso te prometer nada, Cass".

"Eu não pedi pra você me prometer nada." Ela inclinou o corpo e deu um beijo na boca dele. "Você é muito bonito", disse, "e muito forte. Eu não tenho medo."

Ele olhou para ela, vendo-a de cabeça para baixo, e naquele instante ele pareceu a Cass ao mesmo tempo criança e homem, e as coxas dela tremeram. Ele a beijou de novo, tirou dois grampos do cabelo dela, e o cabelo dourado de Cass caiu sobre o rosto dele. Eric se virou e segurou Cass sob seu corpo na cama. Como crianças, com a mesma alegria e o mesmo tremor, eles se despiram, se revelaram e olharam um para o outro; ela se sentiu levada de volta para um estado e para um tempo de que já não se lembrava, inimaginável, em que ela não era Cass, a Cass de hoje, mas a simples, calma e arrogante *Clarissa* à espera de alguma coisa, quando ela ainda não se sentia esgotada, quando o amor estava nas estradas e não nos portões. Ele olhou para o corpo dela como se um corpo daqueles fosse uma nova criação, ainda fresco, recém-saído do vasto firmamento; e o deslumbramento dele a contagiou. Ela observou o corpo nu dele enquanto ele atravessava o quarto para apagar a luminária e pensou nos corpos de seus filhos, Paul e Michael, saídos dela, formados como num milagre, tão cheios de segredos e promessas; e, como a água que brotou no deserto quando Moisés bateu na pedra com seu machado, lágrimas brotaram dos olhos dela. Eric brilhava à luz do abajur que estava acima da cabeça dela. Ela não conseguia desligá-lo. Observou Eric ir até a vitrola tirar o disco que fazia tempo tinha parado de tocar, e o olho verde do aparelho se apagou; depois ele se virou para fitá-la, muito sério, e com os olhos mais escuros e mais fundos do que nunca. Agora, mais do que nunca, ela estava longe de saber o que era o amor, mas sorriu de alegria, e ele respondeu com uma pequena gargalhada triunfante. Eles eram estranhamente iguais: talvez um pudesse ensinar ao outro, sobre o amor, aquilo que nenhum deles até então sabia. E eram iguais porque nenhum dos dois temia os enigmas inimagináveis e impossíveis de responder, que poderiam vir à tona por uma luz implacável.

Ela apagou o abajur na mesinha de cabeceira e viu Eric se aproximar na escuridão. Ele a tomou como um garoto, com a mesma dedicação, e com a paixão que um garoto sente em agradar; e ela havia despertado algo nele, um animal fazia muito tempo enjaulado, que agora saía estrondosamente do cativeiro com uma fúria que fascinou e transfigurou os dois. No final, ele acabou dormindo sobre o peito dela, como uma criança. Ela observou Eric, viu seus lábios entreabertos, os dentes tortos com um brilho baço e o fio prateado e fino de saliva que escorria para o corpo dela; observou as minúsculas pulsações na veia de um braço dele, com todo o peso largado sobre o quadril dela, os pelos ruivos brilhando; uma perna estava jogada para trás do corpo dele, um joelho apontava para o corpo dela; o dedo mínimo da mão mais distante dela, na beira da cama, palma para cima, se contraía; seu sexo e sua barriga estavam escondidos.

Ela olhou para o relógio. Era uma e dez. Precisava ir para casa e ficou aliviada ao descobrir que estava sentindo apreensão, mas não culpa. Ela realmente sentiu que um peso tinha sido tirado dela e que ela agora voltava a ser quem era, que estava em sua própria pele pela primeira vez depois de muito tempo.

Ela saiu lentamente de baixo do peso de Eric, beijou a testa dele e o cobriu. Depois foi ao banheiro e entrou no chuveiro. Cantou baixinho enquanto a água batia em seu corpo e usou a toalha que tinha o cheiro dele com alegria. Vestiu-se, ainda murmurando uma melodia, e se penteou. Mas os grampos estavam na mesinha de cabeceira. Ela saiu do banheiro e se deparou com Eric sentado, fumando. Eles sorriram um para o outro.

"Como você está, meu bem?", ele perguntou.

"Estou ótima. E você?"

"Ótimo também", e ele riu, acanhado. Depois: "Você precisa ir embora?".

"Preciso. Preciso, sim." Ela foi até a mesinha de cabeceira e colocou os grampos no cabelo. Ele esticou os braços, puxou Cass para a cama e a beijou. Foi um beijo estranho, por sua triste insistência. Os olhos dele pareciam procurar algo nela que ele tinha desistido de tentar encontrar e no qual ainda não confiava.

"O Richard vai estar acordado?"

"Acho que não. Tanto faz. É raro a gente ficar juntos à noite; ele trabalha, eu leio ou vou ao cinema, ou fico vendo televisão." Ela tocou no rosto dele. "Não se preocupe."

"Quando eu vou te ver?"

"Logo. Eu te ligo."

"Tem problema se eu ligar? Ou você acha melhor não?"

Ela hesitou. "Não tem problema." Os dois pensaram: *não tem problema por enquanto*. Ele a beijou de novo.

"Queria que você pudesse passar a noite aqui", ele disse. Ele riu mais uma vez. "A gente só estava começando a se aquecer, espero que você saiba disso."

"Ah, sim", ela disse, "deu pra ver." Ele encostou seu rosto áspero no dela. "Mas agora eu preciso ir."

"Quer que eu vá com você procurar um táxi?"

"Ah, Eric, não seja bobo. Não faz nenhum sentido."

"Eu ia gostar. Vai ser rapidinho." Ele pulou da cama e entrou no banheiro. Ela ouviu a água espirrando e jorrando e olhou em volta do apartamento, que já lhe parecia terrivelmente familiar. Em algum momento dos próximos dias, ela tentaria ir lá limpar tudo. Seria difícil escapar durante o dia, exceto, talvez, aos sábados. Depois se deu conta de que iria precisar de uma cortina de fumaça para esconder aquele caso e que teria que recorrer a Vivaldo e Ida.

Eric saiu do banheiro e colocou a cueca, a calça e a camiseta. Enfiou os pés na sandália. Parecia limpo, com sono e pálido. Os lábios estavam inchados e muito vermelhos, como os dos heróis e dos deuses da antiguidade.

"Tudo pronto?", ele perguntou.

"Tudo pronto." Ele pegou a bolsa e entregou a ela. Trocaram um beijo rápido e desceram as escadas até a rua. Ele colocou o braço em torno da cintura dela. Caminharam em silêncio, a rua estava vazia. Mas havia gente nos bares, gesticulando e parecendo uivar sob as luzes amareladas por trás do vidro fumê; e pessoas nas ruas transversais, andando lentamente e se escondendo; cães em coleiras, farejando com seus donos. Eles passaram pelo cinema e agora estavam na avenida, em frente ao hospital. E, na sombra da grande marquise escura, sorriram um para o outro.

"Estou feliz por você ter me ligado", ele disse. "Muito feliz."

Ela disse: "Estou feliz que você estava em casa".

Eles viram um táxi se aproximando e Eric ergueu a mão.

"Te ligo daqui a uns dias", ela disse, "lá pela sexta ou sábado."

"Tá bom, Cass." O táxi parou, ele abriu a porta, colocou-a lá dentro, se debruçou e deu um beijo nela. "Se cuide, mocinha."

"Você também." Ele fechou a porta e acenou. O táxi começou a andar, e ela observou Eric caminhando, sozinho, pela longa rua escura.

Não havia telefones públicos na Quinta Avenida deserta e Vivaldo andou pelo quarteirão largo e silencioso até a Sexta Avenida e entrou no primeiro bar que encontrou, indo direto para a cabine telefônica. Ele discou o número do restaurante e esperou um bom tempo antes de uma voz masculina irritada atender. Pediu para falar com a srta. Ida Scott.

"Ela não veio hoje. Disse que estava doente. Talvez você consiga falar com ela em casa."

"Obrigado", ele disse. Mas o sujeito já tinha desligado. Ele não sentiu nada, não se surpreendeu; no entanto, se encostou de novo na cabine por um momento, sentindo frio e fraqueza. Depois ligou para seu próprio número. Ninguém atendeu.

Ele saiu da cabine telefônica para o bar, que era um bar operário. Estava passando uma luta na televisão. Vivaldo pediu uma dose dupla e se debruçou no balcão. Estava cercado exatamente pelo mesmo tipo de homens que conhecera na infância, no início da juventude. Era como se, tenebrosamente, depois de uma longa e infrutífera viagem, ele tivesse voltado para casa e descoberto que havia se tornado um forasteiro. Ninguém olhou para ele — ou ninguém pareceu olhar; mas assim era o estilo daquela gente. E se era verdade que muitas vezes eles viam menos do que estava à sua frente, também era comum enxergarem mais do que se supunha. Dois negros perto dele, com uniformes de trabalho, pareciam ter feito apostas na luta, mas não pareciam acompanhá-la com muita atenção. Permaneciam falando um com o outro num troar monótono e bem-humorado — sorriso pregado nos rostos — e de vez em quando pediam mais uma rodada, ou explodiam numa gargalhada, ou então começavam a prestar atenção na tela. Ao longo do balcão, havia homens em silêncio, normalmente sozinhos, olhando para a televisão ou olhando para o nada. Mais para o fundo havia mesas. Um casal de idosos negros e um casal de negros mais jovens estavam em uma mesa, em outra havia três jovens sem rumo, bebendo cerveja, e na última mesa um sujeito de aparência estranha, que talvez fosse persa, se agarrava com uma mulher de rosto pálido e cabelo comprido. Os casais negros estavam numa conversa séria — a mulher mais velha se inclinava para a frente com veemência; os três jovens davam risadinhas e disfarçadamente olhavam o sujeito negro e a garota pálida; e, se essa noite acabasse como acabavam todas as outras, em breve os dois iriam sumir para algum canto onde cada um pudesse ver o outro se masturbar. O barman tinha cabelo alisado e um rosto banal, com óculos, e estava debruçado sobre um barril na extremidade do balcão, vendo televisão. Vivaldo olhava para a tela, vendo dois velhos flácidos se atirando de um lado para o outro em cima um pedaço de lona; de tempos em tempos uma loura com um sorriso sensual fazia propaganda de sabão — mas o sorriso dela era bem menos sensual do que a luta —, e um sujeito assexuado de queixo quadrado com um corte de cabelo militar dava baforadas ansiosas em um cigarro com um prazer enervante. Depois, de novo os gemidos dos lutadores, que na verdade deviam estar em casa, na cama, possivelmente um com o outro.

Onde ela estava? *Onde* ela estava? Com Ellis, sem dúvida. Onde? Ela havia telefonado para o restaurante, mas não para ele. Ela ia dizer: "Mas a gente não tinha planos pra esta noite, docinho, eu *sabia* que você ia encontrar a Cass e tinha certeza que você ia jantar com *ela*!". Onde ela estava? Ela que fosse pro inferno. Ela ia dizer: "Ah, querido, não seja assim, imagina só se eu fosse fazer um escândalo toda vez que você sai pra beber com alguém? Eu confio em você, mas você também precisa confiar em mim. Se eu conseguir fazer carreira como cantora e precisar me encontrar com um monte de gente; o que é que você vai fazer?". Ela confiava nele porque não dava a mínima para ele. Ela que fosse pro inferno. Ela que fosse pro inferno. Ela que fosse pro inferno.

Ah, Ida. Ela ia dizer: "A minha mãe ligou depois que você saiu, ela estava bem chateada; meu pai andou brigando no fim de semana, está com um corte meio feio e eu estou saindo do hospital neste exato minuto. Minha mãe queria que eu ficasse com ela, mas eu sabia que você ia ficar bravo, por isso vim pra casa. Você sabe, eles não gostam nem um pouco que eu more com você aqui nesta parte da cidade, talvez acabem se acostumando, mas tenho certeza que é isso que deixa o meu pai tão infeliz, ele não consegue superar a história do Rufus, você sabe, meu amor, por favor deixa eu beber alguma coisinha, estou morta".

Ela que fosse pro inferno. Ela que fosse pro inferno.

Ela ia dizer: "Ah, Vivaldo, por que você gosta de ser tão cruel, quando sabe que eu te amo tanto?". Ela ia soar exasperada e à beira do choro. Depois, mesmo sabendo que ela estava explorando o ponto fraco dele, Vivaldo veria a esperança ressurgir firme dentro de si, um nó faria sua garganta doer, ele abandonaria todas as suas dúvidas. Talvez ela o amasse, talvez fosse verdade: mas, se fosse, por que então eles se mantinham tão distantes um do outro? Talvez ele é que não soubesse se doar, não soubesse amar. O amor era um território desconhecido para ele. E pensou, muito a contragosto, que talvez não amasse Ida. Talvez ele só tenha ousado se oferecer a ela porque ela não era branca. Talvez ele tivesse sentido, em algum lugar, dentro de si mesmo, que ela não ousaria desprezá-lo.

E se era disso que ela suspeitava, bem, nesse caso a raiva dela era infinita e ela jamais seria conquistada por ele.

Vivaldo saiu do bar sem saber o que fazer, sabendo apenas que não podia ir para casa. Queria um amigo, um homem com quem pudesse conversar; e isso o fez perceber que, com a duvidosa exceção de Rufus, ele jamais tivera um amigo na vida. Pensou em telefonar para Eric, mas Eric tinha ficado fora tempo demais. Ele já não sabia nada sobre a vida de Eric e não ia querer ficar sabendo naquela noite.

Então ele caminhou. Passou pela grande e desbotada cicatriz que era a rua 42, sabendo que não suportaria ficar sentado assistindo a um filme; seguiu adiante, descendo a deserta Sexta Avenida, até chegar ao Village. De novo pensou em ligar para Eric e de novo desistiu. Andou na direção leste, rumo ao parque; naquela noite não havia cantores lá, apenas sombras nas sombras das árvores; e um policial entrando no parque enquanto ele saía.

Caminhou pela rua MacDougal. Ali estavam os casais preto-e-
-branco, desafiadoramente brancos, resplandecentemente negros; os italianos os observavam com ódio, odiando, na verdade,
todos os habitantes do Village que davam má fama a suas ruas.
Os italianos, no final das contas, queriam apenas ser aceitos como americanos, e talvez não devessem ser culpados por achar
que sua vida seria mais fácil se não houvesse por perto tantos
judeus, drogados, bêbados, veados e pretos. Vivaldo deu uma
olhadela nos bares e cafés com alguma esperança de ver um
rosto conhecido e aceitável. Mas só havia garotos com cara de
rato, de barba, e garotas infantis com corpos sem forma e cabelo
comprido.

"Como é que você e aquela sua namoradinha negra estão se
saindo?"

Ele se virou, e era Jane. Ela estava bêbada e com um sujeito
de roupa xadrez, típico de uptown, que provavelmente trabalhava com publicidade.

Ele olhou para ela e ela disse, rápido, com uma risada: "Ah,
não vá ficar chateado, eu só estava te provocando. Será que velhos amigos não têm *certos* direitos?". E para o sujeito ao lado
dela: "Este é um velho amigo meu, Vivaldo Moore. E *este* é
Dick Lincoln".

Vivaldo e Dick Lincoln se cumprimentaram com breves e
constrangidos acenos de cabeça.

"Como vai, Jane?", Vivaldo perguntou, educado, e começou a andar numa direção que esperava não ser a deles.

Mas eles, naturalmente, começaram a andar ao lado de Vivaldo.

"Ah, estou ótima", ela disse. "Parece que me recuperei su-
perbem..."

"Você estava doente?"

Ela olhou para ele. "Sim, pra falar a verdade. Nervos. Por
causa de um romance que não deu certo."

"Alguém que eu conheço?"

Ela riu, ofegante. "Cretino."

"É que eu já estou acostumado com o seu jeito dramático. Mas estou feliz que as coisas estejam dando certo pra você agora."

"Ah, agora está tudo bem", ela disse, e fez uma imitação grotesca de uma menininha saltitante, segurando firme a mão de Lincoln. "O Dick não é muito dado a investigações filosóficas, mas ele é bom nas coisas que importam pra ele." O sujeito que ela descreveu desse modo caminhava tenso ao lado dela, seu rosto era uma máscara corada de incertezas, claramente determinado a fazer a coisa certa, independentemente do que a coisa certa acabasse se revelando.

"Venha beber alguma coisa com a gente", Jane disse. Eles estavam de pé na esquina, sob a luz que vinha de um bar. A luz iluminava e distorcia de modo horrível o rosto dela, fazendo com que os olhos parecessem carvão em brasa e a boca arreganhada de um jeito melancólico, com as gengivas visíveis. "Pelos velhos tempos."

"Não, obrigado", ele disse. "Estou indo pra casa. Foi um dia longo e difícil."

"Está correndo pra casa pra encontrar a namoradinha?"

"É um bom motivo pra correr pra casa, se você tem uma namorada", Dick Lincoln disse, colocando a mão rosada e sem nenhum vigor no ombro de Jane.

De algum modo, ela tolerou aquilo; mas não sem dar mais um saltinho infantil. Ela disse: "A namoradinha do Vivaldo é ótima". Ela se virou para Dick Lincoln. "Aposto que você se acha liberal", disse, "mas esse cara, meu bem, está anos-luz na sua frente. Ele está anos-luz à *minha* frente, porque, se eu fosse tão liberal quanto o meu amigo Vivaldo aqui" — ela riu; um garoto negro muito alto passou por eles, dando uma olhadela nos três — "bom, eu não ia estar com *você*, seu branquelo pobre e preguiçoso. Eu ia estar com o maior, mais forte e mais escuro macho que eu encontrasse!" Vivaldo sentiu a pele formigar, Dick Lincoln corou. Jane riu e Vivaldo percebeu que outras pessoas, tanto negras quanto brancas, olhavam para eles. "Talvez eu devesse ter ficado com o irmão dela", Jane disse. "Você ia ter gostado mais de mim se eu tivesse feito isso? Ou você também estava ficando com *ele*? Com esses liberais a gente nunca sabe", e ela encostou o rosto sorridente no ombro de Dick Lincoln.

Lincoln olhou para os olhos de Vivaldo sem saber o que fazer. "Ela é toda sua", Vivaldo disse, e ao ouvir isso Jane olhou para ele, sem o menor traço de riso, o rosto lívido e envelhecido pela raiva. E toda a raiva de Vivaldo foi embora de uma vez.

"Até mais", disse, e deu as costas para os dois. Ele queria ir embora antes que Jane desse início a um conflito racial. Também percebeu que ele tinha se tornado o centro de dois tipos de atenção muito diferentes. Os negros suspeitavam que ele fosse um aliado — embora não amigo, jamais um amigo! — e os brancos, especialmente os italianos do bairro, agora achavam que não se podia confiar nele. "Corre pra casa", Jane gritou atrás dele, "corre pra casa! É verdade que o sangue deles é mais quente que o nosso? O sangue dela é mais quente que o meu?" E um riso soou pela rua no rastro dessa frase, o riso reprimido e obsceno dos italianos — porque, afinal de contas, Vivaldo era um deles, e macho, e, aparentemente, bem-dotado — e o riso feliz, vingativo dos negros. Por um instante, às costas dele, eles quase estiveram unidos — mas depois cada um, ao ouvir o riso do outro, engoliu a própria risada. Os italianos ouviram o riso dos negros; os negros se lembraram que era uma negra que Vivaldo estava comendo.

Ele atravessou a avenida. Queria ir para casa, queria comer, queria ficar bêbado e até, quem sabe por mera raiva, queria trepar — mas achava que nada de bom podia acontecer com ele naquela noite. Pensou que, se fosse de fato um escritor, simplesmente iria para casa trabalhar, tirando todo o resto da cabeça, como Balzac fizera, Proust, Joyce, James, Faulkner. Mas talvez eles nunca tivessem pensado as coisas inomináveis que ele estava pensando. Sentia uma espécie muito peculiar, fatal, de resignação: sabia que só iria para casa quando fosse tarde demais para ir a qualquer outro lugar, ou depois que Ida atendesse o telefone. Ida: e ele sentiu uma estranha premonição, como se já fosse um velho caminhando dali a muitos anos por aquelas ruas tão familiares onde ninguém o conhecia nem prestava atenção nele, pensando no seu amor perdido e imaginando: *onde ela estará agora? Onde ela estará agora?* Passou pelo cinema, pelos garotos e homens valentões que sempre ficavam ali em frente. Eram dez da noite. Na Waverly Place se virou na direção oeste e foi a um bar lotado para comer um hambúrguer. Forçou-se a pedir um hambúrguer e uma cerveja antes de ligar de novo para casa. Ninguém atendeu. Voltou ao bar, pediu um uísque e percebeu que estava ficando sem dinheiro. Se fosse continuar bebendo, teria que ir ao Benno's, onde podia pendurar.

Bebeu o uísque bem devagar, olhando e ouvindo as pessoas em volta. Na maioria eram ex-universitários que, como ele, tinham envelhecido, e Vivaldo percebeu, pelas conversas ao redor, que os universitários tinham se formado e já estavam trabalhando. Ficou mais ou menos de olho em uma loura, de aparência frágil, que também parecia, vagamente, estar de olho nele: e, por incrível que pareça, ela devia ser advogada. De repente ele ficou muito excitado, como tinha acontecido anos antes, com a ideia de transar com uma garota acima de seu nível, uma garota para a qual ele supostamente nem devia olhar. Ele vinha das áreas pobres do Brooklyn, o cheiro da pobreza estava impregnado nele, e o fato é que aquele cheiro as atraía. Elas estavam cansadas de garotos que tomavam banho demais, que não tinham cheiro de nada nas axilas nem suor nos testículos. Ele olhou outra vez para a loura, imaginando como ela seria nua. Ela estava sentada a uma mesa perto da porta, de frente para ele, brincando com um copo de daiquiri e conversando com um sujeito corpulento, grisalho, que ria alto, que estava um pouco bêbado e que Vivaldo reconheceu como um poeta renomado. A loura lembrava um pouco Cass. E isso o fez perceber pela primeira vez — é impressionante como o que é óbvio pode ficar oculto — que quando conheceu Cass, tantos anos antes, ele tinha ficado lisonjeado por uma mulher tão bem-nascida como ela ter reparado num menino fedorento como ele. Ele ficara perplexo. E adorou Richard incondicionalmente não, como era o caso hoje, pelo talento de Richard, que, de qualquer forma, ele nem tinha condições de avaliar na época, mas simplesmente porque Richard possuía Cass. Ele invejou a façanha de Richard, e imaginou que essa inveja fosse amor.

Mas, sem dúvida, havia amor ali, do contrário eles jamais teriam sido amigos por tanto tempo. (Será que tinham sido amigos? O que eles realmente contaram um para o outro naquele tempo todo?) Talvez a prova do amor de Vivaldo fosse ele jamais ter pensado em Cass de maneira carnal, como mulher, mas apenas como uma dama e como a esposa de Richard. Porém o mais provável é apenas que eles eram mais velhos e que ele precisava de gente mais velha para se preocupar com ele, para levá-lo a sério, em quem pudesse confiar. Para isso, ele pagaria qualquer preço. Hoje eles não eram tão mais velhos, ele tinha quase vinte e nove anos, Richard trinta e sete ou trinta e oito, Cass tinha trinta e três ou trinta e quatro; mas na época os dois pareciam, especialmente no refúgio ardente do amor deles, muito mais velhos.

Agora — agora parecia que todos eles estavam igualmente infelizes, confusos e desesperados. Ele olhava seu rosto no espelho atrás do balcão. Seu cabelo ainda estava todo lá, ainda não havia fios brancos; o rosto ainda não tinha começado a despencar na parte de baixo nem a enrugar na parte de cima; ele ainda não era só bunda e barriga. Ainda — e brevemente; ele deu mais uma olhada na loura. Ficou imaginando seu cheiro, secreções, sons; por uma noite, só por uma noite; depois, subitamente, sem aviso, se pegou imaginando como Rufus teria olhado para aquela garota, e uma coisa estranha aconteceu: todo o desejo o abandonou, ele ficou completamente gelado, e em seguida o desejo voltou avassalador, aos montes. A-*ha*, ele ouviu o riso abafado de Rufus, *se você não se cuidar, seu filho da puta, vai ter uma ereção como a de um negro.* Ele ouviu de novo a risada que o tinha perseguido pelo quarteirão. Alguma coisa dentro dele estava se rompendo; ele se viu, por um breve e terrível momento, em uma região onde não havia nenhuma espécie de definição, nem de cor nem entre masculino e feminino. Havia apenas o salto, o despedaçamento, o terror e a rendição. E o terror: de que tudo parecia começar, terminar e começar de novo — para sempre — em uma caverna atrás do olho. E fosse lá o que estivesse espreitando *viu*, e espalhou por todo o reino de sei-lá-quem o que tinha visto, porém o olho em si poderia morrer. Que tipo de ordem poderia existir num cenário de tão sombria privacidade? No entanto, se não houvesse ordem, qual seria o valor do mistério? Ordem. Ordem. *Põe a sua casa em ordem.* Ele tomou um gole do uísque, agora a anos-luz de distância da loura e do bar e, mesmo assim, mais do que nunca presente, do modo mais desagradável possível. Quando as pessoas já não sabiam que a única maneira de abordar um mistério é pela forma, as pessoas se tornavam... o que as pessoas daquela época e daquele lugar haviam se tornado, o que ele havia se tornado. Elas pereciam dentro de seus desprezados cortiços de barro, isoladas, unidas passivamente, ou ativamente em multidões, com sede de sangue, em busca de sangue e, às vezes, fedendo a sangue. A rendição e a dilaceração não podiam acabar jamais, e que Deus se compadeça daqueles para quem a paixão se torna impessoal!

Mais uma vez ele entrou em uma cabine telefônica e, sem esperanças, discou seu número. Tocou e tocou. Ele desligou e permaneceu na cabine por um instante. Agora estava imaginando se não teria acontecido alguma coisa com Ida, se realmente não teria havido alguma crise familiar; mas àquela altura era tarde demais para telefonar para a vizinha da família de Ida. Mais uma vez pensou em ligar para Eric e mais uma vez desistiu. Caminhou pelo bar lentamente, pois agora só havia sobrado dinheiro para um táxi e um cachorro-quente, e ele teria que ir embora.

Ele disse ao poeta, mas olhando para a garota, quando passou pela mesa deles: "Só queria dizer que sei quem você é e que há muito tempo admiro o seu trabalho e... obrigado".

O poeta olhou para cima, perplexo, a moça riu, e ele disse: "Muito gentil da sua parte. Você também é poeta?".

"Não", ele disse. E se pegou pensando que fazia muito tempo que não ficava com uma mulher branca. Ficou pensando como seria fazer isso agora. "Sou romancista. Inédito."

"Bom, quando você *conseguir* ser publicado, pode ser que você ganhe algum dinheiro", disse o poeta. "Você é um sujeitinho esperto, escolheu uma área que pelo menos te permite pagar um aluguel baratinho."

"Não sei se eu sou esperto", Vivaldo disse, "simplesmente as coisas aconteceram assim." Ele estava curioso sobre a garota, realmente curioso; mas agora outras necessidades ocupavam a sua mente; talvez eles voltassem a se encontrar. "Bom, só queria te agradecer, só isso. Até mais."

"*Eu* é que agradeço", disse o poeta.

"Boa sorte!", gritou a moça.

352

Ele acenou imitando um cumprimento que estava na moda, e saiu. Foi para o Benno's. O lugar parecia tão desolado como um cemitério. Havia umas poucas pessoas lá que ele conhecia, embora costumasse evitá-las; mas hoje ele estava bebendo fiado, como todo mundo, instintivamente, parecia saber; de todo modo, ninguém que estivesse em um bar numa quarta-feira à noite tinha condições de ser muito seletivo.

Muito menos as três pessoas à mesa à qual ele se juntou, que também estavam ficando sem dinheiro e *não* tinham conta no bar. Um deles era o poeta Lorenzo, nascido no Canadá, de rosto redondo e cabelo encaracolado; a namorada dele, que se refugiava ali da mesmice do Texas, com rosto triangular, cabelo bem liso, e que quando ria mordia o polegar; e um sujeito que andava sempre com eles, mais velho, de queixo proeminente, lábios aflitos, que franzia a testa quando estava feliz — o que era raro — e que sorria um sorriso pálido quando estava assustado — o que acontecia quase o tempo todo —, motivo pelo qual ganhou a fama de ser extremamente bem-humorado.

"Ei, Vi", gritou o poeta, "vem sentar aqui com a gente!"

Na verdade, não havia outra possibilidade, a não ser que ele fosse embora; por isso, pediu uma bebida e sentou. Todos bebiam cerveja, e a garrafa estava quase vazia. Ele foi apresentado, talvez pela décima terceira vez, a Belle e Harold.

"Com você *está*, cara?", Lorenzo perguntou. "Ninguém nunca mais te viu." Ele tinha um sorriso juvenil, franco, e esse era um resumo preciso de sua personalidade, embora estivesse começando a ficar meio velho para alguém juvenil. Mesmo assim, e principalmente se fosse comparado com o outro homem e com a mulher a seu lado, Lorenzo parecia a pessoa mais alegre da mesa, e Vivaldo até que gostava dele.

"Ando tendo uns altos e baixos", Vivaldo disse — e Belle deu uma risadinha, mordendo o polegar — "e estou virando um cara sério; por isso é que vocês não têm me visto mais."

"Você anda escrevendo?", perguntou Lorenzo, ainda sorrindo. Ele era um daqueles poetas que escapavam dos terrores da escrita escrevendo o tempo todo. Ele andava com um bloquinho de anotações e rabiscava nele, e quando estava suficientemente bêbado lia o resultado em voz alta. O bloquinho estava diante dele, fechado, sobre a mesa.

"Estou tentando", disse Vivaldo. Olhou acima da cabeça deles, através da janela, para a rua. "A noite está morta."

"Com certeza.", disse Harold. Olhou para Vivaldo com seu pequeno sorriso. "Onde está a sua garota, cara? Não vai me dizer que ela foi embora."

"Não. Ela está no Harlem, em algum negócio com a família." Ele se inclinou para a frente. "A gente tem um acordo, olha só, ela não me enche o saco com a família dela e eu não encho o saco dela com a minha."

Belle deu sua risadinha de novo. Lorenzo riu. "Vocês deviam juntar as duas famílias. Ia ser a maior batalha depois da Guerra Civil."

"Ou depois de Romeu e Julieta", Belle sugeriu.

"Andei tentando fazer isso em um poema longo", Lorenzo disse, "sabe como, Romeu e Julieta hoje, só que ela é negra e ele é branco…"

"E Mercúcio está morrendo", Vivaldo sorriu.

"Sim. E todos os outros estão *mais que* fodidos…"

"Chame de", sugeriu Harold, *"Pretinhos em todo canto."*

"Ou *Pretinhos de todo mundo."*

"Ou *Alguém aí quer jogar damas?"*

Todo mundo caiu na gargalhada. Belle, ainda mordendo o polegar, riu até lágrimas escorrerem por seu rosto.

"Vocês estão *chapados!*", disse Vivaldo.

Isso fez os três rirem muito de novo. "Cara", Lorenzo disse, "um dia você vai ter que me contar como é que você descobriu *isso!*"

"Quer dar um tapinha?", Harold perguntou.

Fazia muito tempo. Ele tinha começado a achar chatas as pessoas com quem fumava maconha e, na verdade, tinha começado a achar chata a própria maconha. Ou ela não embotava seus sentidos o suficiente, ou ele já estava embotado demais. E passou a achar a ressaca horrível, a achar que ela interferia em seu trabalho, e ele nunca tinha conseguido transar depois de fumar.

Mesmo assim, fazia muito tempo. Eram onze e dez, ele não sabia o que fazer. Queria mergulhar no caos que havia dentro dele ou se esquecer completamente daquilo.

"Talvez", ele disse. "Primeiro deixa eu pagar uma rodada. O que vocês estão tomando?"

"A gente podia voltar pro meu apê", disse Harold, a testa levemente franzida.

"Eu estou bebendo cerveja", disse Lorenzo. Sua expressão indicava que ele preferia tomar outra coisa, mas que não queria se aproveitar de Vivaldo.

Vivaldo olhou para Belle. "E você?"

Ela deixou a mão cair e se inclinou para a frente. "Tem problema se eu pedir um brandy alexander?"

"Meu Deus", ele disse, "se você consegue beber isso, imagino que eles consigam fazer." Ela voltou a se sentar reta, sem sorrir, estranhamente refinada, e ele olhou para Harold.

"Cerveja, papai", Harold disse. "E depois a gente vai."

Ele foi até o balcão e fez o pedido, com uma viagem extra especialmente para levar o alexander viscoso, cheio até a borda. Ele sabia que Lorenzo gostava de uísque de centeio, por isso pegou uma dose pura para ele e uma garrafa de cerveja, e uma cerveja para Harold e um bourbon duplo para si. Vamos gastar tudo, pensou, que se dane. Vamos ver o que acontece. E ele realmente não sabia o que podia acontecer, porque não sabia se estava agindo por pânico, por negligência ou por dor. Só existia, com certeza, uma coisa em que ele não queria pensar: não queria pensar onde Ida estaria ou no que estaria fazendo. Agora não, mais tarde, meu amor. Ele não queria ir para casa e ficar acordado na cama, esperando, ou andando para lá e para cá, encarando a máquina de escrever, encarando as paredes. Tchauzinho pra todos vocês, vejo vocês mais tarde. Por baixo de tudo isso existia o vazio onde a angústia vivia e as perguntas rastejavam, perguntas que diziam respeito apenas a Vivaldo e a mais ninguém no mundo. Lá embaixo, lá embaixo, vivia a substância crua e informe que constituía Vivaldo, e apenas ele, Vivaldo, podia controlar aquilo.

"Saúde", ele disse, e, sem nenhuma firmeza, eles ergueram os copos e beberam.

"Valeu, Vivaldo", disse Lorenzo, e tomou seu uísque num só gole. Vivaldo olhou para o rosto jovem, que estava úmido e um pouco pálido e que em breve estaria mais úmido e mais pálido. As veias do nariz estavam ficando mais grossas e escuras; e às vezes, como agora, quando Lorenzo olhava direto para a frente, seus olhos mostravam-se mais confusos e infinitamente mais solitários do que os de uma criança.

Em momentos como esse, Belle também olhava para ele, a compaixão tentando a todo custo preencher o vazio implacável de seu rosto. Então as pálpebras de Harold caíam, fazendo-o parecer um grande pássaro observando de cima de uma árvore.

"Eu adoraria voltar pra Espanha", disse Lorenzo.

"Você conhece a Espanha?", perguntou Vivaldo.

"Ele morou lá", Belle disse. "Ele sempre fala da Espanha quando está chapado. A gente deve ir pra lá no verão." Ela inclinou a cabeça sobre o copo de seu coquetel, sumindo por um instante, como um exemplar de tartaruga jamais visto, por trás da cortina de seus cabelos. "A gente vai mesmo, amor?"

Lorenzo abriu bem as mãos, impotente. "Se a gente conseguir grana suficiente, vamos sim."

"Não deve ser muito caro ir pra Espanha", Harold disse. "E dá pra viver lá com quase nada."

"É um lugar maravilhoso", disse Lorenzo. "Morei em Barcelona, com uma bolsa, por mais de um ano. Viajei pela Espanha toda. Sabe, acho que é o povo mais bacana do mundo, as melhores pessoas que eu conheci na vida eu conheci lá. De verdade. Eles fazem qualquer coisa por você, cara, te emprestam roupa, dizem que horas são, te ensinam as coisas…"

"Emprestam a irmã." Harold riu.

"Nada, cara, eles adoram as irmãs deles…"

"E odeiam as mães?"

"Nada, cara, adoram também. Como se nunca tivessem ouvido falar de Freud." Harold riu. "Eles te levam pra casa deles, te dão comida, dividem tudo que têm e ficam ofendidos se você não aceita."

"Mães, irmãs, irmãos", Harold disse. "Leve todo mundo embora. Abra aquela janela e deixe esse ar viciado sair."

Lorenzo ignorou isso, olhando em volta da mesa e acenando sério com a cabeça. "É a pura verdade, cara, um povo genial."

"E o Franco?", Belle perguntou. Ela parecia orgulhosa por saber da existência de Franco.

"Ah, o Franco é um cretino, ele não conta."

"O cacete que não conta", gritou Harold, "você acha que aqueles uniformes todos que *a gente* ajuda o Franco a pagar estão andando pela Espanha toda só de brincadeira? Você acha que não tem munição de verdade naquelas armas? Deixa eu dizer pra você, papai, aqueles caras não estão de brincadeira, eles *matam* gente!"

"Bom. Isso não tem nada a ver com o povo", disse Lorenzo.

"Tá. Mas aposto que você não ia gostar de ser espanhol", disse Harold.

"Eu estou de saco cheio de toda essa história de camponês espanhol feliz", Vivaldo disse. Ele pensou em Ida. Inclinou-se na direção de Lorenzo. "Aposto que você não ia gostar de ser negro aqui, ia?"

"Ah!", Lorenzo exclamou, e riu, "essa sua namorada fez lavagem cerebral em você!"

"Lavagem cerebral o cacete. Você não ia querer ser negro aqui e não ia querer ser espanhol lá." Havia uma curiosa tensão em seu peito e ele tomou um gole grande de seu uísque. "O ponto é… o que a gente *quer* ser?"

"Eu quero ser eu", disse Belle com inesperada ferocidade, e mordeu o polegar.

"Bom", perguntou Vivaldo, e olhou para ela, "tem alguma coisa te impedindo?"

Ela deu uma risadinha e continuou mordendo o dedo; ela olhou para baixo. "Sei lá. É difícil de entender." Ela olhou para ele como se tivesse medo de que ele fosse dar um tapa nela. "Entende o que eu quero dizer?"

"Sim", ele disse depois de um longo momento e de um longo suspiro. "Sem dúvida que eu entendo."

Todos ficaram de repente em silêncio. Vivaldo pensou em sua namorada negra, em sua mulher de pele escura, em sua amada Ida, em seu misterioso tormento, encanto e esperança, e pensou na pele branca dele. O que foi que ela viu quando olhou para ele? Ele dilatou as narinas, tentando sentir o próprio cheiro: o que aquele cheiro significava para ela? Quando ela passava os dedos pelo cabelo dele, pelo "belo cabelo italiano" dele, ela estava brincando com água, como dizia, ou estava brincando como se fosse arrancar uma floresta pela raiz? Quando ele penetrava naquela maravilhosa chaga no corpo dela, *despedaçando e dilacerando! despedaçando e dilacerando!* ela estava se rendendo alegremente ao Noivo, Senhor e Salvador? Ou ele estava adentrando uma cidade derrotada e humilhada, caindo em uma cilada, observada de lugares secretos por olhos hostis? Ah, Ida, ele pensou, eu abriria mão da minha cor por você, abriria mesmo, só me aceite, me aceite, me ame como eu sou! Me aceite, me aceite, como eu te aceito. Como é que ele a aceitava, o que oferecia a ela? Será que oferecia a ela seu orgulho e sua glória ou sua vergonha? Se ele desprezava a própria carne, necessariamente tinha que desprezar também a dela — mas será que ele *realmente* desprezava a própria carne? Se desprezasse a carne dela, necessariamente ela teria que desprezar a dele. Quem pode culpá-la, ele pensou, exausto, se ela fizer mesmo isso? Então ele pensou, e esse pensamento foi uma surpresa para ele, quem pode *me* culpar? Eles estavam o tempo todo ameaçando se separar, e o que era aquela merda de ficar se confessando? *Pequei em pensamentos e ações.* Pequei, pequei, pequei — e era sempre melhor, para vencer a competição contra o Inferno, pecar sozinho, se você tivesse que pecar. Que pé no saco acabou sendo esse velho Jesus Cristo, e provavelmente nem era culpa daquele velho judeu, pobre, desgraçado, amoroso e amalucado.

Harold olhava para ele. Ele perguntou: "Quer dar um tapa agora ou quer tomar mais alguma coisa primeiro?". A voz saiu extremamente áspera, e ele estava franzindo a testa e sorrindo ao mesmo tempo.

"Ah, tanto faz", Vivaldo disse, "eu faço o que vocês fizerem." Pensou em telefonar mais uma vez, mas percebeu que estava com medo. Que se dane. Era uma e quinze da manhã. E ele estava, finalmente, graças a Deus, pelo menos um pouquinho bêbado.

"Tá, vamos nessa", disse Lorenzo. "Tem cerveja em casa."

Ele se levantaram, saíram do Benno's e foram caminhando até o apartamento de Harold. Ele morava em uma rua escura e estreita perto do rio, no último andar. A subida foi desanimado-

ra, mas o apartamento estava limpo e não muito bagunçado —
não era nem de longe o tipo de apartamento em que você imaginava Harold morando —, com tapetes no chão e janelas
cobertas por cortinas de juta. Havia um aparelho de som, discos,
e revistas de ficção científica estavam espalhadas pela casa. Vivaldo afundou no estreito sofá encostado à parede, que, com
duas estantes de livros, formava uma espécie de alcova. Belle
sentou no chão perto da janela. Lorenzo foi ao banheiro, depois
à cozinha, e voltou com uma garrafa de cerveja.

"Você esqueceu os copos", Belle disse.

"E quem precisa de copo? Todo mundo aqui é amigo." Mas
obedientemente voltou à cozinha.

Harold, enquanto isso, no papel de anfitrião meticuloso e
científico, estava ocupado preparando o baseado. Ele sentou à
mesa de centro, perto de Vivaldo, e colocou sobre uma página
de jornal pinças, cigarros, seda e um saquinho de Bull Durham
cheio de maconha.

"É coisa fina", ele disse para Vivaldo, "uma garota trouxe
ontem mesmo do México. E, cara, esse troço dá uma viagem *da
boa!*"

Vivaldo riu. Lorenzo voltou com os copos e olhou preocupado para Vivaldo.

"Tudo bem com você?"

"Estou ótimo. Só meio quieto. Sabe como é."

"Beleza." Ele pôs um copo com cerveja cuidadosamente no
chão perto de Vivaldo e serviu outro para Harold.

"Ele vai se sentir bem pacas", disse Harold, feliz e ocupadís-
simo, "assim que se conectar com o filtro especial da Mamãe
Harold. Cara! Você vai pirar!"

Lorenzo serviu um copo de cerveja para Belle e deixou a
garrafa ao lado dela. "Que tal uma musiquinha?"

"Claro, meu amor."

Vivaldo fechou os olhos, sentindo antecipadamente o langor e a lascívia. Lorenzo pôs uma música triste, apesar dos sinos, do Modern Jazz Quartet.

"Aqui."

Ele ergueu os olhos. Harold estava acima dele com um baseado incandescente.

Sentou direito, sorrindo vagamente, e com cuidado pegou sua cerveja do chão antes de apanhar o baseado da mão de Harold. Harold ficou olhando para ele com um sorriso intenso enquanto Vivaldo tragava longamente, estremecendo. Bebeu um gole da cerveja e devolveu o cigarro. Harold deu uma tragada profunda, de expert, e esfregou a mão no peito.

"Venham para a janela", Belle chamou.

O som da voz dela era agudo e feliz, como o de uma criança. E, exatamente como se estivesse respondendo a uma criança, Vivaldo, embora preferisse ficar sozinho no sofá, foi até a janela. Harold foi atrás dele. Belle e Lorenzo estavam sentados no chão, compartilhando um baseado e olhando os telhados de Nova York.

"É estranho", Belle disse. "É tão feio de dia e tão bonito à noite."

"Vamos subir no terraço", disse Lorenzo.

"Ah, que ideia ótima!"

Eles pegaram tudo de que precisavam para fazer mais baseados, a cerveja, e Belle pegou um cobertor; e, como crianças, saíram do apartamento na ponta dos pés e subiram as escadas até o terraço. Lá eles pareciam imersos no silêncio, completamente sozinhos. Belle estendeu o cobertor, que não dava para todos. Ela e Lorenzo o dividiram. Vivaldo deu mais uma tragada longa e se instalou na beira do terraço, os braços em volta dos joelhos.

"Não faz *isso*, cara", Lorenzo sussurrou, "você está muito perto da beirada, me dá náusea só de olhar."

Vivaldo sorriu e recuou, deitando de bruços ao lado dos dois.

"Desculpe. Também sou assim. Eu aguento ficar na beira do precipício, mas não consigo ver os outros fazendo isso."

Belle pegou a mão dele. Ele olhou para o rosto pálido e magro dela, emoldurado pelo cabelo negro. Ela sorriu, e era mais bonita do que tinha parecido no bar. "Eu gosto de você", ela disse. "Você é um cara realmente bacana. O Lorenzo sempre falou isso, mas eu nunca acreditei." Seu sotaque também estava mais perceptível; ela soava como a mais simples e inocente garota do interior — se é que as garotas do interior eram inocentes, mas ele supunha que em algum momento da vida elas necessariamente eram.

"Ora, obrigado", ele disse. Lorenzo, empalidecido pelas luzes do céu e da terra, sorriu para ele. Vivaldo tirou sua mão da mão de Belle, estendeu o braço e deu uma palmadinha de leve no rosto de Lorenzo. "Eu também gosto de vocês, de vocês dois."

"Como você está, papai?" Era Harold, que parecia muito longe.

"Estou ótimo." Ele estava bem de verdade, de um jeito estranho, pouco confiável. Estava extremamente consciente do próprio corpo, do tamanho de seus braços e pernas, do vento suave que desmanchava seu cabelo, de Lorenzo e de Belle, encostados um no outro como dois querubins, e de Harold, príncipe das trevas, diligente, incansável guardião da maconha. Harold estava sentado à sombra da chaminé, enrolando outro baseado. Vivaldo riu. "Rapaz, você realmente gosta do seu trabalho."

"É que eu gosto de ver os outros felizes", disse Harold, e de repente ele sorriu; ele também parecia muito diferente agora, mais jovem e mais agradável; e em algum lugar, muito mais profundo, também parecia muito mais triste, o que fez Vivaldo se arrepender de todas as suas opiniões duras e sarcásticas. O que acontecia com as pessoas? Por que elas sofriam tanto? Por outro lado, sabia que ele e Harold jamais seriam amigos e que nenhum deles, na verdade, chegaria a ter uma intimidade com os outros maior do que a que estavam tendo naquele exato instante.

Harold acendeu o baseado e passou para Vivaldo. "Vai nessa, cara", disse — de um jeito muito delicado, observando Vivaldo com um sorriso.

Vivaldo aproveitou sua vez, enquanto os outros o observavam. Era uma espécie de empreendimento coletivo, como se houvesse ali um bebê aprendendo a usar o penico ou a andar. Todo mundo aplaudiu quando ele passou o baseado para Lorenzo, que tragou e passou para Belle. "Ahh", disse Lorenzo, "estou voando", e reclinou o corpo com a cabeça no colo de Belle. Vivaldo virou de costas, cabeça em cima dos braços, joelhos apontando para o céu. Sentiu vontade de cantar. "A minha namorada é cantora", ele anunciou.

O céu agora parecia um vasto e amistoso oceano, no qual era proibido se afogar, e as estrelas pareciam paradas lá como faróis. A que terra levava aquele oceano? Um oceano sempre leva a algum lugar maravilhoso: por isso os navegantes, missionários, santos e os americanos.

"Onde ela canta?", perguntou Lorenzo. A voz dele pareceu descer suavemente pelo ar: Vivaldo estava olhando o paraíso.

"Agora ela não está cantando em lugar nenhum. Mas logo vai estar. Ela vai ser grande."

"Eu já vi a sua namorada", Belle disse, "ela é linda."

Ele virou a cabeça na direção da voz. "Você viu a Ida? Onde?"

"No restaurante onde ela trabalha. Fui lá com alguém —

não com o Lorenzo", e ele ouviu uma risadinha dela, "e o sujeito que estava comigo disse que ela era sua namorada." Houve um silêncio. Depois: "Ela é bem durona".

"Por que você diz isso?"

"Ah, sei lá. Ela parecia... bem durona, é isso. Não que ela não tenha sido simpática. Mas ela estava supersegura, dava pra ver que ela não é de ouvir desaforo."

Ele riu. "Essa é a minha namorada, sem dúvida."

"Eu queria ser bonita como ela", Belle disse. "Minha nossa!"

"Eu gosto de você do jeito que você é", disse Lorenzo. Com o canto do olho, e de longe, Vivaldo viu os braços dele subindo e o cabelo negro de Belle caindo.

Just above my head.

Era uma música que Ida cantava de vez em quando, enquanto perambulava à toa pela cozinha, que sempre parecia arenosa por causa dos grãos de café e vagamente imoral por causa dos cigarros apagados na tinta chamuscada e irregular das prateleiras.

Talvez a resposta estivesse nas músicas.

Just above my head,
I hear music in the air.
And I really do believe
There's a God somewhere.

Mas a letra dizia que havia *música* no ar ou *problemas* no ar? Ele começou a assobiar outra música:

Trouble in my mind, I'm blue,
But I won't be blue always,
'Cause the sun's going to shine
In my back door someday.

Por que na porta *dos fundos*? E o céu agora parecia vir abaixo, não mais fosforescendo com as possibilidades, e sim rígido pelos minerais das escolhas, pesado como a massa da terra finita, sobre seu peito. Ele estava sendo oprimido: *I'm pressing on*, Ida cantava às vezes, *the upward way!*

O que será que essas músicas significavam para ela? Ele sabia que ela sempre cantava essas músicas para existir, diante dele, intimidades que ele jamais esperaria penetrar e para transmitir acusações que ele jamais esperaria decifrar, que dirá negar. No entanto, se ele conseguisse entrar nesse lugar secreto, poderia, por meio desse gesto, se libertar do poder das acusações dela. A presença dele nesse que era o mais estranho e o mais sombrio santuário provaria seu direito de estar lá; do mesmo modo que o príncipe, tendo superado todos os perigos e matado o leão, é levado à sua noiva, a princesa.

I loves you, Porgy, don't let him take me.
Don't let him handle me with his hot hands.

Para quem, para quem ela cantava essa música?

The blues fell down this morning. The blues my baby gave to me. Uma gota d'água passou por sua orelha e caiu no pulso. Ele não se mexeu, e lágrimas lentas desceram pelo canto de seus olhos.

"Você é legal também", ele ouviu Belle dizer.

"Sério?"

"Sério."

"Vamos tentar ir pra Espanha. Vamos mesmo."

"Eu vou pôr uma roupa chique na segunda-feira, bem madame" — ela deu uma risadinha — "e vou arranjar um emprego de recepcionista em algum lugar. Odeio isso, acho uma bosta, mas assim a gente consegue ir embora daqui."

"Faça isso, gatinha, e eu arranjo um emprego também, prometo."

"Você não tem que prometer."

"Mas eu prometo."

Ele ouviu os dois se beijarem, um beijo que parecia suave, amoroso e seco, e ele invejou mortalmente os dois por sua inocência inabalável.

"Vamos transar."

"Aqui não. Vamos descer."

Ele ouviu a risada de Lorenzo. "Que foi, está com vergonha?"

"Não." Ele ouviu uma risadinha e um sussurro. "Vamos descer."

"Eles estão completamente chapados, não estão nem aí."

Ela deu outra risadinha. "Olha pra eles."

Vivaldo fechou os olhos. Sentiu outro peso sobre o peito, uma mão, e olhou no rosto de Harold. Ele estava terrivelmente cansado, franzido e pálido, com o cabelo molhado e um cacho na testa. No entanto, por trás daquele cansaço imenso, era o rosto de um homem muito jovem que o encarava.

"Como é que você está?"

"Ótimo. O bagulho era bom mesmo."

"Eu sabia que você ia curtir. Eu gosto de você, cara."

Ele estava surpreso, e ao mesmo tempo não estava, com a intensidade do olhar de Harold. Mas não suportou aquilo; virou o rosto de lado. Depois colocou o peso da cabeça de Harold em seu peito.

"Cara, na boa", ele disse depois de um momento, "nem se dê ao trabalho. Não vale a pena, não vai rolar. Faz muito tempo."

"O que faz muito tempo?"

Vivaldo sorriu para si mesmo de repente, um sorriso tão triste quanto suas lágrimas, pensando em campeonatos de masturbação e outras competições no alto de prédios ou em porões, em vestiários e carros, quando ele tinha metade da idade de hoje. Desde então sempre havia sonhado com aquilo, embora só naquele instante se lembrasse dos sonhos que havia sonhado. Sentindo muito frio agora, frio por dentro, com a mão de Harold em seu pau e a cabeça em seu peito, sabia que: sim, alguma coisa *podia* acontecer, ele se lembrou de suas fantasias — com a boca masculina, com mãos masculinas, com o órgão masculino, com a bunda masculina. Às vezes, um menino — que sempre fazia Vivaldo se lembrar de seu irmão mais novo, Stevie, e talvez aí estivesse o tabu, assim como, em outros casos, poderia ser a chave — passava por ele e ele olhava para o rosto do menino e para a bunda dele, e sentia alguma coisa, um desejo de tocar no garoto, de fazê-lo rir, de dar um tapa em sua bunda juvenil. Então ele sabia que aquilo estava lá, e provavelmente já não se assustava mais com isso; mas talvez aquilo fosse caro demais para ele, e já não era tão importante. Então disse a Harold: "Me entenda, cara, não estou te rejeitando. Mas a minha época de ficar com meninos já passou. Agora meu negócio são as meninas. Desculpe".

"E não tem como acontecer nada agora?"

"Prefiro que não. Desculpe."

Harold sorriu. "Me desculpe também." Depois: "Posso ficar aqui deitado com você, desse jeito, mesmo assim?".

Vivaldo abraçou Harold e fechou os olhos. Quando abriu de novo, o céu era uma imensa esfera de bronze acima dele. Harold estava deitado ali perto, uma das mãos sobre a perna de Vivaldo, dormindo. Belle e Lorenzo estavam deitados e enrolados no cobertor como duas crianças sujas. Ele se levantou, foi para bem perto da beira do terraço e teve um vislumbre horrível do que o aguardava nas ruas escaldantes lá embaixo. Sua boca parecia o Mississippi na época do domínio do algodão. Desceu às pressas a escada até a rua, correndo para encontrar Ida em casa. Ela ia dizer: "Meu Deus, Vivaldo, por onde você andou? Liguei pra casa a noite toda pra te dizer que eu precisei ir cantar com uns caras em Jersey City. Eu vivo dizendo que a gente tinha que comprar uma secretária eletrônica, mas você nunca escuta nada do que *eu* digo!".

4

E o verão chegou, o verão de Nova York, que é diferente do verão de qualquer outro lugar. O calor e o barulho começaram a destruir nervos, mentes, vidas privadas e histórias de amor. O ar estava cheio de placares de beisebol, más notícias e canções melosas; e as ruas e os bares, lotados de pessoas hostis, tornadas ainda mais hostis pelo calor. Nesta cidade Eric não tinha como fazer o que fazia em Paris, dar uma longa e tranquila caminhada a qualquer hora do dia ou da noite, parando para beber alguma coisa em um bistrô ou sentar para relaxar em um café com mesinhas na calçada — a meia dúzia de lamentáveis paródias de cafés com mesinhas na calçada em Nova York não era feita para relaxar. Era uma cidade sem oásis, voltada unicamente, pelo menos até onde a percepção humana alcançava, para o lucro; e seus habitantes pareciam ter perdido totalmente a noção de que tinham o direito de se revigorar. Em Nova York, quem tentasse exigir esse direito, vivia exilado em Nova York — exilado da vida à sua volta; e isso, paradoxalmente, levava a pessoa a correr perpetuamente o risco de se ver banida para sempre de qualquer consciência de si mesma.

À noite e nos fins de semana, Vivaldo sentava de cueca diante da máquina de escrever, a bunda colada na cadeira, o suor escorrendo das axilas e de trás das orelhas e caindo nos olhos e nas folhas de papel que grudavam umas nas outras e em seus dedos. As teclas da máquina de escrever se moviam lentamente, batendo na folha com um som monótono, úmido — moviam-se, na verdade, do mesmo modo que o romance que Vivaldo escrevia, sem vida, aos trancos, recalcitrando, centímetro por centímetro, quase mecanicamente. A essa altura, ele mal sabia o tema de seu romance, nem por que um dia havia sentido vontade de escrever aquilo, mas ele simplesmente não tinha como parar. Não tinha como parar nem como agarrá-lo de vez, pois o preço disso seria perder Ida, ou pelo menos era o que ele temia. E esse medo mantinha Vivaldo suspenso em um limbo pestilento e gotejante.

A situação física deles, de qualquer forma, era terrível. O apartamento era muito pequeno. Mesmo se os dois tivessem horários de um expediente normal, passassem o dia fora e voltassem para casa só à noite, seria apertado; mas havia semanas em que Vivaldo trabalhava na livraria à noite e outras, de dia; Ida também estava em uma espécie de escala universal imprevisível no restaurante, trabalhando às vezes no almoço e no jantar, às vezes em nenhum dos dois períodos, às vezes nos dois. Ambos odiavam seus empregos — o que não ajudava na relação deles —, mas, como Ida era a garçonete mais popular que seu chefe tinha, isso lhe dava certa margem de manobra, e Vivaldo já não conseguia aceitar os trabalhos mais exigentes e mais lucrativos que ofereciam um futuro que ele não desejava. Os dois estavam, por assim dizer, correndo à frente de uma tempestade, tentando "chegar lá" antes de serem engolidos pela areia movediça, que eles viam em todo lugar à volta deles, de uma boemia sem sentido, derrotada e defensiva. Isso significava que não tinham esperança de melhorar sua situação física, já que mal tinham como continuar pagando pelo apartamento.

Vivaldo já tinha sugerido muitas vezes que saíssem do Village, que fossem para o Lower East Side, onde havia lofts mais baratos que eles podiam dar um belo jeito. Ida, porém, vetou a ideia. Ela nunca verbalizou a principal razão desse veto, mas Vivaldo acabou entendendo que ela tinha horror à região uma vez que lá havia sido a última tentativa de Rufus de uma vida doméstica, ou de uma vida, enfim.

Ela disse a Vivaldo: "Eu não me sentiria segura, amor, chegando em casa à noite nem chegando em casa de dia. Você não conhece aquela gente como eu conheço, porque eles nunca te trataram como me trataram. Alguns caras, meu amor, se te pegam sozinha numa estação do metrô, ou subindo as escadas do *seu* apartamento, não pensam duas vezes para abrir a calça e pedir pra você chupar o pau deles. Estou falando *sério*. E olha só, amor, há alguns anos eu estava lá na Mott Street com o Rufus, a gente tinha ido almoçar com uns amigos no domingo. Eles eram brancos. E a gente foi até a escada de incêndio pra ver a entrada de um casamento ali perto, na rua. Aí algumas pessoas do quarteirão nos viram. Bom, você acredita que três caras brancos subiram até o apartamento, um com um porrete, um com uma arma e um com uma faca, e tiraram a gente dali? Eles falaram" — e ela riu — "que a gente estava dando má fama pra rua deles".

Ela olhou para o rosto dele por um instante. "É verdade", disse, de um jeito delicado. Depois: "Vamos ficar aqui, Vivaldo, até a gente conseguir alguma coisa melhor. É ruim, mas podia ser pior".

Eles tentavam deixar a porta aberta, mas isso tinha lá seus riscos, principalmente quando Ida estava em casa, deitada no sofá com seu macaquinho azul ou exercitando arranjos com a ajuda do toca-discos. O som da máquina de escrever de Vivaldo, o som da voz de Ida, o som do toca-discos atraíam a atenção de quem estava subindo e descendo pelas escadas, e a imagem de relance que a porta aberta oferecia de Ida inflamava a imaginação dos passantes. As pessoas usavam a porta aberta como pretexto — para parar, ouvir, olhar, bater na porta, fingindo que um amigo havia morado naquele mesmo apartamento, será que por acaso eles não sabiam o que tinha acontecido com o bom e velho Tom, ou com a Nancy, ou com a Joana? Ou então convidavam Vivaldo e Ida para uma festa alguns andares acima ou na rua, ou se convidavam para ir a uma festa na casa de Vivaldo. Uma vez, totalmente fora de si, Vivaldo foi empurrando da porta de casa até a rua um menino que estivera parado na penumbra quente com as mãos nos bolsos e os olhos em Ida — ou, para ser mais preciso, no lugar de onde, com um grito furioso e um xingamento, ela saiu às pressas. O menino não tirou as mãos dos bolsos, só fazia um gemido baixinho, horrível, como o de um animal; e caiu no chão quando Vivaldo o empurrou porta da rua afora, com um tranco forte. Os policiais apareceram em seguida, com sua própria imaginação inflamada firmando o sempre bem-disposto orgulho cívico deles. Depois disso, passaram a deixar a porta não só fechada, como trancada. Mesmo assim, a cidade toda, informe e indizível, parecia estar no apartamento com eles em algumas noites de verão.

Ele trabalhava, ela trabalhava, ele andava de lá para cá no apartamento, ela andava de lá para cá no apartamento. Ela queria que ele se tornasse um "grande" escritor, mas, a não ser que *ela* estivesse trabalhando, ele nunca conseguia ficar em paz, sozinho. Quando ela estava trabalhando, o som da voz dela, o som da música dela se tornavam ameaçadores e muitas vezes abafavam a outra orquestra que havia na cabeça dele. Quando Ida não estava trabalhando, ela servia mais um copo de cerveja para Vivaldo, passando a mão no cabelo dele; via que o cigarro tinha queimado até o fim no cinzeiro e acendia outro para ele; ou então ficava lendo por cima do ombro dele, uma coisa que ele não suportava — mas para ele era mais fácil suportar isso do que ouvir a acusação de que não respeitava a inteligência dela. Quando os dois ficavam em casa à noite, ele realmente não tinha como trabalhar, já que não havia como manter uma distância grande o suficiente dela, e ele não conseguia mergulhar em si mesmo. Mas tentava não se ressentir por isso, já que as noites sem ela eram piores.

Uma ou duas vezes por semana, ou uma vez a cada duas ou três semanas, ela ia ao Harlem e nunca convidava Vivaldo para ir junto. Ou então ia cantar com alguma banda em Peekskill ou em Poughkeepsie, ou em Washington, ou na Filadélfia, ou em Baltimore, ou no Queens. Uma vez ele foi com ela, junto com outros músicos, de carro até um show em Washington. Mas o clima foi péssimo; os músicos não queriam Vivaldo por perto. O pessoal do lugar onde eles foram tocar até que gostou dele, embora também parecessem tentar entender o que ele tinha ido fazer lá — ou talvez fosse só *ele* que estava tentando entender isso; e Ida só cantou duas músicas, o que não parecia grande coisa depois de uma viagem tão longa, e não cantou muito bem. Ele achou que isso teve a ver com a atitude dos músicos, que pareciam querer punir Ida, e com a postura de desafio ansioso que ela se forçou a assumir para lidar com o julgamento deles. Era evidente que, se ele fosse um branco poderoso, a atitude deles seria diferente, porque iriam deduzir que ela o estava usando; mas era óbvio que, do jeito como as coisas eram, ele não tinha utilidade nenhuma para ela e, portanto, ele é quem devia estar usando *Ida*. E Ida também não tinha o status profissional que os obrigaria a aceitá-lo como um capricho dela, um bichinho de estimação ou o marido da estrela. Ele *não* tinha função, eles tinham: comparados a Vivaldo, estavam num ponto mais alto da hierarquia, e se uniram contra ele.

Assim iam se acumulando rapidamente, entre Ida e Vivaldo, amplos terrenos de coisas não ditas, vastos campos minados que nenhum dos dois ousava atravessar. Eles jamais falavam sobre Washington e ele jamais viajou de novo com ela para apresentações fora da cidade. Jamais falavam da família dela nem da dele. Depois da longa e sofrida noite de quarta-feira que Vivaldo tivera, ele percebeu que lhe faltava coragem para mencionar o nome de Steve Ellis. Sabia que Ellis estava mandando Ida para um professor de canto que só atendia alunos seletos, e também para um preparador, e que já pretendia agendar a primeira gravação dela. Ida e Vivaldo enterravam suas disputas, em silêncio, no campo minado. Era melhor assim do que os dois ficarem sem voz de tanto gritar, ressentidos, com falta de ar e mais sozinhos do que nunca. Ele não queria ser acusado outra vez de tentar se interpor entre ela e a carreira dela — não queria ouvir essa acusação por saber que havia uma boa dose de verdade ali. Claro, ele achava que, embora não de maneira consciente, ela também tentava se interpor entre ele e o objetivo dele. Mas não queria dizer isso, pois deixaria evidente demais o pânico dos dois, o terror que sentiam de ser abandonados.

Portanto, assim estavam os dois enquanto o pavoroso verão grunhia e borbulhava, ele se esforçando para que ela não o deixasse e ela se esforçando... para se livrar dele? Ou para criar uma base em que os dois pudessem estar mais unidos do que nunca? "Eu *preciso* chegar lá", ela dizia às vezes, "eu vou chegar lá. E é melhor você chegar lá também, docinho. Pra mim já deu essa história de ficar aqui no meio dessas latas de lixo."

Quanto a Ellis:

"Vivaldo, se você quer acreditar que eu estou te traindo com aquele cara, o problema é seu. Se você quer acreditar, você *vai* acreditar. Você não vai me forçar a ter que *provar* coisa nenhuma. Você é que sabe. Se não confia em mim, então tchauzinho, meu bem, eu pego as minhas coisas e *vou nessa*."

Algumas noites, quando Ida chegava do restaurante, do professor de canto, da casa dos pais, seja lá de onde fosse, trazendo para ele cerveja, cigarros e sanduíches, exausta, tranquila e com os olhos cheios de amor, parecia inconcebível que os dois pudessem se separar. Eles comiam, bebiam, conversavam, riam e deitavam nus na cama estreita, na escuridão, perto da janela aberta que de vez em quando deixava entrar uma brisa hesitante, e provavam dos lábios um do outro, se acariciavam apesar do calor e faziam grandes planos para o incontestável futuro deles. Muitas vezes adormeciam assim, perfeitamente felizes um com o outro. Mas havia ocasiões em que não se encontravam um ao outro de jeito nenhum. Às vezes, sem conseguir se harmonizar com ela e sem conseguir se harmonizar com as pessoas de seu livro, ele saía para andar sozinho pelas ruas quentes de verão. Às vezes ela dizia que não suportava Vivaldo por nem mais um minuto, o jeito reclamão dele, e ia pegar um cinema. E às vezes os dois saíam juntos, iam ao Benno's ou visitavam Eric — embora àquela altura a visita normalmente fosse para Eric e Cass.

Ida se dizia chocada com a mudança de Eric — com isso ela queria dizer que não gostava de surpresas e que Eric a tinha surpreendido —, e a puritana implacável e inexplicável que havia nela recriminava aquele novo e espantoso romance. Ela disse que Cass era uma tola e que Eric era desonesto.

Vivaldo encarava a situação com mais tranquilidade — para ele, a surpresa não foi Eric, mas Cass. Sem dúvida ela estava arriscando tudo; e ele se lembrou do que ela havia dito: *não, Vivaldo, obrigada, chega de ser protegida.* E, até onde sua própria confusão lhe permitia pensar na dela, sentia orgulho de Cass — nem tanto por ela ter se colocado numa situação de risco, mas por ela saber que fez isso.

Um filme francês em que Eric fazia um papel pequeno estreou em Nova York naquele verão e os quatro marcaram de ir ver. Ida e Vivaldo iam encontrar Eric e Cass na bilheteria.

"O que ela pensa que está fazendo?", Ida questionou. Ela e Vivaldo caminhavam em direção ao cinema pelas ruas de julho.

"Ela está tentando viver", disse Vivaldo suavemente.

"Ah, pare com isso, meu bem. A Cass é uma mulher adulta com dois filhos. E as crianças? O Eric não é exatamente o tipo paternal, pelo menos não com meninos *dessa* idade."

"Mas que moralista mais sem-vergonha você está me saindo. O que a Cass faz da vida é problema dela. Não seu. Ela deve conhecer mais aqueles meninos do que você; talvez esteja tentando viver do jeito que ela acha que deve para que eles não tenham medo de fazer a mesma coisa quando chegar a vez deles." Ele percebeu que estava começando a se irritar. "E você não conhece o Eric o suficiente para falar dele assim."

"Aqueles meninos vão acabar odiando a Cass antes que essa história acabe, vai por mim. E não venha me dizer que eu não conheço o Eric; sei tudo sobre o Eric desde que olhei pra ele pela primeira vez."

"Você sabe pelo que *ouviu* dizer. E você nunca ouviu dizer que ele ia ter um caso com a Cass. Por isso você ficou irritada."

"O Eric pode enganar *você*, enganar a Cass — claro que eu acho que ela é que está se enganando — mas *a mim* ele não engana. Espere pra ver."

"Você não é cantora coisa nenhuma, é vidente. A gente devia comprar uns brincos gigantes de prata pra você, um turbante colorido e ganhar um dinheiro com isso."

"Pode rir, palhaço", ela disse.

"Certo, mas por que você está incomodada com isso? Se ele quer ficar com ela e ela quer ficar com ele, por que *a gente* devia se incomodar?"

"*Você* não se incomoda? O Richard é *seu* amigo."

"Sou mais amigo da Cass que do Richard", ele disse.

"Ela *não percebe* o que está fazendo. Ela tem um marido

bacana, ele está realmente começando a chegar a algum lugar e ela não consegue achar nada *melhor* pra fazer na vida do que transar com uma bicha branca e pobre do Alabama. Sério, eu juro que não entendo esses brancos."

"O Eric não é pobre; a família dele tem bastante dinheiro", ele disse, começando a suar não só por causa do calor, mas porque queria que ela ficasse quieta.

"Bom, espero que ele não tenha sido renegado. Você acha que algum dia o Eric vai chegar a ser um ator importante?"

"Eu não sei o que isso tem a ver com o assunto. Mas, sim, acho, ele é um ótimo ator."

"Ele está ficando meio velho para ser tão desconhecido. O que ele andou fazendo em Paris esse tempo todo?"

"Sei lá, amor, mas espero que tenha se divertido. Sabe? Seja lá o que ele gosta de fazer, espero que tenha feito isso."

"Bom", ela disse, "não é isso que ele está fazendo agora."

Vivaldo suspirou, dizendo a si mesmo para deixar o assunto morrer ou falar de outra coisa. Mas ele disse: "Eu não entendo por que essa história te incomoda, só isso. Tá, ele gosta de transar com homens. E daí?".

"Ele também quis transar com o meu irmão", ela disse. "Quis fazer do meu irmão um doente igual a ele."

"Se alguma coisa aconteceu entre o Eric e o seu irmão, não foi porque o Eric jogou Rufus no chão e o estuprou. Deixa eu te tranquilizar, meu bem, você não sabe tanto sobre os homens como pensa."

Ela se virou para ele com um sorrisinho ameaçador. "*Se* alguma coisa aconteceu. Você é um mentiroso de merda, além de covarde."

Ele olhou para ela; por um momento a odiou. "Por que você está dizendo isso?"

"Porque você sabe muito bem o que aconteceu. Apenas não quer…"

"Ida, isso não é problema meu, eu nunca conversei nem com o Rufus *nem* com o Eric sobre isso. Por que eu *deveria?*"

"Vivaldo, você não precisa *falar* sobre o que está acontecendo para *saber* o que está acontecendo. O Rufus nunca me falou sobre o que estava acontecendo com ele — mas eu sabia mesmo assim."

Ele ficou em silêncio por um instante. Depois: "Você jamais vai me perdoar, não é? Pela morte do seu irmão".

Depois ela também ficou em silêncio. Ele disse: "Eu também amava o seu irmão, Ida. Você não acredita, eu sei, mas é verdade. Mas ele era só um homem, meu amor. Não era santo".

"Eu nunca falei que ele era santo. Mas eu sou negra também e sei como os brancos tratam os garotos e as garotas negras. Acham que a gente é só uma coisa pra eles limparem o pau."

Ele viu as luzes do cinema três quarteirões à frente na avenida. As ruas do verão estavam lotadas. A garganta dele fechou e os olhos começaram a arder.

"Depois de todo esse tempo que a gente está junto", ele disse por fim, "você ainda pensa desse jeito?"

"A gente estar junto não muda o mundo, Vivaldo."

"Pra mim", ele disse, "muda."

"Isso", ela disse, "porque você é branco."

Ele percebeu, de repente, que ia gritar, ali mesmo na rua lotada de gente, ou apertar o pescoço dela com seus dedos fortes. As luzes do cinema tremulavam diante dele, e a calçada pareceu se inclinar. "Pare com isso", ele disse, numa voz que ele não reconheceu. "Pare com isso. Pare de tentar me matar. Eu não tenho culpa de ser branco. Não tenho culpa de você ser negra. Não tenho culpa dele estar morto." Ele jogou a cabeça para trás, bruscamente, para afastar as lágrimas, para fazer a luz entrar em foco, para deixar a calçada reta. E com outra voz disse: "Ele morreu, meu amor, mas a gente está vivo. A gente está vivo e eu te amo. Eu te amo. Por favor não tente me matar". Depois: "Você não me ama? Você me ama, Ida? Me ama?". E ele virou a cabeça para olhar para ela.

Ela não olhou para ele; não disse nada; não disse nada por um quarteirão inteiro ou mais. O cinema se aproximava cada vez mais. Cass e Eric estavam sob a marquise e acenaram. "O que eu não entendo", ela disse lentamente, "é como você pode falar de amor quando você não quer saber o que está acontecendo. E *isso* não é culpa *minha*. Como você pode dizer que amava o Rufus, quando tem tanta coisa sobre ele que você não queria saber? Como eu posso acreditar que você me ama?" E, com um estranho desamparo, ela pegou o braço dele. "Como você pode amar alguém se você não sabe nada sobre a pessoa? Você não sabe onde eu estive. Você não sabe o que a vida é pra mim."

"Mas eu estou disposto", ele disse, "a passar o resto da vida descobrindo."

Ela jogou a cabeça pra trás e riu. "Ah, Vivaldo. Você *pode* passar o resto da sua vida descobrindo — mas não porque está tentando." Depois, com ferocidade: "E não vai ser sobre *mim* que você vai descobrir alguma coisa. Ah, meu Deus". Ela largou o braço dele. Deu uma estranha olhadela de relance. Vivaldo não entendeu, parecia ao mesmo tempo um olhar de compaixão e um olhar frio. "Desculpe se te magoei, eu não estou tentando te matar. Sei que você não é responsável por… pelo mundo. Escute: eu não culpo você por não estar disposto a tentar. Eu não estou disposta, ninguém está disposto. Ninguém está disposto a cumprir sua obrigação."

Depois ela foi em frente, sorrindo, para cumprimentar Eric e Cass.

"Olá, crianças", ela disse — e Vivaldo a observou, aquele sorriso de menina levada, aqueles olhos cintilantes —, "como vão vocês?" Ela deu um tapinha de leve no rosto de Eric. "Me contaram que você está começando a gostar de Nova York quase tanto quanto gostava de Paris. Que tal? Nossa cidade não é tão ruim assim, é?"

Eric corou e contorceu os lábios de um jeito engraçado. "Eu gostaria bem mais se vocês tivessem colocado os rios e as pontes no meio da cidade em vez de ter empurrado todos eles para os cantos. Não dá pra *respirar* nesta cidade no verão; é assustador." Ele olhou para Vivaldo. "Não sei como vocês aguentam isso, seus bárbaros."

"Se não fosse por esses bárbaros aqui", Vivaldo disse, "você e os seus mandarins iam estar com um baita de um problema." Ele beijou Cass na testa e deu um tapinha de leve na nuca de Eric. "Mesmo assim, bom te ver."

"A gente tem boas notícias", disse Cass, "mas acho que é o Eric que deve contar."

"Bom, a gente não tem certeza de que são notícias boas." Ele olhou para Ida e Vivaldo. "Enfim, acho que a gente devia fazer um pouquinho de suspense. Se eles não acharem que eu sou a melhor coisa que eles viram neste filme, bom, nesse caso, acho que vou deixar eles descobrirem junto com a plateia." Ele ergueu o queixo e foi andando de um jeito arrogante para a bilheteria.

"Ah, Eric", gritou Cass, "eu *não posso* contar pra eles?" Ela disse para Ida e Vivaldo: "Tem a ver com o filme que a gente vai assistir".

"Bom, você vai ter que nos contar", disse Ida, "senão a gente simplesmente não entra." Ela ergueu a voz na direção das costas de Eric: "A gente *conhece* outros atores".

"Vai, Cass", disse Vivaldo, "você tem que contar agora."

Cass olhou de novo na direção de Eric, sorriso contido, franzindo os lábios. "*Deixa* eu contar pra eles, amor."

Ele voltou sorrindo, ingressos na mão. "Não sei como te impedir", disse. Foi até Cass e colocou um braço nos ombros dela.

"Bom", disse Cass, menor do que nunca e mais radiante — enquanto ela falava, Eric a observava com um sorriso divertido e carinhoso — "o papel do Eric neste filme não é muito grande, ele só aparece em uma ou duas cenas, e tem poucas falas..."

"*Três* cenas", disse Eric, "*uma* fala. Se alguém aqui espirrar, eu mato."

"... mas por causa do impacto que esse...", disse Cass.

"Bom, não *só* por causa do impacto", disse Eric.

"Quer deixar a moça falar?", disse Vivaldo. "Continue, Cass."

"... por causa do impacto da atuação..."

"... participação", disse Eric.

"Puta que pariu", disse Vivaldo.

"Ele é um perfeccionista", disse Cass.

"Ele vai ser um perfeccionista morto", disse Ida, "se não parar de tentar roubar a cena. Meu Deus, como eu odiaria trabalhar com você. Continue, Cass."

"Bom, telegramas e telefonemas vindos de Hollywood têm perguntado se Eric aceita fazer...", e ela olhou para Eric.

"Bom, não vá parar agora", gritou Ida.

Eric agora estava muito pálido. "Eles estão com uma ideia maluca de adaptar *Os demônios* para o cinema..."

"O romance de Dostoiévski", disse Cass.

"Certo", disse Vivaldo, "e...?"

"E eles querem que eu faça o papel de Stavrogin", disse Eric.

Houve um silêncio absoluto e todos encararam Eric, que, desconfortável, devolvia o olhar. Uma pequena coroa de suor brilhou em sua testa pouco abaixo da linha do cabelo. Vivaldo sentiu uma onda de ciúme e medo. "Uau!", disse. Eric olhou para Vivaldo, parecendo enxergar seu coração; e as sobrancelhas dele se contraíram de leve, como se estivesse se preparando para uma discussão.

"Provavelmente vai ser um filme horroroso", Eric disse. "Dá pra imaginar *Os demônios* no cinema? Eu não estava levando a sério até meu agente me ligar. E depois o Bronson também me telefonou, porque vai ter um conflito com *Happy Hunting Ground*. A gente vai começar a ensaiar no mês que vem, e quem sabe? Numa dessas pode virar um sucesso. Então a gente precisou resolver isso."

"Mas eles estão dispostos a fazer praticamente qualquer coisa pro Eric aceitar", disse Cass.

"Isso não é bem verdade", disse Eric, "não escutem o que ela diz. Eles só estão bastante interessados, só isso. Eu não acredito em nada antes que as coisas aconteçam." Ele tirou um lenço azul do bolso de trás da calça e enxugou o rosto. "Vamos entrar", disse.

"Cara", disse Vivaldo, "você vai ser um astro." Ele beijou Eric na testa. "Seu filho da puta."

"Não tem nada garantido", disse Eric, e olhou para Cass. Ele sorriu. "Na verdade faço parte de uma equação financeira. Eles podem pagar pouco pelo meu trabalho, claro, e já têm para os outros personagens um monte de gente de que vocês já ouviram falar, por isso meu agente me explicou que o meu nome aparece *abaixo* do título…"

"*Mas* no mesmo tamanho", disse Cass.

"Um desses créditos tipo *E apresentando…*", disse Eric, e riu. Pela primeira vez ele parecia feliz com a boa notícia.

"Olha só, meu querido, parece que agora você realmente chegou lá", disse Ida. "Parabéns."

"Seu vidente francês", disse Cass, "estava certo."

"E o que eles vão fazer com esse seu sotaque pré-guerra-da-secessão?", perguntou Vivaldo.

"Olha", disse Eric, "vamos ver este filme. Eu apareço falando francês." Ele pôs um braço em volta dos ombros de Vivaldo. "Um francês impecável."

"Cacete", Vivaldo disse, "não estou com vontade de ver filme. Eu preferia sair com você e te fazer cair de bêbado."

"Você vai fazer isso", disse Eric, "assim que o filme acabar."

Eles passaram, rindo, pela porta no momento em que o filme francês estava começando. Os créditos apareciam sobrepostos a uma série de fotos matinais de Paris: operários de bicicleta a caminho do trabalho, descendo as ladeiras de Montmartre, atravessando a Place de la Concorde, passando pela grande praça diante da Notre-Dame. Em grandes closes, os semáforos mudavam de cor, as batutas dos agentes de trânsito subiam e desciam; logo o personagem principal ficava evidente e o espectador iria acompanhá-lo até seu destino; que, a julgar pela música, seria um lugar onde ocorreria uma execução. O filme era um desses dramas que os franceses adoram fazer, com política, sexo e vingança, estrelado por um dos grandes nomes do cinema francês, que havia morrido antes de o filme ficar pronto. Por isso o filme, que não era digno de nota por seus próprios méritos, tinha um fascínio necrófilo inegável. Trabalhar com aquele ator, estar no set enquanto ele atuava, havia sido uma das grandes aventuras da vida de Eric. E embora Cass, Vivaldo e Ida estivessem interessados no filme sobretudo porque Eric aparecia nele, a atenção que dedicaram à obra foi ditada pela silenciosa e intensa adoração que Eric sentia. Todos já tinham ouvido falar do grande ator, e todos o admiravam. Mas é claro que não tinham como ver, como Eric via, com que economia de recursos ele conseguia tamanhos efeitos e transformava um papel indiferente numa criação arrebatadora.

Por outro lado, assim como a paixão dos franceses pela discussão e pela desconfiança em relação à comunidade tornavam a parte política do filme inapelavelmente frívola, o desempenho soberbo do astro principal acabava levantando perguntas sobre por que tanta energia e tanto talento haviam sido postos a serviço de algo tão pequeno.

Ida segurou a mão de Vivaldo no escuro e agarrou-a como se fosse uma criança, implorando em silêncio por tranquilidade e perdão. Ele colocou seu ombro muito perto do ombro dela, e os dois se recostaram um no outro. O filme foi se desenrolando. Cass sussurrou para Eric, Eric sussurrou para Cass. Cass se virou para os dois: "Aí vem ele!", e a câmera entrou em um café lotado, parando diante de um grupo de estudantes. "É o nosso garoto!", gritou Ida, incomodando as pessoas em volta — que soaram, por um instante, como uma nuvem de insetos esquisita. Cass se virou e deu um beijo no nariz de Eric. "Você está muito bem, com uma cara ótima", Vivaldo sussurrou. Eric era forçado a ficar imóvel durante toda essa breve cena, enquanto os estudantes em volta dele discutiam; sua cabeça era jogada para trás e para cima, encostada na parede, os olhos fechados; ele parecia mal se mexer. No entanto, o diretor havia posicionado Eric de tal modo que a sonolência bêbada dele acabava dando unidade à cena e enfatizava a futilidade dos debatedores apaixonados. Alguém empurrava a mesa, e a posição de Eric mudava ligeiramente. Ele parecia feito de borracha e parecia, na verdade, fugir da controvérsia que explodia a seu redor — na qual, entretanto, ele estava fatalmente envolvido. Vivaldo já tinha visto Eric bêbado e sabia que não era assim que ele se comportava; pelo contrário, nesses momentos era o lado de rebelde sulista dele que sobressaía, além de um certo jeito durão. Vivaldo, ao mesmo tempo que percebia que Eric estava fazendo uma grande atuação, mesmo que tão curta, também, pela primeira vez, teve um vislumbre de quem Eric realmente era. Era muito estranho enxergar Eric melhor quando ele estava atuando do que, como diz o ditado, quando estava sendo ele mesmo. A câmera quase não se movia durante a cena e Eric estava sempre enquadrado. A luz que o capturava não se alterava, e assim seu rosto ficava exposto como nunca antes na vida dele. E o diretor, sem dúvida, tinha posicionado Eric naquele lugar porque de fato o rosto dele funcionava como nota de rodapé para o tormento do século xx. Sob a luz implacável, a testa vincada, tensa e granulada também sugeria um crânio paciente — efeito sublinhado pelo promontório das sobrancelhas e pela posição secreta dos olhos. O nariz era largo e ligeiramente achatado, mais osso, no entanto, do que carne. E os lábios carnudos, levemente entreabertos, estavam solitários e indefesos, mal protegidos pelo queixo obstinado. Era o rosto de um homem, de um homem atormentado. No entanto, assim como uma música grandiosa depende de um silêncio grandioso, essa masculinidade era definida, e tinha seu poder ampliado, por algo que não era masculino. Mas tampouco era feminino, e algo em Vivaldo resistia à palavra *andrógino*. Havia grande força e grande suavidade no rosto. Mas, assim como a maioria das mulheres não é suave e a maioria dos homens não é forte, era um rosto que sugeria, de maneira retumbante, em suas profundezas, a verdade sobre nossa natureza.

Sem mexer a cabeça, Eric de repente abria os olhos e olhava com indiferença em torno da mesa. Depois parecia passar mal, se levantava e desaparecia apressado. Todos os estudantes riam. Eles falavam de um jeito ácido sobre o colega que havia saído, como se sentissem que faltava coragem ao personagem interpretado por Eric. O filme prosseguiu e Eric apareceu mais duas vezes, uma delas em silêncio, bem no fundo da cena, durante um conselho juvenil de guerra, e por fim, com o filme quase acabando, em um terraço, com uma metralhadora na mão. Enquanto ele dizia sua única fala — *"Nom de Dieu, que j'ai soif!"* —, a câmera mudava de ponto de vista para mostrá-lo na mira da arma de um inimigo; de repente havia sangue borbulhando nos lábios de Eric e ele deslizava para fora do terraço, para fora do campo de visão. Com a morte de Eric, o filme também morria para eles, e por sorte, pouco depois, tinha acabado. Eles saíram da escuridão e do frescor para o forno de julho.

"Quem vai me pagar uma bebida?", Eric perguntou. Ele sorriu um sorriso pálido. Era um pouco chocante vê-lo de pé na calçada, mais baixo do que parecia no filme, em carne e osso. "Bom, melhor a gente sair daqui antes que as pessoas comecem a pedir autógrafo." E ele riu.

"Pode acontecer, meu bem", disse Cass, "você tem muita presença na tela."

"O filme não é grande coisa", disse Vivaldo, "mas você estava ótimo."

"Na verdade eu não tive que fazer nada", disse Eric.

"Não", disse Ida, "não teve. Mas sem dúvida você fez isso se transformar numa coisa sensacional."

Eles caminharam em silêncio por alguns instantes.

"Infelizmente só vou poder tomar um drinque com vocês", disse Cass, "depois tenho que ir pra casa."

"Isso mesmo", disse Ida, "não vamos ficar com esses dois até sabe lá que horas da madrugada. Tenho muita gente pra encarar amanhã. Além disso" — ela olhou de relance para Vivaldo com um sorrisinho — "acho que esses dois ainda não ficaram a sós *nenhuma vez* desde que o Eric chegou."

"Então você acha que a gente devia dar uma folga pra eles", disse Cass.

"Se a gente não der, eles vão arranjar um jeito. Mas, assim, a gente sai por cima… isso sempre é útil." Ela riu. "É isso, Cass, você precisa ser *esperta* se quiser segurar seu homem."

"Eu devia ter começado a ter aulas com você há anos", disse Cass.

"Calma lá", disse Eric, tranquilamente, "eu não acho que isso seja muito lisonjeiro."

"Eu estava brincando", disse Cass.

"Bom, eu sou inseguro", disse Eric.

Eles entraram no Benno's, que naquela noite estava meio vazio, e sentaram, num silêncio repentino e misterioso, em uma das mesas do fundo. O silêncio se justificava pelo fato de cada um deles ter mais coisas passando pela cabeça do que seria possível revelar. Seus sexos, por assim dizer, estavam no caminho. Talvez as mulheres quisessem falar uma com a outra sobre seus homens, mas não tinham como fazer isso com os dois ali; Eric e Vivaldo também não podiam começar a desabafar na presença de Ida e Cass. Assim, falaram trivialidades, sobre o filme que tinham visto e sobre o filme que Eric iria fazer. Mesmo essa conversa fiada foi restrita e cheia de cautela, já que Eric tinha uma relutância não declarada em ir para Hollywood. Vivaldo não conseguia imaginar o motivo dessa relutância; mas havia um certo ar pensativo e um certo medo que transpareciam no rosto de Eric como a luz de um farol; Vivaldo pensou que talvez Eric estivesse com medo de se ver prisioneiro das alturas, assim como já tinha se visto prisioneiro das profundezas. Talvez temesse, como o próprio Vivaldo também sabia que temia, alguma mudança verdadeira em sua condição. Ele pensou: as mulheres têm mais coragem do que nós. Depois pensou: talvez elas não tenham escolha.

Depois de uma rodada, os dois puseram Ida e Cass em um táxi, juntas. Ida disse: "E não vá me acordar quando entrar trocando as pernas", e Cass disse: "Te ligo amanhã, só não sei a que horas". Eles acenaram para suas mulheres e viram as luzes vermelhas do táxi sumir. Depois olharam um para o outro.

"Muito bem!" Vivaldo sorriu. "Vamos aproveitar ao máximo, meu chapa. Vamos ficar bêbados."

"Não quero voltar pro Benno's", Eric disse. "Vamos pra minha casa. Tenho bebida lá."

"O.k.", disse Vivaldo, "prefiro ver você desmaiar no seu apartamento do que ter que *arrastar* você pra lá." Ele sorriu para Eric. "Estou muito feliz de ver você", disse.

Eles começaram a caminhar na direção da casa de Eric. "Sim, eu queria te encontrar", disse Eric, "mas" — eles olharam rapidamente um para o outro, e os dois sorriram — "a gente tem andado meio ocupado."

Vivaldo riu. "Bons rapazes, é verdade", ele disse. "Espero que a Cass não seja tão... imprevisível quanto a Ida pode ser."

"Olha", disse Eric, "espero que você não seja tão imprevisível quanto *eu* sou."

Vivaldo sorriu, mas não disse nada. As ruas estavam muito escuras e quietas. Em uma rua transversal, havia uma solitária árvore urbana que refletia a luz da lua. "Todos nós somos imprevisíveis", ele disse enfim, "de um jeito ou de outro. Não quero que você se ache especial."

"É bem difícil conviver com isso", disse Eric. "Quero dizer, no sentido de que você nunca é o que parece — nunca — e, por outro lado, o que você parece ser é provavelmente, em algum sentido, quase exatamente o que você é." Ele virou o rosto com um meio sorriso para Vivaldo. "Entende o que estou falando?"

"Eu preferia não entender", disse Vivaldo devagar, "mas infelizmente acho que entendo."

O prédio de Eric ficava em uma rua arborizada, no lado oeste da cidade, perto do rio. Era um lugar bem silencioso, exceto pelo barulho que vinha de duas tavernas, uma em cada esquina. Eric já tinha ido a cada uma delas uma vez. "Uma é para os gays", ele disse, "e aquilo é um cemitério. A outra é para estivadores, e também não tem muita vida. Os estivadores nunca vão ao bar gay e os gays nunca vão ao bar dos estivadores, mas eles sabem onde se encontrar quando os bares fecham, em vários pontos desta rua. Acho tudo isso muito triste, mas talvez eu só tenha ficado fora tempo demais. *Eu* não curto isso de chupadinha rápida num beco. Pra *mim* pecado tem que ser divertido."

Vivaldo riu e pensou, espantado e com certo medo, meu Deus, ele *realmente* mudou. Antes jamais falaria desse modo. Olhou a rua silenciosa, as sombras que as casas e as árvores produziam, com uma nova percepção do quanto eram ameaçadoras e da terrível solidão delas. Olhou de novo para Eric, quase do mesmo jeito que havia olhado para ele no filme, tentando descobrir mais uma vez quem Eric era e como suportava ser aquela pessoa.

Entraram no pequeno vestíbulo iluminado do prédio de Eric e subiram as escadas até o apartamento dele. Uma das luzes, a da luminária acima da cama, estava acesa. "Para afastar ladrões", Eric disse. O apartamento estava em seu habitual estado de desordem, com a cama por fazer e as roupas de Eric jogadas nas cadeiras e penduradas nas maçanetas.

"Pobre Cass", Eric riu, "ela insiste em tentar manter as coisas arrumadas por aqui, só que é um trabalho que nunca acaba. Mas também, do jeito que estão as coisas entre nós, eu não deixo sobrar muito tempo pra ela arrumar nada." Ele andou pela casa, recolhendo peças de roupa, que depois empilhou na mesa da cozinha. Acendeu a luz da cozinha e abriu a geladeira. Vivaldo sentou na cama desarrumada. Eric pôs bebida em dois copos e sentou de frente para ele em uma poltrona de encosto vertical. Depois ficaram em silêncio por um instante.

"Apague aquela luz da cozinha", Vivaldo disse, "está batendo bem no meu olho."

Eric levantou, apagou a luz da cozinha, voltou com a garrafa de uísque e a colocou no chão. Vivaldo tirou o sapato e levantou as pernas, brincando com os dedos de um pé.

"Você está apaixonado pela Cass?", ele perguntou de repente.

O cabelo ruivo de Eric brilhou na luz difusa, enquanto ele olhava para baixo, para seu copo, e depois ergueu os olhos para Vivaldo. "Não. Não acho que estou apaixonado por ela. Acho que eu queria estar. Gosto muito dela... mas, não, não estou apaixonado."

Ele tomou um gole de sua bebida.

"Mas ela está apaixonada por você", disse Vivaldo. "Não está?"

Eric levantou as sobrancelhas. "Acho que sim. Ela acha que está. Eu não sei. O que significa estar apaixonado? Você está apaixonado pela Ida?"

"Estou", disse Vivaldo.

Eric se levantou e foi até a janela. "Você não precisou nem pensar. Acho que isso diz muito sobre a *minha* situação." Ele riu. De costas para Vivaldo, disse: "Sabe que eu invejava você?".

"Você devia estar doido", disse Vivaldo. "Por quê?"

"Porque você era normal", Eric disse. Ele se virou e olhou para Vivaldo.

Vivaldo atirou a cabeça para trás e riu. "Tentar me adular não vai te levar a lugar nenhum, meu filho. Ou será que é uma crítica sutil?"

"Crítica nenhuma", disse Eric. "Mas estou feliz por não te invejar mais."

"Puta que pariu", disse Vivaldo. "Podia muito bem ser o contrário, eu podia invejar *você*. Você pode transar tanto com homens quanto com mulheres, e tem vezes que eu queria ser assim também, queria mesmo." Eric ficou quieto. Vivaldo sorriu. "Todo mundo tem seus problemas, amigão."

Eric pareceu muito sério. Ele resmungou, indiferente, e sentou de novo. "Você queria ser assim... é o que você *diz*. E eu queria não ser."

"É o que *você* diz."

Eles se olharam e sorriram. Depois: "Espero que o seu relacionamento com a Ida seja mais tranquilo do que o meu com o Rufus", Eric disse.

Vivaldo sentiu um arrepio. Desviou o olhar do rosto de Eric, olhou para a janela; as ruas escuras e solitárias pareciam vir na direção deles e inundar o quarto. "*Como*", ele perguntou, "era o seu relacionamento com o Rufus?"

"Era terrível, me *enlouquecia*."

"Eu imaginava." Ele olhou para Eric. "Isso tudo é passado agora? Quero dizer, a Cass é uma espécie de começo do seu futuro?"

"Não sei. Achei que eu fosse conseguir me apaixonar pela Cass, mas... mas não. Eu gosto muito dela, a gente se dá muito bem. Mas ela não tem sobre mim esse poder avassalador que a Ida parece ter sobre você."

"Talvez você só não esteja apaixonado por *ela*. Você não precisa estar apaixonado toda vez que vai pra cama. Você não *precisa* estar apaixonado para ter uma boa história de amor."

Eric ficou em silêncio. Depois: "Não, mas se você *já sentiu* isso...!". E ele olhou para seu copo.

"É", Vivaldo disse por fim, "é, eu sei."

"Acho", disse Eric, "que eu realmente tenho que aceitar, ou decidir, algumas coisas bem estranhas. Rápido."

Ele foi até a cozinha escura, voltou com gelo e serviu mais uísque para Vivaldo e para si mesmo. Sentou de novo na poltrona. "Tenho a impressão de ter passado anos achando que um belo dia eu ia acordar e todo o meu tormento ia ter acabado de uma vez por todas, que a minha indecisão ia ter acabado, e que nenhum homem, nenhum rapaz, ninguém do *sexo masculino*, ia ter nenhum poder sobre mim dali em diante."

Vivaldo corou e acendeu um cigarro. "*Eu* não tenho como ter certeza", disse, "de que um belo dia eu não vou me derreter por um homem — como aquele cara do *Morte em Veneza*. E *você* não tem como ter certeza que não existe uma mulher esperando por você, só por você, logo mais à frente."

"Verdade", disse Eric, "não tem como ter certeza. Mesmo assim eu tenho que decidir."

"*O que* você tem que decidir?"

Eric acendeu um cigarro, pôs um pé na poltrona e as mãos em volta do joelho. "Eu quero dizer que acho que a gente deve ser honesto com a vida que *leva*. Se não, não tem como conseguir a vida que a gente *quer*." Fez uma pausa. "Ou que a gente *acha* que quer."

"Ou", disse Vivaldo depois de um instante, "a vida que a gente acha que *devia* querer."

"A vida que a gente acha que *devia* querer", disse Eric, "é sempre a que parece mais segura." Ele olhou na direção da janela. A única luz da sala, atrás de Vivaldo, iluminava o rosto dele como a luz de uma fogueira. "Quando estou com a Cass, é divertido, sabe, e às vezes é... fantástico mesmo. E me sinto tranquilo e protegido — forte; há certas coisas que só uma mulher pode te dar." Ele foi até a janela e espiou pelas fendas da veneziana como se esperasse o momento em que os homens dos batalhões inimigos iriam deixar suas barracas e se reunir à sombra das árvores. "Mesmo assim, em certo sentido, não passa de um tipo mais complicado do exercício. É um grande desafio, um grande teste, um grande jogo. Mas eu realmente não sinto aquele... *terror* — e aquela angústia e aquela felicidade que às vezes eu sentia com... uns poucos homens. Não estou envolvido o suficiente; é quase como se eu estivesse fazendo alguma coisa... pela Cass." Ele se virou e olhou para Vivaldo. "Faz sentido pra você?"

"Acho que faz", disse Vivaldo. "Acho que faz."

Mas ele estava pensando em certas noites na cama com Jane, quando ela tinha se embebedado a ponto de ficar insaciável;

392

estava pensando no hálito dela, em seu corpo escorregadio e na estranha impessoalidade dos gritos dela. Uma vez ele teve uma dor de estômago horrorosa, mas Jane não lhe deu descanso e, para evitar meter seu punho dentro da garganta dela, Vivaldo acabou se jogando sobre Jane, torcendo desesperadamente para que ela se cansasse e ele pudesse dormir. E ele sabia que não era disso que Eric estava falando.

"Talvez", disse Vivaldo, hesitante, pensando na noite no terraço com Harold e nas mãos de Harold, "seja parecido com o que eu senti uma vez em que acabei indo pra cama com um homem só porque eu... *gostava* dele — e porque ele queria."

Eric sorriu, sombrio. "Não sei se dá pra comparar, Vivaldo. Sexo é uma coisa muito pessoal. Mas se você transou com um cara só porque ele queria, *você* não precisava assumir nenhuma responsabilidade; *você* não ia ter que fazer nada. *Ele* ia ter que fazer tudo. E a ideia de ser passivo é bem atraente para muitos homens, talvez para a maioria dos homens."

"Será?" Ele pôs os pés no chão e tomou um gole grande de uísque. Olhou para Eric, suspirou e sorriu. "Você faz a coisa toda parecer meio brutal, meu chapa."

"Bom, é assim que eu vejo as coisas." Eric fez uma careta, atirou a cabeça para trás e bebeu um gole de uísque. "Talvez eu esteja me queixando porque queria acreditar que, em algum lugar, para algumas pessoas, a vida e o amor sejam mais simples... do que são pra mim, do que são. Talvez seja mais fácil eu me chamar de bicha e botar a culpa de todos os meus problemas nisso."

O silêncio preencheu o cômodo, como um sopro de ar gelado. Eric e Vivaldo se olharam com uma intensidade estranhamente belicosa. Nos olhos de Eric havia uma grande pergunta e Vivaldo desviou o olhar como se estivesse evitando um espelho, e foi até a porta da cozinha. "Você acha mesmo que isso não faz diferença?"

"Não sei. Será que a diferença *faz* alguma diferença?"

"Bom", disse Vivaldo, batucando com a unha do polegar na dobradiça da porta, "eu com certeza acho que o verdadeiro jogo é entre homens e mulheres. E fisicamente é mais fácil." Ele deu uma olhada rápida para Eric. "Não é? Além disso", acrescentou, "tem os filhos." E deu mais uma olhada rápida para Eric.

Eric riu. "Nunca ouvi falar de dois caras que quisessem transar e que não tenham conseguido por serem do tamanho errado. O amor sempre encontra um jeito, meu amigo. Eu não entendo nada de beisebol e não tenho como saber se a vida é um jogo de beisebol ou não. Talvez pra você seja. Pra mim não é. E se o que você quer é ter filhos, bom, isso você resolve em cinco minutos, não precisa nem amar ninguém. Se todas as crianças que nascem todo ano nascessem por amor, uau! Cara, que mundo lindo ia *ser*!"

Agora Vivaldo sentiu, no fundo do coração, um certo ódio relutante nascer, e lutou contra essa sensação como lutaria contra o desejo de vomitar. "Eu não consigo saber", ele disse, "se você quer deixar todo mundo infeliz como você ou se todo mundo é tão infeliz quanto você."

"Bom, não pense dessa forma, meu caro. *Você* é realmente feliz? Isso não tem nada a ver comigo, não tem nada a ver com o jeito como eu vivo ou como eu penso, ou com a minha infelicidade — como vai *você*?"

A pergunta pairou no ar como a fumaça que tremulava entre Eric e Vivaldo. A pergunta era tão densa como o silêncio que se fez enquanto Vivaldo olhava para baixo, desviando o olhar de Eric, procurando uma resposta em seu coração. Estava assustado; olhou para Eric; Eric também estava assustado. Olharam um para o outro. "Eu estou apaixonado pela Ida", Vivaldo disse. Depois: "Às vezes as coisas dão certo, e tudo é lindo, lindo. E às vezes não dão. E é um horror".

Ele permaneceu onde estava, junto à porta, parado.

"Eu também estou apaixonado", disse Eric, "o nome dele é Yves; ele vai chegar a Nova York daqui a alguns dias. Recebi uma carta dele hoje."

Ele ficou de pé, foi até a escrivaninha, pegou o texto da peça, abriu e tirou de lá um envelope de correio. Vivaldo observou o rosto dele, que num instante ficou exausto e transfigurado. Eric abriu a carta e a leu de novo. Olhou para Vivaldo. "Às vezes a gente também consegue fazer as coisas dar certo, e é lindo. E quando não dá certo é um horror." Ele sentou de novo. "Quando eu falei sobre aceitar ou decidir, era nele que eu estava pensando." Fez uma pausa e atirou a carta na cama. Houve um silêncio muito longo, que Vivaldo não ousou romper.

"Eu", disse Eric, "preciso entender que se eu sonhei com uma fuga, e eu *realmente* sonhei, quando a história com a Cass começou, foi porque achei que talvez essa fosse a minha chance de mudar, e fiquei *feliz*. Bom, o Yves, que é bem mais jovem do que eu, também vai sonhar em fugir. Preciso estar preparado para deixar que ele siga seu caminho. Ele *vai* seguir seu caminho. E eu acho" — ele olhou para Vivaldo — "que ele *deve* seguir o seu caminho, provavelmente, pra virar um homem."

"Você quer dizer", disse Vivaldo, "pra se tornar ele mesmo."

"Sim", disse Eric. E o silêncio voltou.

"Tudo que eu posso fazer", disse Eric enfim, "é amar o Yves. Mas isso significa — não é? — que eu não posso me iludir com a possibilidade de amar outra pessoa. Eu não tenho como fazer uma promessa maior do que a promessa que já fiz — não agora, não agora, e talvez eu nunca venha a fazer uma promessa tão grande. Também não vou ser feliz tentando ser prudente. Não posso fingir que sou livre, quando sei que não é verdade. Preciso conviver com isso, preciso aprender a conviver com isso. Será que faz sentido? Ou eu estou louco?" Ele tinha lágrimas nos olhos. Foi até a porta da cozinha e encarou Vivaldo. Depois se virou de costas. "Você tem razão. Você tem razão. Não há o que decidir. A única saída é aceitar."

Vivaldo saiu da porta e se jogou de bruços na cama, seus braços longos pendendo para o chão. "A Cass sabe sobre o Yves?"

"Sabe. Contei antes de tudo começar." Ele sorriu. "Mas você sabe como são essas coisas — a gente estava tentando ser correto. Nada podia impedir a gente de ir em frente àquela altura; nós dois precisávamos muito um do outro."

"E o que você vai fazer agora? Quando o..." — ele fez um gesto em direção à carta, que estava em algum lugar debaixo de seu umbigo — "o Yves chegar?"

"Daqui a umas duas semanas. De acordo com a carta. Talvez um pouco mais. Talvez menos."

"Você contou para a Cass?"

"Não. Vou contar amanhã."

"E como você acha que ela vai reagir?"

"Bom, ela sempre soube que ele estava a caminho. Não sei como ela vai lidar… com o fato de que ele *realmente* está chegando."

Nas ruas, eles ouviram passos, alguém andando rápido, e assobiando.

Eric fitou a parede de novo, enrugando toda a testa. Ouviram-se outras vozes na rua. "Acho que os bares estão começando a fechar", disse Eric.

"É." Vivaldo se ergueu um pouco, olhando na direção das venezianas que protegiam o quarto da selva. "Eric. Como é possível enfrentar tudo isso? Como é possível viver se não se pode amar? E como é possível viver se você *ama*?"

Ele encarou Eric, que não disse nada e cujo rosto brilhava sob a luz amarela de maneira tão misteriosamente impessoal e tão assustadoramente comovente quanto teria sido uma máscara mortuária de Eric na infância. Percebeu que os dois estavam começando a ficar bêbados.

"Eu não sei como posso viver com a Ida nem como posso viver sem ela. Enfrento cada dia na base da oração. Toda manhã, quando acordo, fico surpreso de ver que ela ainda está do meu lado." Eric olhava para ele absolutamente rígido e imóvel, mal parecia respirar, e só seus olhos imóveis tinham vida. "No entanto" — Vivaldo recuperou o fôlego — "às vezes eu queria que ela não estivesse lá, às vezes queria que a gente nem tivesse se conhecido, às vezes acho que eu faria qualquer coisa para me livrar desse fardo. Ela não me deixa esquecer nem por um minuto que eu sou branco, não me deixa esquecer que ela é negra. E eu não dou a mínima, não dou a mínima. O Rufus fazia isso com você? Ele tentava fazer você pagar?"

Eric baixou os olhos e seus lábios se apertaram. "Ah. Ele não *tentava*. Eu pagava." Ele ergueu os olhos para Vivaldo. "Mas hoje isso não me entristece mais. Se não fosse o Rufus, eu nunca teria precisado ir embora, nunca teria sido capaz de lidar com o Yves." Depois, se levantou e foi até a janela, de onde vinham cada vez mais vozes: "Talvez o amor sirva para isso".

"Você está saindo com mais alguém além da Cass?"

Eric se virou. "Não."

"Desculpe. Achei que podia ser o caso. Eu só estou com a Ida."

"Não dá pra estar em todos os lugares ao mesmo tempo", disse Eric.

Eles ouviram os passos e as vozes nas ruas: alguém estava cantando, alguém chamou alguém, alguém estava xingando. Alguém correu. Depois, silêncio outra vez.

"Sabe", disse Eric, "é verdade que dá pra fazer filhos sem amor. Mas se você *realmente* amar a pessoa que vai ter a criança com você, deve ser *fantástico*."

"A Ida e eu podíamos ter filhos ótimos", disse Vivaldo.

"Você acha que vocês vão ter?"

"Não sei. Eu adoraria, mas..." Ele caiu de costas na cama, olhando para o teto. "Não sei."

Ele se permitiu, por um momento, o prazer de sonhar com os filhos de Ida, embora soubesse que essas crianças jamais iriam nascer e que este momento era tudo que teria deles. Mesmo assim, sonhou com um menininho com a boca, os olhos e a testa de Ida, com o cabelo dele, só que mais enrolado, com o corpo dele, com a cor dos *dois*. Que cor seria? De novo, das ruas veio um clamor, um estrondo e um berro. Eric apagou a luz da mesinha de cabeceira, abriu as venezianas e Vivaldo se juntou a ele na janela. Mas não se via nada, a rua estava vazia, escura e parada, embora um eco de vozes pairasse, cada vez mais longe.

"Uma das últimas vezes que eu vi o Rufus", Vivaldo disse de repente — e parou. Ele não tinha mais pensado naquilo até aquele momento; em certo sentido, jamais havia pensado naquilo.

"E aí?" Ele mal conseguia ver o rosto de Eric na escuridão. Afastou-se de Eric, sentou na cama de novo e acendeu um cigarro. E naquela brevíssima luz o rosto de Eric saltou diante dele, depois voltou a cair na escuridão. Ele observou a silhueta rubro-negra da cabeça de Eric contra o brilho difuso das venezianas.

Lembrou-se outra vez daquele apartamento horrível, das lágrimas de Leona, de Rufus com a faca, da cama com o lençol cinza engruvinhado e um cobertor fino; parecia que tudo isso tinha acontecido fazia muitos, muitos anos.

Mas, na verdade, haviam se passado apenas meses.

"Nunca contei pra ninguém", ele disse, "e realmente não sei por que estou te contando. É que na última vez em que eu vi o Rufus antes dele sumir, quando ele ainda estava com a Leona" — ele recuperou o fôlego, deu uma tragada no cigarro e o brilho trouxe o apartamento de volta ao mundo, depois devolveu-o ao caos —, "a gente brigou, ele disse que ia me matar. E bem no final, quando ele já estava na cama, depois de ter gritado e de ter me dito coisas horrorosas, eu olhei pra ele, ele estava deitado de lado, com os olhos entreabertos, olhando pra mim. Eu estava tirando a calça, a Leona tinha ido dormir no meu apartamento e eu ia dormir lá no Rufus, eu fiquei com medo de deixar o Rufus sozinho. Bom, quando ele olhou pra mim, um pouco antes de fechar os olhos e virar para o outro lado, todo encolhido, eu tive a sensação estranha de que ele queria que eu o abraçasse. Nada a ver com sexo, se bem que até poderia ter acontecido. A minha impressão foi que ele queria que alguém o segurasse nos braços, e que, naquela noite, tinha que ser um homem. Eu deitei na cama, pensei nisso, olhei as costas dele, o quarto estava tão escuro quanto a sua casa agora, eu deitei de costas e não toquei nele nem dormi. Lembro daquela noite como uma espécie de vigília. Não sei se ele dormiu, eu ficava tentando adivinhar pela respiração — mas eu não tinha certeza, a respiração estava muito agitada, talvez ele estivesse tendo pesadelos. Eu adorava o Rufus, adorava mesmo, não queria que ele morresse. Mas quando ele morreu eu pensei naquilo, pensei naquilo — não é engraçado? Não sabia que ia pensar tanto naquilo —, fiquei pensando, e acho que ainda fico, o que teria acontecido se eu tivesse posto os braços em torno dele, se tivesse dado um abraço nele, se eu não tivesse tido — medo. Eu tive medo que ele não entendesse que aquilo era... só amor. Só amor. Mas, ah, meu Deus, quando ele morreu, pensei que talvez eu pudesse ter evitado tudo simplesmente me aproximando pra não deixar aquele meio centímetro entre nós naquela cama, e podia ter dado um abraço nele." Vivaldo sentiu as lágrimas frias no rosto e tentou enxugá-las. "Entende o que eu quero dizer? Nunca contei isso pra Ida, nunca contei pra ninguém, não pensei mais nisso desde que ele morreu. Mas acho que isso está o tempo todo na minha cabeça. E eu nunca vou saber. Nunca vou saber."

"Não", disse Eric, "você nunca vai saber. Se fosse eu lá, teria abraçado o Rufus — mas não teria adiantado. A garota dele tentou abraçá-lo, e não adiantou nada."

Ele sentou na cama ao lado de Vivaldo. "Quer um café?"

"Puta merda, não." Vivaldo enxugou os olhos com o dorso da mão. "Vamos beber mais uma rodada. Vamos ver o sol nascer."

"O.k." Eric começou a se afastar. Vivaldo segurou a mão dele.

"Eric…" Ele encarou os olhos escuros e interrogativos de Eric, seus lábios levemente entreabertos e sorridentes. "Fiquei feliz de ter te contado isso. Acho que eu não teria contado pra mais ninguém."

Eric pareceu sorrir. Pegou o rosto de Vivaldo nas mãos e deu um beijo, um beijo suave e rápido, em sua testa. Depois a sombra dele desapareceu e Vivaldo ouviu Eric na cozinha.

"Estou sem gelo."

"Dane-se o gelo."

"Água?"

"Não. Bom, talvez um pouco."

Eric voltou com dois copos e colocou um na mão de Vivaldo. Eles brindaram.

"Ao amanhecer", disse Eric.

"Ao amanhecer", Vivaldo disse.

Depois os dois sentaram juntos, um ao lado do outro, olhando a luz surgir por trás da janela e se insinuar no quarto. Vivaldo suspirou e Eric se virou para olhar seu rosto magro e pálido, a face longa e escavada, a barba que começava a nascer, sua maravilhosa boca resignada, os olhos negros que olhavam para a frente — que olhavam para fora já que começavam a olhar para dentro. E Eric pensou ter encontrado, talvez pela primeira vez na vida, a chave para o companheirismo entre os homens. Lá estava Vivaldo, alto, magro e cansado, vestido, como quase sempre acontecia, de preto e branco; a camisa branca estava aberta, quase até o umbigo, e a camisa agora estava suja e os pelos enca-racolados do peito escapavam para fora; o cabelo, sempre com-prido demais, estava desgrenhado e caía sobre a testa; e ele sen-tia o cheiro do suor de Vivaldo, de suas axilas e da virilha, e tinha uma terrível consciência de suas longas pernas. Vivaldo estava sentado ali, na cama de Eric. O espaço que havia entre eles não chegava a um centímetro. Seu cotovelo quase tocava o cotovelo de Vivaldo, enquanto ouvia o peito de Vivaldo se encher e se esvaziar de ar. Eles eram como dois soldados, descansando de-pois da batalha, prestes a entrar em uma nova batalha de novo.

Vivaldo se jogou de costas na cama, uma das mãos cobrin-do a testa, outra entre as pernas. Pouco depois estava roncando, depois estremeceu e se virou para o travesseiro de Eric, voltado para a parede. Eric ficou sentado na cama, sozinho, olhando para ele. Tirou o sapato de Vivaldo, afrouxou o cinto dele, virou Vivaldo de frente. A luz da manhã banhava seu sono. Eric pre-parou mais um uísque, desta vez com gelo, pois o gelo tinha fi-cado pronto. Pensou em ler a carta de Yves de novo, mas já havia decorado o que estava escrito ali; e ele estava apavorado com a chegada de Yves. Sentou de novo na cama, observando a ma-nhã... *Mon plus cher. Je te previendra la jour de mon arrivée. Je prendrai l'avion. J'ai dit au revoir à ma mère. Elle a beaucoup pleurée. J'avoue que ça me faisait quelque chose. Bon. Paris est mortelle sans toi. Je t'adore mon petit et je t'aime. Comme j'ai envie de te serrer très fort entre mes bras. Je t'embrasse. Toujours à toi. Ton YVES.*

Ah, sim. Em algum lugar, alguém ligou o rádio. O dia havia chegado. Terminou de tomar seu drinque, tirou o sapato, afrou-xou o cinto e se deitou ao lado de Vivaldo. Colocou a cabeça no peito de Vivaldo e, à sombra daquela rocha, dormiu.

* * *

Ida disse ao taxista: "Para o Harlem, no Small's Paradise, por favor"; depois se virou com um sorriso pesaroso para Cass.

"A noite *deles*", ela disse, indicando Eric e Vivaldo, que acabavam de sumir da vista, "está só começando. A minha também, só que a minha não vai ser tão divertida."

"Achei que você estivesse indo pra casa", disse Cass.

"Bom, não estou. Tenho que encontrar umas pessoas." Ela olhou pensativa para as unhas das mãos, depois para Cass. "Eu não podia contar ao Vivaldo, então por favor não conte também. Ele fica chateado quando está comigo — por causa de alguns músicos. A culpa não é do Vivaldo. Na verdade, também não é dos caras; sei como eles se sentem. Mas não gosto que eles fiquem descontando no Vivaldo, ele já está com problemas demais."

Depois de um momento, ela acrescentou, baixinho: "E eu também".

Perplexa, Cass não respondeu. Longe de imaginar que ela e Ida fossem amigas, Cass tinha concluído também, fazia muito tempo, que Ida não gostava dela nem confiava nela. Mas agora Ida dava outra impressão. Parecia solitária e preocupada.

"Eu adoraria que você me acompanhasse e tomasse alguma coisa comigo lá", disse Ida. Ela girava o anel no dedo mínimo.

Cass pensou na hora: vou me sentir totalmente deslocada, e, se você está indo encontrar alguém, qual o sentido de eu ir junto? Mas percebeu, de alguma maneira, que não podia dizer isso, que Ida estava precisando conversar com uma mulher, nem que fosse só por uns minutos, nem que a mulher fosse branca.

"O.k.", ela disse, "mas só uma rodada. Não posso demorar pra ir pra casa, o Richard está lá esperando." Quando ela disse isso, as duas riram. Era como se fosse a primeira vez que riam juntas; e o riso fez Cass perceber que a atitude de Ida com ela havia mudado depois que soube de seu adultério. Talvez Ida tivesse passado a achar Cass mais confiável, mais mulher, agora que sua virtude e sua segurança tinham sumido. E também havia, naquele riso súbito e espontâneo, uma leve insinuação de chantagem. Agora Ida podia se sentir mais à vontade com Cass, pois o julgamento do mundo, caso um dia fosse necessário enfrentá-lo, seria mais cruel com Cass do que com Ida. Ida não era branca, nem casada nem mãe. O mundo achava que os pecados de Ida eram naturais, mas que os pecados de Cass eram perversos.

Ida disse: "Os homens são cachorros, não são?". Ela parecia triste e cansada. "Eu não entendo eles, juro que não."

"Sempre achei que você entendesse", disse Cass, "bem mais do que eu."

Ida sorriu. "Bom, isso é meio que uma encenação. Além disso, não é tão difícil lidar com um homem se você *não dá* a mínima pra ele. A maioria dos paspalhos com quem eu precisei lidar não valia merda nenhuma. E sempre esperei que todos fossem assim." Depois ela ficou quieta. Olhou para Cass, que estava sentada imóvel, os olhos voltados para baixo. O táxi se aproximava da Times Square. "Entende o que eu estou dizendo?"

"Não sei", disse Cass. "Acho que não. Só tive que lidar com dois homens na minha vida."

Ida olhou para ela de um modo especulativo, com um leve sorriso sardônico nos lábios. "É bem difícil de acreditar. É difícil de imaginar."

"Bom! Eu nunca fui muito bonita. Acho que eu vivia meio numa redoma. E... eu casei muito cedo." Ela acendeu um cigarro e cruzou as pernas.

Ida olhou para fora, para as luzes, para as pessoas. "Fico pensando se eu vou casar um dia. Acho que não. Nunca vou casar com o Vivaldo, e" — ela tocou de novo no anel — "é difícil saber o que vai acontecer no futuro. Mas não me vejo noiva."

Cass ficou em silêncio. Depois: "*Por que* você nunca vai casar com ele? Você não ama o Vivaldo?".

Ida disse: "Amor tem menos a ver com isso do que as pessoas parecem pensar. Quero dizer, você sabe, o amor não muda tudo, como as pessoas dizem. O amor pode ser uma tremenda dor de cabeça". Ela mudou de posição no espaço estreito e mal iluminado e olhou de novo pela janela. "Claro, eu amo o Vivaldo; ele é o cara mais doce que eu já conheci. E sei que eu não tenho sido fácil pra ele. Não tem nada que eu possa fazer. Mas não posso casar com ele, seria o fim pra ele, e pra mim também."

"Mas por quê?" Cass fez uma pausa; depois, com cautela: "Você não está falando isso só porque ele é branco…?".

"Bom, sim", disse Ida com veemência, "em certo sentido, é por ele ser branco, *sim*. Provavelmente isso soa terrível pra você. Não me importo com a cor da pele dele. Não é isso que eu quero dizer." Ela parou, claramente tentando descobrir *o que* ela queria dizer. "Só teve um homem que eu conheci melhor do que o Vivaldo, e esse homem foi o meu irmão. Bom, você sabe, o Vivaldo era o melhor amigo dele — o Rufus estava *morrendo*, mas o Vivaldo não sabia. E eu, que estava a quilômetros de distância, *eu* sabia!"

"Como é que você sabe que o Vivaldo não sabia? Você está sendo muito injusta. E o fato de *você* saber não impediu nada, não mudou nada…"

"Talvez nada possa ser impedido nem mudado", disse Ida, "mas você tem que *saber* o que está acontecendo."

"Mas, Ida, ninguém sabe realmente o que está acontecendo — não tem como saber de verdade. Digo, talvez você saiba coisas que eu não sei. Mas você não acha possível que eu saiba coisas que você não sabe? Eu sei o que é ter um filho, por exemplo. Você não sabe."

"Ah, não, sério, Cass, eu posso *ter* uma droga de bebê, e daí eu vou saber. Não sou lá muito fã de bebês, mas, você sabe, se eu quiser eu posso descobrir. Do jeito que o Vivaldo é, é capaz de eu descobrir mesmo sem querer", e ela deu uma risadinha descabida. "Mas" — ela suspirou — "já o contrário não é verdade. *Você* não sabe, e não tem nenhum jeito de você descobrir, o que é ser uma garota negra neste mundo em que a gente vive, e como é que os homens brancos, e até os negros, amiga, te tratam. Você nunca chegou à conclusão de que o mundo todo era um grande puteiro e que por isso o único jeito de você chegar a algum lugar era decidir ser a maior das putas, a puta mais fria, mais insensível que existe, e se vingar do mundo dessa maneira." Elas estavam no parque. Ida se inclinou para a frente, acendeu um cigarro com as mãos trêmulas, depois fez um gesto para fora da janela. "Aposto que você acha que a gente está numa droga de um parque. Você não sabe que a gente está é numa das maiores selvas do mundo. Você não sabe que, por trás de todas essas árvores elegantes e de toda essa merda, tem gente trepando, chupando, se injetando, morrendo. Morrendo, amiga, neste exato instante, enquanto a gente passa no meio desta escuridão no táxi desse sujeito. E você não sabe disso mesmo quando alguém te conta; você não sabe mesmo quando vê."

Ela se sentiu muito distante de Ida, e muito pequena e fria. "Como a gente *pode* saber, Ida? Como você pode culpar a gente por não saber? A gente nunca teve chance de descobrir. Eu mal sabia que o Central Park existia antes de casar." E ela também olhou para o parque, tentando ver o que Ida via; mas, claro, só viu árvores, luzes, grama, o caminho cheio de curvas e a silhueta dos prédios para além do parque. "Na cidade onde eu cresci quase não havia negros — como eu posso saber?" E ela se odiou pela pergunta que fez a seguir, mas não conseguiu se conter: "Você não acha que eu mereço algum crédito, por tentar ser humana, por não ser parte de tudo isso, por... me afastar?".

"Do que foi", perguntou Ida, "que você se afastou, Cass?"

"Daquele mundo", disse Cass, "daquela vida vazia, daquela vida sem sentido!"

Ida riu. Foi um som cruel, mas Cass percebeu, claramente, que Ida não estava querendo ser cruel. Parecia querer escalar, dentro de si mesma, uma ladeira íngreme sem precedentes. "Será que a gente não podia tentar ver as coisas de outro jeito, querida, só por diversão? Será que a gente não podia meio que culpar a natureza? E dizer que você viu o Richard, que ele te fez sentir tesão e que por isso você não se afastou de nada — você apenas se casou?"

Cass começou a se irritar; e se perguntou: por quê? Ela disse: "Não, muito antes de eu conhecer o Richard eu sabia que aquela vida não era pra mim". E era verdade, mas ela não soou convincente. E Ida, implacável, pôs em palavras a pergunta que Cass não fez.

"E o que ia acontecer se o Richard não tivesse aparecido?"

"Não sei. Mas isso é bobagem. Ele *apareceu*. E eu *saí* de lá."

Agora o clima entre as duas estava mais denso, como se elas estivessem do lado oposto de um abismo nas montanhas, tentando discernir uma à outra em meio às nuvens e à neblina, mas terrivelmente amedrontadas com o precipício a seus pés. Afinal, ela tinha abandonado Richard ou, no mínimo, traído o marido — e o que esse fracasso significava? E o que ela estava fazendo agora com Eric, qual o sentido daquilo? Ela começou, aos poucos e contra sua vontade, a perceber a extensão da acusação de Ida, ao mesmo tempo que sua antiga e incipiente culpa por sua vida com Richard abria caminho, mais uma vez, para o primeiro plano de seus pensamentos. Ela sempre tinha conseguido enxergar bem mais longe do que Richard, e sempre soubera muito mais que ele; era mais habilidosa, mais paciente, mais astuta e mais determinada; e ele precisaria ter sido um homem muito diferente, mais forte e mais impiedoso, para *não* ter se casado com ela. Mas as coisas sempre tinham sido assim, sempre seriam assim, entre homens e mulheres, em toda parte. Será? Ela atirou o cigarro pela janela. *Ele* realmente *apareceu. Eu* realmente *saí* de lá. Será que tinha mesmo saído? O táxi se aproximava do Harlem. Ela percebeu, com um ligeiro choque, que não ia ao Harlem desde a manhã do funeral de Rufus.

"Mas, imagine", Ida dizia, "que ele aparecesse, *aquele* homem que é o *seu* homem — porque a gente sempre sabe, e afinal ele não aparece todo dia —, e você não tivesse pra onde fugir, porque ele chegou tarde demais. E que, independentemente da hora em que ele chegasse, sempre ia ser tarde demais — porque mesmo quando você nasceu já tinha acontecido coisa demais, e mais ainda quando vocês se conheceram."

Eu não acredito nisso, Cass pensou. É fácil demais. Eu não acredito nisso. Ela disse: "Se você está falando de você e do Vivaldo, existem outros lugares no mundo, você já pensou nisso?".

Ida jogou a cabeça para trás e riu. "Ah, sim! E daqui a uns cinco ou dez anos, quando a gente tiver feito um pé-de-meia, a gente arruma as malas e vai pra um desses lugares." Depois, de um jeito feroz: "E o que você acha que vai ter acontecido com a gente nesses cinco anos? O que vai ter sobrado?". Ela se inclinou na direção de Cass. "Quanto você acha que vai ter sobrado entre você e o Eric daqui a cinco anos? Porque *eu sei* que você sabe que não vai casar com ele, você não é *tão* louca assim."

"Nós vamos ser amigos, vamos ser amigos", disse Cass. "Espero que pra sempre." Ela sentiu frio; pensou nas mãos e nos lábios de Eric; olhou outra vez para Ida.

Ida tinha se virado de novo para a janela.

"O que vocês não sabem", ela disse, "é que a vida é *foda*, amiga. É a maior enganação que existe. Você não tem experiência nenhuma em pagar contas e, quando chegar a hora, a coisa

407

vai pesar pra você. Tem muita conta em aberto que ficou pra trás, e eu sei muito bem que você não guardou um centavozinho sequer."

Cass olhou para o rosto escuro e altivo, virado meio de lado. "Você odeia os brancos, Ida?"

Ida mordeu os lábios de raiva. "Isso não tem porra nenhuma a ver com o que a gente estava falando. Merda, sim, às vezes eu odeio os brancos, queria ver todos mortos. E às vezes não. Eu *tenho* mais o que fazer na vida além de pensar nisso." Seu rosto se transformou. Ela olhou para os dedos das mãos, girou o anel. Se *um* branco qualquer consegue entrar na sua vida, isso meio que destrói a sua... determinação. Dizem que amor e ódio são coisas muito próximas. Bom, é verdade." Ela se voltou de novo para a janela. "Mas, Cass, pergunte pra você mesma, olhe bem e pergunte pra você mesma — você não ia odiar todos os brancos se eles deixassem você presa aqui?" Eles passavam pela ameaçadora Sétima Avenida. Toda a população parecia estar nas ruas, quase como se estivesse pendurada nos postes de luz, nos degraus em frente às casas, nos hidrantes, e caminhava no meio da rua como se não houvesse carros passando ali. "Se deixassem você presa aqui e te fizessem definhar, fizessem você passar fome, fizessem você ver a sua mãe, o seu pai, a sua a irmã, o seu namorado, o seu irmão, o seu filho, a sua filha morrer ou enlouquecer ou sucumbir bem diante dos seus olhos? E sem pressa, não de um dia pro outro, mas todo dia, todo dia, por anos, por gerações? Puta que pariu. Eles deixam você aqui porque você é negro, esses filhos da puta desses brancos imundos, e ficam aí se masturbando com essa merda de terra de homens livres e lar dos bravos. E querem que você se masturbe ouvindo a mesma música deles, mas mantendo distância. Tem dias, meu bem, que eu queria me transformar num punho e esmagar a droga deste país até virar pó. Tem dias que eu não acredito que este país tenha o direito de existir. Mas você nunca se sentiu assim, o Vivaldo nunca se sentiu assim. O Vivaldo não quis saber que o meu irmão estava morrendo porque ele não quer saber se o meu irmão estaria vivo se ele não tivesse nascido negro."

"Não sei se isso é verdade", disse Cass lentamente, "mas acho que eu não tenho nenhum direito de dizer que *não é* verdade."

"Não, querida, não tem mesmo", disse Ida, "a não ser que você esteja realmente disposta a se perguntar o que *você* faria se despejassem em cima de você o que despejaram em cima do Rufus. E você não tem como fazer essa pergunta porque não tem como você saber o que o Rufus passou, não neste mundo, não enquanto você for branca." Ela sorriu. Foi o sorriso mais triste que Cass já viu. "É isso aí, amiga. Essa é que é a verdade."

O táxi parou em frente ao Small's.

"Chegamos", disse Ida, alegre, parecendo ter saído num instante das profundezas de si mesma, como se estivesse prestes a atravessar o quilômetro que separa a coxia do palco. Ela deu uma olhada rápida no taxímetro, depois abriu a bolsa.

"Deixe que eu pago", disse Cass. "É uma das poucas coisas que uma pobre mulher branca ainda pode fazer."

Ida olhou para ela e sorriu. "Não fale assim", disse, "porque você *pode* sofrer, e há bastante sofrimento à sua espera, pode ter certeza." Cass entregou uma nota ao motorista. "Você corre o risco de perder tudo — casa, marido, até seus filhos."

Cass ficou sentada imóvel, esperando o troco. Parecia uma menininha desafiadora.

"Nunca vou abrir mão dos meus filhos", ela disse.

"Existe o risco de tirarem eles de você."

"Sim. *Poderia* acontecer. Mas não vai."

Ela deu gorjeta ao motorista e as duas saíram do táxi.

"Acontecia", disse Ida tranquilamente, "com os meus antepassados todo dia."

"Pode ser", disse Cass num súbito lampejo de raiva e bem perto de chorar, "acontecia com todos nós! Por que você acha que o meu marido se envergonhava de falar polonês durante a infância inteira dele? E olhe pra ele hoje: ele não *sabe* quem ele é. Talvez a gente esteja numa situação pior do que a sua."

"Ah", disse Ida, "vocês estão. Não há dúvida sobre isso."

"Então tenha um pouquinho de compaixão."

"Você está pedindo demais."

Os homens na calçada olharam para as duas com uma espécie de avaliação impiedosa, concluindo que não havia chance de se aproximar delas, que os namorados ou os clientes delas esperavam pelas duas lá dentro; além disso, três policiais brancos vinham andando um ao lado do outro pela avenida. Cass se sentiu subitamente exposta e ameaçada e desejou não ter vindo. Pensou que mais tarde estaria sozinha procurando um táxi; mas não ousou falar nada com Ida. Ida abriu as portas e as duas entraram.

"Nós realmente não estamos com a roupa certa para este lugar", Cass sussurrou.

"Não faz mal", disse Ida. Ela levantou a cabeça com arrogância diante das pessoas que estavam no bar, tentando enxergar a sala mais adiante, onde parecia haver um palco e uma pista de dança. E a arrogância dela fez surgir, em meio à fumaça e à confusão, um sujeito pesado, de pele escura, que se aproximou delas com as sobrancelhas erguidas.

"Estamos com o sr. Ellis", disse Ida. "Você pode nos levar até ele, por favor?"

Ele pareceu estar contra a parede; pareceu, na verdade, quase fazer uma reverência. "Ah, sim", disse. "Por favor me acompanhem." Ida deu um pequeno passo atrás, para deixar Cass passar à sua frente, dando a ela uma piscada muito discreta. Cass foi tomada por admiração e por raiva, e ao mesmo tempo quis rir. Elas andaram, ou melhor, marcharam pelo bar, duas mulheres solitárias e maravilhosamente inesperadas, cuja dignidade foi, talvez não definida, mas pelo menos colocada fora do alcance da especulação comum. O lugar estava lotado, mas em uma mesa grande que dava a impressão, de algum modo, de ocupar mais espaço do que devia, estava Steve Ellis com dois casais, um negro e um branco.

Ele se levantou e o garçom desapareceu.

"Prazer em vê-la de novo, sra. Silenski", ele disse, sorrindo e estendendo sua mão majestática. "Toda vez que encontro o Richard, eu imploro para que ele lhe mande lembranças — mas ele alguma vez passou os meus recados? Claro que não."

"É claro que não", disse Cass, rindo. Ela se sentiu, de uma hora para outra, de maneira inexplicável, extremamente alegre. "O Richard não tem memória. Imaginei que você voltaria outra vez, mas você nunca apareceu."

"Ah, mas eu vou aparecer. A senhora ainda vai me ver muito mais, minha cara, do que ousa imaginar." Ele se virou para as pessoas na mesa. "Vamos às apresentações." Ele fez um gesto na direção do casal negro. "Estes são o sr. e a sra. Barry, a sra. Silenski." Ele fez uma reverência irônica na direção de Ida. "A srta. Scott." Ida respondeu à reverência com uma mesura irônica.

O sr. Barry se levantou e estendeu a mão para as duas. Ele tinha um pequeno bigode sobre os lábios finos; e sorria com um sorriso inseguro sem conseguir esconder sua impassível dúvida sobre quem seriam aquelas pessoas. A mulher dele tinha a aparência de uma corista aposentada. Ela brilhava, cintilava, era uma dessas mulheres que pareciam estar sempre morrendo de vontade de ir para casa para se livrar dos cruéis, intrincados e invisíveis nós de suas roupas. Seu lábio inferior vermelho pendia ou se curvava sobre o queixo toda vez que sorria, o que acontecia o tempo todo. O outro casal se chamava Nash. O homem tinha um rosto vermelho, cabelo grisalho, era forte, com um charuto grande e uma risada de quem está satisfeito consigo mesmo; era muito mais velho do que a esposa, uma mulher pálida, loura e magra, de franja. Ida e Cass se acomodaram à mesa, Ida ao lado de Ellis, Cass ao lado do sr. Barry. Eles pediram bebidas.

"A srta. Scott", disse Ellis, "passa boa parte do tempo fingindo ser garçonete. Não cheguem nem perto do lugar onde ela trabalha... não vou dizer onde fica... Ela é *péssima*. Como garçonete. Mas é uma grande cantora. Vocês vão ouvir falar muito da srta. Scott." Ele segurou a mão dela, deu alguns tapinhas por alguns instantes, depois continuou segurando por mais alguns instantes. "Talvez a gente consiga convencer esses rapazes que estão no palco a deixar que a srta. Scott cante algumas músicas para nós."

"Ah, por favor. Não estou vestida pra isso. A Cass me pegou no trabalho e a gente veio como estava."

Ellis olhou à sua volta na mesa. "Alguém tem alguma objeção à roupa da srta. Scott?"

"Meu Deus, não", disse a sra. Barry, pendendo, se curvando, transpirando e com a respiração ofegante, "ela está absolutamente encantadora."

"Se é que a opinião de um homem vale alguma coisa", disse o sr. Nash, "eu acho que a srta. Scott pode vestir o que lhe vier à sua linda cabeça que isso não terá a menor importância. Há mulheres que ficam bonitas usando... — bom, acho melhor eu não dizer na frente da minha mulher", e ele soltou sua gargalhada sonora e feliz, quase abafando a música por alguns segundos.

Mas sua mulher não pareceu achar muita graça.

"Além do mais", disse Ida, "eles têm uma cantora, e ela não ia gostar disso. Se *eu* fosse a vocalista, *eu* não gostaria."

"Bom. Vamos ver." E ele segurou outra vez na mão dela.

"Eu realmente prefiro não."

"Vamos *ver*. O.k.?"

"Certo", disse Ida, tirando sua mão da dele, "vamos ver."

O garçom veio e pôs os copos na frente de cada um. Cass olhou em volta. A banda havia saído, o palco estava vazio; mas na pista de dança uns poucos casais dançavam ao som do jukebox. Ela observou um rapaz grande e cor de gengibre dançando com uma garota alta, de pele muito mais escura. Eles dançavam com uma concentração que, embora profunda, parecia não exigir esforço algum, às vezes muito perto um do outro, às vezes se movimentando à distância, mas sempre juntos, cada corpo dando espaço ao outro, respondendo ao outro e atento ao que o outro fazia. Os rostos eram impassíveis. Somente os olhos, de tempos em tempos, emitiam algum sinal ou notavam alguma nuance inusitada. Tudo parecia ser feito sem esforço, parecia muito simples; eles seguiam a música, que também parecia segui-los; no entanto Cass sabia que jamais seria capaz de dançar daquele jeito; nunca. Nunca? Ela observou a garota; depois observou o rapaz. Parte da tranquilidade deles vinha do fato de que o homem conduzia — sem dúvida — e a garota seguia; mas a tranquilidade também tinha a ver, num sentido mais profundo, com o fato de que a garota de forma alguma estava intimidada pelo rapaz e nem por um instante hesitava em responder à altura aos mais grosseiros tremores eróticos dele. Tudo aquilo parecia ser feito sem esforço, de modo muito simples, e no entanto, se você pensasse na origem daquilo, tudo era difícil e delicado, perigoso e profundo. E ela, Cass, que observava os dois com tanta inveja (primeiro a garota, depois o rapaz) começou a se sentir inquieta; mas eles, estranhamente, na pista de dança brilhante, sob as luzes, estavam tranquilos. Em que sentido, e por qual razão, e por que para ela seria sempre impossível dançar como eles dançavam?

O sr. Barry estava dizendo: "Andamos ouvindo coisas maravilhosas sobre seu marido, sra. Silenski. Li o livro dele e devo dizer" — ele riu seu riso cordial, tudo nele era mantido nos limites da decência — "que é uma façanha realmente impressionante".

Por um instante, Cass não disse nada. Tomou um pequeno gole de sua bebida e olhou para o rosto dele, liso como uma jujuba preta. De início ficou tentada a achar que era um rosto vazio. Mas não era um rosto vazio; ele só estava, desesperadamente, tentando se esvaziar, e com toda a honestidade, para dentro; uma impossibilidade que levava só Deus sabe a que acúmulo de bile. Muito, muito escondida atrás dos olhos cuidadosamente semicerrados e indiferentes, a selva uivava, atacava, e corpos de pássaros mortos jaziam no chão, estraçalhados. Ele era como a esposa, com a diferença de que jamais conseguiria se livrar de seus espartilhos de ferro.

Ela sentiu muita pena dele, depois estremeceu; ele a odiava; e de algum modo o ódio dele se conectava ao desejo quase inconsciente que ela sentia de fazer amor com o rapaz cor de gengibre da pista de dança. Ele a odiava — portanto? — muito mais do que Ida poderia odiá-la e estava muito mais à mercê do próprio ódio; que, de tão recalcado, desejava subir, explodir o mundo.

Mas ele não suportaria perceber isso.

Ela disse, sorrindo, com os lábios rígidos. "Muito obrigada."

A sra. Barry disse: "A senhora deve estar muito orgulhosa do seu marido".

Cass e Ida se entreolharam rapidamente, Cass sorriu e disse: "Bom, na verdade eu sempre tive orgulho dele; nada disso é surpresa para mim".

Ida riu. "É verdade. A Cass acha que o Richard não faz *nada* errado."

"Nem quando ele é pego em flagrante", disse Ellis, e sorriu.

414

Depois: "Eu tenho passado bastante tempo com o Richard e ele sempre fala como é um sujeito feliz".

Por algum motivo, isso a assustou. Ela ficou pensando quando e com que frequência Richard e Ellis se encontravam e o que Richard realmente dizia. Ela engoliu o medo. "Fé cega", disse, de um jeito fútil, "é o que eu tenho", e pensou: *meu Deus*. Ela olhou para a pista de dança. Mas aquele casal tinha desaparecido.

"Seu marido é um homem de sorte", disse o sr. Barry. Ele olhou para a mulher e pegou a mão dela. "E eu também."

"O sr. Barry acaba de ser contratado pelo nosso departamento de publicidade", Ellis disse. "Estamos imensamente orgulhosos por ele estar na equipe. E desculpe se parece que estou contando vantagem... ah, dane-se, não tenho motivo pra me desculpar, estou contando vantagem mesmo... mas acho que ele representa um enorme avanço no nosso ramo, sempre tão cheio de precauções, tão retrógrado." Ele sorriu e o sr. Barry também sorriu. "E ficou retrógrado rápido demais!"

"Já nasceu retrógrado", disse o sr. Nash, "assim como a sua indústria do cinema era retrógrada, e pelo mesmo motivo. As duas imediatamente se tornaram propriedade dos bancos — parte do que vocês curiosamente chamam de livre iniciativa, apesar de que só Deus sabe que não há nada de livre nisso e que muitos de vocês estão longe de ter alguma iniciativa."

Cass e Ida olharam para ele. "De onde o senhor é?", Cass perguntou.

Ele sorriu para ela a uma enorme e tolerante distância. "Belfast", disse.

"Ah", disse Ida. "Eu tenho um amigo que é filho de um dublinense! O senhor conhece Dublin? É muito longe de Belfast?"

"Geograficamente? É, não é muito perto. Fora isso, a distância é insignificante — apesar de que a população das duas cidades me enforcaria se me ouvisse dizendo isso." E ele riu com seu riso alegre, untuoso.

"O que o senhor tem contra nós?", Cass perguntou.

"Eu? Ué, nada", disse o sr. Nash, rindo, "ganho um monte de dinheiro com vocês."

"O sr. Nash", disse Ellis, "é um produtor cultural que não mora mais em Belfast."

"Livre iniciativa, está vendo?", disse o sr. Nash, e piscou para o sr. Barry.

O sr. Barry riu. Ele se inclinou na direção do sr. Nash. "Bom, eu estou com a sra. Silenski. O que você *tem* contra o nosso sistema? Acho que todos nós fizemos grandes avanços com ele." Ele ergueu uma mão magra, um dedo tratado em manicure. "Qual seria um bom substituto, na sua opinião?"

"O que é", perguntou Cass inesperadamente, "que você pode usar para substituir um sonho? Bem que eu gostaria de saber."

O sr. Nash riu, depois parou, como se estivesse constrangido. Ida estava olhando para ela — olhando como se parecesse não olhar. Depois Cass percebeu, pela primeira vez na vida, como os negros conheciam os brancos — mas o que é que Ida sabia sobre ela, a não ser que estava mentindo, que era infiel e estava atuando? E que estava com problemas — e, por um segundo, ela odiou Ida do fundo do coração. Depois voltou a sentir frio, e aquele segundo passou.

"Eu acho", disse Ida com uma voz extraordinária, "que o que pode substituir o sonho é a realidade."

Todos riram nervosamente. A música recomeçou. Ela olhou de novo para a pista de dança, mas aqueles dançarinos não estavam mais lá. Pegou o copo como se fosse um mastro e o deixou encostado na boca como se fosse gelo.

"Mas", disse Ida, "isso não é uma coisa muito fácil de fazer." Ela segurou o copo com suas mãos magras e olhou para Cass.

Cass engoliu o fluido morno que vinha segurando na boca e aquilo machucou sua garganta. Ida largou o copo e pegou Ellis pela mão. "Venha, meu bem", disse, "vamos dançar."

Ellis se levantou. "Com licença", disse, "mas fui convocado."

"Foi mesmo", disse Ida; sorriu para todos e foi deslizando para a pista de dança. Ellis foi atrás dela, parecendo que ela o arrastava como um trem.

"Ela parece um pouco a Billie Holiday mais nova", disse o sr. Barry, nostálgico.

"É verdade. Eu adoraria ouvir essa moça cantar", disse a sra. Nash — de um jeito um tanto venenoso e bastante inesperado. Todos se viraram esperando o que ela ia dizer, como se estivessem em uma sessão espírita e ela fosse o médium. Mas ela tomou um gole de seu drinque e não falou mais nada.

Cass se virou mais uma vez para a pista de dança, observando Ida e Ellis. A luz continuava brilhante, a pista estava um pouco mais cheia; o jukebox berrava. Ida tinha sido extremamente esperta, talvez sem nem se dar conta, de aparecer ali com aquela roupa. Ela usava um vestido laranja-claro muito simples, sapato sem salto e estava quase sem maquiagem; o cabelo, que ela normalmente mantinha preso no alto da cabeça, estava penteado para trás e preso em um coque bem apertado, como o de uma solteirona. Assim ela parecia ainda mais nova do que era, quase uma menininha; e o resultado é que Ellis, bem mais baixo do que ela, ficava parecendo mais velho e mais indecoroso. Na pista de dança eles se transformaram em uma versão estranha e inédita da bela e da fera; e, pela primeira vez conscientemente, Cass ficou imaginando qual seria a verdadeira relação entre eles. Ida tinha dito que não queria que os outros músicos "incomodassem" Vivaldo, mas ela não tinha vindo encontrar músico nenhum. Tinha vindo encontrar Ellis. E trouxe Cass como uma espécie de cortina de fumaça — Ida e Ellis não deviam ter se encontrado em público muitas vezes. A sós, então? Ela pensava nisso enquanto observava os dois. A dança deles, que era lenta e deveria ser fluida, era estranha, seca, cheia de hesitações. Ela o mantinha no devido lugar, ele não tinha como conduzi-la; no entanto, ela o abraçava forte.

"Fico pensando se a mulher dele sabe onde ele está." A sra. Nash de novo, sotto voce, para o marido, com um sorrisinho afetado.

Cass pensou em Vivaldo, depois em Richard, e odiou a sra. Nash. *Sua puta sem coração*, pensou, e rompeu o silêncio constrangedor da mesa, dizendo:

"A sra. Ellis e a srta. Scott se conhecem há um bom tempo, desde antes da sra. Ellis se casar."

Por que eu disse isso?, ela se pegou pensando. *Vai ser fácil descobrir que estou mentindo.* Olhou firme para a sra. Nash, sem tentar esconder seu desprezo. *Mas ela não vai descobrir. Ela não é nem esperta nem corajosa.*

A sra. Nash olhou para Cass com aquela arrogância que só uma criada que virou madame sabe ter. "Que estranho", murmurou.

"Nem um pouco", disse Cass, imprudente, "as duas trabalharam na mesma fábrica."

A sra. Nash olhou para ela com um ligeiríssimo tremor em algum lugar perto do lábio superior. Cass sorriu e olhou por um instante para o sr. Nash. "O sr. e a sua esposa se conheceram em Belfast?"

"Não", disse o sr. Nash, sorrindo — e Cass percebeu, com crescente divertimento e horror, o quanto a mulher do sr. Nash o desprezava naquele momento — "nos conhecemos em Dublin, quando eu viajava a negócios." Ele segurou a mão mole da mulher. Os olhos pálidos dela não se moveram, o rosto pálido dela não se alterou. "A viagem mais importante que fiz na vida."

418

Ah, sim, pensou Cass, *não tenho dúvida, para vocês dois.* Mas de repente ela se sentiu cansada e inexplicavelmente triste. O que estava fazendo ali e por que estava cutucando aquela mulherzinha absurda? A música mudou, ficou mais alta e mais estridente; e a atenção deles se voltou, para alívio geral, para a pista de dança; ou melhor, Ida tinha dado início a uma nova crueldade. De repente ela começou a dançar como provavelmente não fazia desde a adolescência, e Ellis tentava acompanhar — agora, com certeza, não se podia dizer que era ele quem a conduzia. Ele bem que tentou, com seu corpo atarracado balançando e requebrando, seu rosto de menino se esforçando ao máximo para parecer à vontade. E quanto mais ele se esforçava — *o tolo!,* Cass pensou — mais ela lhe escapava, mais brutal era a humilhação que ela impunha. Ele não tinha uma boa relação com seu corpo, nem com o corpo dela, nem com o corpo de ninguém. Ele remexia a bunda de forma mecânica, sem a mais leve lembrança do que fosse o amor, sem o menor resquício de elegância; suas coxas eram as de um alpinista, os pés podiam estar esmagando uvas. Ele não sabia o que fazer com os braços, que formavam ângulos com o corpo como se tivessem sido desmembrados e fossem controlados por fios, e como se não estivessem em sintonia com as mãos — mãos que agarravam e pegavam coisas, mas que jamais acariciavam. Ida estaria se vingando? Ou dando um recado? A testa de Ellis ficou lisa de suor, seu cabelo curto e encaracolado parecia ter se tornado mais escuro, Cass quase podia ouvir a respiração dele. Ida dançava em círculos em torno de Ellis, com seu vestido laranja, as pernas reluzindo como facas, lábios cruelmente cerrados. De tempos em tempos, os dedos dele tocavam a mão magra, escura e ardente de Ida. As outras pessoas na pista abriam espaço para os dois — para ela: Ellis deve ter tido a sensação de que a música não ia acabar nunca.

Mas o jukebox ficou em silêncio, enfim, e as luzes coloridas pararam de girar, porque a banda estava voltando. Ida e Ellis caminharam para a mesa.

As luzes foram diminuindo. Cass se levantou.

"Ida", ela disse, "prometi tomar um drinque, tomei, e agora preciso ir. Realmente preciso ir. O Richard me mata se eu demorar mais."

A voz dela tremeu inexplicavelmente e ela se sentiu corar ao dizer isso. Ao mesmo tempo, percebeu que o humor de Ida estava ainda mais perigoso do que antes de ela ir dançar.

"Ah, telefone pra ele", disse Ida. "Até a mais fiel das mulheres merece sair de vez em quando."

Cass, muito comedida, cheia de medo e desespero, afundou de novo na cadeira; mas Ellis, enxugando a testa, e brilhando, estava mais feliz do que nunca. "Não necessariamente", ele disse — e obteve da mesa um riso compulsório — "e, além disso, a sra. Silenski é responsável por um investimento de peso. O marido dela é um sujeito muito valioso, precisamos cuidar bem do estado de espírito dele." Ida e Cass olharam uma para a outra. Ida sorriu.

"O estado de espírito do Richard *vai* sofrer se você não for pra casa?"

"Sem sombra de dúvida", disse Cass. "Preciso ir."

O rosto de Ida se transformou e ela olhou para baixo. Ela pareceu, de uma hora para outra, cansada e triste. "Acho que você tem razão", disse, "não faz sentido ficar adiando." Ela olhou para Ellis. "Acompanhe a Cass até o táxi, querido."

"Com prazer", disse Ellis.

"Boa noite para todos", disse Cass. "Desculpe a pressa, mas tenho que ir mesmo." Ela disse para Ida: "A gente se vê logo…?".

"Imagino que a gente se encontre no lugar de sempre, certo?"

"Se ainda estiver de pé", disse Cass depois de um momento,

"sim." Ela se virou e foi caminhando pelo ambiente escuro, com Ellis andando pesado atrás dela. Eles chegaram à rua, ela se sentia hesitante e assustada. Ellis abriu a porta do táxi para ela. O motorista era um porto-riquenho.

"Boa noite, sra. Silenski", Ellis disse e lhe estendeu sua mão úmida e dura. "Por favor, mande lembranças ao Richard e diga que telefono para ele daqui a uns dias."

"Certo, eu digo, sim. Obrigada. Boa noite."

Ele foi embora e ela ficou sozinha no táxi, atrás dos ombros silenciosos do porto-riquenho. Tentou enxergar o rosto dele no retrovisor, mas não conseguiu, depois olhou para baixo, acendendo um cigarro. O táxi começou a andar. Cass não olhou para fora. Ficou encolhida na penumbra, ardendo com uma espécie curiosa de vergonha. Ela não estava envergonhada — estava? — de nada que tivesse feito; mas sentia vergonha, como que por antecipação, do que ainda podia se pegar fazendo, sem saber como controlar. Vinha usando Ida e Vivaldo como cortina de fumaça para encobrir seu caso com Eric — por que Ida não faria o mesmo com *ela* para esconder de Vivaldo seus encontros com Ellis? Ela tinha obrigado os dois a não falarem nada para Richard — agora ela não podia falar nada para Vivaldo. Cass sorriu, mas tragou uma fumaça amarga. Quando ela estava em uma posição mais segura e respeitável, o mundo era igualmente seguro e respeitável; agora o mundo todo era amargo, cheio de mentiras, perigos e perdas; qual das duas ilusões era a maior? Ela se sentia desconfortavelmente consciente da presença do motorista, de seus ombros, de seu rosto desconhecido, de sua cor e de seus olhos suaves, escuros. Ele olhava para ela de tempos em tempos pelo espelho — afinal, ela havia olhado para ele primeiro; e o estado de espírito dela criou uma tensão entre os dois, uma tensão sexual. Cass pensou outra vez, sem querer, no rapaz cor de gengibre na pista de dança. E ela sabia (como se a sua mente, por um momento, fosse uma piscina de água transparente e ela pudesse ver tudo com clareza até o fundo) que, sim, sim, se ele tivesse tocado no corpo dela, se tivesse insistido, ele poderia ter conseguido o que queria, e ela teria gostado. Teria gostado de conhecer o corpo dele, mesmo que o corpo fosse tudo que ela pudesse conhecer. Quando Eric penetrou nela, quando ela despencou do... — Paraíso? —, Cass se tornou vítima de ambiguidades cujo poder ela nem sequer havia imaginado. Richard fora sua proteção não só contra os males do mundo mas também contra o que havia de selvagem nela mesma. E a partir de agora ela não contaria mais com nenhuma proteção. Cass tentou se sentir triunfante por isso. Mas não se sentia triunfante. Sentiu-se assustada e perplexa.

O motorista tossiu. O táxi parou num sinal vermelho, pouco antes de entrar no parque, e o motorista acendeu um cigarro. Ela também acendeu outro cigarro: as duas chamas minúsculas quase pareciam acenar uma para a outra. Foi bem assim, ela se lembrou agora, com o táxi recomeçando a avançar, que ela havia andado à toa pela cidade, triste e sem destino, quando Richard começou a se afastar dela. Ela tinha desejado ser notada, tinha desejado que um homem a notasse. E os homens a notaram: notaram que Cass era uma pedinte sexual que já não era mais jovem. É assustador como a perda de intimidade com uma pessoa resulta num congelamento do mundo e na perda de si mesmo! É assustador que os termos do amor sejam tão rigorosos, que suas restrições e liberdades estejam tão intimamente associadas.

Havia muitas coisas que ela não podia exigir de Eric. O relacionamento deles dependia de ela manter o autocontrole. Ela não podia ir atrás dele agora, por exemplo, às duas da manhã: essa liberdade não estava no contrato deles. A premissa do romance deles, ou a base para aquela comédia, era eles serem duas pessoas independentes que necessitavam uma da outra por algum tempo, que sempre seriam amigos, mas que, provavelmente, nem sempre seriam amantes. Essa premissa proíbe que o futuro se intrometa e proíbe também uma demonstração muito clara de necessidade. Eric, na verdade, estava em compasso de espera, aguardando — aguardando que alguma coisa se resolvesse. E quando se resolvesse — com a chegada de Yves, com a assinatura de um contrato ou no momento em que Eric aceitasse alguma mágoa que nenhum deles sabia nomear — ela seria empurrada para fora da cama dele. Ele iria usar tudo que a vida tinha lhe dado, ou lhe tirado, em seu trabalho — *aquilo* seria a vida dele. Ele era orgulhoso demais para usar Cass, ou qualquer outra pessoa, como um refúgio, orgulhoso demais para aceitar qualquer solução para suas mágoas que não fosse construída por suas próprias mãos. E ela não podia se ressentir disso, nem ficar triste com isso, pois era exatamente por esse motivo que ela o amava. Ou, se não fosse esse o motivo, já que *motivos* para esse tipo de coisa ficam sempre foram do alcance da percepção humana, essa era a característica dele que ela mais admirava, e a única sem a qual, ela sabia, ele não poderia viver. A maioria dos homens poderia — e vivia sem isso; esse era o motivo de ela se sentir tão ameaçada.

Portanto, também ela estava em compasso de espera, aguardando — o golpe que a atingiria, a conta que lhe seria apresentada. Só depois de pagar essa conta ela saberia com quais recursos poderia contar. E temia esse momento, realmente temia — o pavor que sentia desse momento às vezes a deixava sem ar. O pavor não se limitava a ela não saber como iria reconstruir sua vida nem ao fato de que temia desprezar a si mesma quando ficasse mais velha; o pavor era de que os filhos a desprezassem. Reconstruir sua vida poderia se limitar, simplesmente, a sair da casa de Richard — a casa de *Richard*! Havia quanto tempo não pensava naquela casa como a casa de Richard? — e arranjar um emprego. Mas assegurar o amor dos filhos e ajudar os dois a crescerem e a se tornar homens — isso era bem diferente.

O motorista cantava baixinho, em espanhol.

"Você tem uma voz bonita", ela se ouviu dizendo.

Ele virou a cabeça, por um instante, sorrindo, e ela viu seu perfil jovem, o discreto brilho dos dentes e os olhos reluzentes. "Obrigado", ele disse. "Na minha terra todo mundo é cantor." O sotaque dele era forte e ele ciciava um pouco.

"Em Porto Rico? Não deve haver muito motivo pra se cantar por lá."

Ele riu. "Ah, mas a gente canta mesmo assim." Ele se virou para ela de novo. "Aqui também não tem muito motivo pra gente cantar, sabe — ninguém canta aqui."

Ela sorriu. "Isso é verdade. Acho que cantar — pelo menos cantar por prazer — pode ter se tornado um dos grandes crimes dos Estados Unidos."

Ele não entendeu o que ela quis dizer, a não ser em espírito. "Vocês aqui são sérios demais. Frios e feios."

"Há quanto tempo você está aqui?"

"Dois anos." Ele sorriu para ela de novo. "Tive sorte, trabalho duro, dá pra viver." Ele fez uma pausa. "Só que às vezes você fica muito sozinho. Aí eu canto." Os dois riram. "Faz o tempo passar", ele disse.

"Você não tem amigos?", ela perguntou.

Ele encolheu os ombros. "Ter amigo custa dinheiro. E eu não tenho nem dinheiro nem tempo. Preciso mandar dinheiro pra casa, pra minha família."

"Ah, você é casado?"

Ele encolheu os ombros de novo, ficando outra vez de perfil, sem sorrir. "Não, eu não sou casado." Depois ele sorriu. "Isso também custa dinheiro."

Houve um silêncio. Eles entraram no quarteirão dela.

"Sim", ela falou por falar, "você tem razão." Ela apontou para sua casa. "Chegamos." O táxi parou. Ela mexeu na bolsa. Ele olhou para ela.

"*Você* é casada?", ele perguntou por fim.

"Sou." Ela sorriu. "E tenho dois filhos."

"Menino ou menina?"

"Dois meninos."

"Muito bom", ele disse.

Ela pagou. "Tchau. Tudo de bom pra você."

Ele sorriu. Era um sorriso realmente amistoso. "Tudo de bom pra você também. Você é muito simpática. Boa noite."

"Boa noite."

Ela abriu a porta e a luz brilhou forte no rosto dos dois por um momento. O rosto dele era muito jovem e franco, e cheio de esperança, e isso a fez corar um pouco. Cass bateu a porta do carro e entrou em casa sem olhar para trás. Ela ouviu o táxi se afastar.

A luz da sala estava acesa e Richard, vestido, apenas sem sapato, dormia no sofá. Ele normalmente estava na cama, ou trabalhando, quando ela chegava. Ela olhou por um momento para ele. Havia meio copo de vodca na mesa ao lado dele e um cigarro apagado no cinzeiro. Ele dormia silenciosamente e seu rosto parecia atormentado e muito jovem.

Ela tentou acordá-lo, mas acabou deixando-o ali e foi na ponta dos pés ao quarto de Paul e Michael. Paul estava deitado de bruços, o lençol embolado nos pés, os braços jogados para cima. Chocada, viu como o filho estava forte, e como estava grande: ele já vivia o final da infância. Foi tão rápido, parecia um sonho. Ela olhou para a cabeça adormecida e imaginou que pensamentos havia ali, que opiniões, viu uma perna se contraindo e imaginou que sonhos ele estaria tendo. Delicadamente, o cobriu até os ombros com o lençol. Olhou para o Michael, reservado, encolhido de lado como um verme ou um embrião, mãos escondidas entre as pernas e o cabelo úmido na testa. Mas não ousou encostar em sua testa: ele tinha o sono leve demais. O mais silenciosamente possível, ela pegou o lençol do chão e colocou em cima dele. Cass saiu do quarto e foi para o banheiro. Depois ouviu os passos de Richard na sala.

Ela lavou o rosto, penteou o cabelo, olhando seu rosto cansado no espelho. Depois foi para a sala. Richard estava sentado no sofá, o copo de vodca nas mãos, olhando para o chão.

"Oi", ela disse. "Por que você dormiu aqui?" Cass tinha deixado a bolsa no banheiro. Ela foi até o bar, pegou um maço de cigarros e acendeu um. Ela perguntou, irônica: "Você não estava me esperando, estava?".

Ele olhou para ela, esvaziou o copo e estendeu o braço na direção dela. "Põe uma dose pra mim. E outra pra você."

Ela pegou o copo de Richard. O rosto dele, que no sono tinha parecido tão jovem, parecia velho agora. Uma certa dor e um certo terror passaram por ela. Ela pensou, tolamente, no lamento de Cleópatra por Antônio: *o rosto dele era como os céus.* Era assim mesmo? Cass não lembrava o resto. Serviu dois copos, vodca para ele, uísque para ela. O balde de gelo estava vazio. "Quer gelo?"

"Não."

Cass entregou o copo dele e pôs um pouco de água no uísque. Ela olhou, discretamente, para ele de novo — sua culpa teve início. *O rosto dele era como os céus, Morada das estrelas e da lua.*

"Sente, Cass."

Ela saiu do bar e sentou na poltrona de frente para ele, deixando os cigarros no bar. *Que mantinham seu curso e iluminavam, Este O minúsculo, a Terra.*

Ele perguntou em tom amistoso: "Onde você estava, Cass?". Ele olhou o relógio. "Já passa das duas da manhã."

"Eu tenho chegado depois das duas", ela disse. "Você só percebeu agora?" Estava perplexa com a hostilidade de sua própria voz. Ela bebeu um gole do uísque. Sua mente começou a lhe pregar peças estranhas: de repente, sua cabeça se encheu de pensamentos sobre um campo, muito tempo atrás, na Nova Inglaterra, um campo com flores azuis aqui e ali. O campo estava totalmente silencioso e vazio e se inclinava suavemente na direção de uma floresta; eles estavam encobertos pela grama alta. O sol era forte. O rosto de Richard estava acima do rosto dela, os braços e as mãos dele seguravam o corpo dela e a incendiavam, o peso dele comprimia o corpo dela contra as flores. Perto deles, no chão, estavam o quepe e o casaco do Exército de Richard; a camisa dele estava aberta até o umbigo, e os pelos ásperos e reluzentes do peito dele torturavam os seios dela. Mas ela resistia, estava assustada, e seu rosto estava cheio de dor e fúria. Fraca, ergueu a mão e acariciou o cabelo dele. *Ah, eu não posso.*

A gente vai casar, lembra? E eu vou embora daqui na semana que vem.

Qualquer um pode ver a gente aqui!

Ninguém nunca vem aqui. Todo mundo foi embora.

Aqui não.

Onde?

"Não", ele disse, com perigosa tranquilidade, "não foi a primeira vez que eu percebi."

"Bom, não importa. Acabei de deixar a Ida."

"Com o Vivaldo?"

Ela hesitou e ele sorriu. "Estávamos todos juntos mais cedo. Depois ela e eu fomos até o Harlem e tomamos um drinque."

"Sozinhas?"

Ela encolheu os ombros. "Com um monte de gente. Por quê?" Mas, antes de ele responder, ela acrescentou: "O Ellis estava lá. Ele disse que vai te ligar daqui a uns dias".

"Ah", ele disse, "o Ellis estava lá." Ele tomou um gole de seu copo. "E você deixou a Ida com o Ellis??"

"Deixei a Ida com o Ellis e com outras pessoas." Ela olhou para ele. "O que você está pensando?"

"E o que você fez depois de deixar a Ida?"

"Vim pra casa."

"Veio direto pra casa?"

"Entrei num táxi e vim direto pra casa." Ela começou a se irritar. "Por que esse interrogatório? Eu não *vou* responder a interrogatório nenhum, nem seu nem de ninguém."

Ele ficou em silêncio — terminou de beber a vodca e foi até o bar. "Acho que você já bebeu bastante", ela disse, fria. "Se você quer me perguntar alguma coisa, pergunte. Senão já estou indo pra cama."

Ele se virou e olhou para ela. O olhar assustou Cass, mas ela se forçou a se manter calma. "Você *não* vai pra cama ainda. Tem um monte de perguntas que eu quero te fazer."

"Pode perguntar", ela disse. "Eu posso não responder. Na minha opinião, você demorou tempo demais pra me fazer perguntas." Eles se olharam. E ela viu, com uma sensação de triunfo que a deixou mal, que, sim, ela era mais forte do que ele. Ela conseguia derrotá-lo — para estar à altura da força de vontade dela, ele seria forçado a usar estratagemas que estavam bem abaixo dele.

E aquele campo brilhante, azul, preencheu outra vez os pensamentos dela. Ela tremeu com a lembrança do peso dele, com a lembrança do desejo dele, do terror e da astúcia dela. *Aqui não. Onde? Ah, Richard.* O sol cruel, o ar indiferente e os dois ardendo em um campo ardente. Ela sabia que, sim, devia se render agora, agora que tinha controle sobre ele; sabia que não podia deixá-lo partir; e, ah, as mãos dele, as mãos dele. Mas estava assustada, percebia que não sabia de nada: *a gente não pode esperar? Esperar. Não. Não.* E os lábios dele queimavam o pescoço, os seios dela. *Então vamos pra floresta. Vamos pra floresta.*

Ele sorriu. E a lembrança daquele sorriso se lançou do lugar onde estava escondida e estilhaçou o coração dela. *Você ia ter que me carregar, ou eu ia ter que rastejar, você não está vendo? Depois: me deixe entrar, Cass, me aceite, me aceite, juro que não vou te trair, você sabe que eu não vou!*

"Eu te amo, Cass", ele disse, os lábios se contraindo e os olhos adormecidos de dor. "Me diz onde você andou, me diz por que você se afastou tanto de mim."

"Por que *eu*", ela disse, desorientada, "me afastei de *você?*" O cheiro de flores esmagadas penetrou em suas narinas. Ela começou a chorar.

Ela não olhou para baixo. Olhou para cima, para o sol; depois fechou os olhos, e o sol gritava dentro da cabeça dela. Uma mão havia deixado seu corpo — onde a mão dele tinha estado, Cass estava fria.

Eu não vou te machucar.

Por favor.

Talvez doa só um pouquinho. Só no começo.

Ah. Richard. Por favor.

Diz que me ama. Diz. Diz agora.

Ah, claro. Eu te amo. Eu te amo.

Diz que você vai me amar pra sempre.

Vou. Pra sempre. Pra sempre.

Ele olhava para ela, reclinado no bar, olhava de longe para ela. Ela enxugou os olhos com o lenço que ele havia jogado no colo dela. "Me dá um cigarro, por favor."

Ele jogou o maço, jogou os fósforos. Ela acendeu um cigarro.

"Quando foi que você viu a Ida e o Vivaldo pela última vez? Me diz a verdade."

"Esta noite."

"E você tem passado esse tempo todo — toda vez que você chega aqui em casa de manhã cedo — com a Ida e o Vivaldo?"

Ela estava com medo de novo e sabia que o tom de sua voz demonstrava isso. "Sim."

"Mentira sua. A Ida não tem estado com o Vivaldo. Ela tem estado com o Ellis. E já faz um tempo." Ele fez uma pausa. "A pergunta é: onde *você* esteve? Quem estava com o Vivaldo quando a Ida não estava com ele — até as duas da manhã?"

Ela olhou para ele, confusa demais no primeiro momento para fazer as contas. "Você está dizendo que a Ida está tendo um caso com o Steve Ellis? Há quanto tempo? E como *você* sabe disso?"

"Como *você*... *não* sabe disso?"

"Ué, toda vez que estive com eles os dois pareciam totalmente à vontade e felizes juntos..."

"Mas muitas das vezes que você diz que estava com eles não pode ser verdade, porque a Ida estava com o *Steve!*"

Ela continuava sem acreditar naquilo, mesmo sabendo que era verdade, sabendo que seus preciosos segundos estavam se passando e que em breve teria que começar a se defender. "Como você *sabe?*"

"Porque o Steve me disse! Ele está louco por ela, está enlouquecido."

Agora ela começou a fazer cálculos — desesperadamente, xingando Ida por não tê-la avisado. Mas como poderia ter avisado? "Ellis enlouquecido de paixão...? Não me faça rir."

"Ah, eu sei que você acha que nós somos feitos de um barro grosseiro, que somos todos insensíveis às vibrações mais elevadas. Não estou nem aí. Você *não pode* ter estado com a Ida todas essas vezes. Eu tenho certeza. Você tem se encontrado muito com o Vivaldo? Responda, Cass."

Ela disse, num tom admirado, porque era *nisto* que não conseguia acreditar: "E o Vivaldo não *sabe*...".

"E você também não? Vocês são as únicas pessoas na cidade

que não sabem. O que vocês andaram fazendo para ficarem tão distraídos?"

Ela piscou e olhou para ele. Viu que ele estava fazendo um esforço enorme para se controlar; que queria saber a verdade e ao mesmo tempo tinha medo dela. Ela não suportava a angústia nos olhos dele, e desviou o olhar.

Como ela pôde ter duvidado do amor dele?

"Você tem se encontrado muito com o Vivaldo? Me diga."

Ela se levantou e foi até a janela. Sentia náusea — seu estômago parecia ter encolhido até o tamanho de uma bola de borracha pequena e dura. "Me deixe em paz. Você sempre teve ciúme do Vivaldo, e nós dois sabemos o motivo, apesar de você não admitir. Algumas vezes eu me encontrei com o Vivaldo, algumas vezes eu me encontrei com o Vivaldo e a Ida, algumas vezes só saí para andar por aí, às vezes fui ao cinema."

"Até as duas da manhã?"

"Às vezes eu chego à meia-noite, às vezes às quatro! Me deixe em paz! Por que isso passou a ser tão importante pra você de uma hora pra outra? Eu vivi nesta casa como um fantasma por meses, metade do tempo você nem *soube* onde eu estava — que importância isso tem agora?"

O rosto dele estava suado, branco, feio. "*Eu* vivi aqui como um fantasma, você não. Eu sabia que você estava aqui, como não ia saber?" Ele deu um passo em direção a ela. Ele baixou o tom de voz. "Sabe como é que você deixa claro que está em casa? Pelo jeito que você me olha, pelo desprezo nos seus olhos quando você olha pra mim. O que eu fiz pra merecer o seu desprezo? O que foi que eu fiz, Cass? Você me amava, você me amava, e tudo que eu fiz foi por você."

Ela se ouviu dizendo com frieza: "Tem certeza? Por mim?".

"Por quem mais? Por quem *mais*? Você é a minha vida. Por que você se afastou de mim?"

Ela sentou. "Vamos falar disso de manhã."

"Não. A gente vai conversar agora."

Ele andou pela sala — para, ela percebeu, não chegar perto demais dela, não tocá-la; ele não sabia o que aconteceria se isso acontecesse. Cass cobriu o rosto com uma das mãos. Pensou no rapaz cor de gengibre e no porto-riquenho, Eric faiscou em sua mente por um instante, como uma salvação. Pensou no campo de flores. Depois pensou nos filhos, e seu estômago voltou a se contrair. A dor no estômago de algum modo destruía a lucidez. Ela disse, e sabia de forma obscura, enquanto falava, que estava cometendo um erro, que estava se entregando: "Pare de se torturar com essa história do Vivaldo — a gente não está transando".

Ele se aproximou da cadeira em que ela estava. Ela não olhou para cima.

"Sei que você sempre admirou o Vivaldo. Mais do que você me admira."

Havia uma mistura horrível de humildade e raiva no tom de voz dele, e o coração dela estremeceu; via que ele estava tentando aceitar. Cass quase estendeu a mão para tocá-lo, para ajudá-lo, consolá-lo, mas alguma coisa a fez ficar imóvel.

Ela disse: "Admiração e amor são coisas muito diferentes".

"São mesmo? Não tenho tanta certeza. Como você pode encostar numa mulher sabendo que ela te despreza? E se uma mulher admira um homem, o que ela realmente admira nele? Uma mulher que te admira abre as pernas num segundo, entrega tudo que tem pra você." Cass sentiu o calor e a presença dele acima dela como uma nuvem; ela mordeu a articulação de um dedo. "Você fez isso... você fez isso, por mim, não lembra? Você não vai voltar?"

Então ela olhou para cima, para ele, com lágrimas escorrendo pelo rosto. "Ah, Richard, não sei se eu posso."

"Por quê? Por que você me despreza tanto?" Ela olhou para baixo, torcendo o lenço. Ele se agachou ao lado da cadeira. "Lamento que a gente tenha se afastado tanto — eu realmente não faço ideia de como foi acontecer, mas acho que fiquei puto com você porque... porque parecia que você tinha muito pouco respeito" — ele tentou rir — "pelo meu sucesso. Pode ser que você esteja certa, sei lá. Eu sei que você é mais inteligente do que eu, mas como é que a gente vai comer, meu bem, o que mais eu posso fazer? Talvez eu não devesse ter ficado com tanto ciúme do Vivaldo, mas pareceu tão lógico depois que pensei sobre isso. Depois que pensei pela primeira vez, não consegui mais parar. Sei que ele deve passar muito tempo sozinho — e você tem ficado sozinha." Ela olhou para ele, desviou o olhar. Ele pôs uma mão no braço dela; ela mordeu o lábio para controlar o tremor. "Volte pra mim, por favor. Você não me ama mais? Você não pode ter deixado de me amar. Eu não sei viver sem você. Você sempre foi a única mulher no mundo pra mim."

Ela poderia ficar calada, correr para os braços dele, e os últimos meses seriam simplesmente jogados fora — ele jamais saberia por onde ela tinha andado. O mundo voltaria à sua forma anterior. Voltaria mesmo? O silêncio entre os dois se prolongou. Ela não conseguia olhar para ele. Ele existia havia tempo demais em sua cabeça, e agora ela estava sendo humilhada pela desconcertante realidade da presença dele. A imaginação dela não tinha levado em conta todos os fatores — Cass não previra, por exemplo, nem o tamanho nem a intensidade da força que a dor de Richard teria. Ele era um homem solitário e limitado que a amava. Ela o amava?

"Eu não desprezo você", ela disse. "Desculpe se fiz você pensar isso." Depois ela não disse mais nada. Por que contar? Que bem faria? Ele jamais iria entender, ela só o encheria de uma angústia com a qual ele jamais seria capaz de lidar. Nunca mais iria confiar nela.

Ela amava Richard? E, caso amasse, o que devia fazer? Muito devagar, muito delicadamente, tirou seu braço de debaixo da mão dele; foi até a janela. A persiana estava fechada para proteger a sala, era noite, mas ela abriu um pouco e olhou para fora: para as luzes e para as águas profundas e negras. O silêncio ressoou na sala, atrás dela, com seus gongos poderosos. Ela fechou a persiana, se virou e olhou para Richard. Ele estava sentado no chão, ao lado da cadeira que ela havia deixado, copo entre os pés, suas mãos grandes levemente fechadas abaixo dos joelhos, cabeça inclinada para trás, para olhar para Cass. Era um olhar que ela conhecia, um olhar de quem ouve, de quem confia. Ela se forçou a olhar para ele; talvez jamais visse aquele olhar outra vez; e ele havia sido seu ponto de apoio por tanto tempo! O rosto dele era o rosto de um homem que entrava na meia-idade e era também — e sempre seria para ela — o rosto de um menino. O cabelo cor de areia estava mais comprido que de costume, começando a ficar grisalho, a testa estava molhada, o cabelo estava molhado. Cass descobriu que o amava naquele segundo assustador e imensurável em que ficou ali olhando para ele. Se o amor que sentia fosse menor, ela poderia ter consentido, exausta, em seguir agindo como o baluarte protetor da simplicidade de Richard. Mas não podia fazer isso com ele nem com os filhos dele. Ele tinha o direito de conhecer sua esposa: ela rezou para que ele aguentasse.

Ela disse: "Tem uma coisa que eu preciso te contar, Richard. Não sei como você vai reagir ou o que pode acontecer com a gente depois disso". Ela fez uma pausa e o rosto dele mudou. *Seja rápida!*, ela disse a si mesma. "Eu preciso te contar, porque a gente nunca vai poder ficar junto de novo, nunca vai poder ter um futuro se eu não fizer isso." O estômago dela se contraiu, seco. Quis correr para o banheiro, mas sabia que não ia adiantar. O espasmo passou. "O Vivaldo e eu nunca encostamos um no outro. Eu estou" — *rápido!* — "tendo um caso com o Eric."

A voz dele, quando ele falou, parecia não ter nenhuma consciência por trás, parecia não pertencer a ninguém; era um mero tilintar sem sentido no ar: "O Eric?".

Ela foi até o bar e se debruçou. "Sim."

Como o silêncio soava e ficava mais denso! "O Eric?" Ele riu. "*O Eric?*"

Agora é a vez dele, ela pensou. Não olhou para Richard; ele estava se levantando; cambaleante, subitamente bêbado, foi até o bar. Ela sentiu seu olhar — por algum motivo, ela pensou em um avião tentando pousar. Depois a mão dele estava no ombro dela. Ela virou o rosto para ele. Obrigou-se a olhar nos olhos dele.

"É essa a verdade?"

Ela se sentiu fria e seca e quis ir dormir. "É, Richard. Essa é a verdade."

Ela se afastou e sentou de novo na cadeira. Na verdade, estava entregue; pensou nas crianças e o medo tomou conta dela como uma onda, causando-lhe um arrepio. Olhou para a frente, sentada com as costas perfeitamente eretas, ouvindo; não importava o que mais tivesse perdido, dos filhos ela não iria abrir mão, não ia deixá-los ir embora.

"*Não* é verdade. Eu não acredito em você. Por que o Eric? Por que você ficaria com ele?"

"Ele tem alguma coisa... alguma coisa que eu precisava muito."

"O quê, Cass?"

"Uma espécie de autoconhecimento."

"Uma espécie de autoconhecimento", ele repetiu devagar. "Uma espécie de autoconhecimento." Ela sentiu os olhos dele sobre ela, e também sentiu, apavorada, a lentidão com que a tempestade se formava dentro dele, o tempo que levaria para se desencadear. "Perdoe o seu marido tosco, mas sempre achei que o Eric não tinha autoconhecimento nenhum. Ele nem sabe bem o que tem entre as pernas ou o que fazer com aquilo — mas acho que agora sou obrigado a admitir que eu estava errado."

Lá vamos nós, ela pensou.

Ela disse, cansada, zonza: "Sei que parece estranho, Richard". Os olhos dela se encheram de lágrimas. "Mas ele é uma pessoa maravilhosa. Eu sei. Você não conhece ele tão bem quanto eu."

Ele disse, produzindo um som que não era nem um resmungo nem um soluço: "Acho que você *conhece* ele melhor do que eu — embora quem sabe *ele* preferisse o contrário. Já pensou nisso? Você deve ser uma das poucas mulheres no mundo...".

"Não, Richard. Não faça isso. Não vai mudar nada, não vai ajudar."

Ele se aproximou dela. "Vamos deixar as coisas claras. Nós estamos casados há quase treze anos e eu fui apaixonado por você esse tempo todo, confiei em você e, a não ser por umas poucas vezes no Exército, nunca tive nada com nenhuma outra mulher. Não que não tenha passado pela minha cabeça. Mas pra mim nunca pareceu que valia a pena. E eu trabalhei, e trabalhei duro, Cass, por você e pelas crianças, pra vocês ficarem felizes e o nosso casamento dar certo. Pode ser que você ache isso antiquado, pode ser que me ache burro, sei lá, você é tão mais... *sensível* do que eu. E aí..." Ele foi até o bar e largou o copo. "Do nada, sem motivo nenhum, bem quando parece que as coisas estão começando a dar certo pra gente, do nada, você começa a me fazer sentir que, pra você, eu sou um troço que fede, que devia ser posto pra fora de casa. Eu não sabia o que tinha acontecido, não sabia aonde você estava indo, aí de repente... Eu ouvia você entrar em casa, ir ver os meninos, deitar na cama — eu juro, eu ouvia cada barulhinho que você fazia —, e eu ficava no escritório como um menininho, porque não sabia como, *co-*

mo, me aproximar de você de novo. Eu ficava pensando: ela vai superar isso, é só uma dessas mudanças estranhas das mulheres que eu não consigo entender. Cheguei a pensar, meu Deus, que talvez a gente estivesse esperando outro filho e que você ainda não quisesse me contar." Ele pousou a cabeça no balcão do bar. "E, meu Deus, meu Deus... o Eric! Você vem e me conta que você está tendo um caso com o Eric." Ele se virou e olhou para ela. "Há quanto tempo?"

"Umas poucas semanas."

"Por quê?" Ela não respondeu. Ele se aproximou dela de novo. "Me responda, Cass. Por quê?" Ele se inclinou, prendendo o corpo dela na cadeira. "Você queria me magoar?"

"Não. Eu nunca quis te magoar."

"Por que então?" Ele se aproximou mais. "Você cansou de mim? Ele faz amor melhor do que eu? Ele conhece truques que eu não conheço? É isso?" Ele envolveu os dedos de uma das mãos no cabelo dela. "É isso? Responda!"

"Richard, você vai acordar as crianças..."

"*Agora* ela se preocupa com as crianças!" Ele puxou a cabeça dela para a frente, depois jogou-a para trás contra a cadeira e bateu no rosto dela, duas vezes, com toda a força. A sala recaiu na escuridão por um segundo, depois voltou aos poucos a se iluminar; lágrimas vieram aos olhos de Cass e seu nariz começou a sangrar. "É isso? Ele comeu o seu cu, fez você chupar o pau dele? Responda, sua vadia, sua puta, sua *vagabunda*!"

Ela tentou mover a cabeça para trás de novo, engasgando e ofegante, sentindo o sangue espesso nos lábios, que pingava sobre os seios. "Não, Richard, não, não. Por favor, Richard."

"Ah, meu Deus. Ah, meu Deus." Ele se afastou de Cass e, como num sonho, ela viu o corpo enorme dele cambalear até o sofá; e ele desmoronou ao lado do sofá, de joelhos, chorando. Ela ficou ouvindo, tentando ouvir o som das crianças, e olhou em direção à porta, onde elas estariam se tivessem acordado; mas elas não estavam ali, não havia som algum. Olhou para Richard e cobriu o rosto com as mãos por um instante. Não suportava o som do choro dele nem a visão de seus ombros tremendo. A impressão era de que o rosto dela havia dobrado de tamanho; as mãos, quando as afastou, estavam cobertas de sangue. Ela se levantou e foi tropeçando até o banheiro.

Abriu a torneira, o sangue aos poucos foi parando. Depois sentou no chão do banheiro. Seus pensamentos oscilavam como loucos para a frente e para trás, como a agulha de algum instrumento quebrado. Ficou pensando se o rosto ainda estaria inchado de manhã e como ia explicar isso para Paul e Michael. Pensou em Ida, Vivaldo e Ellis e ficou imaginando o que Vivaldo faria quando descobrisse a verdade; sentiu muita pena dele, ficou tão triste que lágrimas correram de novo e pingaram em suas mãos fechadas. Pensou em Eric e se, por ela ter contado a Richard a verdade, também o teria traído. E o que ia dizer a Eric agora, ou o que ele diria a ela? Não queria sair nunca mais daquele refúgio branco e iluminado do banheiro. O centro de sua mente estava tomado pela visão e pelo som da angústia de Richard. Ficou pensando se haveria esperança para eles, se entre os dois havia restado algo que pudesse ser aproveitado. Esta última pergunta fez com que ela finalmente se levantasse, a barriga ainda se contraindo, e tirasse o vestido ensanguentado. Queria queimá-lo, mas o deixou no cesto de roupas sujas. Foi até a cozinha e pôs água para fazer um café. Depois voltou ao banheiro, vestiu um roupão e tirou os cigarros da bolsa. Acendeu um cigarro e se sentou à mesa da cozinha. Eram três da manhã. Cass ficou ali sentada, esperando Richard se levantar e ir falar com ela.

LIVRO III
Rumo a Belém

Pode esse assédio o belo rechaçar
Somente tendo a força de uma flor?
William Shakespeare, Soneto LXV

1

Vivaldo sonhou que corria, corria, corria por um terreno que conhecia desde sempre, mas do qual não conseguia se lembrar, um terreno cheio de pedras. A chuva o cegava, as videiras firmes e molhadas prendiam-se em suas pernas e em seus pés, e espinhos e urtigas machucavam suas mãos, seus braços, seu rosto. Ele estava, simultaneamente, em fuga e em perseguição e, no sonho, o tempo estava se esgotando. Havia um muro à frente, alto, de pedra. Cacos de vidro reluziam no topo, pontas afiadas voltadas para cima como lanças. Havia a lembrança de uma música, embora não houvesse música: a música era criada pela visão da chuva caindo em longas, cruéis e cintilantes colunas e pelo vidro brilhante que se erguia dolorosamente contra ela. Ele sentiu se erguer dentro de si uma resposta, uma força fugaz, poderosa e ligeiramente incômoda, como a que poderia ter sentido se houvesse sob seu corpo o movimento e a força de um cavalo. Ao mesmo tempo, no sonho, enquanto ele corria ou era propelido, sentia um peso que o empurrava para baixo, e se irritava pela certeza de que havia esquecido... esquecido... o quê? Algum segredo, alguma obrigação que iria salvá-lo. Sua respiração era um peso terrível preso no peito. Vivaldo tentou alcançar o muro. Agarrou a pedra com as mãos sangrentas, mas a pedra era escorregadia, ele não conseguiu segurar-se, não conseguiu escalá-la. Tentou com os pés; seus pés escorregaram; a chuva desabava.

Agora sabia que o inimigo estava acima dele. O sal queimava seus olhos. Não ousou se virar; apavorado, pressionou o corpo contra o muro áspero e encharcado, como se o muro pudesse se desfazer ou ser atravessado. Ele havia esquecido... o quê? Como escapar ou derrotar o inimigo. Então ouviu o lamento de trombones e clarinetes e uma batida regular e furiosa de tambores. Eles tocavam um blues que ele jamais tinha ouvido, estavam enchendo a terra com um som tão assustador que ele não sabia se conseguiria suportar. Onde estava Ida? Ela poderia ajudá-lo. Mas sentiu mãos ásperas nele, olhou para baixo e viu o rosto distorcido e vingativo de Rufus. *Suba*, disse Rufus. *Eu te ajudo. Suba!* As mãos de Rufus empurraram, empurraram e em pouco tempo Vivaldo estava numa altura que Rufus jamais havia alcançado, sobre a ponte gelada, olhando para a morte lá embaixo. Ele sabia que aquela morte era o que Rufus mais desejava. Tentou olhar para baixo, implorar que Rufus tivesse piedade, mas não conseguia se mexer sem cair do muro ou cair sobre o vidro. De longe, muito além desse dilúvio, ele viu Ida numa campina verde em aclive, caminhando sozinha. O sol estava lindo no cabelo preto-azulado e na testa asteca dela e se recolhia em uma piscina escura e reluzente no vazio da garganta dela. Ida não olhava para ele, andava de modo calculado, fitando o chão; no entanto, ele sentia que ela o via, que tinha consciência de que ele estava naquele muro cruel e esperava, em conluio com o irmão, a morte dele. Então Rufus veio se precipitando do ar e se fincou na cerca distante e pontuda que havia no campo. Ida não olhou: ela esperou. Vivaldo viu o sangue de Rufus escorrer, vermelho e brilhante sobre as pontas negras, em meio à campina verde. Ele tentou gritar, mas as palavras não vinham; tentou estender a mão para tocar Ida e caiu pesado com mãos e joelhos sobre os cacos de vidro. A dor era insuportável; no entanto, sentiu mais uma vez um puxão aleatório, voluptuoso. Sentiu-se desamparado e aterrorizado como nunca antes. Mas havia prazer naquilo. Ele se contorceu em cima do vidro. *Não me mate, Rufus. Por favor. Por favor. Eu te amo.* Depois, para seu deleite e confusão, Rufus deitou-se ao lado dele e abriu os braços. E, no momento em que ele se entregou àquele abraço doce e irresistível, seu sonho se estilhaçou, como vidro, e ele ouviu a chuva bater na janela, voltou violentamente ao próprio corpo, tomou consciência do seu cheiro e do cheiro de Eric, e descobriu que era Eric quem ele abraçava e que o abraçava. Os lábios de Eric estavam encostados no pescoço e no peito de Vivaldo.

Vivaldo desejou que ainda estivesse sonhando. Uma tristeza imensa o invadiu, por ter sido um sonho e por ele ter acordado. Imediatamente, percebeu que havia criado aquele sonho para criar essa oportunidade; tinha trazido à tona algo que desejava havia muito tempo. Ficou assustado e depois irritado — com Eric ou consigo mesmo? Ele não sabia, e começou a se afastar. Mas não conseguiu se afastar, não queria, era tarde demais. Pensou em ficar de olhos fechados, para não assumir responsabilidade pelo que estava acontecendo. Esse pensamento o envergonhou. Tentou refazer os passos que haviam levado àquele fato monstruoso. Eles deviam ter pegado no sono abraçados. Eric se aninhou no corpo dele — ah, o que quase lembrava isso? Ele também havia trançado as pernas sobre Eric, já que o corpo de Eric estava ali; e o desejo havia penetrado naquela cama monástica, infantil. Agora era tarde demais, graças a Deus era tarde demais; eles precisavam se desemaranhar do entrave e do tormento de suas cuecas, de suas calças e dos lençóis. Abriu os olhos. Eric o observava com um pequeno sorriso, um sorriso inquieto, e esse sorriso fez Vivaldo perceber que Eric o amava. Eric realmente o amava e teria orgulho de oferecer a Vivaldo aquilo de que ele precisasse. Com um gemido e um suspiro, com um alívio indescritível, Vivaldo acordou de vez e puxou Eric mais para perto. Tinha sido um sonho e não tinha sido um sonho, quanto tempo os sonhos duram? Esse não poderia durar muito. Imediatamente, então, os dois pareceram concluir que desejavam prolongar aquele momento, que pertencia a eles, pelo maior tempo possível. Chutaram suas calças para o chão, sem dizer nada — o que havia para dizer? —, sem se desgrudar um do outro. Depois, como se estivessem sonhando acordados, desamparado e confiante, Vivaldo sentiu Eric tirar sua camiseta e acariciá-lo com os lábios entreabertos. Eric se curvou e beijou Vivaldo no umbigo, semioculto em meio aos pelos fartos, ciganos. Era uma homenagem a Vivaldo, a seu corpo e às necessidades de Vivaldo, e Vivaldo estremeceu como jamais estremecera antes. E essa carícia não foi de todo agradável. Vivaldo se sentiu terrivelmente pouco à vontade, sem saber o que se esperava dele ou o que podia esperar de Eric. Puxou Eric para cima e deu um beijo em sua boca, apertando a bunda dele, acariciando seu sexo. Como era estranho sentir aquele músculo violento se estendendo e pulsando, tão parecido com o seu, e no entanto de outra pessoa! E aquele peito, aquela barriga, aquelas pernas, tudo semelhante a seu corpo, e o tremor da respiração de Eric ecoava o seu próprio tremor como um terremoto. Ah, do que era que ele não conseguia se lembrar? Era a primeira vez que fazia sexo com um homem depois de muitos anos, e a primeira vez que fazia sexo com um amigo. Ele associava o ato à humilhação e ao aviltamento que um macho impunha ao outro, sendo o macho inferior menos importante do que um lenço amassado e descartado; mas não se sentia assim com Eric; portanto não sabia como se sentia. Essa autoconsciência atormentada levou Vivaldo e temer que aquele momento, afinal, não desse em nada. Não queria que isso acontecesse, sabia que sua necessidade era grande demais, que eles tinham ido longe demais, que Eric havia assumido riscos demais. Temia o que poderia acontecer caso fracassassem. Ainda assim, sua libido mantinha-se acesa, e crescera, aquecendo seu corpo e se debatendo contra o labirinto de sua perplexidade; sua libido era extraordinariamente arrogante, cruel e irresponsável, mas havia nela uma profunda e incompreensível ternura: Vivaldo não queria machucar Eric. A dor física que algumas vezes havia causado a mulheres fantasmas, já desaparecidas, havia sido necessária para elas; ele tinha aberto, para elas, a porta da vida; mas agora estava envolvido em outro mistério, a um só tempo mais sujo e mais puro. Tentou voltar à adolescência, agarrando o corpo estranho de Eric e acariciando aquele sexo estranho. Ao mesmo tempo, tentou pensar em uma mulher. (Mas não queria que fosse Ida.) E eles ficaram deitados juntos naquela posição antiquada, a mão de um no sexo do outro, pernas entrelaçadas, a respiração de Eric estremecendo no peito de Vivaldo. Esse tremor infantil e confiante devolveu a Vivaldo a noção de seu poder. Apertou Eric com força e cobriu o corpo dele com o seu, como se o estivesse protegendo da queda dos céus. Mas era também como se, ao mesmo tempo, estivesse sendo protegido pelo amor de Eric. Era uma situação, estranha e insistentemente, de dois gumes, era como fazer amor entre espelhos ou como morrer afogado. Mas também era como música, como os clarinetes mais agudos, mais doces e solitários, e era como chuva. Beijou Eric de novo, e de novo, pensando em como iriam, por fim, se unir. O corpo masculino não era misterioso, ele jamais havia pensado nisso, mas naquele momento era o mistério mais impenetrável; essa perplexidade o fez pensar no próprio corpo, em suas possibilidades e em sua iminente e absoluta decadência, de um modo que jamais havia pensado. Eric se mexeu sob o corpo dele, sedento como areia. Vivaldo pensou no que era aquilo que se movia no corpo de Eric e que o lançava, como um pássaro ou uma folha na tempestade, contra o muro que era a carne de Vivaldo; e pensou no que movia seu próprio corpo: que virtude estavam tentando compartilhar? O que ele fazia ali? Aquilo tudo não podia estar mais distante da guerra necessária que um homem enfrenta ao estar com uma mulher. Àquela altura ele já teria penetrado o corpo dela, daquela mulher que não estava ali, os suspiros dela seriam diferentes e sua rendição jamais se daria totalmente. O sexo dela, que permitia a entrada dele, mesmo assim permaneceria estranho a ele, uma incitação e uma angústia, um eterno mistério. Mesmo agora, nesse momento de esforço e de dúvidas, tendo a chuva como única testemunha, ele sabia que estava condenado às mulheres. Como era ser um homem condenado aos homens? Ele não conseguia imaginar e sentiu uma breve aversão, logo banida, já que aquele sentimento ameaçava sua tranquilidade. E naquele exato momento sua excitação aumentou: sentiu que podia fazer o que quisesse com Eric. Agora Vivaldo, acostumado a fazer o esforço, a ser quem oferecia a dádiva, e que obtinha seu prazer dando prazer a uma mulher, se rendeu à libido, ao ardente torpor da passividade, e sussurrou no ouvido de Eric um pedido urgente e abafado.

O sonho se equilibrava no limite do pesadelo: havia quanto tempo existia aquele rito, aquele ato de amor, qual seria sua profundidade? No tempo impessoal, nos atores? Sentiu que tinha dado um passo rumo ao precipício e que estava em uma corrente de ar que o mantinha inexoravelmente no alto, como o sal do mar sustenta o nadador: e ele parecia ver, lá embaixo, a uma distância imensa e horrível, no fundo de seu coração, aquele coração que continha todas as possibilidades que ele podia nomear e também outras que não podia nomear. O momento deles se aproximava do fim. Vivaldo gemeu e suas coxas, como as coxas de uma mulher, se soltaram, ele fez um movimento para cima e Eric fez um movimento para baixo. Que estranho, que estranho! Eric estaria chorando e rezando em silêncio, como ele chorava e rezava em silêncio sobre o corpo de Ida? Mas Rufus sem dúvida havia se debatido e vibrado, sentindo se elevar cada vez mais, assim como Vivaldo se debatia e pulsava e vibrava agora. *Rufus. Rufus.* Será que para ele também tinha sido assim? E ele quis perguntar a Eric: como era para o Rufus? Como era para ele? Então sentiu que estava caindo, como se o mar cansado tivesse enfraquecido e envolvido seu corpo e ele estivesse mergulhando, mergulhando enquanto desesperadamente se esforçava e se debatia para subir. Ouviu a própria respiração pesada, vindo de longe; ouviu a chuva tamborilando; ele estava sendo tragado. Lembrou como Ida, no momento insuportável, jogava a cabeça para trás, batia e arreganhava os dentes. E dizia o nome dele. E Rufus? Será que ele murmurava, enfim, com uma voz estranha, como ele agora se ouviu murmurar: *ah, Eric, Eric?* Como seria aquela fúria? *Eric.* Ele puxou o corpo de Eric para perto em meio aos lençóis em apuros e o abraçou com força. E: *obrigado,* Vivaldo sussurrou, *obrigado, Eric, obrigado.* Eric encolheu o corpo e o encaixou no dele como uma criança, e o sal de sua testa pingou no peito de Vivaldo.

Eles ficaram deitados juntos, um perto do outro, escondidos e protegidos pelo som da chuva. A chuva caía lá fora como uma bênção, como uma parede entre eles e o mundo. Vivaldo parecia ter caído em um imenso buraco no tempo, de volta à sua inocência, e ele se sentia límpido, asseado e vazio, esperando que algo o preenchesse. Acariciou o cabelo áspero na base do crânio de Eric, encantado e impressionado pelo amor que sentia. A respiração de Eric estremeceu contra os pelos de seu peito; de tempos em tempos ele tocava em Vivaldo com os lábios. Essa libido e esse calor deixaram Vivaldo pesado e sonolento. Aos poucos voltou a sentir sono, com raios de luz brincando em sua cabeça, atrás dos olhos, como o sol. Mas, por baixo dessa paz e dessa gratidão, ele imaginou o que se passava na cabeça de Eric. Queria abrir os olhos, olhar nos olhos de Eric, mas seria um esforço grande demais e que podia, além disso, estilhaçar sua paz. Acariciou lentamente o pescoço e as costas de Eric, na esperança de que sua alegria fosse transmitida pela ponta dos dedos. Ao mesmo tempo pensou, e isto quase o fez rir, *Depois de toda a baboseira que eu falei ontem à noite*, o que ele estava fazendo naquela cama, nos braços daquele homem? aquele era o homem de quem ele mais gostava neste mundo. Sentiu-se incrivelmente protegido, libertado, por saber que, fosse lá para onde, quando o dia chegasse com suas garras, ele se sentisse impelido a ir, fosse lá o que acontecesse com ele dali até o dia de sua morte, e até mesmo, ou talvez sobretudo, se eles nunca mais voltassem a estar nos braços um do outro, havia no mundo um homem que o amava. Toda a sua esperança, que tinha se tornado tão pequena, voltou a ganhar vida. Ele amava Eric: essa era a grande revelação. Mas o que era ainda mais estranho e que levava a uma estabilidade e a uma liberdade sem precedentes, era que Eric o amava. "Eric…?"

Eles abriram os olhos e olharam um para o outro. Os olhos de Eric, de um azul-escuro, estavam muito límpidos e cândidos, mas lá no fundo havia também um medo terrível à espera. Vivaldo disse: "Foi maravilhoso pra mim, Eric". Ele olhou no rosto de Eric. "Pra você também?"

"Sim", Eric disse, corando. Eles falavam sussurrando. "Acho que eu precisava disso mais do que eu imaginava."

"Pode ser que não aconteça nunca mais."

"Eu sei." Houve um silêncio. Depois: "Você *gostaria* que acontecesse de novo?".

Vivaldo ficou em silêncio, sentindo-se assustado pela primeira vez. "Não sei responder", disse. "Sim... sim e não. Mas de um jeito ou de outro, eu te amo, Eric, sempre vou te amar, espero que você saiba." Ficou perplexo ao ouvir como sua voz estava trêmula. "Você me ama? Diz que sim."

"Você sabe que sim", disse Eric. Ele olhou para o rosto cansado e branco de Vivaldo e ergueu a mão para acariciar a barba que começava a nascer logo abaixo das bochechas. "Eu te amo muito, faria qualquer coisa por você. Você deve saber disso, não? Em algum lugar dentro de você, há muito tempo. Porque eu devo te amar há muito tempo."

"É verdade? Eu não *sabia* que eu sabia."

"Eu também não sabia", Eric disse. Ele sorriu. Que dia engraçado este. "Começando com revelações."

"Eles estão se abrindo", disse Vivaldo, "aqueles livros todos no céu." Ele fechou os olhos. O telefone tocou. "Ah, merda."

"Mais revelações", e Eric sorriu. Passou o braço por cima de Vivaldo para pegar um cigarro e o acendeu.

"É muito *cedo*, cara. Será que a gente não pode voltar a dormir?"

O telefone tocava e tocava.

"É uma da tarde", disse Eric. Ele olhava hesitante de Vivaldo para o telefone. "Provavelmente é a Cass. Ela vai ligar de novo."

"Ou pode ser a Ida. Ela provavelmente *não vai* ligar de novo."

Eric atendeu. "Alô?"

Vagamente, Vivaldo escutou a voz de Cass apressada pelo fio telefônico. "Bom dia, querida, como vai você?", disse Eric. Depois ficou em silêncio. Alguma coisa naquele silêncio fez Vivaldo despertar de vez e sentar na cama. Ele olhava para o rosto de Eric. Depois acendeu um cigarro e esperou.

"Ah", disse Eric, passado um instante. Depois: "Meu Deus. Ah, pobre Cass". A voz continuava falando, e o rosto de Eric estava ficando mais atormentado e mais esgotado. "Sim. Mas agora *já* aconteceu. É real. A gente vai ter que lidar com isso." Ele olhou rapidamente para Vivaldo, depois para o relógio. "Sim, claro, onde?" Ele olhou para a janela. "Cass, não *parece* que vai parar." Depois: "Por favor, Cass. Por favor, não". Seu rosto mudou de novo, mostrando que ele estava chocado; olhou para Vivaldo e disse rápido: "O Vivaldo está aqui. A *gente* não foi a lugar nenhum, ficamos aqui em casa". Um sorriso seco, amargo, tocou seus lábios. "É o que estão dizendo, e sem dúvida agora está caindo o mundo." Ele riu: "Não, ninguém vive sem clichês... O quê?". Ele ouviu. Disse, gentil: "Mas logo vou começar a ensaiar, Cass, e *pode ser* que eu vá para a costa do Pacífico, além do mais...". Ele olhou para Vivaldo com a testa muito franzida, atônito. "Sim, eu entendi, Cass. Sim. Às quatro. O.k. Fique firme, meu bem, fique firme aí."

Ele desligou. Ficou sentado por um instante, se virou, olhando para a chuva, depois baixou o olhar para Vivaldo com um sorrisinho ao mesmo tempo triste e orgulhoso. Olhou de novo para o relógio, apagou o cigarro e se deitou de costas, olhando para o teto, a cabeça sobre os braços. "Bom, adivinha o que aconteceu? A merda bateu no ventilador. A Cass chegou tarde ontem à noite e ela o Richard brigaram — por causa da gente. O Richard sabe sobre nós."

Vivaldo assobiou, olhos arregalados. "Eu sabia que você não devia ter atendido o telefone. Que confusão. O Richard está vindo pra cá com um revólver? E *como foi* que ele descobriu?"

Eric parecia estranhamente culpado, e disse: "Ah, a Cass

não estava falando de um jeito muito coerente, não sei bem. De qualquer forma, *como* ele descobriu pouco importa agora; importa é que ele *descobriu*". Ele sentou. "Aparentemente, ele já *vinha* suspeitando — mas de *você*..."

"De *mim*? Ele deve estar louco!"

"Bom, a Cass ficava indo te ver o tempo todo, ou pelo menos era o que ela dizia pra ele..."

"E o que ele achava que a Ida ficava fazendo enquanto eu transava com a Cass? Lendo histórias de ninar pra gente?"

De novo Eric pareceu desconfortável, mas riu. "Não sei o que ele pensou. Enfim, a Cass disse que ele está muito puto com você, porque" — ele hesitou por um instante e olhou para baixo — "porque você sabia que ela estava comigo e, como amigo dele, devia ter lhe contado." Ele olhou para Vivaldo. "Você acha que devia ter contado pra ele?"

Vivaldo apagou o cigarro. "Que ideia maluca. Eu não sou escoteiro. Além disso, você e a Cass é que são meus amigos, não o Richard."

"Bom, ele não sabia disso; ele conhece você há muito mais tempo do que eu — o Richard não gosta muito de mim —, então é natural que ele esperasse que você fosse leal a ele."

Vivaldo suspirou. "Tem muita coisa que o Richard não sabe, é uma pena, mas eu não tenho culpa. E ele está sendo desonesto. Ele *sabe* que a gente não é amigo faz um bom tempo. Eu *não vou* me culpar." Depois sorriu. "Já tenho motivo suficiente pra me sentir culpado."

"Você se *sente* culpado?"

Eles se olharam por um instante. Vivaldo riu. "Não era nisso que eu estava pensando. Mas, não, não me sinto culpado e espero nunca mais me sentir. É uma perda de tempo monstruosa."

Eric olhou para baixo. "É, a Cass disse que o Richard talvez tente falar com *você* hoje."

"É a cara dele. Bom, eu não estou em casa." De repente ele riu. "Não ia ser engraçado se o Richard viesse *aqui?*"

"E te encontrasse aqui, você quer dizer?" Eles riram, rolando na cama como crianças. "Imagine só o que ele ia pensar."

"Pobre homem. Ele não ia saber *o que* pensar."

Os dois se olharam e começaram a rir de novo. "A gente com certeza não está tendo muita compaixão por ele", Eric disse.

"Verdade." Vivaldo sentou, acendeu dois cigarros e deu um para Eric. "O desgraçado deve estar sofrendo muito; afinal, ele nem sabe de onde veio a pancada." Eles ficaram em silêncio. "E com certeza a Cass não está rindo."

"Não. Nem do Richard nem de nada. Ela parecia meio fora de si."

"De onde ela te ligou?"

"De casa. O Richard tinha acabado de sair."

"Será que ele foi mesmo pra minha casa? Talvez eu devesse ligar pra ver se a Ida está lá." Mas ele não foi até o telefone.

"Que confusão gigante", Eric disse depois de um instante. "O Richard falou em pedir o divórcio e ficar com as crianças."

"E provavelmente ele saiu para comprar um ferro de marcar gado com a letra A e, se pudesse, daria um jeito de fazer a Cass se prostituir nas ruas e morrer de sífilis. Lentamente. A autoestima do sujeito ficou ferida, cara."

"Bom", disse Eric devagar, "ele *foi* ferido. Você não precisa ser uma pessoa fenomenal para sentir dor."

"Não. Mas acho que talvez você possa começar *a se tornar* fenomenal se, quando alguém te fere, você não tenta se vingar." Ele olhou para Eric e pôs a mão na nuca dele. "Entende o que eu quero dizer? Se você conseguir aceitar a dor que quase te mata, talvez você possa usá-la para se tornar uma pessoa melhor."

Eric olhou para ele com um estranho meio-sorriso, com o rosto cheio de amor e dor. "Isso é uma coisa muito difícil de fazer."

454

"Tem que *tentar*."

"Eu sei." Ele disse, com muito cuidado, olhando para Vivaldo: "Senão, você acaba preso naquilo que te arruinou, e faz aquilo ficar voltando, voltando, e a sua vida acabou, na verdade, porque você não consegue mais ir em frente, nem mudar nem amar".

Vivaldo deixou a mão cair. Deitou de costas. "Você está tentando me dizer alguma coisa. O que você está tentando me dizer?"

"Eu estava falando de mim."

"Pode ser. Mas eu não acredito em você."

"Eu só espero", disse Eric de repente, "que a Cass não me odeie."

"Por que ela te odiaria?"

"Não posso fazer nada de bom por ela. Eu *já não fiz* nada de bom por ela."

"Você não tem como saber disso. A Cass sabia o que estava fazendo. Acho que ela via as coisas com mais clareza que você — porque, você sabe", e ele sorriu, "você não vê nada com clareza."

"Acho que eu esperava — talvez *nós* esperássemos — que o Richard jamais descobrisse e que o Yves chegasse antes…"

"Sim. Bom, a vida não é tão organizada assim."

"*Você* vê as coisas com clareza", Eric disse.

"Claro." Ele sorriu, estendeu a mão e puxou Eric para perto. "E você precisa fazer o mesmo por mim, meu caro, quando eu estiver em apuros. Ver as coisas com *clareza*."

"Vou dar o meu melhor."

Vivaldo riu. "É impossível alguém odiar você. Você é engraçado demais." Ele se afastou. "A que horas você vai se encontrar com a Cass?"

"Às quatro. No Museu de Arte Moderna."

"Meu Deus. Como ela vai sair de casa sem ninguém perceber? Ou o Richard vai com ela?"

Eric hesitou. "Ela não tem certeza se o Richard vai voltar hoje."

"Entendi. Acho que talvez a gente devesse tomar uma xícara de café, pode ser...? Vou no banheiro." Ele saltou da cama, entrou no banheiro e fechou a porta.

Eric foi até a cozinha, que estava apenas um pouco menos bagunçada do que sua cabeça, e pôs o café no fogo. Ficou ali um instante, vendo a chama azul na penumbra do pequeno cômodo. Pegou duas xícaras, achou o leite e o açúcar. Voltou ao quarto e tirou da mesinha de cabeceira os livros e as anotações rabiscadas às pressas — quase todas, a seus olhos, enquanto ele as escrevia em pequenos pedaços de papel, se tornavam absolutamente irrelevantes — e esvaziou o cinzeiro. Recolheu do chão suas roupas e as roupas de Vivaldo, pôs tudo em uma cadeira e esticou os lençóis na cama. Colocou as xícaras, o leite e o açúcar sobre a mesinha de cabeceira, descobriu que só restavam cinco cigarros, procurou mais nos bolsos, mas não encontrou. Estava com fome, mas não havia nada na geladeira. Achou que, talvez, pudesse ter disposição para se vestir e correr até a lojinha da esquina para comprar alguma coisa — Vivaldo provavelmente também estava com fome. Foi até a janela e deu uma olhada pela persiana. A chuva caía, formando um paredão. Batia na calçada com um som cruel e respingava nas calhas alagadas com a força de projéteis. O asfalto sob a chuva era amplo, branco e deserto. A calçada cinza dançava e brilhava, formando uma rampa. Nada se movia — nem um carro, nem uma pessoa, nem um gato; a chuva era o único som. Ele esqueceu os planos de ir à loja e ficou apenas observando a chuva, consolado por aquele anonimato e por aquela violência — aquela violência também era paz. E, assim como a chuva cada vez mais rápida distorcia, borrava, atenuava os contornos conhecidos de paredes, janelas, portas, carros estacionados, postes de luz, hidrantes, árvores,

Eric, agora, em sua observação silenciosa, buscava borrar, atenuar e fugir de todos os enigmas que borbulhavam dentro de si. *Como eu vou chegar ao museu com uma chuva dessas?*, pensou; mas não se atreveu a pensar no que diria a Cass, no que ela diria a ele. Pensou em Yves, pensou nele com uma tristeza que era quase pânico, sentindo-se duplamente infiel, sentindo que o principal ponto de apoio de sua vida havia se deslocado — havia se deslocado e se deslocaria outra vez e poderia ceder sob o peso terrível e secreto que se acumulava. Por trás da porta fechada, ouviu o som abafado do assobio de Vivaldo. Como não havia percebido antes o que era capaz de sentir por Vivaldo? E a resposta o atingiu com a mesma impiedade com que a chuva atingia o solo: não havia percebido porque não tinha ousado perceber. Havia muitas coisas que as pessoas não se atreviam a perceber. E será que elas ficavam todas lá, pacientemente aguardando, como demônios na escuridão, para saírem de seu esconderijo, para se revelarem em alguma manhã chuvosa de domingo?

Fechou a persiana e voltou para a sala. O telefone tocou. Ele olhou para o aparelho, incomodado, pensando: *mais revelações*, e atendeu.

Seu agente, Harman, gritou no ouvido dele. "Olá... Eric? Desculpa te incomodar num domingo de manhã, mas você é um cara difícil de achar. Já estava pensando em te mandar um telegrama."

"*Eu* sou difícil de achar? Pra mim parece que eu estou o tempo inteiro em casa, encolhido, lendo essa peça maravilhosa."

"Você não me engana, meu amor. Eu sei que você tem tesão pela peça, mas nem *tanto*. Você não anda atendendo o telefone. Escute..."

"Sim?"

"Sobre o teste para o filme — você tem um lápis?"

"Espera um minuto."

Ele encontrou um lápis na escrivaninha, um pedaço de papel e voltou ao telefone.

"Pode dizer, Harman."

"Você não vai para a Costa do Pacífico. Eles deram um jeito de você fazer o teste aqui. Sabe onde fica a sede do Allied Studios?"

"Sim, claro."

"Bom, vai ser na quarta-feira de manhã. No Allied, às dez. Escute. Você almoça comigo amanhã?"

"Sim. Vou adorar."

"Ótimo. Daí eu te passo os detalhes. Pode ser no Downey's?"

"Pode. A que horas?"

"Uma da tarde. Agora... ainda está me ouvindo?"

"Sou todo ouvidos, meu caro."

"Bom, finalmente conseguimos trazer nosso astro de cinema maluquinho e mal das pernas para a cidade, e a data do primeiro ensaio ficou definida para a segunda-feira da outra semana."

"Da outra semana?"

"*Isso.*"

"Maravilha. Meu Deus, vai ser ótimo trabalhar de novo."

Vivaldo saiu do banheiro, parecendo imenso em sua nudez absoluta e branca, e foi até a cozinha. Olhou ceticamente para o bule de café, voltou para o quarto e se atirou na cama.

"Daqui pra frente você vai trabalhar, Eric. Você está chegando lá, meu querido; vai chegar ao topo rapidinho, e, meu bem, eu não podia estar mais feliz."

"Obrigado, Harman. Espero que você esteja certo."

"Entrei pra esse negócio muito antes de você nascer, Eric. Eu sei quando tenho um vencedor e nunca me enganei, não sobre isso. Fique numa boa, a gente se vê amanhã. Tchau."

"Tchau."

Ele pôs o fone no aparelho, com uma empolgação fugaz.

"Boas notícias?"

"Era o meu agente. A gente começa a ensaiar na semana que vem e eu vou fazer o teste para o filme na quarta-feira." Depois seu triunfo se incendiou dentro dele e ele se virou para Vivaldo. "Não é fantástico?"

Vivaldo olhava para ele, sorrindo. "Acho que a gente devia fazer um brinde a *isso*, meu caro." Ele viu Eric pegar a garrafa vazia do chão. "Ah. Que pena."

"Mas eu tenho um pouco de bourbon", Eric disse.

"Ótimo."

Eric serviu dois copos de bourbon e diminuiu o fogo sob o bule de café. "Bourbon na verdade faz muito mais sentido", ele disse, feliz. "É o que a gente toma no Sul, de onde eu venho."

Sentou na cama de novo e eles brindaram.

"Ao seu primeiro Oscar", disse Vivaldo.

Eric riu. "Isso é emocionante. Ao seu Nobel."

"Isso é *muito* emocionante." Eric se cobriu até o umbigo com o lençol. Vivaldo olhava para ele. "Você vai ficar muito solitário", ele disse de repente.

Eric olhou para Vivaldo e deu de ombros. "Você também, na verdade. Na *verdade*", acrescentou depois de um instante, "eu estou solitário agora."

Vivaldo ficou em silêncio por um momento. Quando falou, soou muito triste e suave. "Está mesmo? Você *vai* ficar… quando o seu namorado chegar?"

Eric ficou em silêncio. "Não", ele disse por fim. Ele hesitou. "Bom, sim e não." Depois olhou para Vivaldo. "Você é solitário com a Ida?"

Vivaldo olhou para baixo. "Tenho pensado sobre isso — ou tenho tentado não pensar sobre isso — a manhã inteira." Ele ergueu os olhos até encontrar os de Eric. "Espero que você não se importe se eu disser — bom, droga, na verdade você sabe — que eu estou meio que me escondendo aqui na sua cama, me escondendo talvez até nos seus braços — me escondendo da Ida, em certo sentido. Estou tentando entender alguma coisa sobre a minha vida com a Ida." Ele olhou de novo para baixo. "Ando com a impressão de que eu é que preciso resolver isso, de um jeito ou de outro. Mas acho que eu não tenho coragem. Não sei como fazer. Tenho medo de forçar alguma coisa porque tenho medo de perdê-la." Ele parecia se debater no silêncio de Eric. "Entende o que eu quero dizer? Faz algum sentido pra você?"

"Ah, faz", disse Eric, triste, "faz sentido, claro." Olhou para Vivaldo com um sorriso e se atreveu a dizer: "Talvez, neste exato instante, enquanto nós dois estamos aqui encolhidos, escondidos das coisas que assustam a gente, talvez você me ame e eu também te ame tanto quanto a gente vai amar ou ser amado por outra pessoa neste mundo".

Vivaldo disse: "Não sei se eu posso aceitar isso, pelo menos por enquanto. Pelo menos por enquanto. *Mas também*... pode ser. Bom, claro". Ele olhou para Eric. "Mas realmente não é muito... completo, é? Olha só. O dia de hoje já está quase acabando. Quanto tempo vai se passar até a gente ter outro dia assim? Porque a gente não é mais criança, a gente sabe como a vida é, como o tempo simplesmente acaba, vai embora — eu não posso, na verdade, de vez em quando, a cada dia, a cada mês, te ajudar a se sentir menos solitário. Nem você pode fazer isso por mim. Nós não estamos indo na mesma direção, e eu não tenho como mudar isso, nem você." Ele fez uma pausa e observou os olhos arregalados e atormentados de Eric. Ele sorriu. "Seria maravilhoso se pudesse ser assim; você é lindo, Eric. Mas eu não gosto de você do jeito que imagino que você gosta de mim.

Você entende? E se a gente tentasse fazer isso funcionar, prolongar isso, controlar, se a gente tentasse ter mais do que — por algum milagre, por um milagre, juro — a gente teve por puro acaso, eu ia acabar me tornando um parasita seu e nós dois íamos murchar. Então o que é que nós dois podemos fazer um pelo outro a não ser simplesmente se amar e ser testemunha um do outro? Será que a gente não tem o direito de querer... mais? Pra que a gente possa se transformar no que a gente realmente é? Você não acha?" E, antes que Eric tivesse tempo de responder, ele tomou um gole grande de uísque e disse numa voz diferente, mais baixa: "Sabe, quando eu estava no banheiro, fiquei pensando que, sim, que eu adorava ficar nos seus braços, adorava te abraçar" — ele corou e olhou para cima, para o rosto de Eric outra vez —, "por que não?, é quente, eu tenho desejo, eu gosto de você, do jeito que você me ama, mas" — ele voltou a olhar para baixo — "esta não é a minha batalha, não é o meu *barato*, e eu sei disso, e não posso desistir da minha batalha. Se eu fizer isso, eu vou morrer e, se eu morrer" — e agora ele olhou para Eric com um sorriso triste e juvenil —, "você não vai mais me amar. E eu quero que você me ame pelo resto da minha vida".

Eric estendeu a mão e tocou no rosto de Vivaldo. Depois de um momento, Vivaldo pegou a mão dele. "Você merece o melhor, meu querido", Eric disse. A voz dele, para sua própria surpresa, saiu como um sussurro grave e rouco. Ele limpou a garganta. "Quer um pouco de café agora?"

Vivaldo balançou a cabeça. Tomou o que ainda havia em seu copo e o deixou na mesa.

"Beba", ele disse para Eric.

Eric terminou sua bebida. Vivaldo pegou o copo da mão de Eric e o pôs na mesa.

"Não quero café agora", disse. Abriu os braços. "Vamos aproveitar nosso dia ao máximo."

Às dez para as quatro, Eric, de algum modo, já tinha tomado banho, se barbeado e vestido sua capa de chuva. O café estava quente demais, ele só conseguiu beber meia xícara. Vivaldo ainda não tinha se vestido.

"Vai lá", ele disse, "eu vou dar uma arrumada nisso aqui, depois tranco a porta quando sair."

"Certo." Mas Eric estava tão assustado com a ideia de sair quanto Vivaldo com a ideia de se vestir. "Vou deixar os cigarros pra você. Eu compro mais."

"Muita gentileza sua. Agora vai lá. Mande um beijo pra Cass."

"E mande um beijo *meu*", ele disse, "pra Ida."

Os dois sorriram. "Eu vou telefonar pra ela", Vivaldo disse, "assim que você sair por aquela porta."

"*O.k.*, estou indo." No entanto, ele parou junto à porta, olhando para Vivaldo, que estava de pé no centro da sala, segurando uma xícara de café e olhando para o chão com uma perplexidade áspera. Ao sentir que Eric o observava, Vivaldo olhou para ele. Em seguida largou a xícara de café e foi até a porta. Beijou Eric na boca e o olhou nos olhos.

"A gente se vê logo, meu caro."

"Sim", disse Eric, "a gente se vê logo." Ele abriu a porta e saiu.

Vivaldo ouviu os passos de Eric na escada. Depois foi até a janela, abriu a persiana e o viu lá fora. Eric apareceu na rua como se estivesse correndo ou fugindo. Olhou para um lado, depois para o outro; depois, mãos nos bolsos, cabeça baixa e ombros erguidos, caminhou o quarteirão inteiro, roçando as laterais dos edifícios. Vivaldo o observou até ele virar a esquina.

Então ele voltou para o quarto, abatido pelas críticas que passavam por sua cabeça, e a culpa deliciosamente começava a roer a corda com que ele a havia amarrado, afiando os dentes para usá-los nele. No entanto, ao mesmo tempo, sentia-se radiante e maravilhosamente exausto. Serviu-se de outra pequena dose de bourbon e sentou na beira da cama. Lentamente, discou seu próprio número.

Ida atendeu quase imediatamente, e sua voz chegou até Vivaldo, com a força de um choque elétrico. "Alô?"

Ao fundo ele ouviu Billie Holiday cantando "Billie's Blues".

"Oi, docinho. É o seu homem querendo saber da mulher dele."

"Você sabe que horas são? Onde foi que você estava?"

"Estou no Eric. A gente desmaiou aqui. Estou só pegando as minhas coisas."

Havia um alívio peculiar na voz dela. Ele percebeu porque ela tentou esconder. "Você passou a noite *inteira* aí? Desde que a gente se despediu?"

"Sim. A gente veio pra cá, começou a conversar, e acabamos com o uísque do Eric. E ele tinha bastante uísque... então, sabe como é."

"Sim, eu sei que você acha que é contra a lei parar de beber enquanto ainda há alguma coisa na garrafa. Escute. A Cass ligou?"

"Ligou."

"Você falou com ela?"

"Não. O Eric falou."

"Ah, é? E o que o Eric te contou?"

"Como assim, o que o Eric me contou?"

"Quero dizer: o que a Cass *falou?*"

"Ela falou que está encrencada. O Richard descobriu sobre eles."

"Não é horrível? O que mais ela falou?"

"Bom, acho que isso deixou a Cass bem confusa. Parece que ela não disse mais nada. Você sabia sobre tudo isso?"

"*Sim*. O Richard veio aqui. Ele foi aí?"

"Não."

"Ah, Vivaldo, foi horrível. Senti tanta pena dele. Achei que você *podia* estar na casa do Eric, mas eu disse que você tinha ido ver a sua família no Brooklyn e que eu não tinha nem o número do telefone nem o endereço. É bem triste, Vivaldo, ele está muito puto, quer se vingar de você. Acha que você foi desleal…"

"Sei, bom, acho que talvez seja mais fácil pra ele se sentir assim. Quanto tempo ele ficou aí?"

"Pouco. Só uns dez minutos. Mas pareceu bem mais. Ele disse coisas horríveis…"

"Não duvido. Ele ainda quer falar comigo?"

"Não sei." Houve uma pausa. "Você está vindo pra casa?"

"Sim, já, já. Você vai estar aí?"

"Vou. Venha. Ah. Onde está o Eric?"

"Ele foi… ele saiu…"

"Pra encontrar a Cass?"

"Isso."

Ela suspirou. "Meu Deus, que confusão. Venha pra casa, meu bem, se o Richard te der um tiro você não vai querer que seja aí perto da casa do Eric. Realmente ia ser demais."

Ele riu. "Tem razão. Você parece bem-humorada hoje."

"Na verdade meu humor está péssimo. Mas estou enfrentando bem, estou fingindo que sou a Greer Garson."

Ele riu de novo. "E funciona?"

"Bom, não, meu bem, mas tudo fica mais divertido."

"Tá bom. Logo, logo eu chego aí."

"O.k., meu bem. Tchau."

"Tchau."

Vivaldo desligou aliviado e exultante por perceber que nenhum problema com Ida o esperava em casa. Teve a impressão de que havia escapado de alguma coisa. Entrou no chuveiro de

Eric, tomou banho e cantou; mas quando saiu percebeu que estava com uma fome imensa e que estava fraco. Enquanto se vestia, o interfone de Eric tocou.

Vivaldo teve certeza de que, afinal, era Richard, e afivelou o cinto às pressas e calçou o sapato antes de apertar o botão. Começou a arrumar a cama, como um idiota, mas percebeu que não ia dar tempo e, de todo modo, para Richard não faria diferença se a cama estivesse ou não arrumada. Esperou, ouvindo a porta do térreo abrir e fechar. Ele abriu a porta de Eric. Mas não ouviu passos. Uma voz chamou: "Eric Jones!".

"Aqui!", gritou Vivaldo. Soltou a respiração e foi até o patamar da escada. Um menino da Western Union subiu as escadas.

"Eric Jones é você?"

"Ele saiu. Mas posso receber."

O garoto entregou um telegrama e um livro onde ele devia assinar. Vivaldo deu vinte centavos ao rapaz e voltou ao apartamento. Achou que o telegrama devia ser do agente ou do produtor de Eric; mas prestou mais atenção e percebeu que era um telegrama internacional, vindo da Europa. Deixou o papel encostado no telefone de Eric. Rabiscou um bilhete: *peguei emprestada sua outra capa de chuva. OLHE O TELEGRAMA.* Fez uma pausa. Depois escreveu: *foi um dia ótimo.* E acrescentou: *com amor, Vivaldo.* Colocou o bilhete no centro da escrivaninha e um tinteiro em cima, como peso.

Depois disso Vivaldo estava pronto, e olhou em volta no quarto. A cama ainda estava desarrumada; ele a deixou assim; a garrafa ainda no chão, os copos na mesinha de cabeceira. Tudo absolutamente imóvel, quieto, exceto pela chuva. Olhou de novo para o telegrama, encostado de leve no telefone, fechado, à espera. Telegramas sempre assustavam um pouco Vivaldo. Ele saiu, fechou a porta, testou-a para ter certeza de que estava trancada e saiu, por fim, para a chuva hostil.

* * *

Eric viu Cass imediatamente, perto dos degraus, pouco depois da bilheteria. Ela andava em círculos e, quando Eric entrou, estava de costas para ele. Vestia sua capa de chuva marrom solta e a cabeça estava coberta por um capuz da mesma cor; mexia distraidamente com o osso branco em forma de garra na ponta de sua pequena sombrinha. O museu estava lotado, invadido pelo cheiro ruim de bolor dos museus aos domingos, piorado agora pela umidade. Ele passou pela porta atrás de uma torrente de senhoras de riso largo assoladas pelo vento e pela chuva; elas formavam, diante dele, um grande e barulhento paredão oscilante ao sacudir suas sombrinhas e a si mesmas, repetindo umas para as outras, com vozes triunfantes, como o tempo estava horroroso. Três homens mais novos e duas garotas, limpos e branquíssimos, reluzindo em sua paixão pelo próprio desenvolvimento e no modo como se moviam tranquilamente em meio às abstrações, entregavam seus ingressos e passavam pela barreira. Outros estavam nos degraus, descendo, subindo, parados, olhando uns para os outros como pássaros meio cegos, com um zumbido medonho, como o de penas voando e de asas atrevidas. Cass, pequena, pálida e antiquada com aquele capuz, andando inquieta, olhava para tudo com ar desiludido; indiferente, ela olhou de relance para as senhoras barulhentas, mas não viu Eric; ele ainda tentava ultrapassar a barreira ou contorná-la. Ele olhou de novo as pessoas na escada, pensando por que Cass havia escolhido aquele lugar para o encontro; era muito grande a probabilidade de que naqueles corredores sagrados e assépticos houvesse, bloqueando um corredor ou meio escondido pela enorme quantidade de estátuas, alguém que eles conhecessem. Cass, resignada, acendeu um cigarro em sua pequena gaiola imaginária. Agora um grupo de visitantes entrou se acotovelando pela porta atrás de Eric e a pressão feita por eles o levou a passar pelas mulheres. Ele tocou no ombro de Cass.

Ao sentir seu toque, ela pareceu dar um pulo. Os olhos dela ganharam vida imediatamente, os lábios pálidos ficaram mais tensos. E o sorriso dela era pálido. Ela disse: "Ah, achei que você nunca ia chegar aqui".

Ele tinha vencido uma obstinada tentação de faltar ao encontro e alimentado uma leve esperança de que Cass não estivesse lá. Ela estava muito pálida e parecia, naquele lugar frio e atordoante, tão desamparada que o coração dele se apertou. Ele havia se atrasado meia hora. Disse: "Cass, querida, me perdoe, com este tempo é difícil chegar a qualquer lugar. Como você está?".

"Morta." Ela não se mexeu, apenas fitou a ponta de seu cigarro como se estivesse hipnotizada por ele. "Não dormi nada." A voz dela era muito suave e calma.

"Você escolheu um lugar estranho pra gente se encontrar."

"Será?" Ela olhou em torno sem ver nada; depois olhou para ele. O desespero vazio de seu rosto pareceu tomar consciência, de muito longe, da presença dele, e seu rosto adquiriu uma expressão menos desesperadora de tristeza. "Acho que é estranho mesmo. Só achei... sei lá, que ninguém ia ficar ouvindo a nossa conversa, e eu... eu não consegui pensar em outro lugar."

Eric esteve prestes a sugerir que eles fossem embora, mas o rosto branco dela e a chuva o impediram. "Tudo bem", ele disse. Pegou o braço de Cass e eles começaram a andar sem rumo pela escadaria. Ele percebeu que estava com uma fome absurda.

"Não posso ficar muito tempo, porque deixei as crianças sozinhas. Mas eu disse pro Richard que ia sair — que ia tentar te encontrar hoje."

Eles chegaram à primeira de uma série labiríntica de salas,

que se deslocavam e estalavam com os grupos de pessoas, com as pinturas luminosas acima e em volta deles, até onde conseguiam enxergar, como lápides com inscrições ilegíveis. As pessoas se moviam em ondas, como turistas em um cemitério estrangeiro. De vez em quando um enlutado solitário, sonhando com algum relacionamento que já não existia, ficava parado sozinho, em adoração, diante de um memorial de grandes dimensões, porém o mais comum era as pessoas demonstrarem, andando inquietas de um lado para o outro, uma alegria democrática. Cass e Eric caminhavam com certo pânico no meio dessa multidão, tentando encontrar um lugar mais tranquilo; passando pelos campos dos impressionistas franceses, por mestres modernos do cubismo e da cacofonia, chegando a uma sala menor dominada por uma pintura enorme, onde predominava o vermelho, diante da qual dois estudantes, uma menina e um menino, estavam parados de mãos dadas.

"Foi muito ruim, Cass? Ontem à noite?"

Ele perguntou isso baixinho quando estavam diante de uma tela amarela, suave, de uma moça com um pescoço comprido, vestido amarelo, cabelo amarelo.

"Foi." O capuz escondia seu rosto; o museu estava quente; ela tirou o capuz. Seu cabelo, despenteado na testa, descia pelo pescoço: ela parecia exausta e velha. "No começo foi horroroso, porque eu não tinha percebido o quanto ele estava magoado. No final das contas, ele *consegue* sofrer"; ela olhou rapidamente para Eric, depois desviou o olhar. Eles se afastaram da tela amarela e ficaram olhando para outra, que representava uma rua com canais em algum lugar da Europa. "Independentemente do que aconteceu, eu amei muito o Richard, *de verdade*, ele foi toda a minha vida e sempre será importante para mim." Ela fez uma pausa. "Acho que ele me fez sentir uma culpa horrível. Eu não imaginei que isso fosse acontecer. Achei que seria impossível...

mas não foi." Ela fez outra pausa, os ombros curvando-se em uma derrota exaustiva e orgulhosa. Depois tocou na mão dele. "Odeio te contar isto, mas preciso tentar te contar tudo. Ele me assustou, também, me assustou porque de repente senti um medo terrível de perder meus filhos, e eu não posso viver sem eles." Ela passou a mão pela testa, tentando inutilmente fazer com que seu cabelo ficasse no lugar. "Eu não *devia* ter contado pra ele; ele não sabia de nada, nem suspeitava de você, claro; ele pensou que fosse o Vivaldo. Contei porque achei que ele tinha o direito de saber, que, se a gente fosse continuar junto, a gente podia recomeçar de um novo ponto de partida, deixando tudo claro entre nós. Mas eu estava errada. Algumas coisas não têm como *ficar* claras."

O garoto e a garota se aproximavam do lado da sala em que eles estavam. Cass e Eric se postaram sob a tela vermelha. "Ou talvez algumas coisas até *sejam* claras, mas a pessoa se recuse a enfrentá-las. Não sei... Enfim, não achei que ele fosse me ameaçar, não achei que ele tentaria me assustar. Se *ele* estivesse *me* abandonando, se ele estivesse sendo infiel *comigo* — infiel, que palavra! —, acho que eu não ia tentar segurar o Richard desse jeito. Não acho que eu tentaria puni-lo. Afinal ele não me pertence, ninguém *pertence* a ninguém."

Eles recomeçaram a andar, descendo por um longo corredor, em direção às mulheres. "Ele me disse coisas horrorosas, disse que ia pedir o divórcio e levar o Paul e o Michael para longe de mim. Eu escutava, e não parecia verdade. Eu não entendia como ele podia me dizer aquelas coisas se tivesse realmente me amado um dia. Eu ficava olhando para ele. Eu via que ele estava falando aquelas coisas só pra me magoar, me magoar porque ele estava magoado — como uma criança. E vi que eu também amei o Richard assim, como uma criança, e que agora a conta de todo aquele sonho estava chegando. Como é possível alguém ter sonhado por tanto tempo? Achei que aquilo fosse real. Agora não sei mais o que é real. E me senti traída, senti que traí a mim mesma, a você e a todas as outras coisas... de valor, tudo, enfim, que alguém deseja ser; ninguém quer ser só mais um monstro cinzento e horrível." Eles passaram pelas alegres senhoras e Cass olhou para elas com espanto e ódio. "Meu Deus. Que mundo triste este."

Ele não disse nada porque não sabia o que dizer, e os dois continuaram seu passeio assustador pela selva gelada e oblíqua. As cores nas paredes retiniam — como música congelada; ele tinha a sensação de que essas salas nunca acabariam de desaguar umas nas outras, de que aquele labirinto era eterno. E a compaixão que sentiu por Cass foi maior do que qualquer amor que tivesse sentido por ela. Ela estava ereta como um soldado, andando em frente, e "menor do que um minuto", como se dizia no Sul. Ele desejou poder resgatá-la, desejou que estivesse a seu alcance resgatá-la e tornar a vida dela mais fácil. Mas só o amor poderia conseguir o milagre de tornar uma vida suportável — só o amor, e mesmo o amor fracassava na maioria dos casos; e ele jamais havia amado Cass. Tinha usado Cass para descobrir alguma coisa sobre si mesmo. E nem isso era verdade. Tinha usado Cass na esperança de evitar um confronto consigo mesmo, o qual acabou tendo que enfrentar de qualquer jeito, e que acabou sendo ainda mais violento. Sentia-se agora, naquele momento terrível, tão distante de Cass quanto estava fisicamente distante de Yves. O espaço rebentava entre os dois como uma inundação. E levando em conta que, a cada instante, Yves estava se aproximando, vencendo toda aquela água e que, enquanto se aproximava, tornava-se mais irreal, Cass era levada cada vez mais para longe; já estava a uma distância intransponível, onde seria envolvida pela realidade, inalterável para sempre, como um cadáver envolvido por uma mortalha. Portanto, a compaixão de Eric, agora que ele não tinha mais o que fazer, se estendia voluptuosamente em direção a ela. "Você jamais será um monstro", ele disse, "jamais. O que está acontecendo é indescritível, eu sei, mas não pode derrotar você. Você não pode afundar, você já chegou longe demais."

"Acho que eu sei o que eu *não* vou ser. Mas o que eu vou me tornar, disso não faço a menor ideia. E tenho medo."

Eles passaram perto de um guarda exausto, que parecia se sentir ofuscado pela luz, como se jamais tivesse sido capaz de fugir dela. Diante deles havia uma tela enorme e violenta em tons de verde, vermelho e preto, com blocos e círculos, com exclamações que pareciam adagas; era como se ela estivesse voando, como se estivesse se equilibrando na parede para os olhos do espectador; ao mesmo tempo parecia estender-se infinita e apaixonadamente sobre si mesma, voltando ao passado para atingir um caos indizível. Era uma tela agressiva, soberbamente desprovida de encanto e incompreensível, que poderia ter sido pintada por um tirano solitário e com sede de sangue que tivesse sido enganado por suas vítimas. "Que horrível", murmurou Cass, mas ela não se moveu, porque aquele canto, a não ser pelo guarda, pertencia a eles.

"Uma vez você falou", ele disse, "que queria crescer. E não é que isso é sempre assustador? Que sempre machuca?"

Era uma pergunta que ele fazia a si mesmo, claro. Ela se virou para ele com um leve sorriso, um sorriso de gratidão, depois se voltou para a pintura.

"Estou começando a achar", ela disse, "que crescer nada mais é do que aprender mais e mais sobre a angústia. Esse veneno se transforma no seu alimento — você bebe um pouquinho dele todo dia. Depois que você enxergou isso, você não tem como parar de ver — esse é o problema. E isso pode, pode" — ela passou a mão, num gesto extenuado, pela testa outra vez — "te

471

deixar doida." Ela se afastou por um instante, depois voltou para o canto deles. "Você começa a ver que você mesma, essa pessoa inocente, decente, contribuiu, e continua contribuindo, para a infelicidade do mundo. E que essa infelicidade jamais vai ter fim, porque a gente é o que é." Ele olhou para o rosto dela, do qual, naquele instante, diante dos olhos de Eric, a juventude estava indo embora; a adolescência dela, enfim, ficava para trás. No entanto, o rosto dela não parecia exatamente murcho nem velho. Parecia limpo, como se alguém o tivesse esfregado com força, havia nele algo de implacavelmente impessoal. "Fiquei observando o Richard hoje de manhã e pensei comigo, como já tinha pensado outras vezes, quanto de responsabilidade eu tenho por ele ser quem ele é, por ele ter se tornado o que se tornou." Ela encostou a ponta do dedo no lábio por um momento e fechou os olhos. "Eu julgo o Richard por ele ser um escritor de segunda categoria, por não ter nenhuma paixão verdadeira, nenhuma ousadia, nenhum pensamento original. Mas ele sempre foi assim, ele não mudou. Eu ficava encantada de dar as *minhas* opiniões para ele; quando eu estava com ele, *eu* era a ousada, era *eu* quem tinha paixão. E ele pegou tudo isso para si, claro; como ele podia saber que aquilo não era dele? E eu ficava feliz por ter conseguido, eu pensava, transformar o Richard naquilo que eu queria que ele fosse. Claro que ele não consegue entender que é exatamente esse triunfo que agora ficou insuportável. Eu me diminuí mais do que eu podia ao levar o Richard até uma água que ele não sabe beber. Essa água não é para *ele*. Mas agora é tarde demais." Ela sorriu. "Ele não tem nenhum trabalho de verdade pra fazer, esse é o problema dele, esse é o problema desta época e deste lugar horrorosos em que a gente vive. E eu estou numa armadilha. Não adianta nada colocar a culpa nas pessoas ou na época — cada um de nós é ao mesmo tempo todas essas pessoas. Nós *somos* a nossa época."

"Você acha que não tem esperança para nós?"

"Esperança?" A palavra parecia ricochetear de uma parede para a outra. "Esperança? Não, acho que não existe esperança. Nós somos vazios demais aqui" — os olhos dela sorveram o público dominical — "muito vazios... aqui." Ela pôs a mão no coração. "Isto não é nem de longe um país, é um monte de jogadores de futebol e de escoteiros. Covardes. Nós achamos que somos felizes. Não somos. Estamos condenados." Cass olhou para o relógio. "Preciso voltar." Ela olhou para ele. "Eu só queria olhar pra você por um instante."

"O que você vai fazer?"

"Ainda não sei. Quando eu souber, te digo. O Richard saiu, pode ser que só volte daqui a uns dias. Ele quer pensar, é o que ele diz." Ela suspirou. "Não sei." Ela disse, com cautela, olhando para o quadro: "Imagino que, pelo bem das crianças, ele vai decidir que é melhor a gente aguentar o tranco e ficar junto. Não sei se eu quero isso, não sei se eu aguento. Mas ele não vai pedir o divórcio, ele não tem coragem de apontar você como o responsável pelo adultério da mulher dele". Os dois, para a própria surpresa, riram. Ela olhou de novo para ele. "Eu não posso ir te encontrar", disse.

Houve um silêncio.

"Não", ele disse, "você não pode ir me encontrar."

"Então na verdade — mesmo que a gente vá se encontrar — é um adeus."

"Sim", ele disse. Depois: "Tinha que ser assim".

"Eu sei. Queria que não tivesse acontecido *assim*, mas" — ela sorriu — "você fez uma coisa muito valiosa pra mim, Eric, independentemente do resto. Espero que você acredite em mim. Espero que você nunca esqueça — o que eu disse. Eu nunca vou me esquecer de você."

"Não", ele disse, e de repente tocou no braço dela. Ele teve a sensação de estar caindo, caindo para fora do mundo. Cass o estava soltando no meio do caos. Ele se segurou nela uma última vez.

Ela o olhou no rosto e disse: "Não tenha medo, Eric. Se você não tiver medo, vai ser mais fácil eu não ter medo também. Faça isso por mim". Ela tocou no rosto dele, nos lábios. "Seja homem. Dá para suportar, dá para suportar qualquer coisa."

"Sim." Mas ele continuava olhando para ela. "Ah, Cass. Se eu pudesse fazer alguma coisa."

"Você não pode", ela disse, "fazer mais do que já fez. Você foi meu amante e agora é meu amigo." Ela pegou a mão dele e olhou para ela. "O que você me deu, por algum tempo, foi você mesmo. Foi realmente você."

Eles se afastaram da tela vibrante, andaram de novo no meio da multidão e desceram lentamente as escadas. Cass colocou o capuz; ele não tinha chegado a tirar sua capa de chuva.

"Quando eu vou te ver?", ele perguntou. "Você me liga ou o quê?"

"Eu te ligo", ela disse, "amanhã ou depois de amanhã." Eles saíram pela porta e pararam. Continuava chovendo.

Eles ficaram vendo a chuva. Ninguém entrou, ninguém saiu. Então um táxi parou no meio-fio. Duas mulheres, com capuzes de plástico, se atrapalharam com suas sombrinhas, bolsas e carteiras, se preparando para sair do táxi.

Sem dizerem uma palavra, Eric e Cass saíram correndo na chuva até o meio-fio. As mulheres se apressaram com dificuldade e foram até o museu. Eric abriu a porta do táxi.

"Tchau, Eric." Ela se inclinou para a frente e deu um beijo nele. Ele segurou Cass. O rosto dela estava molhado, mas ele não sabia se era chuva ou lágrimas. Ela se afastou e entrou no táxi.

"Vou esperar você me ligar", ele disse.

"Sim. Eu ligo. Fique bem."

próprio corpo, em suas possibilidades e em sua iminente e absoluta decadência, de um modo que jamais havia pensado. Eric se mexeu sob o corpo dele, sedento como areia. Vivaldo pensou no que era aquilo que se movia no corpo de Eric e que o lançava, como um pássaro ou uma folha na tempestade, contra o muro que era a carne de Vivaldo; e pensou no que movia seu próprio corpo: que virtude estavam tentando compartilhar? O que ele fazia ali? Aquilo tudo não podia estar mais distante da guerra necessária que um homem enfrenta ao estar com uma mulher. Àquela altura ele já teria penetrado o corpo dela, daquela mulher que não estava ali, os suspiros dela seriam diferentes e sua rendição jamais se daria totalmente. O sexo dela, que permitia a entrada dele, mesmo assim permaneceria estranho a ele, uma incitação e uma angústia, um eterno mistério. Mesmo agora, nesse momento de esforço e de dúvidas, tendo a chuva como única testemunha, ele sabia que estava condenado às mulheres. Como era ser um homem condenado aos homens? Ele não conseguia imaginar e sentiu uma breve aversão, logo banida, já que aquele sentimento ameaçava sua tranquilidade. E naquele exato momento sua excitação aumentou: sentiu que podia fazer o que quisesse com Eric. Agora Vivaldo, acostumado a fazer o esforço, a ser quem oferecia a dádiva, e que obtinha seu prazer dando prazer a uma mulher, se rendeu à libido, ao ardente torpor da passividade, e sussurrou no ouvido de Eric um pedido urgente e abafado.

O sonho se equilibrava no limite do pesadelo: havia quanto tempo existia aquele rito, aquele ato de amor, qual seria sua profundidade? No tempo impessoal, nos atores? Sentiu que tinha dado um passo rumo ao precipício e que estava em uma corrente de ar que o mantinha inexoravelmente no alto, como o sal do mar sustenta o nadador: e ele parecia ver, lá embaixo, a uma distância imensa e horrível, no fundo de seu coração, aquele codo; mas não se sentia assim com Eric; portanto não sabia como se sentia. Essa autoconsciência atormentada levou Vivaldo e temer que aquele momento, afinal, não desse em nada. Não queria que isso acontecesse, sabia que sua necessidade era grande demais, que eles tinham ido longe demais, que Eric havia assumido riscos demais. Temia o que poderia acontecer caso fracassassem. Ainda assim, sua libido mantinha-se acesa, e crescera, aquecendo seu corpo e se debatendo contra o labirinto de sua perplexidade; sua libido era extraordinariamente arrogante, cruel e irresponsável, mas havia nela uma profunda e incompreensível ternura: Vivaldo não queria machucar Eric. A dor física que algumas vezes havia causado a mulheres fantasmas, já desaparecidas, havia sido necessária para elas; ele tinha aberto, para elas, a porta da vida; mas agora estava envolvido em outro mistério, a um só tempo mais sujo e mais puro. Tentou voltar à adolescência, agarrando o corpo estranho de Eric e acariciando aquele sexo estranho. Ao mesmo tempo, tentou pensar em uma mulher. (Mas não queria que fosse Ida.) E eles ficaram deitados juntos naquela posição antiquada, a mão de um no sexo do outro, pernas entrelaçadas, a respiração de Eric estremecendo no peito de Vivaldo. Esse tremor infantil e confiante devolveu a Vivaldo a noção de seu poder. Apertou Eric com força e cobriu o corpo dele com o seu, como se o estivesse protegendo da queda dos céus. Mas era também como se, ao mesmo tempo, estivesse sendo protegido pelo amor de Eric. Era uma situação, estranha e insistentemente, de dois gumes, era como fazer amor entre espelhos ou como morrer afogado. Mas também era como música, como os clarinetes mais agudos, mais doces e solitários, e era como chuva. Beijou Eric de novo, e de novo, pensando em como iriam, por fim, se unir. O corpo masculino não era misterioso, ele jamais havia pensado nisso, mas naquele momento era o mistério mais impenetrável; essa perplexidade o fez pensar no

"Vai com Deus, Cass. Até."

"Até."

Ele fechou a porta e o táxi partiu pela rua longa, vazia e relevante.

Começava a escurecer. As luzes da cidade em breve começariam a brilhar; agora faltava pouco para que essas luzes exibissem o nome dele. Um vento errante, um vento frio, fazia ondas na água que se acumulava na sarjeta, aos pés de Eric. Depois tudo ficou imóvel, com uma desolação quase confortadora.

Ida ouviu os passos de Vivaldo e correu para abrir a porta no momento em que ele começava a procurar a chave. Ela jogou a cabeça para trás e riu.

"Você está com uma cara de quem escapou por pouco de ser linchado, meu bem. Onde você arranjou essa capa de chuva?" Ela olhou para Vivaldo de cima a baixo e riu de novo. "Entre, meu pobre ratinho afogado, antes que te encontrem aqui."

Ela fechou a porta depois que ele entrou, pegou a capa de chuva de Eric, pendurou no banheiro e secou o cabelo dele, que pingava. "Tem alguma coisa pra comer nesta casa?"

"Tem. Você está com fome?"

"Muita." Ele saiu do banheiro. "O que o Richard falou?"

Ela estava na cozinha, de costas para ele, mexendo no armário embaixo da pia, onde ficavam as panelas e frigideiras. Pegou uma frigideira; olhou para ele por um instante, e esse olhar bastou para entender que Richard tinha conseguido assustar Ida.

"Nada de muito bom. Mas agora não tem importância." Ela pôs a frigideira no fogo e abriu a geladeira. "Acho que você e a Cass eram o mundo dele. Agora que os dois fizeram tão mal pra ele, ele perdeu o rumo." Ela pegou tomates, alface e um pacote de costelinhas de porco na geladeira e colocou tudo na mesa. "Ele tentou me irritar, mas só me deixou triste. Ele estava muito magoado." Ela fez uma pausa. "Os homens ficam tão desamparados quando estão magoados!"

Ele abraçou Ida por trás e deu um beijo nela. "Verdade?"

Ela devolveu o beijo e disse, séria: "É verdade. Vocês não acreditam que as coisas estão acontecendo. Acham sempre que deve ser um engano".

"Que sábia você!", ele disse.

"Eu não sou sábia. Sou apenas uma negra pobre e ignorante tentando chegar a algum lugar."

Ele riu. "Se você não passa de uma negra pobre e ignorante tentando chegar a algum lugar, não tenho a menor dúvida de que eu odiaria ter que lidar com uma negra que já chegou a algum lugar."

"Mas você nem ia saber. Você acha que as mulheres falam a verdade. Elas não falam. Não podem falar." Ela se afastou dele, ocupada com outra panela, com a água e com o fogo. Ida olhou para ele de um jeito irônico. "Os homens não *amariam* as mulheres se elas falassem a verdade."

"Você não gosta dos *homens*."

Ela disse: "Na verdade não encontrei muitos. Muitos que *eu* pudesse chamar de homens".

"Espero que eu seja um deles."

"Ah, pra você há esperança", ela disse, bem-humorada, "talvez você ainda chegue lá."

"Provavelmente", ele disse, "essa foi a coisa mais simpática que você me disse até hoje."

Ela riu, mas no som de seu riso havia algo triste e solitário. Havia algo triste e solitário na aparência dela, algo que o incomodou sem ele saber exatamente por quê. E ele começou a prestar mais atenção nela, sem nem perceber que fazia isso.

Ela disse: pobre Vivaldo. Eu tenho sido bem dura com você, não é, meu bem?".

"Não estou reclamando", ele disse com cautela.

"Não", ela disse meio que para si mesma, passando os dedos, pensativa, por uma tigela de arroz seco, "eu tenho que reconhecer. Eu sou muito durona, mas você aguenta bem o tranco."

"Você acha que talvez", ele disse, "eu aguente demais?"

Ida franziu a testa. Jogou o arroz na água fervente. "Pode ser. Merda, acho que as mulheres realmente não sabem o que querem, nenhuma mulher sabe. Olha só a Cass... Você quer tomar alguma coisa", ela perguntou de repente, "antes de jantar?"

"Claro." Ele pegou a garrafa e os copos, e pegou gelo. "Como assim, as mulheres não sabem o que querem? *Você* não sabe o que quer?"

Ida tinha pegado a tigela grande para salada e estava fatiando tomates nela; dava a impressão de não se atrever a ficar parada. "Claro... Ou pensei que eu soubesse. Uma época eu tinha certeza que sabia. Agora já não sei bem." Ela fez uma pausa. "Só descobri isso... ontem à noite." Ela olhou para ele bem-humorada, encolheu um pouco os ombros e fatiou furiosamente outro tomate.

Ele colocou o copo com a bebida ao lado dela. "O que te deixou tão confusa?"

Ela riu, e outra vez ele ouviu aquela surpreendente melancolia. "Morar com você! Dá pra acreditar? E eu caí nessa enganação."

Ele pegou o banquinho que usava para trabalhar na outra sala e ficou se balançando nele, um pouco acima dela.

"De que *enganação*, meu bem, você está falando?"

Ela tomou um gole da bebida. "Essa enganação toda sobre amor, meu bem. Amor, amor, amor!"

O coração dele deu um pulo; eles olhavam um para o outro; ela sorriu um sorriso triste. "Você está tentando me dizer... sem que eu precise nem perguntar... que você me ama?"

"Será? Acho que sim." Depois ela largou a faca e se sentou absolutamente imóvel, olhando para baixo, os dedos de uma das mãos tamborilando na mesa. Depois juntou as mãos, os dedos de uma mão brincando com o anel de cobra com olhos de rubi, tirando o anel até certo ponto e devolvendo-o ao lugar.

"Mas... isso é maravilhoso." Ele pegou a mão de Ida. A mão estava fria, úmida e sem vida na mão dele. Uma espécie de lufada de pânico atingiu Vivaldo por um instante. "Não é? Isso me deixa muito feliz — *você* me deixa muito feliz."

Ela pegou a mão dele e encostou seu rosto nela. "Deixo mesmo, Vivaldo?" Em seguida se levantou e foi até a pia lavar a alface.

Ele foi atrás dela, ficou de pé a seu lado, observando de perto o rosto fechado de Ida, que não se voltava para ele. "Qual é o problema, Ida?" Ele colocou a mão na cintura dela; ela tremeu, como se sentisse repulsa, e ele deixou a mão cair. "Me conte, por favor."

"Não é nada", ela disse, tentando parecer tranquila, "já falei. Estou mal-humorada. Provavelmente é a época do mês."

"Ora, meu bem, não use essa desculpa pra fugir da conversa."

Ida estava arrancando as folhas de alface, lavando e colocando sobre um pano de prato. Continuou fazendo isso em silêncio, até a última folha. Tentava fugir do olhar de Vivaldo; ele nunca tinha visto Ida tão perdida. De novo, ele se assustou. "O que *foi?*"

"Me deixa em paz, Vivaldo. Mais tarde a gente conversa."

"A gente *não* vai deixar essa conversa pra depois. A gente vai conversar agora."

O arroz começou a ferver e ela se afastou dele depressa, para ir baixar o fogo.

"Minha mãe sempre me disse, meu bem, que não dá pra cozinhar e conversar ao mesmo tempo."

"Bom, então pare de *cozinhar*!"

Ela olhou para ele daquele jeito sensual, com olhos arregalados e divertidos, que ele conhecia fazia tanto tempo. Mas agora havia algo desesperado naquele olhar; será que sempre tinha havido algo desesperado naquele olhar? "Mas você *disse* que estava com fome!"

"Pare com isso. Não é engraçado, o.k.?" Ele levou Ida até a mesa. "Eu quero saber o que está acontecendo. Foi alguma coisa que o Richard falou?"

"Não estou querendo ser engraçada. Eu *realmente* quero fazer uma comida pra você." Depois, com uma explosão repentina de fúria: "Não tem nada a ver com o Richard. Afinal, o que é que o Richard podia *falar*?".

Passou pela cabeça dele a ideia maluca de que Richard poderia ter inventado alguma história sobre ele e Eric, e ele esteve a ponto de negar. Ele se recuperou, esperando que ela não tivesse notado seu pânico; mas seu pânico aumentou.

Ele disse, com toda a delicadeza: "Bom, então qual é o problema, Ida?".

Ela disse, exausta: "Ah, um monte de coisas que vêm lá de trás, eu nunca vou conseguir te fazer entender, nunca".

"Tente. Você diz que me ama. Por que você não pode confiar em mim?"

Ela riu. "Ah, pra você a vida é tão simples." Ela olhou para ele e riu de novo. Esse riso era insuportável. Ele sentia vontade de bater nela, não por raiva, mas para que ela parasse de rir; mas se obrigou a ficar quieto, e não fez nada. "Porque — eu sei que você é mais velho do que eu — sempre acho você bem mais novo. Sempre te vejo como um menino bonzinho que não sabe nada da vida e que talvez nunca vá saber. E eu não quero ser a pessoa que vai te ensinar."

Ela disse a última parte num tom baixo, rancoroso, olhando de novo para as mãos.

"Tá. Continue."

"*Continue?*" Ela olhou para ele de um jeito estranho, selvagem. "Você quer que eu *continue?*"

Ele disse: "Por favor, pare de me assustar, Ida. Por favor, continue".

"*Eu* estou te assustando?"

"Quer que eu confirme por escrito?"

O rosto dela mudou, ela se levantou da mesa e voltou ao fogão. "Entendo que você tenha essa impressão", ela disse, muito humilde. Foi até a pia e se debruçou, olhando para ele. "Mas eu nunca tentei te assustar — mesmo quando te assustei. Acho que isso nunca me passou pela cabeça. Na verdade, claro que não passou, eu nunca tive tempo pra isso." Ela olhou para ele. "É que eu percebi que tenho tido o olho maior do que a barriga." Ele estremeceu. De repente ela disse: "Tem certeza que você é um homem, Vivaldo?".

Ele disse: "Eu tenho que ter certeza".

"Concordo", ela disse. Ida foi até o fogão e acendeu o fogo sob a frigideira, foi até a mesa e abriu o pacote de carne. Começou a salgá-la, a pôr pimenta, páprica e alho picadinho, perto dos ossos. Vivaldo tomou um gole de sua bebida, absolutamente sem gosto; pôs mais uísque no copo. "Quando o Rufus morreu, alguma coisa aconteceu comigo", ela disse. Agora sua voz era baixa e parecia cansada, como se ela estivesse contando a história de outra pessoa; além disso, era como se ela mesma, levemente perplexa, a estivesse ouvindo pela primeira vez. O mais estranho, porém, era que ele começou a ouvir uma história que conhecia desde sempre, embora não tivesse ousado acreditar nela. "Eu não sei explicar. O Rufus sempre foi tudo pra mim. Eu amava ele."

"Eu também", ele disse — rápido demais, insignificante; e pela primeira vez pensou que talvez fosse um mentiroso; que talvez jamais tivesse amado Rufus, mas apenas sentido medo e inveja dele.

"Não preciso das suas credenciais, Vivaldo", ela disse.

Ela lançou um olhar grave para a frigideira, esperando que ficasse quente o suficiente, depois derramou um fio de óleo. "O que interessa, de qualquer jeito, no momento, é que *eu* amava o Rufus. Ele era o meu irmão mais velho, mas desde que me dei por gente eu sabia que era mais forte do que ele. Ele era bonzinho, realmente muito bonzinho, independentemente do que vocês possam ter pensado dele depois. Nenhum de vocês, na verdade, sabia nada sobre ele, não sabiam entender o Rufus."

"Você sempre fala isso", ele disse, parecendo cansado. "Por quê?"

"Como é que vocês podiam — como é que vocês *podem* — sonhar do jeito que vocês sonham? Vocês se acham livres. Isso significa que vocês acham que têm alguma coisa que as outras pessoas querem — ou precisam. Merda." Ela deu um sorriso seco e olhou para ele. "Num certo sentido vocês *têm*. Mas não é o que vocês acham que é. E vocês vão começar a descobrir assim que algumas dessas outras pessoas começarem a ter o que vocês têm hoje." Ela balançou a cabeça. "Eu tenho pena delas. Tenho pena de você. Chego até a meio que ter pena de mim, porque só Deus sabe quantas vezes eu quis que você me deixasse onde eu estava…"

"No meio da selva?", ele provocou.

"Sim. Lá no meio da selva, negra e assustada — e sendo eu mesma."

A leve raiva que ele sentia desapareceu tão depressa quanto tinha surgido. "Bom", ele disse baixinho, "às vezes eu também sou nostálgico, Ida." Ele olhou para o rosto escuro e solitário dela. Pela primeira vez, teve uma ideia de como seria a aparência dela quando envelhecesse. "O que eu nunca entendi", ele disse por fim, "é que você sempre me acusa de dar importância demais para a cor da sua pele, de tentar te punir. Mas você faz a mesma coisa comigo. Você sempre me faz sentir branco. Você acha que isso não me magoa? Você me afasta. E tudo que eu quero é que você seja parte de mim e que eu seja parte de você. Eu não daria a mínima se você fosse listrada como uma zebra."

Ela riu. "Ah, você ia se importar, sim. Mas você diz umas coisas bem fofas." Depois: "Se eu te afasto, como você diz, é basicamente pra te proteger…".

"Me proteger do quê? E eu não *quero* ser protegido. Além do mais…"

"Além do mais?"

"Eu não acredito em você. Eu não acredito que seja essa a razão. Você quer proteger a si mesma. Você quer me odiar porque eu sou branco, porque pra você é mais fácil assim."

"Eu não te odeio."

"Então por que você não consegue deixar isso de lado? Qual é o problema?"

Ela mexeu o arroz, que estava quase pronto, encontrou um escorredor e colocou na pia. Depois se virou para ele.

"Tudo começou porque eu disse que vocês…"

"Escute o que você está dizendo. *Vocês!*"

"… não sabiam nada sobre o Rufus…"

"Porque somos brancos."

"Não. Porque ele era negro."

"Ah. Eu *desisto*. Aliás, por que a gente sempre acaba falando sobre o Rufus?"

"Eu tinha começado a te contar uma coisa", ela disse baixinho; e olhou para ele.

Ele engoliu mais um pouco do uísque e acendeu um cigarro. "Verdade. Por favor, continue."

"*Porque* eu sou negra", ela disse depois de um momento, e sentou perto dele na mesa, "eu sei mais sobre o que aconteceu com o meu irmão do que vocês jamais saberão. Eu vi aquilo acontecer — desde o começo. Eu estava lá. Ele não devia ter acabado daquele jeito. Isso é que eu não consigo aceitar. Ele era um menino lindo. A maioria das pessoas não é bonita, eu sempre soube disso. Eu olhava para as pessoas e sabia. Mas ele não sabia, porque ele era muito melhor do que eu." Ela fez uma pausa, e o silêncio chiou com o som da frigideira e com o som contínuo da chuva. "Por exemplo, ele adorava o nosso pai. Adorava mesmo. Eu não. Ele era só um sujeito barulhento, arruinado, que gostava de ficar bêbado e de ficar nas barbearias — bom, pode ser que ele nem gostasse disso, mas era o que ele tinha pra fazer, fora trabalhar como um camelo em troca de nada — e tocar violão no fim de semana para o seu único filho homem." Ela fez outra pausa, sorrindo. "Mesmo assim tinha uma coisa muito bacana naqueles fins de semana. Ainda consigo ver o meu pai, com a barriga de fora, tocando violão e tentando ensinar alguma música lá da terra dele, e o Rufus rindo e tentando tirar sarro dele, mas de um jeito carinhoso, e cantando com ele. Aposto que meu pai nunca foi mais feliz do que quando cantava para o Rufus. Agora ele não tem ninguém pra quem cantar. Ele tinha tanto orgulho do filho! Ele é que comprou a primeira bateria do Rufus."

Agora ela não estava afastando Vivaldo; pelo contrário, ele se sentia aprisionado. Ele ouvia, vendo, ou tentando ver, o que ela via, e sentindo parte do que ela sentia. Mesmo assim ficava imaginando quanto a memória dela havia filtrado. E imaginava como Rufus seria na época, com todo aquele seu ímpeto brilhante ainda não posto à prova e com suas esperanças intactas.

Ela ficou em silêncio por um momento, inclinada para a frente, olhando para baixo, cotovelos nos joelhos e dedos de uma das mãos brincando inquietos com o anel.

"Quando o Rufus morreu, toda a luz daquela casa foi embora, toda. Por isso eu não fiquei lá, eu sabia que não podia ficar lá, que de repente eu ia envelhecer e ficar como eles, que ia acabar como todas aquelas garotas largadas que não conseguem encontrar ninguém para protegê-las. Eu sempre soube que não podia acabar daquele jeito, sempre soube. Eu contava com o Rufus para me tirar de lá — eu sabia que ele faria qualquer coisa por mim, assim como eu faria qualquer coisa por ele. Não me passou pela cabeça que não ia ser assim. Eu *sabia* que ia ser assim."

Ida levantou, voltou ao fogão, tirou o arroz do fogo, colocou no escorredor e a água escoou; ela pôs água na panela e a levou de volta ao fogo, apoiando o escorredor sobre a panela e cobrindo o arroz com um pano de prato. Ela virou as costelinhas. Depois sentou.

"Quando a gente viu o corpo do Rufus, não sei nem como explicar. Meu pai ficou olhando para ele, olhando, olhando. Não parecia o Rufus, estava horrível, por causa da água, ele deve ter *batido* em alguma coisa enquanto caía, ou na água, porque estava todo quebrado e inchado — e feio. O *meu* irmão. Meu pai ficou olhando para aquilo — para aquilo — e disse: eles realmente acabam com um sujeito, não é? O pai dele morreu espancado por um guarda ferroviário que bateu nele com um martelo. Levaram o pai dele pra casa daquele jeito. Minha mãe se assustou, ela queria que meu pai rezasse. E ele disse, ele gritou o mais forte que pôde: rezar? *Quem* vai rezar? Eu juro pra você, se algum dia eu chegar perto desse demônio branco que você chama de Deus, vou arrancar meu filho e meu pai de dentro do couro branco dele! Nunca mais diga a palavra 'rezar' pra mim, mulher, pelo menos não se quiser continuar *viva*. E aí ele começou a chorar. Nunca vou esquecer. Talvez eu não amasse meu pai, mas naquele momento eu amei. Foi a última vez que ele gritou, depois nunca mais levantou a voz. Fica só lá sentado, nem bebe mais. Às vezes ele sai e fica ouvindo aqueles caras discursando na esquina da rua 125 com a Sétima Avenida. Ele diz que só quer viver o suficiente... o suficiente."

Vivaldo disse, para romper o silêncio que repentinamente ressoava em torno deles: "Para se vingar".

"Sim", ela disse. "Eu também me senti assim."

Ela foi de novo até o fogão.

"Eu sentia como se tivessem me roubado alguma coisa. E *tinham* me roubado — roubado a minha única esperança. E quem fez isso foram pessoas covardes demais até para saber o que tinham feito. Pra mim parecia que elas não mereciam um destino melhor do que aquele que tinham me dado. Eu não me importava com o que ia acontecer com essas pessoas, desde que elas sofressem. Eu não me importava nem mesmo com o que ia acontecer comigo. Mas não ia permitir que o que aconteceu com o Rufus, e que estava acontecendo à minha volta o tempo todo, acontecesse comigo. Eu ia dar um jeito de sobreviver neste mundo e conseguir o que eu precisava, não importava como."

Ele pensou: *ah, é agora*, e sentiu um alívio estranho, amargo. Terminou o uísque, acendeu outro cigarro e olhou para ela.

Ela olhou para ele, como se para ter certeza de que ele continuava ouvindo.

"Nada do que você falou até agora", ele disse, cuidadoso, "parece ter muito a ver com o fato de você ser negra. A não ser pelo jeito como você interpreta as coisas. Mas aí ninguém pode fazer nada."

Ela soltou um suspiro brusco, como se tivesse com raiva. "Pode ser verdade. Mas pra você é muito fácil dizer isso."

"Ida, muita coisa do que você tem dito, desde que a gente se conheceu, também é... muito fácil." Ele a observou. "Não é?" Depois: "Meu amor, o sofrimento não *tem* cor. Tem? Será que a gente não pode deixar esse pesadelo pra lá? Eu faria qualquer coisa. Eu faria qualquer coisa pra que isso fosse possível". Ele foi até Ida e a abraçou. "Por favor, Ida, seja o que for que a gente precise fazer, pra gente ficar livre... vamos fazer."

Os olhos dela estavam cheios d'água. Ela olhou para baixo. "Deixe eu terminar minha história."

"Nada do que você diga vai fazer diferença."

"Você não tem como saber. Está com medo?"

Ele deu um passo para trás. "Não." Depois: "Sim. Sim. Não suporto mais a sua vingança".

"Bom, nem eu. Me deixe terminar."

"Deixe pra lá esse fogão. Não vou conseguir comer agora."

"A comida vai estragar."

"Deixe que estrague. Senta aqui."

Ele queria estar mais bem preparado para esse momento, queria não ter estado com Eric, queria que sua fome desaparecesse, que seu medo fosse embora e que o amor lhe trouxesse uma percepção e uma concentração transcendentes. Mas sabia que estava fisicamente fraco e cansado, não bêbado, mas longe de estar sóbrio; parte de sua mente inquieta estava distante, sendo engolida pelo enigma que ele próprio era.

Ela apagou a chama sob a frigideira e foi sentar à mesa. Ele empurrou o copo dela para onde ela estava, mas Ida não tocou nele.

"Eu sabia que não tinha esperança no Harlem. Vários daqueles homens, eles têm lá seus pequenos comércios e tudo mais, mas na verdade não têm é nada, o sr. Branco não deixa eles irem longe demais. Os que realmente têm alguma coisa não teriam nada de útil pra mim; sou escura demais pra eles, eles veem meninas como eu na Sétima Avenida todo dia. Eu sabia o que eles iam fazer comigo."

E agora ele percebeu que não queria ouvir o resto da história. Imaginou-se na Sétima Avenida; talvez nunca tivesse saído de lá. Pensou no que já tinha acontecido naquele dia, em Eric, Cass, Richard, e se sentiu tragado pelas corredeiras de uma misteriosa derrota.

"Eu só podia fazer uma coisa, como o Rufus dizia, que era sair do Harlem. E foi o que eu fiz. No começo eu não tinha nada muito claro na cabeça. Eu via o jeito como os brancos me olhavam, como cães. E pensava no que eu podia fazer com eles. Pensava em como eu odiava aqueles homens, a aparência deles, as coisas que eles diziam, elegantíssimos naquela merda de pele branca, aquelas roupas, aqueles pauzinhos branquinhos e fraquinhos deles pulando dentro da cueca. Dava pra fazer o que você quisesse com eles, se você soubesse conduzir as coisas, porque eles queriam fazer alguma coisa suja, e sabiam que você sabia fazer aquilo. Todo negro sabe fazer essas coisas. A diferença é que os mais educados não diziam 'sujo'. Eles diziam 'de verdade'. Eu ficava imaginando o que essa gente fazia na cama, os brancos, quero dizer, entre eles, pra ficarem assim tão doentios. Porque eles *são* doentios, eu sei o que estou dizendo. Eu tinha algumas amigas, e a gente saía de vez em quando com esses imbecis. Mas eles também eram espertos, sabiam que eram brancos, que sempre iam voltar pra casa, que não tinha absolutamente nada que você pudesse fazer pra impedir. Então eu pensei: merda, esse lugar não é pra mim. Porque eu não queria uma mudança pequena deles, eu não queria estar à mercê deles. Eu queria que *eles* estivessem à minha mercê."

Ela tomou um gole de sua bebida.

"Bom, naquela época você ficava me ligando o tempo todo, só que eu não pensava muito em você, pelo menos não a sério. Eu gostava de você, mas com certeza não planejava ter nada sério com um branquelo sem dinheiro — na verdade, eu não tinha planejado ter nada sério com ninguém. Mas eu gostava de você, e nas poucas vezes que te vi senti uma espécie de... *alívio*, quando eu te comparava com todas aquelas pessoas horrorosas. Você realmente me tratava bem. Você não tinha aquele olhar. Você simplesmente agia como um cara legal, e talvez, sem perceber, eu passei a precisar disso. Às vezes eu te via só um minuto, a gente tomava um café, ou alguma coisa assim, e eu ia embora, mas eu me sentia melhor, me sentia meio que protegida dos olhares e das mãos deles. Na maior parte do tempo eu me sentia muito mal naquela época. Não queria que o meu pai soubesse o que eu estava fazendo e tentava não pensar no Rufus. Foi quando eu decidi que devia tentar cantar, eu ia fazer isso pelo Rufus e o resto não ia ter importância. Assim eu ia ter o meu ajuste de contas. Mas pensei que eu precisava de alguém para me ajudar, e foi aí, bem nessa época, que eu..." Ela parou e olhou para as mãos. "Acho que eu queria ir pra cama com você, e não ter um caso com você, simplesmente ir pra cama com alguém que eu *gostasse*. Alguém que não fosse velho, porque todos aqueles caras são velhos, não importa a idade que eles têm. Eu só tinha ido pra cama com um cara que eu gostava, um cara do nosso quarteirão, mas ele virou religioso, a gente parou de se ver e ele casou. E eu achava que, infelizmente, não tinha outros caras negros, porque olha o que fazem com eles, cortam esses caras como se fossem grama! E não vi outra saída a não ser, finalmente, você. E o Ellis."

Então ela parou. Eles ouviram a chuva. Ele havia terminado sua bebida e pegou o copo dela. Ela olhou para baixo, ele teve a impressão de que ela não conseguia erguer o olhar e sentiu medo de tocar nela. O silêncio se prolongou; queria que ele acabasse, temia aquele silêncio; não havia nada que ele pudesse dizer.

Ela endireitou as costas e pegou um cigarro. Ele acendeu para ela.

"O Richard sabe sobre mim e o Ellis", ela disse com um tom de voz indiferente, "mas não é por isso que estou te contando. Estou contando porque estou tentando pôr um ponto-final nessa coisa horrorosa. Se é que é possível."

Ela fez uma pausa. Ela disse: "Deixa eu tomar um gole do seu copo, por favor".

"O copo é seu", ele disse. Ele deu o copo para ela e se serviu em outro.

Ela soltou uma nuvem de fumaça em direção ao teto. "É engraçado o jeito como as coisas acontecem. Se não fosse por você, acho que o Ellis não teria ficado tão vidrado em mim. *Ele* viu, melhor do que eu tinha visto, que eu realmente gostava de você e que isso significava que, se eu podia gostar de alguém, então por que não ele, já que ele podia me oferecer muito mais? E eu também pensei que era um truque sujo esse que a vida estava me trazendo, de me fazer gostar mais de você do que dele. No fim das contas, as chances de não ser só uma coisa passageira eram mais ou menos iguais, com a diferença de que com ele, se eu fizesse tudo direitinho, eu podia ter alguma coisa pra mostrar quando tudo acabasse. E ele foi inteligente, não ficou me pressionando, disse que claro que ele me desejava, mas que ia me ajudar de qualquer jeito, que uma coisa não tinha nada a ver com a outra. E ele me ajudou, foi muito bacana comigo, do jeito dele, cumpriu o que prometeu, ninguém nunca tinha sido tão legal comigo. Ele me levava pra jantar, pra lugares onde ninguém sabia quem ele era ou onde não ia fazer diferença se alguém soubesse. Muitas vezes a gente foi ao Harlem, ou, se ele sabia que eu ia cantar em algum lugar, ele aparecia. Ele não parecia estar tentando me enganar, nem quando falava da mulher e dos filhos, sabe? Ele parecia mesmo solitário. E, no fim, eu devia muito a ele e... era legal ser tratada daquele jeito e saber que o cara tinha dinheiro pra te levar aonde você quisesse e... ah! Bom, aí começou, acho que eu sempre soube que ia começar, e aí, quando começou, achei que não ia aguentar, mas não sabia como parar aquilo. Porque uma coisa é um cara fazer tudo por você enquanto você não está tendo um caso com ele e outra coisa é ele continuar fazendo depois que você *terminou* o caso com ele. E eu tive que continuar, e precisava chegar ao topo, onde quem sabe eu pudesse começar a respirar. Mas depois entendi por que ele nunca se preocupou com você. Ele é realmente esperto. Ele estava *feliz* por eu ter você, ele me disse isso; estava feliz por eu ter outro namorado, porque isso facilitava as coisas pra ele. Significava que eu não ia fazer nenhum escândalo, que não ia achar que estava apaixonada por ele. De certa forma, isso dava a ele outro tipo de poder sobre mim, porque ele sabia que eu tinha medo que você descobrisse e, quanto mais eu tivesse medo, mais difícil seria recusá-lo. Você entende?"

"Sim", ele disse lentamente, "acho que entendo."

Eles se olharam. Ela baixou os olhos.

"Mas sabe", ela disse devagar, "acho que você sabia o tempo todo."

Ele não disse nada. Ela insistiu, em voz baixa: "Não sabia?".

"Você me falou que não estava com ele", ele disse.

"Você acreditou em mim?"

Ele gaguejou: "Eu... eu *tinha* que acreditar".

"Por quê?"

De novo ele não disse nada.

"Porque você estava com medo?"

"Sim", ele disse por fim. "Eu estava com medo."

"Era mais fácil deixar acontecer do que tentar parar?"

"Era."

"Por quê?"

Os olhos dela buscaram o rosto dele. Foi a sua vez de desviar o olhar.

"Eu cheguei a te odiar algumas vezes", ela disse, "por fingir que acreditava em mim só porque não queria saber o que estava acontecendo comigo."

"Eu estava tentando fazer o que eu achava que você queria! Eu tinha medo de você me *abandonar* — você *disse* que ia fazer isso!" Ele levantou e andou pela cozinha, mãos nos bolsos, olhos marejados. "Eu me preocupava com essa história, pensava nisso, mas depois resolvi tirar da cabeça. Você disse que eu precisava confiar em você, lembra?"

Ele olhou com ódio para ela, parado a seu lado; mas ela parecia fora do alcance daquele ódio.

"Lembro. Só que você não passou a confiar em mim. Você simplesmente desistiu e fingiu que confiava em mim."

"O que você ia fazer se eu tivesse te confrontado?"

"Não sei. Mas, se você tivesse encarado a situação, eu também ia ter que encarar — como você estava fingindo, eu precisei fingir. Não estou culpando você. Só estou te contando como as coisas aconteceram." Ela olhou para ele. "Vi que aquilo podia continuar daquele jeito por um bom tempo", e os lábios dela se contorceram, numa demonstração de cansaço. "De algum jeito, eu tinha conseguido colocar você na posição que eu queria. Eu tinha me vingado. Só que não era *você* que eu queria punir. Não era de *você* que eu queria ganhar."

"Era do Ellis?"

Ela suspirou e levou uma das mãos ao rosto. "Ah, sei lá, pra dizer a verdade não sei o que eu estava pensando. Às vezes eu vinha pra casa depois de um encontro com o Ellis e você estava aqui, como o meu cachorro ou o meu gato, era o que eu pensava às vezes, só me esperando. Eu ficava com medo que você estivesse aqui e com medo que tivesse saído, ficava com medo que você perguntasse, que perguntasse *de verdade* aonde eu tinha ido, e ficava com medo que não perguntasse. Às vezes você tentava, mas eu sempre fazia você parar, dava pra ver nos seus olhos quando você ficava assustado. Eu odiava aquele olhar, e me odiava e odiava você. Dava pra ver de onde os homens brancos tinham tirado aquele olhar tão comum com o qual eles me olhavam; alguém tinha enchido aqueles caras de porrada, deixado aqueles caras assustados pra cacete muito tempo antes. E eu estava fazendo a mesma coisa com você. E era difícil pra mim quando você me tocava, principalmente..." Ela parou, pegou seu copo, provou a bebida, largou o copo. "Eu não suportava o Ellis. Você não faz ideia de como é ter o corpo de um homem que você não suporta em cima de você. E depois que eu fiquei com você passou a ser pior. Antes eu só ficava olhando eles se contorcerem, ficava ouvindo os grunhidos, e, meu Deus, eles eram todos tão formais, aqueles porcos amarelos suados, *vaidosos*, como se aquele pedaço triste de carne estivesse fazendo milagre, e acho que pra eles era milagre mesmo; era totalmente indiferente pra mim, a única coisa que eu queria é que eles decaíssem ainda mais. Ah, sim senhor, eu aprendi tudo sobre os brancos, era *assim* que eles eram quando estavam sozinhos, quando só uma negra via o que eles estavam fazendo, e do ponto de vista deles era como se a negra fosse cega, dava na mesma. Porque eles sabiam que eram brancos, meu caro, e que mandavam no mundo. Mas agora era diferente; às vezes, quando o Ellis punha as mãos em mim, o máximo que eu podia fazer era não gritar, não vomitar. Aquilo estava me *fazendo mal*, estava *me* fazendo mal, eu tinha a sensação de que estavam me enchendo de... não sei do quê, não era de veneno exatamente, mas de sujeira, de *lixo*, e que eu nunca ia conseguir tirar aquilo de mim, nunca ia conseguir me livrar daquele cheiro horrível. E às vezes, às vezes, às vezes..." Ela cobriu a boca, lágrimas escorreram por sua mão, sobre o anel vermelho. Ele não conseguia se mexer. "Ah, meu Deus. Eu fiz coisas horrorosas. Ah, meu Deus. Às vezes. Depois eu vinha pra casa e encontrava você. Ele sempre ficava com aquele sorrisinho esquisito quando eu finalmente ia embora, aquele sorrisinho dele que eu já vi tantas vezes, quando ele enganava alguém que ainda não tinha se dado conta. Ele não consegue controlar, é o jeito dele, era como se estivesse dizendo: 'Agora que eu já acabei o que eu queria com você, vá se divertir com o Vivaldo. E dê lembranças a ele'. E, é esquisito, esquisito... eu não conseguia ter ódio dele. Eu via o que ele estava fazendo, mas não conseguia ter ódio. Eu ficava pensando como era ser daquele jeito, não ter nenhum sentimento verdadeiro, só dizer: bom, agora vamos fazer isso, agora vamos fazer aquilo, agora vamos comer, agora vamos trepar, agora vamos embora... E fazer isso a vida inteira. Aí eu voltava pra casa e via você. Mas trazia o Ellis junto. Era como se eu estivesse suja e você precisasse me limpar toda vez. E eu sabia que você não tinha como fazer isso, por mais que tentasse, e se eu não odiava o Ellis eu odiava você. E me odiava."

"Por que você não acabou com isso, Ida? Você podia ter parado, não precisava continuar."

"Parar e ir pra onde? Parar e fazer o quê? Não, eu pensei: bom, agora que você começou, garota, feche os olhos, ranja os dentes e aguente até o fim. Vai valer a pena quando tiver acabado. É por isso que eu tenho trabalhado tanto. Pra escapar."

"E eu? E a gente?"

Ela olhou para ele com um sorriso amargo. "E a gente? Eu tinha a esperança de passar por isso e daí a gente ia ver. Mas ontem à noite aconteceu uma coisa. Eu não aguentei mais. A gente foi no Small's Paradise..."

"Ontem à noite? Você e o Ellis?"

"Isso. E a Cass."

"A Cass?"

"Eu convidei a Cass pra ir tomar alguma coisa comigo."

"Vocês saíram juntas de lá?"

"Não."

"Então foi por isso que ela chegou tarde em casa ontem à

noite." Ele olhou pra ela. "Que bom que eu não vim pra casa cedo então, hein?"

"E o que você teria feito", ela gritou, "se estivesse em casa? Você ia sentar na frente daquela máquina de escrever por um tempo, depois ia pôr alguma música, depois ia sair e encher a cara. E quando eu chegasse em casa, a *qualquer* hora que eu chegasse em casa, você ia acreditar na mentira que eu contasse, porque ia ter medo de não acreditar."

"Você é uma vaca", ele disse.

"Sim", ela disse, com uma sobriedade terrível, "eu sei." Ela acendeu um cigarro. A mão que segurava o fósforo tremia. "Mas estou tentando não ser. Não sei se tem alguma solução pra mim." Ela largou o fósforo em cima da mesa. "Ele me fez cantar com a banda. Eles não queriam que eu cantasse, eu não queria cantar, mas eles não queriam dizer Não pra ele. Aí eu cantei. E claro que eu conhecia alguns músicos e alguns deles conheceram o Rufus. Meu amor, se um músico não quer trabalhar com você, ele vai saber te mandar o recado. Eu cantei "Sweet Georgia Brown" e mais alguma outra coisa. Eu queria sair daquele palco de qualquer jeito. Quando acabou, e as pessoas estavam aplaudindo, o baixista sussurrou pra mim, ele disse: 'Você é uma piranha preta que fica dando pra branco; não deixe eu te encontrar na Sétima Avenida, tá me ouvindo? Eu vou rasgar essa sua boceta preta'. Os outros músicos ouviram e ficaram sorrindo. 'Vou te foder duas vezes, a primeira por cada preto que você castra cada vez que sai dando por aí, e a segunda pelo coitado do seu irmão, porque eu gostava pra caralho daquele cara. E ele vai me agradecer, te juro, neguinha.' E ele me deu um tapa na bunda, forte, todo mundo viu e, você sabe, aquele pessoal do Harlem não é bobo, e antes de eu conseguir escapar ele segurou minha mão, levantou ela e disse: 'Ela é a *campeã*, não é, pessoal? Vocês acham que ela deu o melhor de si? E ela ainda tem muito pra dar!'. E soltou minha mão, com força, como se estivesse quente demais ou suja demais, e eu quase caí do palco. E todo mundo riu e aplaudiu, eles sabiam do que ele estava falando, e eu também sabia. Aí voltei pra mesa. O Ellis sorria como se tudo aquilo fosse uma grande piada. E era. A piada era eu."

Ela se levantou e pôs mais uísque em seu copo.

"Depois ele me levou para aquele lugar que ele tem, lá no East River. Eu fiquei pensando o que eu ia fazer. Eu não sabia o que fazer. Olhei pro rosto dele no táxi. Ele pôs a mão na minha perna. E tentou pegar a minha mão. Eu não conseguia me mexer. Eu fiquei pensando no que aquele negro tinha dito pra mim, e na cara que fez dizendo aquilo, fiquei pensando no Rufus, fiquei pensando em você. Era uma espécie de carrossel, todos esses rostos girando em volta de mim. E tinha uma música que ficava tocando na minha cabeça, "Oh, Lord, Is It?". E ele ali sentado do meu lado, dando baforadas naquele charuto. O curioso é que se eu realmente começasse a gritar ou a implorar ele me levaria pra casa. Ele não suporta escândalos. Mas nem isso eu conseguia fazer. E só Deus sabe como eu queria vir pra casa, eu tinha esperança de que você não estivesse aqui, aí eu ia só deitar debaixo do lençol e morrer. Assim, quando você chegasse, eu poderia te contar tudo antes de você dormir, e talvez… Mas não, a gente estava indo praquele lugar e eu estava pensando que merecia aquilo. Eu achava que não podia descer mais, que já que eu tinha chegado até ali eu podia muito bem ir até o fim e acabar com aquilo. Aí a gente ia ver se tinha sobrado alguma coisa de mim, a gente ia ver." Ela engoliu mais ou menos uns dois dedos de uísque e imediatamente colocou mais bebida no copo. "Mas sempre dá pra descer mais, sempre, sempre." Ela se afastou da mesa, segurando o copo, e se encostou na porta da geladeira. "E eu fiz tudo que ele queria, deixei ele fazer tudo do jeito dele. Não era eu. Não era eu." Ela fez um gesto sem sentido com o copo, tentou beber, derrubou o copo e de repente caiu de joelhos do lado da mesa, mãos na barriga, chorando.

Tolamente, ele pegou o copo, com medo que ela se cortasse. Ela estava ajoelhada sobre o uísque derramado, que manchava a barra de sua saia. Vivaldo jogou o copo quebrado no saco de papel pardo que eles usavam como cesto de lixo. Ele estava com medo de se aproximar de Ida, com medo de tocar nela, era quase como se ela tivesse dito que estava infectada por uma praga. Os braços dele tremiam de repulsa e cada gesto de seu corpo parecia de uma vileza inconcebível. Porém, ao mesmo tempo, enquanto ele ficava ali parado, inútil e idiota na cozinha que de um momento para o outro havia se tornado imortal, ou que, de qualquer modo, certamente ia viver enquanto ele vivesse, e segui-lo aonde quer que ele fosse, o coração de Vivaldo começou a pulsar com uma nova angústia, mais insensível, que destruiu aquela distância chamada compaixão e o colocou quase dentro do corpo dela, ao lado da mesa no chão sujo. A única luz amarelada atingia os dois terrivelmente. Ele foi até ela, resignado, suave e desamparado, os soluços de Ida pareciam doer na barriga dele. Mesmo assim, por um momento, não conseguiu encostar nela, ele não sabia como. Pensou, contra a vontade, em todas as putas, em todas as putas negras com quem tinha feito sexo e no que havia esperado delas, e se viu tomado por uma espécie de náusea retroativa. O que eles veriam quando olhassem de novo o rosto um do outro? "Calma, Ida", ele sussurrou, "calma, Ida. Levante", e por fim ele tocou nos ombros dela, tentando forçá-la a se levantar. Ela tentou parar de soluçar e colocou as mãos sobre a mesa.

"Eu estou bem", ela murmurou, "me dê um lenço."

Ele se ajoelhou ao lado dela e pôs seu lenço, quente e amarrotado, mas razoavelmente limpo, na mão dela. Ela assoou o nariz. Ele ficou com o braço em volta do ombro dela. "Levanta", disse. "Vai lavar o rosto. Quer um café?"

Ela balançou a cabeça, "Sim", e se levantou devagar. Ele se levantou junto. Ida manteve a cabeça abaixada e andou rápido, bêbada, rumo ao banheiro. Trancou a porta. Vivaldo teve uma sensação vertiginosa de já ter passado por tudo isso antes. Acendeu o fogo sob o bule e pensou que se ela ficasse por muito tempo no banheiro, se demorasse demais, ele ia arrombar a porta. Mas ouviu a água correndo e, ao fundo, o som da chuva. Comeu uma costelinha de porco, vorazmente, com uma fatia de pão, e tomou um copo de leite; se ele estava tremendo, só podia ser de fome. Fora isso, no momento, não sentia nada. O bule, que agora começava a rugir, era real, assim como o fogo debaixo dele, as costelinhas de porco na panela e o leite que parecia azedar em seu estômago. As xícaras de café, que ele lavou minuciosamente, eram reais, assim como a água que escorria por elas e por suas mãos pesadas, longas. O açúcar e o leite eram reais, e ele os colocou sobre a mesa, outra realidade, os cigarros eram reais, e ele acendeu um. A fumaça saiu pelas narinas, e um detalhe de que ele precisava para seu romance, que vinha procurando fazia meses, se encaixou, clara e intensamente, como a fechadura de uma porta, em seu cérebro. Parecia impossível ele não ter pensado naquilo antes: aquilo iluminava, justificava, esclarecia tudo. Iria trabalhar naquilo ainda à noite; pensou que talvez devesse fazer uma anotação, foi até a escrivaninha. O telefone tocou. Ele atendeu de imediato, discretamente, como se alguém estivesse doente ou dormindo na casa, e sussurrou no aparelho: "Alô?".

"Alô, Vivaldo. É o Eric."

"Eric!" Vivaldo ficou muito feliz. Ele olhou rápido na direção do banheiro. "Como vão as coisas?"

"Bem. A Cass é linda, como você sabe. Mas a vida é cruel."

"Como eu bem sei. Alguma decisão?"

"Não, na verdade não. Ela me ligou agora há pouco — cheguei em casa não faz muito tempo. Ah, obrigado pelo seu bilhete. Ela acha que talvez deva ir para a Nova Inglaterra por um tempo, com os meninos. O Richard ainda não voltou pra casa."

"Onde ele está?"

"Provavelmente enchendo a cara em algum lugar."

"Com quem?"

"Bom, com o Ellis, talvez…"

Os dois pararam à menção desse nome. Os cabos zuniam. Vivaldo olhou de novo para a porta do banheiro.

"Você já sabia disso hoje de manhã, Eric, não sabia?"

"Sabia do quê?"

Ele baixou a voz e falou com esforço: "Da Ida. Você sabia da Ida com o Ellis. A Cass te contou".

Houve um momento de silêncio. "Sim." Depois: "Quem contou pra *você*?".

"A Ida."

"Ah. Pobre Vivaldo." Depois de um instante: "Mas é melhor assim, não é? Achei que não devia ser *eu* a te contar — principalmente… bom, principalmente não hoje de manhã".

Vivaldo ficou em silêncio.

"Vivaldo…?"

"Sim?"

"Você acha que eu fiz bem? Está chateado comigo?"

"Não seja bobo. Nunca. É… bem melhor assim." Ele pigarreou devagar, deliberadamente, porque de repente queria chorar.

"Vivaldo, sei que é uma péssima hora pra perguntar, mas você acha que tem alguma chance de você e a Ida virem aqui em casa amanhã à noite ou depois de amanhã?"

"Por quê?"

"O Yves vai chegar amanhã cedo. Sei que ele vai querer conhecer meus amigos."

"O telegrama era sobre isso, então?"

498

"Era."

"Você está contente, Eric?"

"Acho que sim. Neste exato momento estou assustado. Não sei se tento dormir — é muito *cedo*, mas pra mim parece meia--noite — ou se vou ao cinema, ou sei lá o quê."

"Eu ia adorar ir ao cinema com você. Mas acho que não vai dar."

"Não. Quando você vai poder me dizer alguma coisa sobre amanhã à noite?"

"Eu te ligo mais tarde hoje. Ou amanhã de manhã."

"O.k. Se ligar de manhã e não me achar, tente de novo. Tenho que ir a Idlewild."

"A que horas ele chega?"

"Ah, praticamente de madrugada. Claro. Às sete, alguma coisa assim, bem conveniente."

Vivaldo riu. "Pobre Eric."

"Sim. A vida se vinga da gente. Boa noite, Vivaldo."

"Boa noite, Eric."

Ele desligou, sorrindo pensativo, acendeu a luminária da sua mesa de trabalho e anotou o que tinha pensado. Depois foi até a cozinha, desligou o gás e serviu o café. Ele bateu na porta do banheiro.

"Ida? O seu café está esfriando."

"Obrigada. Já saio."

Ele sentou no banquinho que usava para trabalhar, e logo depois ela apareceu, com o rosto lavado e em silêncio, parecendo uma criança. Vivaldo se forçou a olhá-la nos olhos; ele não sabia o que iria ver neles; não sabia o que sentia.

"Vivaldo", ela disse, de pé, falando rápido, "só quero que você saiba que eu não teria ficado com você por tanto tempo e não teria te enchido tanto a paciência, se" — ela hesitou e apoiou as mãos no encosto de uma cadeira, "eu não te amasse.

499

Foi por isso que precisei te contar tudo que eu contei. Quero dizer... sei que o que eu te disse não é uma coisa fácil de digerir." Ela sentou e pegou seu café. "Mas eu tinha que te dizer enquanto ainda podia."

Ela estava numa situação melhor que a dele, porque ele não sabia o que dizer. Ele se deu conta disso com vergonha e medo. Ele queria dizer *Eu te amo*, mas as palavras não vinham. Ficou pensando qual seria o gosto dos lábios dela agora, como seria o corpo dela para ele agora: observou o rosto tranquilo de Ida. Ela parecia completamente passiva; no entanto, estava esperando, com um desespero que ia se tornando mais frio e mais duro, por uma palavra, por um toque dele. E ele não conseguia se encontrar, reunir forças ou se concentrar o suficiente para fazer qualquer gesto. Ele olhou para a sua xícara, percebendo que o café preto não era preto, e sim marrom-escuro. Não havia muitas coisas no mundo realmente pretas, nem a noite nem as minas de carvão. E a luz não era branca também, mesmo a mais pálida luz tinha um resquício de suas origens, do fogo. Pensou que enfim tinha conseguido o que queria, ouvir a verdade de Ida, ou ouvir a Ida verdadeira, e não sabia como ia viver com isso.

Ele disse: "Obrigado por me contar... tudo que você contou. Sei que não foi fácil". Ela não disse nada. Fez um barulho sutil, aspirando, enquanto sorvia o café, e esse som foi inexplicavelmente, indizivelmente irritante. "E me perdoe, agora, se parece que eu não sei bem o que dizer. Acho que estou meio... atordoado." Ele olhou para ela e uma imensidão de raiva, piedade, amor, desprezo e luxúria rugiu dentro dele ao mesmo tempo. Ela, também, era uma puta; que traição amarga ela havia imposto a ele! "Não estou tentando negar nada do que você disse, mas, mesmo assim, tem muita coisa que eu não entendi... que eu não entendo. Tenha paciência comigo, por favor me dê um pouco de tempo..."

"Vivaldo", ela disse, exausta, "só uma coisa. Eu não quero que você seja *compreensivo*. Não quero que você seja gentil, está bem?" Ela olhou nos olhos dele, e instantaneamente um calor e uma tensão inomináveis ganharam vida entre eles, algo que estava tão perto do ódio quanto do amor. O rosto de Ida se abrandou, ela estendeu a mão e tocou na mão dele. "Me prometa isso."

"Prometo", ele disse. Depois, furiosamente: "Parece que você esquece que eu te amo".

Os dois se olharam. De repente ele estendeu a mão e puxou Ida para si, tremendo, com lágrimas se formando atrás de seus olhos, ardendo e cegando, e cobriu o rosto dela de beijos, que pareciam congelar ao encostar nela. Ela o abraçou; com um suspiro enterrou o rosto no peito dele. Não havia nada de erótico naquilo; eles eram como duas crianças exaustas. E era ela quem o consolava. Seus dedos longos acariciavam as costas dele, e ele começou, lentamente, com um som horrível, estrangulado, a chorar, pois ela acariciava a inocência dele, exposta.

Aos poucos, Vivaldo se acalmou. Levantou-se, foi ao banheiro, lavou o rosto, depois sentou diante da escrivaninha. Ela colocou um disco da Mahalia Jackson, *In the Upper Room*, e sentou perto da janela, mãos no colo, olhando as ruas que reluziam lá fora. Muito, muito mais tarde, enquanto ele ainda trabalhava e ela dormia, ela se virou e, dormindo, disse o nome dele. Ele parou, esperando, olhando para ela, mas ela não se mexeu mais, nem falou. Ele se levantou e foi até a janela. A chuva tinha parado, no céu negro-azulado havia poucas estrelas espalhadas e o vento empurrava as nuvens bruscamente.

2

O sol batia no aço, no bronze, na pedra, no vidro, na água cinza bem abaixo deles, no alto dos prédios e nos cintilantes para-brisas dos carros que rastejavam nas inacreditáveis autoestradas, que se estendiam, se emaranhavam e faziam curvas quilômetro após quilômetro, nas casas, quadradas e altas, baixas e com telhados inclinados, nas antenas uivantes, nas árvores esparsas e fracas, nas torres à distância da cidade de Nova York. O avião se inclinou, baixou, subiu, e a terra toda virou, se inclinando num momento em direção às janelas do avião, e em outro saindo do campo de visão. O céu era de um azul quente e vazio, e a luz estática revestia tudo com sua própria ausência de movimento. Daqui só se viam coisas, o trabalho realizado pelas mãos das pessoas: mas as pessoas não existiam. O avião subiu, como se detestasse a ideia de abandonar a tranquilidade das alturas; se inclinou, e Yves olhou para baixo, esperando ver a Estátua da Liberdade, embora já tivesse sido avisado de que não era possível vê-la dali; depois o avião, como uma pedra, começou a cair, a água se apressava na direção deles, os motores gemiam, as asas tremiam, resistindo à pavorosa aproximação do solo. Então, quando a água estava aos pés deles, a faixa branca da aterrissagem cintilou no lugar certo sob o avião. As rodas tocaram o solo com um baque curto e forte, e cabos, luzes e torres passaram zunindo. A voz da comissária de bordo surgiu no alto-falante, parabenizando a todos pela viagem, esperando ver todos em breve. A comissária de bordo era linda, ele havia flertado com ela a noite toda, encantado por descobrir como isso era fácil. Ele estava bêbado, extremamente cansado e tomado por uma empolgação que beirava o pânico; na verdade, havia aberto caminho à força pelos estágios finais da bebedeira e do cansaço e alcançado uma sobriedade dura como diamante. Com a voz da comissária de bordo, as pessoas deste planeta brotaram do chão, empurrando carrinhos, acenando, atravessando ruas e entrando ou saindo de prédios. A voz da comissária pedia que os passageiros por favor permanecessem sentados até a aeronave parar completamente. Yves tocou no pacote com o conhaque e os cigarros que havia comprado em Shannon e dobrou os exemplares do *France-Soir*, do *Le Monde* e da *Paris-Match*, porque sabia que Eric ia gostar de lê-los. No alto de um prédio de cores brilhantes, as pessoas se destacavam contra o céu; ele procurou o cabelo flamejante de Eric, sentindo outro entusiasmo tomar conta dele, um entusiasmo que era quase uma dor. Entretanto, as pessoas estavam muito longe, ainda não tinham rosto. Ele as observou se movendo, mas não viu nenhum movimento que lembrasse Eric. Ainda assim, sabia que Eric estava lá, em algum lugar daquela multidão sem rosto, à sua espera, e ele, imediatamente, se encheu de uma paz e de uma alegria extraordinárias.

Então o avião foi parando devagar. Enquanto o avião parava, os passageiros pareciam suspirar coletivamente, descobrindo que o poder de se movimentar lhes fora devolvido. Cintos de segurança eram desafivelados, malas, jornais, casacos saíam dos compartimentos de bagagem. Os rostos que eles haviam usado enquanto estavam suspensos, à mercê de mistérios que nem sequer tinham como começar a explorar, agora eram descartados e substituídos pelos rostos que eles usavam em terra. A dona de casa viajando sozinha, que durante o trajeto tinha flertado sem parar, voltou a ser uma dona de casa: seu rosto respondia aos estímulos de maneira tão abjeta quanto seu chapéu era abjeto. O executivo que tinha conversado com Yves sobre as águas do lago Michigan, e sobre quando fazia caminhadas e pescava ali, deixou tudo isso implacavelmente para trás e, solene e feroz, apertou o nó da gravata. Yves não estava de gravata, usava uma camisa azul-clara de manga curta e levava na mão um blazer leve; e agora ele pensou, com certo terror, que isso provavelmente fora um erro; ele ainda não estava nos Estados Unidos, afinal, e podia não receber permissão para entrar. Mas agora não havia nada que pudesse fazer. Ajeitou o colarinho, vestiu o blazer e passou os dedos pelo cabelo — provavelmente comprido demais. Ele se odiou e pensou que seria bom perguntar a outro passageiro se estava bem. Mas o sujeito sentado a seu lado, um jovem que tocava órgão em Montana, tinha a testa franzida e respirava pesado, se endireitando o máximo que podia. Ele havia sido bastante amistoso durante a viagem e chegou a convidar Yves para visitá-lo se um dia fosse a Montana; mas agora Yves se deu conta de que ele não havia lhe passado nenhum endereço, e que ele só sabia o seu primeiro nome, Peter. E àquela altura era evidente que ele não podia pedir mais informações. Quase todo mundo no avião sabia — ele tinha estado de muito bom humor e tagarelado bastante — que ele era francês e que estava indo aos Estados Unidos pela primeira vez; e alguns sabiam que ele tinha um amigo em Nova York que era ator. Tudo isso tinha parecido perfeitamente aceitável enquanto eles estavam no ar. Mas agora, em terra firme, e à luz de uma reflexão mais severa, sóbria e americana, tudo parecia bastante suspeito. Ele se sentiu inelutavelmente francês — e nunca havia se sentido francês antes. E sentiu que os outros se afastavam dele, de modo respeitoso mas definitivo, com sorrisos nervosos e, por assim dizer, relutantes; estavam deixando claro que ele não podia recorrer a eles, porque eles não sabiam quem ele era. De repente percebeu que, evidentemente, teria que passar por um teste; ele ainda não tinha entrado no país; talvez não passasse no teste. Observou aquelas pessoas encherem os corredores e se afastou delas, em direção à solidão e ao desprezo que lhe eram familiares. "Boa sorte", disse rapidamente o sujeito sentado a seu lado, indo pegar seu lugar na fila; provavelmente teria dito as mesmas palavras, com a mesma rapidez e o mesmo tom de voz, para um amigo prestes a ser levado para a cadeia. Yves suspirou e permaneceu em sua poltrona, esperando o movimento no corredor diminuir. Ele pensou, triste: *le plus dur reste à faire*.

Depois entrou na fila e foi andando lentamente em direção à porta. As comissárias de bordo estavam ali, sorrindo e se despedindo. O sol brilhava no rosto delas e no rosto dos passageiros que desembarcavam; enquanto faziam a curva e desapareciam, davam a impressão de estar entrando sob uma nova luz, que tivesse o poder da cura. Ele segurou os jornais debaixo de um braço, passou o pacote de uma mão para a outra, ajeitou o cinto, tremendo. A comissária com quem ele flertara era a que estava mais perto da porta. *"Au revoir"*, ela disse com o sorriso reluzente, generoso e irônico que tantas conterrâneas suas sabiam fazer. De repente ele percebeu que jamais voltaria a vê-la. Até então não havia lhe ocorrido que talvez tivesse deixado para trás algo que um dia havia desejado e de que havia precisado do fundo do coração. *"Bon courage"*, ela disse. Ele sorriu e disse: *"Merci, mademoiselle. Au revoir!"*. Ele quis dizer: *Vous êtes très jolie*, mas era tarde demais, já tinha chegado à luz, o sol brilhava sobre ele, e tudo tremulava no calor. Yves começou a descer aquelas escadas extraordinárias. Quando chegou ao chão, uma voz acima dele disse: *"Bonjour, mon gars. Soyez le bienvenu"*. Ele olhou para cima. Eric estava debruçado na grade da plataforma, sorrindo, vestido com uma camisa aberta branca e calça cáqui. Ele parecia absolutamente à vontade, em casa, mais magro, seu cabelo curto rodopiando e brilhando sobre a cabeça. Yves olhou alegre para cima e acenou, sem conseguir dizer nada. *Eric*. E todo o seu medo o abandonou, agora ele teve certeza de que tudo ia dar certo. Assobiou baixinho enquanto seguia a linha que o separava dos americanos, indo para a área de imigração. Passou pela imigração sem problemas, rapidamente; seu passaporte foi carimbado e devolvido a ele, com um sorriso e uma piadinha, que apesar de ele não entender viu que era bem intencionada. Depois chegou a uma área mais ampla, onde esperou pela bagagem, com Eric no alto, sorrindo para ele atrás do vidro. Então até mesmo sua bagagem voltou a ser sua, e a passos largos ele deixou para trás as barreiras, com uma coragem que não havia tido quando criança, e entrou na cidade que as pessoas descidas do céu transformaram em lar.

Istambul, 10 de dezembro de 1961

Rastejando por baixo das mimosas como uma pantera e saltando no ar

Silviano Santiago

> A gata branca e preta de Yves espreitava pelo jardim como se estivesse na África, rastejando por baixo das mimosas como uma pantera e saltando no ar.
>
> James Baldwin, *Terra estranha*

O contraste entre os locais de nascimento e de morte do escritor James Baldwin representa o vaivém que alimenta sua obra literária no contexto da literatura norte-americana contemporânea, bem como sua condição de ativista político em momento-chave da história recente da nação ao norte. E é também *simbólico* do movimento de vaivém em que entram, neste novo milênio, muitas das escritoras e escritores negros da nação ao sul, o Brasil. Em 1924, James Baldwin vem à luz no Harlem, gueto dos negros na ilha de Manhattan. A condição cidadã do bairro discriminado é pouco a pouco conquistada pelos que ali moram e trabalham, graças à atuação de notáveis e corajosos religiosos, artistas e militantes políticos da causa negra. Em 1987, ele morre em Saint-Paul-de-Vence, povoado medieval incrustado na Riviera francesa, lugar de veraneio favorito de ricos e aburguesados artistas e intelectuais europeus, como Pablo Picasso e Jean-Paul Sartre, Marc Chagall e Jacques Prévert.

Em 1953, James Baldwin transporta sua vivência no sofrido berço nova-iorquino para o romance de raiz *Go Tell It on the Mountain*, que o lança no mercado editorial. Aspira ao túmulo da glória de romancista ocidental na obra seguinte, *O quarto de Giovanni* (1956), um fracasso em termos da expectativa do mercado. Os personagens negros e o Harlem desaparecem da trama literária de *O quarto de Giovanni*. No pós-guerra, a Europa latina se fortalece como liberadora para o artista negro norte-americano, objeto de preconceito na pátria. O segundo romance abre também caminho para o recorrente e problemático tabu em sociedades patriarcais ocidentais e africanas — a homossexualidade masculina.

Se *Go Tell it on the Mountain* coloca o romancista estreante na linha sucessória de Richard Wright, autor do clássico *Native Son* (1940) e amigo de Nelson Algren, o romance seguinte o aproxima e não o diferencia de Gore Vidal e Truman Capote, estes dois intempestivos ficcionistas brancos. Por ser negro e homossexual, Baldwin tem de se garantir literariamente. Escreve sob o guarda-chuva do seu mestre, Henry James (1843-1916), o mais europeu e aristocrático romancista norte-americano e referência, como o nosso Machado de Assis, para iniciantes e profissionais. Não é por casualidade que Henry James é o responsável pela epígrafe que ilumina a página de abertura de *Terra estranha* (1962), o terceiro e mais ambicioso romance de Baldwin. No momento em que a brasilidade negra e gay atravessa situação semelhante à que está ali dramatizada, a Companhia das Letras entrega sua tradução aos nossos leitores e leitoras.

Henry James, à semelhança de T.S. Eliot, poeta norte-ame-

ricano condecorado com a Ordem do Mérito do Império Britâni-
co, viajava com tranquilidade entre o Novo e o Velho Mundo e
conseguiu se afirmar como o primeiro grande teórico do romance moderno anglo-saxão* e, ainda, como o escritor que abre *discretamente* — o advérbio se faz necessário se o referente for James
Baldwin — o armário da masculinidade ferida pela intolerância
religiosa protestante e o pragmatismo econômico capitalista.

Em *Terra estranha*, Baldwin retoma em contexto nacional e
universal os nativos do Harlem e leva os moradores da ensolara-
da Riviera francesa a viajar ao sul e aportar na acolhedora e liber-
tária cidade de Nova York. Já na escolha do título em inglês,
Another Country, Baldwin finca pé e açambarca o *no man's land*
[terra de ninguém] que, no início da segunda metade do século
XX, intriga. Um território mínimo no mapa-múndi, superpovoa-
do e quase solitário, complexo e simbólico. Um universo generoso e ainda desconhecido, mas passível de estruturação pela
arte e de compreensão pelas ciências sociais. Por ser caixinha de
contínuas surpresas, a ilha de Manhattan, assim como Chicago,
sua concorrente no centro-oeste, atraem mais artistas e antropó-
logos e menos historiadores e sociólogos. Em suma, o já reconhecido romancista leva seus variados personagens a habitar
outro e verdadeiro "país", Nova York, então modelo para a metrópole cosmopolita moderna, assim como Xangai, na China, o
será para a futura metrópole cosmopolita globalizada.

Baldwin pisa fundo no acelerador. Desde a epígrafe e as
palavras interpostas de Henry James, ele alerta para o afetuoso e
misterioso universo que pretende apreender no romance. Ela

---

* Consultem-se os prefácios dos seus romances tal como codificados em duas
artes poéticas hoje clássicas, *The Craft of Fiction* (1921), de Percy Lubbock (*A
técnica da ficção*. Trad. de Octavio Mendes Cajado. São Paulo: Cultrix/Edusp,
1976), e *The Rethoric of Fiction* (1961), de Wayne Booth (*A retórica da ficção*.
Trad. de Maria Teresa Guerreiro. Lisboa: Arcádia, 1980).

diz que é abismal o mistério daquilo que os nova-iorquinos pensam, sentem, desejam e imaginam estar dizendo.

Nova York é mistério abismal e, mesmo sob o comando do irascível presidente Trump, continua a ser um conglomerado urbano miserável e milionário, fantástico e anárquico. "Cidade santuário", para usar o vocábulo que a define revolucionariamente na década anti-imigratória em que a humanidade se vê obrigada a entrar. A população economiza muito e esbanja demais em tempos de liberação do corpo, dos cinco sentidos e da mente política. O conglomerado é multiétnico, multilinguístico, multicultural e desenfreadamente libertino. Também masoquista. É lá que a depressão agride as almas penadas sofredoras. Lê-se no romance: "o peso dessa cidade era assassino". Afinal, Baldwin, como bom escritor norte-americano afrancesado, lembra o André Gide, que diz viver real e metaforicamente como um rapazinho que se diverte, reduplicado por um pastor protestante que o aborrece.

Em momento posterior ao boicote aos ônibus levado a cabo pelos negros em Montgomery e pouco anterior à Marcha sobre Washington, ocasião em que Martin Luther King faz o famoso discurso "I Have a Dream", o romancista nascido no Harlem insiste na temática homossexual, ainda que não mais como a principal questão a ser trabalhada. O substantivo "escritor" continua, portanto, a carregar às costas dois adjetivos impertinentes que, pela tradição religiosa africana, brigam entre eles e, pela tradição artística eurocêntrica, desestabilizam o *substantivo* que qualificam. James Baldwin padecerá deles na vida privada e pública. Romancista negro e gay.

Já em 1964, por ocasião da estreia da sua peça *Blues for Mister Charlie*, Baldwin dá uma entrevista a Walter Wager, editor da *Playbill*, revista destinada a apreciadores de teatro. O final da conversa é curto e revelador. O jornalista agradece ao dramaturgo por ter lhe concedido "entrevista interessante e provocadora". Baldwin retruca-lhe com uma pergunta retórica — se ele sabe a razão pela qual a conversa entre eles funcionou tão bem. A pergunta é logo respondida por ele próprio: "Porque você falou comigo como se eu fosse um escritor". Continua o jornalista: "Não é assim que todos o tratam?". Finaliza Baldwin: "Não, não é mais assim que me tratam".*

Para os entrevistadores curiosos sobre o comportamento de escritor diferente dos pares, o nosso poeta lírico Murilo Mendes tinha a resposta pronta que faltava ao norte-americano. Perguntado se era poeta católico, respondia: "Sou poeta, vírgula, católico". Tanto a atividade literária quanto a crença religiosa contam, mas separadas por vírgula.

Se levadas em conta tanto a época que toca ao escritor James Baldwin viver quanto a discussão sobre cidadania na nação onde ele sofre os preconceitos, os adjetivos não devem ser mais separados do substantivo por vírgula — *política e consensualmente*, eles passam a pesar muito mais do que o substantivo. Se assumidos positivamente pela crítica literária *participante*, os adjetivos "negro" e "gay" entronizam sua obra literária e sua personalidade pública em dois dos maiores movimentos libertários dos anos 1960 nos Estados Unidos da América: o dos direitos civis e o dos direitos das minorias sexuais.

Graças ao biógrafo James Campbell, autor de *Talking at the Gates: A Life of James Baldwin*, ficamos sabendo tardiamente que, de 1961 a 1974, o romancista é freguês contumaz dos arquivos do FBI (lembre-se que J. Edgar Hoover morre em 1972).** Em de-

---

* William J. Maxwell, *James Baldwin: The FBI File*. Nova York: Arcade Publishing, 2017.

** James Campbell, *Talking at the Gates: A Life of James Baldwin*. Berkeley: University of California Press, 2002. Hoje, a bibliografia é bem mais rica. O pesquisador William J. Maxwell, depois de publicar *F.B.I. Eyes: How J. Edgar*

zembro de 1963, ano seguinte ao da publicação de *Terra estranha*, seu nome é datilografado no "Security Index", lista dos cidadãos e cidadãs norte-americanos que seriam detidos caso se declarasse Estado de Emergência. Com o correr dos anos, seus romances e livros de ensaios vão sendo lidos pelos censores, que enumeram as ofensas cometidas contra o Estado. Entre elas, o autor é responsável por "transporte interestadual de material obsceno" e suas palavras, ditas ou impressas, fazem crítica violenta ao FBI e a seu diretor. Um censor específico e anônimo foi designado para ler *Terra estranha*. Sua apreciação revela, no entanto, que o livro não perturba a ordem vigente: "tem valor literário e pode ser útil aos estudantes de psicologia e comportamento social". O próprio diretor do FBI ordena que o romance volte às estantes da agência do Departamento de Justiça, embora o nome do autor permaneça em aberto por mais doze anos nos arquivos do FBI.

Quando observado e comentado pelos militantes radicais que se reúnem em torno da bandeira dos Panteras Negras, o romancista homossexual sofre perseguição semelhante ao do sofisticado ativista negro. É entre os *caucasianos* (para usar a palavra em moda na época) que a orientação sexual de Baldwin mais se libera do bairro em que nasce e encontra o objeto do seu desejo. E isso incomoda os Panteras Negras radicais, assim como as escapadas pelos bairros proletários da Inglaterra e da Itália cometidas pelo romancista E. M. Forster — autor do póstumo e esclarecedor *Maurice* (1971) — incomodam a crítica literária conservadora e a polícia britânica.

Em *Soul on Ice*, Eldridge Cleaver, ministro da Informação do Partido dos Panteras Negras, recupera, resume e atualiza as

---

Hoover's Ghostreaders Framed African American Literature (Princeton: Princeton University Press, 2015), transcreve todo o arquivo relativo ao nosso romancista no volume *James Baldwin: The FBI File*, op. cit.

observações homofóbicas que herda do bom dramaturgo e crítico musical LeRoi Jones (futuro Amiri Baraka),* pertencente à
geração *beat*. Cleaver afirma que, nos escritos de James Baldwin, "o mais detestável, agonizante e total ódio aos negros e, em
particular, a ele próprio, se associa ao mais vergonhoso, fanático,
bajulador e servil amor aos brancos que se pode encontrar nos
livros de qualquer escritor negro norte-americano de importância nos nossos dias".**

Anote-se que a complexa e sofisticada linguagem dos *rap-*
pers de hoje, bem como a naturalidade na expressão duma fala
conturbada por extremos lexicais que normalmente não se tocam, têm sua origem no que então se chamava de "rap" (a fala
politizada comum aos militantes negros no campus universitário, muitos deles futuros Panteras Negras). Reparem alguns dos
adjetivos bombásticos que se acumulam na frase de Eldridge
Cleaver: "*gruelling* (detestável), *agonizing* (agonizante), *fawning*
(vergonhoso), *sycophantic* (bajulador)". Nenhum branco universitário contemporâneo e leitor dele, ainda que associado ao
pensamento e à ação contracultural, seria capaz de reproduzir
na própria fala essa luxúria vocabular, herança, por sua vez, da
escrita divina apreendida pelos negros na leitura da Bíblia Sagrada, versão King James.

O primeiro romance de Baldwin traz na capa expressão re-
veladora da linguagem dominante entre seus pares, *Go Tell It on*

---

* Em LeRoi Jones a homofobia se associa ao antissemitismo, questão a não ser
desprezada em se falando do ativismo negro no Harlem dos anos 1960. Em
"Confessions of a Former Anti-Semite", artigo publicado em 1980 no jornal
Village Voice, Amiri Baraka (ex-LeRoi Jones) repudiará as antigas posturas. De
Baldwin, leia-se a conferência que deu na Universidade de Massachusetts
Amherst, em 1983, hoje na coletânea *The Cross of Redemption: Uncollected*
Writings (Nova York: Vintage, 2011).

** Eldridge Cleaver, *Soul on Ice* (1968). Nova York: Delta, 1999. p. 124.

the Mountain, tomada do verso inicial de um antigo *negro spiritual.* Já o segundo e o terceiro romances seguem a tradição estilística estabelecida pelos romancistas da "geração perdida", de John Steinbeck a F. Scott Fitzgerald. "A palavra certa no lugar certo." A intromissão na narrativa escrita em inglês de frases em língua estrangeira (em particular o francês) passou a ser de bom-tom na boa literatura norte-americana depois da fase europeizada de Ernest Hemingway.

Os vários e sugestivos descompassos que vimos salientando na experiência de vida e na escrita literária de James Baldwin são os responsáveis pela pequena obra-prima que é *Terra estranha.* O romance está situado em momento específico do pós-guerra, quando o poder e o dinheiro são transplantados da Europa para os Estados Unidos da América. Transformam Nova York na ambicionada capital do mundo no século XX, para parafrasear a célebre expressão de Walter Benjamin referente ao lugar privilegiado de Paris no século XIX. No momento em que as nações do Primeiro Mundo chegam à paz mundial, estadistas, educadores e intelectuais norte-americanos acreditam que as variadas e terríveis desigualdades criadas pela aculturação dos valores do Velho Mundo no Novo — de que o genocídio indígena e a escravidão africana são o lado mais tenebroso — se resolveriam não mais que de repente.

Bastava que o processo de democratização da educação liberal anglo-saxã fosse associado à tomada radical de poder pelos universitários revoltosos e armados, inspirados pelo abecedário socialista,* para que as mais salientes incoerências civilizacio-

---

* Salta aos olhos a importância crescente nos campi universitários do filósofo Herbert Marcuse, pertencente à Escola de Frankfurt, e de sua discípula Angela Davis. A Students for a Democratic Society (SDS) é criada em 1964 na Univer-

nais se tornassem públicas. Sob a ótica protestante e o fogo cruzado que imitava em casa a distante e vergonhosa guerra do Vietnã, pipocariam as contradições e aberrações que sustentam o esplendoroso, gratificante e maligno edifício gringo.

A pioneira romancista Carson McCullers e o assumido Truman Capote já tinham trazido para o proscênio da emergente contracultura o modo de viver *freak*, que os hippies e depois a banda de rock The Doors esparramariam pelo mundo regido pela economia capitalista e pela boa ordem pequeno-burguesa.

Ao sul das universidades que se tornam as melhores do mundo, o Village, bairro boêmio que leva o consumo abusivo do álcool a abrir definitivamente as portas da percepção, se alvoroça. Torna-se celeiro de notáveis professores e intelectuais brancos e europeizados e de artistas cosmopolitas de pele multicolorida. São obrigados a conviver com a pobreza dos negros e das levas de imigrantes e com o capitalismo centrado mais ao sul da ilha, em Wall Street. Os condomínios residenciais milionários, que ladeiam o Central Park no East Side e ostentam como vizinhança o Metropolitan Museum e o belo Guggenheim, de Frank Lloyd Wright, têm seu fim marcado na planta da ilha pelo começo do Harlem e, loucura das loucuras, pelo campus da famosa Universidade Columbia. O bairro pobre está aberto a uma nova leva de imigrantes, os porto-riquenhos e demais caribenhos.

O matutino *Village Voice*, jornal da contracultura, se esgueira pelas brechas do renomado *New York Times*, atravessa o Atlântico e chega a Paris sob o nome de *Libération* (*Libé*, para os íntimos). Simultaneamente, uma nova e estranha sonoridade ecoa na voz da cantora de jazz Aretha Franklin — uma rosa vermelha nasce nas ruas negras do *Spanish Harlem*. A letra lem-

---

sidade de Berkeley, nos Estados Unidos; Maio de 68 se anuncia na Place de la Sorbonne, em Paris.

bra o poema "A flor e a náusea", do nosso Carlos Drummond. "É feia. Mas é uma flor. Furou o asfalto, o tédio, o nojo e o ódio"* — diz o verso engajado e jubilatório do poema. Nós, da América Latina, entramos no espaço moderno e cosmopolita nova-iorquino, contracultural e também turístico, pela Revolução Cubana. Um paradoxo a mais.

Em Manhattan, a confusão é geral, e os agentes do FBI de um lado e os Panteras Negras do outro estão à beira de torná-la sistemática e autodestrutiva. Ela tem como umbigo cintilante a miríade de outdoors que guarnecem o Times Square. Seus teatros com espetáculos, atores e diretores de altíssimo nível. Seus restaurantes fora de série. Seus cinemas pomposos na fachada e fuleiros lá dentro. Tem também seu comércio pornográfico, matéria apimentada para uma fascinante minissérie no ano de 2017, *The Deuce* (HBO), estrelada pelo iconoclasta James Franco.

A futura gentrificação da ilha começará por transformar o Times Square de *Terra estranha* na Disneylândia fantasiosa e asséptica que reina na rua 42 no novo milênio, atraindo os turistas pequeno-burgueses de todo o mundo.

A trama de *Terra estranha* começa necessariamente pelo umbigo inebriante e sofrido de Manhattan e, como uma canção de rock de uma nota só, se perde nos meandros infinitos de *"this crazy little thing called love"*. Peço emprestado versos da famosa canção de Freddie Mercury, que se deixa inspirar por Elvis Presley: *"I just can't handle it/ I must get round to it/ I ain't ready"*. Como a moça vestida de *sarong* na famosa crônica de Nelson Rodrigues, "A viuvez de sarong", *Terra estranha* escancara a nu-

---

* Carlos Drummond de Andrade, *A rosa do povo*. São Paulo: Companhia das Letras, 2012, p. 14.

dez feliz e mórbida de Manhattan e se desenvolve inicialmente em torno da figura dum músico de jazz negro, Rufus. Ele busca no interior da decadência causada pela perda do sucesso nos bares nova-iorquinos a antiga infância miserável no Harlem. O protagonista encontra abrigo diurno nas sucessivas sessões de cinema, assistidas por ele sentado em poltrona do andar superior de uma majestosa e decadente sala da rua 42. De tempos em tempos, Rufus é sobressaltado pela presença incômoda do lanterninha, defensor dos bons costumes, e pelo tráfego fugidio e proibido das mãos bobas masculinas na braguilha da sua calça. À meia-noite termina seu longo e turbulento repouso diurno. Rufus salta para os bares da madrugada, localizados nas avenidas ainda efervescentes, iluminadas e coloridas, que cortam de um lado e do outro o Times Square.

Seu périplo diário é o de um homem escorraçado pela aventura e a se preparar a duras penas para a aventura final. Para lembrar a expressão que se tornou lugar-comum depois do filme de Dennis Hopper e Peter Fonda, ele é um "easy rider". Sobrevive à vida desmesurada, insana e louca na megalópole que, ao se tornar centro financeiro e cultural do mundo dito civilizado, se transforma no prenúncio de ato trágico. Ele saltará para a morte da amurada da ponte que comunica Nova York com o mundo. "O peso dessa cidade era assassino" — citemos novamente o romance.

Eterno apaixonado, Rufus vive as alegrias da primeira gargalhada do Novo Mundo e os dissabores da última gargalhada do músico de jazz negro.

Terra estranha dispõe seus personagens pelas páginas do romance como as regras do vôlei dispõem os seis jogadores pela quadra esportiva. Como tentarei demonstrar, o rodízio — movimento lúdico a que o jogador em campo obedece — é a originalidade e a saliência maior da composição ficcional de James Baldwin.

A obediência à cronologia, apenas quebrada aqui e ali por um flashback (como é o caso do romance clássico *Madame Bovary*, de Gustave Flaubert), perde o lugar oitocentista e soberano. Cede o espaço às combinações e aos jogos criados pelo *acaso*, que passam a *disciplinar* mais o périplo dos personagens masculinos e femininos do que a mera sucessão lógica dos fatos no calendário gregoriano. Este não é abandonado totalmente, mas sofre as torturas dos encontros e desencontros casuais, que não são mais produto de uma familiaridade do narrador com o *meio já conhecido* (a cidade, a região ou o país) que a ficção tradicional instaurava como inevitável pano de fundo para a trama inventada.

Nos diversos volumes da *Comédia humana*, Honoré de Balzac queria competir com a variedade das vidas registradas em cartório. Émile Zola acreditava ter Paris na ponta dos dedos e seria capaz de dramatizar a "história natural e social de uma família sob o Segundo Império". Para Baldwin não há mais cartório municipal com que competir. A metrópole cosmopolita não se oferece a um narrador como uma fatia da apreciada goiabada realista-naturalista.

O pano de fundo e os personagens masculinos e femininos de *Terra estranha* são antes determinados e desenhados por experiências fragmentárias de vida que, ao se deslocar pelo espaço, inventam e, imediatamente, ritualizam novas, diferentes e imprevistas formas de comportamento individual e de atuação social. Neles e nelas, a memória pessoal se conjuga com a ajuda da experiência de vida alheia, todos e todas em busca de inesperados e sempre desejados encontros na nova capital cultural do mundo, Nova York. Ao acolher indiscriminadamente a todos os cidadãos e cidadãs de qualquer país, a metrópole cosmopolita moderna revela sua diversidade e abismal mistério, sua riqueza única e invejada. E ainda suas propostas bem pensantes e/ou aberrantes de comportamento moral, social e intelectual. Sendo lugar ideal de congraçamento humano, o *another country* é ímã universal. Modelo, ainda que precário.

Baldwin me ensina, nos ensina. O moderno romance metropolitano e cosmopolita já não é mais capaz de se sustentar pelas leis forjadas nas artes poéticas racionais e incipientes que, desde o século XVIII, controlam a composição do gênero *novel*. Lembro-me de conversa entre Gilles Deleuze e Michel Foucault, publicada na revista francesa *L'Arc* (1972) a que foi dada o título de "O intelectual e o poder". Dialogam sobre o papel e a função do intelectual nos novos tempos pós-autoritários, multiétnicos, multilinguísticos e multiculturais.

O poder perde a condição de *centro*, lugar privilegiado de dominação, e se espraia pela cabeça e pelas mãos de todo e qualquer cidadão e cidadã de boa vontade, sem precisar recorrer à linha de fuga que passou a organizar a perspectiva nos quadros renascentistas. Para usar uma expressão de Deleuze noutro contexto, o da *Lógica do sentido*, é preciso *deixar fugir* a linha de fuga renascentista. Indisciplinados, o poder perde o lugar privilegiado e a linha de fuga não cria mais a perspectiva que dá sentido único ao *enquadramento* proposto pelo poder vigente para as "figuras na paisagem".*

Naquele momento, Foucault e Deleuze propõem as regras do jogo de vôlei como modelo organizacional da sociedade, a ser inventado pelos novos cidadãos e cidadãs. O rodízio é que ordena as figuras em campo e comanda a atuação. Nenhum jogador ocupa lugar certo, autônomo e definitivo. A *atuação* coletiva é

---

* Nesse sentido, o da composição desprovida da linha de fuga da perspectiva, composição fragmentária, indica-se a leitura do extraordinário ensaio *Joan Miró* (1950), que João Cabral de Melo Neto escreveu sobre o pintor. A genialidade do artista catalão está na composição do quadro que não mais se constrói pela perspectiva. Peças soltas se encontram amigável ou ferozmente no espaço da tela e compõem o quadro.

que é prevista como única e, passo a passo, o jogador a seguirá ao pé da letra e da regra. Nenhum jogador ou jogadora se prepara física e mentalmente para um desempenho predeterminado e submisso aos treinadores desportivos. Ninguém é goleiro e todos o são, ninguém é centroavante e todos o são — diria um técnico enlouquecido de futebol. Cada jogador/jogadora depende do seu turno. Depende de função e momento precisos no lento desenrolar do jogo.

O jogador ou a jogadora de vôlei podem ocupar a defesa. Com as pernas fincadas no cimento da quadra, sem deixar que fraquejem, quem defende é responsável por receber nas mãos e no corpo o saque ou a cortada fatal do grupo ofensivo. Aguenta o peso e a violência da bola que, por detrás da rede, é atirada como pedra ou bala contra o seu grupo. A boa defesa reconstrói a possibilidade de um feliz caminho de volta para a bola. O jogador ou a jogadora podem ser meros e generosos ajudantes, a levantar graciosamente a bola para o companheiro ou a companheira brilhar, focando alguma brecha desguarnecida no inimigo. Quem ataca pode aguardar, magnificamente, ao pé da rede o momento da sua atuação. Torna elástico o corpo que recebe a bola levantada pelo companheiro ou companheira. Retesa os músculos. E salta com a graça de uma pantera a rastejar por entre mimosas. Desfere o golpe fulminante e destrutivo.

O rodízio também mimetiza as seis pessoas da conjugação verbal. Eu sou tu, que é também ele ou ela. Nós somos vós, que são também eles ou elas. Nada tem sentido obrigatório e tudo tem sentido fluido e indispensável. Tudo se comunica, como na arquitetura da casa de Jacques Tati.

Não há lugar único de fala e de atuação do personagem na pequena obra-prima de James Baldwin. A lição nos é dada pelo modo como o romance passa a ser composto. É-nos dada no momento em que se afirma a luta em favor dos direitos civis do negro e do direito dos gays, lésbicas e transgêneros à liberdade. A conversa entre os papéis e as funções — vale dizer, entre os personagens do romance — se dramatiza em rodízio e é a regra do movimento lúdico e interno que controla o périplo diário, altissonante e reivindicativo da fala multiétnica e multicultural e da sexualidade dos personagens. Vale dizer, de nós, seres humanos, num mundo colorido em tons de preto e de branco que — apesar de injusto e aberrante — aguarda que seus habitantes preservem a única tarefa fundamental, a de reconstruir a utopia. Utopia perdida juntamente com a perspectiva única e soberana, no estertor otimista da Renascença de Thomas More. Custe o que custar.

Um romance nada estranho

Alex Ratts

Alguns livros podem ser considerados lugares que conhecemos e aos quais retornamos. Antes de entrar na obra que temos em mãos, creio que é importante tratar da trajetória de James Baldwin e de seus trabalhos, especialmente da sua recepção no Brasil. Meu encontro tardio com ele se deu no final dos anos 1990, com A *Rap on Race* (1971), publicado em Portugal como *O racismo ao vivo* em 1973. O livro é fruto de um debate intenso de sete horas e meia entre ele e a antropóloga americana Margaret Mead. O diálogo é marcado por uma divergência: ele critica a ideia de integração, ela procura semelhanças culturais entre brancos e negros.

Em uma busca por ensaios e obras ficcionais de Baldwin, somente uma década depois conheceria o que foi publicado no Brasil entre o final dos anos 1960 e o início dos anos 1980. Esse conjunto propiciava a compreensão da envergadura do ensaísta, romancista e ativista. Para compreender o modo como Baldwin foi recebido aqui nesse período, é preciso lembrar que o país vivia os anos iniciais da ditadura militar e ainda não tinha uma urbanização tão intensa. Havia poucos grupos do movimento social negro nas grandes cidades e uma sociabilidade pública homossexual masculina bem incipiente — a feminina era ainda menor.

O mercado editorial brasileiro apresenta Baldwin inicialmente como um autor negro e, depois, como um autor gay — e para um público de esquerda. Raramente ele foi tratado como negro e "gay" ao mesmo tempo. Uso as aspas porque Baldwin foi sutilmente se identificando sexualmente na vida pública: a dedicatória de *Giovanni's Room* para o namorado, o pintor suíço, bissexual, Lucien Happersberger; a afirmação de sua "ambivalência sexual" (em ensaios como *No Name in the Street*); e a efetiva menção à sua sexualidade em poucas entrevistas. No referido ensaio, ele "para" a escrita política para discorrer sobre (seu) amor, tratando-o como um refúgio. A princípio, o próprio Baldwin acreditava que não tinha condições de escrever sobre as questões raciais e sexuais na mesma obra. Portanto, tratou das primeiras em *Go to Tell It on the Mountain*, das segundas em *O quarto de Giovanni* e recobriu ambas em *Terra estranha* e *Just Above My Head*.

O lado de James Baldwin menos conhecido no Brasil é o de poeta. *Jimmy's Blues and Other Poems*, livro póstumo, contém o que estava publicado nos anos 1980, além de material inédito. Sem edições brasileiras da metade dos anos 1980 até o presente — com exceção de *O quarto de Giovanni* —, me parece que o autor se torna um ilustre desconhecido entre nós. Apesar das lacunas, há outras autoras e outros autores afro-americanos que passaram a ser conhecidos pelo público brasileiro no mesmo período em que Baldwin é editado no país.

Algumas escritoras negras também foram publicadas no Brasil nos anos 1980. É o caso de Alice Walker, escritora, poeta e ativista, autora do romance *A cor púrpura* (1982) e do conjunto de ensaios e diários *Vivendo pela palavra* (1988), que traz observações das lutas pelos direitos civis, questões ambientais e de gênero. Nessa esteira, vieram três livros de Toni Morrison: *A canção de Solomon* (1987); *Pérola Negra* (1987) e *Amada* (1987). Morrison, assim como Walker, narra de forma contundente a dura trajetória de mulheres negras nos Estados Unidos.

Estes poucos exemplos permitem esboçar uma questão. Há muitas décadas os Estados Unidos são constantemente referidos em estudos acadêmicos, em lutas políticas ou matérias jornalísticas como espelho para o Brasil ao tratar de relações raciais e, mais recentemente, de gênero e sexualidade. No entanto, a parca publicação e difusão de autores nacionais que abordam esses temas, por muito tempo, dificultou a recepção e a compreensão de obras que aproximam arte, cultura e política; raça, gênero e sexualidade; palavra, corpo e espaço.

O livro que temos em mãos, *Terra estranha* (1962), traduzido como *Numa terra estranha* em 1967, 1970, 1984 e 1986, foi publicado quando o autor tinha 38 anos. Um dos principais personagens, Rufus Scott, é apresentado no início do livro: é um baterista negro, nascido e criado no Harlem, bastante conhecido no circuito de bares nova-iorquinos que tocam jazz e blues. Ele se relaciona com homens e mulheres de diferentes raças e origens. O seu melhor amigo é o irlandês branco e aspirante a escritor Vivaldo Moore, ainda que inúmeras barreiras se interponham nessa amizade e sejam constantemente lembradas por um ou por outro.

Após a morte de Rufus, Vivaldo se aproxima de Ida Scott, irmã do músico, que trabalha como garçonete e está no início de uma promissora carreira de cantora. Ainda no primeiro plano, como amigos de Vivaldo e Rufus, estão Richard Silenski, descendente de polonês, branco e escritor iniciante, e Cass Silenski, sua esposa, branca, dona de casa e mãe.

Em um dos bares em que toca, Rufus se aproxima de Leona, uma mulher sulista que trabalha como garçonete. Eles passam a viver juntos e em diversas situações, ele a trata com violência. Na cidade, há dor e sofrimento para Rufus e também, em variadas medidas, para outros personagens que lhe são próximos, que o amam. Há também solidão e vazio. Há a vontade de sair de Nova York, talvez do país. Esse quadro se amplia: Rufus se sente apartado dos lugares, das pessoas encapsuladas em corporeidades e fronteiras. Uma noite, como "saída", ele põe fim à sua vida. Os outros continuam, em parte, em torno dele e delineiam seus próprios problemas, encontros e confrontos.

Os horizontes de masculinidade, feminilidade e raça são inquiridos em muitas situações: a impossibilidade de um homem branco demonstrar afeto por um homem negro mesmo sendo amigos; dois amigos brancos pensam ter encontrado "a chave para o companheirismo entre homens"; uma mulher branca e uma negra se aproximam; a mulher negra namora um homem branco, mas, apesar de amarem um ao outro, ela aponta mais de uma vez os limites raciais e de gênero que os separam, enquanto ele imagina a possibilidade de não ver ou não aprofundar essas divisões; a mulher branca, em crise conjugal, acaba se relacionando com um rapaz branco sulista reconhecidamente gay; o casal heterossexual branco não racializa seu relacionamento; o rapaz homossexual tem um namorado francês prestes a vir de Paris, mas tem um breve envolvimento com um amigo também branco.

Os personagens se aproximam uns dos outros, alguns imaginam, tentam ou vivem a experiência do afeto e do sexo, mas trazem consigo determinadas exigências da racialidade e da sexualidade. Todos se detêm pensando, nem que seja por alguns instantes, nas diferenças que os constituem ou na dificuldade de identificá-las, na (im)possibilidade de saber das vontades e necessidades da outra pessoa por pertencer ou não ao mesmo universo.

Ao longo da obra, algumas mulheres atravessam barreiras de gênero, como as familiares, tentando sair do quadro de relações no qual estão enredadas — a figura proeminente é com frequência o marido, o namorado, o pai. Isso pode acontecer, com muito esforço, indo ao encontro do amante ou da própria carreira. Vale ressaltar que, na obra de Baldwin que conhecemos traduzida, não há relacionamentos entre mulheres e nenhum personagem é ativista.

O sexo se enquadra no mesmo cenário. Está repleto de fronteiras, detalhadas, que podem se erguer entre duas pessoas, sejam elas quem forem, mas ao mesmo tempo é capaz de trazer serenidade. Esses encontros eventualmente levam a situações de risco. Adentrar um corpo, entre incertezas e barreiras, talvez equivalha a adentrar uma cidade. Quando uma mulher é assediada, moral e sexualmente, ela se vê agredida por meio dos estereótipos relacionados a raça, gênero, sexo (puta, ladra, vaca, sobretudo para as negras) e geográficos (mulher negra do Harlem).

No que toca ao espaço, neste romance são importantes as distâncias percorridas, vividas e rememoradas. Elas têm cor, temporalidade e subjetividade: entre as áreas urbanas brancas e negras, no segregado Sul, no distanciamento cultural entre Paris e Nova York. Como está dito em uma das páginas: "o país, o mundo — aquela cidade".

Este livro de Baldwin joga luz sobre o racismo, o sexismo nas comunidades negras e a segregação, tanto no Sul, quanto em Nova York, grande e plural. A urbe tão questionada, fustigada, pelos protagonistas, pelos transeuntes, pode, para alguém, por um tempo, se tornar um lar. O local que provoca a ira de Rufus quando se sente acossado pela supremacia branca que subalterniza e suprime a masculinidade do homem negro, provoca-lhe a vontade de ir para um lugar onde possa "ser homem".

Esse jogo de posições e essas movimentações de corpos não são algo esquemático como parece ser. Não basta acionar as ideias ou imagens dos sistemas que pesam sobre as pessoas, os grupos e os territórios e aplicá-las em contextos variados. Ainda que haja um sem-número de semelhanças, há muita singularidade nas escalas intraurbana, regional e transnacional. Há as pessoas e seus dramas, coletivos e individuais, que, estando em primeiro plano, nos dizem o quanto o mundo é pesado, opaco e amargo para alguns, mas que ainda assim a existência é possível.

Na escrita de Baldwin, os espaços não se resumem a cenários. Em outros romances e contos, podemos observar algo semelhante: quartos sufocantes para jovens negros ou homens gays são indícios das pressões às quais são submetidos. Neste romance, são os apartamentos e a cidade que se justapõem e contrapõem no mosaico racial e social, com destaque para as ruas, as praças e os bares. Os bairros negros ou "inter-raciais" (com a presença de imigrantes) — Harlem e Village, por exemplo —, mais que outros elementos espaciais, se colocam como pontos nevrálgicos do contato (recente ou remoto) dos indivíduos entre si e com a metrópole. Por sua vez, o meio urbano é uma tradução desses entranhamentos e estranhamentos com o território nacional.

Em face do amor, da raiva, de outros sentimentos e de suas marcas, os personagens sonham em provar as distâncias de maior ou menor grandeza. O contrário do primeiro sentimento não é bem o ódio ou o desamor. Talvez seja angústia, fuga e perseguição, medo ou inveja. O amor pode ser inatingível para quem vive entre opressões e supressões. Para alguns, é uma dúvida impertinente, uma insistência, que se recoloca na pergunta que Rufus, solitário em um bar, "ouve" de um saxofone: "Você me ama? Você me ama? Você me ama?". A música, assim como a luz, dá a ver a superfície dos lugares e das pessoas.

No romance, há uma fagulha de vontade de superar essas linhas de raça, gênero, sexo e espaço. No documentário *Eu não sou seu negro*, Baldwin, observador dos efeitos mais espúrios do racismo, da supremacia racial, imagina a possibilidade de reconciliação entre negros e brancos nos Estados Unidos, uma vez que são inseparáveis, pois têm que "compartilhar" a nação. Essa perspectiva às vezes se contradiz, mas não enfraquece o pensamento nem o trabalho literário do autor.

No horizonte dos estudos da literatura negra e das relações raciais brasileiras, há pouquíssimas referências a James Baldwin. Há um verbete curto sobre ele na *Enciclopédia da diáspora africana* (São Paulo: Selo Negro, 2004), de Nei Lopes. Após a morte de Baldwin, sentida na diáspora africana em outras partes do mundo, cresceram nos Estados Unidos as pesquisas sobre sua obra, seja como escritor ou como crítico social. O interesse acadêmico por seus livros, no Brasil, vem se iniciando no começo desta década.

No cenário brasileiro, acontece com Baldwin algo semelhante ao que temos visto com Angela Davis. Após a divulgação do documentário *Libertem Angela Davis* (2014), seus livros começaram a ser publicados aqui. No caso de Baldwin, o lançamento do documentário *Eu não sou seu negro* (2017) vem agora seguido de novas edições de alguns de seus livros. Considero que é a segunda entrada de James Baldwin no país e espero que seja ampla e duradoura. Sua trajetória, os personagens de seus ensaios, histórias curtas e romances, e o teor de suas observações jogam luz sobre outros espaços, para além da sociedade norte-americana e, particularmente, das pessoas e coletividades ávidas por outro mundo, outras terras.

Um perfil de James Baldwin

Márcio Macedo

James Arthur Baldwin foi o grande inovador da literatura afro-americana entre os anos 1950 e 1970, tornando-se uma referência de seu tempo ao lado de figuras como Truman Capote, John Updike e Philip Roth. Tendo como uma de suas principais influências Henry James (1846-1913), a ponto de ser chamado de "Henry James do Harlem", Baldwin foi romancista, ensaísta, poeta e dramaturgo, além de ativista político. Sua obra tem sido recuperada por filmes, livros e reedições que continuamente evidenciam sua contribuição na elaboração de uma subjetividade multifacetada e complexa: negra, gay, masculina, intelectualizada, urbana e cosmopolita. Publicou em vida mais de vinte livros, distribuídos entre romances, ensaios, peças de teatro, poemas e contos.

Nascido no Harlem, bairro negro de Nova York, em 1924, Baldwin pertencia a uma família pobre e religiosa que tinha raízes no Sul dos Estados Unidos.* Um médico do Harlem Hospi-

---

* Para uma biografia, ver D. Leeming, *James Baldwin: A Biography*. Nova York: Arcade, 1994.

tal disse à sua mãe, Emma Berdis Jones, que, devido ao seu aspecto frágil, ele não viveria mais do que cinco anos. Três anos após o nascimento do filho, sua mãe, que havia abandonado o pai biológico do menino ainda grávida, se tornou Emma Berdis Baldwin ao se casar com o reverendo David Baldwin, um pastor moralmente rígido e descrente em relação aos brancos, com os quais mantinha uma relação de desconfiança, ódio e subserviência. Os dois tiveram mais oito filhos, além de James e de um primeiro filho de David, três anos mais velho. Embora considerasse o reverendo seu pai, quando pequeno James era tratado por ele com desdém, e essa relação acabaria se tornando o leitmotiv da sua produção literária.

Seu talento para a escrita foi notado logo cedo. Ele estudou na Public School 24, onde, estimulado pelos professores, escreveu peças de teatro. Anos depois, foi para a Frederick Douglass Junior High School. Nessa escola, teve aulas de poesia com Countee Cullen, poeta vinculado ao Harlem Renaissance nos anos 1920 e formado pela Universidade de Nova York. Cullen e outro professor, Herman Porter, formado em Harvard, tiveram papel importante na trajetória de Baldwin, estimulando-o a encarar os estudos com seriedade. Seguindo sugestão de Cullen, Baldwin se candidatou a uma vaga na DeWitt Clinton High School, no Bronx, uma escola somente para garotos famosa pela qualidade de ensino. Ao ser admitido, Baldwin entrou em contato com um ambiente composto majoritariamente por jovens judeus oriundos de famílias com orientação política de centro-esquerda, apoiadores do programa de recuperação econômica do presidente Roosevelt — o New Deal — e da causa negra. Baldwin trabalhou na revista literária da escola, *The Magpie*, e ali fez amigos, a maior parte deles brancos e judeus, que se tornaram seus pares intelectuais.

Entre os catorze e os dezessete anos, Baldwin foi pastor mirim na Assembleia Pentecostal de Fireside, tendo decorado trechos da Bíblia e conduzido cultos para uma quantidade de fiéis nunca antes vista por seu pai na época de ministério. Para ele, a religião e a leitura eram um refúgio dos problemas vivenciados em casa. A formação intelectual na escola e o grupo de amigos com quem convivia suscitavam, cada vez mais, questionamentos em relação ao pai, à religião e à sua sexualidade. Seguindo a sugestão de seu amigo e colega de escola judeu Emile Capouya, Baldwin visitou o artista plástico Beauford Delaney. Artista negro e gay vinculado ao Harlem Renaissance nos anos 1920 e morador do Greenwich Village — a área boêmia, artística e intelectual de Nova York —, Delaney tornou-se seu mentor, introduzindo o jovem no universo artístico. Foi justamente nesse período que Baldwin resolveu abandonar a religião. Posteriormente, mudou em definitivo para o Village.

O autor viveu períodos difíceis devido à ausência de recursos, à insanidade do pai e à necessidade de cuidar da família. Nesse período, afastou-se da literatura e chegou a duvidar da possibilidade de se tornar escritor. Com a morte do pai, em 1943, a situação se agravou. Baldwin fez bicos em restaurantes no Village e começou a trabalhar em revistas como a *Nation*, elaborando resenhas semanais de livros. A atividade possibilitou a Baldwin que aperfeiçoasse suas ideias e desenvolvesse seu estilo de escrita. Ele chegou a fazer cursos na The New School, onde conheceu o ator Marlon Brando, que na época estudava artes cênicas. Mas Baldwin nunca cursaria o ensino superior. A vida tumultuada, as incertezas, os impedimentos financeiros, as desilusões amorosas e a dificuldade de avançar no seu primeiro romance levaram-no a considerar o suicídio, tema recorrente em suas obras. Foi nesse contexto que decidiu deixar os Estados Unidos e, seguindo a trilha de outros escritores, intelectuais e artistas, como seu mentor Richard Wright, se autoexilou em Paris em 1948.

Os dois primeiros livros de repercussão de Baldwin retratam questões vivenciadas na infância e na juventude, como religião, raça e sexualidade. Em *Go Tell It on the Mountain* (1953), romance de formação semibiográfico, a religião, elemento fundamental na experiência societária afro-americana, é abordada a partir de seu papel de organizador social da vida negra nos Estados Unidos e, por outro lado, sua submissão em diversos contextos. Esse paradoxo pode ser percebido ao acompanhar no livro a trajetória de John Grimes, alter ego de Baldwin. Na estética literária do autor, sagrado e profano se envolvem e se rearticulam, produzindo situações que explicitam os impasses, as desigualdades, as injustiças, a resiliência e até mesmo a comicidade vivenciadas por afro-americanos cotidianamente. *Notes of a Native Son* (1955), por sua vez, descreve a relação conflituosa com o pai e a tomada de consciência racial do autor. A morte do pai revela uma dolorosa interseção entre biografia e história mediada pela raça. A ilegitimidade existente na relação entre Baldwin pai e Baldwin filho, nunca abertamente discutida, mas constantemente sugerida, faz alusão no ensaio à ilegitimidade com a qual os Estados Unidos tratavam os afro-americanos.

Baldwin ganharia ainda mais notoriedade com o segundo romance, *O quarto de Giovanni* (1956), que aborda temas como homossexualidade, exílio e crise existencial através da experiência de David, um americano em Paris que acaba se apaixonando e se envolvendo com um bartender italiano chamado Giovanni.

Em 1957, em meio ao crescimento do movimento pelos direitos civis, Baldwin voltou para os Estados Unidos e se tornou uma voz entre os dois polos ideológicos do movimento negro americano da época — Martin Luther King e Malcolm X. Com fama e influência no meio intelectual e artístico, ele conseguiu levar uma série de celebridades brancas e negras para as fileiras do movimento. O ensaio "Letter from a Region in My Mind", parte do livro *The Fire Next Time* (1963) e publicada primeiramente na *New Yorker*, em 1962, tematiza a difícil relação dentro da comunidade afro-americana entre, de um lado, os cristãos representados por Martin Luther King Jr. e, de outro, o crescente número de muçulmanos negros vinculados à Nação do Islã, de Malcolm X e Elijah Muhammad. O texto rendeu a Baldwin a capa da *Time* no ano seguinte, quando o autor excursionava pelo Sul do país em favor do movimento pelos direitos civis e contra a segregação racial vigente naqueles estados.

Dentro da comunidade afro-americana, Baldwin ocupava uma espécie de não lugar, sendo objeto de desconfiança devido à sua ambivalência sexual. A dificuldade de conexão com o universo afro-americano pode ser verificada na complicada relação de Baldwin com Malcolm X e, posteriormente, com os Panteras Negras. Eldridge Cleaver, que se notabilizaria como ministro da Informação do grupo, escreveu na prisão em 1965 uma série de ensaios revolucionários que viriam a ser publicados sob o título de *Soul on Ice* (1968).* Um dos textos, intitulado "Notes on a Native Son", é um ataque extremamente violento e homofóbico a James Baldwin.

O estilo descritivo, crítico e apurado de Baldwin viria a tomar forma mais evidente em *Terra estranha* (1962), através da articulação das temáticas de raça, sexualidade e questões de classes na cena artística e intelectual nova-iorquina. Na trama, um grupo de amigos, negros e brancos, convivem em um universo alternativo de relativa tolerância racial. Até que o envolvimento de Leona, uma sulista branca recém-chegada a Nova York com Rufus, um músico de jazz, põe em xeque a representação de masculinidade no grupo, os limites dos relacionamentos inter-raciais e a vitalidade do racismo, mesmo em uma cidade liberal e cosmopolita como Nova York.

---

* *Alma no exílio*. Rio de Janeiro: Civilização Brasileira, 1971.

Em 1974, ano da publicação de *If Beale Street Could Talk*, tanto Malcolm X como Martin Luther King Jr. já haviam sido assassinados. Os Panteras Negras estavam sendo dizimados por uma perseguição implementada pelo diretor do FBI à época, J. Edgar Hoover. O Cointelpro, programa de contrainteligência conduzido por Hoover, infiltrava informantes e agitadores no partido, promovendo a difamação e até mesmo a execução de lideranças. Inserido nesse contexto, o romance de Baldwin conta a história de Tish e Fonny, um jovem casal que ainda vive com os pais no Harlem. Tish está grávida e Fonny é acusado por um policial de ter estuprado uma mulher. O enredo evidencia a dificuldade das duas famílias de se manter unidas diante das adversidades que advêm do racismo. *If Beale Street Could Talk* é uma história de amor entre pessoas comuns que tentam manter a serenidade e a esperança em uma sociedade que não oferece quase nenhum reconhecimento social ou igualdade para negros.

James Baldwin faleceu em 1º de dezembro de 1987 em Saint-Paul-de-Vence, na França, vítima de um câncer no estômago. Sua literatura influenciou a produção de uma série de autores e autoras negras mais recentes, como o escritor nigeriano Chinua Achebe (1930-2013); a ganhadora do Nobel de Literatura Toni Morrison; o artista plástico afro-americano Glenn Ligon; a romancista britânica Zadie Smith; e muitas outras personalidades do universo artístico, intelectual e ativista negro de dentro e de fora dos Estados Unidos. Em 2016, um ano antes do aniversário de trinta anos da morte de Baldwin, foi lançado o documentário *Eu não sou seu negro*. Dirigido pelo cineasta haitiano Raoul Peck, ele apresenta registros de debates, apresentações e seminários dos quais o autor participou entremeados pela leitura de um manuscrito inacabado intitulado *Remember This House*, no qual Baldwin relembra os assassinatos de Medgar Evers (1925-63), Malcolm X (1925-65) e Martin Luther King Jr. (1929-68).

Recentemente, o autor tem sido retomado justamente na sua articulação entre raça e sexualidade, em livros que tematizam o racismo, a homofobia, a misoginia e a divisão de classes, tão presentes entre negros e brancos, nos Estados Unidos ou no Brasil.

1ª EDIÇÃO [2018] 2 reimpressões

ESTA OBRA FOI COMPOSTA EM ELECTRA PELO ACQUA ESTÚDIO E IMPRESSA
PELA GRÁFICA PAYM EM OFSETE SOBRE PAPEL PÓLEN DA SUZANO S.A.
PARA A EDITORA SCHWARCZ EM OUTUBRO DE 2024

A marca FSC® é a garantia de que a madeira utilizada na fabricação do papel deste livro provém de florestas que foram gerenciadas de maneira ambientalmente correta, socialmente justa e economicamente viável, além de outras fontes de origem controlada.